BASTEI
LÜBBE
TASCHENBUCH

Weitere Titel der Autorin:

Das Erbe der Töchter
Eine letzte Spur
Emilys Sehnsucht

Titel in der Regel auch als E-Book erhältlich

Über die Autorin:

Juliet Hall ist Britin. Sie unterrichtet Schreiben und organisiert Literatur- und Musikfestivals in ihrer Heimatstadt an der Küste von West Dorset. Zu ihren liebsten Reisezielen gehört Italien. Mit ihrem ersten Roman, *Das Erbe der Töchter*, versetzte sie ihre Leser an die italienische Riviera, während *Eine letzte Spur* von Dorset nach Rom und Umbrien führt. Nach Ausflügen durch viele wunderbare Städte Europas in *Emilys Sehnsucht* führt sie uns mit diesem Roman wieder nach Italien – in ein bezauberndes Dorf auf Sizilien.

Juliet Hall

EIN VERZAUBERTER SOMMER

Roman

Aus dem Englischen von
Barbara Röhl

BASTEI
LÜBBE
TASCHENBUCH

BASTEI LÜBBE TASCHENBUCH
Band 16 703

1. Auflage: September 2012

Dieser Titel ist auch als Hörbuch und E-Book erschienen

Vollständige Taschenbuchausgabe

Bastei Lübbe Taschenbuch in der Bastei Lübbe GmbH & Co. KG

Deutsche Erstausgabe

Textredaktion: Birgit Volk, Bonn
Titelillustration: © getty-images/Adrian Pope
Umschlaggestaltung: Kirstin Osenau
Satz: Urban SatzKonzept, Düsseldorf
Gesetzt aus der Garamond
Druck und Verarbeitung: GGP Media GmbH, Pößneck
Printed in Germany
ISBN 978-3-404-16703-6

Für Caroline, in Liebe

1. Kapitel

Tess öffnete den Umschlag erst, als sie am Strand saß. Bis dahin hatte sie ihn glatt vergessen.

Heute Morgen war sie spät dran gewesen und auf dem Weg zur Arbeit fast mit dem Postboten zusammengestoßen.

»'tschuldigung, junge Frau.« Er hatte ihr den dicken, cremeweißen Umschlag gereicht, doch sie hatte kaum einen Blick darauf geworfen, bevor sie ihn in ihre Tasche schob und ihrer Tochter einen Abschiedskuss gab. Ginny brach zum College auf und Tess zum Wasserwerk. Tess arbeitete bei der Kundeninformation, einer schmeichelhaften Bezeichnung für die Beschwerdeannahme, denn wer brauchte schon Informationen über Wasser? (Dreh den Hahn auf, und es kommt heraus; noch besser ist es aber, es aus Flaschen zu trinken.)

Jetzt hatte sie Mittagspause, und wie so oft war sie ans Meer zur Pride Bay gefahren, die nur fünf Autominuten entfernt lag, um ihr Sandwich zu essen. Es war einer der ersten Frühlingstage und windig. Zwischen der Reihe pastellfarbener Umkleidehäuschen hinter ihr und den hoch aufgehäuften rosigen Kieseln vor ihr, aus denen dieser Teil von Chesil Beach, West Dorset, bestand, kam sie sich selbst vor wie der Belag in einem Sandwich. Obwohl ihr der Blick auf die Wellen verstellt war, war sie so wenigstens teilweise vor dem Wind geschützt. Sie brauchte erst um halb drei zurück zu sein. Gleitende Arbeitszeit ist doch eine wunderbare Erfindung, dachte sie.

Der Umschlag hatte es sich zwischen ihrem abgeschabten

Schminktäschchen und ihrem Handy gemütlich gemacht. Sie zog ihn heraus. Las ihren Namen, *Ms. Teresa Angel,* und ihre Adresse in kräftigen, selbstbewussten Schreibmaschinenbuchstaben. Frankiert und abgestempelt in London. Hmmm. Sie schob den Daumen unter die Klebekante und riss den Umschlag auf. Ein einzelnes Blatt Papier. Sie zog es heraus. Es wirkte so dick und cremig, dass sie beinahe das Gefühl hatte, es essen zu können.

Sehr geehrte Ms. Angel, las sie. *Wir wenden uns an Sie, um Ihnen mitzuteilen* ... bla, bla ... *in der Folge des Ablebens von Edward Westerman.* Edward Westerman? Tess runzelte die Stirn. Kannte sie einen Edward Westerman? Nein. Hatte sie jemanden gekannt, der vor Kurzem verstorben war? Nein. Ob die Leute an die falsche Teresa Angel geschrieben hatten? Wohl kaum. Sie las weiter. *Bezüglich des Nachlasses* ... bla, bla. Nachlass? *Unter der Bedingung, dass* ... Moment mal. *Sizilien? Mit freundlichen Grüßen* und so weiter.

Hmmm. Tess las den Brief zu Ende und überflog ihn dann noch einmal. Sie sah einen Moment aufs Meer hinaus, und dann kam ihr der Gedanke, dass sie vielleicht träumte. Also las sie ihn ein weiteres Mal durch. Den Blick immer noch aufs Meer gerichtet, aß sie ihr Sandwich und spürte plötzlich eine Art nervöses Flattern wie von Mottenflügeln, gefolgt von einem Aufwallen – prickelnder Erregung ... Das konnte doch nicht stimmen – oder?

Sie dachte an ihre Mutter. Was würde sie dazu sagen? Tess schüttelte den Kopf. Besser, sie dachte nicht darüber nach. Stattdessen dachte sie wie so oft leidenschaftlich, betrübt und sehnsüchtig an Robin, ihren verheirateten Freund. Nein. Da war jemandem ein Fehler unterlaufen. Ganz bestimmt handelte es sich um einen Irrtum.

Der Wind peitschte die Wellen zu grünlich grauen Brechern

auf. Die Wolken zogen sich zusammen, und bald würde ihr trotz ihres schwarzen Blazers und des Wolltuchs, das sie um die Schultern geschlungen hatte, als sie den Wagen am Hafen stehen gelassen hatte, kalt werden. Sie sollte aufbrechen.

Wenn das stimmte … Wenn das kein Scherz war, dann … *Sizilien.* Tess hatte die Verbindung sofort gezogen. Aber was genau würde dann passieren? Wieder spürte sie diesen Adrenalinstoß. Herrgott! Sie steckte den Umschlag wieder in die Tasche und stand auf. Es war nicht einfach, in High Heels über den Strand zu gehen, aber Tess war daran gewöhnt.

Tess' Mutter Flavia war Sizilianerin. Das war die Verbindung. Tess wusste, dass ihre Mutter ihr Heimatdorf mit dreiundzwanzig Jahren verlassen hatte. Sie wusste ebenfalls, dass die Familie ihrer Mutter für jemanden gearbeitet hatte, der in einem großen Haus wohnte – ihre Mutter nannte es immer die »Große Villa« –, während ihre Familie selbst in einem kleinen Häuschen auf dem Anwesen lebte. Flavia Angel sprach selten von Sizilien, und sie war nie mit ihrer Tochter dorthin gefahren. Aber das hieß nicht, dass Tess nicht fasziniert von diesem Ort gewesen wäre. Und jetzt das. Sie ließ alles noch einmal Revue passieren. Edward Westerman – falls er dieser Jemand war – hatte ein biblisches Alter erreicht. Möglich war das schon …

Aber warum? Sie zupfte ihr Tuch zurecht und ging zurück zum Hafen, vorbei an den fröhlich geschmückten und, wie sie fand, geschmacklosen Kiosken, an denen Fisch und Pommes frites, Zuckerwatte und Eis verkauft wurden, vorbei an den Fischerbooten und den Netzen, die zum Trocknen aufgehängt waren und in deren Nähe der starke, unangenehme Geruch des ausgenommenen Fischs schwer in der Luft hing. Trotz seines stolzen Namens war Pride Bay kein Nobelstrand. Aber er war Teil ihrer Kindheit, und er war ihr Zuhause. Und was das

Beste für Tess war: Dort war das Meer. Das Meer hatte sie im Blut, sie war geradezu süchtig danach.

Auf dem Weg zum Auto rekapitulierte sie den Inhalt des Briefs noch einmal, und kaum dass sie auf dem Fahrersitz ihres Fiat 500 saß, zog sie ihn wieder hervor, strich ihn glatt und griff nach ihrem Handy. Es gab nur eine Möglichkeit, herauszufinden, ob es stimmte.

»Hier ist Teresa Angel«, erklärte sie der Frau am anderen Ende der Leitung. »Sie haben mir geschrieben.« Sie nannte das Geschäftszeichen. »Ich möchte einen Termin vereinbaren. Aber vorher hätte ich noch ein paar Fragen zu diesem Erbe, das Sie erwähnten ...«

Wie in Trance fuhr sie zurück zur Arbeit. Wahrscheinlich war dies eines dieser Ereignisse, die ein Leben verändern konnten. Ihr Leben. Diese Vorstellung jagte ihr schreckliche Angst ein. Sie war neununddreißig. Einerseits sehnte sie sich nach einer Veränderung, andererseits auch wieder nicht. Was, wenn Robin die kühle, labile Helen niemals verließ, obwohl er es ständig versprach? Was, wenn Ginny Hunderte von Meilen entfernt studieren wollte und anschließend nach Katmandu zog? Oder wenn sie selbst für den Rest ihres Lebens in der Kundeninformationsabteilung des Wasserwerks arbeiten musste? Das war unvorstellbar. Manchmal fragte sie sich, warum sie nicht schon längst durchgedreht war. Und jetzt das.

2. Kapitel

Tess fuhr am Marktplatz von Pridehaven vorbei, den Holzbänke und Blumenkübel mit roten und weißen Pelargonien zierten und um den sich das *Beach and Barnacle Café*, der Feinkostladen und das Kunstzentrum gruppierten. Dieser Ort wirkte vielleicht ein wenig schäbig, aber er wurde jeden zweiten Samstag durch den Markt und die Morris-Tänzer zum Leben erweckt. Früher war die Stadt ein Zentrum der Seiler-Industrie gewesen, aber inzwischen waren die meisten der alten Fabriken zu Wohn- und Bürogebäuden umgebaut worden. Und zu Antiquitätenläden, dachte sie, als sie langsamer fuhr und den Antiquitätenladen an der Ampel passierte, vor dem sich eine Kommode aus Kiefernholz, ein Tisch mit ausklappbaren Seitenteilen und ein grün-goldener Lloyd-Loom-Stuhl hoffnungsvoll auf dem Gehsteig ausbreiteten.

Sizilien ... Ungläubig und immer noch grinsend, schüttelte sie den Kopf. Die Erste, die sie anrufen sollte, war natürlich ihre Mutter.

Sie bog nach links in die Saviour Street ein, parkte hinter dem Wasserwerk und ging um das Gebäude herum. Vor dem Haupteingang zog sie ihr Handy wieder aus der Handtasche hervor und wählte Robins Nummer. Ihrer Mutter konnte sie das nicht am Telefon sagen. Aber sie musste jetzt einfach jemandem davon erzählen.

»Hallo, du ...«

Tess liebte es, wie sich seine Stimme veränderte, wenn er mit ihr sprach. Sie klang dann intim, leise. So, als habe er vor, sie gleich ganz langsam auszuziehen. Sie erschauerte. »Du errätst nie, was passiert ist«, sagte sie.

»Was denn?« Er lachte.

»Ich habe heute Morgen einen Brief bekommen. Von einem Anwalt in London.«

»Wirklich? Gute oder schlechte Nachrichten?«

Tess holte tief Luft. Sie würde Robin nach der Arbeit treffen, weil heute Donnerstag war und Ginny dann spät vom College nach Hause kam. Zweimal pro Woche war Durchschnitt, dreimal gut und viermal noch nie dagewesen. All ihre Begegnungen waren gestohlene Zeit. Wenn sie keine Gleitzeit hätte, dachte Tess manchmal, würden sie und Robin nie Zeit füreinander haben, dann gäbe es keine späten Mittagessen am Montag (wenn sie miteinander schliefen) und auch nicht den frühen Abend am Donnerstag (dito). Was würden sie dann tun? Aber damit mochte sie sich jetzt nicht beschäftigen.

»Gute«, sagte sie. »Glaube ich.«

»Ich mag gute Nachrichten«, sagte er. »Was ist es?« Sie sah vor ihrem geistigen Auge, wie er in seinem schwarzen Terminplaner herumkritzelte, ein Fischgesicht mit Blasen malte. Angefangen hatte er damit, als sie sich für ihren ersten Tauchkurs angemeldet hatte. Es verriet ihr, dass er ein wenig eifersüchtig war, was sie ganz gern mochte.

»Ich habe ein Haus geerbt«, erklärte sie. Jetzt konnte sie es laut aussprechen. Sie wollte es laut aussprechen. Sie setzte sich auf die Mauer neben die Pelargonien. Der Wind hatte eine frische Note, die ihr gefiel – eine Art Weckruf: *Hey, es ist Frühling. Etwas muss sich verändern …*

»Was?«, fragte er.

»Ich habe ein Haus geerbt«, sagte sie noch einmal. »Auf Sizilien.« Ja, es stimmte wirklich.

»Sizilien?«, wiederholte er.

Sie konnte es ihm nicht verübeln, dass er verblüfft war. Sie konnte es ja selbst noch nicht ganz glauben. Warum sollte Edward Westerman ihr sein Haus vermachen? Sie hatte ihn nicht einmal gekannt. Es war erstaunlich, wirklich erstaunlich. Und was sollte sie mit einer Villa in Sizilien anfangen? Dafür war gar kein Platz in ihrem Leben. Ihr Leben fand in Dorset statt – oder? Bei Ginny, bei Muma und Dad, die ebenfalls in Pridehaven lebten, nur ein paar Straßen entfernt von Tess' viktorianischem Haus. Und bei Robin – jedenfalls so weit möglich. Ihr Leben hatte sich immer in Dorset abgespielt, abgesehen von Campingurlauben in Frankreich, einem kurzen Intermezzo in London, das sie bald beendet hatte (sie war, wie sie feststellte, keine Großstadtpflanze), und sechs Wochen als Kindermädchen bei einer Familie, die den Sommer auf Mallorca verbrachte.

»Ja«, sagte sie, »eine Villa auf Sizilien.« Die Große Villa. Aber wie groß genau war *groß?*

»Du nimmst mich auf den Arm, Tess.«

»Nein, das tue ich nicht«, gab sie zurück. »Ich weiß, es klingt komisch, aber jemand hat sie mir in seinem Testament vermacht.«

»Wer in aller Welt ...?«, fragte er. »Ein alter Verehrer?«

Robin war zehn Jahre älter als sie. War er auch ein alter Verehrer? Ginny wäre dieser Meinung. Wenn sie davon wüsste.

»Ein Mann, dem ich nie begegnet bin. Edward Westerman.« Sie sprach den Namen fast genießerisch aus. Er klang ziemlich romantisch. Sie erzählte Robin das Wenige, was sie bisher wusste.

»Ja, da will ich doch verdammt sein, Süße«, sagte er.

»Und das ist noch nicht alles.« Tess rutschte auf der Mauer herum und dachte widerwillig an ihren Posteingangskorb. »Es gibt eine Bedingung.« Alles im Leben hatte einen Haken. Man bekam beispielsweise ein Kind von einem Mann, dem man vertraute, und prompt verließ er einen und wanderte nach Australien aus. Oder man begegnete einem Mann, der hinreißend, sexy und witzig war, und verliebte sich in ihn, und er war verheiratet – mit einer anderen.

»Und die wäre?« Robin klang immer noch genauso verwirrt, wie Tess sich fühlte.

»Ich muss hinfahren.«

»Hinfahren?«

»Ich muss das Anwesen besuchen. Bevor ich ...« Sie zögerte. *Darüber verfügen*, so hatte der Anwalt es ausgedrückt. »Bevor ich es verkaufen kann«, erklärte sie. Wie viel würde das einbringen? Was für ein Haus war die Große Villa? Würde der Erlös ausreichen, um ihre Hypothek abzubezahlen? Für einen oder zwei Urlaube? *Um ihr Leben zu verändern?*, meinte sie eine leise Stimme flüstern zu hören.

»Wer sagt, dass du das musst?«, fragte Robin.

»Edward Westerman, wie es aussieht. Es ist eine Testamentsklausel. Ich muss das tun.« *Muss.* Und doch, *Sizilien.* Es schien beinahe nach ihr zu rufen. Für jemand anderen wäre das vielleicht nichts Besonderes gewesen, aber sie war von einer sizilianischen Mutter großgezogen worden, die kaum von ihrem Heimatland sprach und deren Augen sich vor Schmerz oder Zorn oder beidem verdunkelten, wenn man sie nach ihrer Kindheit, ihren Eltern, ihrem Leben dort fragte. Bis man es schließlich akzeptierte. Sizilien war tabu. Das Problem war nur: Tess hatte sich nie damit abgefunden. Und plötzlich stieg ein Gedanke, eine Hoffnung, eine Idee in ihr auf. Sie spürte die Welle der Nervosität zurückkehren, die mottenflügelschlagende Aufregung, den Erregungsschauer.

»Herrgott!«, sagte Robin.

Tess beobachtete eine Biene. Zielgerichtet flog sie auf die gelben Schlüsselblumen zu, die vor den Pelargonien wuchsen, und stürzte sich Hals über Kopf hinein. Sie wusste, wie das Tier sich fühlte. »Ich weiß«, sagte sie. Es war überwältigend, fast unglaublich. Aber andererseits war es wahrscheinlich auch nicht eigenartiger, als einem Katzenasyl oder etwas Ähnlichem Geld zu vermachen. Da war allerdings dieser geheimnisvolle Unterton. Die Klausel. Sie musste die Villa aufsuchen, bevor sie ihr wirklich gehörte.

»Dann fliegst du nach Sizilien?«

»Hmmm.« Eigentlich gab es nichts, was sie davon abhalten konnte – abgesehen von dem, was Muma sagen würde natürlich. Sie hatte noch Urlaub, und Ginny ... Nun ja, Ginny würde sich wahrscheinlich darüber freuen, das Haus eine Woche lang für sich zu haben. Kurz stellte sie sich das Bild vor: Ginnys Musik voll aufgedreht, Ginnys Freunde, wie sie in das Haus einfielen, und Ginny, die ausging, wann und so lange sie wollte, obwohl sie eigentlich lernen sollte. Aber Lisa würde sie im Auge behalten. Wenn Lisa und ihre Eltern in der Nähe waren, konnte doch nichts allzu Dramatisches passieren, oder? Eines Tages, dachte sie, würde sie sich vielleicht keine Sorgen mehr um ihre Tochter machen müssen; Ginny würde glücklich und ausgeglichen und erwachsen sein. Aber im Moment fiel es ihr schwer, sich das vorzustellen.

»Bald?« Robins Stimme klang plötzlich anders, so, als nähme er sie plötzlich ernster.

Sie fragte sich, was ihm gerade durch den Kopf ging. Robin konnte romantisch sein. Manchmal machte er ihr wunderhübsche Geschenke: eine antike Buntglaslampe, die wie ein präraffaelisches Gemälde leuchtete, wenn das Licht hindurchschien, einen Ring mit einem blitzenden quadratisch geschliffenen Saphir, den sie am Mittelfinger trug, oder eine herzförmige Wärmflasche für die Nächte, in denen er nicht bei ihr war, also alle. Sie war sich sicher, dass hinter jeder romantischen Geste ein Hintergedanke steckte, aber sie liebte ihn deshalb nicht weniger.

»Ja, das nehme ich an.« Einige Raucher waren aus dem Eingang des Gebäudes getreten und zündeten ihre Zigaretten an.

Tess warf einen Blick auf die Uhr. Sie hatte keine Lust, zurück zur Arbeit zu gehen. Und dieser neue Ernst bei ihm machte sie leichtsinnig. »Könntest du dir vorstellen …?« Sie ließ den Satz unvollendet. Wenn der Geliebte verheiratet ist, kann er niemals mit einem wegfahren, jedenfalls nicht ohne Planung und Lügen. Das wusste sie. Wenn man einen verheirateten Geliebten hatte, konnte man sein Leben nicht mit ihm teilen. Er teilte es bereits, und zwar mit einer anderen. Er gehörte einem nie allein, nicht einmal in diesen kurzen, erregenden Momenten, wenn man daran glaubte. Wer etwas anderes behauptete, hielt sich nur selbst zum Narren. Das machte sie doch auch, oder?

»Vielleicht«, sagte Robin. »Vielleicht kann ich ja mitkommen.«

Tess' Herz tat einen Sprung. »Das wäre großartig«, meinte sie. Sie konnte die Aufregung nicht aus ihrer Stimme verbannen, und einer der Raucher warf ihr einen neugierigen Blick zu. Sie wandte sich ab und sah in die Pelargonien. »Das wäre einfach perfekt. Eine Villa in Sizilien. Und sie gehört mir, Robin … Sie zusammen mit dir anzusehen wäre etwas ganz, ganz Besonderes.« *Achtung, Tess, du wirst überschwänglich.* Geliebte müssen immer cool bleiben. Das ist der Deal. Aber trotzdem …

»Das wäre fabelhaft, Süße.« Robins Stimme war wieder leise geworden. »Nichts täte ich lieber.«

Tess wartete auf das Aber, doch es kam nicht. »Also, könntest du?« Sie hielt den Atem an. Wartete. Sie hatte nicht vorgehabt, sich in ihn zu verlieben. Natürlich nicht. Sie hatten sich in dem Café am Marktplatz kennengelernt, wo der Kaffee stark und das Gebäck zum Sterben gut war. Er fiel ihr auf, weil er attraktiv war – wenn auch für ihren Geschmack einen Hauch zu konservativ gekleidet –, und wegen seiner Stimme. Sie klang leise und sexy, als er mit der Kellnerin sprach. Aber sie war nicht auf der Suche nach einer Beziehung, ermahnte sie sich. Sie war eine unabhängige Frau, die für eine Tochter zu sorgen hatte, und Ginny hatte allerhöchste Priorität. Sie hatte nur ihre Mutter. Sie hatte erlebt, wie Freundinnen versucht hatten, einen neuen Mann in diese Konstellation aus alleinerziehender Mutter und Kindern einzuführen, und sie hatte sie leiden sehen, als sie versuchten, die Ansprüche der Kinder mit denen des neuen Mannes zu vereinbaren. Sie hatte miterlebt, wie die alleinerziehenden Mütter, die Kinder und die neuen Männer sich in diesem Machtkampf fast zugrunde richteten. Es funktionierte nicht, daher würde sie es auch nicht versuchen. Wenn Ginny von zu Hause auszog, dann vielleicht. Aber bis dahin hatte Tess Verabredungen, und sie hatte männliche Freunde. Aber feste Beziehungen? Nein danke.

Trotzdem aß sie zweimal in der Woche in dem Café zu Mittag, und er anscheinend auch. Sie hatte immer ein Buch dabei, er eine Zeitung. Zweimal ertappte sie ihn dabei, wie er sie ansah, statt zu lesen, und einmal lächelte er.

Dann kam der Tag, an dem kein Tisch mehr frei war und er mit einem Cappuccino, einem getoasteten *panino* und einem entschuldigenden Lächeln an ihrem Tisch auftauchte. »Darf ich mich setzen? Ich störe Sie auch nicht.«

Das tat er dann aber doch. Ziemlich bald tauschten sie Anekdoten über ihre Arbeit aus. Robin war bei der Finanzgesellschaft tätig, die zwei Gebäude neben den Wasserwerken in der Saviour Street residierte – *nein, keine Ahnung, warum die Straße »Heiland« heißt.* Sie erzählten einander auch von ihren Kindern. Er hatte zwei, Lydia und Lionel – seine Tochter war an der Uni, und sein Sohn würde das Studium nächstes Jahr aufnehmen. Lionel war sogar genauso alt wie Ginny.

Seine Frau erwähnte er nicht, nicht an diesem Tag. Aber er schlug ein weiteres Treffen zum Mittagessen vor *(weil wir so viel gemeinsam haben, nicht nur* panini *und dieses Café)*, und zwar am kommenden Freitag, dieses Mal in dem Pub weiter unten an der Straße. Warum eigentlich nicht, hatte Tess gedacht. Sie hatte seine Gesellschaft genossen. Und es war nur ein Mittagessen.

Tess sah zu, wie die Raucher ihre Stummel auf den Boden warfen und austraten. Immer noch plaudernd, verschwanden sie durch die gläsernen Schwingtüren, und sie war wieder allein. Erneut sah sie auf die Uhr. Sie sollte hineingehen. Aber das hier war wichtig. Vielleicht war es das, worauf sie schon so lange wartete.

»Hmmm …«, sagte er.

Ich werde mein Bestes tun, würde er sagen. Das sagte er nämlich immer, wenn sie vorschlug, ins Konzert oder ins Theater zu gehen oder anderswo zu essen als in ihrer Wohnung. Und dann folgte immer das Gleiche: *Ich habe es versucht, aber es ist schwierig, Süße. Helen stellt so viele unangenehme Fragen, und ich will sie nicht anlügen.*

Mit der Fingerspitze wischte Tess Wasser von einer knospenden Hortensie. Vorhin hatte es geregnet, ein plötzlicher Wetterumschwung, ein verirrter Schauer, der fast schon vorüber war, ehe er begonnen hatte, ein kurzer Spülgang des Himmels.

Nach dem Treffen im Pub hatte er vorgeschlagen, einmal abends nach der Arbeit etwas trinken zu gehen, und nach dem

Drink hatte er sie geküsst. Einige Zeit später hatte sie für ihn gekocht: Hühnchen mit Pistazien. Sie war nicht umsonst die Tochter ihrer Mutter. Er hatte sie auf der Couch verführt, denn Ginny übernachtete bei einer Freundin. Anschließend hatte er ihr erklärt, er sei verheiratet.

Zu diesem Zeitpunkt war sie schon halb in ihn verliebt. Er hatte sich heimlich in ihr Herz gestohlen. Es war ein altes Klischee, aber sie hätte nicht mehr zurückgekonnt, selbst wenn sie es gewollt hätte.

Aber dieses Mal, während sie sich den Türen des Wasserwerks näherte und sich widerwillig anschickte, wieder in die Arbeitswelt einzutauchen, reagierte er anders. »Warum nicht?«, fragte er. »Warum sollte ich nicht mit dir nach Sizilien fliegen? Das ist so großartig. Und du hast es verdient, Süße, wirklich verdient.«

Allerdings, dachte Tess ziemlich erstaunt. Das habe ich verdammt noch mal verdient. Mir steht ein größeres Stück von dir zu.

Sie grinste wie eine Idiotin, als sie das Handy wieder in die Handtasche gleiten ließ. Sie stürmte in das Gebäude und stürzte in den Aufzug. Drückte auf »5«. Es würde wirklich passieren. Sie hatte eine Villa in Sizilien geerbt. Und sie würde hinfliegen. Mit Robin. Ihr Lächeln verblasste, als der Lift »pling« machte und die Türen aufglitten. Jetzt musste sie die Neuigkeiten nur noch Muma beibringen.

3. Kapitel

Das verstehe ich nicht.« Schwer ließ sich Flavia auf den Stuhl sinken. Sie hatte immer so viel Energie gehabt, aber mittlerweile gaben ihre Beine manchmal ohne Vorwarnung nach, und es machte ihr Angst, dass sie sich so schwach fühlte. Sie wurde alt, natürlich. Tatsächlich war sie zweiundachtzig. Sie fand, das war ein lächerliches Alter, weil sie sich nämlich nicht alt fühlte. Und genau deshalb gefiel es ihr auch nicht, dass sie sich an manches nur mit Mühe erinnern konnte. Für sie musste immer alles klar und eindeutig sein.

Flavia versuchte, ihre Gedanken zu ordnen, aber es fiel ihr nicht leicht, weil Tess sie mit diesem ihr eigenen forschenden Blick ansah.

Bewusst atmete sie ruhiger. Edward Westerman war also tot. An und für sich war das nicht erstaunlich. Er musste weit über neunzig gewesen sein. Er war der Letzte gewesen. Zuerst war Mama gestorben, dann Papa und dann, vor zwei Jahren, Maria. Den Kontakt zu Santina hatte sie abgebrochen. Sie hatte keine andere Wahl gehabt, als sie loszulassen. Und jetzt existierte auch ihre letzte Verbindung zu Sizilien nicht mehr. Sie fasste sich an den Kopf; Schweißtropfen standen ihr auf der Stirn. Die letzte Verbindung. Sie spürte Panik in sich aufsteigen.

»Geht's dir gut, Muma?« Plötzlich war Tess ganz die besorgte Tochter. Sie trat zu Flavia, die auf dem alten, hölzernen Küchenstuhl am Tisch saß, beugte sich vor und legte Flavia sanft die Hand auf die Schulter. »Es tut mir leid. Ich hatte ja keine Ahnung, dass dich das so aufregen würde. Habt ihr beide euch nahegestanden?«

Flavia schüttelte den Kopf. »Nein«, erklärte sie. »Eigentlich nicht.« Ihr Arbeitgeber war Engländer gewesen und sie ein junges sizilianisches Mädchen. Und es war so lange her. Obwohl da eine Verbindung gewesen war ... Edward war der erste Mensch gewesen, der Englisch mit ihr gesprochen hatte, und Edward hatte es ihr damals ermöglicht, nach England zu gehen. Genau wie sie hatte sich Edward in seiner Heimat fremd gefühlt, und daher war er nach Sizilien gezogen, obwohl es Jahre dauern sollte, bis sie begriff, warum. Puzzles waren nun einmal so. Manchmal hatte man alle Teile direkt vor sich und sah trotzdem nicht das ganze Bild.

»Was dann?«, fragte Tess.

Flavia fuhr mit der Handfläche glättend über ihre Schürze. *Bügle alle Falten weg, und alles wird gut ...* Sie hätte nicht genau sagen können, was sie so getroffen hatte. Vielleicht lag es daran, dass sie Edwards Namen gehört hatte, oder es waren die Erinnerungen oder der Umstand, dass er tot war.

Dann wurde ihr schlagartig klar, was genau der Grund war. »Warum haben diese Anwälte wegen seines Todes Kontakt zu dir aufgenommen?«, fragte sie. »Das verstehe ich nicht. Was hat das mit dir zu tun?«

Tess stand neben ihr. Sie schien ganz aus langen Beinen und wildem dunkelblonden Haar zu bestehen. Sie sah genauso aus wie damals als Kind. »Er hat mir sein Haus vermacht, Muma.«

Flavia blinzelte und runzelte die Stirn. »Was?«

Tess wiederholte ihren Satz, was Flavia Zeit ließ, sich zu fassen und über seine Beweggründe nachzudenken. »Warum sollte er so etwas tun?«, fragte sie schließlich. »Ausgerechnet er ...« Er hatte verstanden, wie Flavia empfand. Schließlich hatte er selbst mit England gebrochen, oder? Oder?!

»Ich habe nicht die geringste Ahnung«, gab Tess zurück. Sie hakte die Daumen in die Gürtelschlaufen ihrer Jeans. »Aber ich dachte, du wüsstest es vielleicht.«

Langsam stand Flavia auf. Das Abendessen musste gekocht werden, eine willkommene Ablenkung. Zum Kochen war sie nicht zu alt. Dazu war man nie zu alt; obwohl sie sich heutzutage auf einen Gang und gelegentlich ein *dolce* beschränkte. Sie mochten in einem modernen englischen Dreizimmerhaus in einem Komplex aus identischen Häusern ein wenig außerhalb der Stadt leben (*sehr schick und ordentlich, liebste Flavia*, hatte Lenny damals zu ihr gesagt), und vielleicht war hier alles ganz anders als in Sizilien (das war es auch), aber die *cucina* war trotzdem der wichtigste Raum. Ihre Küche und ihr Essen vermochten ihr immer wieder ein Gefühl von Sicherheit zu geben.

»Also, so etwas«, sagte sie. Jedes Mal in ihrem Leben, wenn sie geglaubt hatte, Sizilien losgeworden zu sein, hatte ihre Heimat sie wieder eingeholt. Jetzt waren es Edward und die Villa Sirena, das Haus ihrer Kindheit, obwohl Flavia und ihre Familie natürlich nicht in der großen Villa selbst gelebt, sondern das Hausmeisterhäuschen auf der Rückseite des Anwesens bewohnt hatten.

Was sollte sie sagen? »Er hatte keine Kinder. Vielleicht hatte er das Gefühl …« Ja, was hatte er empfunden? Verantwortung? Hatte er ihrer Tochter die Villa vererbt, um Wiedergutmachung zu leisten, weil er glaubte, etwas falsch gemacht zu haben? Sie zuckte mit den Schultern, denn sie war sich bewusst, dass diese Erklärung Tess nicht zufriedenstellen würde. Tess war schon neugierig auf die Welt gekommen und gab niemals Ruhe, wenn ihr etwas Rätsel aufgab. Und jetzt das. Es war, als hätte Edward gewusst, was für ein Mensch Tess werden würde. Und natürlich stellte sie Fragen.

»Aber er muss doch Verwandte gehabt haben, Muma.« Dieser unschuldige Blick aus blauen Augen …

»Vielleicht nicht.«

Seine Schwester Bea war vor einigen Jahren gestorben, und sie war ebenfalls kinderlos gewesen. Dank Bea hatten Flavia und Lenny das Restaurant *Azurro* in Pridehaven aufmachen können; sie hatten es geführt, bis sie vor gerade mal zehn Jahren in Pension gegangen waren. Die Arbeit fehlte ihr. Aber jeder musste irgendwann kürzertreten.

»Oder Freunde?«

»Wer weiß?« Flavia begann, die Auberginen zu schneiden. Widerstandslos glitt das Messer durch die glatte dicke Haut und das schwammige Fruchtfleisch. Man musste sie mit Salz bestreuen und eine Weile ziehen lassen, sonst wurden sie bitter.

Edward hatte Freunde gehabt, natürlich. Freunde aus der Kunstszene, vor allem männliche Freunde. Irgendwann hatte sie begriffen, warum sie sich als Mädchen in Edwards Gesellschaft immer so unbefangen gefühlt hatte, sogar wenn sie allein mit ihm war. Ihr wurde auch klar, was es bedeutete, dass man sie überhaupt mit ihm allein gelassen hatte. Heutzutage hätte um seine Homosexualität niemand mehr ein großes Aufheben gemacht, aber damals … In England wären seine Handlungen illegal gewesen, aber auf Sizilien, in einem kleinen Dorf mit einer großen Villa, konnte man sich leicht verstecken. Hier war man in Sicherheit. Es war einfach, jede Menge Hausgäste einzuladen und Partys zu geben. Exzentrische Engländer war man hier gewohnt, wenn man sie auch nicht verstand. Edwards Angestellte waren ihm treu ergeben gewesen, denn die Arbeit bei ihm sicherte ihren Lebensunterhalt, und er behandelte sie gut.

»Vielleicht ist er am Ende ja so etwas wie ein Einsiedler

gewesen«, sagte sie ausweichend. Möglich, dass er einsam gewesen war. Das konnte sie sich vorstellen. »So etwas kommt vor, besonders bei Künstlern und Dichtern.«

Tess, die gerade den Wasserkessel füllen wollte, warf ihr einen ungläubigen Blick zu und schnippte sich eine verirrte Locke aus dem Gesicht. »Und die Menschen, die ihn am Ende gepflegt haben?«, fragte sie. »Irgendjemand muss doch Tante Marias Nachfolge angetreten haben.«

Maria ... Das Messer blieb über der violetten Auberginenhaut in der Luft hängen. Der plötzliche Tod ihrer Schwester hatte Flavia erschüttert. Sie hatten einander nicht nahegestanden, was sie den Verlust aber noch stärker empfinden ließ. Denn jetzt war es zu spät für eine Versöhnung.

Maria war nur einmal in England gewesen. Damals war Tess achtzehn. Der Besuch war nicht unkompliziert verlaufen. Wahrscheinlich lag es daran, dass ihr Leben so unterschiedlich war; sie hatten sich in grundverschiedene Richtungen entwickelt. Flavia hatte sich schon vor langer Zeit vollständig integriert; inzwischen dachte sie sogar auf Englisch.

Maria war schüchtern gewesen, dunkel und wachsam wie ein Luchs. Die Art, wie Flavia ihre Tochter großzog, schockierte sie. *Du erlaubst ihr, allein auszugehen? Zum Tanzen?* Argwöhnisch betrachtete sie Flavias Beziehung zu Lenny, ihre beiläufigen Neckereien, den Umstand, dass Flavia ihm nach dem Essen seelenruhig den Abwasch überließ. Und sie konnte nur schwer akzeptieren, dass Flavia jetzt eine Geschäftsfrau war, die ihr eigenes kleines Restaurant leitete, die Buchführung erledigte und ihr Personal dirigierte.

»England ist eben anders als Sizilien«, hatte sie Maria erklärt, wieder und wieder, wie es ihr vorkam. »Wenn du länger bleiben würdest, könntest du es herausfinden. Hier herrscht eine Freiheit, wie du sie dir nie hast träumen lassen.«

»Ja, vielleicht.« Die arme Maria seufzte, runzelte die Stirn und rang die Hände. »Aber Signor Westerman ist allein. Er braucht mich.«

Flavia vermutete, dass Maria eine solche Freiheit in Wirklichkeit gar nicht wollte. Ihre Schwester war nicht mit Kindern gesegnet und hatte vor vielen Jahren ihren Mann bei einem Verkehrsunfall verloren. Sein Motorroller war eines Abends auf einer Kreuzung in Palermo niedergemäht worden.

»Was hat er da nur gemacht?«, klagte sie Flavia bei ihrem Besuch in England mehr als einmal ihr Leid. »Ich werde es nie erfahren.«

Vielleicht, hatte Flavia gedacht, ist das auch besser so. Schließlich lebten sie immer noch in Sizilien.

»Unsere Familie hat sich so viele Jahre lang um Edward gekümmert«, sagte Flavia jetzt mit bewusst gleichmütiger Stimme und warf die runden Auberginenscheiben in ein Sieb, um sie zu salzen. Zuerst Mama, Papa und sie selbst, dann Maria und Leonardo. »Wahrscheinlich ist es seine Art, seine Wertschätzung zu zeigen.« War das wirklich der Grund? Oder hatte Edward Westerman gewusst, wie sehr sie das belasten würde? Sie vermutete, dass es ihm klar gewesen war.

Tess gab Teebeutel in zwei Tassen und sah Flavia fragend an. »Muma?«

»Bitte.« Es hatte zwanzig Jahre gedauert, bis Flavia die englische Tradition des Nachmittagstees verinnerlicht hatte. Jetzt war sie regelrecht süchtig danach. Sie fand allerdings, dass es keinen Unterschied machte, ob man seinen Tee um vier, um fünf oder um sechs Uhr trank. Er würde einen nie so aufmuntern wie ein Espresso, aber er war schon für manches gut.

»Warum hat er das Haus dann nicht dir vererbt?«, beharrte Tess. »Du hast ihn wenigstens gekannt. Ich bin ihm nie begegnet.«

»Pffft.« Flavia tat ihren Einwand ab. »Ich bin eine alte Frau. Wahrscheinlich dachte er, ich sei schon tot.«

»Muma!«

Flavia schüttelte den Kopf. Sie wollte dieses Gespräch nicht führen. Sie hatte versucht, Sizilien hinter sich zu lassen, und war nie mit ihrer Tochter dorthin gefahren. Zuerst, weil es zu schmerzhaft gewesen wäre zurückzukehren, ein zu großes Zugeständnis. Später dann natürlich auch, weil sie sie bestrafen wollte: ihren Vater, dem sie nie verziehen hatte, ihre Mutter, die in ihren Augen einen fast genauso großen Verrat begangen hatte, und sogar die arme Maria, weil sie genau wie die beiden war, weil sie nie verstehen konnte, dass man nur etwas verändern konnte, wenn man kämpfte.

»Muma?« Tess umarmte sie. Flavia roch das Parfüm ihrer Tochter, so süß wie Honig, und in ihrem Haar den schwachen Duft von Orangenblüten. »Du weinst ja.«

»Das kommt von den Zwiebeln.« Mit dem Handrücken wischte sich Flavia über die Augen. »Du weißt doch, dass ich beim Zwiebelschneiden immer weinen muss.«

»Das sind nicht nur die Zwiebeln.«

Ihre Tochter war so einfühlsam. Einen Moment lang schloss Flavia die Augen, um ihre Nähe zu genießen. Die ungezähmte, schöne Tess, der genau wie Flavia in ihrer Jugend in der Liebe übel mitgespielt worden war. Die zu leidenschaftlich liebte, die immer zu viel erwartete. Und die selbst eine unbezähmbare junge Tochter hatte. Aber sie hatte keinen Mann, mit dem sie ihr Leben teilte. Robin zählte für Flavia nicht. Sie mochte nicht einmal an ihn denken. Immer wenn sie an Robin dachte, dachte sie auch daran, ihn mit bloßen Händen zu erwürgen.

»Nein«, pflichtete sie ihr bei. »Es sind nicht nur die Zwiebeln.« Es war die Vergangenheit, es war immer die Vergangenheit. Sizilien war ein dunkles Land. Und wenn es einem im Blut lag, ließ es einen nie wieder richtig los.

»Hattest du Edward Westerman gern?« Tess, die sogar in Jeans feingliedrig und elegant wirkte, ließ ihre Mutter los, um kochendes Wasser über den Tee zu gießen.

Flavia fuhr fort, Zwiebeln, Knoblauch und Chilischoten zu hacken. Sie bereitete eine Tomatensauce für ihre *melanzane parmigiana* zu, eines der Lieblingsgerichte ihrer Enkelin. »Ja.« Sie hatte ihn gemocht, weil er unkonventionell war. Und er hatte ihr neue Möglichkeiten aufgezeigt.

»Du hast aber nie viel von ihm erzählt.« Der herausfordernde Blick, den Tess ihrer Mutter zuwarf, besagte, dass Flavia über keinen der Menschen aus ihrer Vergangenheit viel erzählt hatte.

Auch das stimmte. Sie hatte Tess weder verraten, warum sie 1950 mit dreiundzwanzig Sizilien verlassen hatte, noch, warum sie niemals dorthin zurückkehren würde. Sie hatte den Erinnerungen an ihre Jugend nicht erlaubt, an die Oberfläche zu steigen und in ihr englisches Leben einzusickern. Sie hatte nicht verzeihen können. Flavia hielt sich einen Moment an der Arbeitsplatte fest, um durchzuatmen.

»Ich helfe dir, Muma.« Tess stand wieder neben ihr.

»Ich bin noch nicht vollkommen hinfällig«, sagte Flavia zu ihr und spürte, wie sich ihr Atem wieder normalisierte. Sie gab das Öl in die Pfanne. »Noch gehöre ich nicht zum alten Blech, weißt du.«

»Eisen«, murmelte Tess und stellte die Teetassen auf den Tisch.

»Eisen, Blech, was auch immer«, grummelte Flavia und gab Knoblauch, Zwiebeln und Chili hinzu. Ihre Tochter war zu pedantisch, das war die Engländerin in ihr. Sie nahm einen Topf und goss das Öl für die *melanzane* hinein. Sie hatte ihre eigenen Methoden, ihre eigene Arbeitsweise. Sie arbeitete wie eine gut geölte Maschine, pflegte Lenny zu sagen. Und natürlich gab es einige Gebiete, auf denen Sizilien England immer überlegen sein würde. Olivenöl gehörte zum Beispiel dazu. Auf Sizilien war das beste Öl hell und goldfarben, hier war es grün und stärker aufbereitet. Hier fanden die Leute einen seltsam, wenn man Brot oder Toast damit bestrich. Sie zogen tierische Fette vor. Aber in dieser Hinsicht hatte sich Flavia nicht an englische Traditionen angepasst.

Tess beobachtete ihre Mutter. Sie schien unruhig zu sein; ihre langen Finger spielten erst mit den Knöpfen an ihrer Bluse und dann mit dem Teelöffel. »Kannst du mir denn gar nichts anderes über meinen Wohltäter sagen?«, fragte sie vorwurfsvoll.

Flavia schnalzte mit der Zunge. Das Öl in der Pfanne hatte die richtige Temperatur erreicht, und sie ließ die Auberginen hineingleiten. In den anderen Topf gab sie die Tomaten, die sie vorhin geschnitten hatte. Was man nicht wusste, konnte einem nicht schaden. Aber wahrscheinlich verdiente ihre Tochter es, wenigstens etwas zu erfahren. »Wenn du mir etwas *parmigiano* reiben könntest ...«, sagte sie über die Schulter zu Tess.

»Okay.«

Flavia seufzte. »Er hat mir immer vorgelesen«, sagte sie. »Gedichte.«

»Seine eigenen?« Tess drehte sich zu ihr um.

Wieder spürte Flavia diese Schwäche in sich aufsteigen. »Ja, und die von anderen Dichtern. Er mochte Byron und D. H. Lawrence.« Sie lächelte. Edward Westerman hatte ihr von diesen Autoren erzählt, und die junge Flavia hatte ihm staunend zugehört. Ganz offensichtlich hielt Edward viel von Byrons Lebensstil. Oh ja, er hatte Flavia in eine Welt eingeführt, die eine Million Meilen von ihrem Leben auf Sizilien entfernt war.

Sie schickte sich an, süß duftendes Basilikum in den Topf zu werfen, hielt dann inne und hörte wieder, wie Edward mit leiser, melodischer Stimme Worte intonierte, von denen sie die Hälfte nicht verstand. Aber die Melodie der Worte – die hatte sie verstanden.

»Klingt, als wäre er ein interessanter Mensch gewesen.« Tess hatte den Käse aus Flavias altmodischer Speisekammer geholt *(für manche Lebensmittel ist es im Kühlschrank zu kalt)* und rieb ihn auf einen kleinen weißen Teller. »Reicht das?«

»Ja, das ist genug.«

Tess wickelte den Parmesan wieder in das Wachspapier und reichte ihrer Mutter den Teller.

Flavia bemerkte den träumerischen Gesichtsausdruck ihrer Tochter. »Was ist?«, fragte sie.

Tess setzte sich und umschloss die Teetasse mit beiden Händen. »Ich sehe dich nur gerade als junges Mädchen vor mir, nichts weiter.« *Zum ersten Mal*, doch das sprach sie nicht laut aus. Aber sie streckte die Hand aus, und Flavia spürte, wie ihre Tochter ihr sanft über den Arm strich. »Das ist schön.«

Ja, ja, das wusste sie. Lenny erzählte es ihr ständig. *Es ist unfair, ihr nicht zu erzählen, was passiert ist. Es ist deine Geschichte, und sie ist deine Tochter. Das alles ist lange her. Kannst du ihr die Geschichte nicht einfach erzählen und es dann gut sein lassen?* Aber Flavia war sich nicht sicher, ob sie je in der Lage sein würde, die Geschichte zu erzählen. Und wie sollte sie sie loslassen?

Mit dem Älterwerden wurde alles komplizierter. Was früher schwarz und weiß gewesen war, hatte viele verschiedene Grautöne angenommen. Sie holte tief Luft. »Edward hat mir geholfen, nach England zu kommen«, erklärte sie. »Vielleicht hat er dir das Haus deswegen vermacht.«

Tess runzelte die Stirn. »Um mich zu ermuntern, England zu verlassen?«

Etwas in Flavia geriet in Panik. »Das würdest du doch nicht tun, oder?« Sie starrte ihre Tochter an.

»Nei... nein.« Tess schaute durch das Fenster in ihren kleinen Garten, in dem es Gartenmöbel, ein Stück Rasen, Sträucher und einjährige Pflanzen gab, also alles, was, wie Flavia vor langer Zeit gelernt hatte, für einen englischen Garten unbedingt erforderlich war. Sie interessierte sich nicht sonderlich für den Garten, denn dafür war Lenny zuständig, der auch jetzt irgendwo da draußen herumwerkelte. Das Fenster stand halb offen, und in der Brise flatterte der gelbe Vorhang wie ein Vogelflügel.

Flavia erkannte den Blick ihrer Tochter, und er gefiel ihr nicht. Sie war in Gedanken weit weg und stellte sich vor, irgendwo anders zu sein. Warum? War sie nicht glücklich hier in Pridehaven?

»Aber...«

»Was, aber?« Die Auberginen waren kurz davor anzubrennen. Automatisch fuhr Flavia herum und hob sie aus dem Öl. Das war noch einmal gut gegangen. Sie legte sie zum Abtropfen auf Küchenpapier und kostete die brodelnde Tomatensauce, während sie immer noch auf eine Antwort von ihrer Tochter wartete. Sie bereitete all ihre Saucen aus frischen Tomaten zu. Bis sie ihr Restaurant aufgegeben hatten, hatte sie sie größtenteils selbst gezogen, in zwei riesigen Gewächshäusern, die sie bei einem Bauern in der Nähe gemietet hatte. Bei Tomaten hing die Qualität vom Boden und vom Klima ab. Wenigstens waren sie hier am Meer; das Salz im Boden hob die Süße der Tomaten hervor. Und Flavia verarbeitete ihre Tomaten erst, wenn sie richtig reif und so rot wie die untergehende Sonne waren. Ah! Ihre Mutter hatte sie gelehrt, dass es für eine gute Küche auf zweierlei ankam: auf Einfachheit und auf die besten, frischesten Zutaten. Das hatte sie nie vergessen. Und trotzdem …

»Aber?«, fragte sie noch einmal.

»Aber ich würde das Haus natürlich gerne einmal sehen«, gab Tess zurück. »Vor allem jetzt, wo es mir gehört.« Sie drehte sich zu Flavia um. »Und ich würde gern sehen, wo du groß geworden bist, Muma.«

Wütend rührte Flavia in der Sauce. Als sie mit Tess schwanger war, hatte sie den Morgen, an dem die Wehen einsetzten, damit verbracht, einen riesigen Topf Bolognese-Sauce zu kochen. »Nestbauinstinkt«, hatte die Hebamme gesagt, als sie ihr davon erzählte. Davon verstand Flavia nichts, aber sie war sicher, dass an dem Tag, an dem sie einmal sterben würde, ein abgedeckter Teigklumpen griffbereit daliegen und darauf warten würde, ausgerollt zu werden. Und ein paar reife Tomaten und Basilikum wären auf halbem Weg in einen Topf.

»Ich verstehe …« Sie versuchte, nicht barsch und gereizt zu klingen, nicht so, als würde sich ihr Herz zusammenkrampfen. »Natürlich.« Warum sollte Tess sich die Villa nicht ansehen? Wovor hatte Flavia solche Angst? Dass Sizilien eine riesige Klaue ausstrecken und ihre Tochter in seine grausame, pechschwarze Mitte ziehen würde? Sie entschied, dass sie eine törichte alte Frau war.

»Außerdem muss ich sogar fahren«, erklärte Tess. Sie schien nicht zu merken, was ihre Worte in ihrer Mutter ausgelöst hatten.

Flavia stand am Herd und war nicht einmal in der Lage, sich umzudrehen. »Warum?« Ihr Herz klopfte zum Zerspringen. Die Knie gaben fast unter ihr nach, und sie hielt sich am Herd fest. Nur eine Sekunde. Gleich würde es wieder vorbei sein. »Warum musst du hinfahren?«

»Es gibt eine Klausel im Testament. Ich muss das Haus erst besuchen, bevor ich entscheiden kann, was ich damit anfange.«

Bevor sie entschied, was sie damit anfangen sollte? Ihre Panik wuchs, aber Flavia rührte weiter. Die Sauce hatte eine schöne Farbe. Ihr ganzes Leben lang hatte das Kochen ihr geholfen; es hatte sie gerettet. Die Tomaten waren eingekocht, ihr Aroma hatte sich intensiviert, und aus dem Topf stieg der köstliche Duft von Tomaten und Chili auf. »Ich verstehe«, sagte sie leise. Und sie begann tatsächlich zu begreifen.

»Ich habe mir die Gegend auf Google Earth angesehen«, erklärte Tess nüchtern, als redete sie von einem Tagesausflug nach Weymouth. »Sie ist wunderschön. Du hast nie erzählt, wie schön es dort ist.«

Flavia stöhnte auf. Sie hatte auch nie erzählt, wo ihr Heimatort lag, oder? Sie zog eine Auflaufform aus dem Schrank. Ihr wurde klar, dass sie früher oder später noch einiges mehr würde erklären müssen.

»Ist es doch, Muma, oder?« Tess' Stimme klang flehend.

»Ja, es ist schön.« Sie begann, die Form zu füllen: eine Schicht Sauce, dann Parmesan, dann Auberginen. Sauce, Parmesan, Auberginen ... *Nicht daran denken ... Nicht daran denken ... Nicht daran denken ...*

»Ich behalte Ginny im Auge«, hörte Flavia sich sagen, »wenn du die Villa Sirena sehen willst.« Sie hielt kurz inne. »Bevor du sie verkaufst.« *Sauce, Parmesan ...*

»Danke, Muma.« Tess' Stimme klang jetzt beruhigter.

Denn wenn deine Tochter hierbleibt, wirst du zurückkommen. Doch Flavia sprach es nicht laut aus. Sie öffnete die Tür des Backofens und schob die *melanzane parmigiana* hinein.

Als Tess und Ginny nach dem Abendessen heimgegangen waren, schmiegte sich Flavia unter ihrer rosa Bettdecke an Lenny. Sie hatten den ganzen Abend über andere Dinge gesprochen, aber Flavia war in Gedanken immer noch in der Vergangenheit gewesen. Jetzt erzählte sie ihrem Mann von dem Gespräch mit Tess.

»Ja, da wird doch der Hund in der Pfanne verrückt.« Auch Lenny war überrascht. »Sie hat gerade ein Haus in Sizilien geerbt und kein Wort davon gesagt?«

»Weil sie es Ginny noch nicht erzählt hat, deswegen.« Lennys Körper fühlte sich warm und tröstlich an. So war es immer gewesen. Flavia fragte sich, was aus ihr geworden wäre, wenn sie Lenny nicht kennengelernt hätte. Er hatte sie immer geliebt, trotz allem.

»Und warum hat sie ihr nichts gesagt?«

»Keine Ahnung.« Vielleicht hatte Tess ja die geheimnistuerische Art ihrer Mutter geerbt. Oder ... Flavia erschauerte und spürte, wie Lenny sie fester umarmte. Trotz seiner neunundsiebzig Jahre war er immer noch kerngesund. Gott sei Dank. »Vielleicht wartet sie auf den richtigen Zeitpunkt«, sagte sie.

»So wie du?« Seine Worte waren kaum hörbar, aber Flavia wusste schon, was er sagen wollte, bevor er sie ausgesprochen hatte.

»Ich hatte meine Gründe«, gab sie zurück.

»Und was willst du jetzt tun?«

Flavia schmiegte sich enger an ihn. Bei Lenny fühlte sie sich geborgen, hier war der Platz, wo sie genau richtig war. Lenny kannte sie so gut. Er hatte instinktiv erkannt, dass sich etwas verändert hatte.

»Sie fliegt hin«, erklärte sie. »Ich kann sie nicht davon abbringen.«

Lenny streichelte ihr übers Haar. Heute war es schneeweiß,

aber früher war es einmal fast schwarz gewesen. »Für sie ist dieser Ort nicht mit schlimmen Erinnerungen behaftet, Schatz«, sagte er. »Es ist deine Vergangenheit, nicht die von Tess. Sie will nur sehen, wo du groß geworden bist. Das ist vollkommen normal.«

Flavia seufzte. Wenn man es so betrachtete, hatte er natürlich recht. Aber noch etwas anderes war wahr: Ein Ort konnte einen festhalten, verändern und beeinflussen. Und Siziliens Geheimnisse reichten weit zurück. Ob sie unter Verfolgungswahn litt? Vielleicht. Irgendwo hatte sie gelesen, dass niemand so empfindsam war und so feine Antennen für andere hatte wie jemand, der leicht paranoid war. Ach ja, sie war alt. Was wusste sie schon?

»Wovor hast du so große Angst?« Lenny blieb beharrlich. »Was in aller Welt glaubst du, könnte ihr passieren, Liebes?«

»Ich weiß es nicht.« Flavia lachte, doch es klang ein wenig hysterisch.

»Hast du Angst um sie?« Lennys Hand auf ihrem Haar wirkte beruhigend.

Sie spürte, wie sie sich entspannte und den Gedanken losließ.

»Oder um dich selbst?«

Kurz bevor sie einschlief, wurde ihr bewusst, dass er recht hatte. *Um dich selbst* ... Wenn sie etwas tun wollte, musste sie es bald tun. Wie lang hatte sie noch Zeit? Sie musste sich dieser Sache stellen. Tess ging nach Sizilien. Es war so weit.

4. Kapitel

Ginny war scharf auf ihren Friseur. Sie sah ihn nicht so oft, wie ihr lieb gewesen wäre, obwohl sie auch noch zwischen den normalen Terminen zum Haareschneiden im Salon vorbeischaute, um sich gratis den Pony nachschneiden zu lassen. Jetzt sah sie im Spiegel zu, wie er eine ihrer dunklen Haarsträhnen nahm, betrachtete und die Stirn runzelte.

»Was?«, fragte sie und überlegte, ob er sich die Augenbrauen zupfte. Erstaunen würde sie das nicht. Sie hatten eine perfekte Halbmondform.

»Hast du mal eine Haarkur benutzt, wie ich es dir empfohlen habe?« Er verdrehte die Augen, während er die Locke zwischen Daumen und Zeigefinger rieb, und sie kicherte.

Er hatte irre Augen. Irre im Sinne von »Wahnsinn«. Fast dunkelblau. Und er hatte fast schwarzes Haar. Seine Fingernägel, die jetzt durch ihr langes Haar fuhren, waren in einem metallischen Grün lackiert. Es war so eine grauenvolle Verschwendung, dass er schwul war.

Die attraktivsten Jungs waren schwul, das war eine bekannte Tatsache. Sie und ihre beste Freundin Becca mochten bei Männern beide den gleichen Stil und führten eine Liste: Männer mussten gut riechen, vorzugsweise nach *Jean Paul Gaultier for men*. Sie mussten dunkles Haar haben, am besten mit einem langen Pony, der ihnen bis über die Augen hing und erforderte, dass sie ihn gelegentlich zurückwarfen. Sexy. Vorzugsweise trugen sie Eyeliner, leicht verwischt und verrucht.

Sie mussten die richtigen Klamotten tragen, und zwar solche mit Klasse. Und sie mussten groß sein.

Ginny war einszweiundachtzig in Turnschuhen, Becca einssiebenundachtzig. Das war alles andere als komisch. Bis vor Kurzem hatte Ginny beim Gehen die Schultern rund gemacht und nur Ballerinas getragen. Aber seit sie im College Becca kennengelernt hatte, waren hochhackige Schuhe das Größte – je höher und schmaler die Absätze, umso besser. Gemeinsam gehörten die beiden einer höheren Lebensform an. Kriegerinnen. Amazonen.

»Hmmm«, meinte Ginny. Ben hatte das Thema gewechselt und erzählte jetzt von Freitag, als er abends im *The Church* gewesen war. »Klingt cool.« Sie lächelte und spürte jedes Mal, wenn er ihr Haar berührte, einen köstlichen Schauer.

In solchen Momenten vergaß Ginny die Kugel beinahe. Aber nicht ganz. Die Kugel war sehr fest und saß unterhalb ihrer Kehle und über ihrem Brustbein. Wie etwas Verfilztes. Sie war sich nicht sicher, wie lange sie schon da war. Ungefähr ein Jahr vielleicht. Manchmal schien sie ein wenig zu schrumpfen, bis sie sich nur noch wie Sodbrennen anfühlte und sie schon glaubte, ein paar Rennies könnten damit fertig werden. Aber bei anderen Gelegenheiten wuchs sie und rollte herum, als wolle sie Moos ansetzen oder Schwung sammeln. In solchen Momenten konnte Ginny kaum noch sprechen oder atmen. Dann bekam sie regelrecht Angst.

Sie hatte ihrer Mutter nicht von der Kugel erzählt. Sie hatte keine Lust, zum Arzt geschleppt zu werden, um über Perioden, Sex oder etwas ähnlich Peinliches zu reden. Ihre Mutter würde vermuten, dass sie Bulimie hatte, auf Droge war (zwei der Lieblingsthemen ihrer Mutter) oder einfach verrückt war. Man würde sie untersuchen, ihr vielleicht Glückspillen verschreiben. Nein, sie wagte nicht, etwas zu sagen. Wenn sie die

Kugel verdrängte und so tat, als wäre sie nicht da, würde sie vielleicht weggehen.

»Bist du schon mal da gewesen?«, fragte Ben. »Im *The Church?*«

»Nööö. Ist mir ein bisschen zu prollig.« Becca war immer noch siebzehn. Mit ihrem gefälschten Schülerausweis würde sie nicht in einen Club kommen, der von einem Freund ihres Dads geleitet wurde. Und es waren wirklich nur lauter Prolls da. Jungs in Kapuzenshirts und übergewichtige tätowierte Mädchen in Minitops, aus denen überall weißes Fleisch hervorquoll. Keine Klasse, kein Stil. Sehr, sehr traurig.

»Yeah.« Ben schnipselte weiter. »Da hast du recht.«

Das fühlt sich gut an, dachte Ginny bei sich. Nett.

Sie wäre Ben gerne einmal beim Ausgehen begegnet. Tatsächlich hing sie sogar regelmäßig Fantasien darüber nach. Darin trug sie ihr enges schwarzes Minikleid mit dem breiten Reißverschluss vorn, der vom Ausschnitt bis zum Saum reichte und perfekt zu ihren roten Stilettos passte. Ihre Mutter hatte dieses Kleid als »witzig« bezeichnet und zweifelnd dreingeschaut. Zweifellos hatte sie sich vorgestellt, wie viele Männer an diesem Abend versuchen würden, den Reißverschluss zu öffnen. In Ginnys Fantasie staunte Ben über ihre Verwandlung von der schlaksigen Schülerin zur rassigen, weltgewandten Schönheit. *Du bist so toll*, murmelte er, während er sich vorbeugte, um ihr ins Ohr zu atmen. *So heiß* ... Ach ja, und in ihrer Fantasie war er nicht schwul.

Aber Ginny konnte nicht so oft ausgehen, wie sie wollte, weil sie fürs College lernen musste und ihre Mum in Bezug auf die Frage, an welchen Abenden sie ausgehen durfte und an welchen sie zu Hause bleiben musste, eine recht altmodische Einstellung vertrat.

Sie rutschte ein bisschen in ihrem Sessel herum. Ihre Beine

waren heute Nachmittag nackt. Sie waren das Beste an ihr. Daher hatten sie und Becca sich für hoch ausgeschnittene Jeans-Shorts entschieden, und sie wollte nicht, dass ihr etwas Peinliches passierte, wie zum Beispiel an dem schwarzen Leder festzukleben. Sie hatte ihre Beine eine Stunde lang rasiert, bis sich die Haut wund anfühlte, daher war sie ziemlich zuversichtlich, dass keine Stoppeln zu sehen waren. Ihre Achselhöhlen allerdings fühlten sich verdächtig feucht an. Sie musste auf alle Fälle daran denken, die Hände nicht höher als bis zur Taille zu heben.

»Und? Was hast du sonst noch so gemacht?«, fragte sie, auch wenn er ein hoffnungsloser Fall war.

»Party, schätze ich«, antwortete er. »Ich hab letzte Woche mit meiner Freundin Schluss gemacht, und mein Kumpel Harley hat aus dem Anlass eine Riesenparty geschmissen.«

»Wie bitte?« Sie hatte wohl nicht richtig gehört. *Freundin …*? Ginny klammerte sich an die Armlehnen.

Er wiederholte seinen Satz.

»Cool.« Innerlich kreischte Ginny geradezu. Er hatte eine Freundin gehabt. Er war nicht schwul, wenigstens momentan nicht. Es sei denn, er gestand es sich nicht ein. Das war jedenfalls eine großartige Nachricht. Sie konnte es kaum erwarten, Becca davon zu erzählen. »Gib mir fünf«, murmelte sie.

»Bitte?« Er beschäftigte sich konzentriert mit dem Haar in der Nähe ihres Ohrs. Hoffentlich waren ihre Ohren sauber.

»Nichts.« Sie versuchte, ihn nicht anzustarren, aber etwas musste man ja ansehen, wenn man die Haare geschnitten bekam, und allzu viel Auswahl hatte sie nicht. Spiegel. Haarprodukte. Ihr eigenes Gesicht. Ben war bei Weitem die beste Aussicht. »Tut mir leid wegen deiner Freundin«, setzte sie hinzu.

»Mir nicht.« Er grinste sie an.

Ginny zog den Bauch ein. Die Kugel lag immer noch auf der Lauer. Aber wenigstens war sie geschrumpft. Und wenn man ihrer Mutter glauben wollte, hatte sie Nonnas »schwarze sizilianische Augen« geerbt. Die wenigstens mussten doch sexy sein, oder? Leute sagten ihr ständig, sie solle Model werden, und wenn sie Mut hätte, würde sie das wahrscheinlich tun. Sie sollte das College verlassen (obwohl ihre Mutter sie dann wahrscheinlich umbringen würde), nach London ziehen und sich bei einer Agentur anmelden. Das konnte doch nicht so schwierig sein.

Aber sie würde es nicht tun. Ginny versuchte zu schlucken und spürte den gewohnten Kloß in der Kehle. Sie würde es nicht tun, weil sie so etwas einfach nicht tun konnte. Sie würde zur Uni gehen müssen, weil ... na ja, weil alle das von ihr erwarteten.

Schnipp, schnipp. Ben betrachtete sie im Spiegel. Ginny wurde es heiß. Was stimmte bloß nicht mit ihr? Jetzt, wo er nicht mehr schwul war, konnte sie nicht mal mit ihm reden. Seine Finger streiften ihren Nacken, und eine Gänsehaut lief über ihren ganzen Körper, wobei sie, wie jeder hätte zugeben müssen, eine ziemlich lange Strecke zurücklegen musste. Also, war ihr jetzt heiß oder kalt oder was? Alter Finne, wahrscheinlich »oder was«.

Zum millionsten Mal fragte sie sich, wie es wohl war. Wie war es, wenn man es machte? Es richtig mit einem Jungen machte? Die meisten ihrer Freundinnen hatten wenigstens schon mehr oder weniger ernsthaft herumgeknutscht; Becca hatte es schon gemacht. Aber Becca war Mums Meinung nach auch ein wenig freizügig. Oder, wie Mum sich ausgedrückt hatte, *ordinär*. Sie war nicht dünn, ganz im Gegenteil, aber dafür hatte sie etwas, was Ginny sich mehr als alles andere wünschte, sogar noch mehr als Bens Hände auf ihrem Hals, wenn auch nicht mehr, als dass die Kugel verschwand: Brüste.

Ginny hatte eine private Theorie, dass ernsthaftes Herumknutschen intimer war, als es richtig zu machen, aber sie wollte das nicht laut sagen. Es konnte ja sein, dass es noch etwas gab, was sie nicht wusste. Aber solange man noch nicht beides gemacht hatte ... War sie eigentlich unter den Mädchen ihres Alters in Pridehaven das einzige, das noch Jungfrau war? Manchmal hielt sie das für sehr wahrscheinlich. Und es war ihre eigene Schuld, weil sie sofort wegrannte, sobald sie nur den Hauch einer Gelegenheit bekam. Es war einfach so, dass alle Jungs ... Nun, sie stand eben auf keinen von ihnen.

Sie mochte sich wirklich nicht bildlich vorstellen, wie Becca ... Aber andererseits konnte man manchmal, wenn man Becca ansah, nicht anders. Das war es wahrscheinlich, was ihre Mutter gemeint hatte. Ginny wollte es dennoch hinter sich bringen. Wahrscheinlich wollte sie es einfach wissen. Ahnungslosigkeit war so bemitleidenswert.

»Vielleicht«, sagte Ben, als hätte er ihre Gedanken gelesen, »könnten wir beide ja mal was trinken gehen.«

Hatte er sie gerade um eine Verabredung gebeten? Dieser traumhafte Kerl, der einen Mund hatte wie Joker aus *Batman* und an dem sogar ein metallic-türkiser Eyeliner ausgesprochen männlich wirkte? Ginny versuchte, ruhig zu bleiben. Aber plötzlich hatte sie ein Gefühl, als hätte ihr jemand all das geschenkt, was sie sich auf der Welt am meisten wünschte, alles in einem einzigen, herrlichen Schwung – diese Jeans bei Top Shop, die sie sich nicht leisten konnte, Schokoladenkekse von M & S; Kentucky Fried Chicken im Brötchen und Eis mit Kuchenteiggeschmack. Okay, das waren größtenteils Sachen zum Essen, aber hey, das war ihr Problem, und sie würde damit schon klarkommen. Und all das hatte sie am Hide Beach bekommen, bei strahlendem Sonnenschein, an einem Tag, an dem sie keine Pickel im Gesicht hatte, ihren Zebra-Bikini trug und sich TOLL fühlte. Wenn nur …

»Yeah«, gab sie zurück. »Könnten wir wohl.«

Er schnitt einen kleinen Zacken an ihrem Pony ab. »Cool. Lass uns mal die Handynummern austauschen.«

»Okay.« Ginny sah zu, wie er ihr Haar mit den Fingern auflockerte. »Ich gebe bald eine Fete«, fügte sie plötzlich hinzu. Ihre Mutter hatte ihr erst gestern Abend gesagt, dass sie verreisen würde. Aber wie lange brauchte man schon, um eine Party zu planen? In diesem Fall ungefähr zwanzig Sekunden.

»Kommst du auch zurecht, Ginny?«, hatte ihre Mutter gefragt. »Es ist nur für eine Woche. Nonna und Pops wohnen in unserer Straße, und Lisa ist gleich nebenan. Wenn du nicht allein sein willst, kannst du auch bei Nonna übernachten.«

Na toll. Was glaubte sie, wie alt Ginny war? Zehn? Sie liebte es, das Haus für sich zu haben, obwohl das nicht oft vorkam. Ihr Problem würde ja gerade sein, dass Nonna und Pops in ihrer Straße wohnten (obwohl sie süß waren und Nonna eine tolle Köchin war) und dass Lisa gleich nebenan lebte.

»Mit wem fährst du denn in Urlaub?«, hatte sie ihre Mutter gefragt und ihre Unschuldsmiene aufgesetzt.

Wie beabsichtigt löste sie damit Schuldgefühle bei dieser aus. »Ach, Ginny, ich würde dich so gern mitnehmen. Aber du hast ja noch so viel für deine Prüfungen zu lernen …«

»Ist schon okay.« Ginny zuckte mit den Schultern. »Aber vielleicht lade ich abends mal ein paar von den Mädels ein. Das ist doch okay, oder? Wir würden wahrscheinlich Pizza bestellen und einen Film ansehen.« Falls die Party außer Kontrolle geriet (was wahrscheinlich war) oder einer ihrer Aufpasser merkte, dass sie außer Kontrolle geraten war, dann würde die Sache viel leichter zu erklären sein, wenn ihre Mutter wusste, dass sie Freunde einladen wollte. Energisch unterdrückte sie den Anflug von schlechtem Gewissen, der immer auftauchte, wenn sie ihre Mutter belog. Ginny liebte sie, natürlich. Und sie wusste, wie viel ihre Mutter für sie getan und was sie geopfert hatte. Aber manchmal hatte sie trotzdem Lust, sie zu bestrafen. Einfach weil … Ach, wegen nichts eigentlich. So war das nun mal.

»Natürlich ist das in Ordnung.« Ihre Mutter wirkte zerstreut. »Und wen …?«

»Was sagtest du noch, mit wem du fliegst?«, schnitt Ginny ihr das Wort ab.

»Ach, ich bin mir nicht sicher«, antwortete ihre Mutter ausweichend, was bedeutete, dass sie mit Robin fliegen wollte. »Vielleicht allein.« Was ebenfalls bedeutete, dass sie vorhatte, Robin mitzunehmen, diesen Loser.

Aus irgendeinem für Ginny nicht ganz nachvollziehbaren Grund war ihrer Mutter nicht klar, dass sie über Robin Bescheid wusste. Dabei hatte sie ihn ihr sogar vorgestellt, als Lisa und Mitch dabei waren, und zwar auf die ihrer Mutter eigene vorsichtige Art, als könne Ginny statt *Hallo* einfach *Wer zum Teufel sind Sie denn?* sagen und damit ihre Mutter für alle Ewigkeit blamieren. Obwohl die Vorstellung reizvoll gewesen war, hatte sich Ginny höflich verhalten und sämtliche vorhersehbaren Fragen über College und Uni beantwortet, ohne ein einziges Mal aus der Rolle zu fallen. »Was für ein nettes Mädchen«, hatte er gesagt, und sie konnte den erleichterten Seufzer ihrer Mutter beinahe hören. Bastard!

Ihre Mutter ahnte nicht, dass Ginny es bemerkte, wenn Robin am Nachmittag da gewesen war. Sie wusste, wann sie das Bett genommen hatten, dann waren nämlich die Vorhänge in Mums Schlafzimmer viel zu ordentlich zurückgezogen, und es standen zwei Weingläser auf dem Nachttisch. Wenn sie es auf dem Sofa gemacht hatten, waren die Kissen aufgeschüttelt, der Couchtisch war leicht verrückt, und es standen zwei schmutzige Kaffeetassen darauf. Über letztere Variante dachte Ginny allerdings nicht gern nach.

Obwohl ihre Mutter ihr nichts davon gesagt hatte, war sie inzwischen auch darauf gekommen, dass er verheiratet war, denn die beiden trafen sich nicht zu normalen Zeiten, und ihre Mutter machte meistens einen unglücklichen Eindruck. Nur manchmal waren ihre Wangen rosig angehaucht, was hieß, dass sie ihn bald sehen würde oder gerade einen heimlichen Anruf erhalten hatte. Ginny konnte Robin nicht leiden, weil er zu glatt, zu konventionell und zu verheiratet war und weil ihr nicht gefiel, was er mit ihrer Mum machte. Aber vermutlich hätte ihre Mutter sie schon um Rat gebeten, wenn sie ihn hören wollte.

»Eine Party? Cool«, sagte Ben. Er wirbelte die Schere herum. »Dann hoffe ich doch, dass du deinen Lieblingsfriseur einlädst?«

»Klar, schon passiert«, gab Ginny zurück. Er würde kommen. Sie konnte es kaum abwarten. Ihr wurde klar, dass das vielleicht die Gelegenheit war. Die Kugel loswerden. Ihre erste sexuelle Erfahrung machen …

Ben schaltete den Fön ein und begann, ihr Haar zu trocknen. »Heiß genug?« Er zog eine seiner perfekt gezupften Augenbrauen hoch.

Er machte keinen Witz. »Absolut«, sagte Ginny.

5. Kapitel

Tess klopfte kurz an Lisas Hintertür, die genauso aussah wie ihre eigene Tür, und betrat dann, ohne eine Antwort abzuwarten, die Küche.

»Komm doch auf einen Kaffee vorbei«, hatte Lisa ihr zehn Minuten zuvor am Telefon vorgeschlagen, kaum dass Tess angefangen hatte, ihr die Neuigkeiten über die Villa in Sizilien und Robin zu erzählen. »Hier können wir besser reden. Außerdem kann ich gleichzeitig kochen.«

Lisa, die Königin des Multitaskings, trug eine grüne, mit roten Elefanten geschmückte Schürze über schwarzen Jeans und einem T-Shirt. Sie war schwarzhaarig, zierlich und anscheinend nicht aus der Ruhe zu bringen. Heute Abend rührte sie mit einer Hand in einem riesigen Suppentopf mit Chili und dirigierte mit der anderen diverse Kinder zwischen sieben und elf. Tess sah ihr zu und dachte an ihre eigene Erfahrung mit Ginny zurück. Sie hatte sie ohne Mann großgezogen, als Einzelkind. Das war in vielerlei Hinsicht etwas ganz anderes gewesen.

»Tess.« Lisa hielt ihr die Wange zum Kuss hin. »Komm, setz dich.«

Lisas behagliche Küche mit ihrem würzigen Chiliduft und dem warmen Schein der ockerfarben gestrichenen Wände war so etwas wie ein sicherer Hafen. Seit Lisa und Mitch das Haus neben Tess' leicht verwahrlosten viktorianischen Eckhaus bezogen und sie in ihren Freundeskreis aufgenommen hatten, hoffte Tess, diese Atmosphäre, die Lisa vollkommen mühelos heraufbeschwor, in sich aufnehmen und wieder abgeben zu können. Eine Atmosphäre des Zusammenseins mit Mann und Kindern, von Familie und einem Heim. Doch natürlich konnte sie das nicht. Wie sollte sie auch, wenn sie keinen Mitch hatte? Aber sollte sie deswegen ein schlechtes Gewissen haben? Weil sie ihrer Tochter nicht alles geben konnte? Weil sie nicht in der Lage war, ihr einen Vater zu bieten? Nein. Denn vielleicht war das, was sie mit Ginny verband, diese besonders enge Beziehung, nur möglich, weil sie beide zusammen gegen den Rest der Welt standen.

»Ich bin sofort bei dir«, erklärte Lisa ihr. »Ich muss bloß noch …« Sie wandte sich an ihre Sprösslinge. »Sofort die Bücher vom Tisch, Leute, sonst gibt es kein Abendessen.«

Tess trat aus dem Weg, als sich sechs Hände ausstreckten, um sich Schulbücher, Mäppchen und alles andere zu schnappen, während die dazugehörigen Münder ohne Unterlass schnatterten. *Hast du meinen schwarzen Textmarker? Wo ist mein Lineal? Das ist mein Radiergummi, Idiot. Sag nicht Idiot zu ihm.*

Der letzte Satz kam von Lisa. Sie warf Tess ein entschuldigendes Lächeln zu. Ihre drei Kinder zusammen hatten bisweilen die Wucht eines Vulkans.

Apropos Vulkan, dachte Tess. Sie könnte mit Robin den Ätna besuchen. Und Palermo. Alte Tempel, Kathedralen, einsame Buchten, Sandstrände … Sie spürte einen Anflug von schlechtem Gewissen. Durfte sie einfach eine Woche verschwinden und ihre Tochter hier allein lassen?

Ginnys Vater, ein freigeistiger, gitarrenspielender Surfer mit langen Gliedmaßen und Augen, die so blau waren wie das Wasser des Schwimmbads, in dem er als Rettungsschwimmer arbeitete, hatte nur die ersten sechs Monate von Tess' Schwangerschaft durchgehalten. Dann war er nach Australien gegangen. Wie er sagte, konnte er keinen weiteren englischen Winter mehr ertragen. Er hatte Tess gebeten, mit ihm zu gehen. Aber für Tess war das Timing problematisch. In nur zwölf Wochen würde sie ein Kind auf die Welt bringen. David hatte vor der Wahl gestanden, seine Freundin zu verlassen oder sich dem englischen Winter auszusetzen, und er hatte sich gegen sie entschieden. Kein gutes Omen für die Zukunft.

Tess war froh darüber, dass Ginny den unabhängigen Charakter ihres Vaters geerbt hatte. Aber ihre Tochter wurde geradezu furchteinflößend schnell erwachsen, und es standen so viele schwierige Entscheidungen an. So vieles konnte schiefgehen. Tess hatte Angst, dass Ginny sich dabei auch von ihr entfernte. Sie sah zu, wie Lisas Kinder sich um ihre Mutter scharten. *Werd nicht so schnell erwachsen ...*

»Ich bin beschäftigt, Freddie«, sagte Lisa gerade zu ihrem Ältesten. »Mach deine Hausaufgaben nebenan, oder schau vor dem Essen eine DVD, und wir erledigen das dann später.«

»Das sagst du immer«, murrte Freddie. Aber er grinste Tess zu, schnappte sich aus der Obstschale auf dem Tisch eine Orange und zog dann fröhlich ab.

»Und sieh zu, dass es etwas ist, das die Kleinen auch sehen dürfen!«, rief Lisa ihm nach und scheuchte ihre beiden Töchter hinter ihm her. »Ich will mich mit Tess unterhalten.«

Tess küsste die Mädchen, beide absolut anbetungswürdige Kleinausgaben ihrer Mutter, und zog sich den nächstbesten Küchenstuhl heran. Sie war so aufgedreht, dass sie fast platzte. Es würde wirklich passieren. Sie war eine Frau mit Eigentum. In Sizilien. Und sie würde hinfliegen – mit Robin.

Lisa stellte ein Glas vor sie hin.

»Danke.« Der Kaffee hatte sich auf geheimnisvolle Weise in Rotwein verwandelt, aber Tess erhob keine Einwände.

»Ich bin schon mal zum Alkohol übergegangen.« Lisa füllte

ihr eigenes Glas und kippte auch noch einen großzügigen Schluck Wein in das Chili. »Prost.« Sie hob die Flasche. »Und herzlichen Glückwunsch!«

»Danke.« Was hatte sie schon geleistet? Wahrscheinlich war sie einfach in die richtige Familie hineingeboren worden.

»Erzähl mir alles«, befahl Lisa.

Und Tess berichtete.

Sie hatte die Gegend um Cetaria gegoogelt und festgestellt, dass sie ein ideales Tauchrevier war. Das Dorf lag in der Nähe eines Nationalparks, der als Landschaftsschutzgebiet ausgewiesen und mit Stränden voller Felsen, weißem Sand und klarem, aquamarinblauem Wasser gesegnet war. Durch Vulkanausbrüche und Erdbeben hatten sich im Lauf der Jahre Höhlen mit Stalaktiten und Süßwasserquellen gebildet, und die Unterwasserwelt war angeblich spektakulär. Tess konnte ihr Glück kaum fassen. Sie hatte immer am Meer gelebt und war immer gern geschwommen.

Sie erinnerte sich, wie sie als Kind am Strand ins Wasser gestarrt und die Augen zusammengekniffen hatte, um die Konturen des Meeresbodens zu erkennen. Unter Wasser schienen alle Farben lebendiger, realer zu sein. Pflanzenwedel und Tang tanzten und verschwammen vor ihren Augen und bewegten sich im Takt der Strömung, Seespinnen huschten über die kleinen Kiesel, und ab und zu glitten winzige Fische durch ihr Blickfeld wie Ölschlieren. Tess war fasziniert gewesen. Sie wollte unbedingt wissen, was sich unter den Felsen, Kieseln und dem Sand noch an Leben versteckte. Wie es wohl wäre, unter Wasser zu leben? Es war eine andere Welt. Hell, fließend und geheimnisvoll.

Als sie älter wurde, hatte sie bei Urlauben im Ausland oft geschnorchelt und sich dabei gewünscht, tiefer tauchen, mehr sehen zu können. Letztes Jahr hatte sie im Surfshop in Pridehaven dann Werbung für den PADI-Grundschein gesehen. Es war auf den Tag genau ein Jahr her, dass sie sich das erste Mal mit Robin getroffen hatte. Um ihren Jahrestag zu feiern, hatten sie ein romantisches Abendessen in einem Restaurant geplant, das in einem Sicherheitsabstand von fünfzehn Meilen außerhalb der Stadt lag. *»Ich weiß, das ist schwer, Liebes, aber wollen wir Helen wirklich unnötig wehtun?«* Aber dann hatte er sie versetzt und nur eine Stunde vorher abgesagt. Es war nicht das erste Mal gewesen, und es würde nicht das letzte Mal sein. »Ich mache das wieder gut, Tess«, hatte er gesagt, und sie hatte gedacht: Ich muss endlich etwas für mich selbst tun.

Sie hatte die Nummer für den Tauchkurs notiert. Man wusste schließlich nie …

Wie sich herausstellte, war der PADI-Kurs genau das, was sie brauchte. Zunächst wurden die Teilnehmer durch eine Reihe von Übungen im Schwimmbecken des Tauchcenters mit der Ausrüstung vertraut gemacht – Neoprenanzug, Maske, Sauerstoffflasche und Gewichtsgürtel. Sie trainierten die Sicherheitsmaßnahmen, lernten das Aufsteigen, den Gebrauch von Zeichensprache unter Wasser und die Benutzung von Dekompressionstabellen, und schließlich setzten sie ihr neu erworbenes Wissen im Meer um. Einige Teilnehmer stiegen aus, als der Kurs zu Ende war, doch Tess' Begeisterung war ungebrochen. Sie hatte weitere Kurse besucht und schließlich den Fortgeschrittenen-Tauchschein gemacht.

»Aber was willst du denn damit, Schatz?«, hatte Robin sie gefragt, als müsse alles im Leben einen bestimmten Zweck erfüllen.

»Spaß haben«, gab sie zurück. »Allein in Tauchurlaub fahren. Mein Leben leben.«

Da hatte er den Mund gehalten. Was hätte er darauf auch sagen sollen? Er gab ihr nicht alles, was sie brauchte, daher musste sie sich anderswo umsehen. Und warum auch nicht? Wieso sollte man sein Lebensglück von einem einzigen Mann abhängig machen? Diese Lektion hatte sie gründlich gelernt, als David nach Australien gegangen war. Niemand würde ihr das noch einmal antun.

Aber das hier war kein Tauchurlaub. Für Tess war es eine Entdeckungsreise. Sie wollte sehen, wo ihre Mutter aufgewachsen war, vielleicht sogar herausfinden, warum sie fortgegangen und nie zurückgekehrt war. Sizilien. Der geheime Ort. Sie wollte das Haus sehen, das ihr wundersamerweise genau zum richtigen Zeitpunkt in den Schoß gefallen war. Wie würde es sein? Und was würde sie damit anfangen?

Aber ihr Glück wurde nicht nur dadurch getrübt, dass sie Ginny allein lassen musste. Sie musste auch an Muma denken, die sich das alles schrecklich zu Herzen nehmen würde. Das Wenige, was ihre Mutter im Lauf der Jahre über ihre Jugend in Sizilien erzählt hatte, war mehr zufällig über ihre Lippen gekommen. Es waren Bruchstücke, zu denen sie keine Erklärungen gab. Für Tess waren es faszinierende kleine Häppchen, die genauso eine Versuchung waren wie das Essen aus der Küche ihrer Mutter. Warum hatte Muma nie den Wunsch verspürt, den Ort und die Menschen ihrer Kindheit wiederzusehen? Sie hatte fast schon aufgegeben, das herausfinden zu wollen. Ihre Mutter war unglaublich dickköpfig.

»Und Robin sagt, er kommt mit?«, fragte Lisa ungläubig.

»Wir haben die Flüge schon gebucht.« Tess war sehr erleichtert, das sagen zu können.

»Gut«, sagte Lisa, aber sie klang besorgt.

»Du findest das nicht gut?« Lisa hatte Robin ein paarmal auf Partys bei Tess zu Hause getroffen und erklärt, sie finde ihn charmant. Zu Lisas Gunsten musste man sagen, dass sie Tess nicht verurteilte; jedenfalls nicht annähernd so streng, wie

Tess mit sich selbst ins Gericht ging. Tess hatte sich nie als eine Frau gesehen, die eine Affäre mit dem Ehemann einer anderen hat. Meistens schaffte sie es, nicht an die geisterhafte Helen zu denken, und wenn sie es doch tat, dann erinnerte sie sich an Robins Klagen über sie. Natürlich blieb er nur wegen der Kinder mit ihr zusammen. Das musste man ihm doch zugutehalten, oder?

»Das ist es nicht.« Lisa trank einen Schluck Wein.

»Was ist es dann?«

Lisa drehte sich um und wischte sich die Hände an der Elefantenschürze ab. »Ich möchte nur, dass du bekommst, was du verdienst«, erklärte sie. »Eine gute, eine richtige Beziehung mit einem besonderen Mann.«

»Und Robin ist nicht besonders genug?«, fragte Tess, obwohl sie wusste, was Lisa meinte.

»Mit einem Mann, der frei ist«, sagte Lisa. »Mit einem, der dir alles geben kann.«

Tess zog eine Augenbraue hoch. Sie wusste, was jetzt kam, und sie versuchte auch diesmal, sich nichts daraus zu machen.

»Liebe, Sicherheit, eine feste Bindung. Du weißt schon.«

»Ja, ich weiß.« Es waren genau die Dinge, von denen Tess sich vormachte, dass sie sie nicht brauchte – besonders, wenn sie um vier Uhr morgens allein aufwachte.

»Aber ...« Lisa war ein freundlicher Mensch und ruderte schon wieder zurück. »Wenigstens hat er dieses Mal ...«

»Ich kann es kaum abwarten, mit ihm wegzufahren«, fiel Tess schnell ein. »Und dann auch noch nach Sizilien. Das bedeutet mir so viel, Lisa.«

»Ich weiß, Liebes.« Lisa kam zu ihr herüber und legte Tess einen Arm um die Schultern. »Es ist nur ...« Sie seufzte.

Tess spürte, wie ihre Schultern sich anspannten. Lisa war ihre beste Freundin, aber manchmal war die Wahrheit unangenehm. Manchmal wünschte sie, Lisa könnte ... na ja, ein wenig lügen.

»Wieso macht er jetzt eine solche Kehrtwende, wo er doch früher immer behauptet hat, dass er nicht mit dir verreisen kann? Hat sich etwas geändert?«

Lisas Stimme klang ganz sanft, aber als Tess aufblickte, bemerkte sie erstaunt, wie besorgt Lisa dreinschaute. Also konnte auch Lisa sie nicht verstehen. Robin behandelte sie nicht schlecht, wirklich nicht. Er war im Grunde ein netter Mann, und er konnte es nicht ertragen, seinen Kindern und seiner Frau, mit der er seit zwanzig Jahren verheiratet war, wehzutun. Wer hätte ihm das verübeln können? Es war ja nicht so, dass er sich absichtlich in Tess verliebt hätte.

Sie wollte gerade einen Teil davon laut äußern, als sich die Hintertür öffnete und Mitch hereinkam. Er sah müde aus. »Was haben wir denn hier?« Er warf seinen Aktenkoffer auf den nächstbesten Stuhl und rieb sich die Hände. »Zwei schöne Frauen, die sich versammelt haben, um mich zu begrüßen?«

Er küsste sie beide. »Du bleibst doch hoffentlich zum Essen?«, sagte er zu Tess.

Wie zur Antwort piepte ihr Handy. »Wahrscheinlich Ginny«, meinte sie und zog es aus der Handtasche. »Ich würde wirklich gern bleiben – ich habe gesehen, was alles in dem Chili ist. Aber ich kann nicht. Ich habe zu Hause einen Eintopf im Slowcooker.«

Aber die Nachricht stammte nicht von Ginny, sondern von Robin. *Treffen auf einen schnellen Drink? Bei dir oder im* Black Rabbit?

Tess spürte, wie sie ein Schauer der Vorfreude überlief. Sie sollte wirklich nach Hause gehen. Aber ... Das Abendessen war schon vorbereitet und kochte. Sie hatte reichlich Zeit. Konnte ein schneller Drink im *Black Rabbit* schaden? Das

Lokal lag zehn Minuten außerhalb der Stadt und war nicht die Art von Gaststätte, die einer ihrer Freunde oder, viel wichtiger noch, einer von Helens und Robins Freunden besuchen würde.

»Robin?« Lisa musste ihre Miene richtig gedeutet haben.

Tess nickte. Schnell schrieb sie zurück. *Okay, in 15 Minuten im B.R.*

Als sie das Handy mit gespielter Beiläufigkeit wieder in die Handtasche warf, beobachtete Lisa sie immer noch. »Pass auf dich auf, Liebes«, sagte sie.

6. Kapitel

Als sie zu Hause ankam, folgte Tess der Musik von *Vampire Weekend* in die Richtung, aus der sie am lautesten ertönte. In Jacks Zimmer, das so hieß, weil dort eine einsfünfzig hohe orange-gelb gestreifte Bastgiraffe namens Jack residierte, lag Ginny der Länge nach auf dem Sofa und lernte – oder was auch immer sie bei dem Höllenlärm tat.

»Ich muss schnell noch mal weg«, schrie Tess. »Ich bin in spätestens einer Stunde zurück.«

Ginny nickte im Takt zur Musik. »Hau rein, Baby.«

Tess nickte. Das würde sie tun.

Als sie im Wagen saß und zu dem am Fluss gelegenen Pub fuhr, fragte sie sich, was Lisa mit *Hat sich etwas geändert?* gemeint hatte.

Nichts hatte sich geändert, oder? Aber vielleicht hatte Robin ja endlich erkannt, dass er mehr in ihre Beziehung investieren musste, um sie am Leben zu erhalten.

Kurz nach sieben fuhr sie auf den Parkplatz und inspizierte wie gewohnt kurz die Wagen, die dort standen. Es war kein Auto dabei, das sie kannte, auch das von Robin nicht. So war das Leben einer Geliebten: Man musste immer selbst fahren und verbrachte viel Zeit mit Warten. Sie seufzte. Es gab auch Vorteile, was man manchmal leider schnell vergaß. Das Leben mit Robin war aufregend. Der Sex war aufregend. Sie war nach wie vor frei; sie konnte so egoistisch sein, wie sie wollte, meistens jedenfalls. Sie brauchte weder für ihn zu kochen noch zu waschen, zu bügeln oder zu putzen. Wenn er sich mit ihr traf, dann tat er es, weil er sie wirklich sehen wollte. Er war großzügig, freundlich und brachte sie zum Lachen. Was war dagegen einzuwenden? Sie schaute prüfend in den Rückspiegel, sah, dass ihre Augen leuchteten, und spürte, wie ihr Magen vor Vorfreude einen Satz machte. Warum sollte sie sich wünschen, dass sich etwas daran änderte?

»Sie hat alles für ein Wochenende bei ihren Eltern vorbereitet«, erklärte Robin. »Ich wollte ihr gerade sagen, dass ich verreisen muss …«

Er war fünf Minuten nach ihr gekommen und hatte abgehetzt und unglücklich ausgesehen. Nachdem er sie geküsst hatte, kam er gleich zum Thema, aber sie wusste schon Bescheid, bevor er auch nur ein Wort gesagt hatte.

»Und?« Tess fühlte sich innerlich wie tot. Konnte man ein Wochenende bei den Eltern nicht auf einen anderen Zeitpunkt verschieben? Sie wünschte, sie hätte sich ein großes Glas Wein bestellt. Sie musste fahren, aber in diesem Moment war ihr das ziemlich egal. Sie fragte sich, was für eine Geschichte er Helen auftischen wollte. Eine Geschäftsreise? Ein Wochenendausflug mit ein paar handverlesenen Kumpanen, die sein Geheimnis nicht verraten würden?

»Sie dachte, es wäre eine nette Überraschung.« Er fuhr sich durchs Haar. Ihr fiel auf, dass er nicht so geleckt wie sonst aussah. Er wirkte zerzauster, als sie ihn je gesehen hatte.

»Und?« Wollte er etwa wegen eines Wochenendes bei Helens Eltern die Sizilienreise absagen? In seinen grauen Augen stand ein bedrückter Ausdruck. Aber sie würde es ihm nicht leicht machen.

»Sie hat einen Tisch im Restaurant reserviert. Theaterkarten bestellt. Alles ist arrangiert.« Er breitete die Hände aus und legte die Stirn in tiefe Falten. »Wenn ich nicht dabei bin, verderbe ich ihr alles.«

Und Sizilien verdarb er ihr nicht, wenn er nicht mitkam? Sie holte tief Luft und bemerkte, dass sie ihr Weinglas so fest umklammerte, dass der schlanke Stiel gleich zerbrechen würde. Sie lockerte ihren Griff. »Wieso würde das denn alles verderben?« Gott, sie klang so ruhig.

»Weil alle es von mir erwarten.« Er sprach langsam, um seine Worte zu unterstreichen. Zum ersten Mal schlug er die Augen nieder. »Nicht nur, dass Helen am Boden zerstört wäre ...«

Am Boden zerstört? Das war ja wohl ein wenig übertrieben. »Um Himmels willen, Robin, verschon mich.« Tess trank einen großen Schluck Wein, schloss kurz die Augen und fragte sich, ob manche Frauen dazu geboren waren, Geliebte zu sein, und andere dazu, Ehefrauen zu werden.

»Aber ihre Familie wird reden, Fragen stellen, den Status quo stören.«

Wäre das so schrecklich? Vielleicht war es Zeit, dass einmal jemand den Status quo störte. »Warum sollten sie?«, erkundigte sie sich kühl. Ihr wurde klar, dass sie bereits dabei war, sich von ihm zu trennen. Jetzt schon. Sie schuf Abstand. Distanz verringerte den Schmerz – so funktionierte das. Und sie würde ihn nicht anflehen. Sie hatte sich von Anfang an geschworen, keine anspruchsvolle, jammernde Geliebte zu sein, die immer mehr wollte. Sie würde sexy und witzig sein und nehmen, was er ihr freiwillig gab. Doch das war ihr jetzt nicht mehr genug. »Warum macht das etwas aus? Haben sie in irgendeiner Form Macht über dich?«

Das hatte sie nicht ganz ernst gemeint, es sogar ironisch gesagt, aber ihr wurde sofort klar, dass sie einen wunden Punkt getroffen hatte. Er seufzte und trank einen großen Schluck von seinem Bier. Es war nur ein kleines, wie sie bemerkte. Offensichtlich hatte er wirklich nicht mehr vor als einen »schnellen Drink«.

»Na ja, es geht ums Geld«, sagte er.

Tess spürte, wie sich ihre Nackenhaare aufstellten. Sie wusste instinktiv, dass sie gleich etwas hören würde, was ihr nicht gefiel. »Was für Geld?«

»Du weißt doch, dass sie reich sind, Schatz.« Dieses Mal strich er sich das Haar glatt. Er war immer ganz der glatt rasierte Geschäftsmann im schicken Anzug. Für gewöhnlich brachte sie das zum Lachen, weil sie so unterschiedlich waren. Aber heute machte es sie traurig. Weil es stimmte: Sie waren vollkommen gegensätzlich.

»Nein, das wusste ich nicht.« Woher sollte sie das auch wissen? Und was hatte die finanzielle Lage seiner Schwiegereltern mit ihnen zu tun? Es gefiel Tess nicht, wie sich dieses Gespräch entwickelte.

»Sind sie aber, sehr sogar.« Er sah sie jetzt wieder an. »Weshalb es offensichtlich nicht ratsam für mich ist, sie gegen mich aufzubringen.«

Hatte sie etwas verpasst? Tess kämpfte gegen den Drang an, laut zu schreien. »Aber ...« Sie war verwirrt. »Ihr seid doch sicher finanziell unabhängig, Helen und du.« Er arbeitete doch, oder? Er besaß ein hübsches Haus (Sie war mehrmals daran vorbeigefahren, weil sie der Versuchung nicht widerstehen konnte und sich ansehen wollte, wo er die viele Zeit ohne sie verbrachte) und ein schönes Auto. Er war auch nicht geizig – oder? Er war weder raffgierig noch geldgierig. Oder vielleicht doch?

Er lachte bitter. »Wer ist heutzutage finanziell schon völlig unabhängig?«

Tess starrte ihn an. Ihr wurde klar, dass sie selten über Geld gesprochen hatten, seit sie zusammen waren, denn das war nicht notwendig gewesen. Sie hatten kein Gerüst aus gemeinsamen Finanzen und praktischen Belangen, das sie zusammenhielt. Wenn sie zum Essen ausgingen, bestand er immer darauf, die Rechnung zu übernehmen. Sie kochte zu Hause für ihn und sorgte dort für die Drinks. Was gab es außerdem noch? Geschenke, die sie einander gemacht hatten? Geld war nie ein Thema gewesen. Warum auch?

Plötzlich traf sie die Enttäuschung wie ein Schlag. Robin kam nicht mit nach Sizilien. Wieder einmal ließ er sie im Regen stehen. Er würde nie für sie da sein, wenn sie ihn brauchte. Und auch dann nicht, wenn sie ihn nicht brauchte, sondern sich nur nach ihm sehnte.

»Du hast doch auch eine Hypothek, oder, Schatz?«, fragte er. Solche Fragen hatte er ihr noch nie gestellt.

»Schon, eine kleine.« Bei Ginnys Geburt hatten ihre Eltern ihr geholfen, sich etwas Eigenes zu kaufen, und sie hatte das Haus immer noch nicht ganz abbezahlt. Es war ein wenig heruntergekommen und lag nicht im besten Stadtviertel, aber es war komfortabel, hatte Charakter, und es gehörte ihr. Aber warum um Gottes willen redeten sie über Hypotheken?

»Nun ja, ich bin Helens Familie gegenüber finanziell stark verpflichtet«, erklärte er. »Sie lebt gern gut. Und von meinem Gehalt könnte ich mir unseren Lebensstil niemals leisten.«

»Ich verstehe.« So langsam wurde ihr vieles klar. Das erklärte auch, warum Helen nicht arbeitete – und noch einiges andere. »Du musst nach ihrer Pfeife tanzen.«

»Ganz so ist es nicht.« Er nahm ihre Hand. »Aber vorsichtig sein muss ich schon.«

Sie sah auf seine ordentlichen weißen Manschetten hinunter, auf sein Handgelenk und die Stelle, wo dunkles lockiges

Haar unter seinem Hemd hervorkam. Sie zog die Hand weg. »Schon in Ordnung.« Aber das war es nicht. »Ich verstehe.«

»Tess ...«

»Ich verstehe, wo deine Prioritäten liegen. Du hast die Sache vollkommen klar dargelegt.«

»Tess ...« Seine Stimme klang jetzt eindringlich. Leise und beschwörend. Normalerweise mochte sie das, aber heute war es anders. »Weißt du denn nicht, dass ich alles darum geben würde, mit dir zu kommen? Wenn es nur möglich wäre ...«

»Das ist es. Zumindest war es das.« Tess konnte nicht glauben, wie ruhig sie war, ruhig und distanziert. Sie stand auf. »Aber du hast dich entschieden.« Sie war zu stolz, um zu versuchen, ihn umzustimmen.

Er erhob sich ebenfalls, nahm ihren Arm. »Wenn du zurück bist ...«

Tess sah ihn unverwandt an. »Nein«, sagte sie.

»Ich mache das wieder gut, Schatz.«

Wieder entzog sie sich ihm. »Leb wohl, Robin.« Verließ den Pub, nicht zu schnell und nicht zu langsam. *Ich bin mehr wert als das.* Sie stieg ins Auto. *Ich werde nicht zusammenbrechen.* Sie startete den Motor. *Und ich werde nicht weinen.* Verdammt sollte er sein! Warum sollte sie weinen? Man weinte, wenn man etwas verlor, das einem gehörte, oder? Aber er hatte ihr nie gehört. Und deswegen hatte sie heute auch nichts verloren.

7. Kapitel

Flavia trocknete sich die Hände am Geschirrtuch ab und trat dann gemächlich durch die Hintertür aus der Küche in den Garten. Es war kurz nach Mittag, und die Sonne schien warm auf ihre bloßen Arme. In Sizilien würde es wärmer sein, dachte sie und blieb am Kräuterbeet stehen, wo die Minze wie jedes Jahr schon wieder wild wucherte. Jedes Jahr nahm sie sich vor, sie auszugraben und in einen Topf zu sperren, doch nie konnte sie sich dazu überwinden. Die Natur hatte die Minze dazu bestimmt, wild und frei zu sein. Wer war sie, sich da einzumischen?

Sie warf einen Blick auf die Armbanduhr. Tess war jetzt schon in der Luft. In diesem Moment überquerte das Flugzeug vielleicht gerade Frankreich. Was ihre Tochter wohl dachte, wenn sie aus dem Fenster auf die Wolken hinuntersah? Ob sie aufgeregt war oder gar ein wenig Angst hatte vor dem, was vor ihr lag?

Aus ihrer Schürzentasche zog Flavia ein gebundenes Notizbuch mit leeren Seiten und einen Stift. Sie nahm die Schürze ab, faltete sie ordentlich zusammen und legte sie auf den Gartenstuhl. Es war Lennys Stuhl. Er stand an dem Holztisch gegenüber von ihrem eigenen auf den Bodenplatten, die er vor zwei Jahren gelegt hatte. Lenny war unterwegs. Er traf sich zum Mittagessen mit einem seiner alten Freunde. Daher hatte sie Haus und Garten für sich.

Zufrieden schaute sie sich um. Der Garten war nicht groß, aber groß genug. Er war bunt und hatte einen gut gepflegten

Rasen; dafür sorgte Lenny. Wie nannten die Immobilienmakler das noch – Außenfläche? Das war ein Begriff, mit dem man in Cetaria nicht viel anfangen konnte. In Sizilien gab es Häuser, in denen man wohnte, und der Rest war »draußen«. Merkwürdig, dass man ausgerechnet in England, wo alles so grau war, Außenflächen für so enorm wichtig hielt – obwohl sie sich im Lauf der Jahre an das Klima gewöhnt hatte; das Wetter war ihre geringste Sorge. Trotzdem ... Sie ließ sich auf ihrem Stuhl nieder und machte es sich bequem. Ihr fehlte dieses intensive Blau des sizilianischen Sommers; die herrliche Sommerhitze, obwohl sie früher oft darüber geflucht hatte.

Sie holte hörbar Luft. Tess war allein nach Sizilien geflogen, was gut war. Noch besser wäre allerdings gewesen, sie wäre gar nicht geflogen.

»Ich denke an dich«, hatte Flavia zu ihr gesagt. Und an Sizilien.

Sie setzte sich und schlug das Notizbuch auf. *Man muss die Geschichte erzählen, um sie loslassen zu können.* Na schön, sie würde es versuchen. Sie würde versuchen, das, was sie nicht aussprechen konnte, niederzuschreiben: die Geschichte des Mädchens namens Flavia, das ihr von heute aus betrachtet so fern und so verloren vorkam. Es war an der Zeit dazu.

Meine liebste Tess, schrieb sie.

Wo sollte sie beginnen? Am besten am Anfang, dachte sie. Mit dem Tag, an dem es geschehen war, an dem alles begonnen hatte.

Es war Juli gewesen und heiß, sehr heiß. Sie erinnerte sich an die Hitze der Sonne auf ihrem Rücken, die in ihren Nacken stach, als sie sich bückte, und die dünne weiße Bluse an ihrer Haut kleben ließ. Sie erinnerte sich, wie sie mit dem Handrücken ihr dichtes Haar zurückgeschoben hatte. Ihre Hand war fleckig von den Tomaten gewesen.

Juli 1944

Flavia ging in die Hocke, um die reifen Tomaten von der nächsten Pflanze in der Reihe zu pflücken. Heilige Muttergottes, dachte sie. Sie hatte gerade erst mit dem Pflücken begonnen, und schon tat ihr der Rücken weh, und ihre Finger waren grün. Wieder Juli, wieder Ernte, und im August, September und Oktober wurde weitergepflückt. Tomaten und Oliven, Äpfel und Pflaumen. Pflück, pflück, pflück, den ganzen Tag, damit Mama die Feldfrüchte zerkleinern, durchsieben, sterilisieren, auf Flaschen ziehen und ihre Tomatensauce herstellen konnte (»die wichtigste häusliche Arbeit des Jahres, Kind«), ihre Marmelade, ihr Olivenöl, ihr … Puuuh! Flavia schob ihr schweres, dichtes Haar zurück, unter dem sie noch mehr schwitzte. Am liebsten hätte sie laut geschrien …

Es reichte. Sie richtete sich auf. Über den grünen und rostroten Bergebenen, auf denen Pinien und Zypressen standen, Olivenhaine, Weingärten und ab und zu eine Hütte aus Kalkstein, hing, so weit sie sehen konnte, ein Hitzeschleier. Er hatte eine Farbe – Purpurgrau – und einen Klang, ein helles Sirren. Sie stemmte eine Hand in die Hüfte und schickte das Sirren mit einem lauten Ruf wieder in die weite Landschaft zurück: »Hiiiii.«

Am Himmel stand keine Wolke. Sie roch nichts außer dem harten, trockenen, »grünen« Geruch von Tomaten. Sie spitzte die Ohren, um das Meer zu hören. Aber es lag auf der anderen Seite der Villa und ihres Häuschens, und alles, was sie außer dem Sirren wahrnahm, war das Brummen der Insekten, ein unaufhörliches Summen. Es konnte einen geradezu verrückt machen.

Heute Morgen war sie mit dem Gefühl aufgewacht, dass etwas passiert war. Doch als sie aus dem Bett stieg und aus dem

Fenster spähte, sah draußen alles aus wie immer. Der rosige Schein der Morgendämmerung konzentrierte sich bereits zu einem sinnlicheren, stärkeren Licht. Aber sie wusste es, sie wusste es einfach.

»Hey!«

Flavia zuckte zusammen.

»Du träumst schon wieder mit offenen Augen!«, rief ihre Schwester Maria ihr zu. Auf die überlegene Art einer älteren Schwester, die sie im Lauf der Jahre perfektioniert hatte, schnalzte sie mit der Zunge und wies auf Flavias noch halb leeren Korb. »Komm weiter, schnell!«

»Komm weiter, schnell«, murrte Flavia halblaut. Wieder eine Ernte, noch ein Jahr, das aus Arbeit und Warten bestand. Worauf wartete sie? Dass ein junger Mann aus dem Dorf Anspruch auf sie erhob?

Sie ging weiter zur nächsten Pflanze. Achtlos riss sie die Früchte von den stachligen Stängeln. Wie die Bartstoppeln eines alten Mannes, dachte sie. Wie bei dem alten Luciano, der oben auf den Berghängen die Ziegen hütete. Der herbe Geruch der von der Sonne erhitzten Tomaten war ihr in die Nase, in die Kehle und in den Bauch gekrochen. Denk daran, nur die reifen Früchte.

Es gab nicht mehr als zwei oder drei junge Männer zur Auswahl. Nicht, dass sie eine Wahl treffen durfte. Und wer würde sich schon für sie entscheiden, wenn sie nicht, wie Mama ihr zu verstehen gab, lernte, »ihre Zunge zu zügeln«. Sie war zu eigenständig, zu dickköpfig. »Spar dir dein Feuer auf«, pflegte Mama zu sagen und meinte damit, bis sie verheiratet war. Denn dann, als Vorstand ihrer Familie, hatte sie das Sagen. Heiliger Jesus! Ohne dass sie es bemerkte, schlossen sich ihre Finger zu fest um die Frucht, und sie spürte, wie die Haut platzte und das Innere über ihre Finger quoll. Sie hob die Fin-

ger an die Lippen, saugte die Tomate aus und warf die Haut auf den staubigen Boden.

»Tsss!« Maria entging aber auch nichts.

Flavia streckte ihr die Zunge heraus und ging weiter zur nächsten Pflanze. Sie wusste, wen ihre Schwester wollte. Leonardo Rossi. Das wusste sie, weil sie die Sprache der Augen verstand, die nur jemand mit so einer geschärften Beobachtungsgabe, wie Flavia sie besaß, wahrnahm. Sie hatte gesehen, wie die beiden einander in der Kirche anschauten. Wo sollten sie es auch sonst tun? Nur in der Kirche durften junge Mädchen anderen Leuten begegnen. Und selbst dann musste man den Blick niederschlagen und vor allem sittsam sein. Pah!

Flavia reckte sich. Sie war erst siebzehn; daher waren ihr Rücken und ihre Schultern noch gesund und biegsam. Aber sie begriff, warum die alten Frauen so graue Gesichter hatten, so gebeugt gingen und so verbraucht waren. Ein Grund war das Tomatenpflücken.

Also, was war passiert? Sie versuchte, sich zu erinnern. In der Nacht war sie aufgewacht, einmal nur, und hatte in der Finsternis ein Geräusch gehört, so etwas wie ein Krachen in nicht allzu großer Entfernung. Und Lichter gesehen, Suchscheinwerfer vielleicht, die den Nachthimmel aufrissen.

Sie ließ den Blick auf der Villa Sirena ruhen, die sich in ihrem dunklen Rosa über dem baglio *und der Bucht erhob, die Villa, die Edward Westerman gehörte, dem exzentrischen englischen Poeten. Ihm gehörten auch die Olivenbäume, die sie abernteten, die Tomatenpflanzen, die ihre Mutter und ihr Vater pflegten, und sogar das kleine Steinhaus gleich hinter der Villa, in dem sie lebten. Er hatte es vor neun Jahren, als er nach Sizilien gekommen war, gebaut. Damals war Flavia noch ein Kind gewesen und der Krieg noch weit fort. Niemand hätte damals an so etwas gedacht. Heute war Palermo – wie manche*

Leute behaupteten, die am häufigsten eroberte Stadt der Welt – sowohl von Deutschen als auch Amerikanern besetzt. Es war »erobert« worden, und doch hieß es seine Besatzer mit offenen Armen und Prostitution im großen Stil willkommen. So hatte Flavia es gehört, aber sie wusste nicht, was sie davon halten sollte. Sie war sich nicht einmal sicher, auf welcher Seite sie standen.

Wieder schob sie sich das Haar aus der Stirn und dachte zu spät daran, dass sie zerquetschtes Fruchtfleisch und grüne Flecken an den Händen hatte. Aber was machte es schon, wenn sie Flecken im Gesicht hatte? Wer würde sie schon sehen?

Flavias Familie kümmerte sich um die Villa Sirena, um das Land drumherum und auch um Signor Westerman. So ging das schon seit 1935, als Edward Westerman mit erst einundzwanzig Jahren und, wie Papa es ausdrückte, noch grün hinter den Ohren und im Besitz einer beachtlichen Erbschaft aufgetaucht war und ihren Vater angestellt hatte, damit dieser ihm beim Bau der Villa half. Papa war sehr dankbar für die Arbeit gewesen, das wiederholte er oft, und Signor Westerman war zwar noch jung, aber ein guter Arbeitgeber. So gut, dass sich Flavias Mutter um die Stelle als Köchin und Haushälterin beworben und sie auch bekommen hatte. Gleichzeitig stellte er Papa, der nichts gehabt hatte (»rein gar nichts, mein Kind«), bevor Signor Westerman gekommen war, in Vollzeit als Hausmeister an. Seine Kinder hätten, wie Papa immer erzählte, »ohne die Freundlichkeit des Inglese *Dreck gegessen« wie so viele andere im Dorf und hätten wie sie auf den Straßen sterben können. »Gelobt sei die Jungfrau Maria!« Flavia hatte es so oft gehört: »Er hat uns gerettet. Er hat uns nicht verhungern lassen.«*

Sie bemerkte, dass Maria fast das Ende ihrer Reihe erreicht hatte.

»Mach schon, Flavia. Du bist zu langsam!«, schrie sie.

Also, was war da los gewesen? Warum die Lichter, der Lärm? Sie wusste es nicht – noch nicht. Aber da war eindeutig etwas im Busch; ihr Verdacht hatte sich bestätigt. Papa hatte sich früh am Morgen mit den anderen Männern aus dem Dorf in der Bar Piccolo *an der* piazza *getroffen, und sie hatten diskutiert. Flavia hatte die ernsten Mienen, das Kopfschütteln, den besorgten Flüsterton und die großen Mengen an Espresso, die sie tranken, bemerkt.*

Flavia hatte sich Ewigkeiten vor der Bar herumgedrückt, aber nichts herausbekommen. Allerdings vermutete sie, dass die Aufregung mit dem Krieg zu tun hatte. Alles hatte mit dem Krieg zu tun. Obwohl sie nichts von ihm hatten, wie Papa sagte. Er nahm ihnen nur ihre jungen Männer. Flavia seufzte. Das bedeutete noch weniger Auswahl für sie.

Mit den Fingerspitzen fuhr sie über die straffe, gespannte Haut einer Tomate. Die Frucht hatte so viel Sonne aufgesogen, dass sie geradezu schwanger damit zu sein schien. Wegen des Krieges war auch Signor Westerman nicht mehr da. Es war nach allgemeiner Meinung zu gefährlich, in Sizilien zu bleiben; die Zeiten waren turbulent. Wer konnte schon vorhersehen, was Hitler und Mussolini anstellen würden? Wer konnte sagen, was als Nächstes passieren würde? Und wer wusste schon, wer schlimmer war – die Faschisten oder die Nazis? Rasch bekreuzigte Flavia sich.

Der Signor war nach England zurückgekehrt, bis der Krieg vorüber war. Aber wer wusste schon, wann das sein würde? Wer wusste, wann er zurückkehren konnte, um seine schöne Villa, sein Land und seine Olivenhaine wieder in Besitz zu nehmen?

Und unterdessen … Flavia beobachtete die rhythmischen, geschmeidigen Bewegungen ihrer Schwester: bücken, pflü-

cken, bücken, pflücken ... Mit einem Mal erkannte sie, dass Maria zufrieden war. Das verblüffte und frustrierte sie zugleich. Wie konnte sie in diesen schlechten, unsicheren Zeiten zufrieden sein? Wie konnte sie zufrieden sein, während Leonardo Gott weiß wo steckte und ihre Familie kein Einkommen hatte, solange Signor Westerman fort war, und vielleicht auch keine Zukunft? Solange sie jeden Moment sterben konnten, Opfer eines sinnlosen Kriegs, an dem sie kein Interesse hatten? War ihre Schwester verrückt?

Sie sah jedenfalls nicht verrückt aus, sondern eher so, als wisse sie etwas, was Flavia nicht wusste. Flavia seufzte. Vielleicht machte der Umstand, dass ihre Insel seit Jahrhunderten von Erdbeben oder Vulkanausbrüchen geplagt wurde und immer wieder von marodierenden Stämmen erobert worden war, die Sizilianer so ergeben, so zufrieden mit ihrem Los. War es Zufall, dass es in der sizilianischen Sprache kein Futur gab? Die Sizilianer konnten nur zurückblicken, niemals hoffnungsvoll nach vorne, in die Zukunft.

Flavia wandte ihr Gesicht der heißen Sonne zu. Hatten sie keine Zukunft? Man erzählte sich, dass in Palermo faschistische Slogans in Fenstern hingen: Besser einen Tag wie ein Löwe leben als hundert Jahre wie ein Schaf. *Aber Papa sagte, solche Worte seien an die Sizilianer verschwendet. Mit Ehre kannten sie sich aus, da machte ihnen keiner etwas vor. Aber was ging sie der Krieg an? Es war nicht ihr Krieg. Alles, was sie interessierte, war ihr Überleben. Außerdem mochte ihre Familie die Engländer, und sie waren Signor Westerman, dem sie so viel zu verdanken hatten, treu ergeben. Sie hatten all seine Sachen aus dem Haus gebracht und versteckt; jedenfalls alle wertvollen, darunter auch* Il tesoro, *den Schatz, der sich an einem Ort befand, an dem ihn niemand jemals finden würde, an dem niemand auch nur auf die Idee käme, ihn zu suchen. Sie hatte gehört, wie Papa das zu Santinas Vater gesagt hatte. Er hatte nicht gewusst, dass sie hinter dem Vorhang stand und lauschte.*

Flavia zuckte mit den Schultern. Na und? Was bedeutete ihr das schon – all diese Intrigen, das ganze Flüstern über die neuesten Ereignisse, Feinde und Wertsachen, die versteckt werden mussten? Sie hatte gute Erinnerungen an Signor Westerman; nicht nur, weil er immer freundlich zu ihr gewesen war, sondern auch, weil er sie früher oft, wenn sie eigentlich Mama helfen sollte, zu sich gerufen und ihr Geschichten über England erzählt und ihr Gedichte vorgelesen hatte. Er las sie laut vor, in einer Sprache, die sie nicht verstand, aber sie hörte, wie die Worte tanzten, und konnte die Augen schließen und träumen.

In einer Mischung aus Englisch und Italienisch, die für sie nur schwer zu verstehen war, erzählte er ihr von den Dichtern und von England, seiner Heimat. Aber sie verstand genug, um zu erkennen, dass das Leben dort ganz anders aussah, so anders, dass man es sich kaum vorstellen konnte. Aber Flavia versuchte es. Dort gingen Mädchen zum Tanz, sie durften frei sprechen, sie durften ausgehen, alleine oder sogar mit Männern, und sie überlebten es. Heilige Mutter Gottes, und wie sie lebten!

»Lass mal sehen.« Maria stand nun neben ihr und inspizierte ihren Korb. Was würde ihre Schwester jetzt tun, nachdem ihr Liebster das Dorf verlassen hatte? Er war nicht in den Krieg gezogen, sondern davongelaufen. Er versteckte sich in den Bergen, jedenfalls erzählten die Leute sich das. Manche nannten diese jungen Männer Deserteure – diese Männer, die in verlassenen Häusern und Höhlen in der Gegend schliefen und vom Schwarzmarktgeschäft mit Getreide und gestohlenem Vieh lebten. Die meisten sahen darin nichts Verwerfliches. Aber was sollte werden, wenn er nicht zurückkam?

Und wenn der Krieg vorbei war? Was war dann? Selbst wenn einer der jungen Männer, die den Krieg überlebt hatten, sie zur Frau nahm, was für ein Leben würde sie dann führen? Ein Leben wie Mama – wenn sie Glück hatte. Kochen, Putzen, Kinderkriegen. Stumpfsinnige Plackerei. Für alle Ewigkeit ans Haus gefesselt. Nur in die Kirche und auf den Markt würde sie gehen dürfen. Uhhh …

»Du bist mit deinen Gedanken ständig in einer anderen Welt«, schimpfte Maria. »Was ist bloß los mit dir? Das ist unser Essen, unser Leben.«

Flavia schwang ihren Korb herum. Unser Essen. Unser Leben. *War es so falsch, sich mehr als das zu wünschen?*

Nach dem Mittagessen wollte Flavia Siesta halten, kam aber nicht zur Ruhe. Das weiße Licht des frühen Nachmittags stach ihr in Augen und Schläfen, und sie warf sich ruhelos auf ihrem Bett hin und her. Was war das? Lag es nur an der Julihitze, oder …?

Sie stand auf, spritzte sich kaltes Wasser ins Gesicht und ging nach unten. Alles war ruhig. Es war, als schliefe die ganze Welt, aber es war die Art von Ruhe, wie sie vor einem Sturm herrscht.

Sie beschattete die Augen mit der Hand und trat durch die groben Vorhänge aus der Tür. Im Küchengarten war die Erde trocken und hart, aber die dicken Bohnen, Artischocken und Erbsen gediehen; dafür sorgte Mama. Solange sie ein Stück Land hatten, würden sie genug zu essen haben. Und aus der Ernte gewannen sie die Saat für das nächste Jahr.

Sie zögerte kurz. Eigentlich hatte sie vorgehabt, zum Meer zu gehen und ein wenig im kühlenden Wasser herumzuwaten. Aber plötzlich fühlte sie sich in die andere Richtung gezogen, auf weiter unten gelegene Felder und Olivenhaine zu. Blinzelnd sah sie in die Ferne und glaubte einen Moment lang, etwas zu erkennen. In dem goldgelben Weizenfeld zwischen den Olivenhainen blitzte es auf, als werde Licht von Metall reflektiert.

Ohne sich zu rühren, wartete sie. Unterdessen sammelten sich Schweißtropfen in ihrem Nacken und auf ihrer Stirn. Si. *Da war es wieder. Ein Aufblitzen wie ein Signal, ein Zeichen.*

Flavia drehte sich auf dem Absatz um, rannte zurück in die Küche, um eine Wasserflasche zu holen, und lief sofort wieder nach draußen. Sie schaute sich um. Niemand war zu sehen, denn alle versuchten, der drückenden Hitze zu entkommen, und keiner hegte den Wunsch, sich im Freien aufzuhalten. Einen Moment lang aalte sich eine Eidechse auf den kahlen weißen Felsen vor dem Haus, dann huschte sie wie der Blitz davon.

Sie ging den Weg entlang, der zum ersten Olivenhain führte. Langsam, wachsam. Doch da war nichts. Sie ging zwischen den Bäumen hindurch, die in der Sonne grau und silbrig schimmerten und deren knorrige Äste jetzt schwer von Oliven waren. Die trockene Erde unter ihnen war einmal rot gewesen, nun aber war sie zu einem blassen, staubigen Lachsrosa ausgetrocknet. Die weisen Olivenbäume schienen ebenfalls Ausschau zu halten. Nichts. Das Land pulsierte unter der Hitze, und die Grillen zirpten unablässig. Der ferne Horizont sah violett aus.

Am Ende des ersten Hains machte Flavia unter einem Baum eine kleine Pause, um aus der Flasche zu trinken. Das Wasser schmeckte wie Nektar und rann kühl und süß durch ihre trockene Kehle. Sie ließ den Blick weiter über das honigfarbene, von wildem Mohn und Klee umrahmte Weizenfeld gleiten, das in der Nachmittagssonne zu vibrieren schien. Da war es wieder, gleich hinter dem Hügelkamm. Nicht weit entfernt.

Wieder brach Flavia auf und durchquerte das Feld und den nächsten Olivenhain. Als sie den Kamm erreichte, schnappte sie nach Luft, und ihr Herz hämmerte. Einen Moment lang stand sie vollkommen regungslos da. Die Luft war schwer und still, so still.

Sie tat einen Schritt nach vorn, schaute nach unten, und da lag es vor ihr. Ein halb auseinandergebrochenes, von Trümmerteilen umgebenes Flugzeug. »O dio beddamatri«, *stieß sie hervor und schlug die Hand vor den Mund. Oh, heilige Muttergottes …*

Keine zwanzig Meter entfernt lag ein Mann, ein Fremder, der kalkweiß im Gesicht war, sein Bein festhielt und offensichtlich Schmerzen hatte. Ein Flieger. »O dio beddamadri …«

Flavia legte den Stift weg. Sie war erschöpft und fühlte sich wie gerädert. Und trotzdem hatte sie das Gefühl, irgendwie nicht genug getan zu haben. Sie hatte einen großen Fehler begangen, das sah sie nun langsam ein. Da war noch so viel mehr. Trotzdem hatte sie das Gefühl, dass sie noch die Zeit hatte, das Gleichgewicht wiederherzustellen. Sie konnte ihrer Tochter immer noch etwas aus ihrer Heimat schenken. Und dann wurde ihr klar, was das sein musste.

8. Kapitel

Tess holte den Leihwagen am Flughafen von Palermo ab und fuhr nach Cetaria. Sie fühlte sich stark und unabhängig und hatte jeden Gedanken an Robin gewaltsam aus ihrem Kopf verbannt. Sie brauchte ihn nicht; sie würde nicht zulassen, dass sie ihn brauchte.

Beim Blick aus dem Autofenster wurde ihr klar, dass Sizilien die ideale Ablenkung sein würde. Es fiel ihr schwer, den Blick von den grünen und grauen Berghängen zu ihrer Linken loszureißen, von der rostroten Erde, auf der hier und da Pinien und Birken wuchsen, und den kurzen Ausblicken auf das rechts von ihr liegende azurblaue Meer, über dem die Sonne schon tief stand. Aber sie musste sich auf die Straße konzentrieren. Das hier war Sizilien, sie fuhr einen Leihwagen, und sie durfte nicht vergessen, dass hier Rechtsverkehr herrschte.

Es war früher Abend und noch hell, als sie eine Stunde später das Dorf erblickte, eine Anhäufung von Häusern, die auf Terrassen gebaut waren und sich unter ihr am Meer zusammendrängten. Von einem Aussichtspunkt auf dem Hügelkamm schlängelte sich die Straße steil abwärts nach Cetaria. Sie passierte eine Kapelle mit aprikosenfarbener Stuckfassade, und bevor sie wusste, wie ihr geschah, befand sie sich schon mitten im Ort. Hohe Gebäude mit geschlossenen Fensterläden standen auf beiden Seiten des Kopfsteinpflasters, überall parkten Autos, und schmale Steintreppen führten auf die jeweils darunterliegende Ebene und manchmal auch auf eine Piazza oder erlaubten einen kurzen Blick auf das Meer. Es war ein Labyrinth.

Sie parkte in einer Seitenstraße, stieg aus und reckte sich. Es war warm, sie hatte Lust auf einen Spaziergang, und zu Fuß würde es ihr leichterfallen, das Haus zu finden, das sie suchte. Das Dorf war klein, und man hatte ihr gesagt, dass sie den Schlüssel bei einer Signora Santina Sciarra abholen könnte, die in der Via Dogali 15 wohnte und eine Freundin der Familie war. Welcher Familie, fragte sie sich. Ihrer? Hatte diese Frau ihre Mutter gekannt?

»Ist die Villa sehr baufällig?«, hatte sie den Anwalt, der Edward Westermans Erbe verwaltete, am Telefon gefragt, bevor sie abgereist war. Sie war entschlossen, praktisch zu denken. Was zusammen mit Robin ein Abenteuer verheißen hatte, konnte sich als gewaltige Aufgabe erweisen, wenn man allein davorstand.

»Nein, nein«, hatte er ihr jedoch versichert. »Das ist sie nicht. Sie ist nur ein bisschen alt und müde und könnte etwas liebevolle Zuwendung gebrauchen. Aber könnten wir das nicht alle?«

Wahrscheinlich ... Mit »alt und müde« konnte Tess fertig werden, aber nicht mit abblätternden Decken und undichten Wasserleitungen. Sie versuchte, stark zu sein. Aber sie hatte das Gefühl, dass sie in ihrer Beziehung zu Robin an einem Abgrund angekommen war, und sie war sich nicht sicher, ob sie springen sollte.

Sie ließ ihr Gepäck im Wagen und ging bis zur nächsten Ecke. Es gab kein Zeichen von Leben in den schmalen Straßen, aber sie roch Tomaten, Kräuter und bratendes Fleisch. Überall wurde Abendessen gekocht, und die Düfte zogen durch offene Fenster und trieben von Balkonen und Terrassen herab.

In der nächsten Straße sah sie eine alte, gebückte Frau in Schwarz, die ihre Türschwelle fegte.

»*Scusi*«, sprach Tess sie an. War das richtig?

Die Frau blickte aus schwarzen, unergründlichen Augen zu ihr hoch und gab keine Antwort.

»Ähem …« Sie war mit ihrem Italienisch bereits am Ende. Und außerdem war, wie Muma behauptete, Sizilianisch eine vollkommen andere Sprache, und Flavia hatte sich entschieden, sie Tess nicht zu lehren. Ihre Mutter hatte sie nicht zweisprachig erzogen, und so hatte sie sich nie mit Muma in deren Muttersprache unterhalten können. Gelegentlich ein Fluch – mehr Italienisch hatte sie nie von ihr gehört. »*Via Dogali?*« Sie zeigte der Frau den Zettel, auf dem sie die Adresse notiert hatte.

Die Frau entriss ihn ihr mit knorrigen braunen Fingern, las ihn und schnalzte mit der Zunge. Obwohl es ein warmer Abend war, hatte sie sich ein dickes schwarzes Tuch fest um den Kopf gebunden. Sie ließ einen Wortschwall auf Sizilianisch los, in dem Tess den Namen Santina zu verstehen glaubte.

»Ja«, sagte Tess. »Santina. *Si.*«

Die Frau legte Tess eine knochige Hand auf den Arm und drückte zu. Fest. Sie musterte sie von oben bis unten und sprach sehr schnell. Wollte sie wissen, wer Tess war? Sie glaubte schon.

»Ich bin Flavias Tochter«, erklärte sie langsam und deutlich. »Flavia. *Figlia.*« War das richtig?

Noch ein Wortschwall. Dann drehte sich die Frau um und winkte ihr. »*Si, si*«, murmelte sie. »Kommen, kommen.«

Rasch humpelte sie die schmale Straße entlang, wobei ihre schweren schwarzen Schuhe auf dem Kopfsteinpflaster polterten. Tess eilte ihr nach. Wie alt mochte diese Frau wohl sein? Siebzig, achtzig, hundert? Unmöglich zu sagen. Sie ging tief gebeugt, und ihre dunkle Haut war faltig und von der Sonne gegerbt.

Es konnte nicht weit zu Santina sein; dazu war der Ort zu klein. Hier war ihre Mutter also aufgewachsen. Tess spürte Aufregung in sich aufsteigen. War ihre Mutter dieselben Straßen entlanggegangen, hatte sie die gleichen Düfte gerochen? Es waren köstliche Küchendüfte, ja, aber sie waren vermischt mit einem anderen, zweifelhafteren Geruch: abgestandenes Abwasser vielleicht oder verfaulende Lebensmittel. Es roch jedenfalls faulig. Die Schwellen der Häuser, an denen sie vorbeikamen, waren sauber, aber die Wände waren dreckig. Die Farbe der Häuser blätterte ab und enthüllte das Mauerwerk der Häuser, ihren steinernen Kern. War es damals auch so gewesen? Hatte Muma das alles auch so gesehen und erlebt?

In dieser Stadt kannte wahrscheinlich jeder jeden, und jeder wusste alles über jeden. Diese Frau hatte zweifellos ihr ganzes Leben hier verbracht. Bestimmt wusste sie alles, was Tess herausfinden wollte. Wenn sie nur mit ihr hätte reden können.

Sie erreichten eine Straße, die steil zum Meer hin abfiel. Tess erhaschte einen Blick auf eine kleine von Felsen umgebene Bucht und ein bunt gestrichenes Fischerboot, das an einem Kai vertäut lag. Sie reckte den Kopf, doch schon versperrte ihr ein weiteres hohes Steingebäude wieder den Blick. Die Frau brummelte immer noch vor sich hin, und wieder schnappte sie den Namen Flavia auf, dann *l'Inglese*, dann Maria und Santina. Irgendwann bekreuzigte sich ihre merkwürdige Fremdenführerin sogar. Was hatte ihre Mutter nur getan? Und wollte Tess das wirklich wissen?

Tess quittierte die unverständlichen Reden der Frau mit einem unbestimmten Nicken. Aber ihr Hirn arbeitete auf Hochtouren. Und ob sie es wissen wollte! Vielleicht hatte Edward Westerman ja gewollt, dass sie die Geschichte ihrer

Mutter erfuhr, und er hatte deswegen mit der Klausel in seinem Testament dafür gesorgt, dass sie herkam. Aber woher hatte er wissen können, dass sie die Geschichte noch nicht kannte? Sie ging schneller, um mit ihrer Führerin Schritt zu halten. Nun, er hatte jedenfalls aus irgendeinem Grund gewollt, dass sie ... Sie zögerte. Dass sie sich auf diesen Ort einließ.

Die alte Frau nickte und winkte immer noch und huschte über das Kopfsteinpflaster wie eine Schwarze Witwe. Tess erwiderte ihr Nicken und lächelte aufmunternd; etwas anderes konnte sie nicht tun. Es musste ein Geheimnis geben. Warum sonst wollte Muma nicht über früher reden? Das Geheimnis war ein Teil ihrer Reise. Und die Vergangenheit war hier, in den grauen Straßen mit dem Kopfsteinpflaster und den hohen Häusern mit den geschlossenen Fensterläden. Die Vergangenheit. Sizilien, das wurde ihr langsam klar, ließ einen nie wieder los.

Sie blieben vor einer Tür mit einem rostigen Eisengitter stehen. Nummer 15. Die grüne Farbe blätterte ab. Die Frau, die immer noch vor sich hingrummelte, klopfte dreimal.

Tess lächelte schwach und wartete. Was blieb ihr auch anderes übrig?

Nach ein paar Minuten kam eine weitere alte Frau – ebenfalls in Schwarz gekleidet – an die Tür, spähte zuerst vorsichtig hinaus und öffnete die Tür dann ein bisschen weiter. Sie nickte der anderen Frau in Schwarz zu. Dann sah sie Tess und riss die Augen auf.

Wieder lächelte Tess und nickte energisch. Das sah vielleicht verrückt aus, aber anscheinend kam sie auf diese Art weiter.

Die beiden älteren Frauen begrüßten einander herzlich, führten ein schnelles, von viel Zungenschnalzen und Kopfschütteln untermaltes Gespräch und schauten Tess an, als wäre sie ein seltenes Tier im Zoo. Gab es hier keine englischen Touristen? Oder war Tess so interessant, weil sie die Hausbesitzerin und damit eine potenzielle neue Nachbarin war? Oder lag es daran, dass sie Flavias Tochter war?

Tess wurde langsam ungeduldig. Sie war so weit gereist und war ihrem Ziel so nahe. Die Abenddämmerung war bereits angebrochen, und es wurde langsam dunkel. Verdammt, sie wollte ihr Haus sehen! Sie hatte keine Lust, hier an der Tür einer Unbekannten zu stehen und sich ein nicht enden wollendes Geplapper anzuhören, das sie nicht verstand.

»Bitte«, sagte sie.

Die beiden sahen sie an und hörten auf zu reden, als hätte sie einen Schalter umgelegt.

»Haben Sie den Schlüssel zur Villa Sirena?«, fragte sie die zweite Frau. Sie machte eine Handbewegung, als drehe sie einen unsichtbaren Schlüssel um. »Bitte? *Grazie.*«

Ähnlich wie zuvor die erste Frau ergriff nun die zweite Tess bei den Armen, und Tess, die angesichts der erstaunlichen Kraft der alten Frau aus dem Gleichgewicht geriet, fühlte sich unerwartet in eine Umarmung gezogen. Die Frau versetzte ihr zwei laute Schmatzer auf die Wangen, bei denen Tess ihr borstiges Kinn zu spüren bekam. Herrje!

»Santina«, erklärte die Frau und zeigte auf sich selbst.

»Haben Sie den Schlüssel?«, fragte Tess, die sich nicht von ihrem Vorhaben abbringen lassen wollte. Falls Santina erwartete, dass Tess wusste, wer sie war, dann hatte sie Pech gehabt, denn sie hatte keine Ahnung.

Daraufhin zerrte Santina sie praktisch über die Schwelle. Der Flur war dunkel, schmuddelig und blutrot angestrichen. An der Wand hingen, aufs Geratewohl zusammengewürfelt, zahlreiche gerahmte Fotos und andere Erinnerungsstücke. Santina verabschiedete sich von der anderen Frau in Schwarz und dirigierte Tess, deren Arm sie immer noch fest umfasst hielt, in die Küche. Sie war dunkel, hatte weiß getünchte Wände und wurde von einem uralten Herd beherrscht. Der Kochtopf darauf sah aus wie ein Hexenkessel. Weiteres Kochzubehör hing an Haken an der rauchfleckigen Wand, zusammen mit Bildern diverser Heiliger und Madonnendarstellungen. Die Küche hatte ein kleines quadratisches Fenster mit einer Gardine, und in der Mitte stand ein fleckiger, pockennarbiger Tisch mit einer Ansammlung verschiedenartiger Holzstühle.

»Espresso?«, fragte Santina. *»Caffé? Biscotti?«*

Tess brannte darauf, die Villa zu sehen, doch sie hatte das Gefühl, dass ihre Gastgeberin sich nicht davon abbringen lassen würde, sie zu bewirten. Außerdem wurde ihr klar, dass ihr Mittagessen in Gatwick schon lange her war. Ein Espresso war also vielleicht genau das Richtige. *»Si, grazie.«* Sie ließ sich auf den Stuhl sinken, den Santina ihr bedeutet hatte. Sie war müde und seit Tagen beinahe unerträglich angespannt gewesen, seit Robins Absage genauer gesagt. Aber etwas in dieser Küche löste diese Anspannung nun. Ihre Schultern sanken nach vorn, und Tess entspannte sich. Sie war jetzt hier. Sie hatte es geschafft.

Santina nickte, ging zur Küchentür und schrie die Treppe hinauf: »Giovanni! Giovanni!«

Tess fragte sich, wer das sein mochte. Ihr Ehemann vielleicht? Ein weiteres Gesicht aus Mumas Vergangenheit, jemand, der damit rechnete, dass Tess zumindest von ihm gehört hatte?

Aber nein. Zwei Minuten später trat ein Sizilianer in den Raum, den Tess auf Ende dreißig schätzte. Er war nicht groß, aber trotzdem wirkte er beeindruckend, als er jetzt in der Tür stehen blieb. Er posiert beinahe, dachte sie unwillkürlich. Als er Tess sah, zogen sich seine dichten schwarzen Augenbrauen zusammen.

Er ratterte etwas in Richtung Santina, und sie ratterte zurück. Sie klangen wie zwei altmodische Züge, die über die Schienen holperten.

»Sie sind Flavias Tochter?«, fragte er plötzlich auf Englisch.

»Ja.« Die Dialoge hier klangen ja fast wie in einer Fernsehserie. Tess hatte keine Ahnung, ob sie sich durch seinen Ton beleidigt fühlen oder ob sie lieber erleichtert darüber sein sollte, dass hier endlich jemand war, mit dem sie kommunizieren konnte. »Ich bin Tess. Tess Angel.« Sie stand auf und streckte die Hand aus. »Und Sie sind …?«

»Giovanni Sciarra.« Er sprach die Worte stolz aus. Dann nahm er ihre Hand, führte sie an die Lippen und sah unter seinen dunklen Wimpern zu ihr auf. »Ganz zu Ihren Diensten.«

Hmmm. Sie konnte ihn nicht einordnen. Zuerst unfreundlich und im nächsten Moment der vollendete sizilianische Kavalier. Tess beschloss, mit ihrem Urteil noch abzuwarten. Dennoch: Das Letzte, was sie momentan brauchte, war jede Art männlicher Aufmerksamkeit.

Santina, die Wasser aus einem Krug in das weiß emaillierte Spülbecken gegossen hatte und jetzt Kaffee in eine kleine, metallene Espressokanne löffelte, trat strahlend und nickend von einem Bein aufs andere. Sie stellte die Kanne auf den Herd und ließ dabei wieder einen Schwall unverständlicher Worte los.

Giovannis Miene veränderte sich abermals. Er lächelte. Ein ziemlich hartes Lächeln, dachte Tess, ein wenig wie ein Tiger, der eine Beute erspäht hat. »Ich muss mich entschuldigen«, sagte er. »Ihr Besuch … ist *una sorpresa* … eine Überraschung. Wir dachten, Flavias Tochter wäre älter.«

Tess zog eine Augenbraue hoch. »Es tut mir leid, dass ich Sie enttäuschen muss.«

»Nein, nein, ganz und gar nicht.« Seine Augen blitzten. Ihr fiel auf, dass sein Englisch sehr gut war. »Es ist nur ...« Er zog sich einen Stuhl heran, drehte ihn um, schwang sein muskulöses Bein darüber und nahm rittlings darauf Platz. Dann sah er sie über die schwarzen Stege der Rückenlehne hinweg an. Tess versuchte, nicht zu kichern. Seine neue Haltung nährte ihre Tiger-Fantasie noch weiter, nur dass der Tiger jetzt hinter den Gitterstäben eines Käfigs saß.

»Meine Großtante Santina«, er wies auf die ältere Frau, »und Ihre Mutter Flavia waren in ihrer Kindheit Freundinnen«, erklärte er. »Wie Sie wahrscheinlich wissen«, fügte er hinzu.

Tess schüttelte den Kopf. Sie konnte es ebenso gut zugeben: Sie wusste nichts. »Die Wahrheit ist«, sagte sie, »dass ich das nicht wusste.« Sie lächelte Santina zu, die ihr Lächeln erwiderte.

»Ah, aber so ist es. Sie spricht oft davon«, fuhr er fort. »Sie haben als Kinder zusammen gespielt. Ihre Familien ... standen einander sehr nahe.« Er verhakte seine beiden kleinen Finger, um zu zeigen, wie sehr. Ihr fiel auf, dass er einen goldenen Siegelring trug, in den die Initialen GES eingraviert waren.

»Oh, ich verstehe.« Daher die überschwängliche Begrüßung. Tess lächelte der alten Frau zu.

»Deswegen ...« Er zuckte mit den Schultern. »Mein Vater war schon älter, als er meine Mutter geheiratet hat.«

»Ach deshalb.« Tess' Mutter war über vierzig gewesen, als sie geboren wurde; also ziemlich alt, jedenfalls nach sizilianischen Maßstäben. Giovanni hatte wahrscheinlich erwartet, dass Flavias Tochter etwas jünger war als sein Vater. Tatsache war, dass Giovanni und Tess wahrscheinlich gleichaltrig waren.

Santina sagte etwas.

Giovanni legte den Kopf zur Seite, hörte ihr zu und verzog

das attraktive Gesicht zu einer leicht missbilligenden Miene. Seine Haut hatte einen dunklen Olivton, und seine Augen waren braun. Gut aussehend, aber vielleicht ein wenig kalt, überlegte sie.

»Meine Tante möchte sich nach der Gesundheit von Flavia, Ihrer Mutter, erkundigen«, erklärte er ziemlich steif, als Santina fertig war.

Tess nickte. »Ihr geht es gut. *Grazie.*«

Santina wirkte zufrieden. Kurz trat ein sehnsüchtiger Blick in ihre dunklen, von Falten umgebenen Augen. Dann trat sie an den Herd, auf dem der Kaffee dampfte, und goss die dunkle Flüssigkeit in eine kleine cremeweiße Tasse. Sie stellte sie vor Tess hin. Dann blieb sie stehen und sah Tess an, bis diese sich gedrängt fühlte, einen ersten Schluck zu nehmen.

»Gut«, sagte sie, und das war der Kaffee auch. »*Bene. Grazie.*« Damit war ihr Vorrat an italienischen Wörtern endgültig verbraucht. Aber solange sie lächelte, nickte und den Leuten dankte, würden sie sie wenigstens nicht für unhöflich halten, sondern vielleicht nur für beschränkt.

Giovanni nahm ein schwarzes Jackett von einem Haken in der Diele und zog es an. »Wir können gehen, sobald Sie bereit sind, *signorina*«, sagte er. »Oder *signora?*« Er warf einen demonstrativen Blick auf ihre linke Hand.

»Ich bin nicht verheiratet«, erklärte Tess. Diese Leute hier kamen wirklich schnell zur Sache.

»*Bene*«, meinte er.

Bene?

»Ich bringe Sie zur Villa Sirena.« Er streckte seiner Tante die offene Hand hin und sah sie erwartungsvoll an. Santina zog einen Schlüsselring aus der Schürzentasche. Daran hingen zwei Schlüssel, ein großer und ein kleiner. Beinahe andächtig legte sie ihm den Schlüsselbund in die Hand.

Er schloss die Finger darum und nickte. *»Allora, andiamo.«*

»Großartig.« Tess trank den letzten Schluck Kaffee und stand auf. *»Grazie.«*

Santina trat auf Tess zu, nahm ihre Hand und hielt sie fest, als wolle sie etwas sagen oder sie nicht gehen lassen. Giovanni sagte etwas zu seiner Tante, und sie küsste Tess auf beide Wangen, drückte sie an sich und ließ sie schließlich los. Als Tess mit Giovanni Sciarra das Haus verließ, fühlte sie, dass die kleine schwarz gekleidete Frau ihnen von der Tür aus nachsah. Santina kam ihr ganz nett vor, obwohl sie nur schwer glauben konnte, dass sie genauso alt war wie ihre Mutter. Tess seufzte. Hätte Muma nur etwas gesagt, ihr eine Ahnung davon vermittelt, wer die Menschen hier waren. Sie wusste nicht, wer von ihnen Mumas Freund und wer ihr Feind gewesen war, und sie hatte keine Ahnung, wem sie vertrauen konnte. Sie hatte das Gefühl, dass es wichtig war, das zu wissen, obwohl sie nicht wusste, warum. Schließlich schwebte sie hier in keinerlei Gefahr, oder? Sie war nur gekommen, um sich ein Haus anzuschauen. Ihr Haus.

Allein mit Giovanni fühlte sie sich ein wenig unsicher. »Ist es weit?«, fragte sie. »Ich habe mein Gepäck noch im Wagen …«

»No.« Er zeigte auf eine Treppe hinunter, die auf eine Piazza hinunterführte. Es war jetzt fast dunkel, aber sie konnte einen steinernen Torbogen und ein paar Bänke erkennen. »Es liegt dort unten, hinter dem *baglio*. Ich bringe Sie erst hin und hole dann Ihre Sachen.«

Oh. »Nicht nötig …«, begann sie, aber er hob die Hand, und sie verstummte. Kleinlaut folgte sie ihm die Treppe hinunter. Hier in Sizilien waren die Männer offenbar von ihrer natürlichen Autorität überzeugt. Wahrscheinlich war es besser, sie nicht infrage zu stellen. Jedenfalls nicht heute.

»Der *baglio*«, erklärte er, als sie durch den tiefen Torbogen gingen, der eine gewaltige, aus Holzbalken bestehende Tür mit eisernen Riegeln und einem hohen, mit Ranken überwachsenen Oberlicht beschützte. Zwei Kakteen hielten rechts und links davon Wache.

Sie betraten den *baglio*, und sogar in der fast vollständigen Dunkelheit spürte Tess die Schönheit dieses Orts, die Geschichte in den großen Kopfsteinen, die im Lauf von Jahrhunderten ausgetreten worden waren, und in den verwitterten Gebäuden mit ihren Säulengängen. Der *baglio* war ein uralter umbauter Platz und sah aus wie ein ehemaliger Herrensitz mit einem großen Innenhof, um den sich heute kleine Läden, Galerien und ein Restaurant gruppierten. Eine Hinterlassenschaft der Araber, vermutete sie. In ihrem Reiseführer hatte sie gelesen, dass Sizilien besonders im Westen stark arabischen Einflüssen ausgesetzt gewesen war.

Sie überquerten den *baglio* und passierten einen hohen, eleganten Eukalyptusbaum mit fleckiger Rinde und einen alten steinernen Trinkbrunnen. Tess hätte gern ein paar Fragen gestellt, aber sie wollte auch ankommen. Sie brannte darauf, die Villa zu sehen.

Auf der anderen Seite des Platzes kamen sie an einer Art Atelier vorbei. Tess betrachtete es fasziniert; im Schaufenster standen und lagen zahlreiche Gläser, Schmucksteine und Mosaike. Sie wurden von winzigen Lämpchen erhellt, die rund um die Auslage verteilt waren. »Was ist das hier?«

Giovanni sah sich kaum um. »Touristenzeug«, versetzte er wegwerfend. »Wie nennen Sie das noch? Wertloser Kitsch. Darum sollten Sie sich nicht kümmern.«

»Tatsächlich?« Für Tess sah das nicht nach Kitsch aus, sondern magisch, wie aus einer anderen Welt. Lag hier ein Verständigungsproblem aufgrund der Sprachbarriere vor, oder wollte Giovanni Sciarra ihr jetzt etwa schon vorschreiben, was sie zu denken hatte? Sie hatte keine Zeit, sich länger damit zu beschäftigen, weil sie praktisch rennen musste, um ihn einzuholen.

Neben der Werkstatt führten einige Stufen nach unten, an einen felsigen Strand und zum Meer. »Das ist wunderschön«, murmelte sie. Der Himmel hatte sich zu einem tiefen Indigoblau verdunkelt, und das Meer schimmerte wie blank poliert im Schein eines fast vollen Mondes. Mehrere Felsbrocken hoben sich vor dem Hintergrund des Himmels ab.

Selbst Giovanni hielt inne. »Die schönste Aussicht von Europa«, erklärte er, als sei das in irgendeiner Weise sein Verdienst.

Dagegen konnte Tess kaum Einwände erheben.

»Und sie gehört Ihnen.«

Kurz verstand sie nicht, was er meinte. Dann schaute sie nach oben, in die Richtung, in die er zeigte. Eine weitere Treppe führte in Serpentinen zu einem Gebäude hinauf, das auf dem Gipfel der Klippe zu kauern schien. Es war eine Villa, soweit sie im Halbdunkel erkennen konnte, im Stil der 1930er-Jahre erbaut. »O mein Gott«, stieß sie hervor. »Das ist doch nicht ...?«

»Die Villa Sirena.« Er nickte. »Kommen Sie.«

Tess folgte ihm. Als Muma von der »Großen Villa« gesprochen hatte, da hatte sie angenommen, sie meinte »groß« im Gegensatz zu dem kleinen Steinhäuschen, in dem ihre Familie gelebt hatte. Aber das hier war, nun ja, wirklich groß. Es sah nicht nur nach einem interessanten Stück Architektur aus und hatte eine herrliche Aussicht, sondern es war auch groß. Richtig groß. Und es gehörte ihr. Ihr stockte fast der Atem.

Am oberen Ende der Treppe erreichten sie ein schwarzes, schmiedeeisernes Tor in einer hohen Steinmauer. Ein Schild verkündete *»Privato«*, und Tess sah zu, wie Giovanni das Tor mit dem kleineren der beiden Schlüssel aufschloss. Mit einem Knarren von rostigen Angeln schwang das Tor auf, und sie folgte Giovanni durch das dichte überhängende Laubwerk, das das Tor überwucherte.

Sie kamen auf der anderen Seite der Mauer neben dem Haus heraus und gingen um das Gebäude herum zur Vorderfront. Dort führte eine weitläufige, mit Kieseln bestreute Terrasse auf die Eingangstür zu. Über der Holztür befand sich ein Oberlicht und darüber Stuck. Rechts neben der Tür hing eine alte Lampe, die nicht brannte. Sie sah dennoch, dass über dem Oberlicht und dem Stuck ein Motiv in den Außenputz eingelassen war. Aber sie konnte nicht erkennen, was es darstellen sollte.

Giovanni wischte ein wenig abgeblätterte Farbe weg, schob den großen Schlüssel ins Schloss und öffnete die Tür mit einer weit ausholenden Bewegung. »Die Villa Sirena«, sagte er noch einmal.

Aber so, wie er da stand, versperrte er ihr den Weg, und sie nahm ein leises Zucken um seinen Mund wahr.

War er vielleicht neidisch? Zum ersten Mal fragte sie sich, wie man sie hier aufnehmen würde. Schließlich war sie eine Fremde und Ausländerin noch dazu. Vielleicht waren die Leute der Meinung, dass sie kein Recht hatte, hier zu sein. Und dann war da ja auch noch die Geschichte ihrer Mutter, was immer dahinterstecken mochte ... Sie streckte den Rücken durch und stand hoch aufgerichtet da.

»Haben Sie Ihr Auto abgeschlossen?«, fragte er.

»Ja.«

Ganz ähnlich wie vorhin bei seiner Tante streckte er ihr die Hand entgegen. Und wie Santina kramte Tess in ihrer Tasche nach dem Schlüssel und legte ihn hinein. Sie erinnerte sich nicht mehr an den Namen der Straße, in der sie geparkt hatte, und er fragte nicht. Er nickte nur, knallte die Hacken wie zu einem militärischen Gruß zusammen und war fort.

Tess holte tief Luft und trat ein.

9. Kapitel

Tess schlief so fest, dass sie beim Aufwachen einen Moment lang nicht wusste, wo sie sich befand. Ihre Gedanken huschten herum – Robin, Ginny, ihre Mutter. Stille. Und dann wusste sie es. Sie war hier in der Villa Sirena; und ihr geöffneter Koffer lag einsam am Fuß des breiten Bettes aus Kastanienholz.

Sie kletterte hinaus und tappte zu dem großen, breiten Fenster, vor dem eine lange Gardine aus genopptem Musselin in einer leichten Brise flatterte. Im Zimmer war es warm, und die Luft war abgestanden. Sie schob die Gardine beiseite und riss die Fenster und die Läden weit auf.

Herrgott! Einen Moment lang starrte sie einfach mit offenem Mund hinaus. Giovanni hatte recht gehabt, was die Aussicht anging. Links von ihr schmückten Felsvorsprünge, Olivenhaine und Tamarisken die Berghänge. Kleine, flaumige Wolken schlangen ihre Tentakel um die Gipfel und sahen vor dem blassblauen Morgenhimmel so zart und verführerisch aus, dass sie am liebsten mit einem Löffel von ihnen gekostet hätte. Eine verschlungene Straße führte aus den Bergen hinunter ins Dorf. Die Ansammlung von Häusern schuf ein Puzzle aus hellen Fassaden, uralten Steinmauern, dem Torbogen des – wie hatte er es genannt? – des *baglio*, durch den sie gestern Abend gegangen waren, und den Stufen, die zur Bucht hinunterfuhren. Und was für eine Bucht das war! Im Tageslicht sah sie sogar noch schöner aus.

Unterhalb des *baglio* und, von ihrem erhöhten Standpunkt

aus betrachtet, beinahe unter ihr sah sie in der Bucht ein paar verfallene Gebäude und etwas, was eine Art Bootshaus mit drei großen Bögen hätte sein können, denn es führte zum Landungssteg. Rostige Anker standen wie Soldaten vor Wänden, von denen der helle, sandfarbene Anstrich abblätterte. Die Fenster über den Steintrögen, in denen weißer Oleander wuchs, waren vergittert. Vor dem Gebäude stand ein einsamer Feigenbaum, der seine Zweige ausbreitete, als wolle er sie willkommen heißen.

Der aus Stein gebaute Steg reckte sich wie ein Finger in das türkisfarbene Wasser, das an den Felsen leckte. Tess beschattete ihre Augen, um sie vor der grellen Sonne zu schützen. Weiter draußen auf dem Meer ragte eine Reihe von Felsformationen aus dem Wasser. Sie waren beige und weiß und sahen aus wie mit rostfarbenen Tränen überzogen. Keine Seele hielt sich an dem winzigen Strand auf. Das Einzige, was sie hörte, war der einsame Ruf einer fernen Möwe. Das hier war ihre Aussicht, rief sich Tess ins Gedächtnis. Kurz dachte sie an Robin und spürte einen Anflug von Trauer. Zur Hölle mit ihm! Er hatte sich entschieden. Sie war hier, und darauf kam es an. Allein, aber hier.

Das Haus – ihr Haus – besaß zwei Stockwerke und war in einem Halbkreis erbaut. Das große Schlafzimmer, in dem sie genächtigt hatte, lag in der Mitte dieses Bogens, was die großartige Aussicht erklärte. Tess ging von Zimmer zu Zimmer und lief jedes Mal gleich zum Fenster. Aus den drei nach vorn gelegenen Zimmern sah sie das Meer; aus den hinteren Zimmern fiel ihr Blick auf die Felder und die Berge. Aber sie war halb verhungert; daher ging sie bald über die breite, geschwungene Treppe hinunter in die Küche. Gestern Abend hatte sie erst Ginny eine SMS geschickt, dass sie gut angekommen war, und dann eine kurze Erkundung unternommen. Doch sie war so müde gewesen und das Licht der Lampen so trüb, dass sie beschlossen hatte, bis zum Morgen zu warten und sich dann richtig umzusehen.

Die Küche war groß, und es herrschte ebenso große Unordnung. Der Boden bestand aus Steinplatten, und in der Mitte des Raumes stand ein langer eichener Bauerntisch. Das Chaos war ihr gestern Abend schon aufgefallen. Die Schränke standen offen, und ihr Inhalt war auf dem Tisch, dem Abtropfbrett, der Arbeitsplatte und jeder anderen freien Fläche verteilt. Es sah nicht aus, als sei die Küche geplündert worden, sondern eher so, als hätte jemand etwas gesucht. War die letzte Haushälterin so unordentlich gewesen?

Auf dem Tisch hatten ein Brotkorb und Wein gestanden. Sie hatte angenommen, das sei ein Willkommensgeschenk für sie, aber wie sich herausstellte, hatte Santina beides als Gabe an die Geister des Hauses hinterlassen. Auch gut. Giovanni hatte ihr das später erklärt, als er ihren Wagen durch das große schmiedeeiserne Tor, das den Haupteingang der Villa bildete, vor das Haus gefahren hatte. »Meine Tante besteht darauf«, hatte er gesagt, »deswegen muss es so gemacht werden.«

Na gut ... Tess hatte allerdings den Eindruck gewonnen, dass in diesem Haushalt Giovanni das Sagen hatte.

»Sie haben Strom«, hatte Giovanni weiter erklärt, »und es gibt einen elektrischen Boiler.« Er zeigte ihr das Gerät sowie den Sicherungskasten und wünschte ihr eine gute Nacht.

Doch heute Morgen fand sie auch Kaffee, frische Brötchen, Obst und Marmelade vor. Jemand – Giovanni? Santina? – kümmerte sich um sie, nicht nur um die Geister des Hauses.

Sie frühstückte auf der Sonnenterrasse über der Bucht, auf der ein verwitterter schmiedeeiserner Tisch und vier Stühle standen. Zwei davon waren kaputt. Von hier aus konnte sie den *baglio* sehen. Sie erkannte, dass dort ein paar Menschen unterwegs waren, und stellte fasziniert fest, dass die Ateliertür des Mosaikbauers weit offen stand. Wahrscheinlich war der Künstler drinnen bei der Arbeit.

Es gab so viel zu erkunden ... Sie stand auf, die Kaffeetasse noch in der Hand, und wanderte durch den heruntergekommenen, terrassenförmig angelegten Garten, der größtenteils aus Stein bestand und mit dicken Büscheln von wilden Geranien, knallig pinker Bougainvillea und lila Jasmin überwachsen war. Die Pflanzen quollen aus großen Tontöpfen und kletterten ungebremst über Mauern und Treppenstufen. In der Mitte des Gartens befanden sich ein kleiner Teich mit einem nicht funktionierenden Springbrunnen und ein Mosaik aus grauen und schwarzen Kieselsteinen, die verschlungene Muster bildeten. Es war wunderschön. Sie warf einen Blick zurück zu der prächtigen Villa. Wie hatte ihre Mutter sie nur verlassen können? Sie hatte allerdings nicht hier gelebt. Jedenfalls nicht wirklich.

Der Gedanke bewog Tess, bis ans Ende des terrassierten Gartens zu gehen, wo sie dahinter in der Ferne gelbe Felder und verbrannte rote Erde erkennen konnte und auf der anderen Seite der Mauer das, was von einem kleinen Steinhaus übrig war, wenig mehr als Ruinen. War das das Haus, in dem ihre Mutter aufgewachsen war? Es war so klein ... Aber wahrscheinlich waren damals alle Menschen arm gewesen, jedenfalls alle außer den Edward Westermans dieser Welt.

Sie entdeckte ein kaputtes Tor und trat hindurch. Der Weg war zugewuchert, und von dem Häuschen war nur noch ein Haufen Steine übrig. Trotzdem stand sie einen Moment lang da und dachte an ihre Mutter, ihre Großeltern, die sie nie kennengelernt hatte, und ihre Tante Maria, die sie vor vielen Jahren einmal besucht hatte, sich aber ihrer Nichte gegenüber so distanziert verhalten hatte, als wäre Tess ein fremdartiges

Wesen von einem anderen Planeten. So musste sie ihr wohl auch vorgekommen sein.

Sie drehte sich auf dem Absatz um und ging auf demselben Weg zurück zur Villa. In dem L-förmigen Wohnraum herrschte ebenfalls Unordnung. An dem gemauerten Kamin stand noch ein Korb mit Feuerholz, aber ein paar Scheite lagen über die Terrakotta-Fliesen der Feuerstelle verstreut. Das Zimmer war mit einem großen ramponierten Ledersofa, zwei Sesseln und einem halbvollen Bücherregal ausgestattet. Weitere verstaubte Bände stapelten sich auf dem Schreibtisch neben dem Regal. Im unteren Geschoss gab es ein Esszimmer, das aussah, als wäre dort seit Jahrzehnten keine Mahlzeit mehr eingenommen worden.

Wieder hielt sie sich an der eisernen Balustrade fest und stieg die geschwungene Treppe hinauf, die der Biegung der Wände folgte. Auf einem Absatz blieb sie stehen, um durch die runde Fensterluke hinauszuspähen. Es gab nur ein Badezimmer, aber das war mit Badewanne, Dusche, Bidet und Waschbecken erstaunlich modern eingerichtet. Sie ging noch einmal durch die fünf Zimmer im ersten Stock, die sich in verschiedenen Stadien von Unordnung und Verfall befanden. Die Elektrik sah nicht gerade vertrauenerweckend aus – Drähte ragten aus Anschlussdosen und Lampenfassungen –, der Hahn über dem Küchenspülbecken tropfte, lose Fensterläden klapperten im Wind, und an den Decken und Wänden entdeckte sie jede Menge Risse und feuchte Flecken.

Die Große Villa. Sie war nicht so prachtvoll, wie sie zuerst gedacht, und nicht so verkommen, wie sie befürchtet hatte. Das Haus brauchte eher ein kleines Facelifting als größere chirurgische Eingriffe. Das hoffte sie jedenfalls. Aber herrlich war sie, vielleicht nicht, was die Ornamentik betraf, aber die Lage und der Stil … Die Lage auf der Felsspitze über dem *baglio* und der Bucht war das Herrlichste, das man sich vorstellen konnte. Und sie gehörte ihr. Wenn sie sich zwickte, würde sie dann aufwachen? Sie wagte es nicht.

Nachdem sie ihre kurze Erkundung der Villa abgeschlossen hatte, zog sie Bikini, T-Shirt und einen Sarong an und verließ das Haus durch die Vordertür. Wie sie jetzt im Tageslicht sah, war der Haupteingang ziemlich prachtvoll gestaltet. Ihr Mietwagen stand auf dem Hof, einem weiteren Mosaik aus Kieselsteinen, in dessen Mitte eine kleine Statue stand. Vielleicht hatte sie ja einer von Edward Westermans Künstlerfreunden geschaffen, dachte Tess lächelnd. Vor der steinernen Umfriedungsmauer bildeten halbmondförmig gepflanzte Oleanderbüsche eine lebendige Grenze in Rosa und Weiß.

Sie stand vor der Tür und sah an der in dunklem Rosa verputzten Hauswand hoch. Das Motiv, das sie gestern Abend gesehen hatte, stellte eine Frau dar. Jedenfalls hatte die Figur das Gesicht einer Frau, ein trauriges Gesicht, umrahmt von langem Lockenhaar, das ihr bis über die Schultern reichte. Die Arme hatte sie an den Seiten erhoben, ihre Handflächen zeigten nach oben, eine Geste, die vielleicht ein Flehen oder eine Weigerung ausdrückte. Unter der Taille teilte sich ihr Körper in zwei Teile, die zurückflossen und die Figur umschlängelten. Sie war mit Sternen übersät.

Tess starrte sie eine Weile fasziniert an. Wer war die Frau, und was bedeutete das Symbol? Dann ging sie auf dem Weg, den sie gestern Abend gekommen war, zum Tor, schloss es auf und stieg die steinerne Treppe zur Bucht hinunter.

Der Mosaikbauer saß vor seinem Atelier und sortierte stirnrunzelnd geschliffenes Glas und Steine, die auf Tabletts lagen. Tess vermutete, dass er ungefähr in ihrem Alter war, vielleicht ein wenig jünger. Dunkel und ein bisschen arabisch aussehend. Irgendwie grüblerisch.

Und nicht freundlich. Als sie über die Treppe auf ihn zukam, hob er abrupt den Kopf und sah sie durchdringend und, ja, entschieden feindselig an.

»Buon giorno«, sagte sie in ihrem besten Akzent. Sie musste sich bei den Einheimischen Mühe geben.

Er brummte etwas, was ein Gruß hätte sein können – oder auch nicht.

Hmmm. Was hatte er bloß. Wie sagte man auf Italienisch: *Sind Sie heute mit dem falschen Fuß zuerst aufgestanden, oder sind Sie immer so knurrig?* Pikiert über seine schlechten Manieren blieb sie stehen. Er ignorierte sie.

»Ihre Mosaike sind wunderschön.« Sie zeigte auf das Schaufenster des Ateliers hinter ihm. Viele Motive entstammten der Natur: ein bernsteinfarbenes tänzelndes Pferd und ein grüner Vogel; eine Eidechse und ein Drache, ein Delfin in einem wild wogenden Meer.

Er zuckte mit den Schultern. *»Grazie.«* Als hätte sie ihm das Wort aus der Nase ziehen müssen. Wenigstens schien er Englisch zu verstehen.

»Mit welchen Materialien arbeiten Sie?« Sie blieb beharrlich.

Er brummte etwas Unverständliches. Wenn er ein Beispiel für einen typischen Cetarier war, dann würde sie trotz der beeindruckenden Landschaft noch einmal überlegen müssen, ob sie wirklich längere Zeit hierbleiben wollte. So langsam ahnte sie, warum ihre Mutter fortgegangen war.

»Nur mit Glas?« Warum wollte sie das überhaupt wissen? Tess hatte keine Ahnung. »Oder auch Stein?«

»Mit allem.« Einen kurzen Moment lang trafen sich ihre Blicke. Seine Augen waren pechschwarz. »Mit allem Möglichen. Wenn es richtig ist. Wenn es passt.«

Herrje! Vielleicht hält er nur nicht viel von Smalltalk, überlegte Tess. »Haben Sie das alles am Strand gefunden?« Sie nahm ein Stück Glas in die Hand. Es hatte einen hellen Bernsteinton und sah aus, als sei es mit Salz besprenkelt. Die Ränder waren rund und glatt. Wahrscheinlich war es von den Wellen herumgeworfen und abgeschliffen worden. Als sie genauer hinsah, meinte sie die Abdrücke von Sand, Stein und Fels auf der narbigen Oberfläche zu sehen.

»Si.« Er wandte den Blick wieder nach unten. »Das Meer ist eine reiche und großzügige Geliebte.« Kurz ließ er die trüben Glastränen – grün, türkis, blau und gelb – durch seine Finger gleiten.

Hatte er eine poetische Ader, oder war er einfach nur verrückt? Sie hatte Lust, das herauszufinden.

»Tess!«

Sie fuhr herum. Hier kannten nur ein paar Menschen ihren Namen, und natürlich war es Giovanni Sciarra, der mit großen Schritten quer über den *baglio* auf sie zustrebte. Er war schick angezogen, wirkte leicht verärgert und tippte auf seine Uhr, als hätten sie eine Verabredung und sie sei zu spät dran. War sie das?

»Hi.« Sie hob die Hand und machte ein paar Schritte in seine Richtung. Es war ganz angenehm, ein freundliches Gesicht zu sehen. Es vermittelte ihr beinahe das Gefühl, sie könnte hierher gehören.

»Wie ich sehe, haben Sie sich schon eingelebt«, bemerkte er.

»Ja.« Sie dachte an die Vorräte in der Küche. Er war ein Macho, aber seine Familie war nett zu ihr gewesen. »Danke für das Brot, das Obst und die anderen Sachen.«

Er zuckte mit den Schultern. »*Prego*. Und jetzt …« Er machte eine Handbewegung. »… bin ich gekommen, um Sie zum Mittagessen einzuladen.«

Sie lächelte, obwohl in seinen Worten ein besitzergreifender Unterton mitgeschwungen hatte, der sie ärgerte. »Ist denn schon Mittagszeit?«, gab sie ausweichend zurück. Sie war zwar spät aufgestanden, aber sie hatte sich darauf gefreut, weiter auf Erkundung auszuziehen. Ganz zu schweigen davon, dass sie schwimmen gehen wollte.

»*Allora*. Wir haben viel zu besprechen. *Andiamo*. Gehen wir.«

»Ich muss mich noch umziehen.« Eigentlich hätte sie das Mittagessen lieber ausgelassen. Aber sie wollte doch etwas über die Familie ihrer Mutter erfahren, oder? Und Giovanni wusste wahrscheinlich darüber Bescheid. Außerdem sah er nicht aus, als würde er sich abwimmeln lassen.

»In Ordnung. Ich komme mit nach oben und warte.«

Er wollte nur rücksichtsvoll sein. Vielleicht. Sie schaute sich noch einmal nach dem Mosaikkünstler um, aber er schien ihr Gespräch nicht verfolgt zu haben, sondern war wieder ganz auf seine Arbeit konzentriert. Die beiden lebten im selben Dorf, aber Giovanni hatte ihn nicht einmal zur Kenntnis genommen.

Genau in diesem Moment hob der Mosaikmann den dunklen Kopf und starrte Giovanni noch feindseliger an als vorhin sie. Er trug eine Narbe im Gesicht, eine sehr alte Verletzung, wie es aussah. Sie begann knapp unter seinem linken Auge und reichte bis kurz über den Mundwinkel. Tess fiel wieder ein, wie barsch, ja hart sogar Giovanni gestern Abend seine Mosaiken abgetan hatte. Und doch waren sie so zart und lebendig, und jedes einzelne war so präzise gefertigt, dass ein Bild aus Farbe und Licht entstand. Jeder so kreative Mensch musste … Was? Interessant oder attraktiv sein? Oder konnte er einfach verdammt unfreundlich sein und damit durchkommen?

»Gut«, sagte sie. Aus irgendeinem Grund wollte sie den Mosaikmann ärgern. Schließlich hatte nicht er für ihr Frühstück gesorgt. »Und? Wohin werden Sie mich zum Essen ausführen?«

10. Kapitel

Rückblickend war Flavia sich nicht sicher, was ihr zuerst ins Auge gefallen war. Das Flugzeugwrack vielleicht? Es war ein Wunder, dass es nicht in Flammen aufgegangen war. Die Unterseite des Rumpfes war komplett weggerissen worden. Die Trümmer lagen auf dem Boden verstreut, und der Geruch geborstenen Metalls hing in der Luft wie ein gebrochenes Versprechen. Vielleicht war es aber auch der Mann in einer unvertrauten Pilotenuniform gewesen, dessen Bein in einem merkwürdigen Winkel verdreht war und dessen Gesicht vor Erschöpfung und Schmerz ausgehöhlt wirkte? Oder war es das Blut gewesen, das in der Hitze geronnen und klebrig geworden war? Aber als sie sich jetzt, nach so vielen Jahren, daran erinnerte, wurde ihr plötzlich klar, dass es nichts davon gewesen war. Es waren seine Augen gewesen.

Seine Augen waren blauer als der sizilianische Himmel, blauer als das Meer im Sommer. Solche Augen hatte sie noch nie gesehen. O dio Beddamatri … *Heilige Muttergottes.*

»Bitte …« Er schien zu glauben, dass sie ihm helfen würde. Sein Mund war verzogen, und seine Hände waren flehend ausgestreckt. »Haben Sie Wasser? Wasser? Ja?«

Flavia verstand ihn. Sie hätte ihn auch verstanden, wenn sie Signor Westerman nicht so oft dabei zugehört hätte, wie er ihr Geschichten erzählte oder ihr seine Gedichte vorlas. Sie hatte keine Angst. Sie wäre nicht auf die Idee gekommen wegzulaufen.

Leichtfüßig rannte sie den Abhang hinunter und blieb vor

ihm stehen. Was sollte sie tun? Was konnte sie tun? Hektisch sah sie sich um. Abgesehen von dem lauten Summen der Insekten war in der drückenden Schwüle des Mittags ringsumher nichts Lebendiges zu hören oder zu sehen. Etwas pochte in Flavias Kopf. Nur Himmel und Erde und kein Mensch.

»Bitte.« Er leckte sich über die ausgetrockneten, aufgesprungenen Lippen.

»Si.« *Sie drehte die Wasserflasche auf, beugte sich über ihn und roch seinen Schweiß und das Blut und spürte seine männliche Körperwärme. Dann setzte sie die Flasche an seine Lippen und neigte sie vorsichtig.*

Er trank gierig und verschluckte sich fast, sodass ihm das kostbare Nass übers Kinn floss. Seufzend trank er noch einmal, dieses Mal beherrschter.

Flavia hockte sich hin und wartete.

Wie schwer er wohl verletzt war? Sie würde Hilfe holen müssen. Damit wurde sie allein nicht fertig. Aber wen …? »Inglese?«, *flüsterte sie.*

Er nickte.

Sie stand auf und machte Gehbewegungen. Konnte er laufen? Sie zeigte auf ihn und fragte: »Si?«

Er schüttelte den Kopf und stieß ein leises, heiseres Lachen aus. »Nein. Ich befürchte, nicht. Ich habe es versucht.«

Flavia drehte den Verschluss wieder auf die Flasche und stellte sie neben ihn. Wenn er nicht gehen konnte …

»Wissen Sie, was heute Nacht passiert ist?«, fragte er, während er sich mühsam in eine bequemere Haltung schob. »In der Luft?« Er unterstrich seine Worte mit Gesten, um sich verständlich zu machen.

Sie schüttelte den Kopf. Aber sie erinnerte sich an die Geräusche, die sie gehört hatte, und an die Suchscheinwerfer, die den dreiviertelvollen Mond überstrahlt hatten. Wie hatte sie auf ein Zeichen gehofft, auf eine Veränderung! Und sie erinnerte sich an das Wenige, das sie mitgehört hatte, als sie heute Morgen vor dem Café gestanden und Papa und die anderen Männer aus dem Dorf belauscht hatte. Was war das gewesen? Ein Luftangriff?

»Sie verstehen Englisch, oder?«

»Si.« *Sie nickte. »Ein bisschen.« Dank Signor Westerman verstand sie die Sprache. Aber sie traute sich nicht, sie zu sprechen. Sie hatte keine Übung. Sie würde Fehler machen, und er würde sie auslachen.*

»Eine Brücke in der Nähe von Syrakus …« Er seufzte und war anscheinend nicht in der Lage weiterzusprechen. Schweigen trat ein.

Sie musste etwas tun, etwas sagen, nicht einfach nur hier stehen wie eine Idiotin.

»Wir haben die Küste aus den Augen verloren und sind vollkommen vom Kurs abgekommen.« Das Sprechen fiel ihm offensichtlich schwer. »Wir hatten keine Chance, die Karten zu studieren. Es gab keine Lichter auf dem Boden, nach denen wir uns richten konnten. Wir konnten verdammt nichts sehen.«

Sie nickte, um ihm zu zeigen, dass sie ihn verstand, obwohl sie nichts begriff, nicht wirklich. Konnte sie es riskieren, Papa zu holen? Er sympathisierte mit den Engländern; man brauchte sich nur anzusehen, wie treu er Signor Westerman diente. Er würde die Villa und alles, was darin war, wenn nötig mit seinem Leben verteidigen.

»Können Sie mir etwas zu essen bringen?«, fragte der Pilot. Seine Stimme schien schwächer zu werden. »Ich wäre Ihnen schrecklich dankbar.«

»Si.« *Aber vorher … »Ihr Bein?« Sie zeigte mit dem Finger darauf.*

Er verzog das Gesicht. »Ich glaube, ich habe eine ziemlich üble Schnittwunde. Ein Wrackteil ist daraufgefallen, und zwar verdammt fest.«

Flavia runzelte die Stirn. »Gebrochen?«, fragte sie. Mit einer Handbewegung machte sie deutlich, was sie meinte, und er zuckte zusammen.

»Ich glaube nicht.«

Sie würde Verbände brauchen, Desinfektionsmittel, zumindest heißes Wasser. Und Essen. Aber wie konnte sie ihn im sizilianischen Juli mitten auf einem Feld allein zurücklassen? Das war undenkbar. Die Sonne würde ihn bei lebendigem Leib rösten.

»Ich gehe ...«, begann sie. »Ich hole Hilfe.«

Angst huschte über sein Gesicht. »Nein«, sagte er. »Kommen Sie allein zurück. Bitte. Wenn Sie können, bringen Sie mir bitte einen Hut mit, etwas zu essen, Verbandszeug.«

Flavia stand auf.

»Sagen Sie niemandem etwas davon«, warnte er sie. »Sie werden mich töten. Ich werde sterben.«

Flavia verstand. »Warten Sie hier«, sagte sie. Als bliebe ihm etwas anderes übrig ...

Im grellen weißen Licht des Nachmittags flog sie buchstäblich über die rote Erde, vorbei an dem Weizenfeld, das unter den Hitzeschleiern weich wie das Fell einer Katze aussah, durch den Olivenhain, wo die Bäume ihr schimmernd zulächelten, zurück zu dem alten Steinhäuschen, das unglaublicherweise noch genauso aussah wie vorhin, als sie es verlassen hatte. Wie war das möglich? Dabei hatte sich doch so viel verändert.

Schwitzend und atemlos trat sie durch den Vorhang, der regungslos in der stillen Luft hing, und lief in das hintere Zimmer, wo ihr Vater schlief und leise schnarchte.

Flavia öffnete den Mund zum Sprechen.

Aber was, wenn sie sich irrte? Wenn Papa die Behörden benachrichtigte und sie den Engländer töteten? Dann würde sein Blut an ihren Händen kleben. Sie …

Flavia schlich sich wieder aus dem Zimmer. In der Küche suchte sie zusammen, was sie brauchte. Kostbares Brot, das Mama heute gebacken hatte, Öl, das aus ihren eigenen Oliven gewonnen worden war, Ziegenkäse, Tomaten von den Pflanzen draußen, zwei breite Bandagen aus Mamas Küchenschrank und eine kleine Flasche Desinfektionsmittel. Was noch? Er hatte um eine Kopfbedeckung gebeten. Konnte sie es riskieren, Papas Hut zu nehmen? Eine Pinzette vielleicht? Mull und Gaze? Sie füllte eine zweite Flasche mit heißem Wasser vom Herd. Mochte die Muttergottes verhindern, dass jemand sah, wie sie mit diesen Sachen verschwand, sonst war es um sie geschehen. Und um ihn.

Leise wie eine Diebin schlich sie auf Zehenspitzen durch das Häuschen, durch den Vorhang hinaus, über die Felder zum Olivenhain und zu dem gelben Weizenfeld. Das Licht war so hell, und sie rannte so schnell, mit vor Anstrengung und Hitze pochendem Herzen, dass sie beinahe das Gefühl hatte, als wäre all das nicht real. Als wäre dieser Tag nicht real, als wäre sie nicht hier, als passierte dies gar nicht und sie würde nichts vorfinden, wenn sie die Stelle erreichte, an der der Flieger gelegen hatte. Als wäre es nur ein Trugbild gewesen. Das Land pulsierte und glühte und schien über sie zu spotten. Irgendwo rief ein Vogel. Ein Trugbild.

Aber er war da.

Er schlug die Augen auf, sah sich ängstlich um, um festzustellen, ob sie allein war, und wirkte rührend froh darüber, sie zu sehen. Und warum auch nicht? Sie brachte ihm Stärkung. Es hatte nichts mit ihr, Flavia, zu tun. Sie hätte genauso gut jemand anderes sein können, irgendein Mädchen aus dem Dorf, das zufällig über ihn gestolpert war.

»Danke, danke«, sagte er. »Das ist verdammt nett von Ihnen. Sie sind wunderbar.«

Und doch ... Und doch sah er sie an, als meinte er seine Worte ernst.

Schüchtern holte sie Brot, Käse und Tomaten hervor und sah zu, wie er hungrig aß, das Brot kaute, von den Tomaten abbiss, daran saugte und sie herunterschluckte.

»Essen Sie langsam«, riet sie ihm in ihrer Muttersprache, und er schien sie zu verstehen, denn er nickte und aß weniger hektisch als zuvor.

Als er fertig war, nahm Flavia das warme Wasser und das Desinfektionsmittel und wusch seine Beinwunde aus. Sie war so nervös, dass ihr der Atem stockte. Er zuckte zusammen, als sie ihn berührte, besonders, als sie die Pinzette nahm und einen schmalen Metallsplitter herauszog, der in der Wunde steckte. Waren da noch mehr? Der Schnitt ging tief und war blutig und geschwollen, aber unter dem zerrissenen Stoff seines Hosenbeins bildete sich schon eine Kruste. Die Wunde hatte zu heilen begonnen, aber sie wusste, dass die Gefahr einer Infektion groß war. Vielleicht war sie gerade noch rechtzeitig gekommen.

»Wo ...?«, fragte sie ihn.

Er bedeutete ihr, dass er Schürfwunden an den Armen und an der Schulter hatte.

Noch nie hatte Flavia den Körper eines Mannes berührt. Behutsam schob sie den zerrissenen Stoff seines Hemds zurück. Seine Haut war blass und leicht sommersprossig; an seinen muskulösen Armen erkannte sie, wie stark er war. Sie biss sich auf die Lippen und konzentrierte sich mit aller Kraft. Sie würde es wie die Krankenschwestern machen und ihn als Patienten betrachten, nicht als Mann.

Als sie fertig war, berührte er ihre Hand.

Sie sah in diese Augen und fragte sich, ob sie beten sollte, vielleicht für sich selbst und um ihre eigene Rettung.

»Sie sind ein Engel«, sagte er zu ihr. »Mein Schutzengel.«

Trotz der Hitze überlief sie ein seltsamer Schauer. »Ich muss gehen.«

Essen, dachte Flavia jetzt. Sie ruhte eine Weile aus; auch heute hatte das Schreiben sie wieder sehr angestrengt. Essen war ein Teil der sizilianischen Seele, ihrer Seele. Zu ihrer Zeit hatte es kaum Kochbücher gegeben. Rezepte wurden von der Mutter an die Tochter weitergegeben. So war es Tradition, und so war es am besten. Und sie würde es genauso machen.

Sie runzelte die Stirn. Sie würde mit der *caponata* anfangen. Die *caponata* war zwar ein Klassiker, aber es handelte sich dabei eher um ein Konzept als um ein bestimmtes Gericht, denn jede Köchin hatte ihr eigenes Rezept. Man bereitete die *caponata* am besten einen oder zwei Tage, bevor sie serviert wurde, zu, damit die Aromen reifen und sich vermischen konnten.

Also dann: Sie begann zu schreiben. *Auberginen würfeln und in heißem Olivenöl braten. Sellerie zusammen mit den Oliven blanchieren. Zwiebeln braten. Rotweinessig und Zucker zugeben. Tomatenmark erhitzen, die Gemüse zugeben. Abkühlen lassen und mit Minze oder Basilikum bestreuen.*

Süßsauer. Was Tess wohl gerade tat? Mit wem hatte sie gesprochen? War sie in der Villa Sirena? Flavia wollte es nicht wissen, und doch sehnte sie sich danach.

Widersprüche, dachte Flavia. Süß und sauer.

11. Kapitel

Es erstaunt mich, dass Sie die Geschichte nicht kennen«, meinte Giovanni, als sie in einem Restaurant in einem nahe gelegenen Dorf saßen. »Sprechen in Ihrer Familie Mütter nicht mit ihren Töchtern?«

Es war die Art von Lokal, in dem die Tischtücher aus gestärktem weißen Damast und die Weingläser aus schwerem Kristall waren. In dem Raum roch es holzig, der Geruch des Kaminfeuers von gestern Abend, vermutete Tess aufgrund der Asche im Kamin und der Olivenzweige in dem Holzkorb. Das Essen war gut. Sie hatten mit *bruschetta* und gegrillten Auberginenscheiben mit Knoblauch, Petersilie und karamellisierten Zwiebeln begonnen.

»Über manche Themen schon.« Sie waren beim zweiten Gang – *spaghetti con le cozze.* Tess spießte eine Muschel aus einer der wie lackiert wirkenden schwarzen Schalen auf und meinte sich zu erinnern, dass ihre Mutter gesagt hatte, die Beziehung zwischen Pasta und Sauce sei völlig gleichberechtigt. Beide Geschmäcker sollten gleichzeitig bei den Geschmacksnerven ankommen. »Aber über andere nicht«, gestand sie. »Was Sizilien anging, war meine Mutter immer ziemlich zugeknöpft.« Vorsichtig ausgedrückt. Und Tess hatte niemals sizilianisch gekocht. Vielleicht war das eine kleine Rebellion – Tess' Art, ihrer Mutter zu zeigen, dass sie, wenn sie ihr nicht von Sizilien erzählte, auch nicht sizilianisch kochen würde.

»Zugeknöpft?« Er runzelte die Stirn.

»Vorsichtig. Schweigsam. Geheimnisvoll.«

»Aha.« Er rieb sich die Nase. »Kein Problem. Von Geheimnissen verstehe ich etwas. Aber ich kann Ihnen ja alles erzählen.«

Ja, dachte Tess. Darauf möchte ich wetten. Aber konnte sie ihm glauben? Sie versuchte, hinter die lässig-eleganten Umgangsformen, das routinierte Lächeln zu sehen. Er hatte etwas an sich, das ein bisschen zu glatt, zu geplant, zu entgegenkommend war. Sie dachte an Robin. Es war ein Schock gewesen, als sie erfuhr, dass er finanziell abhängig von der Familie seiner Frau war. Wahrscheinlich kam so etwas ständig vor, zumindest in bestimmten Familien. Vermutlich war es die romantische Idealistin in ihr, die fand, dass Geld nichts mit der Beziehung zwischen Mann und Frau zu tun haben sollte, dass Beziehungen auf Ideen wie Liebe und Integrität basieren sollten statt auf dem Kontostand. Romantik und Idealismus hatten ihr zwar keinen Lebenspartner beschert, den sie lieben und schätzen konnte, dachte sie und nahm eine Gabel voll von der aromatischen Tomatensauce, aber zumindest hatte sie noch ihre Träume.

Giovanni begann mit der Geschichte, wie die Villa Sirena gebaut worden war, und Tess beugte sich eifrig vor, um ihm zu lauschen.

Edward Westerman war 1935 nach Sizilien gekommen, als er noch ein »Junge« war, wie Giovanni es ausdrückte, und hatte eine Erbschaft (»mehr Geld, als gut für ihn war, *no?*«) und die Sehnsucht, in der Sonne zu leben, mitgebracht.

»Klingt gut, finde ich«, meinte Tess.

»Als die Villa Sirena damals gebaut wurde, war sie wirklich ein prächtiges Gebäude«, sagte Giovanni. »Er hat Stein und Marmor aus der Gegend verwendet und auch die Arbeiter hier eingestellt. Heute allerdings ...« Er zuckte mit den Schultern. »Sie ist *molto malandata, no?*«

»*Molto …?*« Tess nahm noch einen Löffel von der Tomatensauce auf ihrem Teller. Sie war deutlich mit Chili gewürzt, und sie fühlte sich einmal mehr an ihre Mutter erinnert. So langsam begann sie, die Beziehung der Sizilianer zum Essen besser zu verstehen.

»Wie sagt man? Heruntergekommen?«

»So etwas wie *Shabby Chic?*«, meinte sie.

»Ah ja.« Giovanni schien sie genau zu beobachten. Oder bildete sie sich das nur ein? »Sie ist ein Ort mit vielen dunklen Ecken«, erklärte er in einem Ton, der beiläufig wirken sollte. »Stellen, an denen sich etwas verbergen kann.«

»Etwas?«

Er schüttelte den Kopf, als hätte er zu viel gesagt, aber Tess vermutete, dass er auf den Busch klopfen wollte, herausfinden, wie viel sie wusste. Geheimnisse, lauter Geheimnisse. Sie fragte sich, was es damit auf sich hatte.

Giovanni sah sich argwöhnisch im Restaurant um. »In Sizilien hört immer jemand zu«, sagte er.

Aha … Und Tess hatte die Leute ringsum nur für gewöhnliche Paare und Familien gehalten, die in einem netten Restaurant zu Mittag aßen.

Ihre Gedanken schweiften zu Ginny ab. Tess hatte angerufen, bevor sie zum Essen gegangen waren, aber Ginny hatte es offensichtlich eilig gehabt, wieder aufzulegen. »Mir geht's gut, Mum, ehrlich«, hatte sie gesagt. »Mach dich mal locker. Du bist doch erst einen Tag weg.« Aber es war das erste Mal, dass Tess so weit von ihrer Tochter entfernt war. Und es fühlte sich merkwürdig an.

»Was den Engländer angeht, Edward Westerman«, sagte Giovanni gerade. »Er hat nicht nur die Sonne gesucht.«

»Ach?« Tess nahm die letzten Spaghetti und Muscheln auf die Gabel.

»Er musste England verlassen.« Er machte eine Handbewegung. »Er war, Sie wissen schon ...«

Nein, eigentlich nicht. »Was?«

»Er hat Partys gegeben.« Giovanni zog eine Augenbraue hoch. »Eine gewisse Art von Partys.«

Tess war verwirrt. »Er war Dichter, oder?« Sie schob ihren Teller beiseite.

»Aber ja. Er hat sich mit Künstlern und Schriftstellern umgeben, Menschen, die tolerant waren. Die nichts gegen ... Verstehen Sie?« Wieder eine hochgezogene Augenbraue.

Tess begriff. »Er war schwul?«, fragte sie. »Homosexuell?«

»Genau.« Auch Giovanni war mit seiner Pasta fertig und tupfte sich die Lippen mit der Serviette ab. Seine Miene verriet, dass er vielleicht nicht extrem homophob war, aber solche Neigungen ganz bestimmt nicht billigte. »In England war das illegal, *no?* Bei Ihnen gab es doch diesen Oscar Wilde, glaube ich.«

Tess lachte. »Ja, so ist es.« Sie nippte an ihrem Wein, einem köstlichen, leicht nach Honig schmeckenden Tropfen aus Sizilien.

»Er ist *sincero*«, erklärte ihr Giovanni, »ehrlich, rein aus Trauben, ohne Chemikalien, und macht deshalb keinen Kater.«

»Großartig.« Tess ließ sich nachschenken. »Aber war Homosexualität denn nicht auch in Sizilien verboten?«, fragte sie.

»Ah.« Giovanni legte seine Gabel schwungvoller als nötig auf den Teller zurück. Tomatensauce spritzte an die ockerfarben getüpfelte Wand. »Das sollte man meinen. Ich würde das meinen und viele andere auch ...« Er seufzte. »Auf Sizilien haben wir immer die Augen vor den exzentrischen Angewohnheiten der Engländer verschlossen.« Er schloss die Augen, als wolle er es demonstrieren. Aber sie bemerkte, dass seine Miene immer noch missbilligend wirkte.

Exzentrisch, dachte Tess, vom lateinischen *ex centro*, außerhalb des Zentrums. Etwas, was sich den zentralisierenden, alle gleich machenden Kräften widersetzte. Es war nicht leicht, exzentrisch zu sein, überlegte sie. Dazu brauchte es Mut. Wahrscheinlich hätte sie Edward Westerman gemocht.

»Sie hatten Geld, sie haben eine große *casa* gebaut, sie haben unseren Männern und Frauen Arbeit gegeben. Warum sich darum scheren, was sie nachts in ihren Schlafzimmern tun? Oder anderswo?«

Tess blinzelte. Überzeugt klang er immer noch nicht. Aber sie war froh darüber, dass ihre eigene Familie da aufgeschlossener gewesen war. Offensichtlich hatte zwischen Edward Westerman und der Familie ihrer Mutter eine Verbindung bestanden, die weit über die Loyalität zwischen Arbeitgeber und Angestellten hinausging. Und er hatte Tess seine wunderschöne Villa vermacht ...

Draußen schien die Sonne immer noch auf die Terrasse, die an der Promenade lag, und sie fragte sich, warum die Italiener so oft drinnen aßen. Wahrscheinlich war es hier so lange so heiß, dass sie die Kühle vorzogen, wann immer sich die Gelegenheit bot.

Ein Pärchen schlenderte Hand in Hand über die Promenade. Die beiden schienen sich ohne Worte zu verstehen. Sie blieben stehen, beobachteten die Boote, die im Hafen ankerten, und schauten aufs Meer hinaus. Er sagte etwas und zeigte zum Horizont. Sie sah hin, beschattete die Augen, nickte, lachte. Die beiden küssten sich. Tess wandte den Blick ab. Es war zu früh, ihre Wunde war noch zu frisch.

Giovanni trank einen großen Schluck von seinem Wein.

»Sizilien war damals sehr arm«, erklärte er. »Es gab viel Hunger, viel Unzufriedenheit.«

Tess nickte. Das konnte sie nachvollziehen. Sie versuchte, sich ihre Mutter als junges Mädchen vorzustellen, damals in den 1930ern, als Edward Westerman die Villa mit ihren geschwungenen Art-déco-Linien, dem rosa Verputz, dem Stuck, den Marmortreppen und dem in Terrassen angelegten Garten gebaut hatte, von dem aus man einen Blick über die ganze Bucht von Cetaria hatte. Der jungen Sizilianerin musste er wirklich exotisch vorgekommen sein.

»Und Ihre Tante und meine Mutter waren eng befreundet?«, fragte Tess.

Giovanni nickte. Er wies auf die Dessertkarte, aber sie schüttelte den Kopf und bestellte nur Kaffee. Sie schätzte, dass sie es in Sizilien langsam angehen lassen konnte. Wenn die beiden Frauen sich so nahegestanden hatten, dann musste Santina wissen, warum ihre Mutter als blutjunges Mädchen Sizilien verlassen hatte. Warum sie den Kontakt zu ihrer Familie fast vollständig abgebrochen hatte. Warum sie sich geweigert hatte, von Sizilien zu sprechen, und nie wieder hierher zurückgekehrt war.

Tess musterte Giovanni. Wusste er Bescheid? Und noch wichtiger: Würde er ihr die Wahrheit sagen? Sie bezweifelte es. »Vielleicht könnte ich einmal mit ihrer Tante Santina sprechen?«, schlug sie vor. »Ich würde zu gern wissen, wie meine Mutter war – als Mädchen, meine ich.«

Er runzelte die Stirn. »Sie spricht kein Englisch«, sagte er. »Viele Menschen aus dieser Generation sprechen kein Englisch. Warum sollten sie auch?«

»Sie könnten ja übersetzen.«

Er schien das in Betracht zu ziehen. Dann entspannte sich seine Miene. »Wie Sie möchten«, antwortete er. »Sie können uns alles erzählen. Uns können Sie vertrauen.«

Tess war sich nicht sicher, was sie den beiden erzählen sollte. Sie hatte sich das eher umgekehrt vorgestellt. Daher probierte sie es mit einem anderen Thema. »Und der Mann, der die Mosaike macht?«, fragte sie. »Er ist kein Freund von Ihnen, oder?«

»Amato.« Er spuckte den Namen geradezu aus. »Ihm können Sie nicht vertrauen. Er ist kein Freund Ihrer oder meiner Familie, da können Sie ganz sicher sein.«

Der Kaffee kam, und Tess goss Milch hinein. »Warum nicht?«, erkundigte sie sich. In Sizilien schienen die Gefühle schnell hochzukochen. Entweder neigten die Sizilianer von Natur aus zum Dramatisieren, oder es gab unglaublich viele Familienfehden und einen Groll, der von einer Generation an die nächste weitergegeben wurde.

Giovanni beugte sich vor und senkte die Stimme. »Es geht um Schulden, die seit langer Zeit unbeglichen sind«, erklärte er. »Und später gab es einen Diebstahl. Ein wertvoller Gegenstand und ein großer Verlust.«

Fragend zog Tess die Augenbrauen hoch. Gab es auf Sizilien denn keine Gerichte?

»Der Gläubiger war meine Familie.« Giovanni richtete sich auf seinem Stuhl auf. »Eine Sache der Ehre. Aber der Diebstahl ...«

»Ja?« Je mehr Informationen sie ihm entlockte, umso besser, beschloss Tess. Diese ganze Sache mit dem Diebstahl und den Schulden hatte vielleicht nichts mit dem Grund zu tun, aus dem ihre Mutter Sizilien verlassen hatte, aber es waren nützliche Hintergrundinformationen. Und außerdem fand sie es spannend, mehr über den unfreundlichen Mosaikkünstler aus dem *baglio* herauszufinden.

»Ihr Großvater war das Opfer dieses Diebstahls«, sagte er. »Man hat ihm etwas gestohlen, das ihm nicht einmal gehörte. Etwas ...« Er verstummte.

»Etwas …?« Jetzt wurde es interessant, dachte Tess. Sie fragte sich, was für ein Mensch ihr Großvater gewesen war, und konnte es kaum abwarten, mit Santina zu reden. Wenn ihre Mutter ihr schon nicht sagte, was passiert war, dann vielleicht die winzige Sizilianerin.

»Alberto Amato war der beste Freund Ihres Großvaters«, erklärte Giovanni. »Der Diebstahl war Verrat.« Sein Blick verdüsterte sich. »Ein Verrat der übelsten Sorte.«

12. Kapitel

Ginny bereitete das Haus für die Party vor. Dazu gehörte eine große Entrümpelungsaktion.

Ginny befestigte ihr Haar mit einer Kralle, band sich eine Schürze um, hängte sich ein paar Lappen über die Schulter und schnappte sich das Putzmittel. Sie war auf einer Mission …

Das Zimmer ihrer Mutter war tabu – viel zu riskant, jemanden dort frei herumlaufen zu lassen, wo Mums Schmuck und ihr Make-up auf dem Schminktisch lagen und bestickte Kissen kunstvoll auf der weißen Tagesdecke arrangiert waren. Und dann war da auch noch der cremefarbene dicke Teppich und so weiter und so weiter … Ein einziger Fleck von Cranberry-Wodka, und sie war tot.

Aber sie hatte bereits ein großes Strandtuch auf dem Bett ihrer Mutter ausgebreitet, denn das Zimmer war bestens geeignet, um hier die zerbrechlichen Gegenstände zwischenzulagern, die Ginny im Wohnzimmer im Erdgeschoss – der Tanzfläche – einsammelte. Zuerst die gerahmten Familienfotos, Schnappschüsse aus der Vergangenheit, die auf dem Sekretär ihrer Mutter standen. Sie raffte sie zusammen, lief die Treppe hinauf und legte sie auf das Strandtuch. Sie ließ sich ablenken und nahm eines zur Hand, das sie im Alter von fünf Jahren beim Ponyreiten zeigte. Ihr Haar wehte im Wind, und ihre Miene war in einem Moment eingefroren, in dem sie Angst und Freude zugleich empfunden hatte. Ginny konnte sich an diesen Tag genau erinnern. Sie war in der Lage, sich innerhalb von Sekunden in die Vergangenheit zu versetzen. Wieder roch sie diesen süßen Duft nach Pferden und Heu, hörte das Tier wiehern und schnauben, spürte die scharfe Meeresbrise im Gesicht und die Furcht, die in ihrem Bauch blubberte, als das Pony in einen langsamen Trab fiel. Und sie sah ihre Mutter, wie sie strahlte und triumphierend mit der Kamera wedelte. »Hey, Ginny! Das machst du großartig!«

Bei der Erinnerung lächelte Ginny. Als sie abgestiegen war, hatte sie nur daran denken können, gleich wieder auf das Pony zu klettern.

Sie nahm ein anderes Bild in die Hand. Eine Geburtstagsfeier. Nonna hatte den Kuchen gebacken, natürlich. Sie stand neben ihrer Enkelin, und Pops hatte auf Ginnys anderer Seite Stellung bezogen. Vor ihnen auf dem Tisch stand der Kuchen mit zehn brennenden Kerzen.

»Herzlichen Glückwunsch zum Geburtstag, liebe Ginny.« Die Stimme ihrer Mutter, die vor Rührung leicht bebte. »Sag *cheese!* Bitte lächeln!«

Mum war immer hinter der Kamera und nur selten das Motiv. Doch es gab eine Ausnahme. Das dritte Foto, das Ginny in die Hand nahm, zeigte ihre Eltern. Ihre Mutter und ihren Vater. Schon das Wort »Vater« zu denken war komisch, denn ein Vater war er nicht, oder? Man konnte kein Vater sein, wenn man nie da gewesen war.

Ihre Mutter war wunderschön auf diesem Schnappschuss. Groß und schlank mit langem, lockigem dunkelblonden Haar und einem bezaubernden Lächeln. Ginny zog es mit der Fingerspitze nach. Wahrscheinlich war sie auch heute noch attraktiv. Männer sahen sie immer noch an, sie fiel immer noch auf und hatte tolle Beine. Aber damals … Die beiden hielten Händchen, und ihre Mutter lehnte sich an ihren Vater und sah ihn mit einem Blick an, der sagte: *Du bist zwar ein hoffnungsloser Fall, aber ich liebe dich*.

Er lachte. Er war groß, schlaksig und sorglos, noch ein Junge. Ihr biologischer Vater. Dieser Ausdruck hatte das richtige Maß an Distanz. Auch er hatte seinen Abstand gewahrt. Er hatte sich nie bei ihnen gemeldet, nicht ein einziges Mal.

Sie schaute sich im Zimmer ihrer Mutter um. Da waren ein kleiner, nie benutzter schwarzer viktorianischer Kamin und ein Messing-Doppelbett. Aber beherrscht wurde der Raum von einem Unterwasserfoto. Es war irgendwo im Roten Meer aufgenommen worden, meinte Ginny sich zu erinnern. Sie trat näher heran. Es hieß *Eine andere Welt unter Wasser*. Und sie musste zugeben, dass das Bild etwas hatte. Zwei Taucher schwammen auf ein mit Seepocken bewachsenes Wrack zu, das in einem merkwürdigen Winkel aus einem Bett aus rosa Korallen ragte. Das Meer war von einem schimmernden Aquamarin, und ein Strahl indirekten Sonnenlichts erhellte die Szene. Hinter den Tauchern schwamm, anscheinend gleichgültig gegenüber den Eindringlingen, ein Schwarm fluoreszierender gelber Fische. Ginny wusste, das war die Welt ihrer Mutter, der Ort, an dem sie am liebsten sein würde, lieber als in diesem Haus bei Ginny oder bei der Arbeit im Wasserwerk, wo sie Leuten zuhörte, die sich über Rechnungen oder Abwasserprobleme beschwerten.

Wenn Mum wüsste, was heute Abend hier abging, würde sie ausflippen ... Ginny spürte, wie die Kugel vibrierte. Es war, als ob sie ihr schlechtes Gewissen aufsaugen würde. Mum hatte schon aus Sizilien angerufen und zwei SMS geschickt, »nur um zu hören, ob du okay bist«. Was hatte sie bloß? Tatsache war, dass ihre Mutter nichts über sie wusste, nichts über ihr Leben. Warum sollte sie auch? Sie war ihre *Mutter*, oder?

Ginny verließ das Zimmer ihrer Mutter und ging in ihr eigenes Zimmer nebenan, um sich ihren iPod zu holen. Das würde sie ablenken. *Henrietta*. Die Fratellis in voller Lautstärke. Ihre Mutter würde nie von der Aktion erfahren, rief sie sich ins Gedächtnis.

Sobald sie alles Zerbrechliche aus dem Wohnzimmer entfernt hatte – zwei Vasen, eine Obstschale aus Keramik, eine Art-déco-Uhr, den großen Silberspiegel über dem Kamin, einen Spargelfarn namens Mildred und eine Leselampe –, konzentrierte sie sich auf die Möbel. *Chelsea Dagger* lief auf Hochtouren, und Ginny auch. Das Sofa sollte in Jacks Zimmer – die Chillout-Zone der Party –, und den Sessel konnte sie in die Abstellkammer unter der Treppe quetschen. Der iPod ließ sich mit der Musikanlage ihrer Mutter verbinden; sie probierte es aus. *Got ma nuts from a Hippie* erfüllte den Raum. Sie probierte ein paar Hüftschwünge und Drehungen. Rollte den Teppich auf. Alter Finne ... Der Holzboden war die perfekte Tanzfläche.

Ihr Handy piepte; sie hatte eine SMS bekommen. Sie zog das Handy aus ihrer Hosentasche. Die SMS war von Becca. *Was gibt's zu essen?* Ginny schrieb ihr zurück. *Chips und Popcorn*.

In der Küche räumte sie die Oberflächen frei und organisierte die Drinks. Es gab Wein (aus dem Vorrat ihrer Mutter, die wahrscheinlich nicht mal etwas davon merken würde), Gin (Pops hatte ihn vor zwei Jahren für Weihnachten gekauft, und er war kaum angebrochen), Cola und Cranberry-Saft (Ginnys Beitrag). Den restlichen Alkohol würden die Gäste mitbringen. Kein Problem.

Sie öffnete die Haustür und ging hinaus. Lisa jätete Unkraut in ihrem kleinen Vorgarten, und die beiden Mädchen spielten Schlagball.

Als sie Ginny sahen, kreischten sie. »Ginnyyy! Komm, spiel mit, Ginnyyy!«

»Ich kann nicht.« Ginny zog ein bedauerndes Gesicht. »Ich mache Hausputz.«

»Wirklich?« Lisa setzte sich auf die Fersen. »Braves Mädchen. Deine Mutter wird sich freuen.«

Bescheiden lächelnd hakte Ginny die Finger in den Bund ihrer Jeans.

»Ich hoffe, ihr nehmt euch ein Beispiel daran, Mädchen«, rief Lisa ihren beiden Töchtern zu. »Das erwarte ich in ein paar Jahren auch von euch ...«

Aber sie waren so in ihr Spiel vertieft, dass sie sie nicht einmal hörten.

Lisa winkte ab und lächelte Ginny zu.

Ginny zuckte mit den Schultern und erwiderte ihr Lächeln. Zu den Dingen, die Ginny an Lisa liebte, gehörte, dass sie Ginny immer zu den Erwachsenen zählte. »Mum hat dir wahrscheinlich erzählt, dass ich heute Abend ein paar Freundinnen eingeladen habe«, sagte sie.

»Ähem ...« Lisa runzelte die Stirn. »Nein, ich glaube nicht.«

»Ich hoffe, wir stören euch nicht.« Hinter dem Rücken kreuzte Ginny die Finger. »Ein paar von meinen Freundinnen sind manchmal ein bisschen, hmmm, laut.«

Lisa lächelte großmütig und wedelte mit ihrer kleinen Hacke durch die Luft. »Ist schon in Ordnung«, meinte sie. »Mach dir keine Gedanken. Wir drehen einfach den Fernseher lauter. Viel Spaß.«

»Danke, Lisa.« Wenn es zu wild wurde, dachte Ginny, konnte sie sich morgen immer noch entschuldigen. Und mit ein bisschen Glück hatte Lisa alles vergeben und vergessen, bis Mum nach Hause kam. Mum. Bei dem Gedanken schauderte es Ginny. Aber jetzt kam sie aus der Nummer nicht mehr heraus. Sie hatte ihn schon eingeladen.

Bevor sie wieder ins Haus ging, schlich sie sich in den Durchgang zwischen den Häusern und zog ein Päckchen Zigaretten aus der Tasche ihrer langen grauen Strickjacke. Sie rauchte nicht oft, normalerweise nur, wenn sie ausging, und zu Hause nur, wenn Mum nicht da war. Aber der Durchgang war genau der richtige Ort dafür. Er war nicht einzusehen, und dort standen die Mülltonnen. Sie inhalierte tief und ging in die Hocke. Würde er zu der Party kommen? Sie hatte ihm eine SMS geschrieben und ihn gebeten, ein paar Freunde mitzubringen. Er hatte geantwortet, dass er das vielleicht tatsächlich tun würde. Jetzt konnte sie nur noch warten. Und Warten war etwas, was Ginny schwerfiel.

Zurück im Haus bewaffnete sie sich mit drei schwarzen Mülltüten und machte sich an ihr eigenes Zimmer. Hier würde sie Mäntel und anderes Zeug ablegen. Und ... Sie schloss die Augen und spürte, wie er näher kam, fühlte seinen warmen, süßen Atem im Gesicht, spürte, wie seine Lippen ihre suchten, wie sie zusammen aufs Bett fielen ... Verdammte Axt, bei dem Gedanken brach ihr der Schweiß aus. Wenn er hier hereinkäme ...

Sie sah sich um. Was würde er davon halten? Es war ein Kinderzimmer, voll mit niedlichen, netten, hübschen und herzigen Sachen. Das war nicht unbedingt der Eindruck, den sie ihm vermitteln wollte.

Sie zog die erste Tüte auseinander.

Ihr ganzes altes Make-up flog hinein, Lidschatten und Lipgloss, Rouge und Glitzer, Tübchen und Paletten klapperten in das schwarze Loch. Zeitschriften, alte Sachen, die sie nicht mehr anzog. Sie fühlte sich GUT. Es war wie eine Reinigung, wie eine von Lisas Entschlackungs-Fastenkuren. Weg mit dem Alten, den Giften und dem Staub. Sie arbeitete schneller, immer schneller, zog Shirts und Kleider von Bügeln. Unter dem

Bett fand sie einen Haufen alter Schulsachen. Rasch arbeitete sie sich zu Büchern aus ihrer Kindheit vor: *Ein Löwe auf der Wiese*, die *Fünf-Freunde*-Bücher, *Winnie Puuh*. Diese Tüte, beschloss sie, konnte an die Wohlfahrt gehen. Eine Sekunde lang hielt sie inne. Aber dann gesellten sich auch *Der Weiße Teddybär* und *Bill, die kleine Eule* zu den fallen gelassenen Freunden. Sie rannte die Treppe hinunter, um noch mehr Mülltüten zu holen. Sie konnte jetzt nicht aufhören. Alter Nagellack, Ohrringe, die sie einmal geliebt hatte (aber in denen sie jetzt nicht einmal mehr tot überm Zaun hängen wollte), ein ganzer Zoo kleiner Tierfiguren, alles wurde hektisch dem schwarzen Abgrund übergeben. Alles, was »Kind« und nicht »Frau« verkündete. Ein paar Plüschhausschuhe in Pinguinform, ein Giraffenposter, ein Kalender von Miffy, dem Hasen, ein Stift, der die Form eines Pfaus hatte, eine Spardose, die wie ein Grizzlybär aussah, eine Decke mit Zebramuster. Was hatte sie bloß mit Tieren? Raus, raus, raus. Die Kugel bebte und rollte.

Sie schaltete wieder die Fratellis ein. *Creeping up the Backstairs*. Die Musik erfüllte ihren Kopf, und ihre Arme schmerzten. Das war es. Exorzismus. Sie spürte, wie es jede Pore reinigte. Wenn sie fertig war, würde sie das Zimmer weiß streichen und …

Ob die Kugel je verschwinden würde? Würde sie die Kugel damit verjagen?

Am Computer lag ein ganzer Berg Material für das College. Sie hatte ihrer Mutter versprochen, diese Woche ernsthaft zu lernen. Ginny holte tief Luft und warf das Zeug hinterher. *Sie wollte nicht zur Uni gehen* … SIE WOLLTE GANZ EINFACH NICHT … Sie wartete darauf, dass die Kugel auf diese schockierende Enthüllung reagierte, aber nichts passierte. Sie wollte weg, schon, aber um zu reisen, um die Welt zu sehen, um frei zu sein, um sich neu zu erfinden. Sie wünschte, sie wäre älter. Sie wollte keine Jungfrau mehr sein. Sie wollte … Mist.

Sie setzte sich auf das Bett. Verdammt. Sie war sich nicht sicher, was sie wollte. Aber *irgendetwas* wollte sie, so viel wusste sie.

13. Kapitel

Ein Verrat der übelsten Sorte, dachte Tess, während sie einen Fuß ins Wasser tauchte. Es war warm und einladend, und die Wellen kräuselten sich um ihre Zehen wie Farnwedel. Ein Verrat, ein Diebstahl und alte Familienschulden, mehr hatte sie Giovanni nicht entlocken können. Und es hatten drei sizilianische Familien damit zu tun: die Farros, also die Familie ihrer Mutter, die Sciarras, Santinas und Giovannis Clan, und die Amatos, die Leute des Mosaikbauers. Aber wer hatte wem was angetan? Was war damals in den 1940ern gestohlen worden? Warum war das Verrat? Und hatte es womöglich etwas damit zu tun, dass ihre Mutter Sizilien verlassen hatte?

Tess watete durch die Wellen, und als ihr das Wasser bis an die Oberschenkel reichte, sprang sie mit einer einzigen, fließenden Bewegung kopfüber hinein. Auf den ersten Schock folgte der Moment, den sie liebte, der Moment, wenn Körper und Wasser zu einer Einheit zu verschmelzen schienen. Sie atmete tief aus. Schwimmen, tauchen, sich im Meer bewegen, das würde immer eines ihrer größten Vergnügen sein. Hier konnte man nachdenken oder auch vergessen. Sie schloss die Augen, um sie vor der grellen Sonne des Spätnachmittags zu schützen, und schwamm mit sicheren Zügen ins offene Meer hinaus. Manchmal wünschte sie, sie könnte einfach für immer weiterschwimmen.

Sie war nur eine Woche hier. In dieser Woche musste sie entscheiden, was mit ihrer Erbschaft, der Villa Sirena, geschehen sollte, und sie musste jemanden damit beauftragen, weil sie nicht mehr da sein würde, um sich selbst darum zu kümmern. *Problema*. Und sie hatte eine Woche Zeit, um herauszufinden, warum ihre Mutter Sizilien verlassen hatte und nie wieder zurückgekehrt war.

Sie drehte sich um, trieb kurz auf dem Rücken und ließ sich von der Strömung davontragen. Wäre es nicht schön, wenn das ganze Leben so wäre? Wenn man sich einfach in Situationen hinein- und wieder heraustreiben lassen könnte – ziemlich so, wie David sich vor und nach ihrer Begegnung hatte treiben lassen. Aber wäre das wirklich so schön? Die meisten Menschen schlugen irgendwann Wurzeln. Vielleicht war sogar David inzwischen sesshaft geworden. Tess hatte keine Ahnung. Er hatte nie wieder Kontakt zu ihr aufgenommen, um zu fragen: *Hey, was macht meine Tochter?* Oder: *Hier ist etwas Geld, damit du es leichter hast.* Nein, von Verantwortung hatte er noch nie etwas gehalten. Das passte nicht zu seinem Lebensstil. Eigentlich hätte sie sich das denken können.

Sie schwamm weiter. Dieses Mal bewegte sie sich mit langsamen Brustzügen auf die Felseninseln zu. Außer beim Schwimmen im Meer ließ sie sich selten treiben. Sie arbeitete hart und hatte sich letzte Woche sogar für eine Beförderung zur Abteilungsleiterin im Wasserwerk beworben. Janice ging in den Ruhestand, und man hatte Tess wissen lassen, dass man sie für die geeignete Nachfolgerin hielt. Das würde eine schöne Gehaltserhöhung und mehr Urlaubstage bedeuten. Nun, der Job war in Ordnung, und mit Ausnahme von Malcolm verstand sie sich mit allen Kollegen gut. Und wenn sie manchmal dachte: *Ich habe mir immer mehr vom Leben gewünscht als das*, dann unterdrückte sie den Gedanken sofort und sagte sich, dass sie endlich erwachsen werden musste. Sie war gesund, sie hatte Ginny, Muma und Dad, und sie hatte einen anständigen Job. *Denk lieber an das, was du hast, Mädchen …*

Giovanni hatte beim Kaffee ihre Pläne für die Villa Sirena angesprochen. Er hatte sich auf seinem Stuhl zurückgelehnt wie ein satter, zufriedener Tiger und sich eine Zigarette angezündet. »Und, Tess? Sie werden die Villa verkaufen, oder? Wollen Sie sie so anbieten, wie sie ist, oder soll ich mich um Handwerker kümmern, die die feuchten Wände sanieren, das Haus anstreichen und alles in Ordnung bringen, bevor Sie es verkaufen?« Seine Miene war entspannt, aber erwartungsvoll.

Hmmm. Nach dem Essen und dem Wein fühlte Tess sich schläfrig. Doch sie hatte den Eindruck, dass er genau diesen Moment abgewartet hatte, um seine Frage zu stellen. »Ich weiß es noch nicht«, antwortete sie. »Ich bin doch gerade erst angekommen.«

Schön, sie hatte Giovanni ihr Frühstück und ihr Mittagessen zu verdanken, aber in welcher Verbindung stand er zur Villa Sirena, und was wusste sie eigentlich über ihn? Er hatte ihr versichert, seine und die Familie ihrer Mutter hätten sich immer nahegestanden, aber als Beweis dafür hatte sie nur sein Wort, oder? Sie konnte sich des Gefühls nicht erwehren, dass er ein wenig zu eifrig darauf bedacht war, ihr zu helfen. Oder entwickelte sie – Gott bewahre – eine Art sizilianischer Paranoia?

Giovanni gab sich unbeeindruckt, so glatt und geschmeidig wie die Großkatze, die ständig vor ihrem inneren Auge auftauchte. »Natürlich, selbstverständlich.« Er wedelte mit seiner Zigarette. »Zuerst müssen Sie Ferien machen, hmmm? Erkunden Sie die wunderschöne Westküste Siziliens. Sie müssen sich Zeit lassen. Diese Dinge, ja, sie brauchen Zeit.«

Wenn sie nur mehr davon hätte …

Tess näherte sich den Felseninseln und sah, wie faszinierend sie waren. Sie würde tauchen müssen, um zu sehen, was sich unter der Oberfläche verbarg, aber die Teile, die aus dem Meer ragten, waren mit Rissen und Spalten übersät, die Sukkulenten und Gräser beherbergten und Seeschwalben und Möwen einen Nistplatz boten. Die großen Formationen bestanden aus braun, weiß und rot geädertem Granit und mussten früher mit dem sizilianischen Festland verbunden gewesen sein. Vielleicht würde sie sich eine Tauchausrüstung leihen und sich das genauer ansehen …

Tess trat Wasser und lachte in sich hinein. Giovanni hatte sie nicht hinters Licht führen können. Er verfolgte eigene Interessen. Wahrscheinlich hoffte er darauf, an der Villa und an ihr etwas zu verdienen. Und warum auch nicht? Es konnte ihr egal sein. Er und seine Familie waren nett, gastfreundlich und hilfsbereit. Also konnte sie ihn ebenso gut gewähren lassen …

Tess war die einzige Schwimmerin weit und breit. So weit sie sehen konnte, war niemand im Meer. Sie war ganz allein. Es war herrlich! Robin wusste gar nicht, was ihm entging.

Sie drehte um und schwamm wieder auf die Küste zu. Die Villa, *ihre* Villa, stand imposant hoch oben auf der Klippe. Ihre geschwungenen Linien und die dunkelrosa Mauern hoben sich vor dem azurblauen Himmel ab. Nein, es war ihr nicht egal. Sie fühlte sich zu diesem Ort hingezogen. Diese Landschaft war ihr auf seltsame Weise vertraut. Aber sie wirkte auch verstörend auf sie. Hatte Edward Westerman gewusst, wie sie sich fühlen würde?

Erneut schloss sie die Augen und spürte, wie die Strömung sie sanft auf das Ufer zutrug. Zärtlich. Dann überkam sie plötzlich ein Gefühl von Dunkelheit. Sie schlug die Augen auf.

Am Ufer stand mit verschränkten Armen und finsterer Miene der Mosaikmann. Wenn Giovanni ein Tiger war, dachte Tess, dann war dieser Mann ein Panther. Unbezähmbar. Er war nur mit schwarzen Shorts bekleidet. Herrgott, welches Verbrechen hatte sie jetzt schon wieder begangen?

Das Schlimmste, überlegte sie, als sie wieder Boden unter den Füßen hatte und sich im Wasser aufrichtete, war das Gefühl, beobachtet zu werden und dabei ganz genau zu wissen, dass man ausgesprochen unelegant wirkte, dass man nasses Haar und verschmierte Wimperntusche hatte und wahrscheinlich auf dem Weg aus dem Wasser über einen Stein stolpern würde. Aber was sollte sie tun? Offensichtlich wartete er auf sie.

»*Ciao*«, sagte er, als sie, wie vorauszusehen gewesen war, auf den rutschigen Steinen strauchelte.

Er streckte ihr eine schlanke, gebräunte Hand entgegen, die sie verstohlen betrachtete. Die Hand eines Künstlers. Lange, schmale Finger, kurz geschnittene Nägel, feinknochiges Handgelenk ... Aber sie griff trotzdem danach, und er führte sie über die Kiesel zu der Steinmauer neben dem Steg, wo sie ihr Handtuch zurückgelassen hatte. Er war nur zwei, drei Zentimeter größer als sie, schätzte Tess. Er reichte ihr das Handtuch und streifte dabei mit der Hand ihre nackte Schulter.

Hatte er sich eine neue Persönlichkeit transplantieren lassen? »*Grazie*«, sagte sie.

»Ich wollte mit Ihnen reden«, gab er zurück.

»Ach?« Wie kam das denn plötzlich? Tess trocknete sich das Haar und setzte eine milde, interessierte Miene auf. Wollte er ebenfalls die Villa für sie verkaufen oder vielleicht ein paar Handwerker engagieren? Oder wollte er ihr von einem lange zurückliegenden Diebstahl oder Verrat erzählen?

»Hier gibt es Quallen«, erklärte er mit strengem Blick. »Und zwar viele.«

»Quallen?«

»Hier in der Bucht.« Er zeigte aufs Meer.

»Ach so.«

Er machte eine weitere Handbewegung und markierte eine Qualle, die ihre langen Tentakel um seinen Arm schlang. Dramatisch fuhr er zusammen, um zu zeigen, wie die Berührung brannte.

Sie lachte. »Autsch.«

»Autsch, allerdings!« Er lächelte ihr zu. »Ich arbeite jeden Tag hier. Ich sehe es.«

Sie nickte. Er hatte ein sehr anziehendes Lächeln. Okay, vielleicht war er doch nicht der Feind. Jedenfalls nicht ihr Feind. »Gibt es sonst noch Raubtiere, von denen ich wissen sollte?«, fragte sie.

Er hob eine Augenbraue. Trotz der Narbe auf seinem Gesicht – oder vielleicht gerade deswegen – war er, wie ihr plötzlich auffiel, auf eine düstere, grüblerische Art sehr attraktiv. Automatisch dachte sie an Robin. Verdammt.

»Die übrigen werden Sie schon ganz alleine entdecken«, meinte er.

Wohl wahr. »Wahrscheinlich.« Sie lächelte.

»Sie sind allein hier?«, erkundigte er sich.

»Hmmm.« Seine Haut war – jedenfalls an all den Stellen, die sie sehen konnte – von diesem einheitlichen Nussbraun, das man nur bekam, wenn man das ganze Jahr in einem Klima wie diesem lebte.

»Und wie lange bleiben Sie?«, wollte er wissen.

Tess schlang sich das Handtuch fester um die Schultern. Was sollte diese plötzliche Freundlichkeit? Oder war der finstere Gesichtsausdruck gar nicht seine Standardmiene, und er war einfach nur kein Morgenmensch? Sie hätte ihn gerne nett gefunden, hätte gern reagiert. Aber ... Sie hatte Giovannis Warnung im Kopf. Sie war es leid, sich manipulieren zu lassen. Giovanni hatte sie für heute Abend schon wieder zum Essen eingeladen, aber jetzt reichte es. Nach diesem Mittagessen waren Käse und Salat mehr als genug. Und sie musste einmal allein sein; da konnte sie keinen Sizilianer gebrauchen, egal, wie hilfsbereit oder attraktiv er war. Mein Gott, man hätte meinen können, sie hätte ein Millionenvermögen geerbt und nicht nur eine Villa, so wie all diese Männer hier herumscharwenzelten.

»Eine Woche«, erklärte sie. »Für den Anfang.«

Er hob erneut die Augenbraue. »Für den Anfang?«

Tess zuckte mit den Schultern. Wie sollte sie einem attraktiven Fremden sagen, was sie selbst nicht wusste? Ihr kam ein Gedanke. »Wofür wurden diese Gebäude eigentlich früher genutzt?« Sie deutete in die Richtung der verfallenen Häuser.

Er folgte ihrem Blick. »Hier wurde Tunfisch verarbeitet.«

»Tunfisch?«

»Von den Fischern.« Seine gute Laune war verflogen, und seine Miene verdüsterte sich. »Das war die *tonnara*, und das waren die Lagerhäuser.«

»Oh, verstehe.« Sie spürte, dass es nicht klug wäre, das Thema weiter zu verfolgen. »Dann also *ciao*. Und danke für die Warnung vor den Quallen.«

Sie winkte ihm zum Abschied zu und stieg die Treppe zur Villa hoch. Sie beschloss, Ginny heute Abend nicht schon wieder anzurufen. Sie musste ein wenig Vertrauen zeigen; so etwas war Teenagern wichtig. Stattdessen würde sie mit ihrer Mutter telefonieren und sie nach Santina und den Sciarras fragen.

Doch als sie die Stufen hinaufging, bewog sie irgendetwas dazu, noch einmal einen Blick zurück zu dem alten *baglio* zu werfen. Neben dem Eukalyptusbaum stand Giovanni, und seine Körpersprache verriet, dass er stinksauer war. Na und? Tess zuckte innerlich mit den Schultern. Seine Familienfehde war nicht die ihre, obwohl er so tat, als sollte sie das sein. Sie konnte reden, mit wem sie wollte, und er konnte rein gar nichts dagegen tun.

14. Kapitel

Amy Winehouse dröhnte durch das Haus. Es war nach Mitternacht, und die Party wurde langsam ruhiger, sodass Ginny von draußen das Piepen der Zentralverriegelung eines Autos hören konnte, gefolgt von Stimmen, Schritten und schließlich einem kräftigen Klopfen an der Tür.

»Ist ja irre«, murmelte sie. Sie hatte die Hoffnung schon fast aufgegeben.

Sie riss die Haustür auf und unterdrückte den Drang, *pssst* zu zischen, denn das wäre *so* uncool gewesen. Aber das Letzte, was die Party brauchte, wäre ein Mitch auf dem Kriegspfad. Glücklicherweise war die alte Frau auf der anderen Seite taub wie ein Zaunpfahl; Ginny glaubte nicht, dass sie sich beschweren würde.

»Hey!« Ben breitete die Arme aus. »Toll siehst du aus!« Er war vollkommen dicht. War das jetzt gut oder schlecht?

»Hey.« Ginny zerrte ihn nach drinnen. Schnell. Lisa durfte mittlerweile klar sein, dass hier mehr vor sich ging als ein Pizza- und DVD-Abend unter Freundinnen. Viel, viel mehr als ein gemütliches Abhängen. Aber Ginny schätzte, dass Lisa sich noch daran erinnerte, wie es war, jung zu sein. Im Gegensatz zu ihrer Mutter.

Mindestens fünf Jungs und drei Mädchen folgten Ben ins Haus. Ginny spürte, wie sich die Kugel zusammenzog und fester wurde, und versuchte, nicht über die Beziehungen zwischen ihnen zu spekulieren. Ben war hier, oder?

»Cooles Haus. Küche?«

Ginny wies die Diele entlang. »Was zu trinken?«

»Das is ’n Wort.« Sie passierten mehrere Leute, die im Flur standen, sich unterhielten und lachten. »Hast du Bier?«

»Klar. Bedien dich.« Obwohl sie ganz genau wusste, dass das einzige Bier, das sie im Angebot hatte, nicht ihr, sondern Harry Clifford gehörte, dem Kerl, der in der hinteren Ecke des Wohnzimmers mit Becca knutschte, als gäbe es kein Morgen.

Ben und seine Kumpel schwankten in Schlangenlinien den Flur entlang.

Ginny sprang schnell ins Wohnzimmer, um die Musik lauter zu drehen. Der ganze Raum schien zu vibrieren. Sie schickte ein Stoßgebet zum Himmel.

Mitten zwischen den anderen Jugendlichen, die auf Kissen auf dem Boden saßen oder sich zur Musik bewegten, wiegten sich Becca und Harry hin und her und küssten sich heftig.

»Lasst euch von mir bloß nicht stören«, murrte Ginny, als sie sich an ihnen vorbeidrückte. »Ist ja bloß meine Party.« Becca hatte versprochen, Ginny nicht von der Seite zu weichen – außer wenn Ben auftauchen würde. Aber schon bei dem allerersten Hinweis, dass Harry, auf den Becca schon seit einem halben Jahr scharf war, auf sie reagierte, war sie verschwunden gewesen. So viel zum Thema Freundschaft und Girlpower.

»Wer is ’n das?« Becca tauchte kurz auf, um Luft zu holen. Harrys eine Hand umklammerte ihre linke Brust, die andere ruhte auf ihrem Hintern. Glücklicherweise hatte er lange Arme, denn Becca war ziemlich umfangreich.

»Ben.« Ginny versuchte, locker zu klingen. Ihre Stimme quiekte ein wenig, aber sie schaffte es beinahe.

Harry ließ gerade lange genug los, um Becca eine Flasche

Archers zu geben. Sie nahm einen Schluck. »Gib mir fünf«, flüsterte sie Ginny zu. »War aber auch Zeit.«

»Ja.« Ginny hatte ihre Hand nach dem *High Five* kaum wieder sinken gelassen, da war Becca auch schon wieder schwer beschäftigt. Zum Glück nur mit Harrys Mund, aber der Rest würde auch nicht lange auf sich warten lassen. Becca war nicht nur heiß, sie qualmte geradezu.

Ginny stapfte in die Küche und verabschiedete sich von ein paar Leuten, die schon gehen wollten. Die Party flaute ab. Jetzt schon. Warum waren die eigenen Partys immer so enttäuschend? Dabei war ihr die Idee zuerst so gut vorgekommen. Trotz einer halben Flasche Cranberry-Wodka fühlte sie sich grauenhaft nüchtern. Wie konnte sie da den verschütteten Apfelwein auf dem Teppich neben der Tür ignorieren oder den Fleck auf dem cremefarbenen Sofa in der Chillout-Zone, der verdächtig nach einem Brandloch aussah? Mum würde ausrasten.

Und jetzt zum Wesentlichsten … Sie öffnete die Küchentür. Da stand das Objekt ihrer Begierde, umgeben von einer Truppe Fans. Keine Chance, auch nur in seine Nähe zu kommen.

Ben hatte den Arm lässig um die Schultern eines der Mädchen geschlungen, das, wie Ginny finster abschätzte, wahrscheinlich BH-Größe 80 D hatte und neunzig Prozent davon zur Schau stellte. Aber als er Ginny sah, winkte er sie heran.

»Hey, tolles Mädchen«, sagte er wieder.

Ginny runzelte die Stirn. Hatte er ihren Namen vergessen oder was? »Yeah?«

»Gibt's irgendwo 'ne ruhige Ecke für uns?«

»Ruhige Ecke?« Was meinte er? Für Sex?

Sie musste die Augen aufgerissen haben, denn er lachte.

»Bloß ’n bisschen Koks«, erklärte er und tippte sich an die Nase. »Keine Fragen. Wir wollen ja nicht auffallen, oder?«

Das Mädchen kicherte.

Koks. Ach, Mist. »Ich finde, das ist wirklich keine gute ...«, begann sie und merkte, dass sie plötzlich wie ihre Mutter klang.

»Ach, um Himmels willen, Ben«, sagte das Mädchen. »Sie ist doch noch ein Kind. Du kannst nicht von ihr erwarten, dass sie ...«

In Ginnys Innerem wurde ein Schalter umgelegt – vielleicht aus einer Art kindlicher Frustration heraus. »Klar«, sagte sie. »Ihr könnt in mein Zimmer gehen.« So hatte sie sich das zwar nicht vorgestellt, aber Gott sei Dank hatte sie die Stofftiere verschwinden lassen.

»Toll.« Er betrachtete sie genau, als untersuche er einen Pickel oder als sei ihr Lippenstift verschmiert oder so. Es war nicht so wie beim Haareschneiden, überhaupt nicht. Wie sollte sie dieses Gefühl zurückkriegen?

»Willst du auch?« Er nahm ihre Hand und spielte mit ihren Fingern.

Das war alles. Aber es war noch ... na ja, erregender als alles, was sie sich vorgestellt hatte. Und das war wirklich nicht fair.

Sie schüttelte den Kopf.

»Sicher?«

»Schon okay.« Ginny nahm keine Drogen. Sie hatte nur ein paar Mal Gras geraucht, aber es hatte bloß süßlich geschmeckt und ihr Übelkeit bereitet. Alles andere machte ihr viel zu viel Angst, jedenfalls im Moment und ganz besonders im Haus ihrer Mutter.

Ben zuckte mit den Schultern und klopfte auf seine Hosentasche. »Wird ja nicht schlecht«, sagte er.

Im Wohnzimmer hatten sich die Reihen gelichtet. Nur zwei

Mädchen tanzten noch zur Musik von Beyoncé. Becca und Harry hatten sich auf das Sofa in Jacks Zimmer verzogen, und die meisten anderen waren entweder schon gegangen oder saßen immer noch trinkend und rauchend auf dem Boden herum, obwohl das ganze Haus eigentlich rauchfreie Zone sein sollte. Ginny sah neue unidentifizierbare Flecken an der Wand und ein paar umgekippte Flaschen, aus denen es auf den Teppich ihrer Mutter tröpfelte. »Mist«, sagte sie und stellte sie wieder hin. Wie zum Teufel sollte sie den Zigarettenmief, der im Haus hing, wieder vertreiben? Sie kaute auf ihrem Daumennagel. »Mist«, brummte sie noch einmal.

»Was is 'n das?« Einer von Bens Kumpanen schnappte sich Jack. Irgendjemand machte das immer, sie hätte ihn ins Zimmer ihrer Mutter bringen sollen, das tabu war.

»Wonach sieht's denn aus?«, fauchte Ginny. »'ne verdammte Giraffe.«

Sie ritten Jack und taten, als wäre er ein bockendes Rodeo-Pferd. Dann zog einer von ihnen sein rotes Kapuzenshirt aus, auf dem die Worte *Newquay Surf No Work Zone* standen, und wedelte damit herum wie ein Stierkämpfer.

»Olé«, schrie er, ließ den Fleecepullover über seinem Kopf kreisen. Dann ließ er ihn sinken und hielt ihn an seine Seite wie das Tuch eines Toreros.

Einer der anderen tat ihm den Gefallen und ließ Jack wie einen Stier angreifen. Alle bis auf Ginny fanden das zum Brüllen komisch.

Jack stand im Mittelpunkt der Aufmerksamkeit. Sie ritten auf ihm, sie benutzten ihn als Ball, den sie hin und her warfen, und einer der Jungs tat, als hätte er Sex mit ihm. Eklig. Angesichts dessen und in Anbetracht von Becca und Harry, die in den Tiefen des Sofas rummachten, und der zwei Mädchen, die zur Musik ihr Becken so laszIv kreisen ließen, fühlte sich

Ginny langsam ziemlich … unzureichend. Sie sah, dass Jacks Bastbein gebrochen war, und fühlte mit ihm. Sie spürte, wie die Kugel sich in ihrem Inneren drehte, wendete und wuchs.

Sie schnappte sich die nächstbeste Flasche, den Baileys, den Becca ihrer Mutter gemopst hatte, und nahm einen großen Schluck. Der Likör war dick und eklig süß, richtig abscheulich. Am liebsten wäre sie jetzt ins Bett gegangen und hätte sie alle nach Hause geschickt, sogar Ben.

»Was ist los, Kleine?« Plötzlich fuhren Bens Finger durch ihr Haar, und er zog sie zu sich heran. Die Musik pulsierte in ihrem Kopf und in ihrem Unterleib, und ihr war vom bloßen Stehen schwindlig.

Ben schien das zu wissen. Er führte sie ins Chillout-Zimmer und setzte sie auf die Sofalehne. Sie bemerkte, dass auf den cremeweißen Kissen ein Aschenbecher voller Kippen, Asche und Streichhölzer umgekippt war. Zwei der Jungs, die mit Ben gekommen waren, waren in Streit geraten und schätzten sich jetzt kampfbereit ab. Mist. Jemand schlug jemand anderen, und sie hörte, wie eine Flasche zerbrach. Alles drehte sich.

»Raus mit diesen Bastarden«, sagte Ben. Jedenfalls hatte sie ihn so verstanden. Er stand auf, trennte die beiden Kampfhähne und redete mit den anderen. Ginny war es egal; es war so leicht, einfach zu bleiben, wo sie war. Becca und Harry waren immer noch mit sich beschäftigt und bekamen nichts mit.

Aber irgendwie musste er sie alle losgeworden sein, denn irgendwann war nur noch Ben da. Ginny bekam wieder Angst. Sie wünschte, ihre Mum wäre da. Wünschte, dass ihre Mum nicht nach Sizilien gefahren wäre und sie diese Party nie gegeben hätte. Dass sie nicht so viel getrunken hätte. Und sie wünschte sich, die Kugel wäre die Art Ball, den man einfach wegtreten oder in die Luft werfen konnte, damit ihn jemand auffing.

»Kann ich hierbleiben?«, fragte er sie.

»Klar«, murmelte sie. Sie hatte doch gewollt, dass er blieb, oder? Hatte sie es nicht so geplant? Aber jetzt konnte sie nur daran denken, dass ihr gleich schlecht werden würde. Die Frage war nicht, ob, sondern nur, wann.

15. Kapitel

Die alten Griechen hatten die Mandel nach Sizilien gebracht. *Die Kerne sollten rundlich und prall sein und reich an süßem Öl.*

Mandeln waren die perfekte Grundlage für den *spuntino*, den kleinen Imbiss am Vormittag. Es gab Zuckermandeln (weiß für Hochzeiten, grün für Verlobungsfeiern und rosa oder blau für Taufen), geröstete Mandeln oder *biscotti*. Die duftende Blüte des Mandelbaums war die erste, die kam, und die erste, die ging. Die Blütenblätter fielen schon im Februar, wie ein später Schneeschauer. Die Kerne wurden erst im Spätsommer gepflückt. Bis dahin blieben sie an den Bäumen hängen, entwickelten im Schutz ihrer harten Schalen, gewärmt von der Sonne, ihr intensives Aroma. *Mandola ...*

Dazu gab es eine Geschichte ... Flavia griff zu ihrem Stift.

Dass der Mandelbaum auf Sizilien als Symbol für Liebe und Treue galt, hatte seine Wurzeln in der griechischen Mythologie. Phyllis, eine edle Jungfrau, vermählte sich mit Demophon und wartete auf seine Rückkehr aus dem Trojanischen Krieg. Doch er kehrte niemals heim, und nach einigen Jahren starb sie an gebrochenem Herzen. Aus ihrem Grab entsprang ein Mandelbaum. Als Demophon schließlich heimkehrte und das Grab seiner geliebten Frau besuchte, blühte der Baum.

Flavia beschloss, ihrer Tochter das Rezept für *taglignozo* zu geben, einer Art *biscotto*. Als Kind hatte Tess sie geliebt, und daran hatte sich bis heute nichts geändert.

Man vermische Mehl, Zucker, Eier, Butter, Zimt und grob

gehackte Mandeln. Der Kniff, schrieb Flavia, *liegt in der Konsistenz. Dazu braucht es* pazienza, *die Geduld des Mandelbaums. Prüfe den Teig mit den Fingern und mit dem Herzen. Wenn er sich zu fest anfühlt, gib noch Ei hinein, wenn er zu weich ist, noch Mandeln. Dann und nur dann wird er perfekt sein.*

Im Ofen backen, bis der Teig golden ist. Warten. Kalt zu einem kleinen Glas Marsala essen …

Drei Tage lang brachte Flavia ihm Wasser, Essen und frische Verbände für seine Verletzungen. Sie kam während der Siesta am frühen Nachmittag, wenn die meisten Leute schliefen oder auf dem Bett ruhten, und dann noch einmal, wenn es Abend wurde und sie im Schutz der Dunkelheit zu ihm eilen konnte. Sie wusste, dass es eine Form von Wahnsinn war, so als wäre sie von etwas ergriffen, das nur der Teufel verstehen konnte. Aber sie konnte nicht aufhören.

Sie brachte es nicht fertig, sich von ihm fernzuhalten. In den Stunden zwischen ihren Besuchen sehnte sie sich danach, wieder über die Felder zu ihm zu rennen. Sie brannte darauf, dort zu sein, seine Wunden zu waschen und zu versorgen, seinen seltsamen Worten zu lauschen und in die blauen Tiefen seiner Augen zu sehen. Hatte er sie verhext? Sie dachte nicht einmal über die Folgen ihrer Handlungen nach. Nichts anderes war mehr wichtig.

Am vierten Tag war seine Stirn heiß, zu heiß, und sie wusste, dass er Fieber hatte. Er aß kaum von dem Essen, das sie ihm gebracht hatte, und sein Lächeln war so schwach, dass es ihr Angst einjagte. Er redete kaum mit ihr. Sie spürte, dass er bald das Bewusstsein verlieren würde. Und als sie durch den Olivenhain zurückging, hatte sie das Gefühl, dass sich etwas verändert hatte.

Zu Hause stellte sie fest, dass die Familie – Papa, Mama, Maria – sie erwartete wie eine Abordnung.

»Wo warst du, Tochter?«, fragte ihr Vater. Seine Augen waren düster wie ein Gewitterhimmel.

»Nur spazieren«, stammelte sie. Aber dann sah sie Maria an und wusste es. Hatte Maria sie zu ihm laufen gesehen? War sie ihr gefolgt? Ihre Schwester war so selbstgerecht, so überheblich. Flavia richtete sich gerade auf. Was machte es schon, dass sie ohne Anstandsdame ausgegangen war, dass sie ihre Ehre riskiert hatte? Sein Leben stand auf dem Spiel. Leben und Tod, das waren die wirklichen Themen, die einzig wichtigen.

»Was hast du getan?« Ihre Mutter trat auf sie zu. »Heilige Muttergottes, was hast du getan?«

»Nichts!« Flavia fühlte sich ertappt. »Ich habe nichts Falsches getan. Es ist nur …«

Und dann, mit einem Mal, war ihr alles zu viel: ihre Angst um seine Gesundheit, ihre Sorge, dass er sich nicht mehr erholen würde, dass das Fieber schlimmer würde und er dort in dem Feld sterben könnte. Und sie würde es erst erfahren, wenn sie am nächsten Nachmittag kam, nur um ihn …

Stockend erzählte sie ihnen von dem Piloten. Dass sie ihm Verschwiegenheit hatte schwören müssen und er sie um Hilfe angefleht hatte. Dass sie geglaubt hatte, dass er sonst keine Chance hätte.

Als ihr Vater das hörte, veränderte sich seine Miene. Er murmelte einen Fluch und schnappte sich seine Jacke von dem Haken neben der Tür. »Ich muss es den anderen sagen«, erklärte er.

Flavia wusste, dass er seine Kumpane meinte – Alberto und die Männer, mit denen er im Café redete. Konnte man ihnen vertrauen? Sie dachte an Santinas Vater, Enzo. Also, ihm vertraute sie jedenfalls nicht. Er hatte ein dunkles, hartes Gesicht mit schmalen Lippen, und sie glaubte nicht, dass er die Sympathien ihres Vaters für die Engländer teilte. Er war ein Mensch, der nur an sich selbst und die Sciarras dachte.

»Papa«, rief sie. »Ihr werdet ihm doch nichts tun?«

Er drehte sich zu ihr um. »Darüber kann ich nicht allein entscheiden. Wir werden sehen. Wenn Alberto einverstanden ist, bringen wir ihn her. Hilf deiner Mutter, ein Bett zu beziehen.«

»Papa!«

Aber er war schon fort.

Flavia sank auf die Knie. Sie würde für ihn beten, für diesen Piloten, der vom Himmel gefallen war und sie seinen Engel nannte. Für seine Rettung beten. Rettung … Sie runzelte die Stirn. Doch selbst wenn die Männer ihn herbrachten und er nicht sterben würde, würde der Flieger je wieder mit ihr sprechen, nachdem sie ihn so verraten hatte?

16. Kapitel

Am nächsten Morgen frühstückte Tess auf der Terrasse. Im Haus hatte sie Tischwäsche gefunden, Geschirr, Besteck, eigentlich alles an Hausrat, was man sich vorstellen konnte. Das Haus befand sich zwar in einem chaotischen Zustand, aber es war vollständig möbliert, und auf den Steinböden lagen sogar noch alte, schmuddelige, aber prächtige Teppiche mit kühnen Mustern in Fuchsia, Tiefblau und Braun. Als wäre Edward Westerman einfach eines Tages davongegangen, um nie mehr zurückzukehren, dachte sie und tupfte sich mit einer der cremeweißen Damastservietten, denen sie nicht hatte widerstehen können, Krümel von den Lippen. Auf gewisse Weise war er das ja auch.

Der Anwalt hatte ihr schon am Telefon erklärt, dass die Villa möbliert sei. Theoretisch konnte sie das Haus auch vermieten statt es zu verkaufen. Sie schlürfte ihren Kaffee. Das schien ihr sogar die bessere Idee zu sein. Sie mochte sich nicht davon trennen, noch nicht. Es kam ihr vor wie ein ganz besonderes Geschenk, das man nicht einfach so weiterverkaufen durfte, ohne das Für und Wider gebührend abgewogen zu haben. Der Nachteil war natürlich, dass sie dann Geld in das Haus investieren musste, Geld, das sie momentan nicht im Überfluss besaß. Vielleicht würde sie das Thema einmal bei Giovanni anschneiden, um seine Vorstellung davon zu gewinnen, wie viele Feriengäste nach Cetaria kamen und ob so ein Unternehmen erfolgreich sein könnte.

Der große Pluspunkt war auf jeden Fall die überwältigende

Aussicht ... Sie stand auf und ging über die Terrasse, um zum *baglio* hinunterzusehen und zu dem Gebäude mit der Armee von Ankern vor der Tür, von dem sie jetzt wusste, dass dort früher Tunfisch verarbeitet worden war. Ihr fiel auf, dass eine der Felseninseln draußen auf dem Meer wie eine Burgruine geformt war. In dem dunstigen Morgenlicht wirkte der Stein beinahe silbern, als hätte ein Zauberstab die Felsen berührt. Das Meer war an diesem Morgen glatt und ruhig. Der Anblick war einladend, und sie spürte schon wieder das vertraute Verlangen, ins Wasser einzutauchen.

Im Hafen lag ein Fischerboot, und jemand, der an dem gemauerten Anleger stand, wies wild gestikulierend darauf und brüllte auf Italienisch herum. Sie erkannte den Mosaikmann und lachte amüsiert auf. Temperament hatte er jedenfalls. Sie schüttelte den Kopf. Vielleicht hatte Giovanni ja doch recht, was den Burschen anging. Er machte einen leicht durchgedrehten Eindruck.

Nachdem sie abgeräumt hatte, ging sie zum Wasser hinunter, um ein morgendliches Bad zu nehmen. Der Mosaikmann stampfte zwischen dem Platz und seinem Atelier hin und her, das ein Teil des ummauerten *baglio* war. Für das Fenster, in dem die Mosaiken auslagen, hatte man allerdings einen Durchbruch in der Mauer vorgenommen.

»*Ciao.*« Seine Miene war halb finster, und halb lächelte er. »Sie gehen jetzt baden, so früh?«

»Allerdings.« Sie hielt inne. »Arbeiten Sie jeden Tag hier?«

»Ich arbeite, esse und schlafe hier.« Mit einer Kopfbewegung wies er hinein. »Ich habe da hinten noch Zimmer, sehen Sie?«

Tess sah nichts, nicht von hier aus. Aber sie sah, dass das Atelier tiefer war, als sie gedacht hatte, denn sie erkannte den Umriss des Raums und der hohen Kuppeldecke. Sie war fasziniert. Aber wollte sie wirklich die Höhle des Löwen betreten? Lieber nicht. »Ich habe Sie heute Morgen gehört.« Sie musste ihn einfach darauf ansprechen. »Sie klangen ziemlich wütend.«

Zornig blitzten seine Augen auf. »Idioten«, erklärte er. »Sie fahren aufs Meer hinaus und werfen ihre zerrissenen Netze über Bord. Einfach so.« Er machte eine entsprechende Handbewegung. »Kein Gedanke an die Gefahr.« Er tippte sich an den Kopf. *»Stupido.«*

Tess nickte. Sie verstand, was er meinte. In einem zerrissenen Fischernetz konnte sich alles Mögliche verfangen; das war verantwortungslos. Andererseits hatte sie bisher den Eindruck gewonnen, dass es für Sizilianer nicht unbedingt höchste Priorität hatte, den eigenen Dreck wegzuräumen. Das verdarb einem die Freude an der Landschaft. In jeder malerischen Ecke fand sich auch ein Müllhaufen. Langsam begriff sie, dass Sizilien ein Land der Gegensätze war. Schönheit und Hässlichkeit, Licht und Dunkelheit, Romantik und Gefahr.

Und überhaupt, hatte der Mosaikmann gerade nicht ein wenig überreagiert? Sie betrachtete ihn neugierig. Die Narbe in seinem Gesicht war alt und verlieh ihm etwas Piratenhaftes. Vielleicht stammte sie aus seiner Kindheit. Aber das war nicht alles. In den Schatten um seine Augen lag eine Trauer, die er nicht ganz verstecken konnte. Sie erweckte in ihr den Wunsch, auf ihn zuzugehen. Jemand oder etwas hatte ihn verletzt, und zwar sehr.

»Ist nicht so wichtig.« Seine Miene widersprach seinen Worten. »Es ist nichts.« Was immer ihn umtrieb, er tat es mit einer Handbewegung ab. »Nimm dir fünf.«

»Nimm dir fünf?«, wiederholte Tess fragend.

»Prendere cinque.« Er verzog das Gesicht. »Ein sizilianischer Brauch. Man soll sich jeden Tag fünf Minuten Zeit nehmen, um Dampf abzulassen.«

Tess lächelte. »Klingt nach einer guten Idee.« Sie kannte ein paar Leute in England, deren Stresslevel davon profitieren sollte.

»Es hindert uns daran, verrückt zu werden.«

»Gut.« Sie war sich nicht ganz sicher, wie ernst sie ihn nehmen konnte. Aber ...

»Genießen Sie das Wasser. *Ciao.*« Und damit war er verschwunden.

Ein sensibles Seelchen, dachte sie, während sie auf die Felsen zuschwamm. Jetzt sah sie, warum die Steine aus der Entfernung silbrig gewirkt hatten. Wildgräser und Thymian klammerten sich an die steil abfallenden Felsen.

Ihre Gedanken wanderten zurück zu dem Gespräch mit ihrer Mutter gestern Abend.

»Natürlich erinnere ich mich an Santina Sciarra«, hatte ihre Mutter auf Tess' Frage geantwortet. »Sie war meine beste Freundin.« Ihre Stimme wurde weicher. »Dann lebt sie noch?«

»Sie ist quicklebendig.«

»Würdest du ihr ...«, sie zögerte, »meine herzlichsten Grüße ausrichten?«

»Ja, Muma.« Die Zuneigung in der Stimme ihrer Mutter war nicht zu verkennen. »Wie war der Rest ihrer Familie denn so?«, erkundigte Tess sich.

»Ihr Vater war der Meinung, dass ich einen schlechten Einfluss auf sie ausübte.« Sie prustete vor Lachen.

Tess lächelte. »Warum?«, fragte sie. »Was hast du ...«

»Das reicht, Tess.« Die Stimme ihrer Mutter klang jetzt streng. »Lass es gut sein.«

Tess bedrängte sie nicht weiter. Aber sie konnte es nicht gut sein lassen. Und eines war ganz klar: Wenn Muma sich jemandem anvertraut hatte, dann Giovannis Tante Santina. Mit ihr musste Tess reden. Also musste sie noch heute Giovanni auftreiben, wenn er sie nicht zuerst fand.

Plötzlich bemerkte sie Luftblasen neben ihrem Arm, und bevor sie ihn zurückziehen konnte, spürte sie das Brennen der Nesselfäden. Verdammt, eine Qualle. Mir schmerzendem Oberarm schwamm sie zurück.

Der Mosaikmann war gerade dabei, Steine zu säubern und zu sortieren. Neben ihm lag ein halb fertiges Mosaik von ungefähr dreißig mal dreißig Zentimeter Größe. Leuchtende Grün- und Goldtöne waren auf einer transparenten Glasplatte, die als Basis diente, angeordnet. Sie konnte das Motiv nicht erkennen, noch nicht.

Tess legte die Hand auf den verräterischen roten Striemen auf ihrem Arm, damit er ihn nicht sah.

»Sie haben Sie erwischt, was?« Er blickte nicht einmal auf. »Wollen Sie einen Kaffee?«

»Ist das ein Gegenmittel?« Sie nahm die Hand weg. Offensichtlich entging ihm einfach nichts.

»Es gibt nur ein Mittel dagegen.« Er schaute auf. Zu ihrer Verblüffung grinste er. »Wie nennen Sie das auf Englisch?«

»Oh. Ammoniak.« Sie erwiderte sein Grinsen. Sie konnte sich schwerlich selbst auf den Oberarm pinkeln, und ihn würde sie ganz bestimmt nicht darum bitten.

Stattdessen sah sie sich sein Mosaik an. »Sehr hübsch. Was sind das für Steine?«

Er nahm ein paar der hauchdünnen, matten Steinchen in die Hand. »Türkis, Malachit und Seeglas«, erklärte er.

»Sie mischen die Halbedelsteine mit Glas?« Sie nahm eines der dünnen Stücke in die Hand und fuhr mit der Fingerspitze über seine matte Oberfläche.

Er zuckte mit den Schultern. »Wer entscheidet über den Wert? Das sollen andere tun. Das Glas aus dem Meer mag einmal der Müll eines anderen gewesen sein, aber das war damals. Heute ist heute.«

Sie nickte. Seeglas ... »Machen Sie sich Gedanken darüber, wo das alles herkommt?«, fragte sie.

Er lächelte. »Das können Sie sich aussuchen.« Er nahm einen birnenförmigen, matten Tropfen, der wie jahrhundertealtes Eis aussah. »Ein untergegangenes Schiff?« Er neigte den Kopf zur Seite, griff nach einem abgeschliffenen, bernsteinfarbenen Dreieck. »Ein Mitternachtspicknick am Strand?«

»Kann man erkennen, wie alt so ein Stück ist?«

»Mehr oder weniger.« Er griff in den Haufen und zog eine grüne Perle hervor, die so dunkel und narbig und rundgeschliffen war, dass sie fast schwarz wirkte. »Das hier ist so alt wie die Hügel.«

»Und das hier?« Sie wählte einen klaren Tropfen aus, der so gelb wie eine Primel war.

»So jung wie der Frühling«, erklärte er. »Noch transparent. Sie können hindurchsehen.«

Tess verstand, warum er das Seeglas mochte. Wahrscheinlich konnte jedes Stück eine Geschichte erzählen. Jedes besaß eine einzigartige Farbe und Form, und jedes hatte einen anderen Weg hinter sich.

»Es hat eine ziemlich lange Reise zurückgelegt, bevor die Wellen es zu mir tragen«, fuhr er fort. »Es wird nie zerbrechen. Und es hat ein Licht, das tief von innen kommt. Sehen Sie?«

Er reichte ihr ein rundes Stück grünes Glas, das so frisch wie eine aufgeschnittene Limette aussah und doch perlmuttartig wirkte, als scheine der Mond darauf. »Ja.« Sie sah genau, was er meinte.

»Und was verwenden Sie sonst noch für Ihre Mosaiken?«, fragte sie.

Er zuckte mit den Schultern. »Ich benutze, was ich finde. Ein paar Steine kaufe ich, besonders für Auftragsarbeiten, aber die meisten sind bereits hier im Stein, in den Felsen, die uns umgeben, und im Meer.«

Tess betrachtete die umgebenden Felsen, aus denen der *baglio* wahrscheinlich herausgehauen worden war. Sie sah, dass der Stein mit Mineralien durchsetzt war. Und die Klippen dahinter bestanden aus …

»Marmor und Kalkstein«, sagte er. »Wir haben auch Korallen. Und Bernstein und Achat. Es gibt hier viele Steine.«

Stein war hier wichtig. Von dem Felsgestein des alten *baglio* bis zu dem honiggelben Sandstein, aus dem die Häuser gebaut waren. Sie schaute hoch zu der rosafarbenen Villa, die imposant auf dem Gipfel der Klippe thronte. Sie strahlte so viel Energie aus, dass sie zu manchen Tages- oder Nachtzeiten buchstäblich zu vibrieren, beinahe vor Leben zu summen schien.

»Aber wie sind Sie nur auf die Idee gekommen?« Sie war neugierig. »Was hat sie dazu bewogen, Mosaiken aus Glas und Stein herzustellen?«

»Der Prozess dauert lange, aber es ist eine dankbare Aufgabe«, erklärte er ihr. »Die Tätigkeit wirkt beruhigend. Therapeutisch.« Er unterbrach sich kurz. »Und Mosaiken sind ein Teil der sizilianischen Geschichte.« Er stand auf, wischte sich die Hände an seinen Shorts ab und ging in Richtung Atelier. »Sizilien selbst ist ein Puzzle.«

»In welcher Hinsicht?« Ihr blieb nichts anderes übrig, als ihm zu folgen. Und außerdem war sie neugierig, Höhle des Löwen oder nicht.

»Die schönsten Mosaiken befinden sich in der Capella Palatina in Monreale«, sagte er. »Sie sollten sie besuchen. Sie stammen aus der byzantinischen Epoche. Byzantinische *tesserae* sind etwas ganz Besonderes. Sie reflektieren das Licht sehr stark. Blattgold und -silber werden dazu zwischen Glasschichten gepresst. So.« Er machte es mit den Fingern vor.

»Wirklich?« Tess sah sich in dem Atelier um. Es war klein, aber hell. Durch die schmalen Fenster an der Seite fiel zwar nur wenig Licht, aber durch die Vorderfront strömte es geradezu herein. Sie sah eine Werkbank und große Mengen an Werkzeug, Klebern, Schwämmen, Glas- und Metallplatten sowie Töpfe, die mit Stein und Glas in verschiedenen Farben gefüllt waren. Manche hatten bereits Formen, andere waren noch nicht poliert und geschnitten. In der Ecke stand ein kleiner Ofen, und im rückwärtigen Teil erblickte sie einen weiteren Raum mit einem Bett und einem Sofa.

»Die griechischen Mosaikkünstler waren berühmt.« Er füllte eine kleine Espressokanne mit Wasser und schraubte den Filter darauf. »Und auch Palermos normannische Könige haben die Kunst gefördert.«

Tess sah zu, wie er den Deckel einer kleinen Blechdose abnahm und Kaffee herauslöffelte. Sie fing einen Hauch seines Dufts auf. Er roch wie ein niedergebranntes Feuer, nussig, holzig, ein dunkler Geruch. Der Mosaikmann kam ihr nicht mehr allzu gefährlich vor, er wirkte jetzt eher wie ein Geschichtslehrer. Er setzte den Espressokocher zusammen und stellte ihn auf den Herd.

»Aber sie benutzen keine geschnittenen Fliesen wie die meisten Mosaikbauer«, stellte sie fest. Seine Materialien stammten aus der Welt der Natur; hier war kein Blattgold zu finden.

Er wandte ihr den Rücken zu und schaltete den Herd ein. »Die meisten Mosaikbauer benutzen *smalti*«, erklärte er. »Das ist ein besonderes, stark durchgefärbtes Glas, keine Fliese. Es wird in einem Ofen geschmolzen und dann geschnitten.«

Dieses Verfahren unterschied sich sehr von seiner Methode, Seeglas und Naturmaterialien zu verwenden, überlegte sie.

Er drehte sich zu ihr um. »Steine haben ein langes, ruhiges Leben«, sagte er. »Sie sind unsterblich.«

Tess war sich nicht sicher, was die darauf antworten sollte, aber sie wusste, was er meinte. Es ähnelte auf geradezu unheimliche Art dem, was sie gerade gedacht hatte.

Er öffnete einen Schrank und nahm eine kleine Tube mit Salbe heraus. »Das wird vielleicht helfen.« Er nahm ihren Arm und rieb die verbrannte Stelle mit der weißen Salbe ein. Die intime Geste überrumpelte Tess. Aber seine Berührung war sanft. Ein paar Striche, und es war erledigt.

»*Grazie*«, sagte sie.

»Das war doch nichts.« Er lächelte. Im Halbdunkel war seine alte Narbe kaum zu erkennen.

Doch, das war etwas. »Wie heißen Sie eigentlich?«, fragte sie ihn. Sie konnte ihn schließlich nicht ewig den »Mosaikmann« nennen. Giovanni hatte ihr seinen Familiennamen verraten, aber ...

»Tonino.« Er hielt streckte die Hand aus. »Tonino Amato.«

»Tess«, antwortete sie. »Tess Angel.« Sein Händedruck war fest, seine Handfläche trocken.

»Angel?« Er hielt ihre Hand viel länger fest, als nötig gewesen wäre, und betrachtete sie mit einem Blick, unter dem sie sich unbehaglich fühlte. Als wollte er etwas von ihr, so wie Giovanni.

Tess versuchte, ihn abzulenken. »Und woher beziehen Sie Ihre Inspiration, Tonino?«, fragte sie. »Für Ihre Arbeit, meine ich.« Sie hörte, wie die Espressokanne auf dem Herd zu blubbern begann. Die Luft füllte sich mit dem rauchigen, verführerischen Duft guten Kaffees

Er lächelte. »Aus Geschichten.«

»Was für Geschichten?«

»Sizilianische Märchen, Mythen, Legenden. Nennen Sie es, wie Sie wollen.« Er breitete die Hände aus. »Wussten Sie, dass unsere Geschichte voll ist von Raub und Vergewaltigung und

Armut? Das ist ein Teil des Puzzles, von dem ich Ihnen erzählt habe.«

Tess nickte. Anscheinend war es unmöglich, mit diesem Mann oberflächlich zu plaudern. Alles, was er sagte, besaß Tiefgang. Das war entweder faszinierend oder ermüdend, vielleicht auch eine Mischung aus beidem.

»Die Geschichten handeln von Mut und Mitgefühl«, erklärte er, »von Unterdrückung, Raub und Verrat.«

Da war es wieder: Raub und Verrat. Dieses Thema schien immer wieder aufzutauchen. Ob Giovanni Sciarra doch recht hatte, was diesen Mann anging? Aufbrausend war er schon, das hatte sie erlebt. Aber er strahlte auch eine Aufrichtigkeit aus, die ihr gefiel.

»Und die Themen, die Sie wählen …?« Sie berührte ein Mosaik, das einen Fisch darstellte. Der Fisch war silbergrau und gelb und stieg aus einem perlweißen Meer auf. Das Fischmosaik war auf einem Spiegel angelegt, der von einer Reihe zarter, gelber Flossen eingerahmt wurde. Tess lächelte. Das würde Ginny gefallen. Es passte perfekt in ihr Badezimmer zu Hause. Aber sie mochte ihn nicht nach dem Preis fragen. Sie wollte nicht, dass er sie für eine Touristin hielt, für eine weitere Kundin, der man schmeicheln musste. »Die Bilder gehören zu den Geschichten, oder?«

»Genau.« Er goss den Kaffee in winzige weiße Tassen. Das Gebräu war dick und schwarz und die *crema* haselnussbraun.

»Und der Fisch …?«

»Das ist die Geschichte von *Ciccu«*, sagte er. »Er rettet einen Fisch vor dem Tod und wird dafür belohnt. Der Fisch bringt Ciccu einen Goldring, den zu finden sein König ihm befohlen hatte. Hätte er ihn nicht gefunden, hätte er sterben müssen.« Er stellte die Kaffeekanne wieder auf den Ofen. »Mut und Mitgefühl werden belohnt, verstehen Sie?«

Tess nickte. Wurde ihre Familie auch belohnt – mit der Villa Sirena?

»Aber das sind doch nur Geschichten«, meinte sie. »Oder?«

»Vielleicht.« Er setzte sich neben sie, und sie war sich der Wärme, die seine Haut ausstrahlte, bewusst. Er war ihr so nahe, dass sie beinahe Gänsehaut bekam. »Aber die Geschichten verleihen den Unterdrückten eine Stimme. Den Armen, den Bauern, denen, die keine Macht haben ...«

»Ich verstehe.« Tess dachte daran, was Giovanni ihr über die Armut in Sizilien erzählt hatte. Die Familie ihrer Mutter musste ebenfalls gelitten haben – zumindest, bis Edward Westerman ihnen Arbeit gegeben hatte. Und sie erinnerte sich an ein paar der Gutenachtgeschichten, die ihre Mutter ihr zu erzählen pflegte – von weiten Reisen, menschenfressenden Riesen und bösen Prinzen. Waren das ebenfalls sizilianische Volksmärchen und Sagen? Wurden sie, genau wie die Rezepte, von einer Generation an die nächste weitergegeben?

»Freud war der Überzeugung, dass alte Fabeln und Mythen die Funktionsweise des menschlichen Geistes exakt widerspiegeln«, dozierte Tonino.

Tess starrte ihn an. Der Mann war eine Offenbarung. »Wirklich?«, fragte sie. »Erzählen Sie mir noch eine Geschichte, ja?« Sie ließ ihren Blick über die Mosaike schweifen, bis sie den grünen Vogel entdeckte. Sein Kopf war gesenkt, als habe er gerade ein Insekt erspäht. Sein Schnabel war leuchtend gelb und zweigeteilt. Er hatte die Flügel ausgebreitet, und der gegabelte Schwanz war aufgerichtet, als wolle er losfliegen. Seine Mosaikfedern glitzerten und schimmerten in dem Sonnenlicht, das durch das Fenster hereinströmte, in Jade- und Smaragdtönen. »Was ist mit dem hier?«

»Der grüne Vogel ist in Wirklichkeit ein Prinz«, erklärte er.

Tess nippte an ihrem Kaffee und lehnte sich zurück, um ihm

zu lauschen. Könige und Königinnen und Zaubersprüche … Es war wie eine Rückkehr in ihre Kindheit. Sie fühlte sich beschützt und schläfrig. Der Kaffee war köstlich. Er war kräftig geröstet und schmeckte genauso, wie er gerochen hatte: nach heruntergebranntem Feuer, Kastanien und Nacht. Das Aroma zog einem den Gaumen zusammen, und doch war da auch eine Süße, die nachklang wie Tabak.

Während sie ihren Kaffee tranken, arbeitete und erzählte er weiter, und Tess lauschte, sah zu und war beinahe hypnotisiert von den geschickten Handbewegungen, mit denen er die Steine sortierte, sie wusch und schnitt und polierte und setzte. Er legte die Stücke aus und setzte die Muster seines Entwurfs zusammen, wobei er in einer Ecke begann und sich nach außen vorarbeitete. Er ließ Lücken – zum Verfugen, vermutete sie –, überlegte es sich ständig anders und platzierte mit schnellen, sicheren Fingern Stein für Stein neu.

»Und so lernt die Prinzessin, dass allzu große Bescheidenheit sich gegen sie wenden wird«, sagte er. »Und dass sie sich davor schützen muss, ausgenutzt zu werden.«

»Und der grüne Vogel lernt, dass wahre Schönheit von innen kommt«, fügte Tess hinzu.

»Genau.«

»Glauben Sie das auch?«

»Und Sie?«

Schweigen. Ihr wurde klar, dass das Mosaik, an dem er arbeitete, die Form eines Schlangenschwanzes annahm. Bernsteinfarben und grün. Eine Schlange … Gut und Böse, dachte sie. Ein weiterer sizilianischer Kontrast. Die Schlange symbolisierte die Versuchung.

Er schaute zu ihr auf, und mit einem Mal fühlte sie sich unsicher. Es war, als sei sie hypnotisiert gewesen, und nun war der Bann wieder gebrochen. Sie schmeckte den Kaffee immer noch wie Holzrauch auf der Zunge. Aber jetzt musste sie Giovanni suchen gehen und ein Treffen mit Santina vereinbaren. Sie stand auf.

»Sie müssen gehen. Etwas erledigen. Leute treffen.«

»Ja.« Sie hatte ihn nach seiner Familie fragen wollen, nach den drei sizilianischen Familien eigentlich, aber jetzt war der richtige Moment dafür auch schon wieder verpasst.

Er wandte seine Aufmerksamkeit erneut dem Mosaik zu. »Und Ihr Arm? Er ist jetzt besser, *si?*«

So viel besser, dass sie ihn ganz vergessen hatte. »Ja. Danke für die Salbe«, sagte sie. Sie hielt inne, sagte aber nicht, was ihr auf der Zunge gelegen hatte. Es schien stattdessen unausgesprochen in der Luft zu hängen.

Er nickte. »Obwohl es nicht die Salbe war, die es besser gemacht hat«, erklärte er mit einem kurzen Grinsen, das fast genauso schnell verschwand, wie es aufgeleuchtet hatte. »Es war der Kaffee.«

Sie lachte. »Ich sollte besser gehen.«

»Zurück zur Villa der Meerjungfrau.« Er lächelte.

»Zur …?«

»Villa Sirena.«

Mit einem Mal begriff sie: *Sirena* war das italienische Wort für Meerjungfrau. Und das Bild über der Haustür – die traurige, mit Sternen übersäte Frau mit dem langen Lockenhaar, deren Körper sich teilte und sie umfloss … Sie war die Meerjungfrau.

Er lächelte. »Auch über sie gibt es eine Geschichte«, sagte er. »Vielleicht werde ich sie Ihnen eines Tages erzählen.«

17. Kapitel

Um zwölf Uhr mittags klopfte es an der Tür. Ginny hatte noch keine Chance gehabt, das Haus aufzuräumen. Es klopfte noch einmal.

Wenigstens war Ben schon weg. Ginny schloss die Türen, die zu den Zimmern im Erdgeschoss führten, und machte im Morgenmantel auf. Es war Lisa.

»Ich wollte nur mal nachsehen, ob du okay bist«, erklärte sie.

»Hi«, antwortete Ginny. »Hör mal, es tut mir leid, wenn wir gestern Abend Krach gemacht haben. Wir haben euch doch nicht gestört oder so, oder?«

»Nein.« Lisa verschränkte die Arme. »Aber für einen Mädchenabend war das schon ziemlich wild. Wer braucht schon Männer, kann ich da nur sagen.«

»Na ja.« Ginny lehnte sich an den Türrahmen. »Irgendwie ist eine Party daraus geworden.« Sie stöhnte. »Du sagst Mum doch nichts, oder?«

»Sollte ich das denn?« Lisa schaute ernst drein. Aber wenigstens regte sie sich nicht auf.

»Nein«, gab sie zurück. »Ich bringe das Haus wieder in Ordnung. Mum braucht nie etwas davon zu erfahren.« Hoffentlich.

»Aber wenn sie mich fragt ...«, meinte Lisa.

»Dann musst du es ihr sagen?«

»Hmmm.« Lisa blickte mitfühlend drein. »Aber was weiß ich schon? Du hattest ein paar Freunde eingeladen ... Es ging ein bisschen lebhaft zu ...«

»Genau.« Ginny war erleichtert. Lebhaft, besser konnte man es nicht sagen …

»Das wird sie schon verstehen.«

Von wegen.

Lisa machte Anstalten zu gehen, doch dann zögerte sie. »Irgendwelche Schäden?«, erkundigte sie sich.

»Schäden?« Ginny bemühte sich, unschuldig zu klingen. Die Kugel bewegte sich – nur einen Millimeter, gerade genug, um zu zeigen, dass sie da war.

»An den Möbeln.« Lisa zog die Augen zusammen. »An den Teppichen.«

Konnte sie Gedanken lesen? Sie musste diesen unschuldigen Ton schon oft gehört haben. »Kleine«, gestand Ginny. »Es wurde, ähem, ein bisschen was verschüttet.«

»Ich bringe dir etwas dafür vorbei.«

»Danke, Lisa.«

»Aber keine bleibenden Schäden?«

»Keine bleibenden«, bekräftigte Ginny. Allerdings war die Party ein wenig ausgeufert, sie hatte viel, viel zu viel getrunken, und Jack war nicht der Einzige, der anschließend ziemlich ramponiert ausgesehen hatte. Aber es hatte keine Toten gegeben. Und was Ben anging …

Nachdem Lisa weg war, sah sich Ginny den Schaden genauer an. Sie rückte das Sofa wieder dorthin, wo es vor der Party gestanden hatte, und hob ein paar Flaschen und Gläser auf. Der mutmaßliche Brandfleck war doch nur Matsch. Sollte ihre Mutter je davon erfahren, war sie erledigt. Haha. Überall waren Flecken, an den Wänden, auf dem Teppich und auf Mums kostbarem cremefarbenen Sofa. Aber nein, keine wirklich bleibenden Schäden.

Um drei Uhr nachmittags hatte Ginny die meisten Spuren der Party aufgewischt, wegpoliert, eingeweicht und weggeschrubbt. Sie zerrte Henry Hoover, den Staubsauger, aus der Abstellkammer unter der Treppe, aus der er sonst kaum herauskam, und schaltete ihn ein. Er tat ein wenig verblüfft, erwachte aber jaulend zum Leben und saugte dann das Wohnzimmer und Jacks Zimmer, ohne ein einziges Mal zu murren. Warum jammerten die Leute, besonders ihre Mutter, eigentlich so über Hausarbeit? Dabei war es ganz einfach. Man wartete, bis jemand zu Besuch kam. Dann machte man sauber. Warum wurde darum so ein Theater gemacht?

Ginny stellte Henry weg und fing an, die Spülmaschine einzuräumen. Die Küche war der Raum, den ihre Mutter zuerst inspizieren würde. Herumstehendes altes Essen führte zu einem Vortrag über Ratten und Ungeziefer. Laute Musik löste eine Predigt über die Nachbarn aus, und zu viel Fernsehen zog Vorhaltungen übers Lernen nach sich.

Eine Stunde später tauchte Becca auf. Damit hatte Ginny schon gerechnet.

»Yo, Gins«, sagte sie. Wenn sie abends aus gewesen waren, trafen sie sich grundsätzlich am anderen Tag, um alles, was die einzelnen Beteiligten getan hatten, sowie die Beweggründe dafür zu diskutieren und zu analysieren.

»Yo«, gab Ginny zurück. Dieses Mal war sie sich nicht sicher, ob sie sich dem Gespräch gewachsen fühlte.

Becca fühlte sich auch nicht ganz auf der Höhe. »Ich habe den Kater des Jahrhunderts«, stöhnte sie.

»Ich auch.« Ginny warf ihr ein paar Paracetamol zu. »Nimm ein paar Drogen dagegen«, sagte sie. Dann erinnerte sie sich an das Koks gestern Abend und erschauerte.

Ungefähr eine halbe Stunde redete Becca nonstop über Harry. Sie wollte mit ihm zusammen sein, sagte sie, nicht nur mit ihm schlafen. Sie wollte seine Freundin sein. Nicht nur ein Mädchen, das man flachlegt.

»Was will *er* denn?«, fragte Ginny, obwohl das gestern Abend ziemlich offensichtlich gewesen war.

Becca zuckte mit den Schultern. »Das Übliche.« Sie zeigte Ginny die SMS, die sie heute bisher von ihm bekommen hatte. Ein halbes Dutzend. Für Ginny sah das aus, als läge Harry tatsächlich etwas an Becca, und das sagte sie auch.

»Ja, aber was glaubst du, was er *damit* meint ...« Und dann ging es los. Jedes Wort wurde interpretiert, jedes Satzzeichen hinterfragt, jedes Kusszeichen und jeder Smiley durchgekaut und für ungenügend befunden.

Ginny gab auf. »Was willst du von dem Typen, Becca? Ihr seid erst gestern Abend zusammengekommen, um Himmels willen.«

»Mehr.« Sie seufzte. »Sag's mir, wie es ist. Findest du, dass ich zu bedürftig rüberkomme, Gins?«

Verdammt, ja, dachte Ginny. »Könnte man so sagen.«

»Vielleicht sollte ich einfach mal alles rauslassen«, verkündete Becca mit wogenden Brüsten. »Was ich für ihn empfinde, meine ich. Vollkommen hysterisch werden. Vielleicht würde das für Klarheit sorgen.«

Ginny beäugte sie misstrauisch. »Das glaube ich nicht.« Sie hatte nicht viel Erfahrung mit Jungs, aber genug, um zu wissen, dass weder weibliche Hysterie noch sofortige rückhaltlose Verehrung förderlich für eine feste Beziehung waren.

Becca lehnte sich im Sessel zurück. Sie stellte diese idiotisch glückliche Miene zur Schau, die sie und Ginny sonst bei anderen zur Weißglut brachte. »Er hat ein Auto und alles«, hauchte sie.

»Großartig.« Ginny gähnte.

Becca warf ihr einen Blick zu. »Und was ist mit dir? Ist er dageblieben?«

»Ja.« Ginny gab sich gefasster, als sie sich fühlte. Es war komisch gewesen, Ben in ihrem Zimmer und in ihrem Bett zu haben. Zu Hause, das bedeutete nur Mum und sie. Und der Teil mit dem Bett ... Na ja, es hatte sich nicht richtig angefühlt. Noch nicht. Aber trotzdem ...

»Keine Sorge«, hatte Ben gesagt. »Ich falle schon nicht über dich her.«

Warum zum Geier nicht? Was stimmte nicht an ihr? Über Becca fielen ständig Jungs her. Ginny hatte Ben gesagt, er könne über Nacht bleiben. Was brauchte er denn sonst noch für eine Einladung?

Er schlief schnell ein, und nachdem sie sich übergeben hatte – so leise wie möglich auf dem Klo im Erdgeschoss –, schlief Ginny auch ein. Am Morgen hatte sie ihm, obwohl sie sich total verkatert fühlte, ein Sandwich mit Frühstücksspeck gemacht, und er war gegangen. Ginny kam zu dem Schluss, dass sie Jungs nicht verstand. Überhaupt nicht.

»Nichts ist passiert«, sagte sie Becca.

»Ja, schon gut«, gab Becca zurück, und dann redete sie weiter über Harry. Feste Beziehung hin oder her, mit Harry war eine Menge passiert, und Becca beschrieb es nur zu gern in allen plastischen Einzelheiten ...

»Du siehst Ben also wieder?«, fragte sie Ginny im Gehen.

»Ich denke schon«, antwortete Ginny. Sie schaute schon den ganzen Tag alle zehn Minuten auf ihr Handy. Doch mit jeder Stunde, die verging, nahm ihr Optimismus rapide ab.

»Bleib cool«, sagte Becca.

Ginny nickte. »Du auch.«

Nachdem sie weg war, wusste Ginny nicht recht, was sie tun sollte. Die Kugel zog sich immer fester zusammen und bewegte sich auf ihre Kehle zu, also beschloss sie, ihrer Mutter eine SMS zu schreiben. Das würde vielleicht ihr schlechtes Gewissen beruhigen.

Fehlst mir, schrieb sie. *Hoffe, Sizilien ist toll. Gruß und Kuss*

Nur wenig später kam eine SMS zurück. Ginny lächelte. Ihre Mutter wurde schneller. *Fehlst mir auch, Ginny-Schatz*, stand darin. *Rufe später an. Alles Liebe, Mama.*

Ginny-Schatz … So hatte ihre Mutter sie seit Ewigkeiten nicht mehr genannt. Und plötzlich und ohne jeden ersichtlichen Grund wollte Ginny einfach nur noch losheulen.

18. Kapitel

Tess fand Giovanni auf der anderen Seite des *baglio*, wo er mit ein paar Männern mit tiefbrauner Haut sprach. Als sie Tess sahen, machten sie sich aus dem Staub.

»*Ciao*«, sagte sie.

Nach dem Blick zu urteilen, den er ihr zuwarf, hatte er ihr noch nicht verziehen, dass sie mit dem Feind gesprochen hatte. »Tess.« Er neigte den Kopf.

»Ich wollte Sie fragen, ob ich bald einmal mit Ihnen und Ihrer Tante Santina reden kann.«

»*Si.*« Er zuckte mit den Schultern. »Wie wäre es mit heute Abend, zum *dolce*?«

»*Dolce*?«

»Süßigkeiten. Dessert.« Er küsste genüsslich seine Finger. »Es gibt auch ein Glas Wein dazu. Wie wär's?«

»Sehr gern. Soll ich zu Ihnen kommen?« Sie war sich allerdings nicht sicher, ob sie das Haus wiederfinden würde. Das Dorf auf der anderen Seite des *baglio* war ein Labyrinth, das bis hinauf zur Hauptstraße und aus der Stadt hinausführte. Gerade wenn man auf der einen Seite des Steinbogens eine Treppe entdeckt hatte, die von der *piazza* nach oben führte und einem bekannt vorkam, entdeckte man auf der anderen Seite eine weitere, die genauso aussah.

Nachdem sie sich heute Morgen von Tonino verabschiedet hatte, war sie zurück in die Villa gegangen und hatte sich umgezogen. Danach hatte sie die Gegend erkundet und versucht, ein Gefühl für diesen Ort zu bekommen, in dem ihre Mutter ihre Jugendjahre verbracht hatte. Am Rand des Dorfes lagen im Osten Felder und Olivenhaine und im Westen Berge. Die bunt durcheinandergewürfelten Häuser im Zentrum von Cetaria waren aus Stein erbaut und sahen verwittert aus. Ihre verblassten Stuckfassaden besaßen blaue oder grüne Fensterläden, und die Dächer und Dachrinnen bestanden aus Terrakotta. Die mit Kopfsteinen gepflasterten Straßen waren schmal und steil und gruppierten sich um *piazzas* mit Steinbänken und alten Brunnen und gelegentlich auch einer winzigen Kapelle und einem Feigen- oder Olivenbaum. Der Duft von Jasmin und Hibiskus lag in der Luft, und immer wieder kam man um eine Ecke und erhaschte beinahe unerwartet einen Blick auf die Bucht. Das ganze Dorf schien sich zum *baglio* und zum Meer hinzuwenden.

Vormittags erledigten die Frauen ihre Wäsche, putzten und kauften ein. Leuchtend bunte Teppiche, Bettlaken und Kleidung hingen vor den Fenstern oder auf Leinen, die über Balkons gespannt waren, und wehten im Wind. Die Frauen scharten sich um Marktstände, wischten ihre Eingangstreppen oder Fenster, bis sie blitzten, und unterbrachen sich alle paar Minuten, um lange Gespräche mit anderen Frauen zu führen. Es waren größtenteils alte Frauen, die in Schwarz gekleidet und überwiegend tief gebeugt waren, wahrscheinlich von der lebenslangen Plackerei. So sähe ihre eigene Mutter jetzt auch aus, wenn sie nicht nach England gegangen wäre.

»Ich hole Sie hier heute Abend um sieben ab«, erklärte Giovanni energisch wie immer.

Als Tess ein paar Stunden später am verabredeten Treffpunkt eintraf, trug sie ein ärmelloses weißes Leinenkleid und Riemchensandalen.

Giovanni schenkte ihr zur Begrüßung einen langen, abschätzenden Blick. *»Bella«*, sagte er dann. »Sie sehen heute Abend sehr schön aus, Tess.«

»Vielen Dank.« Sie war sich des Umstands bewusst, dass ihre Haut bereits einen Goldton angenommen hatte und ihr blondes Haar von der Sonne gebleicht war. Und sie konnte einfach nicht aufhören zu lächeln. Warum sollte sie auch? Sie hielt sich an einem unglaublichen Ort auf. Sie hatte soeben ein wunderbares Gespräch mit ihrer Tochter geführt. Ginny hatte den Eindruck gemacht, als sei sie ausnahmsweise wirklich interessiert daran, was Tess tat, wie die Villa aussah und was Tess herausgefunden hatte. Vielleicht war das ja ein Beispiel dafür, dass die Liebe mit der Entfernung wuchs, oder ihre Mutter hatte recht, und Ginny hatte sich zum Positiven verändert. Nein, Tess fühlte sich gut, obwohl Robin ihr fehlte.

Er neigte den Kopf.

Tess war neugierig. »Was machen Sie eigentlich, Giovanni?«, fragte sie ihn. »Beruflich, meine ich.« Für einen Mann in den Dreißigern, der offensichtlich Geld hatte, schien er eine Menge Freizeit zu haben.

Er zuckte mit den Schultern. »Mal dieses, mal jenes«, gab er zurück. »Es ist auch heute noch schwer, sich hier in Cetaria seinen Lebensunterhalt zu verdienen«, fügte er hinzu, um die Sache noch rätselhafter zu machen.

Bestimmt war er eine Art Unternehmer, dachte Tess, während Giovanni sich mit großen Schritten in Bewegung setzte und sie sich wieder einmal anstrengen musste, um mit ihm mitzuhalten. Das konnte sie sich vorstellen. Vermutlich war er nicht direkt ein Gauner, aber er hatte auch keine vollkommen weiße Weste. Er war wahrscheinlich so etwas wie ein Glücksritter – und rücksichtslos, wenn nötig. Sie konnte sich vorstellen, dass es auf Sizilien viele Männer wie ihn gab.

Auf den Straße wimmelte es von Autos und Menschen, und sie sprach Giovanni darauf an.

Er ging kaum langsamer. »Es ist die Stunde der *passeggiata*«, erklärte er. »Der Abendspaziergang ist hier eine Tradition. Die Menschen gehen hinaus und begrüßen einander.« Und tatsächlich fiel ihr auf, dass er unterwegs immer wieder die Hand hob und mehrere Passanten und kleine Gruppen grüßte. Ein wenig wie die Queen, dachte Tess, sprach es aber nicht aus. Sizilianische Männer waren große Machos. Die Autos, so fiel ihr auf, fuhren nicht etwa von A nach B, sondern beschrieben einen großen Kreis, der die Hauptstraße und das Dorf umspannte, und dann begann das Ganze wieder von vorn. Aha. Der Zweck war also nicht, ein Ziel zu erreichen, sondern durch den Ort zu fahren, um zu sehen und gesehen zu werden. Auch gut. So war es wohl Brauch auf Sizilien.

Sie kamen bei Santinas Haus an. Die alte Frau begrüßte Tess genauso überschwänglich wie beim ersten Mal und küsste sie auf beide Wangen, sodass Tess einmal mehr die Stoppeln auf der dunklen, pergamentartigen Haut der Alten spürte. Santina zog sie in das dunkle Haus, über den Flur und in die *cucina*, die Küche, in der eindeutig der Puls dieses Hauses schlug.

Der Tisch war mit Gebäck überladen. *»Cannoli«*, erklärte Giovanni. »Das klassische sizilianische Gebäck. Roberta aus dem Dorf hat es gebacken.« Daneben standen eine Flasche Weißwein und drei zarte Gläser mit dünnem Stiel.

»Ihre besten Gläser«, sagte Giovanni. »Sie benutzt sie fast nie. Sie sind ein ganz besonderer Besuch.«

»Ich fühle mich geehrt.« Und das stimmte.

Santina sprudelte auf Italienisch los und zeigte auf Tess' Augen.

»Was sagt sie?«, fragte Tess Giovanni.

»Ihre Augen sind so blau«, antwortete er. »Das ist in Sizilien ungewöhnlich. Sie sagt, ihre Mutter muss einen sehr gut aussehenden, blauäugigen Mann geheiratet haben.«

Tess dachte an ihren Vater und lachte. »Das hat sie.«

Wieder sprach Santina.

»Sie hat gefragt, ob Sie verheiratet sind, und ich habe ihr gesagt, dass Sie es nicht sind. Jetzt will sie wissen, warum nicht.«

»Vielleicht habe ich den Richtigen noch nicht getroffen«, gab Tess zurück. Santina reichte ihr einen Teller, auf dem ein kleines Stück Gebäck lag. Die äußere Kruste war beim Hineinbeißen knusprig, aber die Füllung war üppig und cremig.

»Ricotta mit Honig und kandierten Früchten«, erklärte Giovanni. »Das Äußere, die Hülle des Gebäcks, nennt man *scorza*.«

»Hmmm.« Das Teilchen war ziemlich mächtig. Tess wollte sich nicht einmal vorstellen, wie viele Kalorien es hatte. Natürlich war sie sizilianisches Gebäck gewöhnt. Muma machte oft *cassata, tartafino* und *cornetti*. Letztere waren im Grund eine italienische Version des Croissants. Aber irgendwie schmeckten sie hier anders.

Sie nahm das Glas Wein, das Giovanni ihr reichte. *»Salute«*, sagte sie.

Er grinste. »Ex und hopp. Sagen Sie das nicht so in England?«

Sie lachte. »Heutzutage nicht mehr so oft.«

Santina redete immer noch.

Giovanni nickte. »›Liebe ist für das ganze Leben‹, sagt sie. ›Der Richtige kann nicht immer zur rechten Zeit kommen.‹«

Tess dachte an Robin. Sie konnte sich nicht vorstellen, ihn zu heiraten. Unabhängig von der unbestreitbaren Tatsache, dass er schon verheiratet war, ergab es für sie auch einfach kein

Bild: sie beide verheiratet, zusammen, wie sie ihr Leben miteinander teilten. Und doch, war es nicht das, was sie sich immer gewünscht hatte? Die große Liebe ihres Lebens, einen Partner, einen Seelenverwandten? War es nicht das, was sich jeder Mensch tief im Herzen wünschte?

»Könnten Sie Santina nach meiner Mutter fragen?«, bat sie Giovanni. Sie wandte sich der alten Frau zu, als könne diese sie verstehen. »Muma spricht nämlich nie von Sizilien oder von ihrer Kindheit«, erklärte sie. »Ich verstehe nicht, warum. Es gibt so vieles, was ich wissen möchte.« Sie merkte, dass sie ihre Hände zu Fäusten zusammengeballt hatte.

Santinas dunkles, faltiges Gesicht wirkte freundlich, fast so, als hätte sie sie verstanden.

Wieder sprach Giovanni mit ihr, und sie nickte, wobei sie Tess nicht aus den Augen ließ.

»Fragen Sie sie, ob es einen jungen Mann gab, den Flavia liebte«, sagte Tess und beobachtete sie.

Santina blinzelte und sagte etwas zu Giovanni. Sie zeigte in Richtung Decke, und Giovanni seufzte schwer und stand auf. Gott, Tess wünschte, sie spräche Italienisch.

Giovanni verließ den Raum. »Sie möchte Ihnen etwas zeigen«, sagte er im Gehen. »Ich bin gleich wieder zurück.«

Als er fort war, kam Santina wie ein Pfeil auf sie zugeschossen. Sie legte ihre Hand fest auf Tess' Kopf. »Ihre Mutter war aus Feuer«, flüsterte sie.

Tess starrte sie mit offenem Mund an. »Sie sprechen Englisch …«

»Pssst.« Santina warf einen Blick zur offenen Tür. »Giovanni … nicht weiß.«

Tess nickte. Sie hätte gern erfahren, warum nicht, aber dies war nicht der richtige Zeitpunkt dafür. Santinas Worte hatten eine Spannung geschaffen, die nun in der Luft hing.

»Flavia nie tun, was sie wollen«, murmelte Santina in ihrem gebrochenen Englisch. »Flavia tun, was Flavia wollen.«

Tess packte ihre Hand. »Und was wollte sie, Santina? Können Sie mir das sagen?«

»Flavia nie wollen die jungen Männer aus dem Dorf. Pah!« Noch ein Blick in Richtung Tür.

»Wen dann?« Das war ein Durchbruch, den Tess sich nicht hatte träumen lassen.

»Ah.« Einen Moment lang wirkte Santina traurig. »Sie wollen frei sein, mein Kind. Ihre Mutter frei sein wollen.« Sie seufzte. »In Sizilien«, sagte sie, »frei sein nicht möglich.«

Tess drückte ihre Hand. »Und Sie?«, flüsterte sie. »Wollten Sie auch frei sein?« Sie konnte sich das Leben, das Santina und ihre Mutter geführt hatten, kaum vorstellen. Die Armut, von der Giovanni gesprochen hatte, die Schrecken des Krieges und des Faschismus. Und dann noch die Mafia!

Heftig schüttelte Santina den Kopf. »Für Frauen nicht möglich«, sagte sie. »Wir haben Haushalt, wir werden verheiratet – oder nicht.« Sie fixierte Tess mit ihren unergründlichen dunklen Augen. »Das sein unser Leben.«

Aber es war nicht Flavias Leben, dachte Tess. »Was ist mit ihr passiert?«, wisperte sie. »Was ist mit Flavia passiert?« Sie konnte nur an ihre Mutter denken, den kleinen Feuerkopf, der frei sein wollte. Sie konnte beinahe sehen, wie sie in den Feldern mit Santina spielte, im Häuschen bei der Hausarbeit half, sich in der Villa Sirena von Edward Westerman vorlesen ließ. Wie sie etwas über Lyrik und über England lernte, wo eine Frau frei sein konnte.

Santina beugte sich so nahe zu ihr heran, dass Tess ihre trockene Haut spürte und ihren warmen Atem roch. »Flavia finden den Engländer«, flüsterte Santina. »Sie ihn finden, Kind. *Si.*« Sie nickte energisch.

Tess hörte Giovannis schwere Schritte auf der Treppe. »Was für ein Engländer?« Und was meinte sie damit, dass Flavia ihn gefunden hatte? Santina strich ihr übers Haar, berührte ihre Wange und zog sich auf die andere Seite des Raums zurück. Sie begann leise zu summen.

Giovanni trat in die Küche. Er hielt seiner Tante ein besticktes Stück Stoff hin, ein altes Mustertuch.

Lächelnd brachte sie es Tess und sprach jetzt wieder Italienisch.

Giovanni übersetzte. Inzwischen wirkte er gelangweilt. »Sie sagt, sie hätte das zusammen mit Flavia gestickt. Es war eine Art, wie sagen Sie, Freundschaftsbeweis.« Er zuckte mit den Schultern.

Tess berührte den Stoff, eine Art dünnes, naturfarbenes Leinen. Die Stiche waren mit der Zeit verblasst, aber sie erkannte das Kreuzstichmuster, die ineinander verschlungenen Rhomben. »Es ist wunderschön«, sagte sie und sah Santina direkt an.

Die alte Frau senkte den Kopf.

Tess gab ihr das Mustertuch zurück und trank einen Schluck von ihrem Wein, der süß und zähflüssig war. *Dolce*, allerdings. Sie wusste nicht, was sie jetzt fragen sollte und ob sie das zuvor Gehörte ansprechen durfte.

Santina begann wieder zu sprechen.

»Etwas ist geschehen«, erklärte Giovanni düster. »Im Krieg. Meine Tante war im Haus Ihrer Mutter nicht mehr willkommen. Die Familie Farro hatte ein Geheimnis. Sie wusste nicht, was es war. Flavia hat es nicht verraten, und meine Tante hat es nie herausgefunden.«

Tess runzelte die Stirn. Noch ein Geheimnis? Sie nahm ein weiteres *dolce*. Sie waren wirklich gut. Aber etwas sagte ihr, dass es vielleicht mehr als eine Version dieser alten Geschichte gab. Santina wollte nicht, dass Giovanni erfuhr, dass sie Englisch verstand. Vielleicht wollte sie auch nicht, dass er die Wahrheit erfuhr?

Santina lächelte und nickte.

»Sie sieht gern anderen beim Essen zu«, bemerkte Giovanni. »Früher hat sie alle *dolce* selbst gemacht. Aber das Backen dauert ewig, und heutzutage wird sie schnell müde.«

Santina lauschte seiner Übersetzung und antwortete dann.

»Sie sagt, Sie brauchen *pazienza* – Geduld – und Kraft«, erklärte er Tess. »Bei *dolce* darf man nichts überstürzen.«

Tess nickte feierlich. Sprach Santina nur von den *dolce?* Auch Tonino hatte von Geduld geredet, aber sie hatte nur eine Woche Zeit, um das herauszufinden, was sie wissen musste, um zu entscheiden, was sie mit ihrer Erbschaft anfangen sollte. Hatte sie genug Zeit, um sich in Geduld zu üben? »Und dann ist meine Mutter nach England gegangen?«, fragte sie.

Giovanni gab ihre Frage weiter.

»Damals noch nicht«, sagte er, nachdem Santina geantwortet hatte. »Flavia ist erst ein paar Jahre später fortgegangen. Da waren die Farros und die Sciarras einander wieder *simpatico.*« Er gestikulierte mit den Händen wie schon zuvor. »Meine Tante sagt, Flavia sei traurig gewesen. Sie hat ihr nie erzählt, warum, aber meine Tante glaubt, dass es um Liebe ging.«

Tat es das nicht immer?

Als sie eine Stunde später hinter Giovanni das Haus verließ, packte Santina sie am Oberarm. »Kann nicht mehr sagen«, murmelte sie halblaut und küsste sie dann auf beide Wangen. *»Ciao, ciao.«*

Kann nicht mehr sagen ... Was für eine zweideutige Formulierung, dachte Tess. *Kann nicht*, weil sie nicht die ganze Geschichte kannte – oder weil Giovanni Sciarra sich im Raum befand? Sie war sich nicht ganz sicher. Eines wusste sie allerdings: Sie musste allein mit Santina sprechen. Nur dann würde sie vielleicht die unzensierte Version der Geschichte ihrer Mutter zu hören bekommen …

Es war kurz nach neun. Die *passeggiata* war lange vorüber, und die Straßen waren beinahe leer. Als sie den *baglio* betraten, hätte Tess Giovanni am liebsten erklärt, dass sie den Rest des Wegs allein gehen würde. Sie hatte Lust, zu trödeln und die Gerüche und Schatten der Nacht auf sich wirken zu lassen. Aber das war schwierig, denn er ging wieder voran und war offensichtlich entschlossen, sie bis an ihre Haustür zu begleiten. Nein, bis hierher und nicht weiter, entschied sie.

»Haben Sie darüber nachgedacht, was Sie mit der Villa tun wollen?«, fragte er, als sie den *baglio* durchquerten und an dem mächtigen Eukalyptusbaum vorbeikamen.

»Schon, aber ich habe noch keine Entscheidung getroffen.« Sie roch den Mentholduft der Blätter, die ihre Schultern streiften. Er mischte sich mit der salzigen Luft und der Feuchtigkeit des Steins. »Ich hatte überlegt, sie zu vermieten, an Feriengäste vielleicht.«

»Aha.« Er drehte sich um. »Sie wollen nicht verkaufen?« In der Dunkelheit konnte sie seinen Gesichtsausdruck nicht erkennen.

»Nein. Jedenfalls noch nicht.«

Er schüttelte den Kopf. »Wir sollten darüber diskutieren.«

»Ach ja?« Als sie an Toninos Atelier vorbeikamen, sah sie, dass die Tür fest verschlossen war. Und im Fenster lag das fast vollendete Schlangenmosaik. Die leuchtenden Grüntöne glitzerten im Licht der Lämpchen, die die Auslage umgaben, wie die Sonne auf dem Meer. Die schwarzen Markierungen aus Schiefer wirkten wie winzige Pfeile. An dem flachen Kopf leuchtete gelbes Glas. Die Schlange war sowohl wunderschön als auch ... ja, böse. Sie erschauerte und konnte sich nicht vorstellen, dass jemand so etwas tatsächlich kaufen würde.

»Aber ja.« Als sie am Fuß der Treppe ankamen, bot er ihr seinen Arm an. Sie zögerte kurz, hakte sich dann aber ein. »Ich werde Sie morgen zum Abendessen einladen. Etwas Besonderes, ja?«

»Das brauchen Sie nicht ...«, wandte Tess ein. Er war sehr nett zu ihr, aber sie konnte sich des Gedankens nicht erwehren, dass seine Freundlichkeit einen Preis haben würde.

Er unterbrach sie, indem er einen Finger an die Lippen legte. »Ich bestehe darauf.« Seine Stimme klang streng. »In Cetaria nehmen wir unsere Verantwortung ernst. Und ich muss Ihnen mehr über die Villa Sirena erzählen.«

»Was denn?« Jetzt war Tess' Neugier geweckt. Noch mehr Geheimnisse? Und warum fühlte er sich verantwortlich für sie? Oben angekommen, schloss sie das Tor auf, und sie gingen gemeinsam zum Eingang der Villa.

»Vielleicht erzählen Sie mir dafür ja auch etwas.« Er war jetzt so nah bei ihr, dass er ihr beinahe ins Ohr flüsterte.

»Wenn ich kann.« Tess rückte ein wenig von ihm ab. Was war das denn jetzt?

»Hat Ihnen Ihre Mutter vielleicht etwas aufgetragen?«

»Aufgetragen?«

Inzwischen standen sie unter der Lampe, die die große alte Eingangstür beleuchtete, und sie sah Verärgerung in seinen dunklen Augen aufblitzen.

»Geht es vielleicht um etwas im Haus?«, drängte er sie. »Etwas, nach dem Sie suchen sollen? Ein spezieller Gegenstand, über dessen Verbleib sie Bescheid weiß, ja?«

Tess runzelte die Stirn. Sie hatte keine Ahnung, wovon er sprach, aber umgekehrt hatte er natürlich auch keine

Ahnung, wie schweigsam ihre Mutter beim Thema Sizilien sein konnte.

»Deswegen haben Sie sich auf den weiten Weg hierher gemacht, *no?*«, fragte er. »Um es zu finden?«

»Nein«, gab sie zurück. »Sie hat mir nichts gesagt.«

»Nichts?« Er schien enttäuscht zu sein.

»Nichts.«

»Va bene.« Er zuckte auf typisch sizilianische Art mit den Schultern und streckte die Hand aus, vermutlich, damit sie ihm den Schlüssel gab.

»Ich bin müde, Giovanni«, sagte sie. »Ich muss gute Nacht sagen.« Offensichtlich musste man diesen Männern gegenüber sehr bestimmt auftreten. Wenn man ihnen den kleinen Finger reichte ...

»Wie Sie wünschen.« Er nickte knapp. »Dann also gute Nacht.«

»Bis morgen?« Sie beugte sich vor, um ihn auf die Wange zu küssen.

»Si. Domani.« Er wandte sich ab und ging in Richtung Tor. Er öffnete es und bedeutete ihr, es hinter ihm abzuschließen. Innerhalb von Sekunden hatte die Nacht ihn verschluckt.

Tess öffnete die Vordertür, ging durch die Eingangshalle geradewegs in die Küche, wo sie kurz innehielt, um ihre Tasche auf einen Küchenstuhl zu werfen, und trat dann auf die hintere Terrasse hinaus. Einen Moment lang stand sie da und schaute auf die Bucht hinunter. Es wurde dunkel, aber am Himmel war immer noch ein wenig Abendrot zu sehen.

Sie hatte gehofft, heute Abend ein paar Antworten zu bekommen; aber stattdessen hatte sie jetzt mehr Fragen als zuvor. Während des Kriegs hatte die Familie Farro ein Geheimnis gehütet. Was war das gewesen? Sie spürte, dass Santina es wusste. Ihre Mutter, der kleine Feuerkopf ... Sie schmunzelte, denn das beschrieb sie ganz genau. Muma war immer noch ein Hitzkopf, und kein Familienmitglied wagte es, ihr zu widersprechen. Und ihre Mutter hatte einen Engländer *gefunden?* Vielleicht lag es aber auch an Santinas gebrochenem Englisch. Vielleicht hatte sie eigentlich sagen wollen, dass Muma einen Engländer *kennengelernt* hatte. Außerdem waren da noch die Schulden, der Diebstahl und der Verrat … Und jetzt sah es auch noch so aus, als wäre in der Villa ein geheimnisvolles Etwas versteckt. Und warum in aller Welt durfte Giovanni nicht erfahren, dass seine Tante Santina Englisch sprach? Verwirrt schüttelte Tess den Kopf.

Am Ufer stand ein Mann und sah auf die leicht gekräuselte, pechschwarze See hinaus. Das musste Tonino sein. Er wirkte rastlos und auch traurig.

Sie fragte sich, was wohl sein Geheimnis war. Denn offenbar musste in Sizilien ja jeder eines haben.

19. Kapitel

Sie brachten ihn im Schutz der Dunkelheit.

Also war er nicht tot, gelobt sei die Jungfrau Maria. Tot war er nicht, aber er atmete kaum noch. Rasselnd rang er nach Luft und kämpfte um sein Leben.

Ihr Vater und Alberto hatten ihn alleine hergeschafft, Gott wusste, wie. Sie stellten ernste Mienen zur Schau und sprachen sotto voce, *als könne sich im Inneren des Steinhäuschens tatsächlich ein Verräter verstecken. Mama holte Handtücher, warmes Wasser und Verbände. Rasch und lautlos bewegte sie sich durchs Haus. Maria schüttelte verzweifelt den Kopf. Man hätte meinen sollen, sie sei eine von ihnen, eine Erwachsene und kein junges Mädchen, das nur ein paar Jahre älter war als Flavia.*

»Bete für ihn, Tochter«, sagte Mama, als täte Flavia das nicht schon jeden Tag und jede Stunde, obwohl sie nicht mehr wusste, ob sie sich darauf verlassen konnte, dass Gott ihre Gebete erhörte. Sie betete zur Muttergottes. Betete um Vergebung. Betete darum, dass er überlebte.

»Und erzähl niemandem davon«, setzte Papa hinzu. »Nicht einmal Santina.«

Da wusste sie, dass er Enzo nichts gesagt hatte.

Sie stahl sich in das Zimmer, das sie für ihn vorbereitet hatten, die winzige Kammer, in der Mamas Schwester schlief, wenn sie zu Besuch kam. Regungslos wie eine Statue lag er im Bett. Seine Stirn war bleich und mit Schweißperlen bedeckt.

Behutsam legte sie einen kalten, nassen Lappen auf seine

Stirn. Und dann ... Wagte sie es? Mit der Fingerspitze strich sie über seine Wange. Seine Haut fühlte sich kalt und klamm an.

Er schlug die Augen auf. Sie blinzelte, als sie so unerwartet in seine fremdartigen, hellen Augen blickte. Hatte er ihr verziehen?

»Es tut mir leid«, flüsterte sie.

»Mein Engel.« Sein Mund verzog sich zu einem schiefen Lächeln, das zeigte, dass er noch Schmerzen hatte.

Eine große Erleichterung stieg in Flavia auf.

»Mein Engel«, sagte er noch einmal. Dann schloss er die Augen und schlief ein.

»Sogni d'oro«, *murmelte sie. Süße Träume. Goldene Träume ...*

Flavia legte das Buch weg. Genug für heute Nachmittag. Es ermüdete sie. Nicht so sehr das Schreiben selbst. Die Gefühle noch einmal zu durchleben, das erschöpfte sie. Was konnte sie dagegen tun? Während sie über ihn schrieb, erinnerte sie sich an seinen Blick, seine Blässe, das Blau seiner Augen, seinen Geruch. Zuerst hatte er nach Krankheit gerochen, dieser schwache Hauch von Medizin, die gegen den Verfall kämpft. Und wie er gesprochen hatte ... *Mein Engel ...*

Die Ironie war Flavia durchaus bewusst. Flavia Farro hieß heute Flavia Angel. Aber sie griff vor. Zuerst war noch vieles andere zu erzählen ...

Nahrungsmittel von der Straße, Essen vom Markt, blutig und roh, pulsierend und frisch, das war wahrhaftig der Bauch von Sizilien. Dicht gedrängte Stände in einem Netz schmaler Gassen. Ochsen- und Ziegenfleisch, Käse und Brot, Innereien und

Fisch, Obst und Gemüse. Arancine oder Reiskroketten mit Fleisch oder Käse. Panelle, frittierter Kichererbsenteig, auf der Straße gekauft und in einem weichen Brötchen aus der Hand gegessen – oder als antipasto, um den Appetit anzuregen. Heiß und köstlich, knusprig und saftig, waren sie eine frittierte Hinterlassenschaft der Araber.

Das Wasser zum Kochen bringen, das Kichererbsenmehl nach und nach hineinrieseln lassen und dabei immer in dieselbe Richtung rühren. Flavia unterstrich »in dieselbe Richtung«. *Gehackte Petersilie und schwarzen Pfeffer zugeben. Kochen, bis sich der Teig vom Topf löst. Auf eine eingeölte Oberfläche stürzen, glattstreichen und abkühlen lassen. In Rechtecke schneiden und in Öl golden ausbacken. Mit Zitronensaft beträufeln. Fertig.*

20. Kapitel

Sie waren an der Küste entlang zu einem kleinen Restaurant gefahren. Es war ein Familienbetrieb, und offensichtlich kannte Giovanni die Familie, denn die *signora* und diverse *signorinas* sausten rotwangig und eilfertig zwischen Küche und Lokal hin und her, um sich zu vergewissern, dass alles zu seiner Zufriedenheit war.

»Die Villa, die Sie geerbt haben … Ich muss es Ihnen sagen: Sie ist kein guter Ort«, erklärte Giovanni, als ihr *antipasto* kam: *caponata*, ein süßsaures Gemüsegericht aus Auberginen, Sellerie, Zwiebeln und Oliven, das Tess' Mutter oft kochte, obwohl ihre *caponata* sich sehr von dieser unterschied.

»Inwiefern nicht gut?«, erkundigte sie sich. »Ist sie nicht gut in Schuss, oder hat sie keine gute Geschichte?«

»Beides«, sagte er. »Es stimmt, dass einiges zu tun ist, bevor das Haus wieder in seiner alten Herrlichkeit erstrahlt. Aber …« Er rieb seine Nase. »Dort sind auch schlimme Dinge geschehen. Es hat eine dunkle Geschichte.«

Hmmm. »Ich nehme an, Sie möchten mir nichts über diese schlimmen Dinge erzählen?«

Giovanni druckste herum und wedelte mit der Hand, um eine Kellnerin zu vertreiben. »Das ist nichts für empfindsame Ohren«, erklärte er.

Tess versicherte ihm, dass ihre Ohren alles andere als empfindsam seien. Wahrscheinlich hatte das alles mit den berühmten Schulden, mit dem Diebstahl und dem Verrat zu tun, über die er sich ständig ausließ. Und mit dem geheimnisvollen »es«.

Ganz zu schweigen vom Krieg natürlich – und dem Umstand, dass Edward Westerman schwul gewesen war.

»Sizilien besitzt ein dunkles Erbe«, sagte er und wischte den Rest seiner *caponata* mit einem Brocken süßen, gelblichen sizilianischen Brots auf.

Ja, das wurde ihr langsam auch klar.

»Daher liegt es in Ihrem Interesse, das Haus zu verkaufen.«

Tess war schon immer eine Rebellin gewesen. Jetzt wurde ihr bewusst, dass sie diesen Charakterzug von ihrer Mutter geerbt haben musste. Sie nippte an dem Wein, den Giovanni bestellt hatte, einem Nero d'Avolo. Er besaß ein volles Bukett; sie schmeckte Brombeernoten und, ja, einen ganz leisen Hauch von Pfeffer. Wenn jemand versuchte, ihr vorzuschreiben, was sie tun sollte, führte das grundsätzlich dazu, dass sie genau das Gegenteil tun wollte. »Ich werde die Villa behalten«, verkündete sie. »Einstweilen jedenfalls.«

Giovanni stieß einen tief empfundenen Seufzer aus. »Sie sind dickköpfig, *no?*«

Tess setzte ihr Glas ab. »Schon möglich. Aber ich mag das Anwesen. Ich habe gehört, was Sie zu sagen hatten. Und ich bin Ihnen dankbar dafür, dass Sie versuchen, mir zu helfen.« Unter dem Tisch überkreuzte sie die Finger. »Aber ich spüre keine schlechte Stimmung in der Villa Sirena. Deshalb möchte ich sie auch nicht verkaufen – jedenfalls noch nicht.«

Giovanni schüttelte den Kopf. Er wirkte wie ein Vorbote des drohenden Weltuntergangs. »Und Ihre Mutter?«, fragte er düster. »Was sagt sie dazu?«

Tess hatte ihr noch nichts davon erzählt. Aber sie konnte sich denken, wie sie reagieren würde. »Es wird ihr nicht gefallen«, gestand sie. »Sie wird wollen, dass ich es zum Verkauf anbiete und nach England zurückkehre, und zwar *pronto*.«

Giovanni winkte mit einem Finger lässig in Richtung

cucina. Sofort tauchte eines der Mädchen auf und räumte die Teller ab.

»*Si, si, bene*. Ja, es war gut«, erklärte Giovanni der nervösen Kellnerin. Dann wandte er seine Aufmerksamkeit erneut Tess zu und nickte weise. »Ihre Mutter ist eine kluge Frau«, sagte er. »Was glauben Sie, weiß sie vielleicht mehr, als sie sagt?«

Wahrscheinlich. Schließlich sagte sie nicht allzu viel. Tess beugte sich vor. »Also, worum geht es hier?«, fragte sie.

»Was meinen Sie?« Er runzelte die Stirn.

»Was ist dieses ›es‹, von dem Sie glauben, das ich es im Auftrag meiner Mutter suchen soll? Etwas Besonderes? Etwas Geheimnisvolles? Etwas Wertvolles?«

Giovanni blickte rasch nach rechts und links und fixierte dann einen Punkt irgendwo über ihrer linken Schulter. *»Non capisco«*, murmelte er. »Ich verstehe Sie nicht, Tess. Es ist unwichtig.«

Sie war nicht überzeugt. Als er zum letzten Mal davon gesprochen hatte, schien es ihm jedenfalls wichtig gewesen zu sein.

Ihre *pasta* wurde schwungvoll aufgetragen; *spaghetti con le fave* – mit wildem Fenchel, dicken Bohnen und Olivenöl. Giovanni hatte sich bei ihrer Ankunft mit der *signora* beraten und Tess dann darüber informiert, dass dies das beste Pastagericht des Tages sei und sie es daher beide bestellen müssten.

»Und wenn Sie nicht verkaufen«, fuhr er fort, nachdem die Kellnerin verschwunden war, »was wollen Sie dann damit anfangen? Sie hatten von *Feriengästen* gesprochen, glaube ich.« Er schaffte es, so viel Abscheu in das Wort hineinzulegen, dass Tess lächeln musste.

Sie stach in eine dicke Bohne. Es war offensichtlich gerade Bohnenzeit. Sie glaubte sich zu erinnern, dass sie auf dem Weg hierher auf den Feldern neben der Straße Bohnen wachsen gesehen hatte. »Ich bin mir noch nicht sicher«, sagte sie. Wie in aller Welt sollte sie das Geld für die Renovierung auftreiben?

»Und?« Er beäugte sie fragend. »Was haben Sie als Nächstes vor, Tess?«

Das hätte er wohl gern gewusst ... Sie beschloss, ihn schmoren zu lassen. »Im Moment habe ich noch gar nichts vor«, erklärte sie. Sie dachte an die *pazienza*, von der sowohl Santina als auch Tonino gesprochen hatten. Ihr war noch kein Vorwand für einen weiteren Besuch bei Santina eingefallen oder eine Möglichkeit herauszufinden, wann Giovanni vielleicht nicht zu Hause war. Und sie hatte noch keine Gelegenheit gehabt, Tonino nach der berühmten Familienfehde zu fragen. Aber sie hatte auch noch ein paar Tage Zeit. Sie musste einfach Geduld haben.

21. Kapitel

Die nächsten zwei Tage waren zu viel für Ginny. Kein Wort von Ben, dafür umso mehr Text von Becca, die ohne Ende verzückt über Harry dies und Harry das redete und erklärte, dass Harry der Junge war, auf den sie ihr ganzes Leben lang gewartet hatte. Ihr ganzes Leben lang. Mit siebzehn. Mein Gott! Manchmal machte Becca sie wahnsinnig.

Beängstigend schnell tauchten Bilder auf Facebook auf. Harry und Becca in einer Bar, wie sie auf ihren ersten »Jahrestag« anstießen, genau einen Tag, nachdem sie zusammengekommen waren, Harry und Becca am Strand, wie sie sich küssten. Igitt. Warum sollte das jemand sehen wollen? Ginny hatte auf der Party schon mehr als genug davon mitbekommen. Status: Becca ist in einer Beziehung. Nein … wer wäre darauf gekommen?

Schließlich, als Ginny gerade auf dem Tiefpunkt der Verzweiflung angekommen war, weil Ben sie weder auf Facebook angeschrieben noch eine SMS geschickt hatte, rief er an.

»Hi, Babe«, sagte er. »Lust, dich auf ein paar Drinks mit mir zu treffen?«

Ob sie Lust hatte? Oh ja, ja, ja.

Hektisch vor Nervosität und Vorfreude machte sie sich fertig, rief Becca zweimal an, um sich zu vergewissern, dass ihr Outfit okay war, änderte dann aber ihre Meinung doch wieder und entschied sich für die Jeans, die sie schon vorher angehabt hatte.

Sie kam eine Dreiviertelstunde zu spät und machte sich fast

vor Angst in die Hosen, weil sie allein einen Pub betreten musste. Dank ihres gefälschten Schülerausweises hatte sie die diversen Alterskontrollen zwar schon vor ihrem achtzehnten Geburtstag im letzten Monat lässig passiert (alle machten das), aber sie war einfach nicht an Pubs gewöhnt. Und …

Er war mit fünf seiner Kumpel zusammen. Ein Pubquiz war im Gang. Es war grauenvoll.

Ginny machte dicht. Die Kugel entwickelte so viele Knoten und Tentakel, dass sie kaum ein Wort herausbrachte. Sie kam sich wie eine Vollidiotin vor, und das umso mehr, als die einzige Antwort, die sie wusste, der Name einer Figur aus *East Enders* war. Was war sie doch für eine Loserin.

Doch als der Abend vorüber war, schlang Ben den Arm fest um ihre Schulter, was ihm schwerfiel, weil sie so groß war. »Kommst du noch mit zu mir?«, fragte er. Als wären sie zusammen oder so.

Ginny zuckte mit den Schultern und versuchte auszusehen, als hätte sie mit so etwas gerechnet. »Warum nicht«, sagte sie mit vollkommen gleichgültig klingender Stimme. Aber es bedeutete etwas. Es musste etwas bedeuten, oder? Sie bekam jetzt besser Luft.

Auf dem Weg zu ihm unterhielten sie sich über ihre Familien.

»Wie ist dein Dad eigentlich so?«, fragte Ben. Ein Schwung dunkles, geglättetes Haar hing ihm über die rechte Augenbraue. Es sah sexy und gefährlich aus.

»Mein Dad? Keine Ahnung«, gab sie zurück. Das war seit ein paar Jahren ihre Standardantwort, wenn sie jemand nach ihrem Vater fragte. Früher als Kind hatte sie nicht allzu viel darüber nachgedacht. Sie hatte Mum, sie hatte Nonna und sie hatte Paps. Das war ihr genug.

Dann wurde ihr klar, dass es bei ihren Freunden anders war.

Sie alle hatten Väter. Väter, von denen sie in der Schule erzählten. Väter, die mit ihnen am Wochenende Ausflüge unternahmen. Väter, die schöne Autos fuhren und zu Elternabenden und Schulaufführungen kamen. Ihr war auch klar, dass Pops sich schrecklich große Mühe gab, diese Lücke zu füllen. Außerdem gab er wenigstens zu, dass diese Lücke existierte, wenn ihre Mutter es schon nicht tat. Aber was er auch machte, wie sehr er sich auch bemühte, es war nicht dasselbe.

»Dann hast du ihn nie gekannt?«, fragte Ben.

»Hab ihn noch nie gesehen«, pflichtete Ginny ihm bei.

Er zuckte die Achseln und drückte sie kurz an sich.

Ginny hatte so viele Fakten über ihren abwesenden Vater zusammengetragen, wie sie konnte. Er hieß David und war, mit den Worten ihrer Mutter ausgedrückt, »so eine Art Althippie«. Und da war das Foto mit den beiden, Mum und David. Er lächelte sorglos, hatte lässig den Arm um sie gelegt und blickte in die Ferne. Sie fragte sich, wo er damals mit den Augen gewesen war, woran er an dem Tag, als das Foto aufgenommen worden war, gedacht hatte.

Mum musste sie zugutehalten, dass sie David nie kritisiert hatte. »Du warst eine Überraschung«, hatte sie Ginny eines Tages, als sie fünf oder sechs Jahre alt war, erklärt. »Ein kostbares Geschenk.«

Ein Unfall, meinte sie. Eine ungeplante Schwangerschaft. Inzwischen wusste Ginny das. Aber es gefiel ihr, wie Mum es ausdrückte, so als hätte Ginny eines Morgens als wundervolles Überraschungspäckchen vor der Tür gelegen.

»Und David?« Sie hatte sich nie überwinden können, »mein Vater« zu sagen, und ihre Mum hatte nie versucht, sie dazu zu zwingen.

»Er war nicht zum Vater geschaffen«, antwortete ihre Mutter darauf.

Ginny hatte versucht, ihren Tonfall zu analysieren. Sie hatte sich schon immer für die Persönlichkeit von Menschen interessiert und dafür, was manche Menschen so und andere wieder ganz anders reagieren ließ. Deswegen hatte sie auch am College Psychologie als Schwerpunkt gewählt und sich für September an der Uni um einen Studienplatz in Psychologie beworben.

Bei diesem Gedanken schauderte Ginny, und sie spürte, wie die Kugel einen Purzelbaum schlug. Der Grund war nicht Vorfreude, sondern maßloses Entsetzen. Hierzulande wurde von jedem erwartet, dass er unbedingt zur Uni gehen wollte, außer natürlich, man war nicht intelligent genug. Es wurde nicht erwartet, dass man solche Angst davor hatte.

Doch die Psychologie, die Wissenschaft von den Menschen, ihren Gedanken und ihrem Verhalten, von der sie sich so viel versprochen hatte, hatte sich als ein Haufen von Theorien und Statistiken entpuppt, die Ginny schlicht nicht verstand. Ganz ähnlich war es bei der Fotografie, die ihr am Anfang ähnlich verheißungsvoll vorgekommen war. Auch hier ging es eher darum, die Methoden anderer Fotografen zu studieren, als selbst Fotos zu machen. Und »berufsqualifizierende Kompetenzen« bedeutete nur, dass man gut diskutieren lernte (weshalb es wahrscheinlich ihr bestes Fach war). Ginny fand, dass das College ein großer Schwindel war.

Sie taumelte ein bisschen, nicht vom Alkohol (da hatte sie sich heute Abend zurückgehalten), sondern weil einem das Gehen schwerfiel, wenn der Junge kleiner war als man selbst und er einem den Arm um die Schulter gelegt hatte. Sie ging vornübergebeugt, und ihre Hüfte befand sich auf der Höhe seiner Taille. Eigentlich hätte sie den Arm um ihn legen müssen.

Wenn ihre Mutter über David und das Vatersein sprach,

klang sie weder sehnsüchtig, liebevoll oder bedauernd, sondern nur irgendwie resigniert. Aber warum war er nicht dazu geschaffen? Alle anderen schienen es ja auch hinzukriegen. War das Elternsein nicht etwas, was man trotz allem übernahm, egal, ob man dazu geschaffen war oder nicht?

»Hast du ihn geliebt?«, hatte Ginny einmal gefragt, als sie ungefähr zehn oder elf war und sich sehr für solche Dinge interessierte.

»Oh ja«, hatte ihre Mutter geantwortet. »Ich habe ihn geliebt.«

Das war gut. »Und jetzt?«

»Jetzt?«

»Liebst du ihn jetzt immer noch?« Manchmal konnte ihre Mutter erstaunlich begriffsstutzig sein.

»Nicht auf die Art und Weise, die du meinst«, hatte ihre Mutter gesagt, obwohl Ginny eigentlich keine spezielle Art und Weise gemeint hatte. Sie hatte einfach Liebe gemeint. »Nicht mehr«, fügte ihre Mutter hinzu. »Das ist alles zu lange her.«

Das war natürlich vor Robin gewesen, in der Zeit, als es keinen Mann im Leben ihrer Mutter gab, allenfalls gelegentliche, unwichtige, nicht erwähnenswerte Verabredungen. Die Zeit der Unschuld war das gewesen, als Ginny viel lachte und alles einfach zu sein schien. Das war natürlich auch vor der Kugel gewesen.

»Er hat sich also einfach irgendwohin verpisst?«, fragte Ben.

»Ja. Nach Australien.«

»Warum bist du nicht mitgegangen und hast mich dort bekommen?«, hatte Ginny ihre Mutter gefragt. Australien gefiel ihr ziemlich gut. Dort wäre ihr Leben ganz anders verlaufen.

»Ich habe darüber nachgedacht«, sagte ihre Mutter. »Aber ich war schon hochschwanger. Und Nonna und Pops waren ja auch noch da ...«

Selbst mit zehn oder elf wusste Ginny, was sie meinte. Auf ihre Großeltern konnte man sich verlassen. Auf David nicht.

Ben erzählte sie das nicht, das war zu privat. Es ging ihr nur im Kopf herum, wie so oft. Sie und Ben gingen weiter, den Hügel hinauf, zu seiner Wohnung.

»Meiner ist vor ungefähr zehn Jahren abgehauen«, ließ sich Ben nach einer Weile vernehmen. »Er wohnt jetzt mit seiner neuen Frau in Bristol. Sie ist eine ziemlich blöde Kuh.«

Ginny fragte sich, wie es wohl war, wenn man wusste, dass der eigene Vater eine neue Frau hatte, blöde Kuh oder nicht. Es war ja gut und schön, wenn Eltern ständig lamentierten, sie hätten auch ein Leben und sollten, wollten, könnten nicht nur für ihre Kinder leben (ihre Mutter machte das oft, das war ihre »Zeit-für-mich«-Predigt), aber sie hatten einen schließlich auf die Welt gebracht, oder? Deswegen *waren* sie verantwortlich und sollten doch wohl zuallererst an ihr Kind denken und nicht daran, sich zu amüsieren, einfach in die Ferien zu fliegen, jemand anderen zu heiraten oder sonst was.

»Meiner ist in so eine Hippie-Kolonie gezogen«, sagte Ginny. Das war wenigstens interessant. Besser, abwesend und interessant zu sein als anwesend, aber langweilig, glatzköpfig und mit Haaren versehen, dic aus der Nase wuchsen.

Mit vierzehn hatte sie ihn heftig vermisst und überlegt, per Internet Kontakt zu ihm aufzunehmen. Mit fünfzehn hatte sie es sich anders überlegt und ihn genauso heftig gehasst. Er hatte schließlich nie versucht, sich bei ihr zu melden, oder? Warum sollte sie sich dann die Mühe machen? Vielleicht würde sie einfach eines Tages, wenn sie ungeheuer erfolgreich war (worin, das wusste sie noch nicht genau), in Australien auftauchen, damit er sah, was ihm alles entgangen war, weil er sich verdrückt hatte. *Was war ihm denn entgangen?*, spottete die Kugel. Ginny ignorierte sie.

Mit sechzehn begann sie, ihrer Mutter die Schuld zu geben, weil sie ihn hatte gehen lassen. Offensichtlich hatte sie sich nicht genug Mühe gegeben, ihn zu halten.

Aber inzwischen hatte sie … Nun, sie hatte gelernt, seine Abwesenheit zu ihrem Vorteil zu nutzen. Sie hatte miterlebt, wie streng die Väter ihre Freundinnen sein konnten. Ein einzelner Elternteil war deutlich einfacher zu manipulieren. Ihre Mutter war nicht gerade das typische Opfer, im Gegenteil, sie konnte ein ziemlich harter Brocken sein. Aber sie war anfällig gegenüber emotionaler Erpressung. Und darin war Ginny inzwischen Expertin.

Als sie bei Ben waren, schlug er eine DVD, Popcorn und Bier vor. Als der Film zu Ende war, schob Ben noch eine DVD in den Player, und Ginny schlief ein. Am nächsten Morgen machte Bens Mutter ihr ein Schinkensandwich, und dann ging sie nach Hause, um zu analysieren, was passiert war. Und um das Haus für die Rückkehr ihrer Mutter herzurichten.

War Ben vielleicht doch schwul? Das erschien ihr unwahrscheinlich. Brauchte er nur jemanden, mit dem er Filme sehen oder zusammen übernachten konnte? Wahrscheinlich. Stand er nicht auf sie? Sie hatten ein paar gute Küsse ausgetauscht, die aber zu nichts geführt hatten. Oder mochte er sie gern, respektierte sie aber zugleich? Wartete er auf ein Zeichen, das Ginny nicht kannte, oder darauf, sie besser kennenzulernen, oder darauf, dass eine angemessene Zeitspanne vergangen war?

Verdammte Hacke! Wie sie schon vermutet hatte, war es vollkommen sinnlos, Psychologie zu studieren. Denn Ginny hatte davon nicht einmal die leiseste Ahnung.

22. Kapitel

Ihre Urlaubswoche war beinahe vorüber, und Tess wachte am Dienstagmorgen mit einem Gefühl von Traurigkeit auf. Morgen würde sie nach Palermo fahren und zurück nach Großbritannien fliegen. Die Zeit war viel zu schnell vergangen. Sie freute sich darauf, ihre Familie wiederzusehen. Robin allerdings ... Sie reckte sich in dem breiten Bett aus Kastanienholz. Er hatte ihr mehrere SMS geschickt und ein paar Mal versucht, sie anzurufen, aber sie hatte weder geantwortet noch abgenommen. Das war vielleicht feige gewesen, aber sie würde sich schon noch mit ihm auseinandersetzen. Zu einem Zeitpunkt, den sie selbst bestimmte, und zu ihren eigenen Bedingungen.

Bei ihrer Suche nach Informationen war sie nicht weitergekommen. Sie war gestern zweimal bei Santina und Giovanni vorbeigegangen und hatte an die Tür geklopft, als sei sie zufällig vorbeigekommen. Einmal hatte niemand geöffnet, und einmal war Santina an die Tür gekommen, aber Giovanni war zu Hause gewesen, und sie hatten keine Möglichkeit gehabt zu reden. Geduld war ja schön und gut, aber Tess befürchtete langsam, dass das Ganze als völliger Reinfall enden würde.

Wie üblich frühstückte Tess auf der Terrasse. Es war windstill und warm, und wie gewohnt sah sie Tonino in der Bucht. Er stand auf dem weißen Felsen beim Aussichtspunkt. Sein Gesicht wirkte so rau wie der Stein, aus dem seine Werkstatt herausgehauen war. Sein Haar hob sich rabenschwarz vor dem blassblauen Morgenhimmel ab, und sein Körper – er trug heute schwarze Jeans und ein weißes T-Shirt – bildete vor dem dunkelblauen Ozean eine klar umrissene Silhouette.

Er schaute aufs Meer hinaus. Dieser Mann sah ständig aufs Wasser hinaus, aber sie hatte ihn noch nie darin gesehen. Sie räumte ihr Frühstücksgeschirr zusammen und trug es in die Küche. Drinnen war die Villa kühl und doch einladend, das genaue Gegenteil von dem, was Giovanni ihr kürzlich beim Abendessen erzählt hatte. War Giovanni Sciarra ehrlich zu ihr?

Als sie zur Bucht hinunterkam, arbeitete Tonino in seinem Atelier. Seit dem Vormittag, an dem er ihr Kaffee gekocht hatte, hatte er auf ihre Fragen meist einsilbig geantwortet, und seine Miene war weder freundlich noch feindselig, sondern gleichgültig gewesen. Tess machte das wütend. Sie hatte keine Ahnung, was er von ihr hielt, und aus irgendeinem Grund, über den sie nicht nachdenken wollte, verunsicherte sie das.

Vor dem Schaufenster seines Ateliers blieb sie stehen. In der Mitte der Auslage glitzerte die Schlange dämonisch. Gern hätte sie ihn nach der Geschichte gefragt, der sie entstammte, aber Tonino trug eine Maske vor dem Gesicht und war sehr beschäftigt. Er schnitt Stein. Deshalb und weil Staub und Splitter gefährlich um ihn herumflogen, ging sie weiter.

Wenn sie das nächste Mal herkam, dachte sie, während sie zum Strand ging und die sanften Wellen am Ufer ihre Zehen umspülen ließ, würde sie ihre Tauchausrüstung mitbringen und die Gegend richtig erkunden – was für sie unter Wasser bedeutete. Und sie würde mit Santina reden. Allein.

Tess schloss die Augen. Sie würde die Ruhe hier vermissen, ganz zu schweigen von der Wärme. In England würde es kalt sein; hier dagegen ging der sizilianische Frühling bereits in den Sommer über. Am Himmel waren schon die ersten Hitzeschleier zu sehen. Sie blieb einen Moment stehen und genoss einfach das Gefühl der Sonne auf ihrer Haut.

»*Ciao.*«

Sie fuhr herum. Tonino stand da und sah sie an. Er hatte sich in der Zwischenzeit Shorts und seine üblichen Flipflops angezogen, trug aber immer noch das weiße, am Hals offene T-Shirt.

»*Ciao. Buon g…*« Verdammt, sie stolperte über die einfachsten Begrüßungsworte. Warum, dachte sie zum tausendsten Mal, warum nur hatte ihre Mutter nicht Italienisch mit ihr gesprochen, als sie klein war? Inzwischen würde sie die Sprache fließend beherrschen. Aber sie kannte die Antwort auf die Frage. Sizilien war tabu. Italienisch zu essen war erlaubt. Sogar Muma war nicht in der Lage gewesen, sich das abzugewöhnen. Aber alles andere war *non grata.* »Ich habe nur die friedliche Stimmung auf mich wirken lassen.«

Er nickte. »Es ist friedlich hier, ja. Ihnen gefällt unser Dorf, das kann man sehen.«

»Glauben Sie, Sie werden immer hier leben?« Tess drehte den Fuß im Wasser. Sie stellte sich vor, dass er und seine Familie schon immer in Cetaria gewohnt hatten.

»Es gibt hier alles, was ich brauche.« Und doch sah er, während er das sagte, wieder aufs Meer hinaus, und Tess nahm erneut diese Trauer bei ihm wahr. Er liebte diesen Ort, und er liebte das Meer. Aber die Sache war komplizierter. *Er* war komplizierter.

»Und Ihre Familie?«, fragte sie.

Er blinzelte und wandte sie wieder ihr zu. »Alberto Amato war mein Großvater«, sagte er.

Tess zog eine Augenbraue hoch, als hätte sie diesen Namen noch nie gehört.

»Er war Speerfischer. Eine Legende. Er konnte beim Freitauchen über vier Minuten lang die Luft anhalten und sechzig Meter tief tauchen.«

Sie nickte. Das war ziemlich beeindruckend. »Und Ihr Vater?«

»Er war ebenfalls Fischer. Er ist mit seinem Boot hinausgefahren. Im Mai und Juni hat er an der *mattanza* teilgenommen. Das haben sie alle getan.«

»Mattanza?«

»Das Einbringen des Roten Tunfisches, ein Ritual für sich.« Er zeigte auf die Gebäude, die ein Stück vom Ufer entfernt standen: das Lagerhaus mit seinen drei großen Torbögen und die verlassene Fabrik selbst, die nun langsam verfiel. »Sie haben als Team gearbeitet. Viele Männer in kleinen Booten.«

»Wie das wohl gewesen sein mag?«, überlegte sie laut.

»Früher einmal war das eine florierende Branche«, erklärte er. »Aber blutrünstig. *Mattanza* bedeutet ›Massaker‹. Indes ...« Er zuckte mit den Schultern. »Es heißt, Cetaria verdanke seinen Namen seinem fischreichen Meer. Auf Griechisch bedeutet er wörtlich ›Land der Tunfische‹.« Betrübt schüttelte er den Kopf. »Trotzdem war das Abschlachten der Tunfische nicht schön anzusehen. Und es war schwer für die Männer, die es tun mussten.«

Tess erschauerte. Sie begriff, wie schwer es damals gewesen sein musste, genug zum Leben zu verdienen. Aber sie war froh darüber, dass Tunfisch nicht mehr auf diese Art gefangen und getötet wurde.

»Dort haben sie die Boote aufbewahrt.« Er zeigte auf die Lagerhäuser. »Es heißt, dass in den Bootshäusern immer noch die *Cialoma* widerhallt.«

Tess lauschte, aber sie hörte nichts, allenfalls einen Widerhall von Leere. »Und was ist das genau?«

»Ein Lied«, erklärte er. »Die Fischer sangen es, um die Kraft zum Einholen der Netze aufzubringen.«

»Und doch wirkt jetzt alles so ruhig.« Die Gebäude waren

in einen Dornröschenschlaf gefallen; für sie war die Zeit stehen geblieben. Der Feigenbaum und der Oleander standen vor den rostigen Ankern wie ein Symbol für ihre neu gefundene Ruhe.

Er zuckte mit den Schultern. »Wenn Sie vollkommene Ruhe erleben wollen«, sagte er, »müssen Sie Segesta besuchen.«

»Segesta?« Sie hatte es auf der Karte gesehen. Aber für die Besichtigung von Sehenswürdigkeiten hatte sie auf dieser Reise keine Zeit gehabt. Stattdessen hatte sie das Dorf ihrer Mutter erkundet, nach Informationen gesucht und sich in der Villa und beim Baden im Meer entspannt. Sie hatte nachdenken müssen: Was sollte sie mit der Villa Sirena anfangen; und was sollte sie wegen Robin unternehmen?

Er rieb sich die Narbe an seiner Wange. »Sie können nicht nach Cetaria kommen und dann Segesta nicht besuchen.«

Tess lächelte. »Das würde ich gern. Aber ich fliege morgen zurück.«

Er zog eine Augenbraue hoch. »Dann haben Sie heute doch noch Zeit.«

»Wahrscheinlich.« Sie zögerte, denn sie war drauf und dran gewesen, es noch einmal bei Santina zu probieren. Sie wollte nur nicht, dass sich Giovanni irgendwelche Hoffnungen machte. »Was gibt es denn dort zu sehen?«

Er strich sich mit der Hand das Haar zurück. Sein Gesicht war mit einer dünnen Staubschicht überzogen – vom Steinschleifen, nahm sie an – und ließ es beinahe glitzern. »Einen Tempel und ein Amphitheater«, erklärte er.

»Wirklich?« Das klang beeindruckend. Man bekam nicht jeden Tag Tempel und Amphitheater zu sehen. Vor allem nicht in Pridehaven.

»Ich könnte Sie hinfahren.« Er schaute sie erwartungsvoll an.

»Aber Ihre Arbeit ...«

»Die kann warten. Außer ...« Er zuckte mit den Schultern. »Vielleicht haben Sie ja andere Pläne?«

»Nein«, fiel sie ihm schnell ins Wort. Bestimmt hatte er sie mit Giovanni gesehen. Er sollte nicht denken, dass sie und Giovanni ... Denn wenn er die Sciarras genauso wenig leiden konnte wie Giovanni ihn, dann würde ihn das nur verärgern, auch wenn es gar nicht stimmte. »Ich würde sehr gern mitkommen.« Sie sah sich im *baglio* um. »Haben Sie einen Wagen? Weil ...« Sie wollte schon sagen, dass sie mit ihrem Mietwagen fahren könnten. Bisher hatte sie ihn nicht oft benutzt.

Er grinste. »Etwas viel Besseres«, meinte er.

»Ach ja?«

»Wir treffen uns in einer Stunde hier.« Seine dunklen Augen funkelten geradezu gefährlich.

Tess zögerte nicht. »Ich werde da sein«, sagte sie.

Als Tess eine Stunde später zu der Steintreppe kam, wartete er schon auf sie.

»*Ciao.*« Er reichte ihr einen Schutzhelm. Aha. Was für ein Glück, dass sie sich für die blauen Leinenshorts statt für den kurzen Jeansrock entschieden hatte. Sein Roller, eine Lambretta, die eher schick als PS-stark aussah, parkte am Eingang zum *baglio*.

Sie stieg hinter ihm auf. »Festhalten!«, schrie er, und dann fuhren sie los.

Sie ließen das Dorf hinter sich, folgten einer mit Bambus, Kakteen und Olivenbäumen bestandenen Straße und hielten auf die weichen, grünen Hänge der Berge zu, deren Gipfel aus Granit heute teilweise hinter flaumigen Wolken verborgen lagen. Tess schlang die Arme um seine Taille und spürte, wie ein Glücksgefühl in ihr aufstieg. Es gab nichts anderes, woran sie sich festhalten konnte, jedenfalls nichts, was sich genauso sicher angefühlt hätte. Dabei fuhren sie nicht besonders schnell; das ging gar nicht, denn dazu besaß der Roller nicht genug Zugkraft. Aber der Wind in ihrem Haar und auf ihrem Gesicht fühlte sich gut an. Ihr ging es gut. Sie konnte sich nicht erinnern, wann sie sich zuletzt so gut gefühlt hatte. Es musste lange her sein.

Ein Schuss erklang und hallte von den Hügeln wider. Herrgott! »Mafia?«, schrie Tess.

Er lachte nur.

Sie fuhren unter einem Viadukt hindurch, vorbei an hohen Zypressen. Zu ihrer Linken lagen Weingärten und Eukalyptusbäume zu ihrer Rechten. Dahinter erstreckten sich silbrige Olivenhaine, gelbe Weizenfelder und mit scharlachroten Mohnblumen, weißen Gänseblumen und stachligen gelben Disteln übersäte Wiesen. An einer Kreuzung verlangsamten sie ihr Tempo, und Tess sah am Straßenrand eine Eidechse über einen Fels huschen. Sie war grün und hatte eine orange Zeichnung. Sie dachte an Toninos Schlange und seinen Fisch, an die Kindheit ihrer Mutter und überlegte, wie vollkommen anders das Leben hier war.

Die Straße war holprig und voller Schlaglöcher und Spurrillen, sodass Tess auf dem Sozius auf und ab hüpfte.

Tonino bremste ab. »Segesta«, verkündete er.

Neben einem Touristenbus stand ein alter Mann und verkaufte Eintrittskarten an eine Menschenschlange. Tess rechnete damit, dass Tonino anhalten würde, damit sie parken und sich ebenfalls anstellen konnten, doch stattdessen sauste er fröhlich winkend an dem Alten vorbei und fuhr dann die kurvenreiche Straße hinauf. Sie war allerdings ziemlich steil, und die Lambretta begann, an Tempo zu verlieren, bis sie schließlich nur noch im Kriechgang dahintuckerte.

An einer Biegung hielt Tonino an und zeigte in die Richtung, aus der sie gekommen waren. »Der hellenische Tempel«, erklärte er.

Tess drehte sich um. Heiter und gelassen stand der aus honigfarbenem Stein errichtete Tempel da. Er beherrschte die Landschaft, und ihr wurde klar, dass hier die beste Stelle für den ersten Blick darauf war. Er sah aus, als hätte ihn ein freundlicher Gott aus dem Himmel gepflückt und hier abgestellt.

Sie stiegen ab. Die Luft war schwer, und es war vollkommen ruhig. Alles, was Tess hörte, waren gelegentliches Vogelzwitschern und das Zirpen von Insekten – Grillen oder Zikaden vielleicht.

Tonino schaute auf. »Die Schwalben sind aus Nordafrika zurück«, sagte er.

Der einsame Tempel war von grünen und roten Ebenen umgeben, und der Berg war mit Eichen und Lorbeerbäumen bewachsen. Am Fuß der Hänge verlief ein ausgetrocknetes Flussbett, eine tiefe Rinne. Die Landschaft zog sie in ihren Bann. Das Land schien zu pulsieren wie ein riesiger Magnet. War das die Macht des Tempels oder die Energie des Landes – oder beides?

Es vergingen einige Minuten, dann bedeutete Tonino ihr, wieder hinter ihm auf dem Roller Platz zu nehmen, und langsam fuhren sie zum Theater hinauf, das ganz oben auf dem Hügelkamm lag. Die Busladungen von Touristen mussten sich vor oder hinter ihnen befinden, denn sie waren allein.

»Das ist fantastisch«, murmelte sie. Fast hatte sie Angst, zu laut zu sprechen. Das antike Theater war riesig. Der Halbkreis aus rauen, weißen, steinernen Sitzreihen fiel zur Bühne hin steil ab. Hinter der Bühne konnte sie Bäume, Berge, Täler und in der Ferne das Glitzern des Meeres erkennen.

»Kommen Sie.« Tonino führte sie die grob gepflasterten Stufen hinunter zur Bühne des Theaters, wo sie sich auf das körnige Steinsims setzte, dessen Kanten im Lauf von Jahrhunderten abgeschliffen worden und nun rund waren.

Er trat in die Mitte der Bühne, reckte grinsend die Arme gen Himmel und begann zu ihrer vollkommenen Verblüffung zu singen – auf Italienisch und in einer wunderbaren, vollen Tenorstimme. Tess saß regungslos da. Sie kannte die Arie; sie stammte aus einer italienischen Oper, vielleicht von Puccini. Aber sie hatte sie noch nie so gehört, in einem steinernen griechischen Amphitheater, unter einem sizilianischen Himmel, gesungen von einem der geheimnisvollsten Männer, die sie in ihrem Leben getroffen hatte.

Als der letzte Ton verhallt war, verneigte er sich tief, und sie klatschte. »Unglaublich!«

Er setzte sich neben sie auf den weißen Stein. »Können Sie sich vorstellen, wie es in griechischer Zeit hier ausgesehen hat? Die Bühne aus gestampfter Erde und Stein, die Sterne über Ihnen?«

»Hmmm.« Tess umschlang ihre Knie. Sie bekam gerade eine Ahnung davon.

»Eine warme, stille Nacht. Die Berge. Der dunkle Himmel, an dem Tausende von Sternen funkeln ...«

Er war ja ein richtiger Dichter. Sie lächelte.

»Wenn hier Aufführungen stattfinden, wird das Theater mit Flutlicht beleuchtet«, erklärte er. »Die Leute kommen abends mit einer Flasche Prosecco und einem Kissen.«

»Das muss zauberhaft sein.« Sie konnte nicht verhindern, dass sich ein wehmütiger Unterton in ihre Stimme schlich. *Ich will hier nicht weg ...*, dachte sie. Ihr war, als müsse sie das

Geschenk, das Edward Westerman ihr gemacht hatte, wieder zurückgeben.

»Manchmal kommen auch Leute, um sich den Sonnenaufgang anzusehen.« Wieder sah er sie so intensiv und forschend an, als stünde ihre Reaktion auf dem Prüfstand, als ginge es um irgendeine Art Test.

Tess nickte. Sie wollte nichts sagen, um den Zauber nicht zu zerstören.

»Sie bleiben, um zu frühstücken, und jemand kommt mit einem Lieferwagen, um sizilianische Würste und Brötchen zu verkaufen.«

Bei dieser Vorstellung musste sie lachen.

»Was ist?«

»Früher oder später taucht an unverdorbenen Orten immer ein Hotdog-Wagen auf.«

»Hotdog?« Er runzelte die Stirn.

»Eine Wurst in einem Brötchen.« Und nein, sie wusste auch nicht, woher der Name »Hotdog« kam.

Auf dem Parkplatz unterhalb von ihnen war eine Busladung von Menschen eingetroffen und bewegte sich jetzt im Konvoi auf das Theater zu, in dem sie saßen. »Zeit zu verschwinden«, sagte Tonino.

Die beiden sprangen auf den Roller und fuhren die Straße hinunter, die sich auf den einsamen Tempel zuschlängelte. Sie parkten die Lambretta und gingen einen von Agaven und Myrten gesäumten Pfad hinauf. Und da war er. Noch größer, als sie gedacht hatte. Noch älter und noch schöner. Der honigfarbene Stein war verwittert, und in den Winkeln und Rissen der gewaltigen Säulen wuchsen Wildblumen.

»Heute nisten hier die Schwalben«, sagte Tonino. Während er sprach, klingelten irgendwo in der Ferne Ziegenglöckchen.

»Wie alt ist er?«, fragte sie ihn.

»Er stammt aus dem fünften Jahrhundert vor Christus. Es heißt, er sei niemals entweiht worden, weil er gar nicht fertig geworden ist. Er wartet immer noch auf sein Dach, sehen Sie?«

»Hmmm.« Sie sah es. Und nun würde er in alle Ewigkeit darauf warten müssen ...

Er lächelte ihr zu. »Es ist friedlich hier, nicht wahr?«, meinte er.

»Ja«, pflichtete sie ihm bei. »Danke.«

»Dafür, dass ich Sie hergebracht habe?« Er zuckte mit den Schultern. »Nichts zu danken. Gelegentlich tut es gut, sich wieder ins Gedächtnis zu rufen, was die eigene Heimat alles zu bieten hat.«

»Nein, weil sie dafür gesorgt haben, dass mir dieser Anblick nicht entgangen ist.«

Er quittierte ihren Satz mit einem leichten Nicken und dirigierte sie zu einer Holzbank, die neben einem Feigenbaum stand.

Die Stelle war windgeschützt. Sie setzte sich und sah erstaunt zu, wie er zwei dicke grüne Feigen vom Baum pflückte.

Er reichte ihr eine. »Eine frühe Ernte«, meinte er. »Wir hatten einen guten Frühling. Das ist eine San-Pietro-Feige. Normalerweise sind sie erst zum Festtag des Heiligen Ende Juni reif.«

Sie biss in die samtige Haut und spürte das rote Fruchtfleisch körnig, süß und beinahe sinnlich auf der Zunge.

»Es sind vermutlich die ersten der Saison«, sagte er.

Wie unterschiedlich diese beiden Männer doch waren: Tonino Amato und Giovanni Sciarra. Giovanni war Geschäftsmann, Tonino Künstler. Giovanni führte sie in Restaurants, wo er sicher war, das beste Essen und die beste Bedienung zu bekommen; Tonino nahm sie zu einem verfallenen Tempel mit, sang ihr vor und gab ihr frisch vom Baum gepflückte Feigen zu essen.

»Warum hasst Giovanni Sciarra Sie eigentlich so sehr?«, fragte sie plötzlich. Es war ihr einfach so herausgerutscht.

Seine Miene veränderte sich, und er legte die Stirn in tiefe Falten. Er murmelte etwas, das sich wie *bastardo* anhörte. »Ein alter Streit«, erklärte er und fuhr mit den Fingerspitzen über seine Narbe. »Warum machen Sie sich Gedanken darüber, Tess?« Seine Stimme klang kalt. »Was bedeutet Ihnen das schon?«

Sie erhob sich und stand nun neben ihm. »Ich bin einfach nur neugierig.« Und das war sie immer noch … Woher sollte sie wissen, wem sie vertrauen konnte, solange sie nicht auch seine Version der Geschichte gehört hatte? »Giovanni hat mir davon erzählt …«

Wieder fluchte er unterdrückt. »Es geht um Mord«, knurrte er.

»Mord?« Tess starrte ihn an. »Giovanni hat doch nicht …?«

»Nein, nicht er.« Er wandte sich von ihr ab. »Seine Familie, die Sciarras. Sie sind schuld am Tod meines Onkels. Das ist alles, was Sie wissen müssen. Das ist alles, worauf es ankommt.« Wieder zog er mit dem Zeigefinger die Konturen seiner Narbe nach.

»Aber was ist passiert?« Tess konnte es nicht dabei belassen. »Haben Sie nicht die Polizei gerufen? Hat es keine Ermittlung gegeben? Warum sollten sie …«

Sie hielt inne, weil Tonino lachte, rau und humorlos. »Sie sind hier auf Sizilien, Tess«, sagte er. »Wir reden von den Sciarras.«

»Aber …«

Weiter kam sie nicht. Er war einen Schritt näher an sie herangetreten und umfasste ihre Schultern. »Lassen Sie es, Tess.«

Als sie den Kopf drehte, streifte sein Mund ihr Haar. Etwas an der Linie seines Kiefers war ihr vertraut. Sie erinnerte sie an jemanden oder etwas. Er roch nach wilder Minze und Zitronen. Tess berührte die Narbe in seinem Gesicht und spürte, wie er zusammenzuckte. »Diese Narbe …«, sagte sie. Plötzlich wusste sie es.

»Ja.« Er neigte den Kopf. »Als wir junge Burschen waren, haben wir uns ständig geprügelt. Es lag uns im Blut.«

Sie fuhr die Linie entlang. Giovanni war das also gewesen. Aber warum war sein Onkel ermordet worden, und wie war es möglich, dass die Sciarras straflos davongekommen waren? Das war alles schrecklich verwirrend. Schulden, ein Diebstahl, Verrat – und jetzt das! Mord …

Sie ließ die Hand auf seine Schulter sinken. Am liebsten hätte sie sie in seinen Nacken gelegt, an diese warme Stelle, wo sich sein dunkles Haar so verführerisch lockte. Aber … Es musste an diesem Ort liegen, an seiner Ausstrahlung.

»Sie haben mir die Geschichte der Meerjungfrau noch nicht erzählt«, erinnerte sie ihn leise.

Ihre Gesichter waren nur Zentimeter voneinander entfernt. »Das werde ich noch tun«, sagte er. Er beugte sich leicht vor, und sie spürte, wie seine Lippen einen winzigen Augenblick lang ihren Mund berührten. »Ich glaube, Sie kommen zurück nach Sizilien«, sagte er. »Sie kommen zurück nach Cetaria, ja?«

»Ja.« Sein Nacken war so warm, wie sie es vermutet hatte. Einen Moment lang dachte sie nicht an Robin, Ginny oder Muma und Dad. Sie dachte an nichts, weder an die Sciarras noch an die Amatos oder Farros von Sizilien, nicht an die Villa Sirena oder die Geheimnisse, die sie hütete, nicht einmal an die Geschichte ihrer Mutter. »Ich komme wieder«, sagte sie, obwohl sie keine Ahnung hatte, wann das sein würde. »Versprochen.«

23. Kapitel

Ein Tisch ohne Brot, so heißt es, ist wie ein Tag ohne Sonne. Brot ist das Grundnahrungsmittel auf Sizilien. Das frische, goldbraune Brot, dick und fest auf der Zunge. Religion und Ritual. Geflochtene Laibe, überkreuzte Laibe, umgedrehte Laibe. Dunkles Brot, Nussbrot, ungesäuertes Brot, Körnerbrot. Gebacken in Ziegelöfen, die mit Olivenholz befeuert wurden.

Flavia kannte die Tradition des dekorativen »Votivbrots« seit ihrer Kindheit. Sie war in Sizilien seit Jahrhunderten beliebt. Ostern und andere religiöse Feiertage gaben den kreativeren unter den sizilianischen Bäckern Gelegenheit, ihr bildhauerisches Talent zur Schau zu stellen. Es gab *ferro de cavallo*, also Hufeisen aus Brot, *pesce*, also Fisch, und es gab die *mafalda*.

Es ist nicht einfach. Man muss die richtige Menge Hefe nehmen, damit das Brot beim Backen perfekt aufgeht.

Ob Tess jemals ihr eigenes Brot backen würde? Wahrscheinlich nicht, vermutete Flavia mit Bedauern. Trotzdem sollte diese Kunst nicht in Vergessenheit geraten, nicht, solange noch Atem in ihrem Körper und Kraft in ihren Händen war. Flavia begann, das Rezept niederzuschreiben; ihr Rezept, das Mama an sie weitergegeben hatte, und die hatte es wiederum von ihrer Mutter.

Brot, das Symbol dafür, dass alles weitergeht. Brot, der Stoff, aus dem das Leben ist …

Die Pflege des Piloten gab Flavias Leben neuen Sinn. Sie wurde disziplinierter, selbstloser. Sie versuchte nicht länger, häuslichen Arbeiten aus dem Weg zu gehen, und verbrachte nicht mehr ganze Stunden mit Tagträumen. Im Haus und auf den Feldern arbeitete sie schwer, damit sie zurückrennen und ihn umsorgen konnte. Sie wusste, dass sie alle – Mama, Papa und Maria – mit ihrem Eifer verblüffte. Aber schließlich war er vom Himmel gefallen, und sie hatte ihn gefunden.

Also erhob sie Anspruch auf ihn. Ihn zu berühren, seine Wunden zu waschen, ihm zu essen zu geben, ihm dabei zu helfen, sich aufzurichten, und ihn später zu stützen, als er zum ersten Mal aufstand und so unsicher auf den Beinen war wie eine neugeborene Ziege, das schenkte ihr Zufriedenheit. Zum ersten Mal in ihrem Leben wurde sie gebraucht.

Dass eine sizilianische Familie ihn pflegte, erstaunte ihn. »Warum?, hatte er ganz zu Anfang mit aufgesprungenen Lippen gefragt, nachdem das Schlimmste vorüber war und sie wussten, dass er überleben würde. »Warum sorgt ihr für mich? Ich bin euch schrecklich dankbar. Aber warum habt ihr mir geholfen?«

Behutsam wischte sie ihm das Gesicht mit dem Waschlappen ab. Seine Wangenknochen waren hoch und vorstehend, seine Stirn breit, und seine helle Haut spannte sich straff über seine Knochen. Und dann sein Mund … Die Unterlippe war voll und sinnlich, die Oberlippe ein ganz klein wenig schief, ein winziges bisschen asymmetrisch. Es war gerade diese Unvollkommenheit, die sie rührte und in ihr den Wunsch erweckte, ihn stundenlang anzusehen.

»Meine Familie … Wir mögen die Engländer«, erklärte sie ihm. »Wir arbeiten für einen Engländer.« Und dann erzählte sie ihm stockend von Signor Westerman, von der großen Villa und den Gedichten, die er ihr vorgelesen hatte, als sie als Mäd-

chen mit ihren Lappen und Staubwedeln durch seine casa *gehuscht war.*

»Und wo ist er jetzt?« Der Flieger schaute sich um, als rechnete er damit, dass Signor Westerman jederzeit aus den Steinwänden auftauchen könnte.

»Er ist nach England zurückgekehrt«, erklärte ihm Flavia. »Es war hier zu gefährlich.«

Daraufhin nickte er, und sein Blick löste sich von ihr. Sie wusste, dass er an den Luftangriff dachte, an dem er beteiligt gewesen war. Den Luftangriff, der ihn hergebracht hatte. »Verdammter Krieg«, sagte er. »Er wird uns noch alle umbringen.«

Er war ein guter Zuhörer – er konnte ja auch nirgendwo anders hingehen. Also sprach Flavia bei anderen Gelegenheiten, wenn nötig im Flüsterton, von ihrer Familie und ihrem Leben. Sie erzählte ihm Dinge, die sie bisher nur ihrer besten Freundin Santina verraten hatte. »Ich gehöre nicht hierher«, sagte sie. »Dieses Gefühl hatte ich schon immer.«

»Und wohin gehörst du?«, neckte er sie.

Aber sie wollte nicht, dass er über sie lachte. »Ich gehöre dorthin, wo ich leben kann«, erklärte sie ihm. »Wo ich frei atmen kann. Wo ich ich selbst sein kann.«

Da nickte er verständnisvoll. »Du bist ein wunderbares Mädchen, Flavia«, sagte er. »Ich hoffe, dass du alles bekommst, was du dir wünschst, wirklich.«

»Ich werde es bekommen«, gab sie zurück. »Wenn ich dafür kämpfe.« Sie war mutiger geworden; sie begegneten sich jetzt eher von gleich zu gleich.

»Trotzdem«, sagte er, »sind deine Leute gute Menschen. Sie haben mir das Leben gerettet. Ihr alle habt das, verdammt. Vielleicht wirst du das auch so sehen, wenn du erst einmal ganz erwachsen bist.«

»Ich bin kein Kind mehr.« Flavia richtete sich höher auf. »Ich bin siebzehn.«

»Siebzehn, ja?« Er sah sie an und lächelte.

Siebzehn, wurde Flavia klar, war nicht alt genug.

»Vielleicht«, sagte er eines Tages zu ihr, »ist dieses andere Leben, nach dem du dich sehnst, nicht so schön, wie du es dir vorstellst.« Er betrachtete sie mit einem seltsam eindringlichen Blick aus seinen blauen Augen. »Unsere Träume scheinen immer so perfekt zu sein. Aber vielleicht ist das Gras auf der anderen Seite des Zauns auch nicht grüner.«

Flavia hörte ihm zu. Was meinte er mit dem Gras auf der anderen Seite des Zauns? »Trotzdem würde ich es gern ausprobieren«, sagte sie. Denn natürlich träumte sie von dieser Art von Leben, wo einem der Weg nicht von anderen Menschen vorgezeichnet war. Aber wie hätte er das verstehen können? Er wusste so wenig über das Leben auf Sizilien.

Nach und nach ging Flavia noch entspannter mit ihrem Piloten um. Sie begannen zusammen zu lachen. Er schien immer auf sie zu warten, und auf seinem Gesicht lag jetzt ein anderer Ausdruck, wenn er ihr zusah, wie sie sich durch das Zimmer bewegte, seine Sachen sauber machte oder ihm frisches Wasser ans Bett brachte. Er begann sie zu necken, ihr Geschichten zu erzählen, von England zu sprechen. Und wenn er von England redete, lag eine Sehnsucht in seinem Blick, die sie eifersüchtig machte.

Dann, eines Tages, kam sie außer sich vor Wut in sein Zimmer gestürzt. Maria hatte sie gezwungen, die Kohlepfanne noch einmal zu putzen, obwohl sie die Pfanne schon gereinigt hatte und sie vollkommen sauber war. Aus reiner Bosheit. Nur, um sie daran zu hindern, zu ihm zu gehen, hätte sie fast gesagt. Aber sie tat es nicht.

Er hatte sich im Bett aufgesetzt, und sie ließ sich neben ihm nieder.

Er lächelte. Tätschelte ihre Hand. »Vielleicht sollte ich dich mit in die alte Heimat nehmen«, sagte er, »und dir zeigen, wie England wirklich ist.« Seine Miene verdüsterte sich. »Wenn dieser verdammte Krieg vorbei ist.«

Sie merkte nicht, dass er scherzte. »Würdest du das wirklich tun?«, fragte sie flehend.

Eine lange Pause trat ein. Er starrte sie wortlos an.

»Würdest du mich mitnehmen?« Sie hob ihr Gesicht zu seinem empor, und er stieß ein leises Stöhnen aus. Er beugte sich herunter.

Als er sie küsste, war es anders als alles, was sie sich erträumt hatte. Seine Berührung, seine Lippen, die ihren Mund streiften ... Sie spürte in ihrem Inneren etwas, das aufstieg wie glühende Lava und sie verbrannte.

Als er sich von ihr löste, wünschte sie sich, er würde sie erneut in die Arme nehmen, sie wieder küssen, sie an sich drücken, so eng, dass nichts sie je auseinanderreißen konnte ...

Aber er mochte sie nicht einmal ansehen. »Geh, Flavia«, sagte er. »Bitte geh.«

Flavia legte ihren Stift weg. Sie musste ausruhen, musste nachdenken. Sie war alt, und die Erinnerungen waren so lebendig, dass es viel für sie war. Sie hatte nicht erwartet, dass die Geschichte staubtrocken klingen würde, wenn sie sie erzählte, aber damit hatte sie nicht gerechnet, mit dieser überwältigenden Trauer, die sie empfand.

Sie konnte nicht sagen, wann genau sie sich in ihn verliebt hatte. War es in dem Moment gewesen, als sie ihn in dem Tal gefunden hatte, schwer verletzt und blutüberströmt zwischen den Trümmern seines Flugzeugs liegend? War es passiert, als er fast gestorben war und sie schon geglaubt hatte, ihn verloren zu haben? Oder vielleicht, als er sie geküsst hatte?

Wieder griff Flavia zum Stift. Sie musste wenigstens die Kontrolle über das behalten, was sie aufschrieb, wenn sie schon ihre Gefühle nicht im Griff hatte. Sie durfte nicht vergessen, für wen sie schrieb. Für Tess. Und doch tat sie es nicht nur für Tess.

»Was ist?«, fragte sie ihn am Tag darauf. »Was habe ich getan?« Wieder wollte er sie nicht ansehen.

»Nichts«, sagte er. Er wirkte traurig. Sanft strich er ihr das Haar aus dem Gesicht. Seine Fingerspitzen fühlten sich auf ihrer Wange weich an.

Flavia schloss die Augen. Wie gut die Berührung dieses Mannes tat.

»Es war falsch von mir, dich zu küssen«, sagte er. »Ein Mann sollte ein Mädchen nicht ausnutzen.«

»Das hast du nicht getan.« Und dieses Mal war sie es, die sich vorbeugte, um ihn zu küssen. Dieses Mal legte sie die Hände um sein Gesicht, öffnete die Lippen und spürte seinen Geschmack auf der Zunge wie Nektar. Flavia hatte keine Angst davor, ihre Leidenschaft zu zeigen. Sie wollte nur, dass er sie in den Armen hielt. Wünschte sich nur, ihn zu küssen. Immer wieder. Wenn sie gekonnt hätte, wäre sie in ihm ertrunken.

Aber sie griff zu weit vor.

Kurz schloss Flavia die Augen. Es war zu schmerzhaft. Deswegen hatte sie auch …

Das war alles sehr lange her, sagte Lenny, und natürlich

stimmte das. Aber Distanz, ob nun zeitlich oder geografisch, linderte den Schmerz nicht immer. Und sie spürte ihn auch jetzt, nach all diesen Jahren, noch immer tief in ihrem Inneren, genauso, wie sie noch immer spüren konnte, wie es gewesen war, als seine weichen Lippen zum ersten Mal ihre berührten.

Im Nachhinein konnte sie auch erkennen, dass sie verwundbar gewesen war. Böse Zungen würden sagen, sie sei fällig gewesen, wie eine reife Frucht, die man nur zu pflücken brauchte. Aber so war es nicht gewesen, wirklich nicht.

Schlagartig wurde ihr klar, dass sie damals fast genauso alt gewesen war wie ihre Enkelin Ginny heute. Allerdings hatte Ginny zu Anfang des Frühlings ihren Geburtstag gefeiert, und Flavia war in jenem Jahr erst im Winter achtzehn geworden. Trotzdem lagen zwischen dem sizilianischen Mädchen von damals und ihrer englischen Enkelin Welten.

Hilf mir, die richtigen Worte zu finden, flüsterte sie. Sie musste ehrlich erzählen, wie es gewesen war.

Sie hatte ihm geholfen, wieder gesund zu werden, ihrem Piloten, und dann hatte sie ihm ihr Herz geschenkt. Es war ihr so einfach und so natürlich vorgekommen. Sie hatte ihn geliebt. Manchmal dachte sie, dass sie ihn immer lieben würde. Er würde bis zu ihrem Todestag in ihrem Herzen wohnen, und sie würde niemals frei sein.

Mama musste die Gefahr gespürt haben. Oder Maria hatte ihr etwas erzählt. Sie sprach mit Papa, und der verhinderte von da an, dass sie mit ihm allein blieb. Aber da war es schon zu spät. Viel, viel zu spät.

24. Kapitel

Nach ihrer Rückkehr nach Pridehaven hatte eine innere Unruhe von Tess Besitz ergriffen. Sie freute sich keineswegs darauf, wieder arbeiten zu gehen. In England regnete es, und das Haus sah verdächtig aufgeräumt aus. »Ist etwas passiert, während ich weg war?«, fragte sie Ginny, die Tess' Blick geflissentlich auswich, seit sie wieder da war.

»Passiert?«, wiederholte sie. »Eigentlich nicht. Warum?«

»Es sieht alles so sauber aus«, antwortete Tess und betrachtete ihre Tochter in dem Art-déco-Spiegel über dem Kamin. Ginny hatte ihren Laptop aufgeklappt. Lernen oder Facebook? Wer konnte das schon sagen? Sie persönlich begriff nicht, warum es notwendig war, dass man Dutzende von Bekannten über jede Einzelheit seines Lebens auf dem Laufenden hielt, und zwar in Wort und Bild. Sie fürchtete, dass die reale Welt in Gefahr war, vollkommen zu verschwinden. Aber sie wusste, dass sie sich mit dieser Meinung in der Minderheit befand.

»Wir haben nicht allzu viel durcheinandergebracht.« Ginny klang defensiv. »Ich habe nachher bloß ein bisschen aufgeräumt, nichts weiter.«

Ach ja, die Pizza- und Filmnacht mit den Mädels. »Großartig«, sagte Tess. »Prima.« Doch aus irgendeinem Grund fühlte sie sich nicht so.

Zurück auf der Arbeit, rief Simon Wheeler, ihr Chef, sie in sein Büro, das das »Goldfischglas« genannt wurde, denn es war klein, vollständig verglast und bot keinerlei Privatsphäre.

»Wegen dieses Jobs …«, sagte er.

»Ja?« Tess war froh, dass sie hochhackige Schuhe, ihre kirschrote Seidenbluse, einen schwarzen Blazer und einen schwarzen, eng anliegenden Rock mit einem kleinen Schlitz auf der Rückseite trug. Als Abteilungsleiterin musste sie schick daherkommen, um die unerlässliche Illusion zu erwecken, dass sie alles unter Kontrolle hatte.

»Ich fürchte, dieses Mal haben Sie kein Glück gehabt, Tess«, sagte er.

»Wie bitte?« Hatte sie sich verhört? Und was hatte Glück damit zu tun? Man hatte ihr den Eindruck vermittelt, die Stelle gehöre ihr.

»Wir haben den Posten Malcolm gegeben.«

»Malcolm?« Sie hatte nicht einmal gewusst, dass er auch im Rennen gewesen war. Sie beugte sich vor. »Malcolm arbeitet doch erst seit fünf Minuten hier.«

»Genauer gesagt sind es fünf Monate«, entgegnete Simon prompt. Er klopfte mit dem Stift auf den Schreibtisch, eine irritierende Angewohnheit, die verriet, dass er sich unwohl fühlte. »Aber das ist auch gar nicht der Punkt, Tess. Er hat schon Erfahrung als Abteilungsleiter. Es tut mir leid.«

Sie sagte nichts. Es hätte auch nicht viel Sinn gehabt. Denn Simon und Malcolm gingen manchmal zusammen in den Pub, und sie war sich ziemlich sicher, dass Simon und seine Frau Marjorie Malcolm und Sheila auch schon zum Abendessen eingeladen hatten. Und außerdem war Malcolm ein Mann. Sie hätte nie gedacht, dass sie das einmal sagen müsste, nicht heutzutage.

»Wir haben Sie ernsthaft in Betracht gezogen.« Simon strich

seine Krawatte glatt. Ein weiteres Indiz für sein Unbehagen. »Sie waren eine ausgezeichnete Kandidatin.«

»Nur dass Malcolm besser war«, sagte Tess. Wer hätte gedacht, dass es in einem Wasserwerk in West Dorset Männerseilschaften gab?

»Er hat größeres Engagement gezeigt«, erklärte Simon. »Mehr Ehrgeiz.« Er runzelte die Stirn. »Ich hoffe, dass Sie jetzt nicht allzu enttäuscht sind, Tess.«

Engagement? Ehrgeiz? Tess stand auf. »Ich werde es versuchen«, sagte sie. Enttäuscht? Sie war verdammt wütend, so war das. Sie fühlte sich übergangen, verraten sogar. »Ich dachte, ich hätte den Posten verdient, Sir.«

Simon seufzte. »Es ist nicht leicht, ein Team zu leiten, Tess«, sagte er. »Soziale Kompetenzen sind das Allerwichtigste. Mit Menschen umzugehen ist kein Kinderspiel.«

»Das weiß ich.« Das war nicht fair. Sie hatte schwer für diese Firma gearbeitet, und bis Malcolm aufgetaucht war …

Sie schaute aus dem Goldfischglas nach draußen. Ein paar der jungen Kolleginnen lachten und scherzten mit Malcolm. Soziale Kompetenzen, dachte sie. Janice warf ihr einen mitfühlenden Blick zu. Ihr wurde klar, dass alle Bescheid wussten.

»Ich kündige«, hörte sie sich sagen. Es klang kindisch. Doch sie hatte das Gefühl, dass sie jetzt nicht mehr bleiben konnte. Alle würden hinter ihrem Rücken feixen, sie bedauern oder sich bei Malcolm anbiedern. Und Malcolm würde ihr direkter Vorgesetzter sein.

»Aber, Tess.« Simon stand ebenfalls auf. »Bitte denken Sie noch einmal darüber nach. Entscheidungen, die man in der ersten Aufregung trifft …«

»Werden instinktiv gefällt«, schnitt sie ihm das Wort ab, »und sind daher wahrscheinlich richtig.«

Schweigen trat ein. Kein freundliches.

Simon kam um den Schreibtisch herum und legte ihr eine weiße, schlaffe Hand auf die Schulter. Am liebsten hätte Tess sie weggeschoben, aber sie riss sich zusammen.

»Denken Sie noch einmal darüber nach«, sagte er. »Bis Sie mir Ihre Kündigung schriftlich einreichen, weiß ich von nichts, okay?«

Gönnerhafter Idiot … Tess konnte sich nicht zu einer Antwort durchringen. Sie öffnete die Tür des Goldfischglases, verließ sein Büro und ging geradewegs zur Kaffeemaschine. Der Mensch, dem sie am dringendsten davon erzählen wollte, war Robin. Sie sehnte sich danach, seine ruhige Stimme zu hören, wollte sich von seinen mitfühlenden Worten und seiner gerechten Empörung trösten lassen. *Du bist doch eindeutig die beste Wahl für den Job, Tess,* würde er sagen. *Wenn er das nicht sieht, ist er ein Schwachkopf.*

Aber Robin hielt sie nicht für die Beste, oder? Tess hantierte mit dem Styroporbecher herum und wählte aus einer Laune heraus Espresso. Auch für Robin war sie nur die zweitbeste Option, denn er war nicht mit ihr zusammen, sondern mit seiner Nummer eins, seiner Frau.

Jetzt wäre sie am liebsten in Tränen ausgebrochen. Verdammt. Mit dem Espresso in der Hand ging sie in Richtung Toilette. Hoffentlich war sie leer. Klatsch oder gehässiges Mitgefühl konnte sie jetzt nicht ertragen. Engagement? Verfluchter Mist. Wie konnte man sich für Wasser engagieren?

In der Damentoilette kippte sie ihren Kaffee in einem Schluck hinunter und fühlte sich noch schlechter, weil er so ganz anders schmeckte als der Espresso, den Tonino ihr auf Sizilien gekocht hatte. So anders, dass er nicht einmal den Namen Kaffee verdiente.

Sizilien ging ihr nicht aus dem Kopf. Sie konnte nicht aufhören, an Segesta und den Geschmack reifer Feigen zu denken. Sie wünschte sich beinahe, Edward Westerman hätte ihr die Villa Sirena nie vermacht. Das Erbe hatte sie aus dem Gleichgewicht gebracht, ihr Leben auf den Kopf gestellt, alles verändert. Ohne die Villa wäre sie zum Beispiel immer noch mit Robin zusammen.

Als sie wieder an ihrem Schreibtisch saß, tippte sie ein Kündigungsschreiben. *Ich habe das Gefühl, dass meine Fähigkeiten und Erfahrungen nicht angemessen gewürdigt werden,* schrieb sie. *Mit Bedauern* ... Ja, von wegen.

Sie wartete bis vier Uhr nachmittags. Als sie sah, dass Simon hinausging, um mit Malcolm zu reden, legte sie den Brief auf seinen Schreibtisch. Sie suchte ihre Sachen zusammen, nahm ihre Tasche und verließ das Büro. So, sie hatte ihren Job gekündigt. Aus Prinzip. Aber was jetzt?

Sie war erst ein paar Minuten von der Arbeit zu Hause, als Lisa anrief.

»Ich habe vorhin Ausschau nach dir gehalten«, sagte sie. »Aber du bist wie eine Verrückte ins Haus gestürzt. Bist du okay?«

Nein, dachte Tess. »Ja, natürlich«, sagte sie. »Es ist nur die Arbeit ... Du weißt schon.« Sie würde es Lisa schon sagen. Sie erzählte Lisa irgendwann immer alles. Aber jetzt wollte sie sich erst einmal allein damit verkriechen.

»Ich wollte kurz mit dir über Samstagabend reden«, erklärte Lisa.

Am Samstag wurde Lisa vierzig und gab eine große Party. Das war ehrlich gesagt das Letzte, wozu Tess in ihrer gegenwärtigen Stimmung aufgelegt war. Gestern Nachmittag bei Kaffee und Karamellplätzchen hatte sie Lisa allerdings noch erklärt, dass sie sich das Fest um nichts in der Welt entgehen lassen würde. »Wenn du willst, kann ich gegen vier kommen und dir helfen«, sagte sie.

»Das ist lieb von dir, Süße, aber ich hatte vergessen, dir zu sagen ...« Lisa zögerte. »Du weißt, dass du Robin mitbringen kannst, wenn du möchtest, okay?«

Tess seufzte. Robin hatte heute dreimal versucht, sie anzurufen. Sie hatte nicht abgehoben. »Ich habe dir doch erzählt, dass ich mich nicht mehr mit Robin treffe. Seit Sizilien nicht mehr.« Sie fragte sich, was passiert wäre, wenn sie mit Robin nach Cetaria geflogen wäre. Jedenfalls wäre das mit Tonino nicht passiert, so viel war sicher. Dabei war eigentlich gar nichts passiert. Und wenn man Giovanni glauben wollte, durfte es das auch nicht.

Lisa lachte. »Die Oper ist erst vorbei, wenn die dicke Dame gesungen hat, Tess. Du hast noch nicht mit ihm geredet, oder?« Tess hörte, wie Lisa die Hand über den Hörer legte und ein kurzes, gedämpftes Gespräch mit einem ihrer Kinder führte. *Ich habe dir doch gesagt, dass es in der Abstellkammer unter der Treppe ist ...*

»Noch nicht.« Tess beschloss, dass sie einen ordentlichen Drink brauchte. Und dann vielleicht noch einen.

»Wovor hast du Angst, Tess?«

Gute Frage. Wovor hatte sie Angst? Dass Robin sie umstimmen würde? Dass er sie auch diesmal wieder überreden würde, sich weiter mit ihm zu treffen, sie glauben machte, dass sich alles ändern würde, dass er Helen verlassen würde, dass Schweine vielleicht Tauchen lernen konnten ... »Das mache ich schon noch«, versprach sie. Lisa hatte recht. Tess musste diese Sache endlich zu einem richtigen Ende bringen. Sonst kam sie nicht weiter.

»Sehr gut.« Lisa klang erfreut. »Braves Mädchen.«

Um sieben Uhr ließ Tess ihre Tochter allein mit der neuesten Boygroup aus der Talentshow *X Factor*, die Ginny auf volle Lautstärke aufgedreht hatte, stieg in ihren Fiat und fuhr auf die andere Seite der Stadt, wo Robin wohnte. Sie hatte das schon mehrmals getan, seit sie zusammen waren. Glücklicherweise hatte er sie nie bemerkt, jedenfalls nahm sie das an. Auch sie hatte ihn dort noch nie zu Gesicht bekommen. Sie wusste nicht einmal, warum sie das tat. Um einen Blick auf sein anderes Leben zu erhaschen vielleicht? Weil sie es konnte? Oder um sie zu sehen, die empfindsame Helen, die so gehätschelt und beschützt werden musste, wie Tess nie gehätschelt und beschützt worden war?

Sie wollte doch auch gar nicht in Watte gepackt werden, rief sie sich ins Gedächtnis, blinkte rechts und wartete auf eine Lücke im Verkehr. Aber es wäre nett gewesen, wenn es jemand wenigstens einmal versucht hätte.

Tess bog in seine Straße ein. Wahrscheinlich kaufte Robin seine Sonntagszeitung in dem Kiosk an der Ecke. Vielleicht war sie nicht die Art Frau, die bei Männern den Beschützerinstinkt weckte? Sie schaltete in den dritten Gang, fuhr aber weiter langsam. Schließlich hatte sie ihr Kind allein zur Welt gebracht und großgezogen. Lippenstift kam bei ihr nur selten zum Einsatz, und ihre Lieblingskleidung waren Jeans und ein verwaschenes T-Shirt, obwohl sie sich sicher war, dass sie sich genauso gut herausputzen konnte wie jede andere Frau, und sogar Ginny fand, dass sie tolle Beine hatte. Außerdem wusste sie ihre Unabhängigkeit zu schätzen. Da brauchte sie doch niemanden, der sie verwöhnte und beschützte, oder?

Als sie Robin sah, erschrak sie so, dass sie fast die Kontrolle über den Wagen verlor. Robin schlenderte den Gehweg entlang und wirkte, als fühle er sich hier vollkommen zu Hause. Nun ja, er wohnte schließlich hier. Neben ihm ging eine Frau.

Tess krampfte die Hände fester um das Steuer. Was immer sie tat, sie durfte keine Aufmerksamkeit erregen. Die Frau war groß, blond und gertenschlank und wirkte genauso schutzbedürftig wie ein Nilpferd. Nicht, dass sie ausgesehen hätte wie ein Nilpferd, leider nicht. Sie war attraktiv und elegant gekleidet, sie lächelte, und sie musste Helen sein.

Tess fuhr so langsam, wie es möglich war, ohne aufzufallen. Robin hatte den Arm um die Taille der gar nicht zerbrechlich wirkenden Helen gelegt, als sei er ganz zufrieden damit, dass er da war, wo er war. Und gerade als sie die beiden passierte – mit zusammengebissenen Zähnen und unter Ausblendung jedes bewussten Gedankens *(du kannst das, Mädchen)*, sah sie mit einem schnellen Seitenblick, dass er lachte. Lachte! Er war glücklich; sie waren beide glücklich, wurde Tess klar. Wie konnte er es wagen, so glücklich zu sein? Sie fühlte sich durch den Schock wie betäubt. Aber wenn er so glücklich mit seiner Frau war, dann … Warum?

25. Kapitel

Das ist ein ziemlicher Meilenstein, finden Sie nicht auch?« Tess drehte sich um, um festzustellen, wer sie angesprochen hatte. Männlich, in den Vierzigern, blond, rotgesichtig, schlecht rasiert, kleiner als Tess, übergewichtig, Biertrinker. Das alles registrierte sie, bevor sie überhaupt antwortete.

»Die vierzig?«, gab sie zurück. »Ja, ich schätze schon.«

»Nicht, dass Sie das wissen könnten.« Mit deutlichem Wohlgefallen musterte er sie von oben bis unten. »Sie sind ganz klar noch keine vierzig.«

Er allerdings schon, ganz klar. Tess gab ihrem Lächeln eine unverbindliche Note. »Entschuldigen Sie mich.« Sie steuerte auf das Büfett zu.

Mitch war dabei, seinen Teller mit Huhn, Pommes frites und Krautsalat zu beladen. »Ich dachte schon, du hättest dein Glück gefunden, Tessie«, witzelte er.

»Rette mich.« Was für ein komischer Kauz. Die Sorte, die einem begegnete, wenn man allein auf Partys ging – so wie sie. Wie lange noch würde sie die ungebundene Single-Frau auf Partys sein? Was war nur mit ihr verkehrt, um Himmels willen? Auch sie lud sich den Teller voll, mehr aus Gründen der Ablenkung als deshalb, weil sie hungrig gewesen wäre. Es war höchste Zeit, dass sie etwas dagegen unternahm.

»Sehr gerne«, sagte Mitch. »Das Problem ist nur, dass heute die Geburtstagsparty meiner Frau ist, daher bin ich leider nicht den ganzen Abend frei.« Er schwenkte eine Flasche, und Tess hielt ihm ihr Glas zum Nachfüllen hin.

»Was stimmt bloß nicht mit mir, Mitch?«, fragte sie. Das war noch so eine Sache: Heutzutage neigte sie dazu, auf Partys rührselig zu werden.

»Nichts, was ich sehen könnte.« Er tätschelte ihre Schulter.

War sie zu anspruchsvoll? Wollte sie etwas, was es gar nicht gab? Oder war sie in einem Teufelskreis gefangen, sodass sie erst die falsche Art von Mann anzog und es dann spätererst merkte? Wie bei Robin. Auch die Sache mit ihm hatte sie noch nicht ganz verarbeitet. Der Gedanke an Robin schwebte immer noch am Rand ihres Bewusstseins, als sei Tess sich nicht ganz sicher, was sie empfinden sollte. Aber eines wusste sie: In der Sekunde, als sie ihn mit seiner nicht so zerbrechlichen Helen gesehen hatte, war es vorbei gewesen. Wirklich vorbei. Sogar noch endgültiger, als es vorbei gewesen war, als es … vorbei war. Sie hatte es ihm nur noch nicht gesagt.

»Tolle Party«, sagte sie zu Mitch. »Wer sind all diese Leute?« Lisa hatte sie den ersten eintreffenden Gästen noch vorgestellt, und Ginny war auch eine Zeit lang hier gewesen, aber danach hatte die Party eine Eigendynamik entwickelt. Denn es kamen immer mehr Leute und stürzten sich ins Getümmel, in dessen Mittelpunkt Lisa als Gastgeberin und Geburtstagskind stand. Mitch hatte im Wohnzimmer das Büfett aufgebaut, und die Leute saßen auf Sofas und diversen Stühlen, oder sie wuselten mit Gläsern und Tellern voller Häppchen herum und betrieben Small Talk. Ginny war gegangen, um sich mit einem Freund zu treffen. Das war vorhersehbar gewesen.

»Ach, wer weiß?« Er zuckte mit den Schultern. »Freunde, Kollegen, Eltern der Freunde der Kinder, Verwandte, ein, zwei Nachbarn, du weißt schon.« Er zwinkerte ihr zu. »Glaubst du, es ist Zeit für den Kuchen?«

Tess erspähte Lisa auf der anderen Seite des Raums, wo sie

mit dem Typ in den vierzigern sprach. Sie fing Tess' Blick auf und gab ihr hektisch ein Zeichen. Es sah nach *Hilfe!* aus.

»Ja«, antwortete Tess. »Sobald wie möglich, würde ich sagen.«

Sie schob sich durch die Menge. In einem hatte der Kerl allerdings recht – vierzig war ein Meilenstein, und bald war Tess an der Reihe. Lisa hatte wenigstens Mitch und eine richtige Familie. Tess' Leben dagegen war so ungeordnet. Kein Mann, kein Job, die Tochter kurz davor, in die große weite Welt hinauszuziehen, und dabei, sich mit jedem Tag, der verging, weiter von ihr weg zu entwickeln. Ach ja, und ein Haus in Sizilien. Sie grinste.

Als sie bei Lisa ankam, fasste Tess ihre Freundin am Arm und zog sie mit sich. »Bedaure, ich muss sie entführen«, erklärte sie. »Komm, Geburtstagskind.«

»Danke«, hauchte Lisa, die in einem einfachen, tief ausgeschnittenen schwarzen Minikleid und dem Weißgoldschmuck, den ihr Mann ihr zum Geburtstag geschenkt hatte, einfach umwerfend aussah.

»Gern geschehen.«

Und dann trat Mitch durch die Tür, gefolgt von den Kindern, die zusammen den Kuchen trugen: ein Schokoladenkuchen mit glasiertem Guss, weißen Schokolinsen und jeder Menge silberner Kerzen. Tess, Ginny und die Kinder hatten ihn gestern Abend zusammen bei Tess gebacken, jedenfalls bis Ginny gegangen war, um sich mit einem Freund zu treffen (wer waren eigentlich diese ganzen Freunde?). Unterdessen hatte Mitch Lisa zu einem romantischen Geburtstagsessen ausgeführt.

»Oh!«, rief Lisa und schlug überrascht die Hand vor den Mund. »Wie habt ihr das denn bloß gemacht?«

Und dann spielte einer der jungen Burschen auf seiner

Gitarre »Happy Birthday«, und alle sangen. Mitch holte noch mehr Sekt und füllte jede Menge Gläser, Trinksprüche wurden ausgebracht, und Lisa schnitt den Kuchen an und wünschte sich etwas …

Tess lachte, applaudierte und sang mit den anderen. Sie schaute sich unter den fröhlichen Gesichtern um und tanzte, zuerst mit Lisa, dann mit den Kindern, dann mit Mitch und schließlich sogar mit dem Mann in den vierzigern.

Aber sie war nicht mit dem Herzen dabei. Sie hatte keine Lust mehr zu bleiben. Sie wollte weg.

»Vielleicht könnten wir einmal zusammen ausgehen«, sagte der Mann, der Mark hieß und ein Kollege von Mitch war, nachdem sie getanzt hatten.

Siehst du, sagte sich Tess. Mit dir ist alles in Ordnung. Du bist nur wählerisch. »Ich werde in nächster Zeit wahrscheinlich nicht viel hier sein«, erklärte sie ihm. Sie beschloss, dass sie das nicht mehr tun würde; Verabredungen mit Fremden einzugehen, die sie nicht einmal kennenlernen wollte. Dazu war das Leben zu kurz und die Zeit zu kostbar. Jede Minute zählte.

»Oh?« Er wirkte enttäuscht. »Fahren Sie weg?«

»Ja«, sagte sie. Sie wusste noch nicht, wann. Das hing vor allem von Ginny ab. Vor nicht allzu langer Zeit war sie noch davon ausgegangen, dass sie vielleicht in einem halben Jahr oder so fliegen konnte, je nachdem, ob sie Urlaub bekam. Aber jetzt … Die Entscheidung stand klar und deutlich vor ihr. Sie sah ihren Weg.

Worin bestand er? War es die geheimnisvolle Vergangenheit ihrer Mutter, die sie enthüllen wollte? Die Verlockung der Villa oder der türkisfarbenen Bucht? Ein Versprechen, das sie einem Mann in einem alten griechischen Tempel gegeben hatte? Es kam nicht darauf an. Der Sog Siziliens war stark, und sie verspürte keine Lust, sich ihm zu widersetzen.

Tess war erst seit einer halben Stunde wieder zu Hause, als Robin anrief. Sie hätte fast nicht abgenommen. Dann dachte sie an die Party und daran, wie es sich anfühlte, immer allein zu sein.

»Endlich erwische ich dich«, sagte er. »Leg nicht auf. Ich weiß, dass du mir aus dem Weg gehst.« Er klang atemlos, als sei er schnell aus dem Haus gerannt, vielleicht unter dem Vorwand, den Müll wegzubringen oder so.

»Normalerweise rufst du mich bei der Arbeit an«, erklärte sie zugeknöpft. Allerdings würde er sie dort nicht mehr lange erreichen. Sie arbeitete nur noch bis zum Ende ihrer Kündigungsfrist. Man stelle sich vor: keine Kunden mehr, die sich über Wasserrechnungen, fehlerhafte Wasseruhren oder hohe Gebühren beschwerten. Kein schleimender Simon mehr und kein Malcolm. Die Zukunft war ungewiss, aber hey, konnte das nicht auch aufregend sein?

»Tess, ich war ein Idiot«, sagte Robin. Seine Stimme durchschnitt ihren Schutzschild, als bestünde er aus warmer Butter. Das war schon immer so gewesen.

Sie verzichtete darauf, ihm zu widersprechen.

»Ich hätte mit dir nach Sizilien fliegen und mich nicht von Helen unter Druck setzen lassen sollen. Aber ich habe kalte Füße bekommen, ich hatte Angst. Ich kann verstehen, wenn du mich hasst.«

»Ich hasse dich nicht«, gab sie zurück. Was merkwürdigerweise stimmte. Sie war nur verärgert. Das war das gleiche Gerede wie immer. Derselbe alte Robin. Nichts würde sich jemals ändern.

»Ich mache das wieder gut«, sagte er. »Wie wäre es, wenn wir morgen Abend essen gehen? Dann erzählst du mir davon. Von dem Haus und allem anderen.«

»Lieber nicht.« Tess war erstaunt über ihre eigene Entschlossenheit. Früher hätte sie nachgegeben; sie hatte damals einfach nicht anders gekonnt. Aber jetzt ... Sie spürte den Sog Siziliens, und er arbeitete gegen Robin. Sizilien stand auf der anderen Seite, und es gewann.

»Tess. Tess, Liebste ...« Er schnurrte geradezu und war sich vermutlich sicher, dass er sie schon in der Tasche hatte. »Du bist wütend. Das kann ich verstehen. Aber gib mir doch noch eine Chance ... Dieses Mal wird alles anders.«

»Ich habe mir immer mehr von dir gewünscht, Robin«, sagte sie. »Aber jetzt ist mir klar geworden, dass ich es nicht bekomme.« Sie wusste wirklich nicht, warum sie so lange dazu gebraucht hatte.

»Da irrst du dich«, erwiderte Robin. »Du kannst mehr von mir bekommen, weil ...«

»Kann ich nicht«, hielt Tess ihm entgegen. »Weil du verheiratet bist. Und jetzt ... will ich nicht einmal mehr das Wenige, das übrig ist.« Sie hatte ihn immer für etwas Besonderes gehalten. Aber es war nichts Besonderes an einem Mann, der vor seinen Schwiegereltern katzbuckelte, weil sie Geld hatten. Und es war nichts Besonderes an einem Mann, der einem nur eine Zuschauerrolle in seinem Leben einräumte. Lisa hatte recht. Sie hatte es verdient, die Nummer eins zu sein.

»Aber, Tess ...«

»Leb wohl, Robin«, sagte sie. »Ruf bitte nicht wieder an.« Sie drückte das Gespräch auf ihrem Handy weg, drückte die Schultern durch und konnte förmlich spüren, wie Robins Gewicht von ihr abfiel. Ein gutes Gefühl.

Sie dachte an Ginny und die Prüfungen, die schon begonnen hatten. Eine Woche allein im Haus hatte ihrer Tochter nicht besonders gutgetan. Sie wirkte gestresster denn je, wich Tess' Blick aus und traf sich ständig mit diesem geheimnisvollen Freund.

Und dann hatte Tess eine Idee. Natürlich. Wieso war sie bloß nicht eher darauf gekommen? Das würde ganz großartig werden …

26. Kapitel

Ginny war unterwegs zu Ben. Sie war wütend und versuchte, nicht in Tränen auszubrechen. Sie hatte sich gerade mit ihrer Mutter gestritten, und nach einem Streit mit ihrer Mutter war Ginny immer aufgebracht und durcheinander. Doch sie wollte auf keinen Fall zugeben, dass ihre Mutter vielleicht in irgendeiner Art und Weise recht haben könnte.

Es war größtenteils um Ben gegangen bei dem Streit, obwohl er wie die meisten ihrer Auseinandersetzungen mittendrin die Richtung gewechselt hatte. Es hatte sich ungefähr so abgespielt:

»Was machst du heute Abend, Schatz?«

»Ich gehe zu Ben.«

»Oh.«

»Oh? Was meinst du mit ›oh‹?«

»Nichts. Ist er dein Freund?«

»Nein, nur jemand, mit dem ich mich treffe.«

»Aber du triffst dich ziemlich oft mit ihm, oder, Schatz?«

»Ich kann ihn gut leiden.«

»Das ist schön.«

»Ach ja?«

»Was, ach ja?«

»Ist es schön?«

»Doch, ja, schon.« Pause. »Lernst du denn auch genug? Du verbringst so viel Zeit mit diesem … Ben, dass …«

Was Ginny am stärksten ärgerte, war das *dieser Ben*. Sie

wusste, dass ihre Mutter ihn kennenlernen wollte, aber Ginny sträubte sich dagegen. Denn einerseits wollte sie Ben nicht dieser Tortur aussetzen. Andererseits war sie sich ziemlich sicher, dass ihre Mutter, wenn sie ihn kennenlernte, ihr Möglichstes tun würde, um sie auseinanderzubringen. Deswegen war das keine so gute Idee.

Ginny versuchte, ihre Schultern zu entspannen. Sie atmete bewusst gleichmäßig. Die Kugel stand total darauf, wenn sie sich verspannte. Dann glühte sie geradezu und wuchs.

Ihre Mutter hatte ihr schon die üblichen Elternfragen gestellt: *Wie alt ist er?* Will sagen: Ist er *viel* älter als du? *Wo wohnt er?* In anderen Worten: auf der *richtigen* Seite der Stadt? *Was machen seine Eltern?* Sprich: Sind sie Akademiker? Und *Wollte er schon immer Friseur werden?* Im Klartext: Ist das alles, was er aus sich machen will?

»Seine Eltern sind geschieden«, hatte Ginny ihr erklärt. »Seine Mum arbeitet im *Hare and Hounds.*«

»In dem Pub? Wirklich?« Sie hatte erstaunt gewirkt. Ginny hatte keine Ahnung, wie ihre Mutter auf die Idee kam, dass alle Eltern in Banken oder Büros arbeiteten »Dann lade ihn doch einmal ein. Ich würde gern sehen, wer dich jeden Abend aus dem Haus lockt.« Unausgesprochene Botschaft: *Früher bist du bei mir zu Hause geblieben, und jetzt bist du ständig unterwegs und lässt mich allein.*

»Mach ich.« Aber sie hatte es nicht getan. Denn neben ihren beiden Hauptbedenken bezüglich einer Begegnung zwischen ihrer Mutter und Ben würden dabei ja auch noch die ganzen unausgesprochenen Botschaften im Raum stehen.

Das Problem mit Mum war, dass sie nie wusste, wann man aufhören musste, Fragen zu stellen.

Am Ende der Straße bog Ginny nach links ab. Sie griff in

ihre Tasche und suchte nach den Zigaretten. Nach den Prüfungen würde sie mit dem Rauchen aufhören, beschloss sie.

Als ihre Mutter sie gefragt hatte, ob sie trotz Ben noch Zeit zum Lernen hätte, hatte Ginny sie angeschrien: »Es ist mein Leben!« Sie war selbst schockiert gewesen. Vielleicht hatte sie ein schlechtes Gewissen wegen der ganzen Sache mit den Prüfungen. Oder es lag daran, dass sich die Kugel drehte und drehte, als sei sie vollkommen außer Kontrolle geraten.

Angesichts dieser anscheinend grundlosen Attacke wich ihre Mutter einen Schritt zurück. Das war das andere Problem mit Mum: Sie wehrte sich nicht.

Es wäre nicht nötig gewesen, jetzt noch einen draufzusetzen, aber Ginny tat es trotzdem. »Warum verdünnisierst du dich dann nicht und lässt mich mein Leben auf meine Art leben?« Mit *verdünnisieren* hatte sie immerhin noch die freundlichere Variante gewählt.

Ihre Mutter blieb ruhig, schenkte sich aber ein Glas Rotwein ein, was bewies, dass Ginny sie getroffen hatte. »Elterliche Verantwortung«, sagte sie. »Deswegen ›verdünnisiere‹ ich mich nicht, wie du es ausdrückst. Du bist gerade mal achtzehn Jahre alt, und das Ergebnis deiner Prüfungen könnte dein ganzes Leben beeinflussen.«

Verdammt. »Du bist bloß neidisch«, erklärte sie ihrer Mutter.

»Auf Ben?« Sie wirkte verwirrt.

»Weil ich einen Freund habe.« So viel zum Thema »Nachtreten«. Dabei war niemand erleichterter als Ginny gewesen, als Robin aus Tess' Leben verschwunden war. Ginny nahm jedenfalls an, dass er verschwunden war, denn Mum zeigte keines der üblichen Signale mehr, und Ginny spürte, dass sich etwas verändert hatte. Aber im Kampf ging es darum, die

Schwachpunkte des Gegners zu finden und dann feste auf den empfindlichen Nerv zu drücken.

Aber ihre Mutter war aus hartem Holz geschnitzt. »Also hast du doch einen Freund«, gab sie mit einem leisen, triumphierenden Lächeln zurück.

Ginny hatte das Gefühl, hereingelegt worden zu sein. »Um Himmels willen, Mum!«, rief sie.

Und genau ab diesem Zeitpunkt hatte sich ihr Streit plötzlich in eine ganz andere Richtung entwickelt. »Ich hatte mich nur gefragt, ob du nach den Prüfungen Lust hättest, mit mir nach Sizilien zu kommen«, sagte ihre Mutter. »Urlaub!« Sie strahlte von einem Ohr bis zum anderen.

Jetzt hatte sie Ginnys ganze Aufmerksamkeit. Sizilien? Wovon redete ihr Mum da? »Du bist doch gerade erst wieder zurückgekommen«, argumentierte sie. Wollte sie nach Sizilien? Herrje, nein. Und vor allem nicht mit ihrer Mutter. An so etwas hatte sie überhaupt nicht gedacht.

»Ich fliege wieder hin«, erklärte ihre Mutter.

Ginny fragte sich, ob ihre Mutter bei der ersten Reise vielleicht den Verstand verloren hatte. Sie war in einer ganz komischen Stimmung zurückgekommen; und kaum war sie zurück, hatte sie ihren Job hingeworfen, und kaum hatte sie das getan, hatte sie anscheinend dem scharfen Robin die Beziehung gekündigt. Und jetzt wollte sie wieder nach Sizilien. Und zwar mit Ginny. Wieso denn bloß?

»Ich muss mich entscheiden, was ich mit der Villa anfange«, erklärte ihre Mutter. »Ich muss über einiges nachdenken.« Wieder hatte sie diesen Gesichtsausdruck. Diese komische Miene.

Ginny starrte ihre Mutter ausdruckslos an. Warum musste Mum nachdenken? Und wo genau blieb Ginny dabei? Sie schluckte zweimal, um die Kugel aus ihrer Kehle nach unten zu drücken. »Ich nehme mir vielleicht ein Jahr Auszeit«, warf sie dann in die Debatte. »Vielleicht gehe ich im September gar nicht auf die Uni.« Und auch zu keiner anderen Zeit, fügte sie lautlos hinzu.

Sie hörte, wie ihre Mutter scharf die Luft einsog, und spürte, dass sie innerlich bis zehn zählte, bevor sie antwortete. »Sicher könntest du dir ein Jahr Auszeit nehmen«, sagte sie. »Das Problem ist nur, dass …«

»Was?«

»Manchmal fällt es einem nach einer solchen Auszeit schwerer, zur Universität zu gehen. Schwerer … ach, ich weiß nicht, das Lernen wieder zu lernen.«

Yeah, dachte Ginny. Weil ein Jahr Pause einem Zeit und Gelegenheit gab zu erkennen, dass Lernen das war, was man von Anfang an nicht gewollt hatte. Außerdem liefen überall Akademiker herum, die zu qualifiziert für normale Jobs und zu unerfahren für anständige Jobs waren. Und sie schleppten Berge von Schulden mit sich herum. Das hatte sie alles schon in der Berufsqualifizierung gelernt. Tatsächlich konnte man sagen, dass das Fach »Berufsqualifizierende Kompetenzen« schuld daran war, dass sie nicht zur Uni wollte, was im Grunde paradox war. Aber eine Menge Sachen waren das. Paradox.

»Ich hatte überlegt herumzureisen.« Ginny wartete. Beim Reisen lernte man wahrscheinlich viel mehr als auf der Uni, zumindest über das Leben. Und wenn sie auf Reisen ging, war es dann nicht möglich, dass die Kugel zurückbleiben würde?

»Oder du könntest mit mir nach Sizilien kommen«, sagte ihre Mutter und sah schon wieder ganz aufgeregt aus.

»Um Himmels willen, Mum!« Die Hand, in der Ginny ihre Tasse hielt, zuckte zurück, und sie verschüttete etwas Tee auf den Tisch.

Bevor sie reagieren konnte, war ihre Mutter schon aufgestanden und holte einen Lappen. Typisch. Ginny seufzte. »Tut mir leid.«

»Was ist denn verkehrt an Sizilien?«, wollte ihre Mutter wissen.

»Mum, bei einer Auszeit geht es doch genau darum, dass man von allem wegkommt.« Wieso begriff sie das bloß nicht? »Das geht nicht, wenn man mit seinen Eltern verreist.«

»Da hast du recht.« Ihre Mutter warf den Lappen zurück in die Spüle. Wahrscheinlich nicht. »Aber du würdest doch nicht allein fahren, oder, Schatz? Ich würde mich bei dem Gedanken nicht wohlfühlen.«

»Ich weiß nicht«, sagte sie, obwohl sie es wusste. Sie würde zur Not auch alleine fahren.

»Und wohin willst du?«, erkundigte sich ihre Mutter.

»Keine Ahnung. Hauptsache weg.« Zu ihrer eigenen Überraschung hatten die beiden letzten Worte ziemlich verbittert geklungen. Hasste sie Pridehaven wirklich so sehr? Hasste sie ihre Freunde und ihr Leben zu Hause? Hasste sie wirklich alles?

»Ist es wegen dieses … Ben?«, fragte ihre Mutter, die eher traurig als ärgerlich aussah.

»Nein, Mum! Du hörst mir nicht zu. Es geht um mich!« Und dann war sie hinausgerannt und hatte die Tür zugeknallt.

Ginny war bei Ben angekommen und hämmerte jetzt an die Tür. Warum konnten Eltern – oder in diesem Fall Mütter – einen bloß nicht verstehen?

Als Ginny am nächsten Morgen aufwachte, wusste sie zunächst nicht, wo sie war. Dann wurde es ihr klar: Oh, Mist, sie lag in Bens Bett in der Wohnung von Bens Mutter, und er schlief neben ihr. Und sie hatte ihrer Mutter nicht gesagt, dass sie nicht nach Hause kommen würde.

Außerdem lagen neben dem Bett sechs leere Bierflaschen, zwei Teller, auf denen die fettigen Reste von Burgern, Pommes und Bohnen klebten, sowie zwei DVDs. Ihre und Bens Kleider waren überall im Raum verstreut, als hätten sie, während ihre Besitzer schliefen, die ganze Nacht auf einer Techno-Fete getanzt und wären dann mittendrin erschöpft zusammengebrochen.

Ginny fühlte sich so ähnlich. Alles hatte sich verändert – und doch wieder nicht. Ob sie aufstehen sollte? Sie wog die Alternativen ab. Heute Nachmittag musste sie zum College, deshalb könnte sie nach Hause gehen, um für die heutige Prüfung zu lernen. Nicht, dass sie das tun würde. Nicht heute.

Sie glitt aus dem Bett, ohne Ben zu wecken, und ging ins Bad, um zu pinkeln. Auf dem Treppenabsatz blieb sie stehen und spitzte die Ohren, aber anscheinend war Bens Mum ausgegangen. Gut. Sie hatte keine Lust, länger als nötig hierzubleiben, nicht einmal für ein Bacon-Sandwich.

Ginny kehrte in Bens Zimmer zurück und begann, ihre Kleider zusammenzusuchen. Leise zog sie sich an und behielt dabei den plumpen Haufen im Bett – Ben – im Auge. Er lag immer noch komatös da, und sie vermutete, dass sich daran noch eine ganze Zeit lang nichts ändern würde.

Seit ihre Mutter aus Sizilien zurück war, war sie nicht mehr über Nacht bei Ben geblieben. Doch gestern Abend hatte sie ihrer Mutter auch keine SMS geschrieben und außerdem ihr Handy ausgeschaltet. Das hatte sie davon. Manchmal fragte sich Ginny, ob die Kugel sie dazu brachte, dass sie sich so benahm. Und manchmal überlegte sie, ob sie mit ihrem Verhalten die Kugel überhaupt erst geschaffen hatte. Ab und zu wünschte sie sich nichts mehr, als ihre Mutter zu umarmen und in Tränen auszubrechen. Aber die Kugel oder auch etwas anderes hielten sie davon ab.

Als Ginny angezogen war, trat sie ans Bett und schaute auf Ben hinunter. Sogar wenn er schlief, sah er toll aus. Aber sie war während der Nacht zu einer Erkenntnis gekommen.

Ginny verließ das Zimmer und schlich die Treppe hinunter. Sie verließ das Haus durch die Vordertür, aber sie fühlte sich anders als gestern Abend, als sie es durch dieselbe Tür betreten hatte. Alles hatte sich verändert, und doch war nichts anders. Sie war schließlich noch dieselbe Person, oder? Aber sie würde nie wieder dieselbe sein.

Der Streit mit ihrer Mutter war der Auslöser gewesen. Warum sollte sie Spielchen spielen? Warum nicht sagen, was sie empfand? Sie hatte sich an das Gespräch mit Becca am Tag nach der Party erinnert, und dieser Gedanke hatte sie einerseits traurig gemacht, weil sie Becca jetzt kaum noch sah. Sie ging vollkommen in ihrer Beziehung zu Harry auf. Trotzdem hatte Becca gesagt, was sie dachte.

Deswegen hatte Ginny das Gleiche getan.

»Ich mag dich, Ben«, hatte sie gesagt, als sie wie gewohnt nach oben in sein Zimmer gegangen waren. »Ich mag dich wirklich sehr.«

Er starrte sie an. »Yeah, ich mag dich auch.« Er lachte. »Ist doch klar.« Er ließ sich aufs Bett sacken. »Setz dich doch.«

Sie blieb stehen. »Ist es nicht«, erklärte sie.

»Häh?«

»Klar.«

»Oh.«

Er senkte den Blick, und da verstand sie auf einmal. Und zugleich stieg ein Gefühl von Macht in ihr auf, weil sie die Wahrheit erkannt hatte. So erstaunlich und unglaublich es zu sein schien: Er hatte nicht versucht, mit ihr zu schlafen, weil er Angst hatte. Nicht, weil er sie nicht mochte oder mehr Zeit brauchte oder so ein Mist. Er hatte einfach Angst.

Also setzte sie sich neben ihn aufs Bett und zeigte ihm, dass er keine Angst zu haben brauchte.

Und jetzt? Auf dem Heimweg dachte Ginny über ihre nächtliche Erkenntnis nach, die darin bestand, dass Sex bei Weitem überschätzt wurde. Sie fühlte sich erleichtert und befreit – und ein wenig traurig.

27. Kapitel

Komm, erzähl mir alles, Schatz. Wie war deine Woche auf Sizilien?« Ihr Vater drückte sie, und versunken in der Umarmung, in der er sie festhielt, hatte Tess das Gefühl, dass sie sich zum ersten Mal seit ihrer Rückkehr entspannte. Sizilien schien bereits eine Ewigkeit zurückzuliegen. Seitdem hatte sie sich mit ihrer Arbeit, mit Robin und mit Ginny beschäftigt.

Sie roch den tröstlichen, vertrauten Duft ihres Vaters und seiner Wolljacke. Rasiercreme und alte Wolle. Sie kuschelte sich ein wenig tiefer in seine Arme. Als Kind hatte sie um die Aufmerksamkeit ihrer Mutter gebuhlt. Muma war ständig zwischen dem Restaurant und der Wohnung, die darüber lag, hin- und hergerannt, hatte ohne Pause Essen vorbereitet und gekocht, gewaschen und gebügelt und höchstens innegehalten, um einen Rat zu erteilen oder zu schimpfen. Ihre Mutter war wie ein Hurrikan gewesen. Und in ihrem Blick hatte dasselbe feurige Temperament gelegen wie heute … Sie war nie richtig an sie herangekommen.

Ihr Dad dagegen … Mit Ende siebzig war er immer noch fit und drahtig. Er hatte Energie. Er konnte Muma zum Lachen und zum Weinen bringen. Er neckte sie, tröstete sie und tanzte mit ihr. Er war die Ruhe nach dem Sturm. Ein Fels. Er war ebenso zuverlässig wie Muma unberechenbar. Als Tess älter wurde, hatte sie zu schätzen gelernt, was früher selbstverständlich gewesen war. Und gerade jetzt war ein Fels genau das, was sie brauchte.

»Interessant«, sagte sie und löste sich widerstrebend von ihm.

Ihre Mutter warf ihr über die Schulter einen scharfen Blick zu. Sie hatten telefoniert, als Tess nach Hause gekommen war, aber nur kurz. Sie hatten beide nichts preisgegeben, wie Tess jetzt auffiel.

»Du hast mir nie erzählt, wie überwältigend die Landschaft ist.« Tess küsste ihre Mutter zur Begrüßung auf beide Wangen. Sie sah müde und irgendwie angespannt aus, aber das war bei Muma kein untypischer Betriebszustand. Wenn sie müde war oder sich angespannt fühlte, kochte sie halt einfach noch mehr.

»So, wie du es sagst, klingt es wie der Drehort für einen Film«, meinte ihre Mutter. »Es ist nur ein Dorf.« Mit einer knochigen Hand umfasste sie Tess' Arm, was sie flüchtig an Santina Sciarra erinnerte.

»Es ist eine wunderschöne Gegend.« Tess grinste ihren Vater an, der hinter Mumas Rücken den Kopf schüttelte. Tess fragte sich, warum er ihr so viel durchgehen ließ. Wollte er denn das Dorf, in dem seine Frau aufgewachsen war, nicht auch sehen? Fühlte er sich durch ihre Geheimnistuerei nicht manchmal auch ausgeschlossen?

Ihre Mutter ließ los und schwenkte eine Zucchini drohend in ihre Richtung. Sie stellte etwas Kompliziertes mit mehreren Lagen aus Fisch, Tomaten und Zucchini her. Zweifellos würde es köstlich werden. »Der schöne Schein kann trügen«, erklärte sie düster. »Sieh zu, dass er dich nicht verhext und in die Falle lockt.«

Tess lachte. »Ist dir das auch passiert, Dad?«, scherzte sie. »Hat Muma dich verhext und dann in die Falle gelockt?«

»Natürlich.« Er begann den Tisch zu decken. Gabeln, Servietten, einen kleinen Teller *parmigiano*. »Sie hat all ihre

Kräfte eingesetzt. Und bei Gott, sie war eine Schönheit. Dunkel blitzende Augen, schwarzes Lockenhaar ...«

Flavia schlug mit ihrem Geschirrtuch nach seinem Arm. Tess lachte. Das Haar ihrer Mutter war immer noch dicht und wellig, aber heute war es schneeweiß, und sie steckte es immer auf dem Hinterkopf fest, damit es ihr beim Kochen nicht im Weg war.

»Deine Mutter konnte ziemlich überzeugend sein, weißt du, Schatz«, setzte er hinzu.

»Hah.« Flavia drehte ihm den Rücken zu, aber Tess sah, dass sie lächelte.

Ihr Vater war immer groß und schlank gewesen und hatte diese tiefblauen Augen gehabt, die Augen, die Tess geerbt hatte und die Santina so fasziniert hatten. Als sie ein Kind gewesen war und er sie an Sommersonntagen am Strand auf seine Schultern gesetzt hatte, hatte sie immer einen Moment lang geträumt, sie würde mit dem Kopf am Himmel anstoßen. Und jetzt? Sie wollte nicht, dass ihre Mutter oder ihr Vater älter wurden. Sie konnte den Gedanken, sie zu verlieren, nicht ertragen.

»Was ist mit dir, Schatz?« Er zwinkerte ihr zu. »Hast du auf Sizilien jemand Nettes kennengelernt?«

»Hmpf.« Ihre Mutter schnaubte und murmelte etwas Unverständliches in das Geschirrtuch, das jetzt über ihrer Schulter lag.

Tess ignorierte sie und sagte: »Ich habe sogar zwei sehr attraktive Männer kennengelernt.«

»Alleinstehend?«, hakte ihr Vater nach.

»Eindeutig.«

»Sizilianer, nehme ich an«, sagte ihre Mutter wegwerfend. »Sizilianische Männer umschwärmen eine schöne Frau wie Bienen einen Honigtopf. Ganz zu schweigen von einer Frau mit Eigentum. Und glaub mir, sie sind alle gleich. Sie erwarten zu viel, und sie leben in der Vergangenheit.«

»Nicht unbedingt.« Tess mopste sich eine Tomatenscheibe.

»Finger weg«, sagte ihre Mutter, aber sie lachte. Es war Familientradition, ihr die Zutaten zu stibitzen, bevor sie den Weg in den Topf fanden.

Tess knabberte langsam den Rand der Tomatenscheibe ab. Sie wusste, dass ihre Mutter nicht anders konnte. Sie würde fragen.

»Also, erzähl es mir schon.«

»Was?«

Ihre Mutter schnalzte mit der Zunge. »Wie heißen sie?«

Tess verbarg ihren kleinen Triumph. »Giovanni Sciarra. Der Großneffe deiner alten Freundin Santina. Und ...« Sie zögerte. »Tonino Amato.«

»Hmpf.« Ihre Mutter schnaubte erneut.

»Wahrscheinlich kennst du auch Toninos Familie?« Tess ließ ihre Worte beiläufig klingen.

Ihre Mutter öffnete die Tür des Backofens, nahm ihren Hauptgang vom Tisch und setzte ihn mit einer einzigen, geschmeidigen Bewegung auf die mittlere Schiene. »Ja«, sagte sie. »Alberto Amato war der beste Freund meines Vaters.«

Tess versuchte, ihre Aufregung zu verbergen. Muma sprach über Sizilien. »Ist Alberto nicht Fischer gewesen?«, fragte sie. Speerfischer, hatte Tonino gesagt. Sie erinnerte sich, wie stolz er geklungen hatte, als er von seinem Großvater erzählte.

»Ja, das war er.« Ihre Mutter ließ sich erschöpft auf einen Stuhl sinken, und Tess sah, dass ihr Vater ihr einen besorgten Blick zuwarf.

»Er war Toninos Großvater.« Tess nahm den Wein, den sie mitgebracht hatte, und schenkte drei Gläser voll. Ihre Eltern behaupteten stets, dass sie keinen Alkohol tranken, und dann taten sie es doch. »Toninos Vater war auch Fischer. Er hat in der Tunfischfabrik von Cetaria gearbeitet.«

Wieder nickte Flavia. Ihre dunklen Augen waren vom Alter getrübt und milchig, aber sie blickten immer noch wachsam und rege in die Welt. Sie war, dachte Tess, einfach eine bemerkenswerte Frau. »Ich erinnere mich an ihn«, sagte sie. »Er war noch ein Kind, als ...«

»Als was?« Tess versuchte, nicht zu neugierig zu wirken.

Ihre Mutter hatte noch nie so viel von Sizilien und den Menschen, die sie dort gekannt hatte, erzählt. Tess traute sich kaum zu atmen, weil sie den Zauber nicht zerstören wollte.

»Alberto und Papa haben stundenlang in der Bar im Dorf gesessen, *grappa* getrunken und die Welt in Ordnung gebracht.« Sie schmunzelte bei der Erinnerung. »Und ich habe mich oft ewig draußen herumgedrückt und sie belauscht. Bis ... bis ...« Abrupt verschwand der träumerische Ton aus ihrer Stimme. »Dinge verändern sich«, erklärte sie.

Tess' Vater trat zu ihr und tätschelte ihre Hand. Die Haut war faltig und mit Altersflecken übersät. Es war eine Hand, die immer gearbeitet hatte, und sie arbeitete auch jetzt noch, obwohl ihre Mutter Arthritis in den Fingergelenken hatte.

Und du?, hätte Tess am liebsten geschrien. *Was hast du getan?* Aber sie schwieg. Sonst würde Muma vollkommen dichtmachen. »Die Amatos und die Sciarras ... Die beiden Familien scheinen sich zu hassen«, sagte Tess erneut so beiläufig wie möglich. Vielleicht kannte ihre Mutter ja den Grund. Vielleicht wusste sie etwas über den Diebstahl und den Verrat, die Schulden und den Mord oder über das geheimnisvolle Etwas, nach dem Giovanni zu suchen schien.

»Das taten sie schon immer«, antwortete Flavia. »Auch ihre Väter und Großväter vor ihnen haben sich gehasst.« Beinahe anklagend wandte sie sich Tess zu. »So ist das auf Sizilien«, sagte sie. »Wer würde sich ein solches Leben wünschen?« Sie stand wieder auf und machte sich daran, die Kochtöpfe zum Einweichen in heißes Wasser zu stellen.

Ach, du meine Güte, dachte Tess. Bei ihrer Mutter bedeutete das: »Stopp, bis hierhin und nicht weiter!«

»Und was war nun mit dem Haus, Schatz?«, schaltete ihr Vater sich diplomatisch ein. »Diese Villa, deine unerwartete Erbschaft. Hat sie dir gefallen?«

»Oh ja.« Tess nippte an ihrem Wein. Und ob sie ihr gefallen hatte. »Ich habe jede Menge Fotos gemacht.« Sie wartete die Reaktion ihrer Mutter ab. »Ich zeige sie euch, sobald ich sie heruntergeladen habe.«

Ihre Mutter warf ihr einen Blick zu, der besagte, dass sie sie gar nicht sehen wollte. »Hast du einen Makler beauftragt?«, erkundigte sie sich. »Es ist ruhig dort, aber ganz hübsch für Touristen, nehme ich an.«

Tess fuhr mit dem Finger am Rand ihres Glases entlang. »Also eigentlich ...«, sagte sie.

»Tess!« Ihre Mutter setzte sich wieder, dieses Mal abrupter.

Sekundenschnell stand ihr Vater wieder neben ihr. »Flavia? Liebling?«

Sie wedelte mit der Hand, um ihn zu vertreiben. »Mir geht es gut«, sagte sie. Sie warf Tess einen wütenden Blick zu.

»Ich überlege, ob ich die Villa nicht eine Weile behalte.« Also ehrlich. Warum ließ sie sich von den beiden ein schlechtes Gewissen machen? Was war bloß mit ihr los? Was war mit ihrer Familie los? Tess stand auf, drehte den Wasserhahn auf und ließ Wasser ein, um die Kochtöpfe zu spülen. Sie wollte ihre Mutter auf keinen Fall aufregen. Aber das Haus war ihr aus einem bestimmten Grund vererbt worden. All das hatte einen Sinn, anders konnte es gar nicht sein.

»Wozu?«, fragte ihre Mutter ausdruckslos. »Warum solltest du sie behalten wollen?«

»Als Ferienhaus?« Tess wagte nicht auszusprechen, was sie eigentlich gehofft hatte, nämlich dass sie, Ginny und ihre Eltern alle zusammen dorthin fahren könnten. Glückliche Familien, dachte sie trostlos. Sie sehnte sich nach einem Hoffnungsschimmer, besonders nach gestern Abend. Sie spritzte Geschirrspülmittel in die Schüssel und wartete darauf, dass sie sich mit Lauge füllte.

Ihr Vater wusste offensichtlich nicht, wie er sich verhalten sollte. »Das wäre eine Idee, Schatz«, sagte er.

»Eine schlechte Idee«, konterte ihre Mutter. Sie stand auf. »Ich wusste, dass dabei nichts Gutes herauskommen würde«, murmelte sie.

Tess und ihr Vater starrten einander an.

Das Telefon klingelte, und ihr Vater war sichtlich erleichtert, dass er den Raum verlassen konnte, um dranzugehen. »Das wird Joe sein«, sagte er, an niemand Speziellen gerichtet, als er den Raum verließ.

»Das hofft er ...« Flavia lächelte versöhnlich.

»So ist es wohl.« Tess erwiderte ihr Lächeln und stapelte die Töpfe in die Spülschüssel. Waffenstillstand. Sie dachte an den Ausflug nach Segesta, den Schuss, den sie gehört hatte. »Kanntest du auf Sizilien jemanden, der mit der Mafia zu tun hatte?«, fragte sie.

Ihre Mutter öffnete Schranktüren, um die Teller für das Abendessen herauszuholen, und knallte sie kräftiger, als notwendig gewesen wäre, wieder zu. Sie schnaubte entnervt. »Mit der Mafia zu tun?«, wiederholte sie. »Ach, Tess. Viele Menschen haben Schutzgeld bezahlt.« Sie trug Platten und Teller zum Tisch. »So war das nun einmal auf Sizilien. Es war ein System, das funktionierte. Die Leute haben es bezahlt wie eine

Steuer, und es wurde für sie gesorgt. Viele fanden das gar nicht schlecht.«

Tess runzelte die Stirn. »Hat das System denn während des Krieges auch so weiterbestanden?« Ihre Mutter war damals zwar erst ein Teenager gewesen, aber so, wie sie Muma kannte, hatte sie ziemlich genau gewusst, was vor sich ging, selbst wenn sie heute nicht mehr darüber sprechen wollte.

Flavia zuckte mit den Schultern. »Teilweise. Die Mafia als Organisation war unter Mussolini dazu gezwungen, im Geheimen zu agieren. Aber gegen Ende des Krieges wurde sie wieder mächtig.« Seufzend stellte sie Platten an ihren Platz auf dem Tisch. »Du darfst sicher sein, Tess, dass sie ihre Macht immer behalten wird.«

Und jetzt? Tess schrubbte die Bratpfanne. Hatte sie immer noch Macht?

Ihre Mutter ging in der Küche umher, nahm hier eine Teetasse in die Hand, dort ein Tuch. Es war, als könne sie nicht still sitzen oder stehen bleiben. »Natürlich hat sie wieder an Macht gewonnen, als die faschistische Regierung stürzte«, sagte sie.

»Wie kam das?«

»Weil die Alliierten die Verwaltung Siziliens an Einheimische übergaben, die als Antifaschisten bekannt waren.« Sie lachte.

»Und wer waren diese Männer?« Tess hoffte auf Namen.

»Mafialeute, die sich unter Mussolini bedeckt gehalten hatten«, antwortete ihre Mutter. »Viele von ihnen galten als Ehrenmänner.« Sie richtete sich auf, sah ihrer Tochter aber nicht in die Augen.

Tess war skeptisch. Ihre Mutter glaubte doch wohl nicht alles, was sie da erzählte? »Wer waren sie, Muma?«, wollte sie wissen. »Gab es in Cetaria bestimmte Familien?« Sie wischte sich die Hände an einem Geschirrtuch ab und begann, die Töpfe und Pfannen abzutrocknen.

»Still.« Ihre Mutter schüttelte den Kopf. »Es ist besser, diese Dinge nicht zu wissen.« Sie beschäftigte sich damit, die Arbeitsfläche aufzuräumen, aber Tess wollte sich nicht damit abfinden, dass das Gespräch damit beendet sein sollte.

»Steckst du da nicht ein bisschen den Kopf in den Sand?« Sie stellte die Töpfe einen nach dem anderen weg. In der Küche ihrer Mutter hatte alles seinen genauen Platz.

»Manchmal ist das für den Kopf am sichersten«, gab ihre Mutter zurück.

»Aber …«

Für eine alte Frau fuhr sie ziemlich schnell herum. »Misch dich da nicht ein, Tess«, sagte sie. »Nicht in sizilianische Angelegenheiten und erst recht nicht mit solchen Gedanken. Sizilien ist für mich ein dunkles Kapitel – und für andere ebenfalls. Aber es ist Vergangenheit. Ich habe mich vor langer Zeit davon befreit. Ich bin hier. Das ist mein Leben. Für mich gibt es keinen Grund mehr zurückzuschauen.«

Tess holte tief Luft. »Aber für mich vielleicht.«

»Sizilien bedeutet dir nichts.« Ihre Worte klangen wie Peitschenhiebe.

»Aber Muma«, gab Tess zurück und dachte an die Party, an das, was sie dort empfunden hatte. Diesen Moment vollkommener Gewissheit. »Das tut es. Und ich muss dorthin zurück.«

»Muss?« Die Augen ihrer Mutter wirkten dunkel und unergründlich.

»Ich will, und ich muss.« Tess durchquerte die Küche und nahm die Hände ihrer Mutter. Sie fühlten sich so dünn und zerbrechlich an. »Ich will dich nicht aufregen«, erklärte sie ihr.

»Das ist das Letzte, was ich möchte. Aber ich habe darüber nachgedacht. Und ich muss zurück.«

Sie hatte Zorn oder Tränen erwartet, aber ihre Mutter stellte ihr nur eine Frage. »Warum?«

Tess war sich nicht sicher. »Ich habe einfach das Gefühl.« Sie zuckte mit den Schultern. »Ich glaube, deswegen hat Edward Westerman mir die Villa vermacht. Und schließlich bin ich halb Sizilianerin. Vielleicht liegt Sizilien mir auch im Blut.«

Ihre Mutter befreite sich nicht von ihrem Griff, aber sie starrte ausdruckslos ins Leere. Tess hasste diesen geschlagenen Ausdruck auf ihrem Gesicht mehr als alles andere.

»Erzähl es mir, Muma«, bat sie.

Ihre Mutter schüttelte den Kopf. »Du musst es auf deine eigene Art herausfinden«, murmelte sie. »Das kann niemand anderer für dich tun, meine liebe Tess.«

Aber sie konnte ihr helfen, dachte Tess. Wenn sie wollte, konnte sie ihr zumindest die Richtung zeigen.

»Wann willst du fliegen?«, fragte sie. »Was ist mit deiner Arbeit?«

»Ich habe am Dienstag gekündigt.« Es kam ihr immer noch ein wenig unwirklich vor, so als sei es doch jemand anderem passiert. Vielleicht hatte sie es noch nicht verarbeitet.

Die Augen ihrer Mutter weiteten sich. »Wegen Sizilien?«

»Nein. Sie haben mich unfair behandelt.«

Sie setzten sich zusammen an den Tisch, und Tess erklärte ihr, was passiert war. »Und vielleicht auch wegen Sizilien«, gestand sie. Merkwürdig, dass es gerade jetzt geschehen war. Als sollte es so sein.

»Und Robin?« Ihre Mutter brachte den Namen kaum über ihre Lippen.

»Es ist vorbei«, sagte Tess. »Endgültig vorbei.« Sie fragte

sich, wie oft sie das noch sagen musste, bevor sie und alle anderen ihr glaubten.

»Dann hast du dich entschieden?« Etwas an der Miene ihrer Mutter hatte sich verändert. »Du bist entschlossen, nach Sizilien zurückzukehren?«

»Ja.« Tess wusste, dass sie es tun musste. »Mit oder ohne deine Unterstützung«, setzte sie hinzu. »Obwohl es mir lieber wäre, wenn du mich verstehen könntest.«

Ihre Mutter nickte. Sie schien zu zögern, doch dann traf sie eine Entscheidung. »Warte hier«, sagte sie verschwörerisch, stand auf und warf einen Blick über die Schulter, als könne plötzlich die Gedankenpolizei auftauchen, um sie zu verhaften.

»Was ...?«

Zwei Minuten später war sie wieder da. Sie nahm Tess' Hand und drückte etwas hinein.

Tess schaute nach unten. Es war Geld, zusammengerollte Scheine. Sie hatte keine Ahnung, wie viel es war, aber es sah nach viel aus. »Was ist das?«

»Es gehört mir«, antwortete ihre Mutter abwehrend. »Nicht deinem Vater. Ich habe es gespart.«

»Wofür?« Tess starrte sie an.

»Für eine Gelegenheit wie diese«, gab ihre Mutter zurück. »Nimm es. Es gehört dir. Und ich werde versuchen, dich zu verstehen.«

»Aber ich kann doch nicht ...« So viele Gedanken drehten sich in ihrem Kopf. Zum Beispiel, dass das Geld ihr helfen würde, nach Sizilien zurückzukehren und dort eine Zeit lang zu leben. Aber woher die plötzliche Kehrtwende? Tat sie das Richtige? Was war mit Ginny? »Ginny ...«, sagte sie.

Ihre Mutter zog eine Augenbraue hoch. »Da stimmt etwas nicht«, konstatierte sie, als wüsste sie bereits Bescheid.

Tess erzählte ihr von dem Streit und davon, wie aufgewühlt er sie zurückgelassen hatte. Sie fragte sich, an welcher Stelle sie einen Fehler gemacht hatte. Ihre lebenslustige Tochter hatte sich irgendwie in einen widerspenstigen Teenager verwandelt. Aber das Schlimmste, das Allerschlimmste war, dass Ginny, die ihre liebste Gefährtin gewesen war, seit sie sprechen konnte, sie zurückgewiesen hatte. Kein Zweifel, ihre Tochter hatte keine Lust mehr, Zeit mit ihr zu verbringen. Und ganz bestimmt wollte sie nicht mit nach Sizilien kommen.

Tess fand sich plötzlich in den Armen ihrer Mutter wieder, etwas, was nicht besonders oft vorkam. Sie traute sich kaum zu atmen aus Angst, ihre Mutter könnte sie sonst loslassen. »Das geht vorbei«, sagte ihre Mutter. »Es ist ganz natürlich und gibt sich auch wieder.« Sie streichelte Tess' Haar, als wäre sie wieder ein Kind. »Ginny soll ein paar Wochen zu mir kommen. Flieg nach Sizilien, wenn du musst. Vielleicht tut es euch beiden gut, eine Weile getrennt zu sein.«

Tess schluckte ihre Tränen hinunter. In den letzten Wochen hatte sie so viele neue, nie gekannte Gefühle empfunden, dass sich ihr Innerstes in Aufruhr befand. Die Frau in ihr sehnte sich verzweifelt danach, nach Sizilien zurückzukehren. Nicht nur, um das Rätsel zu lösen, sondern um ein Abenteuer zu erleben, um ihre Villa zu genießen, um ein wenig zu leben. Aber nun, da ihre Mutter ihr sozusagen die Erlaubnis und die finanziellen Mittel dazu gegeben hatte, war es die Mutter in ihr selbst, die sie zurückhielt. Sie hatte die Verantwortung dafür übernommen, Ginny allein großzuziehen, und sie sollte sich ihr stellen.

Sie seufzte. Es war nicht so ungewöhnlich, dass Ginny nachts nicht nach Hause kam, obwohl sie das eigentlich nicht durfte, wenn sie Prüfungen hatte. Teenager schienen kreuz und quer bei anderen zu schlafen. Das bedeutete nicht, dass sie alle Sexorgien feierten, sondern nur, dass sie keine Lust hatten, nach Hause zu kommen. Und selbst wenn Ginny wilden Sex hatte, sagte sich Tess, sie war achtzehn. Solange sie Kondome benutzte, war es ihre Sache, oder? Aber sie schickte Tess immer eine SMS, damit sie wusste, wo sie war, das war ihre Regel.

Als Tess ihre Tochter heute Morgen endlich zu Hause erreicht hatte, hatte Ginny sich nicht einmal entschuldigt. Tess wusste, dass es sinnlos war, wütend zu werden. Außerdem war das nicht ihr Stil. Aber bei solchen Gelegenheiten wünschte sie, David wäre als Vater präsenter gewesen.

Vielleicht hatte Muma recht, und eine Zeit der Trennung würde sowohl Ginny als auch Tess guttun. Ginny liebte und respektierte ihre Großeltern. Bei ihnen würde sie sich auf keinen Fall danebenbenehmen. Vielleicht wurde Tess doch nicht allein mit ihrer Tochter fertig. Sie dachte an das Geld, das ihre Mutter ihr geschenkt hatte. Davon würde sie bestimmt mehrere Wochen leben können, während sie sich klar darüber wurde, was sie tun wollte. Was tun? Das war eine große Frage. Aber ... Sie wollte nicht, dass Ginny und sie sich noch weiter voneinander entfernten. »Ich bin mir immer noch nicht sicher, ob ich das Richtige tue«, gestand sie.

»Versteh mich nicht falsch.« Ihre Mutter sah ihr direkt in die Augen. »Ich will nicht, dass du fliegst. Aber ich verstehe, dass du es tun musst.« Sie nickte. »Und ich sehe, dass du eine Auszeit brauchst.« Sie legte Tess eine Hand auf die Schulter. »Du bist nicht Wonderwoman, mein Schatz. Du hast dieses Kind allein großgezogen, und du hast immer, immer zu schwer gearbeitet. Jetzt hast du keinen Job mehr, aber eine Villa in Cetaria. Jetzt kannst du weggehen und nachdenken. Worüber auch immer.«

Zum zweiten Mal an diesem Abend dachte Tess, was für

eine bemerkenswerte Frau ihre Mutter war. Stark, selbstlos und verständnisvoll. Sie hatte das Gefühl, immer noch Einwände erheben zu müssen. Aber andererseits …

»Mach dir keine Sorgen«, sagte ihre Mutter. »Flieg einfach, bring deine Gedanken in Ordnung, und dann ist es vorbei.« Sie öffnete die Tür des Backofens, wo ihr Essen vielversprechend vor sich hin brodelte. »Und jetzt«, erklärte sie und lächelte zum ersten Mal an diesem Abend, »kannst du deinen Vater zum Essen rufen.«

28. Kapitel

Das war es also, dachte Flavia. Tess wollte zurück nach Sizilien. Sie musste nach Sizilien zurückkehren. Vielleicht war es ihr Schicksal.

Flavia saß in dem Zimmer, in dem sie gern schrieb, weil man von dort aus in den Garten sah und die Sonne des Juninachmittags hereinströmte und sie wärmte. Sie beobachtete Lenny, der im Garten aufs Geratewohl an der Hecke herumschnippelte. Als sie gehört hatte, dass Edward Westerman gestorben war und ihrer Tochter die Villa hinterlassen hatte, hatte sie gewusst, dass das nur der Anfang war. Sie war eine alte Frau und konnte nicht mit dem Sog Siziliens konkurrieren.

Also hatte sie Tess ziehen lassen. Und sie hatte es ihr leichter gemacht. Warum? Nun, weil Tess ihre Tochter war – und weil sie so dickköpfig war, dass sie nicht aufgeben würde, bevor das Rätsel nicht gelöst war. Nun gut. Dann sollte es eben so sein. Sie würde versuchen, es zu verstehen.

Sie lockerte ihre schmerzenden Finger und griff nach dem Stift. Sie würde ihren Teil dazu beitragen. Jeden Tag ein bisschen. Sie würde es schaffen.

Käse hieß in Sizilien *il frutto*, die Frucht der Milch. Das war etwas, was Flavia zuerst mehr als alles andere aus Sizilien vermisst hatte. Sie erinnerte sich an den Schäfer aus den Bergen, an sein zerfurchtes Gesicht, den Holzstab, den er trug, und seine kräftigen Stiefel mit den dicken Sohlen.

Pecorino, Schafskäse, *Caciocavallo* aus Kuhmilch, Ziegenkäse. Und Ricotta, der aus der Molke anderer Käse hergestellt wurde und gar kein echter Käse war, sondern eben Ricotta.

Im Dorf hatte sie oft bei der Herstellung des Ricottas zugesehen. Zusammen mit Mama hatte sie in der Hütte mit den geschwärzten Wänden gestanden, während die Milch im Kessel ununterbrochen umgerührt und immer heißer wurde, bis sich die Masse zu trennen begann. Sie roch noch immer den süßen, cremigen Duft des feuchten Käsebruchs, das durchdringende Aroma des Olivenholzes, das unter dem Topf rauchte und Funken sprühte.

Es gab viele Rezepte mit Ricotta, die Flavia in ihre Sammlung aufnehmen konnte. Ricotta passte zu *dolce*, zu Spinat, roter Paprika ... Man konnte ihn würfeln und mit Oliven, sonnengetrockneten Tomaten und Salatblättern servieren oder Olivenöl darüberträufeln und ihn mit Petersilie, Minze oder schwarzem Pfeffer bestreuen. Er schmeckte nach den Bergen, nach Geschichte, nach dem Anbeginn der Zeiten.

Flavia hörte ihn aufschreien. Es schien, als seien ihre Ohren sogar im Schlaf auf ihn eingestellt.

Leise wie eine Katze glitt sie aus dem Bett, wickelte sich in ihren Morgenmantel und rannte über die steinernen Bodenplatten leichtfüßig in sein Zimmer.

»Pssst, ist ja gut«, flüsterte sie, um ihn zu beruhigen.

»Es ist so verdammt heiß«, murmelte er. »Ich verbrenne.«

Ja, er schwitzte. Sie holte einen kalten Waschlappen und legte ihn auf seine Stirn.

Er bedeckte die Augen mit den Händen. »Es sind die Lichter. Sie blenden mich ...«

Manchmal träumte er von den Lichtern, manchmal waren

es die Geräusche, oft beides. Flavia legte ein Tuch über die Lampe an seinem Bett. Sie ließen sie brennen, denn Dunkelheit war ebenfalls ein Problem. Sie wusste, dass er Alpträume hatte. Diesen Traum hatte er schon oft gehabt, seit er bei ihnen war. Sie kannte die Zeichen. Es war ein Traum, eine Rückblende auf den Moment vor dem Absturz seines Flugzeugs.

»Du bist in Sicherheit«, flüsterte sie auf Englisch, wie sie es immer tat, damit er sie verstand. »Du bist hier, in dem Haus in Cetaria, bei mir.« Es war immer noch dunkel, und abgesehen von ihrem halblaut geführten Gespräch war es still im Haus.

Im Lauf der letzten Wochen hatte er sie mehr Englisch gelehrt, und sie hatte ihm ein paar Brocken ihrer Muttersprache beigebracht, damit er sich wenigstens ein bisschen mit ihrem Vater verständigen konnte. Das schien wichtig zu sein.

Mit der Zeit fing er an, nach draußen zu gehen, blieb aber immer in der Nähe des Hauses. Und während er über die Terrassen und durch die ortos ging, wurde sein Bein stärker.

Jeden Abend vor dem Essen kam ihr Vater zu ihm, brachte ihm ein Glas Wein und erkundigte sich mit ernster Miene nach seinem Befinden.

»Bene«, antwortete Peter ihm dann. »Grazie, signor.«

»Aber immer noch sehr schwach«, pflegte Flavia hinzuzusetzen. Natürlich sollte er gesund werden, aber sie wollte nicht, dass er fortging. Seine Wunde war verheilt, und die Metallsplitter hatten sie alle entfernt. Er machte gute Fortschritte. Aber er war noch nicht so weit, dass er sie verlassen konnte, und sie war nicht so weit, ihn gehen zu lassen. Sie konnte den Gedanken, sich von ihm trennen zu müssen, nicht ertragen.

Aus seinen Träumen und dem, was er ihr erzählt hatte, wusste Flavia, dass es damals im Juli das Ziel der Flieger gewesen war, eine Brücke außerhalb von Siracusa zu erobern und *zu halten, bis die übrigen Truppen die Stadt auf dem Seeweg erreichen würden, um sie einzunehmen. Sie wusste, dass er eine Waffe und viel Munition bei sich gehabt hatte, und vermutete, dass Papa und seine Kumpane sie an sich genommen hatten. In Sizilien wusste man nie, wann man so etwas noch einmal gebrauchen konnte. Sie wusste, dass er in dieser Nacht in Mascara im Atlas-Gebirge gestartet war. Er hatte seinen Kurs nicht halten können, Suchscheinwerfer hatten ihn geblendet, und er hatte die Küste aus den Augen verloren.*

»Ganz ruhig, alter Junge«, murmelte er jetzt, und seine Stimme wurde immer lauter. »Wir sind zu schnell. Wir werden ...«

Sie hielt seine Hand. Sie wusste, was jetzt kam. Der Absturz. Finsternis. Vergessen.

»Peter«, wisperte sie.

Er griff nach ihrer Hand und drückte sie fest. Sie zuckte nicht zurück.

»Flavia.«

Von der Tür war eine andere Stimme zu hören. »Geh ins Bett, Flavia.« Ihr Vater.

»Aber Papa ...« Niemand anderer konnte Peter so gut beruhigen wie sie. Niemand anderer konnte nachfühlen, was er empfand.

»Geh.« Papa hatte diesen Gesichtsausdruck, der bedeutete, dass sie ihm gehorchen musste.

Daher warf Flavia einen letzten Blick auf Peter und rannte zurück auf ihr Zimmer, obwohl sie es kaum ertragen konnte, ihn zu verlassen.

Sie hörte noch die ganze Nacht ihre Stimmen. Einmal schlich Flavia sich zurück zu seinem Zimmer, um sie zu belauschen.

»Sie werden das Haus verlassen«, hörte sie ihren Vater auf Sizilianisch sagen.

Sie zuckte zusammen, stützte sich hilfesuchend an der Steinwand ab. Aber sie fand dort keinen Trost. Bald würde es Winter werden. Sie hatte es kommen sehen. Aber … Sie wusste nicht einmal, ob Peter ihren Vater verstand.

»Ich werde Ihnen helfen«, erklärte ihr Vater. »Aber meine Tochter bekommen Sie nicht.«

Heiße Tränen liefen Flavia übers Gesicht. Am liebsten hätte sie die Tür aufgerissen, ihnen mit den Fäusten gedroht und sie angeschrien, aber das wagte sie nicht. Sie wollte nicht, dass ihre Eltern ihr ganz verbaten, ihn zu sehen. Sie wollte nicht, dass man sie einsperrte wie ein Tier, dem man nicht trauen konnte.

»Ich liebe sie«, hörte sie Peter sagen. »Ich liebe Flavia.«

Ihr Herz hörte fast auf zu schlagen. Er liebte sie.

»Nein«, sagte Papa.

Ihr ganzes Leben lang hörte sie das jetzt schon, Papas »Nein«, das keinen Widerspruch duldete.

Zurück in ihrem Zimmer, vergoss Flavia ohnmächtige Tränen. Vor Peter war ihr Leben trostlos gewesen. Es gab nichts, auf das sie sich freuen, nach dem sie sich sehnen konnte, keine Hoffnung auf Veränderung. Alles, was sie vor sich sah, das Beste, was sie von der Zukunft erwarten durfte, war, einen Mann zu finden, der freundlich war und für sie sorgte. Sie würde sein Bett teilen, seine Kinder zur Welt bringen und an die cucina *gefesselt sein. Wie Mama. Er würde mit seinen Freunden ausgehen – ins Café, um* grappa *zu trinken, zum Corso, um beim Tanzen zuzusehen. Sie würde im Haus festsitzen. In der Falle. Kirche, Markt,* la casa. *Lieber wollte sie sterben.*

Was gab es sonst noch?

»Was gibt es sonst noch?«, pflegte sie Santina zu fragen, doch diese schnappte nur entsetzt nach Luft, tat, als halte sie sich die Ohren zu, und lief manchmal sogar weg. Santina würde tun,

was ihre Familie von ihr verlangte, aber sie war eine gute Freundin. Flavia hätte ihr ihr Leben anvertraut. »Was gibt es sonst noch?«

Und dann war Peter gekommen.

Flavia lag auf dem Rücken und starrte an die Decke. Durch die halb geschlossenen Läden kroch ein Hauch rosigen Lichts herein. Die Morgendämmerung. Und dann war Peter buchstäblich in ihr Leben gestürzt, wie ein Stern vom Himmel, und alles, alles hatte sich verändert.

Sie zog die Knie bis an die Brust hoch und breitete die Arme weit aus. Peter liebte sie.

Es lag nicht daran, dass er Ausländer war, fremd und aufregend, obwohl er das natürlich war. Auch nicht daran, dass er sie in ein anderes Land mitnehmen konnte, ein neues Land, von dem Signor Westerman ihr schon erzählt hatte und von dem sie wusste, dass sie dort ein ganz anderes Leben führen konnte. Obwohl das ebenfalls dazugehörte. Nein, es war Peter selbst. Das Gefühl, seine Haut zu berühren, seinen Pulsschlag zu spüren. Flavia liebte ihn. Sie liebte ihn von ganzem Herzen.

29. Kapitel

Erleichtert schloss Ginny die Haustür auf. Ihre letzte Prüfung war vorbei. Die Farce war vorüber. Alter Finne …

»Schatz?« Ihre Mutter war in der Küche. Ginny begriff nicht, warum sich ihre Mutter noch nicht nach einem neuen Job umgesehen hatte. Was hatte sie vor? Eltern mussten doch arbeiten, oder? Wo sollte sonst das ganze Geld herkommen?

»Hi.« Seit ihrem Streit hatten sie immer noch nicht zu einem normalen Umgang zurückgefunden. Hinterher wusste man nie so recht, wie man sich verhalten sollte. So tun, als wäre nichts gewesen? Sich entschuldigen? Oder ein paar Tage schmollen, um seinen Standpunkt zu unterstreichen?

»Wie ist es gelaufen?« Ihre Mutter hatte sich für die erste Möglichkeit entschieden und beschlossen, nicht mehr über den Streit zu reden. Sie saß am Küchentisch und hatte eine Landkarte vor sich ausgebreitet.

»Ganz gut.« Tatsache war, dass Ginny außer ihrem Namen kaum etwas auf den Prüfungsbogen geschrieben hatte. Ihrer Meinung nach konnte sie sich der Uni und dem Psychologiestudium nur entziehen, wenn sie sich dem Wettbewerb gar nicht erst stellte. Und es war ihr erstaunlich leichtgefallen, einfach nur dazusitzen, Strichmännchen zu malen und diesen Teil ihres Gehirns abzuschalten. Es war surrealistisch, beinahe überirdisch. Als ob sie jemand ganz anderes wäre. Was hatte das alles schon zu bedeuten? In ihrem Inneren rollte die Kugel herum und tat ihre Zustimmung kund. *Was hatte das alles schon zu bedeuten?*

»Lust auf eine Tasse Tee?« Ihre Mutter stand auf.

»Okay.«

Abgesehen davon, dass sie nicht über den Streit redete, machte ihre Mutter seitdem auch noch etwas anderes: Sie fasste Ginny mit Seidenhandschuhen an, als sei sie zu zerbrechlich, um sie zu berühren, und zu unberechenbar, um sie anzusprechen. Ginny hasste es. Es machte sie wahnsinnig.

»Dann wirst du heute Abend sicher feiern, oder?«, sagte ihre Mutter in einem etwas zu dick aufgetragenen fröhlichen Tonfall. »Die Prüfungen sind vorbei ... Endlich frei!«

»Vielleicht.« Ginny wusste nicht, ob sie dazu Lust hatte, obwohl tatsächlich ein paar von ihren Kommilitonen ausgehen würden. Becca würde auf jeden Fall da sein. Aber Becca würde mit Harry kommen, und Ginny wusste, wie sie sich dann wieder aufführen würde.

Sie musste zugeben, dass sie mit Beccas Besessenheit von Harry nicht umgehen konnte. Becca war ihre beste Freundin gewesen, sie waren ständig zusammen gewesen, und dann, von einem Moment auf den anderen, war sie überhaupt nicht mehr erreichbar. Und was die Kugel anging ... Dass sie absichtlich ihre Prüfungen versiebt hatte, hatte nicht das Geringste an ihrer Größe geändert. Wenn überhaupt, war sie selbstbewusster geworden und kollerte nun zu jeder Tages- und Nachtzeit in ihrem Inneren herum, als ob sie besessen sei, was ebenfalls paradox war, wenn man richtig darüber nachdachte.

Ihre Mutter stellte einen Becher Tee vor sie hin. »Wie geht's Ben?«, erkundigte sie sich vorsichtig.

Oh, Mist! »Gut.« Das war noch so ein Problem ...

Warum ging es in Beziehungen bloß immer um Macht?

Zum Beispiel Ben: Zu Anfang war er es gewesen, der Macht über sie gehabt hatte. Ginny hatte nicht gewusst, was sie tun sollte. Dann hatten sie miteinander geschlafen, und sie wusste,

wusste einfach, dass sie jetzt am Drücker war. Er wollte sie, immer und ständig. Das war großartig, aufregend. Nicht der Sex selbst, sondern dass sie so begehrt wurde. Sogar die Kugel verhielt sich beim Sex ruhig; erst nachher begann sie zu kreischen.

»Nachdem du deine Prüfungen jetzt hinter dir hast«, sagte ihre Mutter mit dieser neuen fröhlichen Stimme, »musst du überlegen, was du als Nächstes anfängst.«

Ginny warf ihr einen düsteren Blick zu. »Du meinst, heute noch?«

Ihre Mutter holte tief Luft. »Nein … Aber bald.«

Ginny setzte sich abrupt hin. »Ich hab's dir doch gesagt. Ich will reisen.«

»Dann wirst du Geld brauchen.« Die Stimme ihrer Mutter klang irgendwie forscher als sonst, als hätte sie beschlossen, mit dem Nettsein aufzuhören.

Ginny stöhnte.

»Du musst dir einen Job suchen.«

Ginny zog eine Grimasse. Warum mussten Eltern bloß immer so negativ sein? Nie konnten sie sich dazu überwinden, einfach »Viel Spaß!« zu sagen. »Ich weiß.« Arbeiten würde immer noch besser sein als Psychologie zu studieren. Anders konnte es gar nicht sein.

»Und du bist dir sicher, dass du es dir wegen Sizilien nicht noch anders überlegst?« Ihre Mutter zeigte auf die Karte, die auf dem Tisch lang. »Wir könnten es uns zusammen so schön machen.«

Ginny machte sich nicht einmal die Mühe hinzusehen. »Kommt gar nicht in die Tüte.«

»Okay.« Ihre Mutter zuckte mit den Schultern und faltete die Karte zusammen. »Ich fliege nur für ein paar Wochen«, setzte sie hinzu. »Höchstens einen Monat. Oder zwei.«

»Ein oder zwei Monate?« Ginny starrte sie aufgebracht an. Sie konnte es sich also leisten, für ein oder zwei Monate nach Sizilien zu verschwinden, und trotzdem nörgelte sie an Ginny herum und wollte, dass sie sich einen Job suchte. Und was war mit ihr? Was sollte sie machen, solange ihre Mutter auf Sizilien war? Schon wieder.

Vorsichtig streckte ihre Mutter die Hand aus. »Geht's dir gut, Schatz?«, fragte sie. »Ist etwas mit Ben?«

Ben hatte keine Angst mehr. Und obwohl er sie immer noch begehrte und sie ständig miteinander schliefen, war dieses verzweifelte Verlangen danach nicht mehr da, und Ginny hatte ihre Macht verloren. Einfach so. Sie hatte den Eindruck, dass er sich ihrer vollkommen sicher war und sich deshalb keine Mühe mehr gab. Und was noch schlimmer war, ihr war klar geworden, dass sie nicht nur wegen Becca und dieser ganzen Sache mit den Prüfungen, der Uni und dem Psychologiestudium aus dem Takt geraten war. Sie fühlte sich auch gelangweilt, zu Tode gelangweilt. Und sie hasste so ungefähr alles, sich selbst eingeschlossen.

»Nein, alles im Lack«, sagte sie.

»Wenn du nicht möchtest, dass ich fliege«, sagte ihre Mutter, »dann bleibe ich hier.«

Aber es war offensichtlich, dass sie fliegen wollte. »Fahr ruhig nach Sizilien«, sagte Ginny. »Ich komme klar.«

Sie fühlte sich verlassen. Vergessen. Beraubt. Wo bleibe ich dabei?, hätte sie am liebsten geschrien.

»Nonna möchte, dass du so lange bei ihr und Pops wohnst«, sagte ihre Mutter. »Es wäre ein bisschen, als würdest du Urlaub dort machen.«

Ginny schnaubte verächtlich. Ihre Großeltern wohnten nur drei Straßen weiter. Aber ... »Okay«, sagte sie.

Und dann stand sie auf und lief in ihr Zimmer, weil die

Kugel ihr plötzlich Schmerzen bereitete und sie schon wieder am liebsten in Tränen ausgebrochen wäre. Sie dachte an Nonna und Pops und das Essen, das Nonna kochte, und daran, dass es in ihrem Haus immer warm und gemütlich war und sie sich dort sicher fühlte.

Als sie am oberen Ende der Treppe ankam und die bedrohlichen Tränen versiegt waren, kam ihr noch ein anderer Gedanke: Wenn ihre Mutter nicht hier war, würde es ihr viel, viel leichterfallen, den ganzen Diskussionen über Arbeit und Uni aus dem Weg zu gehen – und dem, was passieren würde, wenn die Prüfungsergebnisse herauskamen.

30. Kapitel

Als Tess nach Sizilien zurückkehrte, hatte die Feriensaison schon begonnen. Die Hotels waren voll belegt, Bars und Restaurants überfüllt, und der Urlaubsverkehr wälzte sich durch die *strade*.

Doch Cetaria lag so weit ab vom Schuss, dass der Massentourismus hier noch nicht angekommen war. Der *baglio* und die Bucht kamen Tess unverändert vor, als sie am frühen Mittwochabend mit ihrem Mietwagen ins Dorf hineinfuhr. Die Sonne stand tief und warf ihren honigfarbenen Schein über das leicht bewegte Wasser der Bucht, und es war immer noch warm. In der Ferne, über den Hügeln, aber schien nun ein anderes, rosiges Licht zwischen den konischen Silhouetten der Zypressen hindurch.

Tess bog in die *Via Margherita* ein, die Nebenstraße, die zur Villa Sirena führte, drehte das Fenster hinunter und sog die Essensdüfte ein, die durch die schmalen Straßen waberten: süße, karamellisierte Zwiebeln und Tomaten, duftende Kräuter – Oregano und Basilikum –, gebratenes Fleisch. Sie fühlte, wie sich die Vorfreude in ihr ausbreitete.

Sie fuhr bis an das Tor aus schwarzem Schmiedeeisen, sprang heraus, um es weit aufzureißen, stieg wieder ein und bog zwischen einem uralten *Ape*-Dreiradlaster und einem blau-gelben Fiat Panda scharf nach rechts ab.

Hinter dem Oleander und der alten Steinmauer wartete die Villa auf sie, dunkelrosa und im Sonnenschein sanft leuchtend, und das Meerjungfrauen-Motiv über der Eingangstür schien leise zu lächeln, als sie den Schlüssel ins Schloss schob und die Tür öffnete. Die Vorstellung, ihre Villa zu vermieten, gefiel Tess nicht besonders. Aber es war immer noch besser, als sie zu verkaufen, denn dieser Schritt wäre endgültig. Wenn sie das Haus an Feriengäste vermietete, würde es immer noch da sein, für sie da sein, wenn sie England entfliehen wollte.

Sie brauchte nur das Geld aufzutreiben, um es ein wenig – okay, ordentlich – herzurichten, und – *voilà!* Sie hätte ihr eigenes Ferienhaus auf Sizilien.

Tess ging zum Wagen zurück, um ihr Gepäck zu holen. Wer würde nicht so viel Zeit wie möglich an diesem verlockenden Ort verbringen wollen? Sie roch den Jasmin, der an der Schmalseite der Villa wuchs. Der Duft war berauschend und doch vertraut. Sie hatte das Gefühl, als sei sie gar nicht fort gewesen.

Und genau deswegen war sie auch zurückgekehrt: weil dies ein Ort war, an dem sie sein wollte. Die Villa Sirena war ihre Verbindung zu Sizilien und dem Mädchen, das ihre Mutter einmal gewesen war. Wie hätte sie sie da einfach so hergeben können?

Dieses Mal war sie nicht mit leichtem Gepäck gereist, sondern hatte auch ihre Tauchausrüstung mitgebracht, daher musste sie dreimal zurück zum Wagen gehen, bis sie fertig war. Eine alte Frau ging am Tor vorbei und sah hinein.

»Buona sera«, rief Tess fröhlich aus. Man höre sich das an …

Ein Lächeln breitete sich auf dem braunen, lederhäutigen Gesicht der Alten aus. *»Sera«*, erwiderte sie.

Tess schloss die Eingangstür hinter sich und ging geradewegs nach hinten hinaus auf die Terrasse. Dort stützte sie sich auf das Terrassengeländer und schaute in den *baglio* hinunter. Die Tür zu Toninos Atelier stand nicht offen, und er war auch nicht davor bei der Arbeit. Sie lächelte. Es war also nicht nötig, dass ihr Magen einen Satz machte. Obwohl sie das Gefühl hatte, nach Hause gekommen zu sein.

Am nächsten Morgen riss sie die Fensterläden auf, nahm ein schnelles Frühstück zu sich und schleppte ihre Tauchausrüstung in die Bucht hinunter. Sie trug ihren Neoprenanzug und hatte auch eine Sauerstoffflasche dabei. Denn sie war vorausschauend genug gewesen, um auf ihrem Weg vom Flughafen nach Cetaria an einem Tauchzentrum in der Nähe von Palermo anzuhalten und sich eine Flasche zu leihen.

Der *baglio* war ruhig; es waren nur einige wenige Menschen zu sehen, die entweder umherschlenderten oder *espressi* in der Bar tranken. Tess roch den aromatischen Duft frisch gerösteten Kaffees, der sich mit der Süße der Frühstücks-*cornetti* mischte. Es war noch Vormittag, und der *baglio* war von einer frohen, erwartungsvollen Stimmung erfüllt. Toninos Ateliertür stand jetzt offen, aber von ihm selbst war nichts zu sehen.

Ihr fiel auf, dass die Schlange noch immer im Atelierfenster lag. Ihre grünen Schuppen waren glatt und glänzend, und die gelbe Krone saß fest auf ihrem Kopf. Moment mal. Sie hielt inne. Krone? Sie schaute genauer hin. Ja, da war eindeutig eine Krone. An den Spitzen des aus gelbem Glas gebildeten Diadems befanden sich Bernsteinperlen, und der Stirnreif war mit braunen Perlenreihen besetzt. Sie musste zweimal hinsehen. Das Wesen hatte jetzt ein Gesicht: grüne Augen, buschige Augenbrauen, einen Vollbart, der in perlweißem Glas ausgeführt war, und eine gespaltene Schlangenzunge, die hervorschoss wie ein pechschwarzer Blitz.

Aber sie entdeckte keinen Hinweis darauf, woran Tonino jetzt arbeiten mochte. Auch er selbst war immer noch nirgends zu sehen. Tess unterdrückte ihre Enttäuschung und trug ihre Ausrüstung zum Ufer. Die Felsformation faszinierte sie. Die Küste selbst bestand aus zerklüfteten Klippen, aber diese Felsen ragten aus dem Wasser wie Granittürme. Sie erreichte den aus Stein gemauerten Anleger. Sie konnte es kaum abwarten, ins Wasser zu kommen, um sich umzusehen. Sie wollte wissen, was unter der Oberfläche lag, was sich tief im Meer, auf seinem Grund befand.

»Hey!«

Sie erkannte seine Stimme, noch bevor sie sich umgedreht hatte. Sein Tonfall war aggressiv, aber ... Sie winkte verhalten. »Hi!«

Er kam mit großen Schritten auf sie zu. Als er sie erreicht hatte, war seine Miene düster und verärgert. »Was um alles in der Welt tun Sie da?« Er zeigte auf ihre Ausrüstung; die Sauerstoffflasche, den Bleigürtel, die Atemmaske.

»Tauchen vielleicht?« Sie zuckte mit den Schultern. Ich freue mich auch, Sie wiederzusehen, dachte sie. Dieser Augenblick in Segesta, als sie sich beinahe geküsst hatten, schien mit einem Mal Jahre zurückzuliegen.

»Allein?« Er spuckte beinahe Feuer.

Tess sah sich demonstrativ in der Bucht um. In einiger Entfernung saß ein Pärchen auf der Mauer und beobachtete neugierig ihr Gespräch, und auf den Felsen auf der anderen Seite stand ein älterer Mann. Aber ganz offensichtlich war keiner von ihnen ihr Begleiter. »Warum nicht?«, gab sie zurück. »Ich schwimme nicht besonders weit hinaus.« Sie wusste, dass eine der Regeln beim Tauchen besagte, dass man nicht allein tauchte. Man tauchte nicht allein, für den Fall, dass man in Schwierigkeiten geriet. Wenn man Probleme bekam, brauchte man vielleicht einen Partner, der einem half. Aber natürlich würde Tess nichts Dummes tun oder Risiken eingehen. Sie wusste, was sie tat, verdammt. Und sie wollte auf Entdeckungsreise gehen. Wo um alles in der Welt sollte sie hier einen Tauchpartner hernehmen?

»Das spielt keine Rolle.« Die Hände in die Hüften gestemmt, starrte er sie zornig an. Er trug wieder die schwarzen Shorts und ein T-Shirt, das so blau war wie das sizilianische Meer. Seine Haut wirkte noch brauner als zuvor, seine Augen dunkler. »Das kann gefährlich sein. Man sollte nie allein tauchen.«

Tess richtete sich zu ihrer vollen Größe auf, obwohl sie zugeben musste, dass sie sich in ihrem eng anliegenden Neoprenanzug ein klein wenig unsicher fühlte. Damit er wie eine zweite Haut anlag, musste man ihn eine Nummer zu klein kaufen, denn er dehnte sich im Wasser aus. »Das weiß ich«, gab sie zurück. »Ich habe eine Tauchausbildung.« Wieso versuchte hier eigentlich jeder, ihr zu erzählen, was sie zu tun hatte? Sie brauchte niemanden, der die Verantwortung für ihr Leben übernahm. Das konnte sie selbst. Vielleicht.

»Dann sollten Sie es eigentlich besser wissen«, knurrte er.

Tess riss die Augen auf. In diesem Mann hatte sie sich gewaltig getäuscht. Sie hätte auf Giovanni Sciarra hören sollen. Tonino machte aus einer Mücke einen Elefanten. Sie erinnerte sich daran, wie zornig er wegen der Fischernetze geworden war. Vielleicht war er eine Art Irrer, kreativ, aber ernstlich gestört?

»Finden Sie, dass Sie das etwas angeht?« Sie rückte ihre Maske zurecht und nahm alle abschließenden Überprüfungen an der Ausrüstung vor. Als sie einen Schritt ins Wasser tat, kräuselte es sich verlockend um ihre Zehen. Sie zog ihre Flossen an. Auf Tauchhandschuhe hatte sie verzichtet, denn es war nicht kalt. Das war nur eine erste Erkundung, um Himmels willen.

Erneut verschränkte er die Arme. »Das ist unverantwortlich. Es ist gegen die Regeln.« Er ging einfach nicht weg.

Und jetzt? Würde er am Ufer stehen bleiben, bis sie zurückkam? Ihr wurde klar, dass er außerdem eine Menge über Tauchvorschriften zu wissen schien. Sie drehte sich zu ihm um. »Tauchen Sie?«, fragte sie.

Einen Moment lang sah es aus, als würde er nicht antworten. »Nein«, sagte er dann. »Nicht mehr.«

Nicht mehr ... Tess würde sich durch nichts und niemanden vom Tauchen abhalten lassen. Es war ihre Leidenschaft. »Wenn Sie sich solche Gedanken machen«, schoss sie zurück, »kommen Sie doch mit.«

Er schüttelte langsam den Kopf.

Tess zuckte mit den Schultern. »Okay, dann gehe ich jetzt rein.« Sie setzte das Mundstück auf und winkte ihm noch einmal zu.

Er warf ihr einen langen, bösen Blick zu, wandte sich ab und ging davon.

Sie fragte sich, was sein Problem war.

31. Kapitel

Als die Wellen ihr bis über die Knie gingen, bückte sich Tess und glitt bäuchlings ins Wasser. Es wurde sehr schnell tiefer, und sie spürte, wie das kalte Wasser in ihren Neoprenanzug eindrang, wo ihre Körperwärme es aufheizen und so verhindern würde, dass ihr kalt wurde. Sie tauchte den Kopf kurz unter. Der Meeresboden bestand aus Fels und grobem Sand und war mit groben Stoppeln aus Seetang überzogen. Quallen sah sie keine, aber sie erkannte einen Schwarm blasser, gestreifter Salpen. Was für hübsche Kerlchen sie waren, cool, elegant und beinahe irisierend.

Sie schwamm auf den Doppelfelsen zu; sie konnte ihr von den Wellen gebrochenes Spiegelbild vor sich auf dem Wasser sehen. Sie dachte an die letzten Wochen in England, an dieses merkwürdige Gespräch mit ihrer Mutter, an die ständigen Auseinandersetzungen mit Ginny (Teenager waren einfach nicht zu verstehen) und an die Trennung von Robin. All das verblasste hier in Cetaria fast zur Bedeutungslosigkeit.

Unter der Oberfläche drangen Bündel von Sonnenstrahlen in das Wasser ein, dessen Farbe zwischen dem allerblassesten Blau und leuchtendem Pfauengrün changierte – und in allen Farbtönen dazwischen. Sie bewegte sich langsam und fand zu einem entspannten, gleitenden Rhythmus.

Was hoffte sie, mit ihrer Rückkehr zu erreichen? Wonach suchte sie? Hatte es mit der Villa zu tun, mit Cetaria selbst, mit seiner Bucht und dem *baglio* oder vielleicht mit den beiden Männern, die sie hier kennengelernt hatte? Oder war sie auf der Suche nach der Vergangenheit ihrer Mutter? Vielleicht war ja alles miteinander verflochten. Vielleicht musste sie nur ein wenig genauer hinsehen, um dieses schwer fassbare Etwas zu finden.

Als sie die erste große Felsformation erreichte, tauchte sie tiefer und ließ die Hand über ihre rauen, mit Kratern überzogenen Ränder gleiten. Das Meer hatte seit Jahrhunderten an diesem Stein genagt, ihn erodiert und damit einen einzigartigen Überhang geschaffen. Kohlendioxydblasen quollen aus ihrem Atemgerät und trieben an die Oberfläche wie Quecksilberpilze. Dieser Fels wirkte so unverrückbar, dachte sie, und trotzdem konnte sie sehen, dass diese Felseninseln tiefe Risse und Brüche aufwiesen, und zwar sowohl unter Wasser als auch über der Oberfläche. Dort wuchsen Kakteen, und Seeschwalben nisteten darin. Die einzelnen Teile der Felsformation stammten von verschiedenen Ursprungsorten und waren unterschiedlich lange hier.

Näher am Meeresboden ruhten stachlige, rosa Seeigel, und Schichten von leuchtend orangefarbenen Schwämmen lagen zwischen dem lilafarbenen Seegras auf den Felsen. Tess war keine Geologin, aber sie kannte sich ein wenig mit Erde, Stein und Erosion aus. Diese Felsformation war ein lebendiges, sich bewegendes Wesen. Auf Sizilien gab es natürlich Vulkanismus und Erdbeben; die Erde bewegte sich ganz buchstäblich. Und nun, da sie sich unter Wasser ein Bild machte, sah sie, dass es hier eine ganze Menge Felseninseln mit kleinen Buchten und winzigen unterseeischen Höhlen gab. Kurz, es gab jede Menge zu erkunden.

Sie schwamm langsam um die Felsen herum und entdeckte zwei graue Felssäulen und eine dritte, die wie ein Türsturz darüber lag. Sie befanden sich direkt hinter dem zweiten Turm, der aus dem Wasser ragte. Vielleicht war das einmal eine unterseeische Höhle gewesen. Sie ließ sich näher herantreiben. Zwischen den Säulen klemmte ein anderer, dunklerer, weniger erodierter und löchriger Stein, der von einer Eisenader durchzogen wurde. Sie betastete seine Ränder. Es sah aus, als hätte ihn Neptun, der Gott des Meeres, persönlich dorthin gerollt. Vielleicht war er aber auch einfach abgestürzt. Die Spalten zwischen diesem Stein und dem ursprünglichen Fels waren an einigen Stellen ziemlich tief und breit, an anderen Stellen waren die beiden fast miteinander verschmolzen.

Sie ließ sich tiefer sinken, bis auf den mit Kies übersäten Meeresboden. Natürlich war sie damit tiefer getaucht, als ihr Tauchschein es erlaubte, aber sie tauchte hier ja nicht in gefährlichem Wasser. Also, was war Toninos Problem? Sie hatte vorgehabt, mehr über diese sizilianischen Familien und ihre Dauerfehde herauszufinden, aber jetzt war sie sich nicht einmal mehr sicher, ob sie überhaupt mit dem Mann reden wollte. So viel zu Segesta und dem Geschmack reifer Feigen ... Manche Frauen lernten eben einfach nie, mahnte sie sich streng.

Unter den kleinen Felsbrocken auf dem Meeresgrund entdeckte sie einen dunkelroten Seestern, der schnell in eine andere Felsspalte davonruderte, und einen äußerst majestätischen Skorpionfisch mit ausladendem, braun-beigem Körperschmuck, der behäbig davonschwamm. Sie hob eine Muschel aus dem Sand auf, die von innen mit einer perfekten Perlmuttschicht ausgekleidet war, und steckte sie in ihre Reißverschlusstasche. Korallenfächer – gelbe und rote Gorgonien – wiegten ihr flaumiges Blattwerk im Takt einer Unterwasserströmung, die, je länger Tess hier unten blieb, zu einem Teil ihres eigenen Rhythmus wurde. Die Felsformationen zogen auch eine Menge Fische an. Sie erkannte einige weiß schimmernde Brassen und sogar einen großen, dunklen Zackenbarsch, und sie vermutete, dass hier noch mehr Arten unterwegs waren. Sie schwamm weiter zum nächsten Monolith.

Sie musste diese Zeit auf Sizilien auch nutzen, um darüber nachzudenken, wie sie nun, nachdem sie beim Wasserwerk gekündigt hatte, ihren Lebensunterhalt verdienen sollte. Vielleicht würde sie eine Liste von Möglichkeiten aufstellen, wenn sie zurück in der Villa war. Außerdem musste sie Kontakt mit Giovanni aufnehmen und mit ihm über Handwerker reden. Und sie musste versuchen, Santina zu treffen, denn sie hatte nicht vor, diesen Teil ihrer Mission zu vernachlässigen. Sie musste nur systematisch vorgehen. Zum Teufel mit Tonino. *Ihn* brauchte sie nicht.

Der zweite Fels war dick mit moosartigen Algen und anderen Pflanzen überwachsen und älter und heller als der erste. Interessiert betrachtete sie ihn und ließ sich dann über Felsbrocken und dichtes Seegras treiben, um zu der Anhäufung von Steinen auf der anderen Seite zu gelangen. Hier wuchsen andere Unterwasserpflanzen, darunter ein paar hübsche gelbe Seegänseblümchen. Sie entdeckte sogar einen großen Seeaal mit traurigem Gesicht. Ein Teil ihres Gehirns registrierte weiterhin, was sie sah, doch ein anderer Teil grübelte über Ereignisse aus der jüngsten Vergangenheit nach. Beim Tauchen musste man sich konzentrieren, das war das Wichtigste. Doch glücklicherweise war sie eine Frau und daher gut im Multitasking. Denn für Tess bestand nur eine der Freuden des Tauchens darin, dass sie dabei ungestört nachdenken konnte.

Als sie zwanzig Minuten später endlich an der Anlegestelle in der Bucht wieder an die Oberfläche kam, schwamm ein Sardellenschwarm um sie herum. Sie watete an Land und zog Atemmaske und Schwimmflossen aus.

Tonino arbeitete vor seinem Atelier, und sie musste an ihm vorbeigehen, um zu der Treppe, die zur Villa hinaufführte, zu gelangen. Eigentlich hatte sie vorgehabt, schnurstracks an ihm vorbeizugehen, aber etwas daran, wie er dasaß, wie er das Kinn reckte, als er zu ihr aufsah und nickte, ließ sie innehalten.

Ihr Blick fiel auf das Mosaik, das er zusammensetzte. »Woran arbeiten Sie gerade?«

Es dauerte ewig, bis er antwortete. »Kennen Sie die Legende von Cola Pesce?«, fragte er endlich.

Tess schüttelte den Kopf.

Tonino nahm einen grünen Stein, einen Malachit vielleicht, in die Hand und hielt ihn in die Sonne. »Cola Pesce verbrachte Tage unter Wasser und erkundete den Meeresboden«, erklärte er. »Er berichtete, Sizilien werde von drei gewaltigen Säulen getragen. Aber es gab ein Problem.«

»Und das war?« Tess war bereits fasziniert. Das lag nicht daran, was er sagte, sondern an seiner Stimme und an seiner ruhigen Gelassenheit.

»Eine der Säulen war zerbrochen«, verkündete Tonino feierlich.

Sie wartete. Was hatte das zu bedeuten? Dass Sizilien schon in seinen Fundamenten mit einem verhängnisvollen Makel behaftet war?

»Doch das interessierte den König nicht. Er wollte nur wissen, wie tief Cola Pesce tauchen konnte, also befahl er ihm, eine Kanonenkugel heraufzuholen, die vom Leuchtturm aus abgeschossen worden war.«

»Und? Hat er es getan?«

Seine Stimme hatte eine geradezu hypnotische Wirkung auf sie. Während er sprach, arbeitete er mit den Steinen, legte sie von einer Hand in die andere, polierte sie, hielt sie ins Licht und traf eine Auswahl.

»Er hat es versucht.« Tonino verstummte. Pausen oder ein Schweigen machten ihm keine Angst. »Doch als er die Kanonenkugel erreichte, sah er nach oben, und das Meer über ihm war hart und still und undurchdringlich wie Marmor.« Tonino kniff die Augen zu und öffnete sie dann wieder, wie eine Eidechse.

»Was hat er gemacht?«

»Nichts. Er saß für immer dort in der Falle.« Tonino schnippte mit den Fingern, und der Zauber war gebrochen.

»Oh.« Tess zuckte zusammen. Was sollte das bedeuten? Dass man sich nur so weit vorwagen sollte, wie man sich sicher fühlte? Dass die Leidenschaft einen umbringen konnte? Ging es um die Gefahren hoher Erwartungen? Was meinte er? Sie hatte das Gefühl, dass er es ihr nicht sagen würde.

»Warum waren Sie vorhin so aufgebracht?«, fragte sie ihn. »Wegen des Tauchens.«

An ihr vorbei sah er aufs Meer hinaus. »Die See ist schön«, meinte er. »Aber sie ist auch grausam.«

Tess trocknete sich das Haar mit dem Handtuch und schlang es sich dann um die Schultern. Er hatte ihre Frage damit nicht beantwortet. »Sie haben recht«, sagte sie. »Aber ich bin kein Risiko eingegangen. Ich habe mir nur die Felseninseln genauer angesehen.«

»Wonach suchen Sie beim Tauchen?«, fragte er, ohne aufzuschauen.

»Ach, Sie wissen schon, das Übliche, Meeresfauna, Wasserpflanzen und Korallen.« Sie lachte. »Vielleicht eine Perle.«

»Eine Perle ...« Er setzte ein Stück in sein Mosaik ein. »Ich hatte einen Freund«, sagte er. »Einen sehr guten Freund. Er war auch Taucher. Wir sind zusammen getaucht, und eines Tages begannen wir mit dem Wracktauchen. Man könnte sagen, dass wir ebenfalls nach Perlen gesucht haben.«

»Wracks?« Er half ihr, die Sauerstoffflasche abzunehmen, und Tess setzte sich neben ihn auf die Mauer.

»Schatzsuche.« Er beschäftigte sich wieder mit seinen Mosaiksteinen, prüfte und sortierte sie. »Damit kann ein Taucher gutes Geld verdienen – Messing, Silbergeschirr, alles Mögliche.«

Tess nickte. Sie hatte bereits gelernt, dass man in diesem Land Geld verdienen musste, wo immer man konnte. Sie öffnete den Reißverschluss am Oberteil ihres Neoprenanzugs, denn ihr wurde langsam kalt.

»Im Westen gibt es ein Wrack; es liegt vollständig unter der Wasseroberfläche. Wir wollten zusammen tauchen. Ich hatte aber noch eine andere Verabredung.« Er wirkte verlegen. »Er hat nicht gewartet.« Er hielt inne. »Mein Freund ist da draußen gestorben.«

Tess starrte ihn an. Herrgott. Tod und Zerstörung. Dunkelheit. Sizilien schien buchstäblich durchtränkt davon zu sein. »Wie lange ist das her?«, flüsterte sie.

»Zwei Jahre.«

Tess erschauerte, obwohl die Sonne heiß herunterbrannte. »Was ist passiert?«

»Er hat sich in ein paar alten Fischernetzen verfangen.« Er sah sie bei diesen Worten nicht an, doch seine Augen wirkten dunkler als je zuvor. »Manchmal werfen die Fischer sie einfach ins Meer, wenn sie zerrissen sind. Es ist ihnen egal.«

»Und er konnte sich nicht befreien?«, fragte sie ihn.

Tonino schüttelte den Kopf. »Er hat sich schließlich losgemacht, aber er hatte nicht mehr genug Luft und keine Zeit mehr zum Dekomprimieren. Er ist noch bis nach oben gekommen, aber im Boot ist er dann gestorben.«

Tess schwieg. Sie wusste, wovon er sprach. Tiefenrausch. Die Taucherkrankheit. Dazu kam es, wenn der Sauerstoff im

Blut nicht genug Zeit hatte, um sich an die Druckveränderung anzupassen. Deswegen musste man, wenn man tiefer tauchte, seine Zeit so einteilen, dass man auf dem Rückweg zur Oberfläche mehrmals anhalten konnte, um zu dekomprimieren.

Fischernetze. Tauchen im Alleingang. Jetzt begriff sie, warum er an jenem Morgen so zornig auf die Fischer gewesen war. Und sie begriff, dass er Schuldgefühle hatte, weil er nicht für seinen Freund da gewesen war, als es darauf ankam.

»Es tut mir so leid«, sagte sie.

»Ich hatte das Messer bei mir, mit dem ich ihn hätte losschneiden können, so, ganz einfach.« Er schnitt mit einem imaginären Messer durch die Luft.

»Aber Sie dürfen sich nicht die Schuld geben«, sagte Tess. »Es war seine Entscheidung, allein zu tauchen.« Sie hätte beinahe noch hinzugesetzt, dass so etwas eben vorkam. Aber das hätte abgedroschen geklungen, und er wäre ganz sicher nicht ihrer Meinung gewesen.

Er sah sie an und schüttelte den Kopf. »Die Leute sagen, das hier sei ein schlechter Ort.«

»Cetaria?« Sie sah sich um. Ihre Mutter hatte genau das Gleiche gesagt, doch Tess kam Cetaria wie ein Paradies vor. Der uralte *baglio* aus Stein mit seiner *piazza*, dem steinernen Brunnen und dem knorrigen, silbrigen Eukalyptusbaum. Die türkisblaue Bucht mit den *faraglione*, den Felsklippen, die aus dem Meer ragten. Das Labyrinth aus schmalen Straßen und mit pastellfarbenem Stuck geschmückten Häusern. Die Villa Sirena. Die Unterwassergrotte im Naturschutzgebiet. Ganz zu schweigen vom Sonnenschein. Wie konnte das ein schlechter Ort sein? Schlimme Dinge konnten überall geschehen.

Er nickte. »Es ist schön hier, ja«, sagte er. »Aber Cetaria ist nicht immer ein glücklicher Ort.«

»Nein.« Das konnte sie spüren. Es gab hier viel Leid. Es war fast, als würden selbst die Steine Leid verströmen. Sie warf einen Blick zu seinem Atelier. »Was ist eigentlich mit der Schlange?«, fragte sie.

»Der Schlange?«

Sie zeigte auf das Atelier. »Die mit der Krone.«

»Ach so. Das ist Prinz Scursini«, sagte er.

»Aha.« Tess schob ihren Neoprenanzug ein wenig tiefer. Die Sonne schien warm auf ihr Gesicht und ihre Arme. Trotzdem wurde es langsam Zeit, zurückzugehen und sich umzuziehen.

»Es war einmal eine Königin, die wünschte sich sehnlichst einen Sohn, selbst wenn er als *scursini* geboren werden sollte.«

»Was ist denn ein *scursini?*« Sie beobachtete ihn. Es war, als könne er mit dem Erzählen dieser Geschichten in eine andere Welt eintreten, ein wenig so wie sie selbst beim Tauchen. Es war eine gute Art zu vergessen.

»Eine Schlange«, erklärte er. »In der sizilianischen Folklore ist die Schlange gefährlich. Wenn man ihr in die Augen sieht, wird man gelähmt.« Er sah zu ihr auf, und prompt wandte Tess den Blick ab, um kein Risiko einzugehen.

»Natürlich wird ihr Sohn als *scursini* geboren«, sagte er. »Tagsüber ist er ein Prinz und bei Nacht eine Schlange, und eines Tages will die Schlange eine Frau. Aber sie weist zwei Frauen von niedriger Geburt, die man ihr zuführt, zurück und tötet sie.«

»Genau wie Sie«, murmelte Tess.

»Aber die dritte Frau gebraucht nicht nur ihre Schönheit, sondern auch ihren Verstand. Sie erlöst ihn von dem Zauber und erhält ihren gerechten Lohn.«

»Lassen Sie mich raten«, sagte sie. »Sie heiratet den Prinzen, und sie leben glücklich bis in alle Ewigkeit.«

»Natürlich«, antwortete er.

Tess runzelte die Stirn. »Aber finden Sie das nicht ein wenig, nun ja, altmodisch? Ich meine, in der heutigen Zeit.«

Er warf ihr einen listigen Blick zu. »Sie finden also, dass eine solche Geschichte über eine Schöne und ein Biest nicht mehr zur heutigen Zeit passt, ja?«

»Tja ...« Sie lachte.

»Und Sie glauben nicht, dass Frauen Heilerinnen sind? Und dass sie ebenso klug wie schön sein können?«

Er schien auf alles eine Antwort zu haben. »Okay, ich gebe Ihnen recht«, sagte Tess. Dieser Mann war ihr immer noch ein Rätsel, und sie war sich nicht sicher, ob sie ihm trauen konnte.

Er zuckte mit den Schultern. »Die Geschichten sind symbolisch gemeint.«

Sie nickte. »Ich verstehe, was Sie meinen.« Und sie übten eine starke Wirkung aus. Sie stand auf. »Ich muss aus diesen nassen Sachen raus«, erklärte sie.

»Das sollten Sie, ja.« Und wieder trat einer dieser eigenartigen Momente zwischen ihnen ein. Nichts Fassbares, und doch war da etwas, dachte sie. Etwas, das mehr bedeutete. Wie seine Geschichten.

32. Kapitel

Ginny lag auf dem Bett. Sie hatte die Hände hinter dem Kopf verschränkt und starrte an die Decke. In dieser Haltung war die Kugel fast nicht zu spüren, und sie konnte eine Zeitlang so tun, als wäre sie nicht da.

Die Decke unterschied sich von der Decke in ihrem Zimmer zu Hause, die schmutzig weiß und mit dicken Stuckornamenten verziert war – und hier und da mit einem Spinnennetz, denn Hausarbeit war nicht gerade Mums oberste Priorität. Die Lampe aus Buntglas hatten sie und ihre Mutter vor Ewigkeiten auf dem Markt in Pridehaven gekauft.

Seit wann unternahmen sie eigentlich schon nichts mehr zusammen? Ginny starrte den Lampenschirm an, als könne er ihr diese Frage beantworten. Es war nicht so, dass sie einfach irgendwann keine Lust gehabt hatte, mit ihrer Mutter etwas zu unternehmen, jedenfalls nicht bewusst. Rote, blaue, gelbe Farbtöne ... Sie konnte die Lampe stundenlang anstarren und tat das auch oft, wenn sie in ihrem Zimmer war und angeblich lernte.

Diese Decke bei Nonna und Pops war anders. Kahle, knallweiße Raufaser. Und keine Spinne würde es wagen, hier ihr Netz zu spinnen, denn Nonna fuhr jeden Tag mit einem Staubwedel aus orangefarbenen Federn an den Decken entlang und über die Wände. Es war eher eine Warnung an die Staubkörner, sich niederzulassen, dachte Ginny.

Der Lampenschirm war schokoladenbraun und passte genau zu den Vorhängen. Der Teppich wiederum war das, was

Nonna »strapazierfähig« nannte: in sich gemustert, damit man keinen Schmutz sah. Nicht, dass es hier welchen gegeben hätte. Aus irgendeinem Grund, den Ginny nicht verstand, weil sie auch nicht viel von Hausarbeit hielt, wirkte das beruhigend auf sie.

Nachdem ihre Mutter nach Sizilien geflogen war, hatte sich Ginnys Gefühl von Orientierungslosigkeit verstärkt. Um dagegen anzugehen, hatte sie ihr Leben gedanklich in überschaubare Bereiche aufgeteilt. Da war zum einen das College, das, was Ginny anging, vorbei war, das ihr aber stärker fehlte, als sie erwartet hatte. Sie schloss die Augen. Schlammgrau mit orangefarbenen Glanzlichtern sah sie eine Diskussion in der Mensa unter einer zusammengewürfelten Gruppe von Freunden vor sich, eine Band namens »Prickly Pairs«, die in der Sporthalle spielte, einen Abend in den Weihnachtsferien, an dem sie in Dorchester durch die Clubs gezogen waren. Das alles hatte, wie ihr jetzt klar wurde, rein gar nichts mit dem Studium zu tun. Was ihr fehlte, was das soziale Leben am College.

In einem benachbarten Bereich waren Becca und ihre anderen Freundinnen vom College zusammengefasst. Ein paar davon waren zur Feier der bestandenen Prüfungen erst einmal nach Ibiza verschwunden, und zu den meisten von ihnen konnte sie schon jetzt keinen Bezug mehr herstellen. Alle schienen sie zu wissen, was sie wollten, nämlich zur Uni gehen, und was von ihnen erwartet wurde: Leute zu treffen und einen Abschluss zu machen. Sie schickten sich nun an, in Phase zwei ihres Lebens einzutreten, und zwar ohne Nachdenken, ohne Murren und ohne sich Fragen zu stellen, wie: *Warum? Was zum Teufel mache ich bloß hier? Wohin in aller Welt will ich?* Oder sogar: *Wer zum Geier bin ich überhaupt?* Fragen, mit denen sich Ginny täglich herumschlug.

Diese Freundschaften waren silberblau. Die, die sich schon

halb aufgelöst hatten, hatten den zu dieser Farbe gehörenden Glanz schon fast verloren. Becca war königsblau. Ginny schlug die Augen auf und sah, dass eine Fliege es gewagt hatte, an der Decke zu landen. Sie hatte Glück, dass Nonna das nicht sah …

Becca war die einzige ihrer Freundinnen, die auch anders als die anderen war. Deswegen, vermutete Ginny, waren sie sich dieses Jahr auch so nahegekommen. Und deswegen war auch jetzt, wo Becca Harry hatte, alles so grauenvoll. Nicht, weil die beiden zusammen waren, sondern weil Becca von Harry geradezu besessen war. Sie ballte eine Hand zur Faust.

Becca hatte die Sache mit der Uni verstanden, vielleicht weil sie für sich selbst nie daran gedacht hatte. »Du musst nicht auf die Uni gehen«, hatte sie gesagt. »Sie können dich nicht dazu zwingen.« Diese gesichtslosen »sie« spielten bei vielen ihrer Gespräche eine Rolle. Sie konnten die Gestalt von Ginnys Mutter annehmen oder die Beccas Eltern, von Freunden und Bekannten über dreißig, von Tutoren und anderem Collegepersonal, von Verkäuferinnen. Jeder, der Autorität ausübte oder einer oder mehreren der oben genannten Kategorien angehörte, fiel darunter.

»Was soll's?«, hatte Becca noch gesagt. »Wir können genauso gut gleich arbeiten gehen und Geld verdienen. Willst du etwa mit dreiundzwanzig zwanzigtausend Pfund Studienkredite an der Backe haben?« Solche und andere Argumente hatten Ginny darin bestärkt, ihre Prüfungen sausen zu lassen und auf diese Art dem ganzen Uni-Zirkus aus dem Weg zu gehen.

Sie rutschte auf dem Bett in eine andere, bequemere Lage. Das Problem war nur, dass sie jetzt, nachdem sie absichtlich durch die Prüfungen gefallen war, mehr Angst hatte als je zuvor. Zum Beispiel davor, was ihre Mutter, Nonna und Pops sagen würden, wenn sie es erfuhren. Wie würde sie damit umgehen, dass sie alle Mitglieder ihrer Familie, an denen ihr etwas lag, enttäuscht hatte? Und was genau sollte sie dann *anfangen?*

Sie seufzte. Denn das war noch nicht alles. Eigentlich sollte man nicht eifersüchtig sein, wenn die beste Freundin einen Freund hatte. Sie war es aber, sie konnte nicht dagegen an. Beccas Königsblau entwickelte Andeutungen von Grün.

Und was Ben anging ... Die Farbe des Gedankenfelds, das er besiedelte, war ein beunruhigendes Rot. Sie hatte keine Lust mehr, sich mit ihm zu treffen, aber sie musste. Ihr blieb nichts anderes übrig, weil sie wollte, dass ihre Beziehung etwas Besonderes war, dass er etwas Besonderes war, sogar sie selbst wollte besonders sein. Sie wünschte sich, selbstbewusst, klug und witzig zu sein, sie wollte, dass man sie liebte oder wenigstens zu ihr aufsah und wie verrückt für sie schwärmte. Aber irgendwie entwickelte es sich nicht so.

Feld vier war ihre Familie, das Leben zu Hause. Hier bei Nonna war es eine Tagesdecke in einem beruhigenden blassen Lila (während sie bei ihrer Mutter immer gelb gewesen war). Gerade als dieser Gedanke herantrieb, hörte sie ihre Großmutter im Treppenhaus rufen.

»Zeit zum Aufstehen, Ginny, Liebes. Acht Uhr.«

Ginny lächelte. Nonna war wie eine gut geölte Maschine. Sie sagte jeden Morgen das Gleiche, es klang wie ein Mantra.

»Okay, Nonna«, rief sie und schlug die Bettdecke zurück.

Das Familienfeld war runder, friedlicher geworden, es war nicht mehr so scharfkantig und verletzend. Jetzt hing sie nicht mehr am Rand eines zitronengelben Abgrunds, sondern lag auf einer heidekrautvioletten Ebene.

Sie ging ins Bad, um zu duschen. Es war weiß. Weiße Fliesen an den Wänden, weißes Waschbecken, weiße Badewanne, weißes Klo. Weiße Decke und weißer Boden. Man kam sich vor wie in einem Iglu. Sie zog den natürlich ebenfalls weißen Duschvorhang zurück. Für Nonna war weiß gleichbedeutend mit sauber. Und sie hatte es gern sauber.

Das Problem damit, hier zu wohnen, dachte Ginny, während das heiße Wasser auf ihre Schultern prasselte, war, dass Nonna an einen präzise eingeteilten Tagesablauf glaubte. Daher hatte sie um acht Uhr aufzustehen, bei der Hausarbeit zu helfen und musste um elf Uhr abends zu Hause sein.

Nonnas und Pops Tag war vollkommen durchstrukturiert. Bis zur Kaffeezeit um elf erledigten sie Hausarbeiten, und dann machte sich Nonna ans Kochen, bis es um ein Uhr Mittagessen gab. Nach dem Essen hielt Pops sein Nickerchen, und Nonna zog sich in ihren »Ruheraum« zurück, um zu lesen. Jedenfalls nahm sie immer ein Buch mit. Aber sie las nicht. Ginny war am Fenster vorbeigegangen und hatte gesehen, dass sie in ein Notizbuch schrieb, und zwar auf eine schnelle, fiebrige Art, die Nonna gar nicht ähnlich sah und sie sehr zu erschöpfen schien. Faszinierend. Was konnte das sein?

Um drei Uhr nachmittags tranken sie Tee, und dann gingen sie entweder einkaufen oder machten einen Spaziergang in die Stadt. Um fünf kamen sie zurück, tranken Kaffee und saßen zusammen, bis Nonna um sechs begann, das Abendessen zu kochen, das um sieben serviert wurde. Um neun ließen sie sich in ihren Fernsehsesseln nieder, um halb elf gab es heißen Kakao, und dann ging es ins Bett.

Ginny seifte sich von Kopf bis Fuß ein. Vorher hatte sie gedacht, diese ganze Routine würde sie verrückt machen. Aber Tatsache war, dass man sich darauf verlassen konnte. Strukturen schufen Grenzen. Und innerhalb von Grenzen konnte man sich sicher fühlen. Man konnte wieder Tritt fassen. Vielleicht.

Nachdem sie den Schaum wieder von ihrem Körper gespült hatte, trat Ginny aus der Dusche und wickelte sich in eins von Nonnas flauschigen weißen Handtüchern. Sie fühlte sich gern sicher, besonders, wenn alle anderen Felder in Bewegung geraten waren, sich verschoben und ihre Grenzen aufweichten. Sie hatte Angst, dass die Kugel eines Tages derart ins Rollen geraten könnte, dass alle Farben zu einem schlammigen, undefinierbaren Etwas verschmolzen.

Als sie die Treppe hinunterkam, war Nonna am Spülen. Ihre runzligen Hände steckten tief in Seifenlauge. »Und, mein Mädchen«, sagte sie, als Ginny auftauchte, »was hast du heute vor?«

Ginny war sich nicht sicher. Wahrscheinlich würde sie bei Ben vorbeigehen. Für gewöhnlich ging sie bei Ben vorbei. Es gab nicht viel anderes, was sie zu tun hatte. Aber sie hatte das Gefühl, als hätte Nonna für heute etwas anderes geplant.

»Keine Ahnung.« Ginny schüttete Cornflakes in eine kleine Schüssel. »*Was soll das heißen, du frühstückst nicht?*«, hatte Nonna geschimpft. *»Wie kann man einen Tag ohne Frühstück anfangen? Was denkt sich deine Mutter nur dabei? Tsss, tsss, tsss.«*

»Ein Jahr Auszeit, das ist eine gute Idee«, sagte Nonna auf einmal unvermittelt. Sie sprach langsam und sorgfältig, als wäre ihr diese Sprache fremd, was sie auf gewisse Weise natürlich auch war.

Ginny war erleichtert. »Ja«, antwortete sie. »Dadurch gewinnt man Zeit, um zu entscheiden, was man aus seinem Leben machen will.« Ihre Worte klangen flüssig und waren sorgfältig einstudiert, aber nach dem Ausdruck in Nonnas dunklen Augen zu urteilen, als sie sich jetzt umdrehte und sie ansah, überzeugten sie ihre Großmutter nicht.

»Ich bin auch der Meinung, dass es wichtig ist, andere Kulturen kennenzulernen«, erklärte sie. »Und es ist sehr angenehm, einen langen Urlaub irgendwo zu verbringen, ohne dass man sich darauf einlassen muss, wirklich dort zu leben.«

Ja, sicher. Ginny beäugte sie neugierig. War das ironisch gemeint? Oder ... »War es das, was du gewollt hast, Nonna?«, fragte sie. »Als du Sizilien verlassen hast, um nach England zu gehen?« Obwohl Auszeiten damals ja noch gar nicht erfunden waren, dachte sie.

Ihre Großmutter, die einen Teller abgespült hatte, hielt inne. Sie schwieg so lange, dass Ginny sich schon fragte, ob sie sie gehört hatte.

»Nein«, sagte sie schließlich. »Ich wollte mich darauf einlassen. Das wollte ich mehr als alles andere.«

Sie wandte ihre Aufmerksamkeit wieder dem Abwasch zu, und Ginny schüttete noch ein paar Rice Crispies in ihre Schüssel. Mehr als alles andere? Das war ganz schön viel.

»Aber«, fuhr ihre Großmutter fort, »eine Auszeit von einem Jahr ist auch ein Luxus, der finanziert werden muss.«

Oh, oh, dachte Ginny. Sie spürte, dass etwas Unangenehmes auf sie zukam. Und bei Nonna konnte man Unangenehmes nicht durch emotionale Erpressung abwenden wie bei ihrer Mutter.

Ihre Großmutter trocknete sich die Hände an der Schürze ab und drehte sich zu Ginny um. »Du musst dir eine Arbeit suchen«, verkündete sie entschieden.

»Was für eine Arbeit denn?« Es fiel ihr plötzlich schwer, die Rice Crispies herunterzuschlucken. Die Kugel war im Weg. Natürlich hatte sie sich nach einem Job umgesehen, aber das war in Pridehaven nicht so einfach.

»Das ist egal«, sagte Nonna. Ihre Miene war freundlich, aber streng. »Und ich denke, du solltest sie heute noch finden.«

33. Kapitel

Als Tess nach ihrem Tauchgang wieder ganz trocken war, aß sie auf der *piazza* des *baglio cornetti* mit *crema* und trank *caffé latte*. Köstlich. Tonino war nirgendwo zu sehen. Wie die meisten Sizilianer, denen sie bis jetzt begegnet war, schien er sich seine Arbeitszeit frei einteilen zu können. Sie biss in das weiche, mit Puderzucker bestäubte *cornetto*, und ihre Zähne und ihre Zunge trafen auf die süße, dicke *crema*, die nach Vanille schmeckte. Sie dachte an Ginny. Einiges an Cetaria hätte ihrer Tochter gut gefallen.

Sie hörte das geschäftige Treiben des Marktes und Stimmengewirr auf der anderen Seite des steinernen Torbogens. Sizilianer klangen oft wütend oder zumindest aufgeregt, obwohl sie sich wahrscheinlich nur ganz normal über das Wetter unterhielten. Sie konnte von hier aus auch Blicke auf die Farben des Marktes erhaschen, und von jenseits des *baglio* zogen Düfte von frischem Fisch, Gewürzen und Obst zu ihr heran. Es gab doch nichts Spannenderes als einen Markt. Nachdem sie durch den Bogen und mitten auf den Platz getreten war, verbesserte sie sich: Es gab nichts Spannenderes als einen *sizilianischen* Markt.

Der Markttag war ein gesellschaftliches Ereignis. Männer und Frauen standen in Trauben herum und plauderten, die Männer rauchten und tranken Espresso, der an mobilen Kaffeeständen verkauft wurde. Die Frauen waren mit Einkaufstaschen und entschlossenen Mienen bewaffnet. An den Ständen hielten Händler *pane*-Laibe und violetten Blumenkohl in die

Höhe, damit die Kundinnen sie sehen konnten, während die Frauen die Stirn runzelten und Fragen stellten, stritten und feilschten, bevor sie sich schließlich entschieden, ob und in welcher Form sie sich von ihrem Geld trennten.

Carciofio fresco ... Funghi belle ... Tutto economico ... Die Rufe der Markthändler, die um Kunden buhlten, hallten über den Platz.

Vor dem Fischstand hatte sich eine Schlange gebildet, jedenfalls so etwas Ähnliches, denn wie Tess feststellte, hieß Schlangestehen auf Sizilien, sich unter überschwänglichen Entschuldigungen nach vorn durchzuboxen. Dann versuchte man, den Fischhändler laut anzusprechen und seine Aufmerksamkeit auf sich zu ziehen, bevor es der Nachbarin gelang. Dem folgten noch fantasievollere Entschuldigungen und eine Diskussion darüber, wer wohl als Erstes da gewesen war, wobei jede Partei darauf bestand, dass die andere vor ihr bedient wurde. Jedenfalls sah es für Tess so aus. Nun ja, Umgangsformen beruhten sehr selten auf Logik, dachte sie. Sie blieb noch stehen, um die Darbietung zu genießen und die weißen, schlaffen Tintenfische anzusehen, mit denen sie gar nichts hätte anfangen können, die dicklichen, gefleckten Sepien – *ditto* – und die dicken Brocken Tunfisch, die auf mit Eis überhäuftem Marmor auslagen.

Sie hatte beschlossen, Santina und Giovanni einen Besuch abzustatten, um entweder die alte Dame allein anzutreffen oder, falls nicht, Giovanni wegen der Kostenvoranschläge für die Villa um Rat zu fragen. Das war nur vernünftig; sie brauchte jemanden, der sowohl Sizilianisch als auch Englisch fließend sprach. Er war Geschäftsmann, schien genug Zeit zu haben und war bereits mit dem Amt des Schlüsselverwalters der Villa betraut worden. Er war die offensichtliche Wahl. Aber sie würde gleich klarstellen, dass sie es war, die den Ton angab, und dass sie sich nicht zu einem Verkauf drängen lassen würde. Wenn er damit leben konnte, würde sie für seine Hilfe dankbar sein.

Sie blieb am Gewürzstand stehen und sog den Duft der staubigen, trocknenden Büschel von Oregano, Thymian und wildem Fenchel ein. Hinter der Verkaufstheke standen Säcke mit Kichererbsen und Linsen, in denen metallene Schaufeln steckten, und eine uralte Waage. In mancherlei Hinsicht – jedenfalls was die Traditionen der einfachen Leute anbetraf – ging es auf Sizilien wahrscheinlich auch heute noch so zu, wie ihre Mutter es gekannt hatte. Ganz bestimmt war Cetaria noch nicht im neuen Jahrtausend angekommen, ganz zu schweigen von den 2010er-Jahren.

Tess duckte sich, um dem Knoblauch auszuweichen, der in Zöpfen von der Markise des Standes herunterhing, und erreichte dann einen Stand mit Obst und Gemüse: Zucchini mit goldgelben Blüten, glänzende, knallrote und gelbe Paprikaschoten, rote Chilis, die wie lackiert aussahen, und flaumige gelbe Pfirsiche. Sie nahm eine *melanzana* in die Hand und strich mit dem Daumen über die glänzende Haut. Die Aubergine war glatt, dunkel und doch leuchtend. Wie Sizilien, dachte sie lächelnd.

Heute Abend würde sie zu Hause essen, beschloss Tess spontan und kaufte eine halbe Wassermelone, die so saftig war, dass sie fast aus der Verpackungsfolie platzte, ein wenig aromatischen Käse, einen kleinen Laib köstliches, gelbes sizilianisches Brot, ein paar Tomaten und schwarze Oliven. Ein Festmahl.

Als sie die Oliven bezahlte, sah sie eine Frau auf der anderen Seite des Marktstandes, die ihr zulächelte. Instinktiv erwiderte Tess ihr Lächeln. Die Frau war klein, und ihr koboldhaftes Gesicht wurde von dunklem, zu einem perfekten Bob geschnittenem Haar umrahmt. Sie trug Lippenstift in einem kühnen Tiefrot und sah nicht wie eine Italienerin aus. Waren sie einander schon einmal begegnet? Tess fragte sich gerade, ob sie auf sie zugehen sollte, als sie nur ein paar Meter entfernt ein bekanntes Gesicht erblickte.

Sie bahnte sich einen Weg durch die Menschen, die den Marktstand umlagerten. »Santina?« Was für ein Glücksfall! Aber sie hätte sich eigentlich auch denken können, dass Santina am Markttag hier sein würde.

Die alte Frau drehte sich um, murmelte etwas auf Italienisch und warf einen schnellen Blick in die Runde. Dann fasste sie Tess am Arm und zog sie zur Seite an eine Stelle, an der sie halb hinter einer herabhängenden Plane verborgen waren.

Kaum dass sie dort standen, streckte die alte Frau die Arme aus und nahm Tess' Gesicht in die Hände. »Sie sind zurück«, sagte sie, und ihr zahnloses Grinsen verriet ihre Freude.

Tess lächelte ebenfalls. »Ich musste wiederkommen«, gestand sie. »Ich wollte mehr herausfinden, über meine Mutter und die Gründe, aus denen sie Sizilien verlassen hat.« Sie beugte sich zu Santina hinab. »Wissen Sie etwas darüber? Können Sie es mir erzählen?«

Einmal mehr wirkten Santinas dunkle Augen, als sehe sie in weite Fernen. »Sie sich verlieben«, sagte sie mit ihrem starken Akzent. »Flavia schnell verlieben, so.« Und sie tat, als falle sie in Ohnmacht.

Tess grinste. »Wirklich.«

»Ah, ja.« Santina nickte energisch. »Sie war ...« Sie zählte es an ihren knochigen Fingern ab und fixierte Tess dabei mit einem durchdringenden Blick. »Siebzehn.«

»Erst siebzehn?« Jünger als Ginny. »War er Sizilianer?«, fragte sie. »Was hat ihr Vater dazu gesagt?« Eigentlich konnte sie es sich vorstellen. Santina hatte schon angedeutet, wie Frauen auf Sizilien gelebt hatten, als ihre Mutter jung war. Sie konnte sich nicht vorstellen, dass er das gutgeheißen hatte.

Aber Santina schüttelte den Kopf. »Engländer«, zischte sie.

»Ein Engländer?« Natürlich, sie hatte schon einmal von einem Engländer gesprochen. »Sie hat hier in Cetaria mit siebzehn einen Engländer kennengelernt?«

Wieder schaute Santina nach rechts und links, und Tess tat es ihr nach. Aber sie begriff nicht, wonach sie suchte. Warum in aller Welt sollte jemand sich nach so vielen Jahren noch dafür interessieren? »Flavia einen Flieger gerettet«, erklärte Santina mit rollendem »R« und reckte die Arme in die Luft. »Sie ihn gefunden, mit nach Hause genommen. Sein Leben gerettet, ja. Sie sich verlieben. Er ihr die Welt versprechen.« Sie schlug sich dramatisch mit den Fäusten an die Brust.

Tess starrte sie an. Schon ergänzte sie für sich Einzelheiten, die einen Sinn in Santinas lückenhaften Bericht brachten. Ein englischer Pilot, wahrscheinlich verletzt, entdeckt von einem sizilianischen Mädchen, einer jungen Frau, die bereits gegen das Leben aufbegehrte, das ihr vorgezeichnet war, die die Welt sehen und frei sein wollte. Sie konnte nachrechnen, wann das gewesen war, dazu brauchte man kein Genie zu sein. »Was ist passiert?«, flüsterte sie. Plötzlich nahm sie das laute Gewimmel des Marktplatzes um sich herum gar nicht mehr wahr, sondern hatte das Gefühl, bei ihrer Mutter im Cetaria der Kriegszeit zu sein, als Flavia sich verliebt hatte.

»Flavias Vater ihn wegschicken«, erklärte Santina halblaut. »Er haben andere Pläne für seine Tochter, anderen Mann …« Sie bekreuzigte sich. »Auf Sizilien wir heiraten, um Freundschaften zu stärken. Verstehen Sie?«

Tess nickte. Sie verstand. Allianzen zwischen Familien. Macht. »Und wen sollte sie heiraten?«

Santina schmunzelte. »Meinen Bruder Rodrigo Sciarra«, sagte sie.

»Giovannis Vater?« In Tess' Kopf klickten die Rädchen schneller. Das wurde ja immer interessanter.

»Ach, aber es sollte nicht sein.« Santina schaute betrübt drein.

Weil sie und ihre Freundin dann Schwägerinnen geworden wären, vermutete Tess. »Und Flavia?«, fragte sie.

»Flavias Herz gebrochen. Ja, es ist wahr. Ich glaube, ihr Herz für immer gebrochen.«

34. Kapitel

Zwei Tage später ging Peter in die Berge.

Flavia hatte ihren Vater angefleht, ihn nicht fortzuschicken. »Ich liebe ihn, Papa«, hatte sie erklärt. »Wenn dir irgendetwas an mir liegt, dann hab doch Mitleid!«

»Was wissen wir schon von ihm, Tochter?«, hatte ihr Vater entgegnet. »Nichts. Du musst begreifen, dass dein Platz hier ist, nicht bei ihm. Und dieses ... dieses Gefühl, das du dir einbildest, das geht vorüber, glaub mir.«

All ihre Argumente und noch so viele Tränen konnten ihn nicht zum Einlenken bewegen.

Als Peter aufbrach, nahm er Flavias Hände. Sie gab sich die größte Mühe, nicht zu weinen.

»Ich schreibe dir«, sagte er. »Und du hast die Adresse meiner Eltern, oder?«

Sie nickte. Sie stand auf ein Stück Papier geschrieben und war in ihr Herz eingebrannt.

»Ich komme zurück und hole dich, meine Liebste«, versprach er. »Wirst du auf mich warten?« Im warmen Licht des Abends stand er an der Tür; aber hinter ihm, gar nicht weit, zogen sich schon die nächtlichen Schatten zusammen.

»Si.« *Sie nickte.*

»Auch wenn es sehr, sehr lange dauert?« Forschend sah er sie an.

»Auch wenn es eine Ewigkeit dauert«, antwortete sie.

Sie sah Papa mit seiner strengen Miene in der Tür stehen. Es war ihr gleich. Sie würden einen Weg finden. »Bis in alle Ewig-

keit«, wiederholte sie. »Ich werde bis in alle Ewigkeit warten.«

In den Bergen waren viele Verbrecherbanden unterwegs, die mit geschmuggeltem Getreide und anderen Waren handelten, und Flavia fürchtete um Peters Sicherheit.

Papa hatte Wort gehalten und ihm Vorräte mitgegeben und ihm einen Kontakt in Palermo genannt, wo er sicher sein würde, bis er die nächste Etappe seiner Heimreise antreten konnte. Sie hatten gehört, dass es ihm gelungen war, die Stadt zu erreichen.

Aber sie machte sich weiter Sorgen. Es gab Männer wie ihren Vater, die mit den Engländern sympathisierten, aber für viele andere war England zum Feind ihres Landes geworden, seit Mussolini sich 1940 auf die Seite Deutschlands geschlagen hatte. Überall waren Spitzel. Woher sollte man wissen, wem man vertrauen konnte? Separatisten, Faschisten, die Mafia … Flavia dachte nicht politisch, aber sie hörte den Männern zu, wo sie nur konnte. Das hatte sie schon immer getan; es war die einzige Möglichkeit, etwas zu erfahren. Gesagt hätte ihr niemand etwas.

Flavia seufzte, als sie noch einmal las, was sie am Nachmittag geschrieben hatte. Hatte sie alles ausgedrückt, die Angst, die Verzweiflung, die Sehnsucht und die Liebe?

Sie griff wieder zum Stift. Wenn sie gewusst hätte, wie schwer ihr das Schreiben fallen würde, hätte sie vielleicht nie damit begonnen.

Aber sie hatte auf Peter gewartet, oder?

Der Krieg war zu Ende. Signor Westerman war 1946 nach Cetaria zurückgekehrt, kurz nach dem Verschwinden von Enzos Bruder Ettore und dem furchtbaren Streit zwischen Papa und Alberto Amato. Das Ereignis hatte das Dorf erschüttert und die beiden Familien auseinandergerissen. »Ich kann nicht glauben«, hatte Papa, der den Tränen nahe war, ausgerufen, »dass er mir so etwas antut.« Und doch hatte er es geglaubt.

Flavia wartete. Er hatte nicht geschrieben, aber es hieß, die Post arbeite immer noch unzuverlässig. Aber nun würde Peter doch sicher kommen und sie holen?

Monate vergingen, und in das Leben in Cetaria zog wieder so etwas wie Normalität ein. Maria und Lorenzo waren wieder vereint. Aber Flavia lehnte alle Verehrer ab, die ihre Eltern ihr vorstellten. Sie hörte nichts von Peter und wartete trotzdem. Sie hörte ihrem Vater zu, der schimpfte und fluchte, und wartete. Sie schrieb an ihn und wartete weiter.

Die meisten Menschen waren immer noch sehr arm, aber den Farros ging es dank Signor Westermans Protektion und der Kontakte von Enzo, Santinas Vater, besser als den meisten anderen. Flavia hatte Enzo noch nie gemocht oder ihm gar vertraut, und er machte keinen Hehl daraus, dass er nicht viel von Flavia, der ungehorsamen Tochter, hielt und dass er nicht wollte, dass sie seine Tochter beeinflusste. Aber für Papa war Enzo zunehmend wichtiger geworden, das sah Flavia. Das hatte schon vor dem Streit zwischen Papa und Alberto begonnen. Und nun, ohne Alberto, brauchte Papa Enzo noch mehr.

Flavia lernte kochen. Die cucina, *das Stampfen und Rühren, Kneten und Ausrollen, linderte ihren Kummer, lehrte sie die Geduld, die sie brauchte, und schenkte ihr sogar ein tiefes Gefühl von Trost. Sie erlebte mit, wie Maria heiratete und*

Frau wurde, die Flavia niemals sein würde. Und sie warte.

Bis sie schließlich nicht mehr länger warten konnte.

»Der sizilianischen Küche wohnen sowohl Humor als auch Pathos inne«, schrieb sie. Genau wie dem Leben. Das galt auch für die *pasta du malu tempu,* Schlechtwetterpasta, benannt nach den Tagen, an denen die Fischer nicht mit ihren Booten hinausfahren konnten. Das war bedauerlich, aber die Pasta selbst konnte einem auch ein Lächeln entlocken. Bittersüß ...

Pasta war immer da. In Sizilien wurde sie aus Hartweizengrieß aus dem gelben Durum-Weizen hergestellt, hier in England allerdings meist nicht. Flavia war stolz darauf, dass sie bis heute ihre eigene Pasta frisch herstellte. Trockennudeln waren nicht dasselbe.

Schütte einen Berg Mehl so auf, dass in der Mitte ein Loch wie ein Vulkankrater entsteht. Gib die Eier dorthinein, wo die Lava wäre, und vermische alles mit den Fingern. Wenn der Teig die richtige Konsistenz hat, knete ihn mit Fingern und Handballen. Tess hatte ihrer Mutter so oft dabei zugesehen, dass sie bestimmt wusste, wie das ging.

Versuche, einen ruhigen, gleichmäßigen Rhythmus zu finden. Halte den Rest deines Körpers still, während die Hände arbeiten. Falte, knete und drehe den Teig so lange, bis er eine weiche, elastische Kugel ist. Jetzt arbeitest du aus dem Rücken heraus. Schlag den Teig auf die Arbeitsplatte, und lass die Anspannung heraus. Flavia lachte leise. Die Anspannung der Pasta oder die der Köchin, je nachdem.

Wiederhole diesen Vorgang wenigstens eine Viertelstunde lang. Lass den Teig ruhen. Was jetzt kommt, ist genauso wichtig wie das Kneten. Roll den Teig zu Blättern aus, die du wendest und mit Mehl bestäubst, damit sie nicht kleben. Roll sie aus, zieh sie auseinander und rolle sie wieder aus, bis man durch sie eine Zeitung lesen könnte. Trocknen lassen und schneiden. Zwei bis drei Minuten in einem großen Topf mit viel Wasser kochen lassen. Die Pasta muss im Topf schwimmen können. Herausnehmen, wenn sie al dente *ist. Mit Tomatensauce servieren.*

35. Kapitel

Ihr Herz für immer gebrochen?

Bevor Tess ihr weitere Fragen stellen konnte, entdeckte Santina plötzlich irgendetwas oder irgendjemand hinter Tess, und ihre Augen blitzten ängstlich auf. Verstohlen berührte sie Tess am Arm und huschte dann davon.

Frustriert drehte Tess sich um, um zu sehen, was Santina so erschreckt hatte. Sie sah die Frau mit dem Koboldgesicht und spürte, wie sich eine Hand auf ihre Schulter legte.

»Tess.«

Sie fuhr leicht zusammen und wandte sich wieder um. »Hallo, Giovanni.« Typisch für ihn, so unvermutet aufzutauchen.

Sie begrüßte ihn mit einem Kuss auf beide Wangen. Er roch nach Limetten, dachte sie, sauber und frisch und mit einer prickelnden Note. Er war schick angezogen, und ihm schien in seinem dunklen Anzug nicht zu warm zu sein. Er musste ein Kaltblüter sein, dachte sie, oder er war einfach an das sizilianische Wetter gewöhnt.

»Ich habe gehört, dass Sie zurück sind«, sagte er und lenkte sie vom Markt und von der Frau mit dem dunklen Haar und dem Koboldgesicht weg. Sie fragte sich, woher er das schon wieder wusste. Anscheinend entging Giovanni einfach nichts.

»Ich war unterwegs zu Ihnen«, sagte sie und versuchte, darüber hinwegzusehen, dass er die Hand auf ihren Arm gelegt hatte und sie führte. Ihr fiel allerdings auf, wie ehrerbietig er den Matronen der Stadt begegnete, während er sich mit einem *prego, signora* hier und einem *grazie, signora* da einen Weg zwischen den Frauen und den Marktständen hindurchbahnte. Santina war nirgendwo zu sehen.

»Wie wäre es mit einem Kaffee?«, fragte er beiläufig, und ehe sie wusste, wie ihr geschah, hatten sie den Markt verlassen und standen auf einer weiteren *piazza*, die sie noch nie gesehen hatte. *Piazzetta* traf es eigentlich besser, denn der Platz war sehr klein. Aber eine Kirche gab es auch hier, eine kleine Kapelle mit einer eisernen Glocke und einer Holztür. Davor standen ein Olivenbaum und eine Steinbank.

»Warum nicht?« Kaffee konnte man ihrer Meinung nach nie zu viel trinken.

Er blieb vor einer Bar stehen und ging vor ihr hinein. Die Bar war der komplette Gegensatz zu der Kirche und der *piazzetta* und bestach mit Chrom, Spiegeln und abstrakter Kunst. Tess blinzelte. Ein plötzlicher Einbruch des modernen Sizilien – wie bizarr!

Sie setzten sich an einen Tisch in der Nähe der Tür, und Giovanni bestellte zwei Espressi mit einem winzigen Kännchen heißer Milch. »Also«, sagte er. »Sie halten es nicht lange ohne uns aus, *no?*«

Tess rührte ein wenig Milch in ihren Kaffee. »Cetaria ist sehr schön«, gab sie zurück.

Er zog eine Augenbraue hoch. »Das stimmt. Und? Haben Sie mit Ihrer Mutter gesprochen, als Sie zu Hause waren?«

Tess seufzte. »Ich glaube, Giovanni, ich habe Ihnen schon erzählt, dass meine Mutter nicht gern über Sizilien spricht. Falls also hier irgendwo ein geheimnisvolles Etwas versteckt ist, dann kann ich Ihnen versichern, dass ich nichts darüber weiß.« Und sie wollte darüber auch gar nichts wissen. Hier gab es schon genug, was ihr Rätsel aufgab.

Giovanni wirkte nicht überzeugt.

Verärgert beugte Tess sich vor. »Tonino Amato hat mir von dem Grund Ihrer Familienfehde erzählt«, erklärte sie. »Kein Wunder, dass Sie so verfeindet sind.«

Giovanni nippte an seinem Kaffee. Ihre Worte schienen keinerlei Eindruck auf ihn gemacht zu haben. »Und was war der Grund?«, erkundigte er sich.

Tess holte tief Luft. Jetzt war es zu spät, um zurückzurudern. Sie wollte ihn schließlich aus der Reserve locken, oder? »Dass Ihre Familie seinen Onkel ermordet hat.« Für sie klang das nach einem guten Grund.

»Luigi Amato?« Jetzt sah er wütend aus. Er lockerte seinen Hemdkragen. Sie hatte ihn richtig verärgert. »Sie sollten sich sorgfältiger informieren, Tess. Der Mann ist an einem Herzanfall gestorben. Und das ist ihm recht geschehen. Er war ein Feigling und Dieb und hat seine Schulden nicht bezahlt.«

Was sollte sie darauf antworten? Sie hatte keine Ahnung, wem der beiden Männer sie glauben sollte. »Spielt das denn heute wirklich noch eine Rolle?«, fragte sie ihn. »Wäre es nicht Zeit, dass Ihre Familien diese Geschichte ruhen lassen?«

Giovanni lachte. »Wir sind hier auf Sizilien, Tess. Und alles spielt eine Rolle.«

Richtig. Wie oft hatte sie das schon gehört?

Giovanni hatte sich ziemlich schnell wieder gefasst. »Und was ist mit der Villa?«, erkundigte er sich. »Haben Sie schon entschieden, was Sie tun werden?«

Tess zögerte. »Es widerstrebt mir immer noch, sie zu verkaufen.«

»Das verstehe ich.« Er nickte.

Gut. Sie war erleichtert und fragte sich schon, ob sie ihn falsch eingeschätzt hatte. »Daher habe ich mich gefragt, ob Sie vielleicht eine verlässliche Baufirma kennen«, sagte sie.

»Jemanden, dem ich vertrauen kann.« Sie betonte das letzte Wort.

»Selbstverständlich.« Giovanni wirkte gekränkt. »Ich kann die ganze Sache für Sie übernehmen.« Er schnippte mit den Fingern. »Sie brauchen mich nur darum zu bitten, meine teure Tess.«

»Ja, aber …« Tess wünschte, sie könnte ihn dazu bringen, nicht immer gleich alles an sich zu reißen. »Ich möchte mich selbst darum kümmern«, erklärte sie bestimmt. »Und ich brauche zuerst einen Kostenvoranschlag.«

Er zog eine Augenbraue hoch. »Wozu?«

Tess trank den Kaffee. Er war gut. Er schmeckte nussig, hatte aber nicht so ein feines Aroma wie Toninos Kaffee. Ausgespuckt hatte ihn eine ziemlich schicke Espressomaschine, ein Koloss aus glänzendem Chrom, der hinter der Theke stand. »Ich stelle mir eine Grundrenovierung vor, die das Haus wieder richtig bewohnbar macht«, sagte sie. »Neue Elektroleitungen vielleicht. Überall streichen und tapezieren. Keine Ahnung, was sonst noch zu tun ist.« Zuerst musste sie darüber entscheiden, was genau sie damit anfangen wollte. »Ich möchte mir bei jemandem Rat holen, der etwas von seinem Fach versteht«, fuhr sie fort. »Jemandem, der ein wenig Englisch spricht, damit wir uns zumindest verständigen können.«

»Natürlich, natürlich, *non si preoccupi*. Keine Sorge.« Er wedelte unbekümmert mit der Hand, und wieder fiel ihr sein goldener Siegelring auf. »*Allora*. Wir können uns Rat holen, wir können Pläne machen, die Arbeit kann beginnen, ich kann die Handwerker beaufsichtigen …«

»Wow, Giovanni.« Tess hob abwehrend die Hand. »Ich muss auch die Kosten im Auge behalten.«

»Kosten?« Verächtlich zog er die Oberlippe hoch, als ob

Kosten für ihn keine Rolle spielten und er es nicht gewohnt war, sich mit etwas so Banalem abzugeben.

»Ich muss die Ausgaben begrenzen«, erklärte sie geduldig. »Und selbst das geht nur, wenn ich eine Hypothek aufnehmen kann oder vielleicht einen Kredit bei einer Bank.«

»Sie brauchen einen Kredit?« Giovanni leerte seine Tasse mit einem Schluck, atmete aus und tupfte sich die Lippen mit der weißen Papierserviette ab. Er war vollkommen glatt rasiert; sogar seine Augenbrauen bildeten einen perfekten Halbkreis, in dem kein Härchen am falschen Platze saß. Als er die Serviette auf der Tischplatte zusammenknüllte, sah sie, dass auch seine Hände glatt waren und seine Nägel ordentlich manikürt. Es waren Hände, die nicht an körperliche Arbeit gewöhnt waren, so viel konnte sie beurteilen.

»Hmmm.« Irgendwo musste sie Geld auftreiben, das war klar.

»Das wird kein Problem sein«, erklärte er.

»Nicht?« Tess war verwirrt. »Sie glauben also, ich könnte bei einer sizilianischen Bank einen Kredit für das Projekt aufnehmen?« Das war ein Punkt, der ihr Sorgen bereitet hatte. Sie war alleinerziehend, arbeitslos und hatte keinerlei Vermögenswerte. Für das Haus in Pridehaven, bei deren Kauf ihre Eltern ihr vor achtzehn Jahren, als sie mit Ginny schwanger gewesen war, geholfen hatten, war noch eine kleine Hypothek abzuzahlen, und selbst das würde ein Kampf werden. Es würde eine ganze Weile dauern, bis die Villa Sirena Geld, das sie jetzt hineinsteckte, wieder abwerfen würde. Wie sollte sie da noch eine weitere Hypothek oder einen Kredit bedienen?

»Eine Bank?« Er lachte laut. Dann legte er einen Finger auf ihren Mund und sagte: »Pssst. Wir wollen das auf einer privateren Ebene erledigen, ja?«

Was wollte er damit sagen? Doch bevor Tess etwas antworten konnte, legte er plötzlich seine Hand an ihre Wange und streichelte ihr Gesicht. Mit dem Daumen fuhr er über ihre Lippen, wie ein Liebhaber.

Sie zuckte zurück. »Giovanni?« Was machte er da? Als zwischen ihnen ein Schatten auf den Tisch fiel, blickte sie instinktiv auf. Durch die offene Tür, die auf die schmale Straße am Rand der *piazzetta* führte, sah sie Tonino vorbeigehen.

Langsam ging Tess zum *baglio* zurück. Giovanni hatte angeboten, sie zu begleiten, aber sie fand, dass er für einen Tag genug angerichtet hatte. Sie konnte sich des Gefühls nicht erwehren, dass alles nur gespielt gewesen war. Nicht Giovannis Hilfsangebot, falls es denn eines gewesen war, aber dass er ihre Lippen, ihre Wangen gestreichelt hatte.

Sie berührte ihr Gesicht. Sie hatte es ganz bestimmt nicht darauf angelegt oder es gewollt, oder? Giovanni Sciarra war ein attraktiver Mann, das ließ sich nicht bestreiten. Aber Giovanni hatte nie in irgendeiner Weise angedeutet, dass er ... dass er ...

Der Markt hatte sich inzwischen aufgelöst. Alle Laster und kleinen Dreiradtransporter waren beladen worden und davongefahren. Jetzt tuckerten sie mit qualmendem Auspuff dahin zurück, wo sie hergekommen waren, und ließen Berge von Abfall, größtenteils welkes Gemüse, zurück.

War es möglich, dass Giovanni gesehen hatte, wie Tonino die Straße hinunterkam? Wusste er, dass sie und Tonino sich getroffen hatten, so wie er alles zu wissen schien? Er hasste Tonino und würde wahrscheinlich alles tun, um ihm eins auszuwischen. Aber hätte Tonino das wirklich geärgert? Giovannis Berührung war auf jeden Fall intim genug gewesen, um

Tonino auf die Idee zu bringen, dass sie und Giovanni eine nähere Beziehung unterhielten. Und sie hatte nichts getan, um diesen Eindruck zu zerstreuen. Aber ... Sie zuckte mit den Schultern. Was hatte diese Fehde schon mit ihr zu tun? Sie ging sie nichts an. Inzwischen hatte sie eigentlich genug von ihnen beiden.

Auf der anderen Seite des Marktplatzes, in einer Seitenstraße, in der sie noch nicht gewesen war, fiel Tess ein Hotel auf. Hotel Faraglione, das »Hotel zu den Klippen«. Es war ziemlich klein, hatte einen blassvioletten Anstrich und Stuckornamente und minzgrüne Fensterläden. Hübsch. Von den Balkonen aus hatte man sicher einen guten Blick auf die Felseninseln.

Der Garten mit seiner Palme und den Bougainvillea, die dunkelviolette und orangefarbene Blüten hatten, sah schön aus, daher trat Tess näher heran, um einen Blick hineinzuwerfen. Die Plastiktüte mit ihren Einkäufen vom Markt baumelte immer noch an ihrer Hand.

Was machte es schon, ob Tonino sie gesehen hatte? Doch, er hatte sie gesehen, flüsterte ihr eine leise Stimme zu. Und es machte etwas.

Die Eingangstür des Hotels stand weit offen, an den Fenstern wehten weiße Musselingardinen, und drinnen saß jemand hinter einer Rezeptionstheke und schrieb eifrig. Die Frau vom Markt. Koboldgesicht, freundliches Lächeln, roter Lippenstift.

Tess beobachtete sie einen Augenblick lang. Sie hatte schon vermutet, dass sie wieder auftauchen würde. Cetaria war so klein, dass man irgendwann jeden wiedersah.

Als sie dort stand und die Düfte des Gartens einsog, wurde ihr plötzlich klar, dass sie halb verhungert war und sich etwas zum Essen besorgen sollte, denn die Mittagszeit war schon lange vorbei. Da schaute die Frau auf.

Kurz huschte Verblüffung über ihr Gesicht. Dann hob sie grüßend die Hand, drehte sich um und sprach mit jemandem, der sich irgendwo hinter ihr befand. Sie stand auf und kam auf die Tür zu.

»Tess, nicht wahr?«, fragte sie in perfektem Englisch.

»Ähem ... ja.« Dieser Ort war offensichtlich noch kleiner, als sie gedacht hatte. Jeder kannte jeden, der auch nur einen Fuß in das Dorf setzte. »Sind Sie Engländerin?« Tess trat ebenfalls näher.

»Ja. Ursprünglich aus London. Heute gebe ich mir natürlich die größte Mühe, Sizilianerin zu sein.« Sie lachte. »Ich bin Millie. Millie Zambito. Mein Mann Pierro und ich betreiben dieses Hotel.«

»Ist er Sizilianer?« Tess schüttelte ihre Hand, die winzig und feingliedrig war, und ihr fiel auf, dass auch ihre Fingernägel leuchtend rot waren. Tess entspannte sich. Es tat gut, wieder einmal mit einer Engländerin zu reden. Giovanni und Tonino sprachen die Sprache zwar ziemlich gut, aber das war nicht dasselbe, und es gab ja auch immer wieder Missverständnisse ...

»Ja.« Über die Schulter warf Millie einen Blick zur Rezeptionstheke. »Was halten Sie von einem Glas Wein oder Saft? Die meisten Leute halten jetzt ihre Siesta. Ich könnte auch eine Pause einlegen.«

Und ehe Tess sich versah, saß sie in Millies privatem Garten in einem mit Leinwand bezogenen Liegestuhl und aß Obst und kleine, mit Olivenöl beträufelte Kräcker. Millie hatte ihren Einkaufsbeutel in die Vorratskammer der Hotelküche gestellt und ihr bereits erzählt, wie sie und Pierro sich auf einer Party in London kennengelernt hatten: Sie hatte auf einem Kissen auf dem Boden gesessen. Er war über sie gestolpert, hatte sich überschwänglich entschuldigt und sie schließlich zum Essen eingeladen.

»Typisch Sizilianer«, bemerkte Millie und zündete sich eine Zigarette an. »Eine Entschuldigung reicht niemals aus. Sie müssen es immer übertreiben.«

Tess lachte. »Ich sollte das vielleicht nicht sagen, schließlich ist Ihr Mann Sizilianer und meine Mutter ebenfalls, aber manchmal fällt es mir schwer, sie zu verstehen«, sagte sie.

Millie warf ihr einen forschenden Blick zu. »Haben Sie Tonino Amato schon kennengelernt?«, erkundigte sie sich. »Den Burschen, der im *baglio* Mosaiken macht?«

Tess nickte. »Ich finde ihn ein wenig... nun ja, düster.« Und das war noch vorsichtig ausgedrückt.

Millie lächelte geheimnisvoll und zog kräftig an ihrer Zigarette. »Das ist das sizilianische Erbe«, erklärte sie. »Finster, grimmig, aber sehr interessant.«

Da hatte sie auf jeden Fall recht.

»Mögen Sie ihn?« Millie beugte sich vor. Ein neugieriges Glitzern stand in ihren Augen. Tess zögerte mit der Antwort. Sie kannte Millie nicht gut genug, noch nicht. Und außerdem war das nicht leicht zu erklären. Gefühle waren das nie.

»Ich würde gern mehr über ihn erfahren.« Ein Kompromiss.

Millie lächelte. »Das würden wir alle gern«, sagte sie. Sie trank von ihrem Saft. »Und Giovanni Sciarra sind Sie auch schon begegnet?«

»Oh, oh.« Millie schien darauf zu warten, dass Tess das näher ausführte, aber wieder sagte sie nichts weiter. Die Klatschbörse in diesem Dorf funktionierte ausgezeichnet, und sie hatte keine Lust, ihr mehr Munition als nötig zu liefern.

»Er hat doch keine Annäherungsversuche gemacht, oder?« Millie schenkte Saft nach. »Manche Leute finden, dass er ziemlich viel Unruhe stiftet.«

Tess beschloss, nicht darauf einzugehen. »Seine Familie hatte die Schlüssel zu meiner Villa in Verwahrung«, erklärte sie ihr. »Ich kenne ihn nicht gut, aber er ist sehr hilfsbereit gewesen.«

Millie lachte. »Da bin ich mir sicher«, sagte sie. »Und es ist klug von Ihnen, sich diplomatisch auszudrücken. Giovannis Familie ist eine der ältesten Cetarias, Toninos natürlich ebenfalls. Pierros Familie dagegen ist zugezogen, vor zwanzig Jahren erst.« Sie verdrehte die Augen. »Und selbstverständlich bin ich viel zu ausländisch, als dass sie mich akzeptieren würden. Aber ...« Sie warf Tess einen vielsagenden Blick zu. »Wenn Sie die Sprache lernen und hier leben, dann werden Sie nach und nach begreifen, was mit den Leuten hier los ist.« Sie drückte die Zigarette in einem Aschenbecher aus.

»Woher stammt Pierro denn ursprünglich?«, erkundigte sich Tess und biss in einen weiteren pikanten Cracker. Sie vermutete, dass sie ein ganzes Leben brauchen würde, um herauszufinden, was es mit den Sizilianern auf sich hatte.

»Catania.« Millie streckte sich auf ihrem Liegestuhl aus. Sie war klein und wirkte beinahe puppenhaft. Ihre Beine waren nackt, und sie hatte ihre Schuhe abgestreift. Sie sah aus, als würde sie ihren Urlaub hier verbringen, und nicht, als leite sie ihr eigenes Hotel. »Sizilien ist schon so oft erobert worden«, erklärte sie. »Sie werden feststellen, dass im Osten der griechische Einfluss – Demokratie und Harmonie – stärker ist, während die Menschen hier eher temperamentvoll und grüblerisch veranlagt sind.«

»Hmmm.« Tess dachte an Tonino. Temperamentvoll und grüblerisch war er allerdings.

»Es heißt, das sei der Schatten Afrikas.« Millie pflückte eine Traube vom Teller.

Sonne und Schatten, Unterdrückung. Tess dachte an den

baglio. »Das Dorf sieht sehr arabisch aus«, sagte sie. »Maurisch.« Und das in mehr als einer Hinsicht.

»Genau.« Millie schlug die Beine übereinander. »Und die Araber haben nicht nur Couscous und Zitrusfrüchte auf Sizilien eingeführt«, gab sie zurück. »Sie haben uns sogar die Spaghetti gebracht.« Sie lachte. »Vorher haben alle Kartoffelklöße gegessen!«

»Wirklich?« Wie oft hatte Tess ihrer Mutter dabei zugesehen, wie sie einen Berg Mehl auf den Küchentisch schüttete, Eier, Olivenöl und Wasser zugab und das Ganze mit den Fingern zu einem glatten Teig verknetete. Nie maß sie die Zutaten ab; sie kannte die richtigen Mengen einfach.

Ihr wurde klar, dass viele ihrer Kindheitserinnerungen an Muma fest mit ihrer Küche zu Hause verbunden waren. Vielleicht war ihr hier deswegen jeder Duft vertraut. Es waren der Teig, die Tomaten, die Kräuter und Gewürze, mit denen sie groß geworden war und die ebenso fest in ihren Sinnen verankert waren wie in Mumas. In dieser Hinsicht hätte sie ebenso gut auf Sizilien aufgewachsen sein können, dachte sie. Seine Küche hatten sie jedenfalls mitgenommen. Und sie wünschte sich, sie hätte besser aufgepasst und mehr von ihrer Mutter übers Kochen gelernt.

»Meine Mutter ist hier im Dorf groß geworden«, erklärte sie Millie und war erstaunt über sich selbst, als sie Millie anschließend sogar von Mumas Verschwiegenheit bezüglich Sizilien erzählte und davon, dass sie nie hergekommen waren. Sie beschloss, Santina Sciarra nicht zu erwähnen.

»Und sie hat Ihnen nie etwas von damals erzählt?« Millie schaute skeptisch drein. »Aber warum denn nicht?«

Tess schüttelte den Kopf. »Ich habe keine Ahnung.« Selbst als ihre sizilianischen Großeltern starben, war ihre Mutter nicht heimgefahren. Tess war damals zwölf gewesen. Ihre Großmutter hatte ihren Großvater nur um sechs Monate überlebt. Sie erinnerte sich daran, wie Muma damals in der Küche auf und ab gelaufen war und geweint hatte, und an den Streit zwischen ihren Eltern. »Wenn du nicht fährst, wirst du das immer bereuen«, hatte ihr Vater gesagt. »Ich gehe nicht zurück, Lenny.« Die Stimme ihrer Mutter hatte vor Verzweiflung schrill geklungen. »Ich kann nicht.« Ihr Vater hatte daraufhin den Rückzug in den Schuppen angetreten, um seine Pfeife zu rauchen, bevor er endlich wieder herauskam, Muma in die Arme nahm und sie festhielt. »Schon gut, mein Kleines. Na, na ... Hör jetzt auf, dich zu quälen.«

Und nach und nach war wieder Normalität eingekehrt. Mit jedem Tag, der verging, waren Mumas Augen weniger verweint gewesen.

Tess dachte selten an ihre Großeltern. Schließlich hatte sie sie nie kennengelernt. Außerdem hatte sie damals so vieles andere im Kopf gehabt; Schwimmen und Musik und Jungs zum Beispiel.

»Kommen Sie doch am Freitag zum Abendessen«, bat Millie, als sie ihre Geschichte zu Ende erzählt hatte. »Pierro würde Sie sicher furchtbar gern kennenlernen. Und es ist so schön, zur Abwechslung wieder einmal Englisch zu sprechen.« Sie warf einen Blick auf die Uhr, und Tess verstand den Wink.

»Das wäre wunderbar«, sagte sie. »Danke.«

In beinahe euphorischer Stimmung ging Tess mit ihrer Einkaufstüte voll frischer Waren vom Markt zur Villa. Millie war selbstbewusst, mondän und witzig. Vielleicht konnten sie sich ja anfreunden. Warum auch nicht? Der Gedanke, in Cetaria eine Freundin zu finden, vermittelte ihr ein gutes Gefühl.

Sie durchquerte den *baglio*. Aber was war mit ihrer Mutter?

Was war mit Santinas Geschichte über den verwundeten Piloten und das gebrochene Herz ihrer Mutter? Tess sah auf den dunkelblauen Ozean hinaus, den sie so sehr liebte. Sie hatte die Geschichte ihrer Mutter aufdecken wollen; aber war sie wirklich bereit, sie zu hören?

36. Kapitel

Es war das Ende eines langen, heißen Sommers. Die glühende Hitze hatte sich bis in den Oktober hingezogen und Flavia sehr zugesetzt.

Sie hatten die traditionelle salsa *hergestellt, um sie im Winter zu essen und sich dabei an den Sommer zu erinnern, wie Mama zu sagen pflegte. Das halbe Dorf war auf die Gartenterrassen rund um die Villa Sirena gekommen, um bis in die Nacht zu essen und zu tanzen. Es war ein gutes Tomatenjahr gewesen, besonders für die* pizzutelli, *die dunkelroten, dickhäutigen Kirschtomaten, aus denen man die beste Sauce kochte. Die rote Lava in dem Kessel mit der* salsa *hatte zwei Tage lang ununterbrochen geblubbert. Nachbarn und Familienmitglieder gleichermaßen hatten Tomaten und Basilikum gerührt und zerdrückt und die Sauce nach stundenlangem Kochen auf sterilisierte leere Bierflaschen gezogen. Und jetzt? Es war immer noch Spätsommer, und alle sehnten sich nach Regen, der die unerträgliche Spannung, die in der Luft lag, lösen würde.*

Eines Morgens flüsterten Papa und Mama miteinander, unterbrachen ihr Gespräch aber abrupt, als Flavia die cucina *betrat.*

»Was ist?«, fragte sie.

»Wir wollen ein Essen geben«, erklärte Papa. »Zu Allerseelen. Du kochst doch, si*?«*

»Für wie viele?« Flavia machte das nichts aus. Sie kochte gern – und umso lieber, je mehr Personen sie bewirtete. Mit den begrenzten Mitteln ein Menü zu planen lenkte sie ab; und das

Waschen, Schälen und Hacken des Gemüses oder das rhythmische Kneten des Pastateigs versetzte sie in einen geradezu tranceartigen Zustand, in dem sie träumen konnte. Sie träumte gern.

Flavia setzte auf dem Herd neuen Kaffee auf. Immer noch träumte sie von Peter. Etwas sagte ihr, dass er noch kommen würde, um sie zu holen, obwohl sein Versprechen jetzt fast sechs Jahre zurücklag und sie seitdem nichts von ihm gehört hatte. Sie spürte, dass er ihre einzige Hoffnung auf Flucht war. Es musste einen sehr guten Grund für sein Ausbleiben geben. Aber wie konnte sie herausfinden, was der Grund war? Wie sollte sie über ihre nächsten Schritte entscheiden?

»Wir werden zu fünft sein«, sagte Papa. In seinem Blick lag ein merkwürdiges Glitzern.

»Nur fünf?« Flavia war enttäuscht. Allerseelen oder das Fest der Toten war den Sizilianern wichtig. Il giorno dei morti. *Traditionell war es ein Tag, an dem man feierte, betete, zum Friedhof ging und sich an verstorbene Familienmitglieder und Freunde erinnerte. Aber auch heute würde Flavia nur an einen denken. Sie würde ihn nie vergessen.*

»Und wir möchten, dass es etwas Besonderes wird«, fuhr Papa fort.

Flavia spitzte die Ohren. »Wer kommt denn?« Sie hatte schon zu planen begonnen. Vielleicht würden sie mit melanzane *und Paprika beginnen, die sie auf besondere Art zubereitete: mit einem Spritzer Balsamessig und gehaltvollem Olivenöl, das den Geschmack der* melanzane *hervorheben würde. Am Ende des Sommers gab es Auberginen und Paprika im Überfluss. Flavia hatte sich die Sparsamkeit ihrer Mutter zu eigen gemacht, anders ging es gar nicht. Die Zeiten waren immer noch hart, und viele Nahrungsmittel waren nach wie vor nicht aufzutreiben.*

»Enzo«, sagte Papa. »Mit seinem Neffen Rodrigo, Ettores Sohn.«

»Enzo?« Flavia war erstaunt. Sie nahm die kleinen weißen Espressotassen aus dem Schrank. Enzo war kein besonderer Gast. Papa sah Enzo fast täglich. Nach dem großen Streit zwischen Papa und Alberto Amato war Enzo Sciarra sein bester Kumpan geworden, aber Flavia konnte ihn trotzdem nicht leiden und vertraute ihm auch nicht. Was das Drama um Alberto anging ... Das Dorf hatte sich nie von diesem Schock erholt. Und der arme Alberto ... Also, Flavia konnte nicht glauben, dass er getan hatte, was man ihm vorwarf. Zu ihr war er immer nur freundlich und liebenswürdig gewesen. Enzo dagegen ... Er kam selten zu ihnen nach Hause. Flavia und er kamen nicht gut miteinander aus, obwohl sie mit Santina befreundet war.

Mama nickte. »Wir verdanken Enzo viel«, sagte sie.

»Ach ja?« Flavia erwartete keine Antwort. »Kommt Santina denn nicht zu dem Essen?«

Papa sah aus, als ob er etwas im Schilde führte. »Santina muss sich um andere Familienangelegenheiten kümmern«, erklärte er. »Leider kann sie nicht dabei sein.«

Das war schade. Flavia liebte ihre Freundin aus Kindertagen immer noch. Das Problem war nur, dass Santina mit dem Althergebrachten zufrieden war, Flavia jedoch nicht.

Vielleicht würde sie danach pasta con le sarde *mit Pinienkernen und Rosinen servieren, ein süßsaures Gericht, das nach Meer schmeckte. Sardinen gab es immer reichlich, und Papa hatte erst gestern von einem seiner Kontaktmänner ein Paket mit lauter guten Zutaten bekommen: Trockenfrüchte, Kichererbsen, Linsen und Nüsse. Ob Papa dafür eine Gegenleistung hatte erbringen müssen? Flavia hoffte nicht. Manchmal machte sie sich Sorgen wegen der Männer, mit denen er Umgang hatte. Auch Oliven würden sie haben. Die Ernte von den schwer mit Früchten behangenen Bäumen hatte bereits begonnen.*

Als dolce *würde sie vielleicht eine* cassata *zubereiten, aus ganz leichtem Ricotta und reichlich kandierten Früchten. Auf der Terrasse wuchsen außerdem reife* zibibbo-*Trauben, die von einem ganz blassen Grün und süß wie Honig waren. Sie würde sie zusammen mit Kaffee und Papas Likör servieren.*

Tradition war ebenfalls, mit Nelken aromatisierte biscotti *zu backen, die man die »Knochen der Toten« nannte. Diese Leckereien, die die* morti *angeblich in der Nacht für sie gebacken hatten, schenkte man den Kindern. Flavia schmunzelte. Darüber würde sogar Enzo lachen müssen. Ein einfaches Mittagessen, aber trotzdem etwas Besonderes. Sie nickte. Besonders genug.*

Flavia ging zum Markt, um Zutaten einzukaufen. Es gab wieder mehr zu essen, und der fettige Geruch nach gebratenem Zicklein und frittierten Kichererbsenplätzchen hing in der Luft. Es war immer noch warm, und sie kaufte sich ein Zitroneneis, um ihren Durst zu löschen. Großäugige streunende Katzen, die auf Abfälle und heruntergefallene Brocken lauerten, ringelten ihre Schwänze um Tischbeine, und in der Ferne, über dem Meer, sah sie die letzten Schwalben, die in eleganten Bögen über den Himmel zogen. Sie aß die letzten gelben Eissplitter aus dem Töpfchen. Bald würde es Winter werden. Noch ein Winter.

Sie nickte dem Fischhändler zu, der laut die Frische seines Schwertfisches, der Rotbarben und Tintenfische anpries, und wählte unter den blauen Sardinen aus, die auf einer Marmorplatte ausgestellt waren. Und sie lächelte und grüßte ihre

Bekannten, die gebeugten Frauen in ihren schwarzen Kleidern und Umschlagtüchern, die Männer mit den schwarzen Kappen und den weiten Hosen. Nach dem Krieg sahen alle mager aus und wirkten immer noch erschöpft. Auch Flavia.

Während sie das Mittagessen kochte, begann sie, einen Plan zu schmieden. Seit einiger Zeit schon erledigte sie Arbeiten für Signor Westerman, größtenteils Büroarbeiten wie das Schreiben und Aufgeben von Briefen. Aber sie kaufte auch ein und kochte häufig für ihn, wenn er Besuch hatte. Er bezahlte sie immer gut, und dieses Geld hatte sie gespart.

»Für deine Aussteuer«, sagte Mama. Aber Flavia hatte andere Pläne. Wenn Peter Rutherford nicht zu ihr kam, dann würde sie, Flavia Farro, zu ihm reisen.

Sie sah Peters Gesicht immer noch vor sich, und ganz besonders deutlich erinnerte sie sich daran, wie sie ihn an jenem Tag in dem Tal gefunden hatte. Sein abgestürztes Flugzeug, dessen Trümmer ihn umgaben, die Stofffetzen, die an dem schartigen Metall klebten und sich in der leichten Brise aus den Bergen blähten. Sein blasses Gesicht, die Art, wie er sich auf die Lippen biss. Und seine Augen … Sie hatte immer noch seine Augen vor sich. In ihrem Kopf. In ihrem Herzen. Für immer.

Sie schnitt die Auberginen und fand mit ihrem Lieblingsmesser einen guten Rhythmus. Seine Wellenschliff-Klinge wurde gut mit der glänzenden, violetten Haut fertig und durchschnitt das schwammige Innere, ohne das Gemüse zu zerdrücken.

Bei der Arbeit ließ sie ihre Gedanken schweifen und erinnerte sich daran, was Peter ihr über sein Leben in England erzählt hatte. Für Flavia war dieser Teil seiner Geschichte eine Art Litanei geworden, die sie sich wieder und wieder vorsagte, eine Art, sich zu erinnern. Sie würde sich diese kostbaren kleinen Schätze, die ihr von Peter geblieben waren, nicht nehmen lassen, ganz gleich, was geschehen würde und wie viel Zeit verging.

Peter hatte ihr von der Stadt erzählt, in der seine Familie lebte: Exeter in Südwestengland. Es klang hübsch. Dort gab es einen Fluss, eine Kathedrale und viele Kirchen, sagte er. Es gab viele Bäume und strohgedeckte Häuschen, und es lag nahe am Meer.

Sie wandte ihre Aufmerksamkeit den roten Paprikaschoten zu. Seine Familie hatte wahrscheinlich weniger Geld als Signor Westerman, der sich in Cetaria seine eigene Villa gebaut hatte und es sich leisten konnte, ihre ganze Familie zu beschäftigen. Aber sie wusste, dass sie auch nicht arm war. Flavia war überzeugt, dass England unmöglich ein so armes Land sein konnte wie Sizilien. Außerdem hatten die Engländer den Krieg gewonnen. Warum sollte Flavia also Sizilien nicht verlassen und sich dort, in England, Arbeit suchen? Sie konnte lesen und schreiben, auch auf Englisch. Sie konnte kochen (»wie ein Engel«, pflegte Signor Westerman zu sagen), und sie hatte eine schnelle Auffassungsgabe. Sie war gewitzter, als gut für sie war, wie Papa oft bemerkte. Flavia suchte Zutaten zusammen und begann mit der Zubereitung der Marinade.

Peters Vater arbeitete in einer Bank, was sich ziemlich vornehm anhörte, und seine Mutter kümmerte sich um den Haushalt. Nein, hatte er ihr lachend gesagt, sie hatten kein Personal, nur eine Zugehfrau, die jeden Tag zum Putzen kam. Nun ja, das war doch Personal, oder? Peter hatte eine Schwester namens Lynette und einen Bruder, der William hieß. Er war der jüngste, das Nesthäkchen der Familie.

Flavia säuberte ihr Messer und wusch sich die Hände. So weit, so gut.

Es war erstaunlich, dachte Flavia jetzt, dass ihr diese Erinnerungen an eine ferne Vergangenheit so klar vor Augen standen – oft deutlicher als etwas, das gestern geschehen war. Kurz legte sie ihren Stift nieder und seufzte. Wenn sie aus der Trance auftauchte, in die das Schreiben sie versetzte, verblüffte es sie beinahe, Lenny und Ginny zu sehen, die plauderten oder zusammen über dem Computer brüteten. Sie brauchte dann einen Moment, um in die Gegenwart zurückzukehren und sich daran zu erinnern, wer die beiden waren. Und auch daran, wer Flavia war. Es war, als wäre ihre Jugend so übervoll, so lebendig gewesen, dass sie sich tief in ihre Seele eingegraben hatte. Genau wie die Küche ihres Landes.

Das Ernten und Einkochen von Tomaten hatte Flavias Kindheit und Jugend Farbe und Form verliehen. Der durchdringende Geruch frischer Tomaten in der Sonne, der Kessel mit dem brodelnden Fruchtbrei, aus dem die auf Flaschen gezogene *salsa* entstand ... Aber war sie auch in der Lage, das zu Papier zu bringen und zum Leben zu erwecken?

Auf Sizilien kommt nach der salsa *der* 'strattu, *die Paste, die auf Holzbrettern ausgestrichen wird, bis sie in der glühenden Sonne hart und dunkel wie Blut wird. Er ist ein Konzentrat, ein Nachhall der* salsa, *eine Masse mit der Konsistenz von Kitt. Anschließend wird sie geknetet, in Gläser gepackt und mit Olivenöl übergossen.*

Es ist kein Zufall, dass Rot sowohl die Farbe des Blutes als auch die der Leidenschaft ist. Auf Sizilien ist es auch die Farbe der Erde, und es ist die Farbe der untergehenden Sonne. Die salsa *ist Siziliens Lebenssaft.*

Für die salsa *brauchst du reife Tomaten, frisches Basilikum und Sonnenschein. Man wärme die Flaschen in der Sonne vor.*

Die Tomaten werden gewaschen und im Freien zum Trocknen ausgelegt. Dann wird der Kessel aufgesetzt. Die Kerne werden entfernt, und das Mark der Tomaten wird unter ständigem Rühren eingekocht. Denk an Hitze und Leidenschaft. Gib das Basilikum hinzu und koche das Ganze, bis es eindickt. Dann werden die Flaschen gefüllt und unter einer Decke in der Sonne stehen gelassen, damit sie noch weitergaren. Weitere Zutaten sind Familie und Freunde, Tanz, ein Festmahl und Wein.

Das ist die Basis jeder Tomatensauce. Man füge noch Knoblauch und in Öl gebratene Zwiebeln hinzu und eine Prise Zucker, um der Sauce zusätzliche Süße zu verleihen.

Der pranzo, *das Mittagessen, wurde ein noch größerer Erfolg, als Flavia erwartet hatte. Wegen des Essens hatte sie sich keine Sorgen gemacht; mit den Gästen sah es allerdings anders aus. Doch Enzo war netter zu ihr als sonst und machte ihr mehrmals Komplimente über ihr Äußeres und ihre Gerichte. »Dieser Aufstrich erinnert mich an meine arme Frau«, sagte er. Quasi im Sinne des Allerseelentags, dachte Flavia. »Gott habe sie selig.«*

Auch Flavia erinnerte sich an seine arme Frau, die vor einigen Jahren gestorben war. Sie war eine magere, abgezehrte Frau gewesen, früh gealtert und gebeugt durch Enzos grausame Behandlung und seine dauernden Ansprüche.

Enzos Neffe stammte aus einem Nachbardorf, aber Flavia hatte ihn hier schon oft gesehen. Sein Vater Ettore, Enzos Bruder, war oft bei Enzo in Cetaria gewesen. Die Brüder hatten wie Pech und Schwefel zusammengehalten, bis Ettore vor einigen Jahren unter mysteriösen Umständen verschwunden war. Soweit Flavia wusste, hatte niemand eine Ahnung, was ihm passiert war oder ob er noch lebte. Enzo hatte nie etwas deswegen unternommen. Vielleicht wusste er ja mehr? Jedenfalls hatte Enzo seit Ettores Verschwinden mehr oder weniger die Vaterrolle für seinen Neffen übernommen; und Rodrigo schien inzwischen auch einen großen Teil seiner Zeit in Cetaria zu verbringen. Er hatte dabei Flavias Meinung nach auch in Sachen Arroganz von seinem Onkel Enzo gelernt. Doch andererseits waren die meisten sizilianischen Männer arrogant wie Pfauen.

Das Gespräch zwischen den Männern plätscherte ziellos dahin. Wie üblich ging es um Politik. Sie sprachen von einem Artikel, der in der Zeitung Sicilia del Popolo *erschienen war. Darin hieß es, dass im Nachkriegsitalien Desillusionierung und Unzufriedenheit herrschten und dass es in und um Palermo mehrere Demonstrationen gegeben habe, bei denen Bauern und junge Kommunisten mit einer Blaskapelle marschiert seien und »Land für die Arbeiter« gefordert hätten.*

»Idioten!« Daraus schloss sie, dass Enzo nichts davon hielt. »Sie wissen nicht, was gut für sie ist.«

Ihr Vater nickte zustimmend. Auf dem Land gab es Banditen und Banden, erklärte er seinen Zuhörern. Viele Menschen lehnten sich gegen die althergebrachte Herrschaft der Landbesitzer auf; viele wollten, dass ihre Stimme gehört wurde.

Flavia warf Rodrigo Sciarra einen Blick zu. Wollte er auch gehört werden? Oder plapperte er einfach nach, was sein mächtiger Onkel redete?

Beim dolce *bemerkte Flavia, dass Rodrigo Sciarra ihr mehr Aufmerksamkeit schenkte, als nötig gewesen wäre. Er lobte ihre Kochkünste in den Himmel, während sich Papa zurücklehnte und sich über seinen Bart strich. Seine Miene war so zufrieden, als habe er ganz allein seine Tochter auf diesem Gebiet unterrichtet. Und einmal, als Rodrigo ihr süßen Dessertwein einschenkte, legte er drei Finger seiner Hand zu einer vertrauten Berührung auf ihr Handgelenk. Ihre Alarmglocken schrillten.*

Sie wusste, dass Papa es gesehen hatte. Und er lächelte. Nein ... Abrupt schob sie ihren Stuhl zurück und begann abzuräumen.

»Bleib, wo du bist. Das übernehme ich«, rief Mama aufgeregt, fasste Flavia an den Schultern und drückte sie recht unsanft wieder auf ihren Stuhl.

Flavia warf ihrer Mutter einen verzweifelten Blick zu, aber diese nahm keine Notiz davon. Es war also beschlossen. Sie konnte nichts dagegen tun.

Unter dem Vorwand, Likör zu holen, standen Papa und Enzo langsam auf, und Mama verschwand in der cucina, *um, wie sie behauptete, Kaffee zu kochen.*

»Flavia.« Rodrigo ergriff ihre Hand. Er roch nach Eau de Cologne.

»Bitte sag nichts weiter«, flehte sie.

»Aber ich beobachte dich schon so lange aus der Ferne«, beteuerte Rodrigo.

Flavia seufzte. Sie war sich sicher, dass das nicht stimmte. Enzo und Papa hatten sich das ausgedacht. Anscheinend wollten sie die beiden Familien vereinen und waren auf die naheliegende Idee gekommen, Rodrigo und Flavia zu verkuppeln. Deswegen waren auch Santina und Rodrigos Mutter Francesca nicht eingeladen. Das war überhaupt kein Familienessen, sondern eine Verschwörung.

»Nein«, sagte sie.

»Dich bewundert«, sagte Rodrigo.

»Nein.«

»Zu hoffen gewagt.«

»Bitte nicht.« Flavia versuchte, ihre Hand wegzuziehen, aber er hielt sie mit eisernem Griff fest.

»Ich kann dir ein gutes Leben bieten.«

Flavia sah in seine dunklen Augen. Vielleicht konnte er das.

Ja, wahrscheinlich. Aber es war nicht das Leben, das sie sich wünschte.

»Ich habe dich nicht ermutigt«, wandte sie vorsichtig ein. »Ich habe dir keinen Grund gegeben zu glauben, dass ich eine besondere Zuneigung zu dir hege.«

»Trotzdem«, beharrte Rodrigo. »Ich glaube, du könntest lernen mich zu lieben, no?*«*

Flavia wollte seine Gefühle nicht verletzen. »So einfach ist das nicht«, begann sie.

»Unsere Familien stehen sich sehr nahe«, sagte er. »Sie sind sich simpatico. *Warum sollten wir uns auch nicht vertragen, du und ich? Es ist ganz natürlich, und es wird die Verbindung unserer Familien festigen.«*

Alles schön und gut, dachte Flavia. Aber wo blieb dabei die Liebe?

Rodrigo streichelte ihren Arm. Er gab wirklich nicht auf.

»Ich habe jemand anderen«, sagte sie rasch. »Mein Vater hätte dir davon erzählen sollen.«

»Jemand anderen?« Rodrigo starrte sie an. »Veramente? *Ist das wahr?« Er schien die in Frage kommenden Männer aus der Gegend vor seinem inneren Auge vorbeiziehen zu lassen.*

Dazu würde er nicht lange brauchen, dachte sie ironisch. »Vero. *Es ist wahr«, erklärte sie.*

»Das kann doch nicht sein.« Er runzelte die Stirn.

»Mein Vater hätte es dir sagen sollen«, wiederholte Flavia. »Er hatte kein Recht …«

»Aha.« Rodrigo schaute triumphierend drein, als hätte er gerade eine schwierige Gleichung gelöst. »Du denkst an den Engländer, ja? Dein Vater sagte, dass er ein Problem gewesen sei.«

»Ein Problem?«, entgegnete Flavia abwehrend. »Das einzige Problem ist, dass ich ihn liebe«, sagte sie.

Rodrigo zog sich sichtlich gekränkt zurück. »Aber du hast doch nicht … Du hast doch nicht mit diesem Engländer …?«

»Nein!« Flavia spürte, wie sie errötete und ihr die Hitze bis an die Haarwurzeln stieg. Obwohl sie es getan hätte. Wenn er gewollt hätte, hätte sie es getan. Was scherte sie ihr Ruf?

»Aha.« Er drohte ihr spielerisch mit erhobenem Finger. »Du bist ein dummes Mädchen. Aber du bist Sizilianerin. Und du musst einen Sizilianer heiraten.« Er richtete sich zu seiner vollen Größe auf. »Rodrigo Sciarra kann dafür sorgen, dass du ihn vergisst.«

Flavia hörte Räuspern und Hüsteln aus dem Hausflur. Allerseelen war auch ein Tag für Verlobungen und Neuanfänge. Sie hätte es wissen müssen. »Es tut mir leid, Rodrigo, aber meine Antwort ist Nein«, sagte sie schnell. »Bitte bedräng mich nicht weiter.«

Die anderen kamen wieder herein. Mama, die erwartungsvoll und hoffnungsfroh dreinschaute, war mit einer Kaffeekanne und den biscotti der Toten bewaffnet und Papa mit einer Grappaflasche. Er zog eine Augenbraue hoch, als er den tief betrübten Rodrigo sah, der bedrückt den Kopf schüttelte. Enzos Miene wechselte in Sekundenschnelle von Herzlichkeit zu Donnergrollen. Hatte man sie und ihre Kochkünste etwa auf die Probe gestellt?

Flavia wartete nicht ab, was jetzt kommen würde. Sie entschuldigte sich und suchte Zuflucht in der Küche, bis das letzte Plätzchen gegessen war und die Gäste sich verabschiedet hatten.

Der Streit mit Papa ging den ganzen Nachmittag weiter und dehnte sich bis in den Abend hinein aus. Flavia hatte ihn noch nie so zornig erlebt. Er tobte, fluchte und belegte sie mit jedem Schimpfwort, das es unter der Sonne gab.

»Per l'amor di dio, *um Gottes willen … Was soll man mit einer undankbaren Tochter anfangen?«, wollte er schließlich von Mama wissen. »Wozu ist sie gut, wenn sie einen Mann nicht glücklich machen kann, wenn sie nicht in der Lage ist, ein Band zu der Familie seines besten Freundes zu schmieden?«*

Flavia hörte ihm zu und fragte sich, ob es hier wirklich nur um Freundschaft ging. Sie vermutete, dass ihr Vater versuchte, sich mit gewissen Leuten mit einschlägigen Verbindungen gutzustellen, ohne sich in ihre Angelegenheiten hineinziehen zu lassen. Aber er wandelte dabei auf einem schmalen Grat, auf dem es schwer war, die Balance zu halten. Und man nannte die Mafia nicht umsonst La Piovra, *den Kraken. Ihr Arm war lang. Wenn die Mafiosi hinter einem her waren, konnte man sich nirgendwo verstecken.*

Irgendwann wagte Flavia es, Peters Namen auszusprechen. »Ich liebe ihn immer noch«, erklärte sie. »Ich habe ihm ein Versprechen gegeben. Ich bin nicht frei, einen anderen Mann zu heiraten!«

»Dieser Schurke!«, brüllte ihr Vater.

»Du hast ihm geholfen«, rief ihm Flavia ins Gedächtnis. »Du hast ihm das Leben gerettet.«

»Ich wünschte, ich hätte es nicht getan.« Sein Gesicht war vor Zorn verzerrt. »Und wo ist er jetzt, dieser Junge, von dem du behauptest, ihn zu lieben, dieser Junge, der nicht gekommen ist, um dich zu holen? Versprechen! Pah! Das Versprechen dieses englischen Jungen bedeutet weniger als nichts. Du bist eine Närrin, wenn du das nicht verstehst.«

Flavia zuckte zusammen.

»Der Krieg ist schon lange vorbei.« Demonstrativ sah er sich um. »Wo ist er? Warum ist er nicht gekommen? Warum hat er dir kein Wort geschrieben? Kannst du mir das verraten?« Er griff nach seinem Stock, als wolle er sie schlagen, doch in diesem

Moment legte Mama die Hand auf seinen Arm, um ihn zu bremsen, und Flavia rannte davon.

Sie lief in die milde, kobaltblaue Dunkelheit hinein, über die Felder, die sie so gut kannte, und in das Tal, wo sie, wie es ihr vorkam, stundenlang blieb und über das Geschehene nachdachte. Die Nachtluft legte sich schwer wie eine Steppdecke auf sie, und sie hatte das Gefühl, keine Luft zu bekommen. Aber sie wusste, was sie tun musste.

Als sie zurückkam, ging sie ohne Umweg zur Villa Sirena. Sie warf einen kurzen Blick auf das Motiv über der Haustür. Flavia kannte die Geschichte. Auch sie war in die Falle gegangen. Sie hätte sie verstanden. Sie klopfte leise an die Tür und ging dann hinein. Der Inglese *würde noch wach sein; er ging nie vor Mitternacht zu Bett.*

Und richtig, Edward Westerman saß an seinem gewohnten Platz und hatte ein Glas Rotwein neben sich auf einem Tisch stehen. Wie üblich trug er einen zerknitterten Leinenanzug, und sein alter Panamahut hing an der Stuhllehne. Er war wahrscheinlich keine fünfzehn Jahre älter als Flavia, aber sie wusste, dass er trotzdem ein Mann von Welt, ein Mann mit Erfahrung war. Sogar vor dem Krieg, als sie noch ein Kind war, hatte sie Signor Westerman nie als jung betrachtet. Er würde wissen, was zu tun war.

»Flavia«, sagte er, als sie ins Zimmer trat. Er wirkte nicht besonders erstaunt darüber, sie zu sehen.

»Ich muss nach England«, platzte sie heraus.

»Ach ja?« Er nahm sein Glas und trank einen Schluck. »Und wieso musst du das, bitte schön?«

»Ich muss fort.« Stockend erzählte sie ihm von Peter, von ihrem Vater, von Rodrigo.

Ihr Vater arbeitete schon sehr lange für Signor Westerman, und sie wollte ihn bei seinem Arbeitgeber nicht in ein schlechtes

Licht rücken. Aber sie brauchte Signor Westermans Hilfe. »Ich muss mein eigenes Leben führen«, erklärte sie. »Auf meine Art.«

Er nickte. Natürlich würde er sie verstehen. Auch er hatte sein eigenes Leben leben müssen und war dazu nach Sizilien gekommen. »Wie kann ich dir helfen, meine Liebe?«, fragte er.

»Ich habe etwas Geld gespart.« Sie nannte ihm die Summe.

»Das ist eine lange Reise. Eine zweitägige Zugfahrt.«

»Ich schaffe das«, versicherte sie. »Ich muss mir nur ein wenig Geld borgen. Ich schicke es ihnen zurück, versprochen.«

Edward Westerman wirkte nachdenklich. »Ich habe da eine Idee«, sagte er. »Wenn du entschlossen bist, nach England zu gehen, dann habe ich vielleicht einen Auftrag für dich. Ich habe ein Päckchen, eines meiner Manuskripte, das sicher zu meiner älteren Schwester Beatrice gebracht werden muss. Sie lebt in London. Damit würdest du mir einen sehr großen Dienst erweisen.«

»Ein Päckchen?«, erkundigte sie sich. London. Sie konnte es kaum fassen.

Er schlug bescheiden die Augen nieder. »Einige meiner eigenen lyrischen Arbeiten. Ich hoffe, Bea wird zwischen mir und meinen Verlegern vermitteln. Aber ...« Er seufzte. »Es sind schwere Zeiten. Wir werden sehen. Vielleicht vergeude ich mit dem Geschreibsel auch nur meine Zeit.«

»Aber nein, Signor«, protestierte Flavia. Sie liebte seine Gedichte. Sie hatten es verdient, gedruckt zu werden. Er war ein guter Mann, er sollte Erfolg haben. Und wenn sie auf ihre bescheidene Weise dazu beitragen konnte ...

»Das ist sehr freundlich von dir.« Er lächelte.

»Und selbstverständlich bringe ich die Arbeit für Sie nach London«, sagte sie.

»Sehr gut.« Er trank noch einen Schluck Wein. »Ich traue

der verdammten Post nicht.« Er tätschelte ihre Hand. »Aber dir vertraue ich, meine Liebe. Und Bea wird dir helfen, sobald du in England bist. Dafür sorge ich.«

»Ich bin Ihnen sehr dankbar«, erklärte Flavia.

»Und ich werde dich selbstverständlich dafür bezahlen.« Er nickte. »Das wird für deine Reisekosten reichen, glaube ich.« Er starrte in sein Weinglas. »Du musst allerdings darauf gefasst sein, enttäuscht zu werden. Wie ich festgestellt habe, neigen Menschen dazu, unseren Erwartungen nicht gerecht zu werden.«

Sie sah auf ihre Hände hinunter. »Ich weiß.«

»Aber ...« Er umfasste ihr Handgelenk unerwartet fest. Kurz zuckte sie zurück. »Du hast nur ein Leben, Flavia, und du musst es leben. An einem neuen Ort kann man sein, wer man will.«

»Papa ...«, begann sie, obwohl sie spürte, dass er ebenso von sich selbst wie von ihr gesprochen hatte. Er war aus England fortgegangen, hatte Freunde und Familie zurückgelassen und sich selbst neu erfunden. Seine Geschichte ähnelte ihrer. Er hatte sich in seinem eigenen Land als Ausgestoßener gefühlt, und sie empfand genauso.

»Dein Papa hat eben seine eigenen Methoden«, sagte er. »Mach dir keine Sorgen. Ich werde ihm schon alles erklären.«

Sie neigte den Kopf. »Danke.«

»Komm morgen wieder«, sagte er. »Dann schmieden wir einen Plan.«

Als sie vor die Tür trat, regnete es. Eine gewaltige Flut stürzte über das Dach und strömte über die Terrasse, als wäre der Himmel eingestürzt. Das Prasseln des Wolkenbruchs donnerte durch die Hügel und Täler, wo das Wasser die ausgetrocknete rote Erde tränkte. Die Spannung, die in der Luft gelegen hatte, war gewichen, und auch in Flavia hatte sich etwas gelöst. Und sie war froh darüber.

37. Kapitel

Ginny war sich nicht sicher, was sie dazu bewogen hatte, das *Bull and Bear* zu betreten. Es war ein Pub, ein schäbiger Pub, und sie hatte nie hinter der Theke arbeiten wollen. Barfrau zu sein, wie eine Person aus *East Enders* oder *Coronation Street* ... Mein lieber Enterich! Aber es war ein Job.

Nachdem Nonna beim Frühstück ihre Bombe hatte platzen lassen, hatte Ginny sich auf Pops Computer einen Lebenslauf zusammengetippt. Pops hatte mit den Entwicklungen der Technologie immer Schritt gehalten und redete neuerdings sogar davon, sich einen iPod anzuschaffen. Die Vorstellung von Pops mit Ohrhörern wollte sich für Ginny trotzdem nicht zu einem stimmigen Bild fügen. Nach dem Mittagessen war sie durch Läden und Restaurants in Pridehaven gezogen und hatte den verblüfften Verkäuferinnen und Kellnern den Lebenslauf unter die Nase gehalten. *Das bin ich. Das habe ich bisher aus meinem Leben gemacht* ...

Nicht viel, dachten sie wahrscheinlich. Zeitungen austragen, Babysitten, College. Ein Mädchen ohne Richtung, das sich treiben ließ. So hieß es in einigen der alten Lieder aus der Hippie-Zeit ihrer Mutter. Ihr Vater war so gewesen.

Es war ziemlich aussichtslos. Niemand schien interessiert zu sein. Und vielleicht betrat sie das *Bull and Bear* nur, weil es sechs Uhr war und sie nicht zu Nonna und Pops zurückgehen und ihnen gestehen wollte, dass sie gescheitert war. Bei ihrer Mutter konnte sie so etwas riskieren, denn bei ihr funktionierte eine Mischung aus Wut und Defensive immer, aber Nonna legte andere Maßstäbe an. Ginny hasste es, sie zu enttäuschen; ihre winzige, weißhaarige Großmutter strahlte eine Art unterschwelliger Würde aus, um die sie sie beneidete.

»Ich hatte mich gefragt, ob sie vielleicht Thekenpersonal suchen«, sagte sie zu dem Typen hinter der Theke, den sie auf Ende dreißig schätzte.

»Wer will das wissen?«, fragte er.

Na, das war ja wohl verdammt offensichtlich. »Ich«, antwortete sie dennoch.

Er grinste. »Yeah, aber wie heißt du, Schätzchen?«

»Ginny Angel.«

»Über achtzehn?«

»Ja.«

»Irgendwelche Berufserfahrung?«

»Nein.«

Er wirkte überrascht. »Warum willst du dann hinter einer Theke arbeiten?«, erkundigte er sich.

Ginny dachte scharf nach. Warum würde jemand das tun wollen? »Ich arbeite gern mit Menschen«, erklärte sie. Eine Lüge. »Und ich bin ein Nachtmensch.« Noch eine Unwahrheit.

Er zog die Augenbrauen hoch.

Wie blöd, dachte sie. Wahrscheinlich war der Laden den ganzen Tag geöffnet. »Ich bin schnell«, sagte sie. »Und ich lerne schnell.«

»Okay«, sagte er.

»Okay?«

»Ich probier's mit dir«, erklärte er. »Das letzte Mädchen hat vor einer Woche gekündigt, und ich bin noch nicht dazu gekommen, eine Anzeige aufzugeben. Kannst du morgen um sechs anfangen?«

»Ähem ... Toll«, sagte Ginny.

»Willst du denn nicht wissen, was ich dir zahle?«, fragte er. »Oder wie deine Arbeitszeiten sind?«

»Okay.« Sie wartete, aber er sagte nichts. »Was zahlen Sie?«

Er nannte ihr die Summe. Es war nicht üppig, aber sehr viel mehr als nichts.

»Okay«, sagte sie.

»Über die Arbeitszeiten können wir reden. Darüber unterhalten wir uns am besten morgen«, fügte er hinzu.

Kaum hatte sie den Pub verlassen, schickte sie ihrer Mutter eine SMS. *Rate mal, was passiert ist? Ich habe einen Job!*

Ihre Mutter rief sofort zurück. »Das hast du gut gemacht, Schatz«, sagte sie. »Ich habe auch einmal in einer Bar gearbeitet.« Es klang ziemlich nostalgisch.

»Das bringt wenigstens ein bisschen Knete ein.« Ginny wünschte, die Stimme ihrer Mutter würde sie nicht so traurig machen. Es erinnerte sie daran, wie sehr sie ihr fehlte. »Damit kann ich anfangen zu sparen, um wegzufahren«, fügte sie hinzu. Die Kugel brachte sie dazu, Salz in die Wunde zu streuen.

»Ja.« Die Stimme ihrer Mutter klang leise und ein wenig verletzt. »Ist zu Hause alles in Ordnung?«

»Alles im Lack.« Ginny bog in Nonnas und Pops' Straße ein, eine Sackgasse, die nirgendwohin führte. Bramble Close, Pridehaven – was war das bloß für eine Adresse? Sichere Häuser in sicheren Straßen in einer Stadt, die ihre besten Zeiten hinter sich hatte. Eine Stadt in der Sackgasse, eine Stadt, die nirgendwo mehr hinging.

»Und Nonna? Und Pops?«

»Sie sind cool.« Ginny fragte sich, was ihre Mutter gerade

tat und warum es so wichtig gewesen war, alles fallen zu lassen und zurück nach Sizilien zu gehen. Vielleicht eine Art Midlife-Crisis, früh einsetzende Wechseljahre oder so was.

»Und?«

»Ich muss los, Mum«, sagte sie.

»Okay, Schatz. Ich ...«

»Tschüss.« Ginny drückte das Gespräch weg, bevor ihre Mutter noch etwas sagen konnte. Das war eine dieser Situationen, in denen sie sich hin- und hergerissen fühlte zwischen Liebe und Hass. Ein bittersüßes Gefühl.

Nonna schien es überhaupt nicht zu überraschen, dass Ginny innerhalb eines Tages einen Job gefunden hatte. »Braves Mädchen«, sagte sie und tischte Cannelloni mit Fleisch, weißer *parmigiano*-Sauce und Muskat zum Abendessen auf. Lecker.

»Ich glaube, ich gehe noch bei Ben vorbei«, erklärte Ginny, als sie fertig waren. »Nachdem ich abgewaschen habe.«

Nonna begann, die Teller abzuräumen. »Habt ihr etwas Nettes vor?«, erkundigte sie sich. »Etwas Besonderes?«

Wahrscheinlich nicht, dachte Ginny. »Keine Ahnung«, antwortete sie.

»Nun ja«, meinte Nonna. »Solange du nur Spaß hast, mein Schatz.« Aber sie warf Ginny einen Blick zu, einen merkwürdigen Blick. Als ob sie sich frage, warum sich jemand wie Ginny überhaupt mit jemandem wie Ben abgab. Und das gab Ginny zu denken. Warum gab sie sich eigentlich mit Ben ab?

Bei Ben zu Hause sahen sie sich einen Film an, dann kamen ein paar von seinen Kumpels vorbei, und sie gingen alle aus, um etwas zu trinken. So war es fast immer, wenn sie zu Ben ging.

Sie redeten über Sachen, für die Ginny sich nicht einmal ansatzweise interessierte, wie Motorräder, Autos oder Fußball, und machten sexistische Witze, die sie nicht komisch fand. Um halb elf dachte sie an Nonnas Blick und stand auf, um nach Hause zu gehen. Die Kugel versuchte, sie aufzuhalten, aber zu ihrer eigenen Überraschung fand sie irgendwo, an einer Stelle, die die Kugel nicht erreichen konnte, die Kraft dazu, sich dagegen zu wehren.

Sie ging allein nach Haus. Es war nicht so, als empfände sie nichts mehr für Ben. Aber ... Sie hatte keinen Spaß, oder? Ginny dachte an Nonnas Blick. Es war so einfach: Sie taten nichts Besonderes. Also, warum war sie noch mit ihm zusammen?

Die Straßen waren gut beleuchtet, und sie hatte keine Angst. Sie war nur ein wenig traurig wegen Ben. Und ein bisschen nervös, denn morgen Abend würde sie ihren neuen Job antreten. Die Frage war, ob die Kugel auch mitkommen würde.

Bei Nonna und Pops brannte noch Licht im Schlafzimmer und eine Lampe auf der Veranda, die sie für Ginny angelassen hatten. »Sieh zu, dass du sie ausmachst, wenn du kommst«, pflegte Nonna allabendlich zu sagen. Und Ginny schaltete sie immer aus. Dabei hatte sie sich zu Hause angewöhnt, ihre Rückkehr zu verkünden, indem sie sämtliche Lampen hinter sich brennen ließ.

Jetzt schloss Ginny auf, schaltete die Lampe auf der Veranda aus und ging leise nach oben, obwohl die beiden noch nicht schliefen. Sie hörte ihre Stimmen, als sie ins Bad schlich.

»Sie muss tun, was sie für das Beste hält.« Das war Pops. »Es ist ihr Leben.«

»Ja«, sagte Nonna. »Es ist ihr Leben. Aber es wirkt sich auch auf mein Leben aus.«

Ginny wusste, dass sie von ihrer Mutter und dem geheimnisvollen Haus auf Sizilien sprachen. Erneut fragte sie sich, warum der alte Mann es ihr vermacht hatte. Was würde sie damit anfangen? Und wieso machte sich Nonna deswegen so viele Gedanken?

In dieser Nacht dachte sie vor dem Einschlafen an ihre Mutter, die in ihren Träumen eine andere Farbe angenommen hatte; statt in einem sauren Zitronengelb erschien sie nun eher von einem honigfarbenen Schein umgeben. Sie überlegte, dass sie morgen aufwachen und es dann vielleicht keinen Ben mehr geben würde. Die Kugel nahm sich ein bisschen zu viel heraus. Aber …

Sie hatte ihren neuen Job und, wenn sie zu sparen anfing, vielleicht sogar eine Art Ziel. Es war, als hätte sie mittlerweile immerhin eine ganz, ganz leise Ahnung davon, was sie wollte.

38. Kapitel

Zwei Tage später kletterte Tess über die Hänge oberhalb von Cetaria. Wenn man dem Reiseführer, den sie in Palermo gekauft hatte, glauben wollte, sollte das hier ein Felsweg sein, aber sie sah verdammt viel Felsen und nicht viel Weg. Plötzlich erblickte sie Tonino Amato. Auf einer kleinen Lichtung, die direkt vor ihr lag, arbeitete er an einem Stein. Sie hatte ihn in den letzten beiden Tagen nur aus der Entfernung gesehen. Vorgestern war sie in Palermo gewesen, und gestern hatte sie in der Villa zu tun gehabt. Sie würde Edward Westermans Besitztümer weggeben oder verkaufen müssen. Einige Möbel waren noch zu retten, andere eindeutig nicht, und anderen Hausrat musste sie sortieren, um zu entscheiden, was sie behalten wollte und was nicht.

Tonino beugte den Kopf konzentriert über einen Felsbrocken und klopfte mit einem kleinen Hammer und einer Art Meißel aus Metall auf den Stein.

»*Ciao*«, sagte sie. Am liebsten hätte sie sich umgedreht und wäre in die entgegengesetzte Richtung davongerannt.

Er schaute nicht einmal auf. »*Ciao.*«

»Für den *Cola Pesce?*«, fragte sie.

»Vielleicht.« Er hämmerte weiter.

Sie sah, dass er dünne Schieferplättchen abhob, vermutlich, um sie als Hintergrund bei seinen Mosaiken zu verwenden. Tess hatte Ähnliches in seinem Atelier gesehen. Sie setzte sich auf einen Felsbrocken unter einem Olivenbaum in der Nähe des Steins, an dem er arbeitete, und streckte die Beine aus. Das spärliche Gras ringsum war mit wildem Klee durchsetzt. Es war sehr warm und sehr still. Sie hörte das Summen von Insekten und ab und zu das Klingeln von Ziegenglöckchen weiter oben am Weg – und Toninos Klopfen. Was sollte sie sagen? Kommen Sie öfter her? Sie konnte ebenso gut gleich auf den Punkt kommen. »Sie gehen mir doch nicht aus dem Weg, oder?«, fragte sie.

Endlich schaute er auf. Sein Blick war forschend. »Warum sollte ich?« Er schien keine Antwort zu erwarten.

Ja, warum? Er schien vollkommen in sich selbst zu ruhen, allein mit seinen Steinen und Mosaiken, mit dem Meer und seiner Traurigkeit, dachte sie. Einen Freund zu verlieren war schrecklich. Aber sollte nicht jeder früher oder später darüber hinwegkommen? Sie dachte daran, was ihre neue Freundin Millie über Schatten gesagt hatte. Dieser Mann bestand ganz und gar aus Dunkelheit, und doch schrien die Werke, die er schuf, geradezu nach Licht. Wirkten Mosaiken nicht immer in der Sonne am besten?

»Ich habe nichts mit Giovanni Sciarra«, erklärte sie und schlang die Arme um die Knie. Nur für den Fall, dass das sein Problem war.

»Das geht mich nichts an.« *Klopf, klopf, klopf.*

»Das kann sein. Aber ich wollte, dass Sie das wissen.«

»Ich habe gesehen, wie er um die Villa Sirena herumstreicht.« Tonino zog verächtlich die Lippe hoch. »Sie sollten aufpassen.«

Wieder fühlte Tess Ärger in sich aufsteigen. »Er ist sehr hilfsbereit gewesen«, erklärte sie. »Edward Westerman hat mir die Villa vererbt, und …«

Tonino zuckte mit den Schultern.

»Und Giovanni hat mich bei der Entscheidung, was ich damit anfangen soll, beraten.«

»Und was werden Sie damit machen?« Wieder blickte er zu ihr auf.

»Das weiß ich noch nicht. Aber die Sache ist ...« Sie seufzte. »Ich habe keine romantische Beziehung zu Giovanni, okay?«

Wieder zuckte Tonino mit den Schultern.

Na schön, sie hatte es versucht. Tess stand auf und spürte, wie die weichen, silbrigen Blätter des Olivenbaums ihr Haar streiften.

Es stimmte allerdings, dass Giovanni gestern vorbeigekommen war. Er hatte ihr ein Privatdarlehen angeboten, eine Investition, wie er es nannte. Die Bedingungen klangen fair; sie waren sogar geradezu ideal, denn sie brauchte in den ersten neun Monaten nichts zurückzuzahlen. Damit würde sie genug Zeit haben, um die Villa wieder in Schuss zu bringen, sodass man sie vermieten könnte. Natürlich würde sie Zinsen zahlen, aber in einer akzeptablen Höhe. Er hatte ihr Papiere mitgebracht, die sie sich ansehen sollte, und am liebsten wäre ihm gewesen, sie hätte sie sofort unterschrieben. Aber Tess war ein wenig misstrauisch gewesen.

»Ich werde darüber nachdenken«, hatte sie ihn beschieden. Sie würde zuerst mit ihrem Vater reden, sich vielleicht sogar juristischen Rat in England einholen.

Sie wandte sich zum Gehen.

»Warum sind Sie nach Cetaria zurückgekommen?«, fragte er unvermittelt.

Sie blieb stehen. Er schien ihr Gespräch in Segesta und diesen Beinahe-Kuss vergessen zu haben. Natürlich wäre es einfacher gewesen, sich einen Makler zu nehmen und die Villa gleich zum Verkauf anzubieten oder auch Giovanni mit der Renovierung zu beauftragen und sich selbst aus allem rauszuhalten. Aber es ging nicht nur um die Villa. Zuerst einmal war da die Geschichte ihrer Mutter. Sie hatte über das, was Santina ihr erzählt hatte, nachgedacht und sich vorgestellt, wie verzweifelt sich ihre Mutter nach Freiheit gesehnt hatte. Sie hatte die junge Flavia vor sich gesehen, die sich in einen englischen Piloten verliebt hatte, in einen Mann, der das völlige Gegenteil des Mannes war, den ihre Familie für sie ausgesucht hatte. Rodrigo Sciarra, um Himmels willen! Was hätte sie als Siebzehnjährige tun können, in einem Land, das im Krieg stand? Sie hätte ihrem Piloten nicht nach England folgen können, jedenfalls nicht gleich. Tess' Blick wanderte über die Zwergpalmen, Olivenbäume und terrassenförmig angelegten Weingärten, die im Zickzack über die Hänge verliefen. Von hier aus hatte man eine gute Aussicht auf das Dorf, die Berge dahinter und das offene Meer. Heute Nachmittag war das Wasser glatt wie Stahl. Doch die Geschichte ihrer Mutter war nicht der einzige Grund für ihre Rückkehr. »Etwas an diesem Ort …«, sagte sie.

»Aber Sie haben doch sicher ein Leben in England, eine Familie?«, sagte er.

Sie hatte ihre Eltern. Und das war noch so eine Sache. Für sie waren Muma und Dad immer *die* Liebesgeschichte gewesen. Aber wie passte der englische Pilot in diese Gleichung? »Ich bin nicht verheiratet.« Sie hatte gedacht, dass er das wüsste; schließlich trug sie keinen Ring. »Aber ich habe eine Tochter.«

Er hob den Kopf und sah sie an. Dunkle, dunkle Augen.

»Sie ist achtzehn. Im Moment wohnt sie bei meinen Eltern.« Sie dachte an Ginny. Wie sollte man auf diesen Moment vorbereitet sein, wenn das Kind dem Nest, das man ihm gebaut hatte, den Rücken kehrte und in die Welt hinauszog, in diese angsteinflößende Welt, über die man keine Kontrolle hatte? Wie konnte man sich darauf vorbereiten, was man empfinden würde? Tess kam der Gedanke, dass sie langsam mal damit anfangen sollte. Denn wahrscheinlich würde dieser Zeitpunkt nicht mehr lange auf sich warten lassen. Ginny hatte einen Job, und sie wollte Geld sparen, um auf unbestimmte Zeit fortzugehen. Sie hatten sich so nahegestanden. Und trotzdem bezweifelte Tess, dass Ginny sie überhaupt vermisste. Anmerken ließ sie sich auf jeden Fall nichts. Immer wenn Tess anrief, konnte Ginny gar nicht schnell genug wieder auflegen.

»Ich war nie mit ihrem Vater verheiratet«, erklärte Tess Tonino, der darauf zu warten schien, dass sie weitersprach. »Er ist weggegangen, bevor sie geboren wurde. Er war nicht für die Ehe geschaffen.«

Tonino nickte. Er schien nicht schockiert zu sein, nicht einmal erstaunt. »Seitdem«, sagte er, »haben Sie sich aber schon gelegentlich einmal wieder verliebt, oder?«

»Ja.« Tess setzte sich wieder auf den Stein und zog ihre Wasserflasche aus der Tasche. Sie trank einen großen Schluck und reichte sie dann an Tonino weiter, der dankbar nickte und es ihr nachtat. Ja, sie war verliebt gewesen, aber nicht oft für eine Frau von Ende dreißig. Sie hatte gelegentlich ein Abenteuer gehabt, ab und zu auch etwas, was mehr als ein Abenteuer war, Männer, bei denen sie gedacht hatte, dass sie vielleicht der Richtige wären. Und dann kam Robin. Sie sah Tonino offen an. »Und Sie?«

Er lächelte verhalten. »Nein, ich bin nicht verheiratet«, sagte er. »Natürlich hat es von Zeit zu Zeit Frauen gegeben.«

Natürlich.

»Und einmal habe ich jemanden geliebt.«

Sie sah ihn an und wartete. Wie viel würde er ihr erzählen? Wie weit vertraute er ihr? »Es hat nicht gehalten?«, fragte sie.

»Sie war mit jemand anderem zusammen«, erklärte er. »Mit jemandem, der ...« Er verstummte.

Instinktiv erfasste Tess, von wem er sprach. »Mit Ihrem

Freund?«, fragte sie. Sein Gesicht verriet ihr, dass sie recht hatte. »Dem, der gestorben ist?«

»Ja.« Er legte sein Werkzeug weg. »Solange sie zusammen waren … war es unmöglich.«

Mit der Spitze ihres Wanderstiefels malte Tess ein Muster auf dem staubigen Boden. »Aber sie wusste, wie Sie empfanden?«

»Natürlich.« Er löste ein weiteres Stückchen Schiefer ab und sah sie wieder an. »Frauen wissen immer Bescheid.«

Tess war sich da nicht so sicher, aber sie widersprach ihm nicht. »Und nach seinem Tod?« Eigentlich konnte sie sich das schon denken.

»Da war es erst recht unmöglich.« Er klang zornig. »Helena dachte nicht so. Aber ja, es war trotzdem unmöglich.« Er füllte den Stoffrucksack, der zu seinen Füßen stand, mit Steinen, Schiefer und seinem Werkzeug.

Tess vermutete, dass es nicht erlaubt war, Steine an Stellen zu sammeln, die wahrscheinlich Naturschutzgebiet waren, aber Männer wie Tonino kümmerten sich nicht um solche Regeln. Für sie waren Land und Meer da, um den Menschen zu helfen, sich ihren Lebensunterhalt zu verdienen. Sie nahmen sich, was Land und Meer zu bieten hatten, gaben aber darauf acht, die Natur nicht allzu sehr auszubeuten und damit für ihre Zwecke unbrauchbar zu machen.

Tonino stand auf, warf sich den vollgepackten Rucksack über die Schulter und streckte ihr die Hand entgegen.

Tess ergriff sie. »Hat sie Sizilien verlassen?«

»Ja, sie ist fortgegangen.« Er hielt inne, als wolle er noch mehr sagen. »An dem Tag, an dem mein Freund starb …« Er wurde leiser und verstummte dann ganz.

»Was ist passiert?«, fragte Tess. Sein Gesichtsausdruck ließ sie die Antwort bereits erahnen.

»Ich habe an dem Tag Kaffee mit Helena getrunken.« Er begegnete ihrem Blick und sah dann in die Ferne, über die Hügel hinaus. »Es war nicht so, wie Sie denken.«

Tess schüttelte den Kopf. »Wie war es dann?«

»Wir haben über uns gesprochen. Darüber, dass es nicht sein kann. Dass wir ihm nicht wehtun können. Das haben wir getan.« Er ballte die Faust, bis seine Knöchel weiß hervortraten. »Und zur selben Zeit ist er ... ist er ...«

Er konnte nicht weitersprechen. Tess legte ihm die Hand auf die Schulter. »Es war trotzdem nicht Ihre Schuld«, sagte sie. »Sie haben nicht Falsches getan.«

»Helena hat es nie verstanden«, gab er zurück. »Sie hat nie verstanden, warum wir danach nicht mehr zusammen sein konnten.«

»Nein.« Tess konnte sich vorstellen, wie es gewesen war. Die untröstliche Helena, die sich dem anderen Mann zuwandte, der sie liebte, dem Einzigen, der sie verstehen konnte, weil er seinen Freund ebenfalls geliebt hatte. Und Toninos Schuldgefühle. Er musste sich gefühlt haben, als hätte er seinen Freund umgebracht, um sie zu bekommen. Sie wusste, dass manche Männer die Gelegenheit und die Frau ergriffen hätten, aber so war Tonino nicht. Er war ein viel zu aufrechter Charakter, um sein schlechtes Gewissen einfach zu ignorieren. Seine Schuldgefühle hätten ihn immer wieder überwältigt und ihn für den Rest seines Lebens unglücklich gemacht. »Und seitdem?«, fragte sie.

Seine Hand schloss sich fester um ihre. »Frauen«, sagte er. »Aber keine Liebe.«

Als er sie dieses Mal küsste, war es ganz anders. Beim letzten Mal hatte er fast wie zufällig ihre Lippen gestreift. Aber als er sich jetzt umdrehte, ihr Gesicht in die Hände nahm, den Kopf zu ihr hinunterbeugte und seine Lippen auf ihren Mund drückte, wusste sie, dass er es ernst meinte. Und während die Sonne ihr Gesicht wärmte, gab sie sich diesem Gefühl hin und erwiderte seinen Kuss vorbehaltlos. Sie wollte es so, sie musste. Vielleicht hatte Giovanni Sciarra ja recht mit seiner schlechten Meinung über Tonino, aber in diesem Moment war das Tess vollkommen egal.

Am Abend, als sie wieder in der Villa war, dachte Tess über die unerwarteten Ereignisse des Nachmittags nach. Sie hätte nicht gedacht, dass sie sich nach Robin gleich wieder in eine neue Beziehung stürzen würde. Und doch war es so. Hatte sie sich wirklich hineingestürzt? Doch, schon. Vielleicht.

Sie beschloss, sich zum Abendessen Pasta mit einer einfachen Gorgonzola-Sauce und Salat zu machen, obwohl sie sich nicht sicher war, ob sie das alles essen konnte. Außerdem würde sie früh zu Bett gehen. Sie musste nachdenken. Vielleicht würde sie sich aber auch erlauben, sich auf morgen zu freuen.

Nachdem sie sich geküsst hatten – sie bekam auch jetzt wieder weiche Knie, als sie daran zurückdachte –, waren sie noch eine Stunde in dem Olivenhain spazieren gegangen.

Tonino hatte große Achtung vor Olivenbäumen, hatte er ihr erklärt und die knorrige, verzogene Rinde eines Baumes auf eine Art berührt, die bei ihr so etwas wie eine Mischung aus Eifersucht und Begehren ausgelöst hatte. »Sie ist zäh«, sagte er, »und dennoch reagiert sie sensibel.«

»Reagieren?« Ihr versagte beinahe die Stimme. Guter Gott …

»Auf Wasser. Auf Nahrung. Auf Liebe.«

Wenn er nicht bald aufhört, dachte Tess, verliere ich noch die Beherrschung.

»Das bearbeitete und geölte Holz hat eine bemerkenswerte Maserung«, erklärte er. »Es brennt schnell, und der Duft ...«

»Ja.« Sie kannte diesen Duft. Sie hatte ihn gerochen, als sie zum ersten Mal nach Cetaria gekommen war.

»Der Olivenbaum ist weise. Und ein Olivenhain ist ein stiller, ruhiger Ort.« Tonino umfasste Tess' Kopf mit gespreizten Fingern, fast als wäre sie eine Statue, an der er arbeitete, dachte sie. Seine Fingerspitzen verweilten auf ihrer Schädelbasis, auf ihrem Hals.

Tess schloss die Augen und erinnerte sich an das Gefühl. Wie konnte jemand nur so viel Sinnlichkeit in eine Berührung legen? Auch wenn dieser Jemand ein Kunsthandwerker war, der seine Hände täglich einsetzte, um etwas Neues zu schaffen.

Sie zerbröckelte etwas Käse auf einen Teller und begann, die Sauce zu kochen. Zuerst kamen Butter und Mehl, die zu einer Paste zusammengeknetet wurden, und dann gab sie nach und nach heiße Milch hinzu.

Auf ihrem Spaziergang hatte er ihr noch mehr über seine Familie und seinen Werdegang erzählt. Über seinen Vater, den Tunfisch-Fischer, und seine Mutter, die klein, temperamentvoll und unendlich loyal gewesen war. Sie waren beide früh gestorben, sein Vater an einem Herzanfall. Tonino gab der Arbeit seines Vaters die Schuld daran: Er war in dem verzweifelten Versuch, Essen auf den Tisch zu bringen, bei jedem Wetter hinausgefahren.

Tess dachte daran, was Giovanni ihr erzählt hatte, nämlich dass Toninos Onkel Luigi an einem Herzanfall gestorben war. Sie mochte nicht glauben, dass Tonino sie angelogen hatte, aber sie würde das jetzt nicht ansprechen. Das war weder der richtige Zeitpunkt noch der richtige Ort dazu. »Und deine Mutter?«, erkundigte sie sich vorsichtig. »Wie ist sie gestorben?«

»Mein Vater war die Liebe ihres Lebens«, sagte er. »Als er starb, hatte sie nichts mehr, wofür es sich zu leben lohnte.«

»Sie hatte dich«, erinnerte Tess ihn. Einmal mehr hörte sie Santinas Worte. *Flavias Herz für immer gebrochen ...*

Er lachte, aber dieses Lachen erreichte kaum seine Mundwinkel und schon gar nicht seine Augen. »Ich war die meiste Zeit nicht da«, erklärte er. »Ich bin fortgegangen, habe in Palermo studiert und eine Zeit lang sogar auf dem Festland gewohnt, in Neapel. Dort habe ich mit dem Tauchen angefangen.«

Tess war erstaunt. Sie hatte ihn immer in Cetaria gesehen, weil er hier so verwurzelt zu sein schien. »Was hast du studiert?«

»Geschichte«, antwortete er.

Sie dachte an die Volksmythen und Märchen und an seine besessene Beschäftigung mit der Vergangenheit. Es erschien logisch.

»Ich habe mich auch mit Schreinern und Bildhauerei beschäftigt.« Er zuckte mit den Schultern. »Ich habe mich für Mosaiken interessiert, und als mein Vater starb, bin ich nach Cetaria zurückgekehrt.«

Wahrscheinlich, um sich um seine Mutter zu kümmern, dachte sie.

»Als ich zurückkam, habe ich mit dem Wracktauchen begonnen. Und nach ihrem Tod ...« Er verstummte.

»Bist du geblieben«, sagte sie.

»Si.«

Seine Familie besaß Geld, das aus einer Erbschaft stammte, und er hatte sich damit die Mosaikwerkstatt im *baglio* eingerichtet, erzählte er. Bald verdiente er genug zum Leben. »Ich brauche eine gewisse Lebensqualität«, erklärte er. »Aber das muss nicht unbedingt die Art von Qualität sein, die aus materiellem Besitz entspringt.«

Aber war er hier wirklich glücklich? Irgendwie bezweifelte Tess das. Er arbeitete im *baglio* und starrte stundenlang aufs Meer hinaus.

Sie rührte die Sauce um und gab mehr Milch hinzu, bis sie die richtige Konsistenz hatte, dann schaltete sie den Herd aus und gab Gewürze und den stark riechenden Blauschimmelkäse hinein. Sie goss die Pasta ab und vermischte sie mit der Sauce. Jedenfalls hatte sie heute Nachmittag sehr viel mehr über Tonino erfahren. Und was würde sie morgen hören?

Schließlich waren sie den Bergpfad, der vom Olivenhain nach unten führte, wieder hinabgestiegen und zurück ins Dorf geschlendert. Dabei hatte Tonino ihre Hand nicht losgelassen. Ein merkwürdiges, aber gutes Gefühl war das gewesen.

Tess nahm ihre Pasta, den Salat und ein Glas gut gekühlten Weißwein mit nach draußen auf die Terrasse. Es war fast dunkel, aber immer noch warm. Sie zündete eine Kerze an und stellte sie auf den schmiedeeisernen Tisch. Was ein Nachmittag mit einem attraktiven Mann nicht alles bewirken konnte ...

Sie hatten den Weg über die zentrale *piazza* genommen, vorbei am Hotel Faraglione, und Tess hatte geglaubt, an einem Fenster im ersten Stock jemanden zu erkennen, der, halb hinter einem Musselinvorhang verborgen, nach draußen spähte. Wahrscheinlich hatte sie wirklich etwas gesehen. Aber sich einzubilden, dass jeder im Dorf sie beide anstarrte, war wieder typische sizilianische Paranoia, oder?

Tonino schien sich jedenfalls nicht darum zu kümmern. Er plauderte weiter, während sie den Steinbrunnen und den Eukalyptusbaum auf dem *baglio* passierten, und begleitete sie bis zum Fuß der Treppe, die zur Villa hinaufführte. Sie wartete auf eine Andeutung, dass er mit hochkommen wollte, und war sich nicht sicher, was sie darauf antworten würde.

Doch es kam anders. »Ich muss jetzt arbeiten«, sagte er. Es

war sehr still; die Luft um sie herum schien zu pulsieren. »Aber wir können uns morgen treffen, ja?«

»Ja.« Tess wusste nicht, ob sie erleichtert oder enttäuscht sein sollte.

»Nachmittags?«

Sie nickte.

»Wir könnten mit dem Boot hinausfahren.« Mit einer Kopfbewegung wies er auf ein kleines gelbes Fischerboot, das an dem steinernen Anlegesteg lag. »Ins Naturschutzgebiet. Es ist sehr schön.«

»Okay. Klingt gut.«

»Dort können wir schwimmen«, erklärte er. »Und ein spätes Mittagessen einnehmen.«

Er ließ ihre Hand los, küsste sie aber nicht, sondern sah ihr nur in die Augen. Sie hatte das Gefühl, dass er ihr etwas sagen wollte, dass er ihr eine Art Versprechen gab.

Tess beendete ihre Mahlzeit, trank den Wein und sah zu, wie die Nacht anbrach. Die Sterne standen klar am nächtlichen Himmel. Der Mond war beinahe voll und von einem schimmernden Wolkenhalo umgeben. Sie dachte an Tonino, der unten im *baglio* in seinem Atelier war, so nah und doch so fern. Es war, als hätte er ihr mit Absicht Zeit gelassen, Zeit zum Nachdenken, damit sie sich schlüssig darüber werden konnte, was sie wollte. Und was wollte sie? Eine Rückkehr nach England, ein unkompliziertes Leben und einen Job, der sie langweilte? Oder ein Abenteuer, das womöglich mit finanziellem Selbstmord und einem gebrochenen Herzen enden würde?

Tess stand auf der Terrasse und sah hinüber zu den gespenstisch wirkenden Silhouetten der Felseninseln in der Bucht. Sie sah das dunkle Meer, das im Licht des Mondes ölig wirkte, und das indigoblaue Himmelszelt. Eigentlich brauchte sie nicht darüber nachzudenken.

39. Kapitel

Der Pferdekarren, den Signor Westerman ihr besorgt hatte, holperte über die staubige Küstenstraße nach Castellammare. Flavia versuchte, sich auf die lange Reise, die nun vor ihr lag, einzustellen. »Die Fahrt wird lang und anstrengend«, hatte Edward Westerman sie gewarnt. Er selbst hatte diese Reise schon mehrmals in seinem Leben unternommen, einmal sogar während des Krieges. Das musste sehr beschwerlich gewesen sein. Aber wie viel schwerer war es für ein junges Mädchen aus Sizilien, ein Mädchen, das nichts über ihr Reiseziel wusste, ein Mädchen, das ganz allein war?

Abgesehen von Peter, das durfte sie nicht vergessen. Sie hielt eisern an dem Glauben fest, dass er irgendwie, irgendwo noch auf sie wartete.

Der Morgen war neblig, und sie vermutete, dass es heute trocken und windig werden würde. Auf der einen Seite der Straße erhoben sich die rötlichen Berge heiter in dem blassen Morgenlicht. Hier und da waren sie mit Felsen und Pflanzen gesprenkelt. Auf der anderen Seite erhaschte sie verlockende Ausblicke auf das Meer. Das war ihre Heimat, und sie ließ sie hinter sich. Wie lange es wohl dauern würde, bis sie die Insel wiedersah, auf der sie groß geworden war, das einzige Zuhause, das sie je gekannt hatte?

Und ihre Familie ... Zum ersten Mal spürte Flavia das Heimweh wie einen Schmerz. Vielleicht war es eine Vorahnung dessen, was kommen würde. Maria ging ihr auf die Nerven, ja, so wie ältere Schwestern das tun, aber trotzdem war sie ihr vertraut, und sie liebte sie sehr. Mama mit ihrer ruhigen, dunklen Energie, die der Liebe zu ihren Kindern Zügel anlegte, um sich in tiefer Ergebenheit um ihren Mann zu kümmern. Und Papa. Papa, der ihr Leben kontrollieren wollte und sich nicht für das interessierte, was Flavia empfand, sich wünschte oder brauchte. Papa, der in seinem traditionellen Denken feststeckte. Sie waren ihre Blutsverwandten, aber sie konnte nicht bei ihnen bleiben. Jetzt nicht mehr.

Der Karren rumpelte weiter. Flavia hüpfte immer wieder auf ihrem Sitz hoch, während er über die tief eingefahrenen Spurrinnen in der Straße rollte. Der Kutscher pfiff, und das Pferd schnaubte wie zur Antwort. Die Straße war menschenleer, aber es war auch noch früh. So früh, dass noch niemand bemerkt haben würde, dass sie fort war.

Flavia hielt sich am Rand des Karrens fest. Als Alberto Amato noch Papas bester Freund gewesen war und Enzo Sciarra nur einer seiner Kumpane aus der Bar Piccolo, mit denen er Grappa trank, sich unterhielt und Domino spielte, da war Papa gar nicht so übel gewesen, dachte sie. Sie war sich sicher, dass er damals seinen eigenen Weg gegangen war. Man musste nur daran denken, wie Papa reagiert hatte, als sie Peter fand … Kurz schloss Flavia die Augen und erinnerte sich an den Moment, als sie ihn zum ersten Mal gesehen hatte. O dio beddamatri … *Wie heiß es an diesem Tag gewesen war … Und seine blauen Augen, die sich in ihr Herz gebrannt hatten …*

Pferd und Karren rollten weiter. Der Kutscher stellte keine Fragen; zweifellos hatte man ihm das eingeschärft. Das war nichts Ungewöhnliches auf Sizilien.

Während des Krieges war Papa proenglisch gewesen. Er hatte die Unterdrückten unterstützt, weil er aus tiefstem Herzen hasste, was der Krieg seiner geliebten Insel antat. Er hatte getan, woran er glaubte, sonst hätte er Peter nicht aufgenom-

men. Aber im Lauf der Jahre hatte sich Papa verändert, daran bestand kein Zweifel. Diese Sache mit Alberto und Enzos zunehmender Einfluss hatten ihn verändert. Und jetzt ... Durch ihre Adern floss das gleiche Blut, ja, aber sie konnte nicht bleiben. Das wagte sie nicht. Diesmal war es Rodrigo Sciarra gewesen. Mit wem würde er sie als Nächstes verheiraten wollen? Flavia erschauerte, obwohl ihr in ihrem Mantel und der Wolldecke nicht kalt war. Signor Westerman hatte ihr geraten, viele Kleidungsstücke übereinander zu tragen. »Zieh dich warm an, meine Liebe«, hatte er gesagt. »In England wird es kalt sein.« England ...

Wenn sie blieb, würde Mama versuchen, sie mit vernünftigen Argumenten davon zu überzeugen, Rodrigo zu heiraten. Mama würde es nicht verstehen. Er wird dich gut behandeln, *würde sie sagen.* Es könnte viel, viel schlimmer kommen. *Das war die Philosophie der sizilianischen Frauen, dachte Flavia, ihr Fluch. Deswegen kämpften sie nicht für Veränderung.* Willst du dein Leben als alte Jungfer verbringen? Willst du das wirklich?

Nein! Etwas in Flavias Innerem kreischte das Wort laut heraus. Natürlich nicht. Aber sie wollte auch keinen Mann heiraten, den sie nicht liebte. Sie wollte nicht, dass dieser Mann sie berührte und liebkoste, sie wollte ihm nicht den Haushalt führen und auch nicht seine Kinder bekommen. Das war kein Leben. Das hatte sie so oft zu Santina gesagt. »Das ist doch kein Leben.«

Die liebe Santina hatte sie tieftraurig angesehen. »Aber Flavia, es gibt nichts anderes«, hatte sie geflüstert.

Sie irrte sich. Flavia wischte ihre Tränen weg. Es gab einen anderen Weg.

Als sie einen uralten, mit Gemüse beladenen Karren überholten, der auf dem Weg zum Markt war, sah Flavia, dass sie sich Castellammare näherten. Die Straße fiel in Kurven zu einer breiten Bucht hin ab und führte zum Bahnhof, wo sie den Zug nach Palermo nehmen und dann nach Messina umsteigen würde. Dies war die erste und kürzeste Etappe ihrer Reise, und sie war fast vorbei.

Flavia wusste, dass Santina sich irrte. Sie musste sich irren, denn Flavia wusste, dass es noch viel, viel mehr gab. Sie hatte einen Blick darauf, eine Ahnung davon erhascht. Mehr als eine Ahnung. Denn es gab Peter, und ihn konnte sie nicht aufgeben.

Flavia war noch nie mit dem Zug gefahren. Sie hatte versucht, es sich vorzustellen, aber die Größe dieses scheppernden, dampfspuckenden Ungetüms war einfach überwältigend. Sie zählte zehn Waggons. Mamma mia! Signor Westerman hatte ihr erklärt, der Zug werde sie nach Messina bringen und dort werde er auf eine gewaltige Fähre fahren, die sie hinüber nach Italien brachte. Auch das war kaum zu begreifen. »Wir werden dir einen Platz im Schlafwagen reservieren«, hatte er gesagt. »Den wirst du brauchen.«

Flavia aß das Hefegebäck auf, das sie sich zum Frühstück gekauft hatte. Nur Mut. Sie holte tief Luft und griff nach der zerbeulten Reisetasche, die Signor Westerman ihr geschenkt hatte. Es war so wenig darin, und doch war es alles, was sie jetzt noch besaß. Dann stieg sie in den Zug. Es war, als stürze sie sich in den Rachen eines Löwen.

Zischend und ratternd umrundete der Zug die Insel bis Palermo. Flavia spähte aus dem Fenster. Man erzählte sich, das Stadtzentrum läge in Trümmern; es gäbe Berge von Schutt und Paläste ohne Dächer, kaum mehr noch als leere Hüllen. Aber sie sah nur den dicht bevölkerten Bahnsteig und noch mehr

Menschen, die ein- und ausstiegen. Dann schlossen sich die Türen wieder krachend, es wurde gepfiffen, und sie waren unterwegs nach Messina. So ein Zug war eine beeindruckende Maschine, dachte Flavia. Eine mächtige Kreatur. Sie spürte ihre Kraft, ihre Energie und ihren Rhythmus, während sie unaufhaltsam voranrollten.

Und dann wurde der Zug, genau wie Signor Westerman es vorhergesagt hatte, laut von einem gewaltigen Schiff eingesogen. Jedenfalls kam es Flavia so vor, und sie bekreuzigte sich hastig. Anschließend fuhren sie hinaus aufs Meer. Die Überfahrt dauerte nicht lange, nur dreißig Minuten, denn es waren nur rund fünf Meilen, aber sie konnte ihr Abteil verlassen und an Deck gehen, um frische Luft zu schnappen, die sie dringend brauchte. Es war seltsam, auf einem Schiff und gleichzeitig doch mit einem Zug zu reisen. Aber das war wohl nur eines von vielen eigenartigen Erlebnissen, die ihr noch bevorstanden, dachte Flavia.

Sie schaute hinab in das weiße, brodelnde Wasser, durch das sich die Eisenbahnfähre ihren Weg bahnte, und sog die Seeluft tief in die Lungen. Der scharfe Wind streifte über ihre Haut, und ihre dunklen Locken flatterten, als sie an der Reling stand. Es war, als werde ihr Leben, ihr altes Leben, einfach davongeweht.

Die Eisenbahnfähre hieß Scilla. *Es war ein beeindruckender Anblick, wie sie majestätisch durch die Straße von Messina tuckerte, und Flavia fühlte sich privilegiert, weil sie das Glück hatte, an Bord sein zu dürfen. Das hatte sie Signor Westerman zu verdanken, denn ohne ihn hätte sie das nicht geschafft. Papa würde toben und schreien, wenn er feststellte, dass sie fort war. Vielleicht wusste er es ja schon? Vielleicht hämmerte er ja in diesem Moment an die Tür der Villa Sirena, um herauszufinden, ob der Signor wusste, wo sie steckte? Aber sie machte sich keine Sorgen. Signor Westerman war ein Mann, der Papa mit ein paar Worten besänftigen konnte. Diese Gabe besaß er.*

Natürlich hatte sie ein schlechtes Gewissen. Eine Heirat mit Rodrigo Sciarra hätte Papas Stellung im Dorf sicher verbessert. Es hätte mehr Privilegien, mehr Lebensmittel und Unterstützung für seine Familie bedeutet. Gott wusste, dass das Leben im Sizilien der Nachkriegszeit nicht einfach war. Jeder brauchte alle Hilfe, die er bekommen konnte. Aber Flavia Farro hatte nicht vor, sich deswegen zu prostituieren. Das konnte sie nicht. »Es tut mir leid, Papa«, flüsterte sie. Obwohl er es ihr vielleicht nicht einmal verübeln würde, dass sie diese Gelegenheit beim Schopf gepackt hatte, so wie er damals mit Hilfe genau desselben Mannes die Chance ergriffen hatte, der Armut zu entfliehen.

Trotzdem sah sie zur Küste Siziliens, ihrer Insel, zurück und legte die Hand aufs Herz. »Arrivederci«, *flüsterte sie. »Lebe wohl.«*

Als sie sich dem Land näherten, wurden die Passagiere aufgerufen, auf ihre Plätze zurückzukehren.

Sie waren in Villa San Giovanni angekommen. Dies sei der verkehrsreichste Passagierhafen Italiens, erklärte ihr ein Mann, der mit ihr im Abteil saß. Sie hätte nicht mit ihm gesprochen, wenn er nicht von seinem Sohn begleitet worden wäre, einem Jungen von ungefähr zwölf Jahren, der seinen Blick nicht von Flavia losreißen konnte. Flavia betrachtete das geschäftige Treiben um sich herum, die Menschen, die in alle Richtungen eilten. Dieser Ort brodelte nur so vor Aktivität, von Menschen, die redeten und schrien, rannten, sich umarmten, winkten, weinten. Männer in Marineuniform standen herum und schauten wichtig drein, Hafenarbeiter verluden Fracht,

Kräne hievten Waren von den Schiffen, Hupen lärmten. Und in der Luft lagen Erwartung und Aufregung, ein Gefühl von Reise und Veränderung.

Die Hafengebäude zeigten nur wenige Spuren von Krieg oder Vernachlässigung. Ihr Begleiter erwies sich als ergiebige Informationsquelle: »Das Hauptgebäude ist im faschistischen Stil errichtet. In der Abfahrtshalle zeigt ein herrliches Wandgemälde von Cascella, wie der große Mussolini, il Duce, *von Landarbeitern in die Höhe gehoben wird. Sie müssen es sehen, meine Liebe, jeder muss es sehen!« Flavia versuchte, Interesse zu zeigen, aber in ihrem Herzen hatte sie mit der Politik abgeschlossen. Was in Sizilien geschah, machte ihr Angst, nicht die Armut, sondern die Unterdrückung, die Korruption, die Dunkelheit. Menschen sind Menschen, dachte sie, auf der ganzen Welt. Manche sind gut und manche böse.*

Die Reise ging weiter. Sie schien kein Ende nehmen zu wollen. Flavia konnte nicht glauben, dass dieser eine ratternde Zug sie bis nach Rom bringen sollte. Doch so war es. In Rom stieg sie in den Schlafwagen nach Paris. Im Grunde bestand die ganze Reise nur aus einem Wechsel von Schlafen und Wachen, dem Krachen und Rattern des Zugs auf Gleisen, die nie zu Ende gingen, und aus Blicken aus dem schmutzigen Zugfenster, zuerst bei Tageslicht und dann in der Dunkelheit, auf eine sich ständig verändernde Landschaft aus Feldern, Hügeln, Dörfern und Städten. Das Pfeifen von Dampfloks, zuknallende Türen, Menschen, die sich verabschiedeten. Niemand verabschiedete sich von Flavia; sie hatte sich noch nie einsamer gefühlt. Gepäckträger mit Karren transportierten Koffer. Ein Bahnhof nach dem anderen, Gleise, die sich wie lange Finger in die Zukunft erstreckten. Ihre Zukunft …

Flavia war erschöpft. Wer hätte gedacht, dass Reisen einen so ermüden konnte? Sie hatte sich Proviant für die Reise eingepackt, gelbes sizilianisches Brot (Mamas Brot, dachte sie und spürte einen Kloß in der Kehle), ein paar späte Trauben von ihrem Stock und Ziegenkäse. Von all dem hatte sie ein wenig geknabbert, wenn ihr Magen knurrte. Sie hatte auch eine Flasche Wasser dabei, an der sie regelmäßig nippte, wenn ihr Hals trocken wurde.

In Paris ging es vom Gare du Bercy *zum* Gare du Nord. *Ein neuer Tag hatte begonnen. Paris … Flavia konnte nicht glauben, dass sie sich in Paris befand. Nicht im Zentrum natürlich, aber trotzdem … Sie zitterte. Hier schien es so viel kälter zu sein. Sie hatte natürlich vom Eiffelturm gehört – wer hatte das nicht? – und wünschte sich glühend, sie könnte ihn besuchen und Paris erkunden, nach London sicher die aufregendste Stadt der Welt. Doch das war nicht möglich. Aber vielleicht würde sie eines Tages zurückkommen, mit Peter.*

Sie eilte den Bahnsteig entlang. Die Menschen sahen hier so anders aus. Die Frauen waren schicker und bunter gekleidet. Man spürte zwar noch die graue Monotonie der Nachkriegszeit, aber diese Frauen sahen aus, als hätten sie ein Ziel. Als hätten sie ein Leben, einen anderen Sinn außer ihrem Zuhause. Sie dachte an ihre Mutter und die anderen Frauen im Dorf, ihre schwarzen Kleider und Umschlagtücher, diese Düsternis. Schon jetzt befand sie sich in einer anderen Welt.

Und nun hatte auch sie ein Ziel. Sie atmete bewusst ruhiger und unterdrückte die Angst, die trotz all ihrer guten Vorsätze in ihr aufstieg. Sie durfte nicht an das Schlechte denken, sondern musste sich auf das Gute konzentrieren. Auf die Liebe. Deswegen hatte sie diese Reise unternommen. Aus Liebe. Weil sie wusste, dass sie nie wieder eine Liebe wie diese finden würde. So etwas erlebte man nur einmal im Leben. Das war die Sorgen, die Angst und diese ganze ermüdende Reise wert. Es war ihre Bestimmung.

Sie war nun nach London unterwegs und würde an der Victoria Station *aussteigen. Sie würde wieder eine Fähre nehmen müssen, aber dieses Mal musste sie sie zu Fuß betreten; Schlafwagenabteile waren nur für die Passagiere der ersten Klasse vorgesehen. Doch Flavia machte sich nichts daraus. Jetzt wollte sie nur noch ihr Ziel erreichen, England …*

40. Kapitel

Wie findest du ihn?«, fragte Brian, der Wirt des Pubs. »Du bist schließlich jung.«

Ginny kniff die Augen zusammen und musterte den Gitarristen genauer. »Er ist ein bisschen alt«, meinte sie. Mindestens vierzig. Und er trug dicke Brillengläser und ein dämliches Dauergrinsen im Gesicht. Charisma war nicht das Wort, das einem spontan zu ihm einfiel.

»Er kann spielen«, sagte Brian und trommelte mit den Fingern auf die Theke. »Und singen.«

»Hmmm.« Ginny behielt sich ihr Urteil noch vor. Ihr war nicht klar gewesen, dass sie in diesem Job Castings durchführen musste. Die Kugel war ein wenig hibbelig. Sie wusste, dass sie etwas störte.

»Aber?«, erkundigte sich Brian.

Der Gitarrist war nahtlos von *It's Not Unusual* zu *Leaving on a Jet Plane* übergegangen. »Und bald bin ich auch weg«, sagte er ins Mikrofon. »Wenn auch nicht mit dem Flugzeug, sondern in einem klapprigen alten Volvo. Haha.«

Voll der Absturz, dachte Ginny. »Ich kann mir nicht vorstellen, dass er jemanden unter vierzig anspricht«, erklärte sie. »Macht er noch was anderes, als uralte Nummern zu covern?«

Brian schmunzelte. »Du bist eine strenge Kritikerin«, sagte er. »Aber du hast recht.«

»Ich will ein jüngeres Publikum«, hatte er ihr erklärt, als sie heute Abend um sechs zur Arbeit erschienen war. »Ich will, dass dieser Laden dynamisch und aufregend ist. Die angesagteste Location. Der beste Club in der Stadt.«

»Klar.« Vielleicht war Ginny ja zur richtigen Zeit hier aufgeschlagen. Obwohl sie sich des Gedankens nicht erwehren konnte, dass Brian ein bisschen zu ehrgeizig war.

»Ich habe für heute Abend drei Bands bestellt, die ein paar Nummern spielen sollen. Du kannst mir bei der Entscheidung helfen, welche ich buchen soll.«

Ginny fand, dass das eine ganz schön große Verantwortung war. »Aber ich habe noch nicht mal eine Ahnung, wie man Bier zapft«, wandte sie ein.

»Keine Sorge«, gab er zurück. »Darum kümmern wir uns später.«

»Okay, Ryan«, sagte er jetzt zu dem alten Knaben, der bei näherem Hinsehen auch fünfzig oder sogar sechzig sein konnte, denn er trug ein Medaillon, das sich in das graue Brusthaar schmiegte, das aus dem Ausschnitt seines Shirts wucherte. »Danke, aber danke nein. Ich bin mehr daran interessiert, eine Band anzuheuern.«

Der zweite Act war nicht aufgetaucht.

Während Nummer drei – eine Band, eine junge Band – aufbaute, zeigte Brian Ginny, wie die Kasse funktionierte. »Die Zeit des Kopfrechnens ist vorbei.« Er lachte laut. »Heutzutage musst du nur noch wissen, was du gerade serviert hast. Den Rest macht die Kasse allein.« Trotz des unübersehbar über der Tür angebrachten »Nichtraucher«-Schilds zündete er sich eine Zigarette an. »Meinst du, du kommst damit zurecht?«

»Hmmm.« Klugscheißer …

»Okay, Jungs. Dann lasst es mal krachen.«

Krachen lassen? Jemand sollte ihn mal daran erinnern, dass er über dreißig ist, dachte Ginny.

Sie waren gut. Nicht toll, nicht professionell, nicht krass, aber gut. Sie waren laut und unverdorben. Sie rockten. Sogar die Kugel hielt sich bedeckt.

»Und?«, fragte Brian nach dem ersten Song, einer Coverversion von *Your Sex ist on Fire* von den Kings of Leon.

»Toll«, sagte Ginny.

Brian nickte. »Dachte ich mir, dass du das sagst.«

Sie coverten ein paar Songs aus den Neunzigern, den Achtzigern und sogar aus den Nullern und spielten ein paar Originale. Brian und Ginny waren beide mit der Mischung einverstanden. Sie waren zu viert; ein großer, dünner Typ mit Tattoos und rasiertem Schädel am Keyboard, ein umwerfend aussehender Frontmann mit zotteligem blonden Haar und blauen Augen, ein Leadgitarrist mit breiten Schultern und hochgegeltem Haar sowie ein dunkler, ein wenig träumerisch dreinblickender Kerl am Bass. Auf eine düstere Art sah er ganz interessant aus, und als sich während der dritten Nummer ihre Blicke trafen, merkte sie, dass sie errötete. Alter Däne!

»Mit den Männern bin ich fertig«, hatte sie Nonna und Pops heute Morgen beim Frühstück erklärt. »Ich bin eine männerfreie Zone. Man braucht sie für rein gar nichts. Ich werde das männliche Geschlecht eine Zeit lang grundlegend meiden. Ich bin eine gemeine, männerhassende Maschine.«

»Bezaubernd«, sagte Pops.

»Du bist davon natürlich ausgenommen«, versicherte Ginny ihm.

Aber seitdem hatte sie drei SMS von Ben bekommen. Sie reichten von *Hey, wo steckst du?* über *Was soll das, einfach zu verschwinden, Baby?* bis zu *Vom Planeten gefallen oder was?*

Es fiel ihr schwer, diese Nachrichten zu deuten. Hieß das, dass er sich etwas aus ihr machte? Ginny zog das Handy aus ihrer Hosentasche. Sie war froh, dass es ihm etwas ausmachte. »Ich suche nach etwas Besonderem«, schrieb sie ihm trotzdem zurück. »Bis dann.«

Das konnte er interpretieren, wie er wollte. Sie würde sich jedenfalls einen neuen Friseur suchen.

»Gibt es dafür einen speziellen Grund?«, hatte sich Nonna erkundigt, nachdem Ginny das männliche Geschlecht in Bausch und Bogen abgetan hatte.

»Sie mögen ihre Kumpel lieber als ihre Freundinnen«, erklärte Ginny ihr. »Sie sind langweilig. Und sie haben keine Ahnung, wie man sich amüsiert.«

Ihre Großmutter lächelte.

»Für Jungs gelten andere Regeln als für Mädchen«, fuhr Ginny fort. »Das ist nicht fair.«

»Das war es nie, mein Schatz«, sagte ihre Großmutter. »Das war es nie.«

»Okay, Jungs, ihr seid engagiert«, verkündete Brian, als der Beifall von dem halben Dutzend Gäste in der Bar verklungen war. »Jeden zweiten Samstag, ja?«

Ginny schaute hoch. Der dunkle, träumerische Typ warf ihr ein besonders strahlendes Lächeln zu …

41. Kapitel

Sie steuerten das Boot in das Naturschutzgebiet, wo das Wasser türkisfarben war. Nachdem sie den Motor abgeschaltet hatten, waren in der Stille nur noch das Plätschern des Wassers und gelegentlich der Ruf eines Seevogels zu hören. Es war halb drei Uhr nachmittags, und das Licht der Sonne, das über Meer und Bergen glänzte, war so weiß, dass es sie in seiner Intensität beinahe blendete.

Tess ließ ihre Hand entspannt durch das kühle Wasser gleiten. Es war so klar, dass sie einen Schwarm kleiner Brassen erkennen konnte, die knapp unter der Oberfläche in Formation schwammen, sowie einen flachen, breiten Fels und die Kieselsteine auf dem Meeresboden. Sie hatte das Gefühl, dass sie die Gegend langsam immer besser kennenlernte, und zwar sowohl über als auch unter Wasser.

Tonino schien zum ersten Mal, seit sie ihn kannte, wirklich entspannt zu sein. Sein ewiges Stirnrunzeln war verschwunden, seine Lippen waren nicht zusammengepresst, sondern weich und entspannt, und als er die Sonnenbrille auf den Kopf schob, strahlten seine Augen in der Sonne.

Lächelnd sah er zu ihr und legte die Hand sanft auf ihre. Seine Handfläche war trocken und fest; sie ahnte seine Kraft eher, als dass sie sie spürte. Dieser Mann hatte etwas von dem Stein, mit dem er arbeitete. Als wäre er Teil der sizilianischen Landschaft, als sei er in den Fels selbst eingebettet. Dann berührte das Wasser ihrer beider Haut mit einer feuchten Liebkosung, seine Haut wurde weicher, und sie umfasste seine Hand fester.

»Das ist die Bucht«, erklärte er.

Tess folgte seinem Blick. Er hatte das Boot um die Landspitze treiben lassen, und vor ihnen erstreckte sich jetzt ein halbkreisförmiger Strand mit feinem weißen Sand, der mit roten und cremeweißen Felsen und an den Strand gespültem Seetang übersät war. Vor ihren Augen schlug ein einsamer Schmetterling, ein Admiral, mit seinen herrlichen Flügeln und flog dicht über das flache, aquamarinblaue Wasser.

Tess merkte, dass sie die Luft angehalten hatte. »Das ist eine ganz besondere Stelle«, sagte sie. Aber eigentlich meinte sie: diesen Moment, diese Erfahrung mit dir in diesem Boot, in dieser Bucht. Was immer er war – und da war sie sich immer noch nicht sicher –, sie wusste nur, dass sie sich von ihm angezogen fühlte wie eine Motte vom Licht. Es war ihr unmöglich, ihm zu widerstehen, selbst wenn sie es gewollt hätte.

Er zog sein T-Shirt aus, richtete sich im Boot auf und sprang im hohen Bogen ins Wasser. Das Boot geriet ins Schaukeln. Tess hielt sich an den Seiten fest und lachte. Sie sah zu, wie sein dunkler Schopf zuerst unter Wasser glitt und dann der Rest seines Körpers mit einer einzigen fließenden Bewegung folgte. Wie ein Seehund, dachte sie. Bitte, kein Haifisch. Sie dachte an Robin. Aber das kam immer seltener vor.

Eine kleine rosa Qualle trieb in den kreisrunden Wellen, dort, wo Tonino ins Wasser eingetaucht war. Lächelnd sah sie zu, wie er frisch, nass und grinsend wieder auftauchte.

Tess lachte. Sie wollte auch ins Wasser. Über ihrem Bikini trug sie einen Sarong, den sie ohne größere Umstände abstreifen konnte.

Er zog das Boot weiter ans Ufer und machte es an einem Felsen fest. Das Boot kratzte über die Kiesel, seufzte leise und lag dann still. Tonino streckte ihr die Hand entgegen.

»*Grazie.*« Sie lächelte.

»Prego.« Spielerisch verbeugte er sich, und Hand in Hand wateten sie durch das Wasser, aber nicht auf das trockene Land zu, sondern ins offene Meer hinein.

»Sollen wir?«

Sie nickte, streckte die Arme aus und schwamm mit langsamen Brustzügen los. Das Wasser fühlte sich auf ihrer heißen Haut kühl an, seidenglatt und berauschend. Sie drehte sich um und ließ sich auf dem Rücken treiben. Die Sonne brannte auf ihren geschlossenen Lidern und erzeugte ein Kaleidoskop rotgoldener Bilder. Das waren die Farben Siziliens, dachte sie. Rote Erde, goldene Sonne. Rote Tomaten, gelber Durum-Weizen.

»Das ist ja wie im Paradies«, rief sie ihm zu. Millionen Meilen entfernt von Familienfehden, Diebstahl, Betrug und Mord. Ganz zu schweigen von der Mafia.

»Einspruch.« Er stand auf und fuhr sich mit der Hand durch sein schwarzes Haar, aus dem das Wasser troff. »Das hier *ist* das Paradies.«

Mit zusammengekniffenen Augen sah sie zum Gebirge hoch, dessen Silhouette sich vor einem wolkenlosen, azurblauen Himmel abhob. »Kann man diese Bucht über den Pfad, der durch das Naturschutzgebiet führt, erreichen?« Sie konnte den Weg in der Ferne erkennen, ein Band aus roter Erde, das sich zwischen Palmen, Tamarisken und Feigenkakteen hindurchschlängelte.

Er schüttelte den Kopf. »Sie ist nur per Boot zugänglich.« Wieder grinste er. »Zu unserem Glück, findest du nicht auch?«

»Allerdings.« Aber das Wasser – oder etwas anderes – ließ Tess zittern, sodass sie aus dem Wasser an den Strand watete und sich auf den weißen Sand sinken ließ. Die roten Berge, deren Hänge weiter unten mit Sonnenröschen, wildem Rosmarin und Besenginster übersät waren, erhoben sich rund um die Bucht.

Tonino folgte ihr ein paar Minuten später. Er hatte den Rucksack und ein großes blaues Handtuch aus dem Boot geholt. Letzteres breitete er aus, und sie setzte sich darauf, während er den Rucksack auspackte. Sprudelwasser und – hmmm – Prosecco, die er beide in Kühlmanschetten gewickelt hatte, Schinken, Ricotta, Tomatensalat, dickes, gelbes sizilianisches Brot und Orangen.

»Das sieht köstlich aus«, sagte sie.

Und das war es auch. Sie aßen hungrig und tranken Prosecco aus den Gläsern, die er ebenfalls dabeihatte. »Guten Wein sollte man nie aus Plastikbechern trinken«, erklärte er. »Das wäre nicht richtig.«

Langsam schälte er eine Orange, sodass die Schale sich in Spiralen um seine gebräunten Finger ringelte. Er nahm eine Spalte und reichte sie Tess.

Sie nahm einen Bissen davon. »Süß und warm«, sagte sie. »Wie die Sonne.«

Er nickte. »Die Orange ist eine Frucht für den Tag«, sagte er. »Die Zitrone gehört dem Mond.«

»Eine nächtliche Frucht«, sagte Tess. Mit der Farbe des Mondscheins und dem Duft der Nacht.

Endlich lagen sie gesättigt auf dem Handtuch. Tess döste fast ein.

»Du bist so ganz anders, als ich gedacht hatte«, murmelte er nach einigen Minuten.

Ach ja? Ihre Aufmerksamkeit war geweckt. »Und was genau hattest du gedacht?« Sie stützte sich auf die Ellbogen und betrachtete seinen gebräunten Körper, das dunkle Haar, das sich auf seinem flachen Bauch kräuselte. Weiter wagten sich ihre Augen nicht vor.

Er schlug die Augen nicht auf. »Dass du nur eine weitere Touristin bist.« Sie nahm den verächtlichen Unterton in seiner Stimme wahr und versuchte, sich nicht verletzt zu fühlen. Schließlich war sie keine normale Touristin; sie war zur Hälfte Sizilianerin. Und warum sollte er nicht etwas gegen die Touristen haben, die nach Sizilien kamen und die Strände, Städte und Tempel besetzten und ohne jede Rücksicht mit ihrem Lärm, ihren Müllbergen überzogen? Na, zum Beispiel, weil die Touristen dafür sorgten, dass er Essen auf dem Tisch hatte, dachte sie. Womit würden sich Menschen wie Tonino ihren Lebensunterhalt verdienen, wenn es die Deutschen, die Engländer oder die reichen Italiener aus dem Norden nicht gäbe, die sein glitzerndes Mosaikgeschirr, seine mit Einlegearbeiten verzierten Möbel, seine Spiegel und Fliesen kauften?

Doch ihre Eitelkeit siegte. »Inwiefern bin ich anders?«, hakte sie nach. Sie konnte selbst nicht glauben, wie sehr sie sich danach sehnte, die kleine Mulde an seinem Hals, unterhalb des Adamsapfels, zu berühren. Wie sehr sie darauf brannte, mit der Fingerspitze einen Pfad über sein Brustbein, seine Rippen und hinunter zu seinem Nabel zu ziehen. Und weiter nach unten ... Ihr Blick wurde von dem Bund seiner engen schwarzen Badehose angezogen, die wie eine zweite Haut anlag. Und ...

»Du bist eine schöne Frau.« Seine Stimme klang heiser. Sie sah, dass er die Augen aufgeschlagen hatte und sie dabei beobachtete, wie sie ihn ansah.

Tess spürte die Hitze auf ihren Schultern und ihren Brüsten. Aber sie hatte das Gefühl, dass sie dieses Mal nicht von der Sonne herrührte, sondern aus ihrem Inneren aufstieg.

»Es gibt viele schöne Frauen unter den Touristen«, wandte sie ein, wenn auch ein wenig zittrig. Das war gefährliches Terrain. Sie hatte gesehen, wie sie in weißen Bikinis auf den Decks schicker Jachten und Segelboote posierten. Alle hatten eine unglaubliche, tiefgoldene Sonnenbräune und Haar, das blonder war als blond. Und sie waren auch viel jünger als sie, dachte sie und sah auf ihren Bauch und ihre Beine hinunter, die, na gut, durch ihr vieles Schwimmen und Tauchen straff waren, aber bestimmt nicht mehr so fest wie mit zwanzig oder dreißig.

»Dein Haar …« Er fuhr mit der Hand hindurch und drehte eine Strähne zwischen Daumen und Zeigefinger. »… ist wie das Gras aus dem Meer.«

Tess lachte. Sie hatte schon elegantere Komplimente gehört. Trotzdem. »Seetang?«

Er nickte. »Wie eine Meerjungfrau«, sagte er. »Gelb und braun und rot und bernsteinfarben. Wie Jaspis.«

Sie hatte diese gefleckten Halbedelsteine in seinem Atelier gesehen. Sie sahen aus wie die mit Sand und Moos gesprenkelten Steine, die man oft am Meeresgrund fand. »Du hast mir die Geschichte der Meerjungfrau immer noch nicht erzählt«, neckte sie ihn. »Die Geschichte der Villa Sirena.«

»Du musst Geduld haben«, gab er zurück. »Ich werde sie dir erzählen, wenn es so weit ist.«

Aber wann würde das sein?

»Deine Augen sind blauviolett«, fuhr er fort. »Das gibt es sehr selten auf Sizilien. Und es ist sehr selten bei Seeglas.«

»Seeglas?« Sie hatte sich auf die Ellbogen gestützt und ließ sich jetzt neben ihn in den Sand fallen. Er hatte wirklich ein paar einfallsreiche Anmachsprüche auf Lager.

Er hatte nicht aufgehört, ihr Haar zu streicheln. »Grün, bernsteinfarben oder braun, diese Farbtöne sind ziemlich verbreitet. Aber das perfekte, vom Meer geschliffene Blauviolett zu finden …« Betrübt schüttelte er den Kopf.

»Dann hast du ja Glück, es in Fleisch und Blut vor dir zu haben«, sagte sie.

Er lächelte. »Du bist auch provozierend.« Er rückte ein wenig näher heran. »Und interessant. Witzig. Und kannst mich wütend machen.«

»Oh, ich verstehe.« Sie lachte. Eine unwiderstehliche Mischung, was? »Du bist selbst auch nicht so übel.«

»Und …« Der Blick aus seinen dunklen Augen verbrannte sie fast.

Wie flüssige Lava, dachte sie. Wie schwarzes Öl. O Gott! »Und?« Ihre Stimme zitterte. Was war bloß mit ihr los? Man hätte ja meinen können, sie hätte noch nie mit einem überwältigend attraktiven, sexy Mann am Rande des Paradieses gelegen. Genau.

Er berührte ihre Lippen mit einem Finger. »Und ich möchte dich küssen. Noch einmal.«

Tess hatte keine Zeit zu überlegen, was sie von dieser Aussicht hielt, obwohl ihre Antwort wahrscheinlich *ja bitte, oh ja bitte* gelautet hätte, denn schon lag sein Mund auf ihrem und schmeckte nach Honig, Ricotta und Prosecco, alles zusammen, und es war so gut, zu gut, und dann kam sein Körper näher, noch näher, und er berührte ihre Schultern und ihre Schenkel und küsste ihren Hals, ihren Nacken, ihre Brüste und …

Sie versank. Sie verlor sich unrettbar in diesen Empfindungen und genoss jede sinnliche, selige Sekunde davon.

Minuten später, als er gerade ihren Hals küsste und versuchte, ihr mit der anderen Hand das Bikinihöschen auszuziehen, spürte sie, wie er innehielt. Er ließ die Hand auf ihrem Schenkel liegen, hob den Kopf und sah über ihre Schulter aufs Meer hinaus. Leise fluchte er.

»Was ist?« Tess setzte sich langsam auf.

»Das Meer wird zornig«, murmelte er.

Tess glitt mit der Fingerspitze an der Narbe in seinem Gesicht entlang, spürte den Konturen seines Wangenknochens nach und legte den Finger dann auf seine Lippen. Aber er achtete nicht mehr darauf. Sie folgte seinem Blick und versuchte, wieder ruhiger zu atmen. In der Ferne sah sie, dass die Wellen aufgepeitscht waren und weiße Schaumkronen trugen. »Da draußen sieht es ein wenig böig aus«, pflichtete sie ihm bei. Auch näher am Ufer war das Wasser jetzt in Bewegung, nicht mehr ruhig und glatt wie noch vor einer Stunde.

Eine Sekunde später stand Tonino schon auf seinen Füßen. »Das ist ein sehr starker Wind«, erklärte er. »Wir müssen zurück in den Hafen, sonst sitzen wir hier fest. Komm.« Er nahm ihre Hand, und sie stand auf.

Wäre das wirklich so schlimm, dachte Tess. Aber sie vergeudete keine Zeit. Sie warf die Picknicksachen in den Korb, schnappte sich ihr Handtuch und rannte den Strand entlang zum Boot. Plötzlich fühlte sich der Wind um ihre nackten Schultern kalt an.

»Wie lange haben wir noch Zeit?«, fragte sie ihn.

Er half ihr ins Boot. »Zehn, fünfzehn Minuten.« Schon machte er das Boot los. Er schob es ins Wasser und sprang hinein, startete den Motor, und dann waren sie unterwegs. Tonino gab Vollgas; das Boot hüpfte krachend von Welle zu Welle und raste zurück, auf die Bucht von Cetaria zu.

Wir fahren mit dem Wind um die Wette, dachte Tess, schob sich das Haar aus dem Gesicht und versuchte, ihn nicht anzusehen. Sie war nicht besorgt, sondern eher aufgeregt. Er hatte zehn Minuten gesagt, also würden sie in zehn Minuten in Sicherheit sein. Das Meer wogte heftig, und das kleine Boot wurde ordentlich herumgeworfen. Aber sie würden es schaffen, da war sie sich sicher.

Er griff nach ihrer Hand. »*Mi scusi,* Tess. Es tut mir leid.«

Lächelnd schüttelte sie den Kopf. Gut, dass er dem Meer tief genug verbunden war, um solche Wetterumschläge zu spüren, besser, als wenn er blind dafür gewesen wäre. Trotzdem ... Sie war sich des warmen, fast schmerzhaften Begehrens in ihrem Inneren bewusst. Es wäre passiert. Es hätte passieren sollen. Aber es war nicht geschehen. Noch nicht.

Als sie den Hafen erreichten, war der heulende Wind ihnen dicht auf den Fersen. Hinter ihnen schlugen die Wellen hoch, und das offene Meer hatte seine Farbe dramatisch verändert, von Türkisgrün zu einem schlammigen Grau. Tess hatte sich einen Pullover übergezogen, zitterte aber immer noch. Ihr Haar war vom Salzwasser verfilzt und vom Wind zerzaust. Der Wetterumschwung war schnell gekommen; nie hätte sie gedacht, dass das Mittelmeer so stürmisch sein könnte.

»Keine Sekunde zu früh«, meinte Tonino, steuerte das kleine Boot ans Ufer und half Tess heraus.

Er hatte es gerade sicher vertäut, als sein Handy piepend den Eingang einer SMS anzeigte. Er sah Tess entschuldigend an, las sie und runzelte die Stirn.

»Ein Problem?« Tess überlegte, ob sie ihn noch auf einen Kaffee einladen sollte. Es war nicht besonders originell, und sein Kaffee war um vieles besser als ihrer, aber sie wollte nicht, dass der Nachmittag schon zu Ende war.

In seinen Augen zuckte es. »Ich muss mich mit ein paar Leuten treffen«, erklärte er. »Angeblich ist die Sache dringend.«

»Okay.« Die Enttäuschung traf sie wie ein Faustschlag. Schließlich gab es da zwischen ihnen noch einen offenen Punkt, wenn man es denn so nennen wollte. Andererseits ging alles so schnell; vielleicht war es ja besser, das Ganze etwas langsamer angehen zu lassen. »Ist schon in Ordnung«, gab sie munter zurück. »Geh nur. Wir sehen uns ...«

»Später«, sagte er. Sanft berührte er ihr Gesicht. »Um sieben?«

»Um sieben.« Sie wusste, was er meinte. Es gab kein Zurück mehr.

42. Kapitel

Nein, Tess wollte nicht, dass der Nachmittag schon zu Ende war. Statt in der Villa zu bleiben, schnappte sie sich daher ihren Regenmantel vom Haken in der Diele und lief über die Treppe wieder zurück in den *baglio*. Sie würde Santina besuchen.

Mit hochgeschlagenem Kragen rannte sie durch die Pfützen im *baglio* und suchte Zuflucht in Hauseingängen, wenn der Regen stärker wurde. Trotzdem war sie durchnässt, als sie die Hausnummer 15 erreichte und an die Tür mit der abblätternden grünen Farbe und dem rostigen Gitter klopfte. Sie trat so nahe heran, wie sie konnte, um aus dem Regen herauszukommen, und drückte sich selbst die Daumen, dass Giovanni nicht zu Hause wäre.

Santina öffnete die Tür zunächst einen Spalt breit und riss sie dann weit auf. »Tess!« Es folgte ein Schwall unverständlicher italienischer Worte, dann zog sie Tess in die schäbige, blutrot gestrichene Diele. »Immer herein, immer nur herein, mein Kind«, sagte sie.

Gott sei Dank, Giovanni war offensichtlich ausgegangen.

Tess wurde den schmalen, mit Fotos, Diplomen und religiösem Kitsch geschmückten Flur entlang in die Küche geschoben, wo Santina offensichtlich gerade Gemüse geputzt hatte. Spinat und Bohnen lagen zusammen mit einem kleinen scharfen Messer auf einem Holzbrett neben der emaillierten Spüle, und weiteres Gemüse war in einem Metallsieb aufgehäuft. »Tut mir leid, wenn ich Sie störe …«, begann Tess.

»No, no, no ...« Mit Gesten bedeutete Santina ihr, die nassen Sachen auszuziehen.

Tess kam dieser Bitte nur zu gern nach.

Die alte Frau nahm den Mantel und hängte ihn auf einen Haken am Herd, wobei sie unaufhörlich mit der Zunge schnalzte und den Kopf schüttelte. »Kaffee?«, fragte sie und zeigte auf die kleine Espressokanne. *»Dolce?«*

Tess nickte. »Wunderbar.« Sie brannte darauf, ihre Fragen loszuwerden. »Giovanni?«, fragte sie.

Santina zuckte mit den Schultern. »Wer weiß?«, antwortete sie. »Die Sciarra-Männer gehen seit jeher ihre eigenen Wege.«

Das faszinierte Tess. »Aber Sie sind doch auch eine Sciarra«, wandte sie ein. »Sie gehören zur selben Familie.« Denn sie wusste, dass die Familien auf Sizilien zusammenhielten.

Santina berührte ihre Stirn. »Ich anders«, erklärte sie. Heftig schüttelte sie den Kopf. »Ich anders.«

Wahrscheinlich war es eine Sache, mit seiner Familie und ihrer Lebensweise nicht einverstanden zu sein, aber eine andere, sich von ihr abzuwenden. »Sie haben nie geheiratet?«, fragte sie.

Santina drehte Tess den Rücken zu, um die Espressokanne am Spülbecken mit Wasser zu füllen. »Nie passieren«, sagte sie. »Meistens um Männer der Familie kümmern.« Als sie sich wieder umwandte, stand ein seltsam trotziger Ausdruck in ihren dunklen Augen. »Ich auch das Feuer im Leib.« Sie tätschelte ihren Bauch. »Ich tun, was ich kann.«

Tess nickte. Wie Muma, dachte sie, während Santina die Espressokanne zum Herd trug und Kaffee aus einer kleinen Dose hineingab. »Woher wussten Sie das?«, fragte Tess. »Dass das Herz meiner Mutter gebrochen ist?«

Santina zündete den Gasherd an und stellte die Espressokanne zum Kochen auf die Flamme. »Wir schreiben Briefe«, sagte sie. »Jahre. Wir schreiben Briefe, Flavia und ich.«

Das hatte sich Tess schon gedacht. »Und heute?«, fragte sie.

»No.« Santina schüttelte heftig den Kopf. *»No, no.* Schon viele Jahre nicht.«

So gern ihre Mutter ihre alte Freundin gehabt haben mochte, Tess wusste, dass sie keinen Kontakt nach Sizilien mehr gewollt hatte. Sie hatte ihre Freundin irgendwann loslassen müssen. »Aber warum?«, fragte Tess. »Warum hat sie Sizilien so sehr gehasst, Santina?« Es konnte doch nicht nur daran gelegen haben, dass ihr Vater sie mit Rodrigo Sciarra verheiraten wollte, oder? Das konnte sie ihm doch kaum übel nehmen.

Santina schüttelte den Kopf. »Sie nicht sagen, nicht zu mir.«

Tess hatte nachgerechnet. Warum hatte es so lange gedauert, bis Flavia nach England gegangen war? Am Krieg allein konnte es nicht gelegen haben. »Meine Mutter war dreiundzwanzig, als sie Sizilien verlassen hat und nach England gegangen ist«, sagte sie. »Es waren also sechs Jahre vergangen, seit sie diesen englischen Piloten, von dem Sie mir erzählt haben, getroffen hatte. Das ist eine lange Zeit.«

Santina holte die winzigen weißen Tassen, Untertassen und Teller aus dem Küchenschrank. Sie zuckte mit den Schultern. »Sie warten«, erklärte sie.

Dann war sie aber sehr geduldig gewesen, dachte Tess. Sie musste ihn wirklich sehr geliebt haben. »Und er hat ihr geholfen, als sie nach England kam?« Sie konnte sich vorstellen, wie viel Angst ein junges, behütetes Mädchen aus Sizilien gehabt haben musste, als es allein nach England kam. Ihre Mutter war sehr tapfer.

Santina schüttelte den Kopf. *»No, no«*, gab sie zurück. »Signor Westerman aus Villa Sirena. Er ihr helfen. Seine Schwester in London ihr helfen. Flavia kochen für sie, ja!« Sie lachte.

»Aha.« Jetzt wurde alles klarer. Tess nahm die kleine Kaffeetasse und das Gebäck, das Santina ihr reichte. *»Grazie.«* Ihre Mutter hatte also auf Sizilien auf ihn gewartet, aber er war nicht gekommen. Also hatte sie etwas unternommen. Sie war nach England gegangen, um ihn zu suchen, natürlich. Und Edward Westerman hatte ihr dabei geholfen, so, wie er dafür gesorgt hatte, dass Tess nach Sizilien kam. Sie nippte an ihrem Kaffee. Langsam fügten sich die Puzzleteile zusammen.

»Wahrscheinlich hat sie versucht, den englischen Piloten zu finden, aber das gestaltete sich natürlich wie die Suche nach der Nadel im Heuhaufen«, meinte sie zu Santina.

»Nadel ...?« Santina runzelte die Stirn.

»Sie hat ihn wohl nicht gefunden«, erklärte Tess. »Also hat sie ihre Suche aufgegeben und ihn irgendwann vergessen.« Sie trank noch einen Schluck Kaffee – er war aromatisch und wärmte sie – und nahm einen Bissen von dem *cornetto*, dessen Puderzucker an ihren Lippen kleben blieb. »Und dann hat sie wohl meinen Vater kennengelernt.«

»Ah, *no*«, entgegnete Santina. Ihre Miene zeigte Mitleid. »Sie ihn finden, mein Kind. Sie diesen Mann nie vergessen.«

»Aber ...?« Mehr konnte Tess nicht mehr sagen, denn sie hörte erst, wie die Tür geöffnet wurde, und dann einen italienischen Wortschwall, der Giovannis Eintreffen ankündigte.

Wie angewurzelt blieb er stehen, als er Tess in der Küche sitzen sah. »Sie«, sagte er.

»Was?« Tess war verwirrt, denn Giovanni sah wütend aus.

Er sagte noch etwas auf Italienisch. Tess verstand nur den

Namen Tonino. Santinas Blick wanderte zwischen Tess und Giovanni hin und her, während sie ihre Schürze zwischen den Fingern zerknüllte. Was war hier los? Hatte Giovanni das mit Tess und Tonino herausgefunden? Nicht, dass es da viel herauszufinden gegeben hätte. Noch nicht.

»Was?«, wiederholte sie.

Giovanni richtete sich vor ihr auf. »Ich habe Sie gewarnt, Tess«, sagte er. »Ich habe Ihnen gesagt, dass Sie sich von Tonino Amato fernhalten sollen.«

Weshalb wusste er Bescheid? Tess wurde klar, dass es nur eine Erklärung gab: Tonino musste es ihm gesagt haben. »Das ist Ihr Streit, Giovanni.« Sie versuchte, gleichmütig zu klingen. »Nicht meiner.«

Er kam näher und packte ihren Arm. Ärgerlich presste er die Lippen zusammen, und sein Blick schien sie zu durchbohren. »Da irren Sie sich, Tess«, sagte er. »Ihre Familie hat sogar noch mehr Grund, Amato zu hassen, als meine.«

»Ach, jetzt seien Sie nicht albern«, sagte Tess, aber sie spürte ein ängstliches Flattern in der Magengrube. Wie gut kannte sie Tonino wirklich?

»Il tesoro«, murmelte Giovanni. »Der Schatz.«

Aha, dachte Tess. Das war also das geheimnisvolle »Es«. Langsam redete er Klartext.

»Ihr Großvater war für den *tesoro* verantwortlich«, erklärte Giovanni streng. »Und Amatos Großvater hat ihn gestohlen. Er war der beste Freund Ihres Großvaters. Also war es nicht nur ein Diebstahl, sondern Verrat.«

Sollte sie ihm glauben? Tess schaute auf seine Hand hinunter, die ihren Arm noch immer umfasst hielt.

Giovanni ließ sie los. »Es tut mir leid, Tess.« Er schien seine Fassung zurückzugewinnen.

»Wie dem auch sei«, sagte sie, »das war Toninos Großvater,

nicht er selbst.« Sie war sich bewusst, dass sie verzweifelt versuchte, Tonino in Schutz zu nehmen. Denn im Gegensatz zu den Sizilianern machte sie Menschen nicht für das Verhalten ihrer Familienmitglieder verantwortlich.

»Sie sind alle gleich«, knurrte Giovanni. »Sie sind Amatos. Und dieser Mann hat schon so viele Frauen hinters Licht geführt ...«

Moment mal. »So viele Frauen?«

Giovanni zuckte mit den Schultern. »Sie werden schon noch dahinterkommen, Tess«, erklärte er.

Sie hatte genug gehört. All das Schöne, dass dieser Nachmittag bedeutet hatte, war in Gefahr, sich in Luft aufzulösen. »Ich muss gehen.« Sie stand auf. Sie würde Tonino bitten, ihr seine Version zu erzählen. Noch würde sie kein Urteil über ihn fällen, noch nicht.

Giovanni nickte ernst. »Geben Sie acht auf sich, Tess«, sagte er.

Als Tess zurück zur Villa Sirena ging, hatte es zu regnen aufgehört, und die Sonne war wieder hervorgekommen. Sollte sie auf dem Heimweg kurz bei Millie vorbeischauen? Warum eigentlich nicht? Vielleicht konnte sie ja etwas Licht ins Dunkel bringen. Tess machte den Umweg und betrat das Hotel Faraglione. Sie ging zur Rezeption.

»Ist Millie da?«, fragte sie das Mädchen, das dort saß.

»Bedaure.« Die junge Frau sprach perfekt Englisch, allerdings mit einem starken Akzent. »Sie ist in einem Gespräch und darf nicht gestört werden.«

»Kein Problem.« Als sie das Hotel wieder verlassen hatte, glaubte Tess, ihre Freundin zusammen mit jemand anderem an einem Fenster im ersten Stock zu sehen. Die Silhouette kam ihr bekannt vor. Aber ... Ach, wahrscheinlich bildete sie sich das nur ein. Außerdem hatte sie über allerhand nachzudenken. Über ihre Familie, Toninos Familie, über *Il tesoro.* Ganz zu schweigen von der Geschichte ihrer Mutter. Ihrer Mutter, die ihren englischen Piloten nicht vergessen hatte, die nach England gekommen war und ihn gefunden hatte.

43. Kapitel

Und so war Flavia nach England gekommen. *Fortuna* ... Ihr Leben auf Sizilien war nun zu Ende.

London im November. Flavias erster Eindruck war: Grau. Unerbittliches Grau. Auch nass war es und kalt.

Zitternd stand sie auf dem Bahnsteig in der Victoria Station, *Signor Westermans alte Reisetasche zu ihren Füßen, die feucht und schwer wie ein Stein war. Um sie herum drängten sich die Menschen mit Taschen und Koffern zu Gruppen zusammen. Ihre Gesichter waren ausdruckslos, als hätten sie Angst, genauer darüber nachzudenken, wo sie sich befanden oder woher sie gekommen waren. Andere gingen in großen Schritten den Bahnsteig entlang, manche davon rannten sogar wie in furchtbarer Eile. Flavia hörte das laute Zischen und Pfeifen der Dampfloks. Sie musste in Bewegung bleiben. Sie musste sich auf den Weg machen.*

Alles verschwamm um sie. Sie folgte dem Strom der Menschen, von denen einige wenigstens zu wissen schienen, wohin sie wollten. Sie verließen den Bahnhof. Flavia blieb stehen. Heilige Muttergottes! Ein kalter, feuchter Wind schlug ihr ins Gesicht. Sie zuckte zusammen und zog ihren hochgeschlagenen Mantelkragen fester um ihren Hals. Hohe, rote Busse, große schwarze Taxis, Menschen, Menschen, Menschen ... Was jetzt? Sie umklammerte ihre Reisetasche, als könne sie ihr Trost spenden. Die Tasche war alles, was sie besaß.

Setz dich in Bewegung, Mädchen. Sie machte einen Schritt. Eigentlich sollte sie jemanden nach dem Weg fragen und in einen Omnibus steigen. Das Geld, das sie bei sich hatte, musste mindestens so lange reichen, bis sie Peter gefunden hatte, vielleicht sogar, bis sie Arbeit hatte. Aber wie sollte sie es fertigbringen, einen dieser fremden Menschen anzusprechen? Dies war London, riesig, fremdartig und überwältigend, und jeder war offenbar schrecklich in Eile. Während sie unentschlossen dastand, wurde der Nebel um sie herum dichter. Er war klamm, beißend und erstickend.

Flavia wurde nervös. Hier lächelte niemand. Die meisten sahen nicht einmal in ihre Richtung. Aber wer hätte ihnen auch ihre unfreundlichen Mienen verübeln können? Schließlich war es neblig und kalt und feucht, und man konnte kaum so weit sehen, wie ein Feld lang war. Durch die undichten Sohlen von Flavias dünnen Schuhen drang die Nässe.

»Nimm dir am Bahnhof ein schwarzes Taxi«, hatte Signor Westerman gesagt. »Keine Extratouren, mein Mädchen, hast du verstanden?«

Sie hatte genickt.

»Gib dem Fahrer Beatrices Adresse. Und dann überreichst du Bea diesen Brief.« Er hatte ihr einen dicken weißen Umschlag in die Hand gedrückt, zusammen mit dem Manuskript, das seine Gedichte enthielt. Sie hatte versprochen, es ebenfalls seiner Schwester zu geben. Auf dem Brief stand in schwarzer, klarer Schrift die Adresse seiner Schwester geschrieben.

*»*Si, *das werde ich«, hatte Flavia gesagt, sich aber vorgenommen, es auf ihre Art zu tun. Dies war schließlich ihr Abenteuer.*

Aber Signor Westerman hatte recht gehabt. London war zu viel für sie, besonders bei dieser Kälte und diesem Nebel. Sie war erschöpft von der Reise, ihre Finger waren schon ganz weiß und steif von der Kälte, und ihre Augen brannten. Sie gab ein Selbstvertrauen vor, das sie nicht besaß, und hob den Arm, um ein schwarzes Taxi heranzuwinken. Zu ihrem Erstaunen hielt es an. Flavia zeigte dem Fahrer die Adresse.

Dann saß sie auf der Rückbank des Taxis, drückte ihre Tasche fest an die Brust und atmete erleichtert aus. Jetzt war sie in England. Dennoch hatte auf gewisse Weise ihre Reise gerade erst begonnen. Durch das Fenster blickte sie hinaus ins Grau. So viele Gebäude waren baufällig oder lagen in Trümmern. Die Bombenangriffe, vermutete sie. An anderen Stellen wurden neue Häuser gebaut, und sie sah, dass die Silhouette der Stadt sich veränderte. Sie hatte gewusst, dass London im Krieg gelitten hatte. Aber das Ausmaß der Zerstörung schockierte sie.

Sie sah hell erleuchtete Geschäfte, Cafés, Friseursalons und große Kinos; sie alle sahen ganz anders aus, als sie es von zu Hause gewohnt war. Riesige Neonreklamen strahlten hell aus dem Dunkel hervor. Sie kniff die Augen zusammen, um sie zu lesen; jetzt musste sie ihr Englisch üben. Jacob's Cracker, Swallow-Regenmäntel, Brylcreem für Ihr Haar. *Du lieber Gott, wie fremd hier alles war. Sie spürte einen Anflug von Aufregung. Das war Freiheit. Dies war eine andere Welt.*

Sie kamen nur langsam vorwärts. Die Straßen waren mit schwarzen Autos, roten Bussen, Straßenbahnen und sogar Pferdekarren verstopft, die Gehwege mit Menschenmassen. Sie sah Männer mit Hüten und in Regenmänteln, über denen sie Gürtel trugen, und schick aussehende Frauen in Wollmänteln, deren Schals ab und zu einen Farbfleck in dem grauen Einerlei bildeten. Ein Mann mit Helm und weißer Armbinde – ein Polizist, wie ihr klar wurde – streckte eine Hand in die Höhe und hielt ihr Taxi an. Auf sein Zeichen hin strömten

Männer und Frauen über die Straße, die alle so aussahen, als befänden sie sich auf einer wichtigen Mission. Die Stadt brodelte vor Aktivität. Und doch schien der feuchte Nebel, der alles umgab, ihre Stimmen zu dämpfen. London. Es war neu, und sie fürchtete sich zu Tode. Aber die Muttergottes möge ihr beistehen, wie sehr hatte sie sich das gewünscht!

Sie hielten vor einem prachtvollen zweistöckigen Haus in einer eleganten Straße, in der große, mit Erkern geschmückte Backsteingebäude standen. Das musste West Dulwich sein. Staunend blickte Flavia an dem Haus hoch und dann die Straße entlang. Der Nebel schien sich zu lichten, und Flavia erkannte Bäume. Von ihren Blättern tropfte Regenwasser in die Pfützen auf dem Pflaster. Wenn erst die Sonne schien, würde es hier richtig schön sein.

»Kommen Sie schon, Missy.« Der Taxifahrer schien keine Zeit zu haben, er wollte wieder los. Warum hatten es hier alle nur so eilig?

Sie kramte in ihrer Börse nach Geld. Er hatte ihre Tasche auf das nasse Straßenpflaster fallen lassen. Auf Sizilien, dachte sie, würde der Fahrer einem die Tasche wenigstens bis zur Tür tragen. Aber du bist jetzt nicht auf Sizilien, schalt sie sich. Von dort war sie ja gerade geflüchtet. Weißt du noch? Wieder dachte sie mit schlechtem Gewissen an Mama und Papa. Würden sie wütend sein, besorgt? Sie hatte einen Zettel zurückgelassen, auf dem sie ihnen alles erklärte, aber nur kurz. Sie verließ sich darauf, dass Signor Westerman die Sache in Ordnung brachte, dafür sorgte, dass ihre Eltern es verstanden. Natürlich hätte sie es ihnen selbst erklärt, wenn das möglich gewesen wäre. Aber sie wusste, dass Papa dann verhindert hätte, dass sie ging.

Sie hatte keine andere Wahl gehabt. Und eine Wahl zu haben, selbst entscheiden zu können, das war etwas, nach dem es sie verlangte, das sie brauchte. Das war, hatte Signor Westerman ihr erklärt, ihr Menschenrecht.

»Haben Sie vielen Dank«, sagte sie in beinahe akzentfreiem Englisch zu dem Fahrer. »Ich wünsche Ihnen einen schönen Tag.«

Er starrte sie an. »Gern geschehen«, gab er lachend zurück, schüttelte den Kopf und fuhr davon.

Flavia warf sicherheitshalber noch einmal einen Blick auf den Zettel mit der Adresse. Ja, das hier war die Thurlow Park Road, und die Hausnummer stimmte auch. Sie blickte erneut hoch zu dem Haus. Es sah so vornehm aus. Sie ging die Treppe hinauf. Was war, wenn Signor Westerman ein Fehler unterlaufen war? Wenn Beatrice Westerman gar nicht mehr hier wohnte?

Nur Mut. Sie drückte die Schultern durch und klingelte.

Bei so einem Palast hätte sie erwartet, dass ein Dienstbote öffnete, aber die Frau, die an die Tür kam, sah nicht aus wie eine Bedienstete. Sie war groß und dünn, hatte blondes, gekräuseltes Haar und trug eine Brille mit einem metallenen Rahmen. Sie sah deutlich älter aus als Signor Westerman und wirkte äußerst konsterniert, als sie Flavia mit ihrem Koffer vor der Tür stehen sah.

»Hallo«, sagte sie höflich. »Kann ich Ihnen helfen?«

»Miss Beatrice Westerman?«, fragte Flavia in ihrem besten Englisch. Nase und Kinn der Frau sahen denen von Signor Westerman eindeutig ähnlich.

Die Frau nickte. »Das bin ich.«

»Ich habe einen Brief von Ihrem Bruder Edward.« Flavia zog den dicken Umschlag aus dem Reißverschlussfach auf der Außenseite ihrer Reisetasche. Er war ein wenig verknittert und feucht von der Reise, aber ansonsten unversehrt. »Ich habe auch noch ein Päckchen in meinem Koffer«, fügte sie sicherheitshalber noch hinzu. »Gedichte von ihm.«

»Von Edward?« Beatrices Augen leuchteten auf. Sie nahm den Umschlag und drehte ihn in ihren Händen. »Sie haben die ganze weite Reise von Sizilien hierher gemacht?«, fragte sie Flavia.

»Ja. Mit dem Zug«, bekräftigte Flavia.

Beatrice Westerman legte den Kopf zur Seite wie ein Vogel. »Tatsächlich? Verstehen Sie, was ich zu Ihnen sage?«

»Ja.« Flavia nickte. »Ich spreche ein wenig Englisch. Ihr Bruder ...« – sie zögerte – »... hat es mich gelehrt.«

Beatrice lächelte. »Ich verstehe.« Sie wirkte allerdings immer noch verwirrt. Flavia dachte, dass wahrscheinlich nicht jeden Tag ein merkwürdiges ausländisches Mädchen auf ihrer Türschwelle auftauchte und ihr eine Nachricht von ihrem Bruder brachte, den sie seit Jahren nicht gesehen hatte.

Am liebsten hätte Flavia ihr gesagt, sie solle den Brief gleich lesen, denn sie wünschte sich so sehr, ins Haus gelassen zu werden, wo es vermutlich warm und hoffentlich gemütlich sein würde, aber es wäre unhöflich gewesen, etwas davon zu sagen, daher trat sie auf der Türschwelle von einem Fuß auf den anderen, während Beatrice sie anstarrte und den Brief immer noch hin- und herwendete.

»Meine Familie arbeitet für Ihren Bruder«, erklärte sie. »In Cetaria.«

»Ah ja.« Beatrice schien sich wieder zu fangen. »Kommen Sie doch herein. Es tut mir so leid. Kommen Sie herein, und wir trinken Tee.« Sie bedeutete Flavia einzutreten. »Oder Kaffee«, setzte sie hinzu. »Obwohl ich leider nur Pulverkaffee habe.«

Flavia hatte keine Ahnung, was Pulverkaffee war, aber es war ihr auch egal. Sie war im Warmen.

Bea Westerman kochte Tee und brachte kleine Gurkensandwiches ohne Rinde, schlaffe Salatherzen und bleiche Tomaten.

Mit einem kleinen Schlüssel öffnete sie eine Büchse und nahm einen Würfel rosa Schinken heraus, den sie dann mit einem scharfen Messer in dünne Scheiben schnitt. Dazu eine Dose mit rotem Lachs. Roter Lachs? Und äußerst künstlich aussehende Kuchenstücke mit einer steifen Creme. Sie richtete alles auf einem kleinen Beistelltisch an, indem sie es auf eine Spitzendecke legte.

»Es ist nicht viel«, sagte Bea Westerman entschuldigend. »Wir haben jetzt natürlich mehr Essen in Dosen, aber nicht so viel Tee, wie mir lieb wäre.« Betrübt schüttelte sie den Kopf. »Die Rationierung, wissen Sie.«

Flavia war erstaunt. Natürlich wusste sie, was Rationierung bedeutete. Sie wusste, was es hieß, nichts zu essen zu haben, zu knausern und zu hamstern. Aber sie hatte gedacht, in England sei diese Zeit inzwischen vorbei.

Sie saßen auf Polsterstühlen in einem Raum, der blassblau gestrichen war und eine cremefarbene Decke hatte. Abgesehen von den Stühlen und dem Tisch gab es ein Bücherregal, das Flavia an Signor Westerman erinnerte, eine Vitrine voller Porzellan, einen ziemlich großen Marmorkamin und Gemälde an den Wänden, die, wie Flavia vermutete, englische Landschaften darstellten. Denn alles sah sehr grün und feucht aus, und es gab Felder, Bäume und Hecken, genauso wie Peter erzählt hatte.

Sie sah zu, wie Signor Westermans Schwester den Brief zweimal durchlas. Anschließend lehnte sie sich, die Hände in den Schoß gelegt, zurück und sah Flavia ernst an.

»Heute Nacht bleiben Sie hier, meine Liebe«, erklärte sie. Das war eindeutig keine Frage.

»Danke«, sagte Flavia. Sie war sich nicht sicher, ob sie der Aufgabe gewachsen gewesen wäre, an diesem feuchten Novembernachmittag in London noch nach einer anderen Unterkunft zu suchen.

»Sie bleiben hier so lange, wie Sie möchten«, fügte Bea hinzu. »Ihre Familie ist auf Sizilien gut zu Edward gewesen. Jetzt ist es Zeit, dass wir hier in England Ihnen helfen.«

Flavia spürte, wie ihr angesichts dieser Freundlichkeit Tränen in die Augen stiegen, aber sie unterdrückte sie entschlossen. Jetzt war keine Zeit für Schwäche. Sie würde ihre ganze Kraft brauchen, um sich an diesem fremdartigen Ort einzuleben. Sie brauchte ihre ganze Kraft für das, was kommen würde.

»Mein Bruder schreibt mir, dass Sie sich nach einer Stellung umsehen wollen. Und er teilt mir mit, dass Sie eine wunderbare Köchin seien.«

Flavia versuchte, bescheiden dreinzuschauen, aber sie spürte, wie sich ein strahlendes Lächeln auf ihrem Gesicht ausbreitete.

»Daher schlage ich vor, dass Sie für mich arbeiten, bis Sie eine andere Stelle finden«, erklärte Bea energisch. »Sie können das Kochen übernehmen und ab und zu Mrs. Saunders beim Putzen unterstützen. Sie wird alt und kann sich nicht mehr so gut bücken wie früher. Und Sie müssten ab und zu ein paar kleine Besorgungen für mich erledigen. Dafür erhalten Sie Kost und Logis.«

Flavia versuchte, ihr zu folgen.

»Sie bekommen zu essen und eine Schlafgelegenheit«, erklärte Bea. »Und ein kleines Taschengeld.« Sie hielt inne. »Was halten Sie davon?«

Flavia glaubte zu verstehen, was sie ihr anbot. »Ja«, sagte sie. »Danke. Aber …« Aber da gab es etwas viel Wichtigeres, das sie sofort tun musste.

»Ah ja, Ihre Mission.« Bea nickte. »Edward erwähnt das in seinem Brief. Aber allzu viele Einzelheiten teilt er mir nicht mit.« Sie lächelte aufmunternd. »Erzählen Sie mir doch davon, meine Liebe.«

Und Flavia, die Peter so lange vor so vielen Menschen verheimlicht hatte, erzählte ihr die ganze Geschichte. Wie sie ihn in seinem Flugzeugwrack gefunden hatte. An dieser Stelle sah sie erstaunt, dass Bea Westerman Tränen in den Augen hatte. Wie sie ihn gepflegt hatte und er fast gestorben war. Wie sie sich verliebt hatten und dass sie ihm geschrieben hatte. So viele Briefe … So viel Liebe.

»Deshalb muss ich ihn finden«, erklärte sie zum Schluss. »Ich muss ihn finden und in Erfahrung bringen, was aus ihm geworden ist.«

Bea nickte ernst. Sie schien ihre Worte sorgfältig abzuwägen. »Sechs Jahre sind eine schrecklich lange Zeit«, sagte sie schließlich. »In sechs Jahren …«

»Ich weiß.« Flavia fehlten die Worte, um sich richtig auszudrücken. Ja, in sechs Jahren hätte Peter sterben können. Vielleicht hatte er es gar nicht bis zurück nach England geschafft. Aber in ihrem Herzen spürte sie, dass er lebte. Denn in ihrem Herzen brannte ein Licht, und sie wusste, dass es erst verlöschen würde, wenn er starb.

»Seine Lebensumstände«, meinte Bea, »könnten sich verändert haben.«

»Ja.« Das war Flavia ebenfalls klar. »Aber wir haben es uns geschworen. Es war ein Versprechen, und ich glaube nicht, dass er es brechen würde.«

»Vielleicht nicht«, sagte Bea. »Aber der Krieg …« Sie seufzte und stand auf. »Der Krieg verändert uns alle.«

Flavia fragte sich, ob der Krieg auch Bea verändert hatte. Hatte sie vielleicht einen Liebsten gehabt, der in den Krieg gezogen war? Zu alt dafür war sie nicht, obwohl sie älter als Edward und auch ernster war als er.

»Ich werde Ihnen bei Ihrer Suche helfen«, sagte Bea. »Wir reden morgen weiter. Gleich kommt Mrs. Saunders. Sie wird

Sie auf Ihr Zimmer bringen und Ihnen zeigen, wo Sie sich frisch machen können. Sicher wollen Sie ausruhen. Mit der Arbeit können Sie morgen noch anfangen. Was meinen Sie, meine Liebe?«

Flavia nickte. »Danke«, sagte sie. Sie musste gleich noch das Manuskript auspacken, das sie auf den Boden ihrer Reisetasche gelegt hatte, und Bea Westerman die Gedichte ihres Bruders geben. Sie hatte das Gefühl, dass alles sehr gut gelaufen war. Bea war nett, und Flavia war gern bereit, eine Zeit lang für sie zu arbeiten. Doch was noch besser war, sie hatte versprochen, ihr bei der Suche nach Peter zu helfen. Peter … Mit einem Mal spürte sie, wie die Erschöpfung sie überwältigte. Sie war in England. Jetzt hatte ihre Reise richtig begonnen.

Beancollilla … Cerasuola … Nocellara del Belice … *Die vielseitige sizilianische Olive; weise, uralt, wunderschön, bitter … Man benutzt sie als Medizin, siedet Seife daraus, kocht damit, füllt Lampen mit ihrem Öl, isst sie. Ihr Holz ist das wohlriechendste und ihr Öl tief in Tradition und Ritualen verankert. Der Baum schützt mit seinem Schatten vor der heißen Sommersonne und nährt mit seinem Holz im Winter wärmespendende Feuer. Ein Fundament des Lebens.*

Flavia erinnerte sich daran, wie Papa und die anderen Männer die braunen Säcke voller Oliven zur Presse auf dem Dorfplatz gebracht hatten. Sie überprüften ihr Gewicht auf der Waage und folgten ihrem Weg durch die große Scheune, indem sie von Maschine zu Maschine gingen, bis das trübe grüne Öl in Krüge rann, die schließlich versiegelt wurden. Und dann, wieder zu Hause, aßen sie Mamas frisch gebackenes Brot mit dem jungen Öl.

Geröstete Paprikaschoten, beschloss sie, *mit Reis, Pinienkernen, Zitronensaft und gehackten grünen Oliven. Dazu ein frischer Salat aus jungen Blättern, wie man sie am Straßenrand oder auf den Feldern findet.*

44. Kapitel

Tess trödelte lange unter der Dusche. Sie versuchte, dieses euphorische Gefühl zu reaktivieren, das sie am Strand mit Tonino empfunden hatte. Ihr war klar, dass die Realität sie einholen würde, sobald sie die Dusche verließ.

Das Bad war ein Teil der Villa, der nichts zu wünschen übrig ließ. Die Fliesen waren blau und weiß, Waschbecken und Bidet waren breit und solide, und die Dusche tat genau das, was sie sollte. Die Badewanne mit den Klauenfüßen und der dekorative Spiegel über dem Waschbecken, der für Tess' ungeschulte Augen eindeutig venezianisch aussah, fügten nicht nur einen dekadenten Touch hinzu, sondern erinnerten sie auch daran, wo sie sich befand, nämlich in ihrer wunderschönen Dreißigerjahre-Villa auf Sizilien. Daran würde sie denken, wenn sie das Haus renovieren ließ, sagte sie sich und stellte widerwillig den heißen Wasserstrahl ab. Ein solches Haus brauchte solche Zeichen von Klasse; es musste einfach glamourös sein.

Sie wickelte sich in eines der riesigen schwarzen Handtücher, die sie in Edward Westermans Wäscheschrank gefunden hatte, und sah sich in dem mit Dampf beschlagenen Spiegel an. Sie wischte über das Glas. Sie sah erhitzt aus, und das nicht nur von der heißen Dusche. Sie sah aus wie eine Frau, die Sex wollte, um Himmels willen! Besser, sie wachte auf, und zwar schnell. Sie war hier auf Sizilien, und sie war Engländerin, jedenfalls mehr oder weniger. Das Letzte, was sie brauchte, war ein Abenteuer mit einem Sizilianer, dessen Familiengeschichte mysteriös war und der nichts als Schwierigkeiten machte. Also, verrenn dich nicht in etwas, befahl sie sich selbst energisch.

Aber sie wusste, dass sie ihn begehrte. Das war das Problem. Als sie heute Nachmittag auf dem Sandstrand in der Bucht gelegen hatte, da hatte sie ihn gespürt, diesen Moment, in dem einem alles egal ist, in dem die Logik über Bord geht und ungebremste Lust die Macht übernimmt.

Sie sah auf ihre Uhr, die auf dem gläsernen Bord lag. Sechs Uhr. Lange würde sie nicht zu warten brauchen. Sie hatte genug Zeit, um zuerst Ginny anzurufen. Dann würde sie Pasta kochen und ein paar Sardinen grillen. Sie hatte weißen *frizzante*, frische Nektarinen, ein paar Cracker und Pecorino-Käse. Das musste reichen. Tonino ... Sie war sich nicht sicher, was sie zu ihm sagen würde, aber ...

Sie brachte eine Dreiviertelstunde damit zu, ihr Haar zu föhnen, sich zu schminken und zu überlegen, was sie anziehen sollte. Schließlich entschied sie sich für weite weiße Leinenhosen und ein Seidentop in Honig- und Cremetönen. Sie rief Ginny an, die nicht sehr kommunikativ war – nichts Neues also zu Hause. Dann begann sie mit den Essensvorbereitungen. Es gab fast zu viel zu tun, sodass sie nicht wusste, wo sie anfangen sollte.

Um viertel nach sieben rief sie sich ins Gedächtnis, dass Sizilianer niemals pünktlich kamen. Um halb acht öffnete sie die Weinflasche, und um acht kochte sie die Spaghetti. Um halb neun sah sie von der Terrasse zum *baglio* hinunter, aber in Toninos Atelier war alles dunkel.

Na schön, sie hatte auch ihre Zweifel, aber wenigstens hatte sie zuerst mit ihm reden wollen. Um neun hatte sie die ganze Flasche Wein getrunken und die Spaghetti und die Sardinen gegessen, und es war ihr vollkommen egal, ob er noch kam.

Männer bedeuteten, wie sie schon immer gewusst hatte, eine komplette Verschwendung von Zeit, Platz und Energie. Und Giovanni Sciarra, verdammt sollte er sein, behielt offensichtlich recht.

Als Tess um halb elf ein Klopfen an der Tür hörte, hatte sie aus einer Laune heraus auch noch fünf Gläschen *limoncello* getrunken, den einzigen Alkohol, den sie sonst noch im Haus hatte, und war auf Edward Westermans schäbigem braunen Ledersofa beinahe eingeschlafen. Sollte sie aufmachen? Lust hatte sie keine, aber ...

Tess öffnete die Tür. Er sah wild, zerzaust und betrunken aus, und er starrte sie an, als wäre er wütend auf sie. Schon wieder. Moment mal, sollte sie nicht diejenige sein, die sauer war?

»Was ist passiert?«, fragte sie.

Er lehnte sich schwer an den Türrahmen. »Diese Villa gehört dir, ja?«

»Ja, das habe ich dir doch gesagt.« Dies schien weder die Zeit noch der Ort für eine Diskussion über Besitzverhältnisse zu sein.

»Aber du bist nicht verwandt mit Signor Westerman, oder?«

»Nein.« So langsam wurde Tess klar, worauf das hinauslief. Vielleicht war sie nicht die Einzige, die man gewarnt hatte. Vielleicht hasste seine Familie ihre Familie genauso, wie ihre Leute Toninos Leute hassen sollten, jedenfalls wenn es nach Giovanni ging.

»Willst du nicht hereinkommen?« Er sah nicht gefährlich aus, sondern so, als könne er jeden Moment umfallen.

»Ich bin nicht nüchtern«, erklärte er und fixierte sie mit einem flackernden Blick.

»Das habe ich mir schon gedacht«, sagte Tess und trat beiseite, damit er an ihr vorbeitorkeln konnte. »Ich übrigens auch nicht. Ich habe unsere Weinflasche ausgetrunken.« Und dann noch den Likör.

Tonino hielt sich am Türrahmen des Wohnzimmers fest, holte tief Luft und ging dann hinein, als balanciere er auf einem Seil.

Entnervt schüttelte Tess den Kopf. Sie bedeutete ihm, sich auf das Ledersofa zu setzen. Besser, sie ging in die Küche und kochte Kaffee.

»Also ...«, sagte Tonino. Anscheinend hatte er den Faden verloren.

»Also?«

»Also, du kanntest diesen Mann, Westerman, nicht einmal, richtig?«

«Ich habe ihn nie kennengelernt«, pflichtete Tess ihm von der Tür aus bei. »Was hat das damit zu tun?«

Tonino hatte sich auf dem Sofa ausgestreckt. »Ich hatte angenommen ...« Er sprach jetzt langsam und sorgfältig und lallte kaum. Und das in einer Fremdsprache, wie Tess bewundernd bemerkte. »Du wärest mit ihm verwandt.«

»Nein.« In der Küche setzte sie Kaffee auf und stellte eine Bestandsaufnahme an, die ihr viel leichter gefallen wäre, wenn sie nicht den ganzen Wein getrunken hätte. Nachdem er das erfahren hatte, war Tonino ganz offensichtlich in die nächstbeste Bar gegangen.

Sie trug den Kaffee ins Wohnzimmer. »Erzähl mir, was passiert ist«, sagte sie noch einmal und stellte das Tablett auf dem Tisch ab.

Tonino saß auf dem Sofa und hatte den Kopf in die Hände gestützt. Sie widerstand dem Drang, ihn zu umarmen. »Wer bist du?«, flüsterte er.

Sie hatte also recht gehabt. »Ich bin Flavia Farros Tochter«, erklärte sie. »Meine Mutter hat hier in Cetaria gelebt. Ihre Familie hat für Edward Westerman gearbeitet. Deswegen hat er mir die Villa vermacht. Aber …« Sie warf ihm einen Blick zu. Seine Augen sahen glasig aus, aber sie konnte nicht beurteilen, ob das die Wirkung des Alkohols oder ihrer Worte war. »Aber das weißt du doch, oder?«

»Du hast mich angelogen«, sagte er.

»Das habe ich nicht.« Tess war empört. »Ich habe dir meinen Namen genannt. Ich habe dir gesagt, dass die Villa mir gehört. Alle anderen Dorfbewohner schienen schon zu wissen, wer ich war, bevor ich überhaupt hierhergekommen bin.«

»Du hast mich hereingelegt«, beharrte er.

»Unsinn.« Tess setzte sich neben ihn. Ihr wurde klar, dass sie ebenfalls wütend war. Schließlich war sie diejenige, die er warten gelassen hatte, die für ihn gekocht hatte, die versetzt worden war, jedenfalls beinahe. Und angeblich war *sie* diejenige, die *ihn* hassen sollte. »Ich habe dir nie etwas vorgemacht. Es ist nicht meine Schuld, dass du angenommen hast, ich wäre mit Edward Westerman verwandt, nachdem du entschieden hattest, dass ich nicht nur einfach eine blöde Touristin bin.«

Betrübt sah er zu ihr auf. »Aber du hast das nie klargestellt. Wo bleibt die Ehrlichkeit, Tess? Das Vertrauen? Ich dachte …«

»Ich auch.« Mit einem Mal wäre Tess am liebsten in Tränen ausgebrochen. Es stimmte, sie hätte ihm erzählen können, wer sie war. Sie hatte nur keine Lust gehabt, sich in eine alte, alberne Familienfehde hineinziehen zu lassen, die nichts mit ihr zu tun hatte. Wieso spielte sie nach der langen Zeit überhaupt noch eine Rolle? Aber sie machte sich etwas vor. Sie hatte etwas mit ihr zu tun, denn sie war wichtig für Menschen wie Tonino Amato und Giovanni Sciarra. Anscheinend waren sie in der Lage, einen Groll in alle Ewigkeit zu nähren. Wahrscheinlich hatte sie ihm deswegen nichts gesagt. Sie hatte gewollt, dass er die Person mochte, die sie war, und sie nicht wegen ihrer Herkunft ablehnte.

»Weißt du denn, was zwischen unseren Familien vorgefallen ist?«, wollte er von ihr wissen. Plötzlich schien er wieder nüchtern zu sein.

Sie schüttelte den Kopf. »Nicht genau.« Sie kannte nur Giovannis Version, und die hatte eine ganze Menge Lücken.

»Aber du weißt, dass es einen Streit gegeben hat?«

Sie nickte. Gott, fühlte sie sich erbärmlich. Was für eine Ernüchterung, nachdem zwischen ihnen so die Funken geflogen waren.

Er packte ihre Hände. »Warum hast du es mir nicht selbst gesagt? Wieso hast du zugelassen, dass ich es von …« Er verstummte.

»Wer?« Er hielt ihre Hände so fest, dass es schmerzte. Jetzt benahm er sich genau wie Giovanni Sciarra. »Wer hat es dir erzählt?« Sie riss ihre Hände los.

»Das ist nicht wichtig.«

Wahrscheinlich war es das nicht. Es hätte jeder sein können. Wenn Tonino auch nur ein wenig kontaktfreudiger wäre, hätte er davon gewusst, genau wie alle anderen. Wahrscheinlich war es Giovanni gewesen. Er hätte seine Freude daran gehabt, Salz in die Wunde zu streuen.

»Na schön«, sagte sie und schenkte den Kaffee ein. Schwarz für sie beide, beschloss sie. »Es tut mir leid, dass ich es dir nicht eher gesagt habe. Ich hätte es tun sollen. Aber lass uns die Sache doch mal nüchtern betrachten …«

Er sagte nichts. Sizilianern fiel es offensichtlich nicht leicht, ein Gefühl für Verhältnismäßigkeit zu entwickeln.

»Unsere Großväter hatten einen Streit«, sagte sie. »1940 oder wann das war.«

»1945«, verbesserte er sie. »Am 5. September.«

»Aha.« Dass er das Datum so genau wusste, war kein gutes Zeichen.

Dieses Mal nahm Tess seine Hände. »Aber was hat das mit uns zu tun? Das war doch ...« Sie versuchte, es auszurechnen, aber in ihrem gegenwärtigen Zustand war sie damit überfordert. »Vor über einem halben Jahrhundert«, sagte sie. »Und vergiss nicht, dass mein Großvater und deiner einmal die besten Freunde waren.«

Ziemlich wacklig, aber offensichtlich äußerst konzentriert nahm er den Kaffee, den sie ihm eingeschenkt hatte. »Du, Tess«, sagte er, »bist mehr Engländerin als Sizilianerin. Sonst würdest du das verstehen.«

»Vielleicht könntest du es mir ja erklären?«, schlug Tess vor.

»Du meinst, ich soll dir die Geschichte erzählen?« Er kippte den heißen, schwarzen Kaffee hinunter. »Dann kennst du sie wirklich nicht?«

Wahrscheinlich war es das Beste, Diebstahl und Verrat nicht zu erwähnen. »Ich weiß es nicht«, sagte sie, denn sie wollte seine Seite der Geschichte hören. »Also erzähl es mir.«

45. Kapitel

Tonino holte tief Luft. »Also …«, begann er.

Immer, dachte Tess, immer erzählte er ihr Geschichten.

»Da war der Schatz, *il tesoro*, der dem Engländer, Edward Westerman, gehörte, ja?«

»Ja.« Sie nickte. So weit, so klar. »Aber woraus bestand er?«

»Ah.« Er seufzte. »Das weiß anscheinend niemand. Nur, dass er wertvoll war, sehr wertvoll, Tess.«

Noch ein Rätsel. Warum überraschte sie das jetzt nicht?

Tonino beugte sich vor. »Dein Wohltäter …« – er sah sich in dem Zimmer um, doch sie hatte das Gefühl, dass er eher neugierig als verbittert war –, »… sah sich gezwungen, während des Kriegs nach England zurückzukehren.«

Tess nickte. Die Erwähnung des Kriegs erinnerte sie an ihre Mutter und den englischen Piloten, den sie gerettet hatte. Sie schloss die Augen und versuchte sich dieses Haus, die Villa Sirena, während des Krieges vorzustellen. Sie hatte in dieser Zeit leer gestanden. Was für eine Vergeudung.

Toninos Stimme drang in ihre Gedanken. »Und dein Großvater hat dafür gesorgt, dass alles Wertvolle aus der Villa Sirena entfernt wurde, falls es zu Plünderungen kommen würde.«

»Aber wer hätte sie denn plündern sollen?« Nachdem er den Kaffee getrunken hatte, wirkte Tonino deutlich nüchterner. Sie selbst fühlte sich ebenfalls klarer. Aber Tess hatte nicht den Eindruck, dass er seine Meinung geändert hätte.

Tonino zuckte mit den Schultern. »Deutsche, vermute ich. Oder die Mafia. Krieg oder nicht Krieg, auf Sizilien hat es immer schon skrupellose Männer gegeben.«

Nicht nur auf Sizilien, dachte Tess.

»Also hat er meinen Großvater, Alberto Amato …« – Tess hörte den Stolz in seiner Stimme – »… den Freund, dem er am stärksten vertraute, gebeten, er möge ihm helfen, eins von Edward Westermans kostbarsten Besitztümern zu verstecken. *Il tesoro.*«

»Warum?« War der Schatz so groß gewesen, dass er ihn nicht allein tragen konnte? Das war kaum vorstellbar.

Tonino neigte den Kopf. »Ich weiß es nicht.«

»Und woher ist er überhaupt gekommen?«

»Auch das weiß ich nicht.« Er breitete die Hände aus. »Vielleicht haben Edward Westermans Handwerker ihn gefunden, als sie die Fundamente für die Villa ausgehoben haben. Wer weiß?«

Giovanni wusste es vielleicht, da er doch alles zu wissen schien. Aber ob er es ihr sagen würde? Wahrscheinlich nicht. Möglich, dass sogar ihre Mutter es wusste, obwohl es unwahrscheinlich war, dass ihr Vater sie in seine Geheimnisse eingeweiht hatte. Santina? Denkbar. Abgesehen davon klang es, als könnte der Schatz etwas von historischem Wert sein, etwas, das so selten und so kostbar war wie eine römische Urne, die auf einem Feld in England gefunden wurde.

»Das würde allerdings bedeuten, dass er ihm juristisch gesehen nicht gehörte«, erklärte Tonino.

»Genau.« Diese Erklärung ergab einen Sinn. Wenn er ein griechisches oder römisches Artefakt gefunden hatte, spielte es keine Rolle, dass ihm das Land gehörte. Wenn er von historischem Wert war, musste man den Fund wahrscheinlich bei den Behörden melden.

»Es ist nicht ungewöhnlich«, sagte Tonino, »dass solche Gegenstände hier gefunden werden. Und es ist üblich, dass die Mafia Bauarbeiten genau im Auge behält – mit einem Fernglas …« Er hielt sich einen imaginären Feldstecher vor die Augen.

»Tatsächlich?« Tess blinzelte

»Aber ja«, antwortete er. »Es könnte doch um viel Geld gehen.«

»Und niemand weiß, was oder wo dieser Schatz ist«, murmelte sie.

Er sah sie an. Bedauernd? »Manchmal«, versetzte er düster, »ist es am besten, etwas nicht zu wissen.«

Also ehrlich! Dieser Mann und ihre Mutter würden sich prächtig verstehen.

»Alle haben angenommen, dass der Schatz bis nach dem Krieg in seinem Versteck blieb«, erklärte Tonino. »Die Probleme begannen erst, als mein Großvater geschickt wurde, um ihn zu holen. Der Krieg war vorbei, und Signor Westerman würde bald nach Sizilien zurückkehren.«

»Was ist passiert?«, erkundigte sich Tess, obwohl sie schon ahnte, was jetzt kam. Diebstahl und Verrat, hatte Giovanni gesagt.

»Mein Großvater konnte ihn nicht finden«, sagte Tonino. Zum ersten Mal schien er sich unwohl zu fühlen, so als ob dies ein Aspekt der Geschichte sei, der ihm unangenehm war. »Es gab ein Problem.«

»Ein Problem?«, fragte Tess. »Du meinst, er war nicht mehr dort, wo er ihn versteckt hatte?«

Tonino zuckte mit den Schultern. »Etwas in der Art«, pflichtete er ihr bei.

Tess starrte ihn an. »Also hat ihn jemand anderer zuerst geholt?«

»Nein. Ich meine, ja. Oder vielleicht auch nicht«, antwortete er.

Alle Klarheiten beseitigt.

»Ich weiß es nicht«, gestand er. »Weil ich keine Ahnung habe, wo er ihn versteckt hat. Er hat mir nur gesagt, er sei ebenso gut verborgen wie die Fundamente Siziliens selbst. Aber das Wichtige ist, was als Nächstes passierte.«

»Und das war …?«

»Leute haben mit deinem Großvater gesprochen. Besonders die Sciarras. Enzo war inzwischen enger mit deinem Großvater befreundet. Zweifellos wusste er ebenfalls von *Il tesoro*. Sie hassten meine Familie, und sie misstrauten ihr. Auf Sizilien …«

»Ja«, sagte sie. »Die Leute sind immer misstrauisch.«

»Sie behaupteten, mein Großvater habe … wie drückt ihr das aus … sich verkauft.«

»Sich verkauft? Du meinst, er hätte den Schatz verkauft?« Warum sollte er? Jeder würde erfahren, was er getan hatte. Andererseits, wenn *Il tesoro* viel Geld wert war … Gier war eine starke Motivation. Im Sizilien der 1940er-Jahre hätte eine solche Summe ein Leben verändern können. Und wenn Edward Westerman eigentlich kein Besitzrecht darauf hatte, konnte er nicht allzu viele Einwände erheben, wenn er verschwand, schon gar nicht angesichts des Krieges, der vielen Plünderungen und allem. Es wäre ein Leichtes gewesen, den Schatz diskret beiseitezuschaffen. Der Gedanke musste sehr verlockend gewesen sein.

»Verkauft, ja«, sagte Tonino seufzend. »Oder die Information darüber, wo er versteckt war. Ich weiß es nicht.« Er wirkte schrecklich niedergeschlagen. Tess wurde klar, dass sie nicht mehr wütend auf ihn war. Am liebsten hätte sie sich mit ihm versöhnt, aber sie wusste nicht, wie sie das anstellen sollte.

»Ich nehme an, mein Großvater hat Enzo und den anderen geglaubt, oder?«, sagte sie. »Er hat deinen Großvater für schuldig gehalten?«

Tonino nickte. »Enzo Sciarra war ein böser Mensch«, meinte er. »Es hat ihm nicht gereicht, dass er den Tod meines Onkels Luigi zu verantworten hatte, nein, er beschuldigte auch noch meinen Großvater, Alberto Amato, der Untreue und des Diebstahls.« Er richtete sich gerader auf.

Diebstahl und Verrat, dachte Tess. Herrje. »Und wieso war Enzo Sciarra schuld an Luigis Tod, Tonino?«, fragte sie ihn.

»Folter.« Seine dunklen Augen zeigten keinerlei emotionale Regung, als er sie ansah. Er rieb sich die Narbe in seinem Gesicht, die dadurch ein wenig anschwoll und noch deutlicher hervortrat. »Die Sciarras hatten Schutzgeld eingefordert«, erklärte er. »Eine große Summe aus dem neuen Unternehmen meines Onkels, einem Restaurant mit Bar.« Er starrte sie weiter an.

Die Spannung im Raum war so groß, dass Tess kaum atmen konnte. »Schutzgeld?«

»Als er nicht zahlen konnte oder wollte, stattete Enzo ihm einen Besuch ab. So war es üblich. Vielleicht ging er weiter, als er vorgehabt hatte – keine Ahnung. Vielleicht wollte er ihm nur Angst einjagen. Aber nach seinem Besuch ...« Toninos Stimme versagte beinahe.

»Ist Luigi gestorben«, flüsterte Tess.

Tonino nickte. »Ein Herzanfall, hieß es. Aber viele Dinge können dafür sorgen, dass einem das Herz stehen bleibt, verstehst du, Tess?«

Sie verstand. Sie hatte gerade den Hauch einer Ahnung davon bekommen, wie gefährlich manche dieser Männer sein konnten. Muma hatte nicht gescherzt, als sie sagte, Sizilien sei ein dunkler Ort. Es war wunderschön, ja. Aber es lag ein dunkler, dunkler Schatten darauf.

Tonino stand auf. »Die Sciarras haben vieles auf dem Gewissen«, sagte er leise.

»Was ist aus deinem Großvater geworden?«, erkundigte sich Tess.

»Er wurde der Untreue und des Diebstahls beschuldigt, und sein bester Freund misstraute ihm …« Er unterbrach sich. »Es hat ihn zerstört«, sagte er dann. »Alberto Amato ist nie wieder der alte gewesen. Und das kann ich deiner Familie nicht verzeihen«, verkündete er feierlich. »Den Mangel an Vertrauen, Tess. Die Entehrung unseres Familiennamens.«

»Ich verstehe.« Es hatte nichts mit ihr zu tun, und doch wusste sie, dass es für Tonino nicht darauf ankam. Sie hatte das Gefühl, sich entschuldigen zu müssen, für ihren Großvater, den sie nie gekannt hatte, diesen Großvater, der geglaubt hatte, was alle ihm erzählten, der seinem besten Freund nicht vertraut hatte.

»Also …« Tonino machte eine Handbewegung, die besagte: Jetzt verstehst du, jetzt kennst du die ganze Geschichte.

Tess atmete tief durch. »Aber findest du es denn richtig, so lange einen Groll gegen meine Familie zu hegen?«, fragte sie. »Vor allem gegen ein Mitglied meiner Familie, das zu dieser Zeit noch nicht einmal auf der Welt war, nämlich ich?«

»Du wirst das nicht verstehen«, sagte er. »Aber unsere Familien waren *so*.« Er verhakte seine kleinen Finger miteinander. Tess erinnerte sich, dass Giovanni diese Geste ebenfalls benutzt hatte. »Deswegen ist es unverzeihlich.«

Außer natürlich, hätte sie am liebsten eingeworfen, es stimmte, was alle glaubten. Außer wenn Toninos Großvater der Versuchung tatsächlich erlegen war und ihr Großvater und alle anderen die ganze Zeit recht gehabt hatten. Aber das war jetzt nicht die beste Strategie.

Er ging nämlich schon zur Tür. Er war dabei, aus ihrem Leben zu verschwinden, wie ihr klar wurde.

An der Tür drehte er sich um. »Ich kannte meinen Großvater«, erklärte er. »Er war ein guter Mensch.«

Tess kam sich sehr klein vor.

»Verstehst du jetzt, warum Liebe zwischen uns nicht möglich ist?«, fragte er und öffnete die Tür. Er wartete nicht auf eine Antwort.

Liebe, dachte sie. Liebe? Nur fünf Buchstaben, aber ein sehr, sehr großes Wort.

Wer hatte etwas von Liebe gesagt?

46. Kapitel

Um halb acht kam die Band zum Aufbauen. Sie sollte von Viertel nach acht bis halb zehn spielen und dann nach einer kurzen Pause noch einmal bis elf. Brian hatte Plakate aufgehängt, und schon jetzt saßen ein Dutzend Gäste in der Bar. Während sie den Soundcheck machten, warf der dunkle verträumte Typ Ginny einen Blick zu, und sie lächelte. Obwohl die Kugel sich alle Mühe gegeben hatte, ihr den Spaß zu verderben, freute sie sich auf den heutigen Abend. Sie konnte einfach nicht anders.

»Sieht vielversprechend aus«, meinte Brian händereibend. »Dann lasst es mal krachen.«

Die Band hieß »Magic Fingers«. Ja, lasst es krachen, dachte Ginny.

Um Viertel nach acht hatte sich die Anzahl der Gäste verdoppelt, und um neun brummte der Laden nur so. Brians Freundin Chantal arbeitete ebenfalls hinter der Theke. Sie hatte blondes Haar, das sie zu einer Retro-Frisur hochtoupiert hatte, ein schrilles Lachen und redete viel, aber sie wirkte nett und tüchtig. »Ich arbeite jetzt schon fünfzehn Jahre hinter der Theke, Schätzchen«, erklärte sie Ginny. »Ich habe einfach alles gesehen.«

Ginny wurde nur ab und zu durch einen schüchternen Blick des Dunklen, Verträumten am Bass abgelenkt, aber ansonsten war sie so beschäftigt, dass sie nicht viel Zeit hatte, an das Ding zu denken, das ihr Probleme bereitete. Die Kugel hatte die ganze Woche ihren Spaß mit ihr gehabt, deshalb hatte

Ginny beschlossen, heute Abend den Kopf in den Sand zu stecken. Schade, dass sie die Kugel nicht gleich daneben begraben konnte …

Die »Magic Fingers« ließen einen Song namens *Blue* ausklingen – »geschrieben von Albie«, wie der blonde Leadsänger sagte. Ginny brauchte ein paar Sekunden, um zu kapieren, dass Albie der dunkle, träumerische Bassist war. *Albie*… Der Song war gut. Gefühlvoll. Ginny hätte ihn gern noch einmal ohne Geräuschkulisse gehört, ohne den Typ an der Theke, der eine ganze Liste Bestellungen aufgab, ohne das Klappern des Kleingelds und ohne Brian, der neben ihrer linken Schulter »Was soll's sein, Schätzchen?« brüllte.

Sie gingen zu *Yellow* von Coldplay über. *Look at the stars* … Ginny erschauerte, obwohl es hier drin mittlerweile ziemlich warm war. Mist, dachte sie. Das wäre so ein Pech.

In ihrer Pause um halb zehn bestellten die Jungs Bier, das, wie Brian sagte, aufs Haus ging. Der erfolgreiche Abend machte ihn ungewöhnlich großzügig. Aber die Band hatte das *Bull and Bear* auch wirklich verwandelt. Das Lokal brummte. Und als Ginny erst mal mit den Drinks, der Kasse und dem Zapfen zurechtkam, machte ihr die Arbeit Spaß. Wie sie Brian in ihrem Vorstellungsgespräch erklärt hatte, war sie schnell, und wie sich herausstellte, verstand sie sich auch gut darauf, mit den Gästen zu plaudern und zu scherzen, ohne dass sie ihr zu nahe kamen oder sich zu viel herausnahmen.

»Hey, Schönheit, was meinst du zu unserem Sound?« Der blonde Leadsänger kam auf sie zu. »Ich bin Matt. Hi.« Er hatte ein sexy Lächeln, und sie vermutete, dass er bei den meisten Mädchen gut ankam und wahrscheinlich eine Erfolgsrate von neunundneunzig Prozent hatte. Doch sie beschloss, dass sie zu dem restlichen einen Prozent gehörte. Er war einfach nicht ihr Typ.

»Ihr klingt ziemlich gut«, sagte sie und warf dem Dunklen, Träumerischen ein besonderes Lächeln zu. »Dein Song hat mir gefallen«, erklärte sie. »*Blue*. Toller Text.«

»Die Ruhigen kriegen immer die heißesten Mädchen ab«, murrte Matt. Aber er brauchte nicht lange zu warten. Innerhalb von Minuten wurde er von einem Heer weiblicher Wesen belagert, die Schlange standen, um mit ihm zu reden und ihm dick getuschte Wimpern, rosa Lippen und tiefe Ausschnitte unter die Nase zu halten.

»Danke«, antwortete der Dunkle, Verträumte. »Wie heißt du eigentlich?«

»Ginny.« Über die Theke hinweg reichten sie sich die Hand.

»Drei helle Bier, Schätzchen«, brüllte jemand.

»Zwei Mojitos mit Crushed Ice ...« Das war sicher nicht das richtige Getränk im *Bull and Bear*, dachte Ginny, als sie zusah, wie Brian mit leicht genervter Miene mit dem Rum kämpfte.

»Cranberry-Wodka und ein halbdunkles Bier ...«

Alter Däne. »Tut mir leid«, sagte sie zu dem Dunklen, Verträumten. »Ich muss arbeiten ...«

»Vielleicht später«, bedeutete er ihr tonlos, und sie nickte.

Ginny drehte sich um und stand Becca gegenüber.

»Hey!« Becca strahlte übers ganze Gesicht. »Was machst du denn hier, Gins?«

Ginny war geradezu lächerlich froh darüber, sie zu sehen. »Mein neuer Job«, erklärte sie. »Wo hast du Harry gelassen?«

Becca zeigte in eine Ecke, in der er mit einem seiner Kumpane zusammenstand. Die beiden kippten Bier wie Wasser, sodass es über ihre Kleider und auf den Boden spritzte.

Becca verdrehte die Augen. »Irgendein Saufmarathon«, sagte sie. »Armselig!«

»Mach ruhig zehn Minuten Pause, Schätzchen.« Brian

atmete ihr direkt in den Nacken. »Unterhalt dich mit deiner Freundin.«

Die Band stand wieder auf der Bühne, und die Gästeschar an der Theke hatte sich ausgedünnt. Ginny trat um die Bar herum und umarmte Becca. *Du hast mir gefehlt*, hätte sie am liebsten gesagt, hielt sich aber zurück. Schließlich hatte Becca sie fallen gelassen, nachdem sie mit Harry zusammengekommen war. Becca war diejenige, die plötzlich keine Zeit mehr hatte, auf ihre SMS zu antworten oder sich mit ihr zu treffen.

»Du hast mir gefehlt«, sagte Becca. »Tut mir leid, dass ich in letzter Zeit so beschäftigt war.« Sie sah zu Harry, als versuche sie herauszufinden, warum.

Verknallt traf es wohl eher, dachte Ginny. »Schon gut«, sagte sie.

»Wie geht's?«

»Okay. Im Moment wohne ich bei Nonna. Mum ist auf Sizilien.« Sie zog eine Grimasse. Andererseits merkte man kaum, dass sie nicht da war, denn sie rief jeden Abend an oder schickte eine SMS. Wahrscheinlich, dachte Ginny, kommunizierten sie mehr miteinander als vor ihrer Reise.

»Und Ben?«, schrie Becca ihr ins Ohr.

Herrgott, diese Band war *laut*. »Hab Schluss gemacht«, brüllte Ginny zurück. »Führte nirgendwohin.«

Becca nickte verständnisvoll. Sie hatte immer Verständnis. Ginny aber fragte sich, wohin die Sache mit Ben überhaupt hätte führen sollen. So wie es gewesen war, hatte es ihr jedenfalls nicht viel Spaß gemacht. Es war nicht so, als hätte sie von Ben irgendeine Absichtserklärung oder Verpflichtung erwartet. Wahrscheinlich hatte sie sich nur ein Zeichen dafür gewünscht, dass sie ihre Zeit nicht verschwendete. Schlussendlich begriff sie, dass er zwar ihr Erster gewesen war, aber dass sie der Jungfräulichkeit auch eine Bedeutung zugeschrieben hatte, die sie schlicht nicht besaß. Ben hatte zwar das richtige Aussehen gehabt, aber er war nicht besonders interessant gewesen.

Das sagte sie auch Becca.

Becca lachte und nickte. »Mit Freundinnen hat man viel mehr Spaß.« Sie versetzte Ginny einen Rippenstoß, und Ginny spürte ein leichtes Ziehen. Sie musste zusammengezuckt sein, denn Becca rückte näher heran.

»Was ist?«

»Nichts, ein bisschen Magenschmerzen.«

»Was ist los – wirklich?«

Genauso hatten sie früher miteinander geredet. Und plötzlich spürte Ginny das Bedürfnis, sich jemandem anzuvertrauen.

»Ich bin ein paar Wochen zu spät dran«, erklärte sie. »Nichts weiter.« Nichts weiter, so als wäre es nicht das Ende der Welt, wenn sie schwanger war. Sie spürte, wie der Druck der Kugel leicht nachließ. Aber sie hatte Bauchschmerzen, so als hätte sie Verstopfung. Fühlte es sich so an, schwanger zu sein?

»Was?«

Ginny wiederholte, was sie gesagt hatte. Dieses Mal brüllte sie es Becca ins Ohr. *Warum erzähle ich es nicht gleich dem ganzen Pub,* dachte sie.

»Mist«, sagte Becca. »Ich brauche eine Kippe. Lass uns nach draußen gehen.«

»Fünf Minuten«, bedeutete Brian ihr mit den gespreizten Fingern einer Hand. Ginny nickte.

»Hast du einen Test gemacht?«, fragte die praktisch veranlagte Becca, als sie draußen standen. Nach dem von vielen Menschen aufgeheizten Pub war es hier dunkel und kühl, und ihre Ohren summten. Ginny schlang die Arme um den Körper.

»Nööö.« Sie hatte sich nicht getraut. Ihr war der Gedanke gekommen, was ihre Mutter wohl sagen würde. Alter Schwede, sie würde durchdrehen. »Aber ich habe so ein Gefühl«, erklärte sie Becca. »Ich fühle mich nicht gut. Es fühlt sich an, als könnte ich es sein.« Sie kramte in ihrer Jeanstasche und zog eine Zigarette hervor, obwohl sie eigentlich keine Lust zum Rauchen hatte.

»Verdammt«, meinte Becca. Sie konnte so gut mit Worten umgehen, deswegen war sie so eine gute Freundin gewesen. »Du musst einen Test machen. Es hat keinen Sinn, einfach nur herumzusitzen und negativ zu sein ...«

Haha. »Ich hoffe, das bin ich«, sagte Ginny, und sie kicherten beide. Es war verrückt, aber sie konnte nicht dagegen an.

Becca stieß ihr in die Rippen. »Du musst positiv sein«, sagte sie.

»Ich hoffe nicht«, gab Ginny zurück, und wieder lachten sie. Ginny lachte so sehr, dass sie sich an der Wand abstützen musste. Wahrscheinlich war sie hysterisch.

Sie warf einen Blick auf die Uhr. »Ich muss wieder rein«, erklärte sie zögernd und trat ihre Zigarette aus.

Erstaunlich, dachte sie, als sie sich durch die Menge zurückdrängte, dass sogar die Aussicht, schwanger zu sein, witzig sein konnte, wenn man mit Becca zusammen war. Und dabei war das so übel, dass man kaum darüber nachdenken durfte. Und ebenfalls verblüffend war, dass ein ordentlicher Lachanfall irgendwie die Macht der Kugel schmälerte, so als ernähre sie sich von ihrem Unglück.

Nachdem die »Magic Fingers« eine Zugabe gespielt hatten und Brian in den Keller gegangen war, um zum letzten Mal ein frisches Fass anzuschlagen, fing die Band an zu packen. Die Gäste tranken aus und gingen langsam. Ginny räumte ab, wischte Tische ab und lud Gläser auf der Theke ab.

»Das war ganz großes Kino, Jungs«, sagte Brian und zahlte der Band ihre Gage aus. »Macht's gut.«

»Bis in zwei Wochen dann, Chef«, sagte Matt und blinzelte Ginny zu.

Zwei Wochen, dachte sie. Das war eine lange Zeit.

»Und wie wäre es mit nächstem Samstag?«, fragte Brian. »Ihr habt die Leute doch gesehen. Sie konnten nicht genug kriegen. Ihr könntet unsere Hausband werden.«

»Ja, okay, cool.« Alle grinsten zufrieden. Abgemacht.

Der Dunkle, Verträumte kam zu Ginny, um sich zu verabschieden. »Vielleicht können wir ja mal einen Kaffee trinken«, sagte er.

»Yeah«, gab Ginny zurück. Das hieß, wenn sie nicht schwanger von jemand anderem war ... Konnte sie eine neue Beziehung anfangen, bevor sie Bescheid wusste? Kaffee war nur Kaffee. Aber ... Sie glaubte nicht. Deswegen zückte sie auch nicht gleich ihr Handy, als er nach ihrer Nummer fragte.

Becca und Harry gehörten zu den Letzten, die gingen. »Ich ruf dich morgen an«, sagte Becca. *Mach den Test*, setzte sie mit tonlosen Lippenbewegungen hinzu und riss dabei so Furcht erregend die Augen auf, dass Ginny einen Schritt nach hinten machte und mit Brian, der Gläser stapelte, zusammenstieß.

»Vorsicht, Schätzchen«, sagte er, aber als er ihr ihr Geld auszahlte, war ein Extra-Zehner dabei, ein Beweis dafür, dass er mit ihr zufrieden war. Sie steckte es ein. Davon konnte sie sich den Schwangerschaftstest kaufen ...

Sie blickte gerade rechtzeitig auf, um zu sehen, dass der Dunkle, Verträumte im Gehen war. Mist. Das vermittelte ihr ein schlechtes Gefühl. Die Kugel meinte *nein*, aber die sollte sich zum Teufel scheren.

Sie flitzte quer durch das Lokal, um ihm ihre Nummer zu geben. Sonst würde er vielleicht nicht noch einmal fragen.

47. Kapitel

Am nächsten Tag ging Ginny dreimal in den Drogeriemarkt, bevor sie den Mut aufbrachte, den Schwangerschaftstest zu kaufen. Und selbst da hatte sie noch solche Angst, jemanden zu treffen, den sie kannte, dass sie vorsichtshalber das blauweiße Päckchen im Korb unter einem roten Waschlappen versteckte.

Wie blöd war sie eigentlich? Sie dachte an den Tag, an dem es passiert war. Falls es überhaupt ein *es* gab.

»Wann hattest du zuletzt deine Tage?«, hatte Ben sie gefragt. Vor ein paar Wochen war das gewesen, als sie noch zusammen waren. Ihm waren die Kondome ausgegangen, was ihm aber anscheinend erst kurz vor einem ziemlich entscheidenden Moment eingefallen war.

Ginny bekam kaum Luft. Seit dem ersten Mal war der Sex besser geworden. Ein bisschen. Sie beschloss, mit Becca darüber zu reden. Vielleicht konnte sie noch mehr tun. Oder die Kugel hemmte sie. Oder das war es, und besser als das wurde es nicht.

Sie versuchte, sich zu erinnern. »Äh, vor zwei Wochen«, erklärte sie ihm. Er kam nicht einmal aus dem Takt. »Ungefähr.«

Er stieß laut den Atem aus und kam. »Dann ist es okay«, flüsterte er ihr ins Ohr. »Keine Sorge.«

Toll. Es war ihre eigene Schuld. Frauen mussten sich um solche Sachen kümmern. Sie waren schließlich diejenigen, die die Folgen zu tragen hatten. Wie konnte man sich auf einen Kerl verlassen?

Sie dachte an ihre Mutter auf Sizilien. Sie hatte gestern Abend vor der Arbeit wieder angerufen, der übliche elterliche Small Talk. »Also, erzähl mir, was es alles Neues gibt. Was hast du getrieben? Wie sieht es aus?«

Was für bescheuerte Fragen. Sie war doch keine Nachrichtensprecherin mit einem Teleprompter, und sie hatte nicht vor, ihrer Mutter zu erzählen, was sie *getrieben* hatte. *Ach ja, ich bin vielleicht schwanger. Ich bin noch nicht sicher, aber ich geb dir Bescheid, wenn ich den Test gemacht habe*. Und die Frage, wie es aussah, war ebenso beliebig wie intim, dass sie nicht einmal über eine Antwort nachdenken mochte.

Ginny hatte vorgehabt, sich nach der Villa zu erkundigen. Sie hatte ihre Mutter fragen wollen, wie es ihr ging, und sie hatte sogar vorgehabt, ihr zu sagen, dass sie ihr fehlte. Aber schließlich sagte sie nichts von alldem. Nach dem Anruf hätte sie am liebsten geheult, weil einfach alles schieflief.

Sie ging zurück zu Nonna und Pops. Das blau-weiße Päckchen hatte sie sicher in ihrer Handtasche verstaut. Es regnete; das schien ja ein schöner Sommer zu werden. Sie hätte wetten können, dass es auf Sizilien nicht regnete ...

Nonna war in der Küche und knetete Teig. Sein süßer, öliger Duft erfüllte das ganze Haus. Lecker. Auf dem Weg nach oben blieb Ginny stehen, um sich ein Mandelplätzchen zu schnappen. Aß man mehr, wenn man schwanger war? Na ja, man musste für zwei essen ... Verdammt.

Sie hatte noch eine halbe Stunde, bis sie im *Bull and Bear* sein musste, wo sie in der Mittagszeit aushelfen sollte. Das war genug Zeit.

In ihrem Zimmer zog sie die Gebrauchsanweisung aus dem Päckchen, las sie einmal, ohne das Ganze richtig zu verstehen, und dann noch zweimal, um sicherzugehen. Dann nahm sie das Teil mit ins Badezimmer, um draufzupinkeln.

Jetzt musste sie nur noch warten.

Das war der schwierigste Teil. Sie wusch sich die Hände und musterte ihr Gesicht im Spiegel. Sie hatte ausnahmsweise mal keine Pickel, das war gut. Obwohl, war eine reine Haut nicht auch ein Anzeichen für eine Schwangerschaft?

Es klingelte an der Tür. Sie hörte, wie Nonna öffnete. Dann folgte eine kurze Unterhaltung. Nonna klang verblüfft; die andere Stimme klang weich, träge, gedehnt. Ein komischer Akzent. Sie schaute auf die Uhr und widerstand der Versuchung, auf das kleine Display zu sehen. Bitte, keine Linie ...

Prüfend piekte sie sich in die Brüste. Sie schienen nicht besonders empfindlich oder angeschwollen zu sein. Das war ein gutes Zeichen, oder?

»Dann kommen Sie wohl besser herein«, hörte sie Nonna sagen. »Sie ist oben.«

Oh, oh. Die Kugel fing an zu vibrieren. Wer konnte das sein? Becca? Ben?

»Ginny, Liebes!«, rief Nonna durchs Treppenhaus.

»Ja, Nonna?«, rief sie zurück, warf einen Blick auf das blaue Feld und versuchte, Zeit zu schinden.

»Könntest du mal nach unten kommen?«

Großartig. Toll. Genau der richtige Zeitpunkt. »Gleich«, rief sie zurück. »Kannst du einen Moment warten, solange ich ...« Was? Nachschaue, ob ich schwanger bin?

Wieder blickte sie auf die Uhr. Noch eine Minute. Sie schien sich eine Ewigkeit hinzuziehen. Sie schnitt sich im Spiegel eine Grimasse, versuchte, mit der Zungenspitze ihre Nase zu berühren. Wie machten die Leute das bloß? Und *wieso?*

Schließlich holte sie tief Luft und sah das kleine Feld an ...

»Ginny?«

Mist. »Ich komme.«

Sie rannte die Treppe hinunter und nahm dabei immer zwei

Stufen auf einmal. In der Wohnzimmertür blieb sie stehen. In Nonnas bestem Sessel, dem mit dem Rosendruck und den Schonern aus Spitze, saß ein Mann von ungefähr vierzig Jahren. Er wirkte darin vollkommen deplatziert. Sein von grauen Strähnen durchzogenes Haar war von der Sonne gebleicht und ungekämmt, und in einem Ohr trug er einen winzigen Ring. Er trug abgetragene Jeans und ein T-Shirt mit dem Bild einer Ziege darauf und kam ihr vage bekannt vor.

»Tag«, sagte er und stand auf. »Du bist also Ginny?«

»Ja.« Sie sah ihre Großmutter an.

»Mein Liebes.« Nonna wirkte sehr ernst. »Das wird jetzt ein Schock für dich sein. Für mich war es jedenfalls einer. Verstehst du ...«

Der Mann tat einen Schritt nach vorn. »Die Sache ist die: Ich bin dein Dad«, erklärte er. »Freut mich, dich endlich kennenzulernen, Ginny.«

48. Kapitel

Wann immer Ginny an ihren Vater gedacht hatte – egal, ob sie ihn geliebt und gehasst hatte, ob sie sich nach ihm gesehnt und ihm gegrollt hatte oder verzweifelt und bekümmert gewesen war –, hatte sie sich kein einziges Mal vorgestellt, dass er in Pridehaven auftauchen könnte. Wenn sie sich ein Bild von ihrer Begegnung gemacht hatte – und das hatte sie, oh ja –, dann war es immer Ginny gewesen, die bei *ihm* aufgetaucht war, ihn in Australien besucht hatte. Sie hatte ihn überrascht und dazu gebracht, dass er bereute, zutiefst bereute, was er getan hatte. Dass er alles weggeworfen hatte. Sie wollte ja nicht melodramatisch sein, aber er hatte ihre Kindheit, ihr Leben, ihre Liebe verpasst.

Daher war sie jetzt ziemlich baff. »Verdammte Scheiße«, war alles, was sie herausbrachte.

Ihre Großmutter schnalzte missbilligend mit der Zunge. »Das ist der Schock.« Sie starrte ihn wütend an. »Einfach hier aufzutauchen, aus heiterem Himmel ...«

»Sorry«, sagte er, an Ginny gerichtet. »Ich hatte die andere Adresse. Tess' Adresse. Ich meine, die deiner Mutter.«

»Woher?«, erkundigte sich Nonna.

»Sie hat sie mir vor langer Zeit geschickt, über meine Schwester in Newcastle.« Er lächelte. »Also bin ich dorthin gefahren. Ich habe mit der Nachbarin geredet.«

»Lisa«, sagte Ginny.

»Lisa«, bekräftigte er.

»Und sie hat Ihnen diese Adresse genannt?« Nonna klang

verblüfft. Ginny war ebenfalls erstaunt. Lisa war immer so darauf bedacht, sie zu beschützen, dass sie erwartet hätte, sie würde zunächst anrufen, um sich zu vergewissern, dass es in Ordnung war.

»Hat sie.« Er zuckte mit den Schultern. »Ich habe sie vielleicht ein wenig in die Irre geführt.«

Nonna stemmte die Hände in die Hüften. »Was genau haben Sie ihr erzählt?«

»Dass ich ein alter Freund bin.« Er fing Ginnys Blick auf, und sie musste lächeln, obwohl sie immer noch unter Schock stand.

»Du hättest bei uns anrufen können«, sagte sie.

Er breitete die Hände aus. Sie waren braun und sahen wettergegerbt aus. Sie wirkten wie Hände, die an harte Arbeit im Freien gewöhnt waren. »Wenn ich angerufen hätte, hättest du mir vielleicht gesagt, dass ich bleiben kann, wo der Pfeffer wächst.«

Ginny nickte. »Vielleicht.« Aber nein. Die Neugier hätte gesiegt. Sie konnte nicht anders, sie wollte mehr über ihn erfahren. Er war groß und schlank, so wie sie, und genau wie sie hatte er hohe Wangenknochen. Sein Mund war breit wie ihrer, und er hatte blondes Haar. Es war ein komisches Gefühl, diesen Mann zu sehen und zu wissen, dass er …

»Darf ich dich zum Mittagessen ausführen?« Auch er musterte sie forschend. Wahrscheinlich suchte er genauso nach Ähnlichkeiten wie sie. »Ich will nur reden. Danach kannst du mich immer noch in die Wüste schicken.«

Ginny dachte darüber nach. Ihr gefiel die Art, wie er redete und dass er keinen Druck auf sie ausübte. Sie warf ihrer Großmutter einen Blick zu, doch deren Miene war nicht zu deuten. Wenn sie ihn wegschickte, würde er vermutlich bloß die Schultern zucken und seiner Wege gehen. Aber das wollte sie nicht, noch nicht. Sie wollte hören, was er zu sagen hatte.

»Ich muss zur Arbeit«, sagte sie.

»Soll ich dich hinfahren?«

Ginny zögerte. Eine gemeinsame Autofahrt bedeutete große körperliche Nähe, und sie war sich nicht sicher, ob sie dazu schon bereit war. Sie spürte, dass ihre Großmutter einen Schritt auf sie zutat, und wusste, dass Nonna sie unterstützen würde, ganz gleich, wie sie sich entschied.

Dann grinste er. »Ich habe unterwegs eine ziemlich tolle Kiste gekauft«, sagte er. »Schau sie dir mal an.«

»Was für eine Marke?« Sie folgte ihm zum Fenster.

Er zog die Gardine zurück. Nonna stand einfach mit verschränkten Armen und argwöhnischer Miene da. Vor dem Haus parkte ein knalloranger VW-Bus. Ein Klassiker.

»Wow.« Ginny konnte nicht dagegen an. Er hatte recht, das Auto war toll. »Ich bin dabei.« Sie warf ihrer Großmutter noch einen Blick zu. »Okay, Nonna?«

Ihre Großmutter nickte. »In Ordnung, Liebes. Wenn du es so willst.«

Er lenkte den Bus entspannt und selbstbewusst. Sie konnte verstehen, warum ihre Mutter sich in ihn verguckt hatte.

»Kann ich dich nach der Arbeit abholen?«, fragte er, als sie beim *Bull and Bear* ankamen. Auf dem Weg dorthin hatte er noch weitere Sympathiepunkte gesammelt, weil er weder Bemerkungen darüber gemacht hatte, dass sie in einem Pub arbeitete, noch das College oder den Umstand, dass ihre Mutter auf Sizilien war, angesprochen hatte. »Vielleicht können wir dann einen Kaffee trinken gehen oder so?«

»Okay«, antwortete sie. Sie schob die Tür auf und sprang

hinaus. »Ich habe um drei Uhr frei«, erklärte sie ihm. »Und danke fürs Mitnehmen.«

Im *Bull and Bear* ging sie aufs Klo und schickte Becca eine SMS. *Negativ, Buddha sei Dank. Mein Dad ist heute aufgekreuzt. Komisch, oder?*

49. Kapitel

Tess wollte gerade tauchen gehen, als ihr Handy klingelte. Schwimmen war die beste Katermedizin. Ein Tauchgang war vielleicht nicht dasselbe, aber Tess wollte die Felseninseln und die Unterwasserwelt westlich der Bucht von Cetaria weiter erkunden.

Tess ging dran. Es war ihre Mutter. »Hallo, Muma.«

»Tess.« Die Stimme ihrer Mutter klang nicht so fest wie sonst.

»Ist alles in Ordnung?« Sie hatte erst gestern Abend mit Ginny gesprochen, aber sie spürte die gewohnte Panik in sich aufsteigen. Wahrscheinlich konnten Mütter das nie ganz ablegen.

»Prima, alles bestens«, versicherte ihre Mutter ihr rasch. »Aber es ist etwas passiert, Liebes. Vielleicht sollte ich besser sagen, jemand.«

Tess runzelte die Stirn. »Was meinst du damit? Hat es etwas mit Ginny zu tun? Geht es ihr gut?«

Sie konnte hören, wie ihre Mutter tief durchatmete. »Ich weiß nicht recht, wie ich dir das sagen soll, Schatz«, erklärte sie. »Es ist David.«

»David?«

»Ja. Er ist heute Mittag hier aufgetaucht und wollte Ginny besuchen.«

Nachdem sie das Gespräch mit Muma beendet hatte, versuchte sie, Ginny zu erreichen. Sie wusste zwar, dass sie auf der Arbeit war, aber sie versuchte es trotzdem, erfolglos. Tess beschloss, trotzdem tauchen zu gehen. Sie musste nachdenken. Warum in aller Welt kreuzte David nach so vielen Jahren wieder bei ihnen auf? Was wollte er von ihr? Besser gesagt, was wollte er von Ginny?

Nach ihrer Tauchkarte begann das Naturschutzgebiet gleich westlich des Strandes, genau hier. Der Bootsausflug mit Tonino hatte sie natürlich schon weiter in das Gebiet hineingeführt. Aber davon, dass ein perfekter Nachmittag ziemlich übel geendet hatte, würde sie sich nicht abhalten lassen, noch einmal hierherzukommen. Das war ihr Leben, und sie bestimmte allein darüber. Sie hatte nicht vor, es sich von den Robins, den Davids oder den Toninos dieser Welt verderben zu lassen, aus welchem Grund auch immer. Sie würde jetzt tauchen gehen und anschließend mit Ginny sprechen. Und danach? Das würde sie sehen.

Während sie ihre Ausrüstung zusammensuchte, überlegte sie, wie Tonino reagieren würde, wenn er sah, dass sie wieder alleine tauchen ging. Sollte sie lieber nicht am Strand tauchen, sondern vielleicht ein Boot mieten und ein Stück die Küste hinunterfahren? Zum Teufel, dachte sie dann, das war sein Problem. Sie wollte von diesem Strand aus tauchen. Das war sicherer und machte weniger Umstände, als allein mit einem Boot hinauszufahren. Da konnte er toben und schimpfen, so viel er wollte; ihr Wohlergehen ging ihn nichts an.

Auch heute war wieder ein sonniger Tag, und als Tess zur Bucht hinunterging, schlenderten ein paar Touristen durch den *baglio*. Eine Familie scharte sich um Tonino, der sich vor seiner Werkstatt über die Mosaikplatte eines runden Tisches beugte und mit einem Schwamm Kitt in die Fugen zwischen einigen Glasstücken strich. Sie bewunderten die Mosaiken, darunter auch einige Kerzenhalter aus Schiefer und Seeglas und zwei weitere Tische mit Mosaikplatte, die Tonino nach draußen gestellt hatte.

Sie stellten ihm Fragen zu einem der Tische, und er schenkte ihnen seine volle Aufmerksamkeit. Das bedeutete wenigstens, dass sie nicht mit ihm zu sprechen brauchte. *Liebe*, dachte sie. Hatte er das wirklich gesagt?

Die Sauerstoffflasche auf den Rücken geschnallt und die Flossen in der Hand, stapfte Tess in ihrem Neoprenanzug an ihnen vorbei. Tonino warf ihr einen langen, durchdringenden Blick zu und wandte sich dann wieder den deutschen Touristen zu.

Was erwartete sie eigentlich? Er hatte ihr erzählt, was seinem Freund zugestoßen war, was aus seinen Eltern geworden war und aus dem Mädchen, das er geliebt hatte. Schließlich hatte er ihr anvertraut, was zwischen ihrer beider Großeltern vorgefallen war. Das alles war eine ziemliche Last auf den Schultern eines einzigen Menschen.

Tess musste darüber nachdenken – und über David.

Das Meer fühlte sich wärmer an als gestern. Tess ging ein Stück hinein, rückte ihre Atemmaske zurecht, zog die Flossen an und nahm die üblichen Kontrollen vor. Draußen bei den Felsen waren ein paar Schwimmer unterwegs. Sie fragte sich, ob Tonino sie vor den Quallen gewarnt hatte.

Sie schwamm auf die Felseninseln zu, und als das Wasser tief genug war, tauchte sie unter. Sie blieb entspannt und setzte so wenig Energie wie nötig ein, um ihre Luftvorräte zu schonen. An den Felsen sah sie ein paar Fahnenbarsche fressen. Die Schwimmer waren in der Zwischenzeit wieder an Land gegangen, und Tess genoss das Gefühl, allein im Ozean zu sein, nur mit den Fischen zur Gesellschaft.

Sie ließ ihre Gedanken schweifen, während sie in den Felsspalten herumstocherte und Steine hochhob, unter denen

Seeigel, Seesterne und sogar ein paar leuchtend rote Meereschen zum Vorschein kamen. Es war so friedlich hier unten, so still.

Also, aus irgendeinem Grund war David in Pridehaven aufgekreuzt. Er hatte sich die Adresse ihrer Mutter besorgt, indem er Lisa etwas vorgelogen hatte, und Ginny war bereit gewesen, sich mit ihm zu treffen.

Nun ja, das konnte sie ihr nicht verübeln. Er war ihr Vater, auch wenn er nie für sie da gewesen war. Sie war kein Kind mehr, aber sie war auch noch nicht wirklich erwachsen. Trotzdem konnte sie selbst entscheiden, wie Tess zugeben musste.

An einigen Stellen war das Wasser von einem hellen, leuchtenden Grün, und die Pflanzen und Schwämme wiesen unterschiedliche Schattierungen von Orange und Violett auf. Tess ließ ein paar Halme durch ihre Finger gleiten. Neptungras. Es war magisch hier unten, ein Unterwasser-Wunderland. Hier unten schien alles so einfach zu sein. Probleme wie Tonino, uralte Familienrivalitäten und der ganze andere Familienkram existierten einfach nicht. Das machte einen Teil der Anziehung aus, die das Meer auf sie ausübte.

Tess glitt behutsam durch einen breiten Felsspalt. Auf der anderen Seite sah die Unterwasserwelt anders aus. Das Wasser war heller und grüner, die Schwämme wiesen lebhaftere Farben auf, und es waren mehr Fische unterwegs.

Sie setzte ihre Erkundung fort und ließ ihre Ängste nach und nach mit der Strömung davontreiben. »Tu nichts Unüberlegtes«, hatte ihre Mutter gesagt. »Es gibt nichts, weswegen du dir Sorgen zu machen brauchst.«

Doch als sich Tess nach Überprüfung ihrer Messgeräte auf den Rückweg zum Ufer machte, wobei sie langsam und auf natürlichem Wege dekomprimierte, je flacher das Wasser wurde, war ihr klar, dass sie zurück nach England musste. Denn ihr Instinkt als Mutter befahl ihr, ihr Kind zu schützen. Wenn es sein musste, sogar vor seinem eigenen Vater.

50. Kapitel

Als Lenny nach Hause kam, erzählte Flavia ihm von David. Lenny hatte Gartenarbeiten für eine Nachbarin erledigt. Dabei war Edna fit wie ein Turnschuh. Flavias persönlicher Meinung nach hatte sie einfach gern einen Mann um sich. Flavia hatte nichts dagegen, denn sie war ganz froh, wenn Lenny ab und zu ein oder zwei Stunden aus dem Haus war.

»Du hättest ihn nicht hereinlassen sollen«, brummte Lenny. »Ich hätte ihm nicht aufgemacht.«

»Was immer er getan hat, er ist trotzdem ihr Vater.« Flavia setzte sich auf den Stuhl auf der Veranda und sah Lenny zu. Er machte sich gerade daran, ein Blumenbeet umzugraben. Dieser Mann hatte immer noch so viel Energie. Er buddelte ständig in der Erde. Sie hatte das Verhältnis der Engländer zu ihren Gärten nie ganz verstanden. Wenn man Obst und Gemüse anbaute, gut und schön, das landete ja alles im Kochtopf. Aber die Engländer machten sich schrecklich viel Arbeit damit, ihre Gärten für den Frühling und den Sommer zu bepflanzen. Trotzdem musste Flavia zugeben, dass der Garten prachtvoll aussah: Astern, Löwenmäulchen, blauer Männertreu…

»Er ist ihr nie ein Vater gewesen.« Lenny setzte den Spaten an und machte den ersten Stich in die feuchte braune Erde.

»Biologisch ist er es aber.« Flavia wusste, was er meinte. David hatte Tess verlassen, als sie Ginny erwartete, und Lenny hatte ihm nie verziehen, dass er seine Tochter im Stich gelassen hatte. Dank ihm war sie eine alleinerziehende Mutter, die für ein Baby sorgen musste.

»Biologisch, so ein Blödsinn«, gab Lenny zurück. Er setzte seinen Stiefel fest auf die Oberkante des Spatens, der durch den Boden glitt, als sei es Butter. Er hob die Erde mit dem Blatt an und schlug dann darauf. So würde er das ganze Blumenbeet bearbeiten, bevor er die schweren Schollen dann mit einer Forke zerkleinern würde. Er schien das nicht anstrengend zu finden.

Flavia dagegen machte schon das reine Zusehen müde. »Ich weiß«, sagte sie. »Ich weiß, was du von ihm hältst.« Sie seufzte. »Aber Ginny ist achtzehn, und das Mädchen weiß selbst, was sie will. Ist dir schon einmal die Idee gekommen, dass sie ihn brauchen könnte?«

»Wozu denn, zum Teufel?«, gab Lenny zurück.

Natürlich hatte er sein Bestes getan, um Tess' Tochter Vater und Großvater zugleich zu sein, aber war das nicht generell ein Ding der Unmöglichkeit?

»Um sich in ihm wiederzuerkennen?«, meinte Flavia. »Um ihre eigene Identität zu entwickeln? Wahrgenommen zu werden?«

Lenny schnaubte verächtlich. »Das klingt für mich wie ein Haufen Mist.«

Was Tess und David anging, hatte er einen blinden Fleck. Aber auch Flavia hatte sich oft gefragt, wie es Ginny beeinflusst haben mochte, einen Vater zu haben, der sich nie für sie interessiert hatte.

»Trotzdem liegt die Entscheidung bei Ginny und nicht bei uns«, erklärte sie bestimmt. Sie würde niemandem das Recht nehmen, sich gegen sie zu entscheiden, denn das war genau das, was ihr Vater ihr angetan hatte.

Lenny begegnete ihrem eindringlichen Blick. »Du erzählst es Tess trotzdem besser«, sagte er.

»Das habe ich schon.«

»Und was hat sie gesagt?«

»Nicht viel, noch nicht.« Flavia kannte ihre Tochter. Sie stand noch unter Schock. Und Gott allein wusste, was da unten vor sich ging.

»Kommt sie jetzt zurück?« Diese Aussicht schien Lenny zu gefallen. Der Gute war eine einfache Seele. Flavia hätte Tess zwar auch am liebsten nach England zurückgeholt, aber zwei Gründe hinderten sie daran. Der eine war, dass Tess offensichtlich noch nicht gefunden hatte, was sie dort suchte, und der zweite war Ginny.

»Ich bin mir nicht sicher«, sagte sie. Vielleicht war es eine gute Idee, David eine Chance zu geben. Er war kein schlechter Mensch, er war nur nicht in der Lage gewesen, Verantwortung zu übernehmen. Aber auch er war älter geworden. Sie hatte das Gefühl, dass er ihrer Enkelin ganz guttun würde.

Flavia schlug ihr Buch auf. Man hätte behaupten können, sizilianische Rezepte seien ungenau. Sie hielten sich selten mit genauen Gewichtsangaben auf, und auch Flavia war es gewöhnt, in den Kategorien von »einige« (*alcun*), »ein wenig« (*un tocco di*) oder »viel« (*assai*) zu denken. Das war eine Sache des Instinkts. Und doch handelte es sich dabei, zum Beispiel, was den Einsatz von Basilikum oder Öl oder die Beziehung zwischen einer *pasta* und ihrer Sauce anging, auf typisch widersprüchliche Art genau um die Präzision, die in der Lage war, aus einem gewöhnlichen Gericht etwas Besonderes zu machen.

Sie schrieb ihr nächstes Rezept nieder, *melanzane parmigiana*, das Lieblingsgericht ihrer Enkelin.

Flavia erinnerte sich noch ganz genau an ihre Fahrt nach Exeter. Sie machte es sich auf ihrem Stuhl bequem und schaute in den Garten hinaus, ohne etwas zu sehen. Alle Einzelheiten der Fahrt zogen vor ihrem inneren Auge vorbei. Sie blätterte an den Anfang ihres Notizbuchs vor und fand die Stelle, an der sie zu schreiben aufgehört hatte. Dann nahm sie den Stift zur Hand.

Eine Woche später brachte der Zug Flavia nach Exeter. Vor Nervosität saß sie stocksteif und kerzengerade da, umklammerte das Stück Papier mit seiner Adresse, die sie sowieso auswendig wusste, und dachte über die ereignisreiche letzte Woche nach.

Im Vergleich zu ihrem Zuhause auf Sizilien waren ihre Pflichten wenige und leicht zu erfüllen. Genau wie dort war die Arbeit eine Art Ritual. Zuerst musste sie Feuer machen, damit das Haus warm wurde. Sie hatte exakte Anweisungen, wie die Lagen im Kamin aufzubauen waren. Sie bestanden aus dünn gehacktem Holz, zerdrücktem und mit Paraffin getränktem Papier und Kohlestücken, die obendrauf gelegt wurden. Es war nicht schwer, und das Feuer ging leicht an. Doch man hatte vom frühen Morgen bis zum späten Abend ständig den Geruch des Kohlenrauchs in der Nase. Er war nicht trocken, süß und duftend wie der von Olivenholz, sondern kratzig und schweflig und schien einem bis unter die Haut zu kriechen. Sie musste auch sauber machen; aber vor allem bereitete sie das Essen zu, und dieser Teil ihrer Pflichten machte Flavia die größte Freude, obwohl die Zutaten sehr zu wünschen übrig ließen. Sie war es gewöhnt, mit wenig auszukommen, aber das war hier nicht das Problem. Hier war das Schwierigste die Beschaffung frischer Zutaten.

Sie hatte auch Freizeit, in der sie mit Signorina Westerman (Bitte, bitte, nennen Sie mich Bea) *plauderte, etwas über Eng-*

land lernte und durch die Straßen lief, um ihre neue Umgebung kennenzulernen; »um sich in diesem Land einzugewöhnen«, wie Bea es ausdrückte.

Es gab viel zu lernen. Flavia sah aus dem schmutzigen Zugfenster auf ebenso rußige Reihen kleiner Häuser mit kleinen Gärten und rechteckigen Parzellen hinaus, auf denen Gemüse wuchs, auf Straßen und Flüsse, Bäume und grüne Felder. Engländer, schloss sie daraus, ordneten Dinge sehr gern ordentlich in Schubladen ein. Und die Engländer waren so ganz anders. Das lag nicht nur an der Sprache und der Währung, mit denen sie nur schwer zurechtkam. Es waren die Gepflogenheiten – was man zu wem sagen durfte, wie man sich zu benehmen hatte.

Sie lehnte sich auf ihrem Sitz zurück, und ein kleines Staubwölkchen erhob sich in die Luft. Sie lernte auch, frei zu sein. Ja, hier konnte man sich schon ohne Einschränkungen bewegen. Aber Bea hatte sie gewarnt. »Es gibt Orte, an die man einfach nicht geht, die unpassend für ein junges Mädchen sind; außerdem gibt es Menschen, mit denen man nicht reden darf.« Den meisten, wenn man Bea glauben wollte. »Sogar in England gibt es noch Regeln, die man befolgen muss.« Daher hatte Flavia sich bisher nicht weit über West Dulwich hinausgewagt. Aber sie hatte schon den Lumpensammler gesehen und seinen merkwürdigen Ruf gehört, sie hatte mit dem Metzgerjungen gesprochen, dessen Fahrrad vorn ein kleineres Rad hatte, damit er seine Blechkiste mit Fleisch daraufstellen konnte, und sie hatte sich schon daran gewöhnt, jeden Morgen von dem beruhigenden Klappern von Pferdehufen und dem Klirren von Glas geweckt zu werden, wenn die Milch an die Häuser im Viertel ausgeliefert wurde, das wirklich sehr vornehm zu sein schien.

Flavia schaukelte auf ihrem Sitz im Rhythmus des Zugs hin

und her. Das Fenster war geschlossen, aber trotzdem zog es. Der Zug fauchte und schaukelte, er stank nach Qualm, Kohle und heißem Öl. Doch trotz allem war dieser Zug für Flavia eine Kutsche ins Paradies, denn er trug sie dem Ort ihrer Sehnsucht entgegen.

Das Schlimmste an England war das Wetter. Es war immer kühl, und nachts wickelte sie sich oft in ihren Mantel, um nicht zu frieren. Die Sonne war die ganze Woche nicht herausgekommen, und das war, wie Bea sagte, im November ziemlich normal. Madonna, steh uns bei … *Aber Peter war hier.* Peter, Peter, Peter, *es war, als ob die stampfenden Räder seinen Namen widerhallten.*

»Was haben Sie denn genau vor, meine Liebe?«, hatte Bea gefragt. Sie war dafür, die Familie anzurufen, falls sie die Nummer herausbekamen, falls sie überhaupt Telefon hatten … Aber Flavia war damit nicht einverstanden.

»Ich will ihn von Angesicht zu Angesicht sehen«, erklärte sie. »Anders geht es nicht. Ich gehe zu ihm nach Hause.«

»Nach Hause«, meinte Bea zerstreut. »Einfach so? Ohne Vorwarnung? Finden Sie wirklich …?«

»Ja.« Flavia nickte.

Bea hatte sie beinahe bewundernd angesehen. »Sie sind ein beherztes kleines Ding, das muss ich schon sagen«, sagte sie und fragte dann: »Soll ich Sie begleiten?«

»Nein.« Entschieden schüttelte Flavia ihre dunklen Locken. Das war ihre Reise, sie musste sie allein unternehmen.

»Dann müssen Sie mich anrufen, nachdem Sie dort gewesen sind«, sagte Bea. »Und ich erwarte Sie in spätestens drei Tagen zurück.«

»Si.«

Doch als der Zug jetzt ratternd einen Bahnhof nach dem anderen hinter sich ließ, spürte Flavia, wie ihre Gewissheit ins

Wanken geriet. Was, wenn er gar nicht mehr dort wohnte? Wenn sich nach all dieser Zeit herausstellte, dass Peter es nie zurück nach England geschafft hatte? Oder wenn seine Familie kalt oder boshaft war oder nicht mit einem Mädchen aus Sizilien sprechen wollte? Peter, Peter, Peter, *ratterte der Zug.*

Endlich fuhren sie in den Bahnhof ein, und Flavia nahm ihre Tasche, drückte den Hebel hinunter, mit dem sich die schwere Tür öffnen ließ, und ging den Bahnsteig entlang. Auch dieses Mal winkte sie ein Taxi heran. Inzwischen konnte sie das ganz gut; es kam auf die entschiedene Handbewegung an. Und dann saß sie wieder im Wagen, drückte die Tasche an ihre Brust und sah Bilder einer Stadt vorüberziehen …

Exeter unterschied sich sehr von London. Der Straßenverkehr war weniger dicht, die Stadt war grüner, kleiner und wirkte nicht so einschüchternd auf sie. Allerdings waren auch hier die Spuren der Kriegsjahre zu erkennen. Sie passierten mehrere verkohlte Ruinen und Trümmergrundstücke. Peter …, *dachte Flavia. Aber sie sah auch hier Zeichen des Wiederaufbaus. Bea Westerman hatte ihr erklärt, dass England dabei sei, seine ganze Zukunft neu zu errichten. Flavia fragte sich, ob das möglich war. Und doch, es stimmte, dass durch den Wiederaufbau ein Gefühl von Hoffnung in der Luft lag, eine neue Energie nach den Kriegsjahren. Sie sah einen Kohlenwagen, der auf Auslieferungstour war. Die Männer mit ihren Kappen, den schwarzen Gesichtern und schmutzigen Kleidern machten ihr ein wenig Angst, obwohl sie wusste, dass das töricht war. Sie sah einen breiten Kanal, auf dem Frachtkähne fuhren, eine große Kirche, eine Tankstelle an einer Straße, die sie für die Hauptstraße hielt, und ein ABC-Kino. Exeter schien eine freundliche Stadt zu sein; irgendwie hatte sie das gewusst.*

Als sie vor dem Haus ankamen, stellte sie fest, dass es nicht so prächtig war wie Bea Westermans Haus. Aber es war frisch gestrichen und hatte einen hübschen Vorgarten mit einem Tor und einem ordentlichen Weg. Flavias Herz klopfte zum Zerspringen, und sie atmete schwer. Sie hielt nicht inne, um nachzudenken, sondern hob den schweren Türklopfer an. Peter, *dachte sie.*

Sie hörte Schritte, sah, dass Licht eingeschaltet wurde, hörte eine Stimme, sah eine weibliche Gestalt, die sich näherte. Ein etwa sechzehnjähriges Mädchen öffnete die Tür, allerdings nicht sehr weit, sondern nur einen Spaltbreit – um die Wärme im Haus zu halten, vermutete Flavia. Sie hatte braunes Haar und strahlend blaue Augen, aber es war nicht das gleiche Blau wie bei Peter, überhaupt nicht.

»Können Sie mir helfen?«, fragte Flavia höflich. Diese Worte hatte sie einstudiert. »Ich bin auf der Suche nach Peter Rutherford. Ich bin eine Freundin aus Sizilien.«

Das Mädchen starrte sie an, als käme sie nicht aus Sizilien, sondern von einem anderen Planeten. »Peter Rutherford?«, wiederholte sie.

»Ja.« Hinter dem Rücken überkreuzte Flavia ihre in Wollhandschuhen steckenden Finger.

»Oh, Rutherford.« Sie runzelte die Stirn, dann drehte sie sich um. »Mum?«, rief sie. »Wie hießen noch die Leute, die vor uns hier gewohnt haben? Rutherford?«

»Ja.« Eine ältere Frau trat in die Diele. Sie trug eine Schürze und Lockenwickler mit einem Haarnetz darüber und hielt ein Geschirrtuch in der Hand. Sie musterte Flavia. »Wen genau suchen Sie?«, fragte sie.

»Peter«, antwortete das Mädchen an Flavias Stelle.

Die Frau nickte. »Der jüngere der beiden Söhne? Mitte zwanzig, groß, blondes Haar?«

Flavia wurde vor Erleichterung fast schwindlig. Dann lebte er also. Er hatte es geschafft.

»Si«, *sagte sie. »Ja. Das ist Peter.«*

Die Frau nickte und sah Flavia immer noch neugierig an.

»Können Sie mir sagen, wo er jetzt wohnt, bitte?« Sie hielt den Atem an.

»Nur zwei Straßen weiter, glaube ich.« Die Frau warf sich das Geschirrtuch über die Schulter. »Ich sehe ihn manchmal im Laden.«

»Zwei Straßen weiter?«

»Ich schreibe Ihnen den Straßennamen auf.« Die Frau ging, um einen Stift und Papier zu holen.

»Vielen Dank.«

»Ich weiß nur die Hausnummer nicht.«

»Das macht nichts.« Flavia war so aufgeregt, dass sie kaum sprechen konnte. Peter. *Sie war ihm so nahe.*

Die Frau notierte die Adresse. »Silver Street«, sagte sie. »Ich habe ihn in diese Richtung gehen sehen.«

»Danke. Danke.« Flavia nahm den Zettel und hätte ihn am liebsten geküsst, und die Frau ebenfalls.

»Sie sind ein nettes Paar«, bemerkte die Frau. »Und so ein hübsches Kind. Na, dann viel Glück, Liebes«, sagte sie. »Ich hoffe, Sie finden sie.«

51. Kapitel

Um drei Uhr nachmittags wartete der orangefarbene VW-Bus draußen auf sie. Er zog jede Menge bewundernde Blicke auf sich. Ihr Vater, der am Steuer saß, wirkte ungeheuer cool.

Ginny kletterte hinein. Ihr Vater ... Das Gefühl, das dieser Gedanke bei ihr auslöste, war völlig neu für sie.

»Wohin?«, fragte er.

»Zur Pride Bay.« Sie erklärte ihm den Weg. »Da gibt es die beste heiße Schokolade.«

Im Café bestellte er einen Caffè Latte für sich selbst und heiße Schokolade mit Schlagsahne für Ginny.

»Wahrscheinlich hast du eine Menge Fragen«, sagte er und nahm ihr gegenüber Platz. Er sprach langsam, als müsse er seine Worte sorgfältig abwägen. »Zum Beispiel, warum ich so plötzlich auftauche, aus heiterem Himmel, wie deine Oma gesagt hat.«

»Yeah«, gab Ginny spöttisch zurück. Sein Akzent, dieses näselnde Australisch, gefiel ihr, aber sie würde es ihm trotzdem nicht leicht machen. Er war ihr ganzes Leben lang nicht da gewesen, das waren achtzehn Jahre, in denen er Geburtstage, Weihnachten und tägliches Zusammensein verpasst hatte. Das war eine Menge. Mit einer heißen Schokolade war es da nicht getan, nicht einmal mit einer mit Schlagsahne.

Er tippte sich an die Nase. »Ein unerwarteter finanzieller

Glücksfall«, erklärte er. »Vermutlich hat deine Mum dir erzählt, dass ich so etwas wie ein Althippie bin ...«

Ginny zuckte mit den Schultern. Sie hatte eigentlich beide für Hippies gehalten. Nur, dass ihre Mutter in eine Welt mit Kindern und Verantwortung katapultiert worden war, während er sich nach Australien verdrückt und weiter den Hippietraum gelebt hatte.

»Also, bis jetzt hatte ich nie genug Geld, um nach England zu kommen.«

Schwach, dachte Ginny. Er hätte schließlich über das Internet Kontakt zu ihr aufnehmen können, oder via Brief. Sogar ein Anruf wäre in Ordnung gewesen.

Er schien ihre Gedanken zu lesen. »Es ist so leicht, eine Gelegenheit verstreichen zu lassen«, sagte er. »Und dann kommt irgendwann ein Punkt, an dem man meint, es sei zu spät. Wenn man nicht ...«

»Wenn man was nicht?«, hakte sie nach. Sie glaubte zu verstehen, wie er das mit der Gelegenheit und dem Zuspätkommen meinte.

»Wenn man nicht etwas tun kann. Etwas verändern.«

Ginny begriff gar nichts. Was wollte er denn tun?

Er rührte Zucker in seinen Caffè Latte. »Und wahrscheinlich fragst du dich auch, warum ich damals davongelaufen bin.«

Das war einfacher zu beantworten. »Weil du nicht die Verantwortung für ein Baby übernehmen wolltest?«, fragte Ginny Das konnte sie verstehen. Gott sei Dank war sie nicht schwanger. Gott sei Dank.

Er sah sie offen an. »Um dir die Wahrheit zu sagen, habe ich mir vor Angst in die Hosen gemacht«, gestand er. »Ich war noch so jung. Ein Kind war das Letzte, was damals auf meinem Lebensplan stand. Nimm's nicht persönlich.«

Ginny nickte. »Schon gut.« Wenigstens war er ehrlich.

»Deine Mutter ist so cool damit umgegangen, so organisiert. Für sie war ein Baby anscheinend kein Problem.« Er wirkte jetzt gedankenverloren. »Aber ich hatte schreckliche Angst. Wirklich.«

»Und was hast du gemacht?« Ginny nippte an ihrer Schokolade. Sie war heiß und süß, und die Sahne war genau so, wie sie es mochte.

Er rührte weiter in seinem Kaffee. »Ich bin nach Australien gegangen. Ich habe Obst gepflückt, in einer Bar gearbeitet, bin herumgereist und habe zu viel Gras geraucht. Wenn man das Zeug raucht, kann man Jahrzehnte verlieren, aus reiner verdammter Lethargie.«

Es erstaunte Ginny ein wenig, dass er das zugab, aber er war eben ziemlich exotisch und kein simpler Durchschnittsvater. Sie hatte selbst einmal ein bisschen mit Gras experimentiert. Zuerst hatte sie albern kichern müssen und sich dann auf eine gute Art schwummrig gefühlt, aber nach einer Weile hatte sie Paras gekriegt und sich beinahe übergeben.

Ihr Vater erzählte weiter: »In Westaustralien habe ich mich einer New-Age-Kommune angeschlossen«, erklärte er. »Da ging es sehr spirituell zu und auch kreativ, verstehst du? Musik, Gedichte, Malen, alles mögliche Zeug.«

Alles mögliche Zeug. Alter Däne. Es war ziemlich spannend, einen Elternteil zu haben, der *alles mögliche Zeug* gemacht hatte. Aber das Beste war, dass er so locker damit umging, als wäre das alles völlig normal. Die Kugel reagierte ein wenig sarkastisch darauf. *Hör dir das an, was für ein toller Bursche*, höhnte sie. Aber Ginny wollte ihm zumindest eine Chance geben.

»Ich habe dort vor einiger Zeit ein holländisches Paar kennengelernt«, fuhr er fort. »Wir haben uns angefreundet. Sie wollten in der Wüste prospektieren und baten mich, sie zu begleiten. Ich konnte schon immer gut mit Motoren umgehen, und man will ja nicht, dass einem mitten im Nirgendwo das Auto kaputtgeht.«

Wow. Prospektieren. »Du meinst, nach Gold suchen?« Jetzt war Ginny wirklich beeindruckt.

»Klar.« Er löffelte etwas Schaum von seinem Latte. »Es gibt eine Menge Leute, die das mal ausprobieren. Man weiß schließlich nie, oder?« Er lachte.

Ginny lachte zu ihrer Überraschung mit. »Und?«

Er verstummte. »Ja, wir hatten wohl Glück.« In diesem Moment sah er so jung und unsicher aus, als hätte er das gar nicht gewollt, als wisse er jetzt überhaupt nichts damit anzufangen. Gott. Es sah aus, als hätte sie plötzlich einen Vater bekommen, der reich war, aber gar nicht reich sein wollte. Vielleicht einen sehr reichen Vater.

»Und da bist du zurück nach England gekommen«, sagte sie. Trotzdem klang ihr das alles zu einfach, zu glatt. Sie dachte daran, wie ihre Mutter sich in all diesen Jahren durchgeschlagen und Ginny allein großgezogen hatte, und mit einem Mal hätte sie ihn am liebsten geschlagen.

Ihr Blick schien ihre Gedanken zu verraten.

»Mir ist schon klar, dass du keinen Grund hast, überhaupt mit mir zu reden«, erklärte er. »Ich habe dich im Stich gelassen, ich habe deine Mutter im Stich gelassen, und mich selbst habe ich erst recht verraten. Als deine Mutter mich am dringendsten brauchte, habe ich mich verdrückt. Ich habe in achtzehn Jahren nicht einmal Kontakt zu dir aufgenommen.«

»Genau.« Über den Rand ihrer Tasse hinweg sah sie ihn an. Das konnte man wohl kaum als »verpasste Gelegenheit« beschönigen.

»Ich wollte es«, sagte er. »Mehr, als du dir vorstellen kannst.

Gott weiß, wie oft ich einen Stift in die Hand genommen habe, um dir zu schreiben.«

Ginny wartete ab.

»Aber ich war so verdammt überflüssig«, erklärte er. »Ich hatte kein Geld, ich habe keinen Beitrag zu deinem Unterhalt geleistet, ich hatte dir nichts zu bieten. Bei Gott, du warst ohne mich besser dran, Ginny.«

Die Art, wie er ihren Namen aussprach, stimmte sie milder, ein wenig. »Du hättest es versuchen können«, entgegnete sie. »Du hättest mir diese Entscheidung überlassen können.«

»Yeah.« Er nickte. »Alles hätte anders sein können. Ich hätte anders sein müssen. Vor allem hätte ich nie ein Kind in die Welt setzen dürfen.« Er hielt inne. »Lass dir das eine Lehre sein.«

Sie blinzelte. Es schien fast, als wüsste er Bescheid. Es konnte so leicht passieren, es wäre ihr und Ben fast passiert ... Unwillkürlich empfand sie Sympathie für ihn, vermutlich wegen seiner direkten Art.

»Wahrscheinlich hast du mich jahrelang gehasst«, sagte er.

»Eine Zeit lang habe ich dich gehasst«, gab sie zu. Und dann ...

»Ich kann es dir nicht verübeln.« Er zuckte mit den Schultern.

Ginny hatte ihre Schokolade ausgetrunken und schob die Tasse beiseite. »Was willst du eigentlich von mir?«, fragte sie.

»Nichts, was du nicht freiwillig geben willst.« Er sah sie eindringlich an. »Ich würde gerne die Chance haben, dich ein wenig besser kennenzulernen, deswegen bin ich gekommen. Aber ich möchte auch versuchen, etwas ... nein, nicht wiedergutzumachen, aber wenigstens besser zu machen. Etwas zurückzugeben.«

»Geld?« Sie schleuderte es ihm in dem wegwerfendsten Ton

entgegen, den sie zustandebrachte. Geld konnte nichts wiedergutmachen. Nichts konnte das.

»Mit Geld kann man sich Freiheit erkaufen«, gab er zurück. »Du hast recht, Geld ist nicht alles. Herrgott, ich habe mich schon vor langer Zeit von allem Materiellen abgewandt, glaub mir. Aber Geld kann dafür sorgen, dass du eine Wahl hast. Geld kann dir das Leben erleichtern. Vielleicht könnte deine Mum ja welches gebrauchen, auch nach all der langen Zeit noch?«

»Willst du damit dein Gewissen beruhigen?«, fragte Ginny. Sie wollte nicht, dass er sich seiner Schuld so leicht entledigte.

»Nenne es, wie du willst.« Er beugte sich zu ihr herüber und wackelte mit den Augenbrauen. »Verspätete Unterhaltszahlung?«

Sie kicherte. Die Sterne meinten es offenbar gerade gut mit ihrer Mutter und schickten ihr einen warmen Regen nach dem anderen: zuerst das Haus auf Sizilien und jetzt das.

»Erzähl mir von dir.« Er sah sie aufmerksam an. Sein Gesicht erinnerte sie stark an ihr eigenes. Es war komisch, so als sähe man in einen Spiegel, der durch die Zeit reisen konnte. »Ich habe so oft an dich gedacht und mich gefragt, wie du wohl bist.«

Über eine Stunde später standen sie schließlich auf. Sie hatte ihm von ihrem Leben erzählt. Das fiel ihr leicht, vielleicht weil er sich auch auf eine Art treiben ließ und sie zu verstehen schien, vielleicht auch, weil er ein Fremder war und es leichterfiel, einem Fremden etwas zu erzählen. Jedenfalls hatte die Kugel beim Erzählen ein klein wenig locker gelassen.

»Was wünschst du dir, Ginny?«, fragte er, als sie das Café verließen.

Die Million-Dollar-Frage. »Ich will … etwas Ungewöhnliches tun«, sagte sie. »Ich will etwas von der Welt sehen. Ach, weiß nicht.«

»Und was willst du nicht?«

Das war einfacher. »Studieren. Psychologie. Zur Uni gehen. In Pridehaven bleiben.«

Er lachte. »Sonst noch etwas?«

»Ich will nicht tun, was andere Leute von mir erwarten«, sagte sie und hatte einen vagen Anflug von schlechtem Gewissen gegenüber ihrer Mutter. »Ich will frei sein.« Von der Kugel, meinte sie. Und von allem, wofür sie stand.

Er nickte. »Hört sich an, als müsstest du weg von hier.«

Als ob das so einfach wäre.

Er schloss die Tür des VW auf. Ginny konnte sich ihn nicht zusammen mit ihrer Mutter vorstellen, jetzt nicht mehr. Sie dachte an das Foto im Wohnzimmer zu Hause. Wenn sie damals zusammengeblieben wären, hätten sie sich trotzdem früher oder später getrennt, das war offensichtlich. Noch eine zerbrochene Familie … Welchen Unterschied machte es also, dass er schon gegangen war, bevor sie geboren wurde?

Er setzte sie wieder bei Nonna und Pops ab.

»Wie hast du dich mit ihm verstanden?«, erkundigte sich Nonna in der Sekunde, in der sie durch die Tür trat. Sie sah immer noch argwöhnisch aus. Aber da war auch noch etwas anderes, was Ginny nicht deuten konnte.

»Ich mag ihn«, sagte Ginny und war selbst überrascht über ihre Worte. »Ich mag ihn sehr.«

Plötzlich piepte ihr Handy. Sie grub es aus ihrer Tasche und warf einen Blick auf das Display. MUM. Ach, Mist!

52. Kapitel

Das war das offenste Gespräch gewesen, das sie seit Langem geführt hatten, überlegte Tess ein paar Tage später auf dem Weg zum Hotel Faraglione, wo sie sich mit Millie zum Kaffee treffen wollte. Sie vermutete, dass ein Teil von ihr, ein egoistischer Teil, wie sie zugeben musste, sich wünschte, Ginny würde ihren Vater in die Wüste schicken und Dinge zu ihm sagen wie: *Wo bist du mein ganzes Leben lang gewesen?* Etwas in der Art.

Aber Ginny hatte sie überrascht, indem sie überlegter reagiert hatte, achtsamer. »Es ist gut für mich, Mum«, hatte sie gesagt.

»Warum?« War sie denn so eine schlechte Mutter gewesen? Hatte sie all die Jahre nicht genug für Ginny getan?

»Weil er ein paar meiner Fragen beantworten kann«, hatte ihre Tochter gesagt. »Fragen, die ich ihm seit Jahren stellen will.«

Die Sonne schien heiß vom blauen, dunstigen sizilianischen Himmel, als Tess über das staubige Kopfsteinpflaster der schmalen Straßen ging. Wieso war sie nie auf die Idee gekommen, dass Ginny Fragen an David haben würde? Dass es manches gab, was sie, Tess, nicht erklären konnte. Hauptsächlich, weil sie die Antworten selbst nicht kannte.

»Ich komme sofort nach Hause«, hatte Tess ihr erklärt. »Ich muss David sehen. Ich möchte nicht, dass du allein damit fertig werden musst.«

»Aber, Mum«, hatte Ginny ihr entgegnet. »Ich will allein

damit fertigwerden. Ich möchte Zeit mit ihm verbringen. Verstehst du das nicht?«

Tess hatte es versucht. Aber sie begriff nur eines: Ginny wollte nicht, dass sie zurückkam. Sie wollte mit ihrem Vater zusammen sein. Ihr ganzes gemeinsames Leben bisher schien ausgelöscht zu sein; es zählte nicht mehr.

»Nicht, weil ich dich nicht lieb hätte, Mum«, hatte Ginny gesagt, als wüsste sie genau, was ihrer Mutter durch den Kopf ging. »Und nicht, weil du mir nicht fehlen würdest. Das tust du nämlich.«

Es war lange her, dass ihre Tochter so etwas zu ihr gesagt hatte. Am liebsten wäre Tess in Tränen ausgebrochen. »Okay, Schatz«, hatte sie gesagt. »Aber wenn du mich brauchst, rufst du an.«

»Mach ich.«

»Und, Ginny?«

»Ja?«

»Ich hab dich auch lieb.«

Sein Kind zu lieben, überlegte Tess, als sie das kühle, geflieste Foyer des Hotels betrat, bedeutete manchmal, es gehen zu lassen. Es war nicht einfach, aber sie musste es versuchen.

Tess sah ihre neuen Freunde nicht so oft, wie sie gehofft hatte, denn Millie hatte im Hotel zu tun, und Pierro verreiste oft geschäftlich. Er schien allerhand Eisen im Feuer zu haben. Trotzdem war es gut, eine Freundin zu haben, mit der man Englisch sprechen konnte, und Pierro hatte ihr bei ihren Ideen für die Villa Sirena sehr geholfen. Tess hatte feststellen müssen, dass es nicht leicht war, als Frau allein mit einer heruntergekommenen Villa auf Sizilien zurechtzukommen.

»Geht es dir auch gut?«, fragte Millie, als sie Kaffee einschenkte. »Du kommst mir ein wenig zerstreut vor.« Sie saßen zu dritt auf der Privatterrasse des Hotels, auf der zahlreiche Blumenkübel standen, in denen Jasmin und lila und orangefarbene Bougainvillea wuchsen und die von einer Stoffmarkise beschattet wurde. Heute trug Millie ein leuchtend gelbes Sonnenkleid. Zusammen mit dem roten Lippenstift, dem roten Nagellack und ihrem schwarzen Haar wirkte sie ebenfalls wie eine exotische Blume, dachte Tess. Hübsch und vollkommen, aber so zart, dass sie vielleicht zerbrechen würde, wenn man sie berührte.

»Bei mir zu Hause gab es ein paar Probleme«, räumte sie ein. Sie war versucht, Millie die ganze Geschichte zu erzählen, aber das hätte zu lange gedauert.

»Teenager.« Millie lächelte. »Ich kann es mir vorstellen.«

»Und ich habe mich mit Tonino gestritten«, fügte Tess hinzu. »Über diese lächerliche Familienvendetta.«

»Vendetta?« Millie zog ihre perfekt gezupften Augenbrauen hoch. »Das klingt spannend. Erzähl doch mal.«

Tess zögerte. Aber da das halbe Dorf darüber Bescheid zu wissen schien, handelte es sich wohl kaum um ein wohlgehütetes Geheimnis. Daher umriss sie kurz das Wichtigste. Sogar Pierro wirkte interessiert und blieb bei ihnen auf der Terrasse, um zuzuhören.

»Du meine Güte.« Millie riss die Augen auf. »Was glaubst du, was *Il tesoro* ist?«

»Ich habe nicht die geringste Ahnung.« Tess wünschte sich allerdings so langsam, es gäbe diesen Schatz gar nicht.

»Und was glaubst du, wohin er verschwunden ist?«

»Ich weiß es wirklich nicht«, erklärte Tess. Sie nahm noch einen Mandel-*biscotto* von dem Teller, den Millie ihr hinhielt. *Biscotti* waren ein Traum, wenn man sie in Caffè Latte tauchte. Diät halten konnte sie immer noch, wenn sie wieder in England war. »Giovanni scheint zu glauben, dass er in der Villa versteckt ist. Als ich hier ankam, hat er mich deshalb praktisch ins Kreuzverhör genommen.«

»Wirklich?«, fragte Millie gedehnt. »Ich frage mich, ob *er* vielleicht weiß, wo er ist.«

Tess war sich nicht sicher, ob sie sich das nur einbildete, aber sie glaubte zu sehen, dass Pierro seiner Frau einen scharfen Blick zuwarf. Die Beziehung zwischen den beiden war schwer einzuschätzen. Pierro schien seine Frau anzubeten, Millie dagegen ... Manchmal fertigte sie ihn ziemlich kurz angebunden ab.

»Aber wäre es nicht aufregend, das herauszufinden?« Millie hatte offensichtlich Blut geleckt. Sie ließ nicht locker. »Wo er ist und woraus er besteht, meine ich. Hat deine Mutter dir denn gar keinen Hinweis gegeben? Hast du sie überhaupt danach gefragt?«

»Nein.« Tess musste lachen.

Millie beugte sich verschwörerisch vor, und Tess fing den Duft ihres Parfüms auf; es roch moschusartig und süß. »Vielleicht solltest du das«, schlug sie vor. »Wenn du mehr darüber herausfindest, sieht Tonino die Sache vielleicht anders. Wer weiß?«

»Muma möchte nicht über die Vergangenheit sprechen«, rief Tess ihr ins Gedächtnis. Und warum sollte das dazu beitragen können, Toninos Meinung zu ändern? Für ihn waren die Ereignisse der Vergangenheit durch nichts auszulöschen. Und außerdem hatte sie ihren Stolz. Wenn Tonino wegen eines dummen alten Familienstreits nichts von ihr wissen wollte, dann würde sie ihm nicht nachlaufen.

»Für die Sizilianer«, warf Pierro ein, »ist die Vergangenheit immer mit der Gegenwart verwoben.«

Millie verdrehte die Augen.

Tess konnte ihre Reaktion nachvollziehen. Sizilianische Männer ließen sich nur allzu gern über die Eigenheiten ihres Volks aus. »Ja, wie bei Tonino mit seinen Märchen und Legenden«, sagte sie trotzdem. Vergangenheit und Gegenwart. Manchmal waren sie so miteinander verquickt, dass sie unmöglich zu entwirren waren.

»Du magst ihn sehr gern«, bemerkte Millie. Sie sah Tess mit einem durchdringenden Blick an.

»Ich glaube schon.« Doch sie hörte immer noch Giovannis Stimme. *Dieser Mann hat schon so viele Frauen hinters Licht geführt.* Das Letzte, was sie brauchte, war noch ein Frauenheld.

Pierro lächelte. »Ihr passt gut zusammen«, meinte er. »Das wäre perfekt, und Millie und ich wären nicht mehr das einzige englisch-sizilianische Paar in Cetaria.«

Millie runzelte die Stirn. »Tess ist zur Hälfte Sizilianerin. Also wäre es nicht dasselbe«, erinnerte sie ihn. Sie hob die Kaffeetasse an die Lippen, und Tess sah erstaunt, dass ihre Hand zitterte. Sie wollte gerade etwas sagen, aber da warf Millie ihr schon wieder ein strahlendes Lächeln zu, und die Gelegenheit war vorüber.

»Ja, natürlich bist du das.« Er schlug sich an die Stirn. »Einen Moment lang hatte ich das glatt vergessen.«

In ihrer Jugend hatte sich Tess ganz und gar nicht als Halbsizilianerin gefühlt. Ihre Mutter war ein wenig anders als andere Mütter, zugegeben, aber abgesehen von Mumas Küche hatte Tess eine sehr englische Erziehung genossen. Doch jetzt und hier hatte sie das Gefühl, als ob auch sie Sizilien im Blut hatte, als ob sie es schon immer im Blut gehabt hatte.

»Jedenfalls gibt es keine Chance, dass wir zusammenkommen«, erklärte sie Pierro und schob ihre Tasse zur Seite. »Ich bin der Feind, und für Tonino ist die Stimme der Vergangenheit lauter.«

»Dann ist er ein Idiot«, gab Pierro galant zurück. »Wusstest du eigentlich, liebe Tess, dass dieses Haus ursprünglich einem von Tonino Amatos Vorfahren gehört hat?«

»Tatsächlich?« Tess sah sich um. Das mit hellviolettem Stuck verzierte Hotel mit seinem farbenprächtigen Inneren war sehr schick und vornehm. Irgendwie konnte sie sich das nicht vorstellen.

»Damals war es allerdings nur eine Bar mit Restaurant«, fügte er hinzu.

»Aha. Luigi Amato.« Der Großonkel, der an Herzversagen gestorben war, bezeichnenderweise, nachdem Enzo Sciarra ihm einen Besuch abgestattet hatte. Tess beschloss, das nicht zu erwähnen.

»Ja. Er hat es zusammen mit seiner Schwester geführt«, erklärte Millie. »Er war schwul, aber ich kann mir vorstellen, dass er das damals nicht an die große Glocke gehängt hat.«

»Wirklich?« Das war noch etwas, was Tonino ihr nicht erzählt hatte, dachte Tess. Nicht, dass es unbedingt wichtig war, aber trotzdem.

»Und wie sieht's mit der Villa Sirena aus?« Zu Tess' Erleichterung wechselte Millie das Thema. »Wie geht es voran?« Sie bot Tess noch einen Kaffee an, aber Tess schüttelte den Kopf. Sie trank hier so viel von dem Zeug, dass sie sich schon in einem permanenten Koffeinrausch befand.

Tess berichtete den beiden von ihren Plänen. Sie wollte den ganzen ersten Stock umbauen. Vier Zimmer mit Bad sollten daraus werden sowie eine abgeschlossene Wohnung für die Person, die die Pension leiten würde. Die Küche musste vollkommen renoviert und die ganze Villa neu gestrichen werden. Es wäre auch kein Fehler, den Garten neu zu gestalten. Das war das absolute Minimum, wenn sie das Haus als Pension betreiben wollte, vielleicht unter der Leitung einer Frau.

»Warum willst du die Pension denn nicht selbst leiten?« Pierro schenkte sich Kaffee nach.

»Meine Tochter ist erst achtzehn«, rief Tess ihm ins Gedächtnis.

Millie zuckte mit den Schultern. »Dann ist sie doch praktisch schon aus dem Haus.« Man merkt, dass sie keine eigenen Kinder haben, dachte Tess. »Ehe du dich versiehst, studiert sie, oder sie heiratet. Und was ist dann mit dir, Tess?«

»Ich sitze dann wahrscheinlich für immer in England fest«, gestand Tess.

Pierro warf einen Blick auf die Uhr und stand auf. »Ich habe das Gefühl, dass du eines Tages wieder zurückkommen wirst«, sagte er. »Alle Antworten sind hier auf Sizilien zu finden.«

»Vielleicht nicht alle«, warf Millie ein. »Es ist ein großer Unterschied, ob man hier Urlaub macht oder ob man komplett umsiedelt. Vielleicht will Tess das ja gar nicht. Vergiss nicht, dass ihre Familie in England lebt.«

Pierro grinste. »Ihre Eltern werden sie bestimmt gern hier besuchen«, gab er zurück.

Tess war sich da nicht so sicher. »Meine Mutter konnte es damals kaum abwarten, Cetaria zu verlassen«, erinnerte sie die beiden. Es wäre ein Wunder, wenn es ihr jemals gelingen würde, Muma wieder hierher zu bringen, noch dazu in ihrem Alter. Aber schön wäre es.

»Aha.« Pierro wandte sich zum Gehen. *»Cu nesci arriniesci.«*

»Wie bitte?«

»Ein sizilianisches Sprichwort«, erklärte er. »Man muss Sizilien verlassen, um Erfolg zu haben.«

»Außer«, setzte Millie mit erhobenem Zeigefinger hinzu, »man geht in die Tourismusbranche.«

Tess lächelte. Die beiden hatten dort auf jeden Fall Erfolg

gehabt. Aber Millie hatte recht. Das war ein sehr großer Schritt, den man nicht mal eben so unternahm. Außerdem konnte sie Ginny auf keinen Fall verlassen.

»Was Tonino Amato angeht«, sprach Millie weiter, »haben auch andere Mütter hübsche Söhne, weißt du.«

Kurz darauf verabschiedete sie sich, denn sie wusste, dass Millie und Pierro wieder zurück an die Arbeit mussten. Irgendetwas, das Millie gesagt hatte, ließ ihr keine Ruhe, aber sie wusste nicht mehr, was es gewesen war.

Sollte sie ihre Mutter nach dem *Il tesoro* fragen? Sie wollte sich eigentlich nicht noch weiter in die Sache hineinziehen lassen. Aber irgendetwas sagte ihr, dass sie es tun musste. Edward Westerman hatte dafür gesorgt, dass sie hier war. Dafür gab es einen bestimmten Grund, und vielleicht gehörte dazu auch, dass sie das Rätsel löste.

Sie dachte an das, was Santina ihr erzählt hatte: dass ihre Mutter den Piloten gefunden und nie vergessen hatte. Tess runzelte die Stirn. Es war schwer zu akzeptieren, dass Dad nicht die große Liebe ihrer Mutter gewesen war. Aber was war passiert? Hatte der Pilot eine andere gefunden? War Flavia zu spät gekommen?

53. Kapitel

Ein nettes Paar, ein hübsches Kind ... *Seit einer Stunde hallten diese Worte in Flavias Kopf wider. Und doch war sie hierhergekommen, in die Silver Street. Sie wollte es selbst sehen, denn sie hoffte immer noch, dass es nicht wahr war. Es konnte nicht wahr sein.*

Sie setzte sich in eine Teestube an einer Ecke, beobachtete die Straße und wartete. Es kam ihr vor, als ob ihr ganzes Leben aus Warten bestand. An der Wand gegenüber hing ein Plakat, das für eine Pantomimen-Aufführung warb. Jack und die Bohnenranke, *las sie.* Im Theatre Royal.

Hinter der Theke stand ein junger Mann. Er beobachtete sie. »Geht es Ihnen gut?«, hatte er sie schon ein paar Mal gefragt. Er hatte freundlich dreinblickende blaue Augen. Nicht so blau wie die von Peter, aber freundlich. Inzwischen wusste sie, dass viele Menschen in England blaue Augen hatten, aber Peters Augen waren trotzdem etwas Besonderes.

»Ja, danke«, antwortete sie und drehte die weiße Tasse mit dem Kakao in ihren kalten Händen hin und her. Hinter der Theke drang das Klappern von Geschirr hervor, das Zischen von Dampf. Ein nettes Paar, ein hübsches Kind ...

»Das Problem ist nur, dass ich bald schließen muss«, sagte er. »Gibt es einen Ort, wo Sie hinkönnen?«

»Hinkönnen?«, wiederholte sie.

Er wirkte verlegen, wie er so dastand und an seiner Manschette herumfingerte, die unter seinem weißen Kellnerkittel hervorlugte. Er schob die gläsernen Salz- und Pfefferstreuer zur Seite und wischte mit einem Lappen über den Tisch. »Heute Abend, meine ich. Sie sehen aus, als wären Sie weit weg von zu Hause.«

Sie brach unvermittelt in Lachen aus. Ich bin ja hysterisch, dachte sie. Aber ... Weit weg von zu Hause? Ja, das war sie, wenn Sizilien ihre Heimat war. Wenn Sizilien jemals wieder ihre Heimat sein könnte.

Der junge Mann runzelte die Stirn. »Kann ich Ihnen helfen?«, fragte er. »Es ist nur ...«

Und dann sah sie ihn durch das beschlagene Fenster des Cafés. Er kam die Straße entlang; er lief genau auf sie zu. Er war älter und schwerer, und seine Schultern waren leicht gebeugt, was früher nicht der Fall gewesen war. Aber dennoch erkannte sie ihn sogar in dem schwachen Licht einer gelben Straßenlaterne.

»Peter«, murmelte sie. Und dann war sie innerhalb von Sekunden von ihrem Stuhl aufgesprungen und durch die Tür.

Keine drei Meter von ihm entfernt blieb sie auf dem Gehweg stehen. »Peter.« Sie sagte es leise, kaum hörbar.

Vielleicht spürte er sie eher, als dass er sie gehört hatte. Er schaute sich um, runzelte die Stirn und erkannte sie, alles im gleichen Moment. Sie sah Verwirrung, Unglauben, Freude auf seinem Gesicht aufleuchten.

»Flavia?« Nur Peter konnte ihren Namen so romantisch aussprechen. »Flavia?«

Flavia stürzte sich in seine Arme. Sie konnte nicht anders. Es war so lange her, und jetzt war er da. Und ...

»Ja, ich bin es«, sagte sie.

Einen Moment lang, der eine Ewigkeit zu dauern schien und doch blitzschnell vorbei war, hielt er sie in den Armen. Sie spürte seine Not, seine Liebe, sein Begehren wie ein bernsteinfarbenes Licht, das sich um ihre Seele schloss.

Doch dann löste er sich von ihr. »Flavia? Bist du es wirklich? Lieber Gott! Was in aller Welt suchst du hier?« Er wirkte unruhig und strich sich das Haar aus der Stirn. Flavia erinnerte sich an diese Bewegung. Nervös sah er die Straße entlang. Menschen eilten in ihren mit Gürteln geschlossenen Mänteln und den Schals, die sie sich über Nase und Mund hochgezogen hatten, heimwärts. Es war kalt. Aber es war noch nicht vollständig dunkel, und die Straßenbeleuchtung verlieh dem Himmel einen seltsamen orangefarbenen Schein. »Woher um Himmels willen wusstest du, wo …?«

»Ich bin zu dem Haus gegangen«, erklärte sie. »Zu der Adresse, die du mir gegeben hast.« Damals, in einer anderen Welt.

»Du bist den ganzen weiten Weg aus Sizilien hierhergekommen?« Er starrte sie an, fast so, als wünschte er sich, dass es nicht so wäre.

»Si«, *sagte sie. »Um dich zu suchen.« Es war die schlichte Wahrheit, größtenteils jedenfalls.*

Er fluchte halblaut und schaute wieder die Straße entlang.

In welchem Haus sie wohl wohnten, das nette Paar mit dem hübschen Kind? Ob seine Frau jetzt dort auf ihn wartete?

»Aber du hast nicht auf mich gewartet«, sagte sie. Damit hatte sie nicht gerechnet. Dass Peter eine andere gefunden hätte. Und doch war es so offensichtlich. Warum sonst hatte er ihr nicht geschrieben? Warum sonst war er nicht gekommen, um sie zu holen?

Peter ergriff ihre Hände. Als er sie berührte, spürte sie Sehnsucht in sich aufwallen. Peter …

»Du hast mir doch nicht geschrieben«, gab er zurück. »Du hast keinen meiner Briefe beantwortet.« Er sah aufgewühlt aus und hielt ihre Hände so fest, dass es wehtat.

Aber sie wollte es gar nicht anders. Es lenkte sie von diesem anderen Schmerz ab. Und dann begriff sie, was er gesagt hatte. Jetzt war sie es, die ihn ungläubig anstarrte.

»Ich habe keine Briefe bekommen«, sagte sie nach kurzem Schweigen mit ausdrucksloser, monotoner Stimme. »Aber ich habe dir oft geschrieben.«

Mit einem Mal wusste sie, was er sagen würde.

»Ich habe sie nie bekommen.«

Sie schwieg, dachte nach, versuchte zu verstehen.

»Ich dachte, du wärest nicht interessiert«, sagte er. »Ich dachte, dass es nur der Reiz des Neuen war.«

»Der Reiz des Neuen?« Sie betrachtete ihn. Sein blondes Haar war immer noch kurz. Es würde sich unter ihren Fingern weich anfühlen. Wenn sie gekonnt hätte, hätte sie es berührt. Ihr Blick glitt weiter nach unten, vorbei an seiner Nase und den Wangenknochen zu seinem Mund, zu der vollen Unterlippe und seiner Oberlippe, die ein klein wenig schief war, und dann zu seinem Kinn, auf dem ein leichter Bartschatten lag. Jetzt, wo der Krieg vorbei und er vollkommen genesen war, wirkte sein Gesicht voller.

»Der Reiz des Fremden«, erklärte er. »Ein englischer Fremder auf der Durchreise.« Er ließ den Kopf hängen. »Ich weiß ja, dass die Art, wie wir uns kennengelernt haben und alles ...«

Sie wusste, dass er sich nicht überwinden konnte, »verliebt haben« zu sagen.

»Dass das nicht die sizilianische Art ist.«

Flavia wusste, dass dies nicht seine eigenen Worte waren, ebenso wie sie wusste, dass dies ein kalter Dezemberabend war, dass sie sich in Exeter, England, befand und dass sie verloren war. Verloren.

»Du bist nicht gekommen, um mich zu holen«, flüsterte sie.

»Doch.«

Das Wort traf sie wie ein Messerstich. »Wann?«

Doch noch während sie die Frage aussprach, wusste sie auch das. Es hatte nur eine Gelegenheit gegeben. Jetzt wurde ihr alles klar.

»Vor vier Jahren«, sagte er. »Ich habe mit deinem Vater gesprochen.«

Langsam nickte sie. Vor vier Jahren, genau.

»Anscheinend wusste er, dass ich unterwegs zu euch war.«

Ja, natürlich, dachte Flavia, weil er die Briefe abgefangen hatte. Papa hatte Freunde, die wiederum Freunde an den richtigen Stellen hatten. Enzo zum Beispiel. Er hatte gewusst, was zu tun war. Anscheinend war auf Sizilien alles käuflich, und jeder hier war bestechlich.

»Er hat mir erzählt, du wärest verheiratet, verdammt.« Heftig ballte er die Faust. »Dass du mit deinem frischgebackenen Ehemann irgendwo hingefahren wärest. Ich solle dich vergessen und mir eine Frau unter meinesgleichen suchen. ›Das ist nicht die sizilianische Art‹, sagte er. Du wärest seine Tochter, und du müsstest einen Sizilianer heiraten, jemanden, den deine Familie billigt.«

Erneut nickte Flavia. Ihre Eltern hatten sie zu ihrer Tante Paola in ein Nachbardorf geschickt, um sie eine Zeit lang zu unterstützen, weil sich ihre Tante nicht wohlfühlte. Damals war ihr das nicht merkwürdig vorgekommen. Aber … Flavia schloss die Augen. Peter war nach Cetaria gekommen, und sie hatte ihn verpasst. Ihr Vater hatte ihr Leben zerstört.

»Das werde ich ihm nie verzeihen«, erklärte sie Peter. »Gott ist mein Zeuge, ich werde ihm niemals vergeben.«

Er ließ ihre Hände los. »Du bist nicht verheiratet?«, fragte er.

»Nein.«

»Du hast auf mich gewartet?«

»Ja.«

Er steckte die Hände in die Taschen, als könne er sie so daran hindern, sich nach Flavia auszustrecken. Ein langes Schweigen trat ein.

»Ich habe ein Kind«, sagte er schließlich. »Einen Sohn, Flavia. Sein Name ist Daniel.«

Sie nickte, aber eigentlich wollte sie es nicht hören.

»Es tut mir so schrecklich leid«, versicherte er. »Was kann ich tun? Ich ...«

Seine Augen waren voller Schmerz. Das erinnerte sie daran, wie sie ihn in dem abgestürzten Flugzeug gefunden hatte, inmitten der verbogenen Wrackteile.

»Bitte mach dir keine Sorgen«, sagte sie. »Ich komme ausgezeichnet zurecht.« Sie klang wie eine Maschine, aber Peter klammerte sich an ihre Worte wie ein Ertrinkender an ein Rettungsfloß.

»Bist du dir sicher?«, fragte er. »Du könntest mit nach Hause kommen, und Molly ...«

»Nein.« Flavia reckte sich, um ihn auf die Wange zu küssen. Seine Haut war kühl und feucht. Mit der Fingerspitze berührte sie seine Lippen. »Leb wohl, Peter«, sagte sie.

Dann wandte sie sich um und ging davon, aufrecht und stark – jedenfalls die ersten Schritte, denn sie wusste, dass er ihr nachsehen würde, und sie wusste, wie weh es ihm tat, sie loslassen zu müssen. Denn er war gekommen, um sie zu holen ... Er hatte die ganze weite Reise nach Sizilien gemacht. Und sie hatte nie etwas davon erfahren. Deswegen durfte er nicht wissen, wie schwer es ihr fiel zu gehen.

Hinter der ersten Ecke brach sie zusammen. Heiß brannten die Tränen in ihren Augen. »Ich hasse dich, Papa«, flüsterte sie. »Ich hasse dich von ganzem Herzen.«

Wie aus dem Nichts heraus trat ein Mann aus der Dunkelheit. Er hatte die Arme erhoben, und instinktiv wich Flavia zurück und riss selbst die Arme hoch, um sich zu verteidigen. Ganz in der Nähe ratterte ein Zug die Gleise entlang. In diesem Moment kam der Mond aus seinem Wolkenversteck hervor und stand voll und üppig über der Stadt.

»Oh«, rief Flavia tränenerstickt aus. »Sie sind es.«

Flavia starrte auf die Worte in ihrem Notizbuch. Wenn Tess das las – falls sie es jemals lesen würde –, dann würde sie verstehen, warum sie nie nach Sizilien zurückgekehrt war. Sie hatte weder ihrem Vater noch ihrer Mutter verziehen, was sie getan hatten. Die Bitterkeit, die sie deswegen empfand, hatte sie jahrelang innerlich verzehrt.

Erst jetzt … Erst jetzt, nachdem sie selbst eine Tochter und eine Enkelin hatte, begann sie, langsam zu verstehen, warum ihr Vater geglaubt hatte, das Richtige zu tun, warum er sicher gewesen war, am besten über das zukünftige Glück seiner Tochter urteilen zu können. Erst jetzt, da sie diese Worte schrieb und diese Geschichte erzählte, von der sie geglaubt hatte, sie für immer in ihrem Herzen verschlossen zu haben … Erst jetzt, nachdem er gestorben war, spürte sie in ihrem Herzen einen ersten Anflug von Vergebung für Papa, für Mama, für Sizilien.

Der junge Mann aus dem Café hatte sie fest am Arm genommen und sie zu dem Haus gebracht, in dem er mit seiner Mutter wohnte. »Haben Sie keine Angst«, hatte er gesagt. »Ich tue Ihnen nichts.«

Flavia hatte genickt. Sie hatte keine Angst, dazu war ihr alles viel zu gleichgültig.

»Sie können über Nacht hierbleiben«, hatte er mit seiner freundlichen, sanften Stimme gesagt.

Und so war sie geblieben.

Sie konnte sich kaum an diese Nacht erinnern. Sie wusste nur noch, dass sie die meiste Zeit geweint hatte. Am Morgen war sie dann mit dem Zug nach London zurückgefahren. In ihrer Tasche hatte sie einen Zettel mit der Adresse von Mutter und Sohn. Nachdem sie wieder in London war, hatte sie einen höflichen Brief geschrieben, in dem sie ihnen für ihre Freundlichkeit gedankt hatte, und damit war die Sache erledigt gewesen. Jedenfalls hatte sie das geglaubt.

Sie arbeitete weiter für Bea Westerman. Allerdings war sie erst einige Zeit später in der Lage, ihr zu erzählen, was an diesem Abend, an dem sie Peter getroffen hatte, passiert war.

Und dann, als sie fast ein Jahr bei ihr war, hatte Bea ihr einen Vorschlag gemacht, der ihr Leben verändern sollte und ihr eine neue Leidenschaft schenkte, etwas, für das es sich zu leben und zu arbeiten lohnte.

Sie hatte Bea Westerman viel zu verdanken, überlegte Flavia.

Sizilien ist vom Meer umgeben. Als sie in Cetaria lebte, waren der Geruch des Meeres und der Geschmack der Fische, die in ihm lebten, allgegenwärtig gewesen. Fischer wie Alberto Amato fuhren bei jedem Wetter hinaus und kehrten selten mit leeren Händen zurück. Anschließend zogen sie mit ihren Karren durchs Dorf, um ihren Fang zu verkaufen.

Flavia erinnerte sich an den Fischmarkt in Trapani, an die wettergegerbten Fischer und an die zahllosen Fischsorten, die auf Steinplatten auslagen. Manche waren bereits filetiert, andere glitzerten und schimmerten, denn ihre Schuppen waren ein Regenbogen aus Farbe und Licht. Tunfisch, Sardinen, Anchovis, Skorpionfische, Aale, Makrelen und Tintenfisch.

Muscheln, Sepien, Rotbarben, Schwertfisch. *Jeder Fisch hat seine Zeit. Auf dem Markt fragt man nicht nach dem Preis, sondern danach, wie frisch er ist.*

In der Fischerei hatte sich so viel verändert. Es wurde mehr gefischt und weniger Fisch eingebracht, was nicht so widersprüchlich war, wie es klang. Früher hatten die Treibnetze zu viel Beifang aus dem Meer geholt. Sie dachte an das grausame, blutige Schauspiel der *mattanza* …

Es gab eine Vielzahl von Fischrezepten, die sie aufschreiben wollte. Solche mit Anchovis zum Beispiel, die klein waren, aber sehr aromatisch. *Pasta con le acciughe. Vorsichtig erhitzen*, schrieb sie, *denn sie werden leicht bitter.* Mit Essig süßsauer zubereiteter Tunfisch, *sfincione,* eine Art sizilianischer Pizza, mit Anchovis und Zwiebeln. Oder man dünstete den Fisch mit Knoblauch, Minze und Nelken. *Sarde a beccaficio,* gefüllte Sardinen, waren das berühmteste Sardinenrezept, eine Spezialität aus Palermo. *Der Name leitet sich von einem kleinen Vogel –* beccaficio *– ab, dessen Schwanzfedern hoch in die Luft stehen. Für die Füllung nehme man Pinienkerne, Semmelbrösel und Petersilie. Man rollt die Sardinen vom Kopf zum Schwanz auf, legt sie dicht nebeneinander und dreht sie so, dass die Stiele der Lorbeerblätter und die Sardinenschwänze in die Höhe ragen wie die Schwanzfedern des* beccaficio.

Das alles schmeckte nach Meer, nach Leichtigkeit und Bewegung, Feuchtigkeit und Sonne. Die sizilianische Küche war verspielt, aber vor allem zollte man auf Sizilien dem Essen Respekt. Denn die Sizilianer wussten, was Hunger bedeutet, immer schon.

54. Kapitel

Ginny konnte sich noch immer nicht dazu durchringen, ihn »Dad« zu nennen, obwohl sie ihn fast jeden Tag getroffen hatte, seit er in ihr Leben getreten war. »Es entwickelt sich schon eine Verbindung zwischen uns«, hatte sie Becca erklärt, »aber im Moment fühlt sie sich mehr nach Prittstift als nach Sekundenkleber an.« Oft fuhren sie mit dem VW-Bus irgendwohin, aßen in einem Pub zu Mittag und führten philosophische Diskussionen.

»Was immer du mit deinem Leben vorhast«, sagte er einmal, »vergiss nicht, dass du deine Meinung auch ändern kannst.«

Das klang in Ginnys Ohren ein bisschen schwammig. »Antriebslos, meine Liebe«, konnte sie Nonna beinahe in ihrem klaren, deutlichen und akzentuierten Englisch sagen hören,.

»Ja?«, fragte sie zweifelnd.

»Man nennt es ›mit dem Strom schwimmen‹«, erklärte er.

Die Kugel hatte schon mehrmals angedeutet, dass die Philosophie ihres Vaters feige und eigennützig sei, aber Ginny musste zugeben, dass sie ihren Reiz hatte.

»Aber was ist, wenn man dabei andere Leute enttäuscht?«, hatte sie gefragt.

»Es ist dein Leben.«

»Und wenn es einem später leidtut?«

Er zuckte mit den Schultern. »Es war deine Entscheidung.«

»Aber woher weiß man, ob es die richtige Entscheidung zur

richtigen Zeit ist oder die richtige zur falschen Zeit oder die falsche zur richtigen Zeit?«, fragte sie.

Er blinzelte. »Man weiß es nicht.«

»Ach.« Ungewissheit war kein Konzept, an das Ginny gewöhnt war. Sie war sich nicht sicher, ob so etwas gut oder schlecht war. In der Philosophie ihres Vaters war es wahrscheinlich keines von beidem. Es war einfach so.

»Die Sache ist die«, erklärte er, »wenn wir uns zu etwas zwingen, das wir nicht tun wollen, oder jemand anderes zwingt uns dazu, dann ist das ein schlechtes Gefühl.«

Wie wahr. Ginny wusste, dass die Kugel daran keine Zweifel anmelden würde. Sie war ein Parasit, sie ernährte sich von so etwas.

»Deswegen ist die simpelste Lösung, es nicht zu tun«, sagte er.

»Der einfachste Weg«, murmelte Ginny.

»Nicht unbedingt.« Ihre Blicke begegneten sich, und der Ausdruck in seinen Augen verriet ihr, dass er an die Zeit dachte, als er nach Australien gegangen war, weil er sich geweigert hatte, Vater zu werden. »Das ist vielleicht die ehrlichste Entscheidung und die einzige Möglichkeit, sich selbst treu zu bleiben. Aber es ist nicht einfach.«

Darüber dachte Ginny nach. Es stimmte, dass es nicht leicht werden würde, wenn sie sich weigerte, zur Uni zu gehen. Inzwischen war das allerdings eher eine theoretische Frage, weil sie ohnehin keinen Platz bekommen würde. Sie würde andere enttäuschen, besonders ihre Mutter und Nonna, aber wenigstens würde sie sich selbst treu bleiben. Und wenn sie richtig überlegte, konnte niemand sie zwingen, und das würde auch niemand tun. Ach, ihre Mutter würde vielleicht eine ihrer Predigten halten, die Predigt über das Thema vertane Chancen, aber wenn es hart auf hart kam, konnte sie rein gar nichts dagegen machen. Und sie würde auch nichts unternehmen. Alles in allem wollte ihre Mutter nur, dass sie glücklich wurde.

»Ich liebe meine Mum«, sagte sie zu diesem Mann, der ihre Mum auch geliebt und ebenfalls enttäuscht hatte.

Er nickte. »Natürlich tust du das.«

»Aber ich muss mal eine Weile von ihr weg«, setzte sie hinzu. »Sie beschützt mich zu sehr.«

Er zog eine Augenbraue hoch. »Es ist doch gut, beschützt zu werden.«

»Yeah.« Sie lachte, weil das das erste Mal war, dass er wie ein normaler Vater geklungen hatte. »Aber ich muss …« Es klang dumm.

»Dich selbst erforschen?«, ergänzte er.

»Ja, schon. Irgendwie.« *Mich finden*, hatte sie sagen wollen. Ein anderes Ich finden. Ein Ich, das leben kann, ohne dass ständig eine Mutter darauf aufpasst, ein Ich, das eine Kugel besiegen kann.

»Ich weiß, wie du dich fühlst«, sagte ihr Vater. »Du brauchst es nicht zu unterdrücken.« Er streckte die Hand aus und berührte ihren Arm. Sie glaubte ihm. Dann spürte sie, wie die Kugel ihre Umklammerung lockerte, als falle ein Tentakel von ihr ab. Als hätte die Kugel etwas anderes erwartet und wäre zum ersten Mal, seit sie existierte, enttäuscht worden.

55. Kapitel

Flavia musste sich stark konzentrieren, um sich an die Abfolge der Ereignisse zu erinnern. Sie fand das wichtig. Schließlich sollte ihr Bericht so genau wie möglich sein. Aber es fiel ihr leichter, sich an die Gefühle zu erinnern als an die Fakten. Vielleicht war das immer so.

Ein paar Monate nachdem sie Peter in Exeter getroffen hatte, bekam Flavia einen Brief von dem jungen Mann aus der Teestube, der sie an diesem Abend mitgenommen und im Haus seiner Mutter beherbergt hatte.

»Ich komme nach London«, schrieb er. »Können wir uns sehen?«

Flavia war sich nicht sicher, ob sie das wollte. Eigentlich wollte sie nicht an den Abend in Exeter erinnert werden, doch Bea überzeugte sie davon, dass es sich um eine reine Höflichkeit handeln würde. »Überlegen Sie doch«, fügte sie hinzu. »Was hätten Sie in dieser Nacht nur ohne den jungen Mann angefangen, Liebes?«

Das stimmte. Also traf sich Flavia mit ihm, und er lud sie zu Fisch und Pommes frites in einem Café in Shepherds Bush ein und zu einem kleinen Guiness im Royal Crown. Es war ein nebliger Winterabend Ende Februar, an dem man sich nur schwer vorstellen konnte, dass der Frühling vor der Tür stand. Wahrscheinlich dauerte es in England lange, bis der Frühling kam. Und der Nebel … Smog nannte man ihn in London. Fla-

via kam er vor wie ein geheimnisvoller Mantel, der sich wie ein Leichentuch über die Stadt legte, während Autos und Busse vorbeibrummten und Straßenbahnen lautlos durch das körnige, gelbe Licht glitten. Sie wusste, dass er Gesundheitsprobleme verursachte, aber trotzdem gefiel ihr seine seltsame, schwere Stille.

»Das geht vorbei, wenn es wärmer wird«, hatte Bea Westerman ihr erklärt. »Das ist die Umweltverschmutzung durch den Kohlenrauch.« Das glaubte Flavia gern. Es war, als versuche man, unter einer dicken Musselinschicht zu atmen. Jeder sah in diesem Licht abgehärmt und grau aus. Er jedoch nicht; sein Gesicht war rosig, und er sah gesund und fröhlich aus. Er war ein Hauch frischer Luft.

Er sprach nicht von dem, was in Exeter geschehen war, sondern fragte Flavia, wie ihr das Leben in London gefiel.

»Es ist anders«, gestand sie. Sie schaute sich in dem Pub um; auch das war eine neue Welt für sie. Der Biergeruch, die schmuddelige Umgebung, die großen Spiegel mit der Bierwerbung, die neuesten Wahlplakate, der fleckige Teppich, die Männer in Anzügen an der Theke. Das Lokal hatte nichts mit den Bars in ihrer Heimat gemeinsam.

Ein Teil von ihr sehnte sich nach der Wärme Siziliens. Und doch … Hier war sie vollkommen frei. Sie hatte begonnen, die Stadt zu erkunden, hatte den Markt in der Petticoat Lane und die bengalischen Läden in der Brick Lane mit ihren unbekannten Gewürzen, leuchtenden Seidenstoffen und indischen Süßigkeiten besucht. In Covent Garden hatte sie Blumen und Gemüse gekauft. In der Gegend von Holborn hatte sie ein italienisches Viertel entdeckt, das sich um eine Kirche, St. Peter's, gruppierte, und dorthin ging sie jeden Sonntag, um nachzudenken und zu beten. Ihr Gott hatte ihr nicht geschenkt, was sie sich am meisten auf der Welt gewünscht hatte … Und sie war sich nicht einmal ganz sicher, ob sie noch an Ihn glaubte. Aber die andächtige Stimmung, die dort herrschte, war ihr ein Trost und schenkte ihr Kraft.

Sie durchstreifte auch Soho; ein Labyrinth aus schmalen Straßen, in denen sie sich eigenartig zu Hause fühlte. Vielleicht lag es daran, dass dieses Gebiet ein Konglomerat aus europäischem und afrikanischem Straßenleben, Cafés und Jazzclubs war. Sie war nicht naiv; natürlich wusste sie über die zweifelhafteren Nachtclubs und das Sexgeschäft Bescheid. Aber bei Tag herrschte in diesem Viertel eine Lebendigkeit, die sie anzog. Sie entdeckte sogar eine italienische Kaffeebar mit Espressomaschine, künstlerisch angehauchten Dekorationen und einer Jukebox. An ihren freien Tagen kam sie für eine Stunde hierher, trank Espresso, nahm die Atmosphäre auf und fragte sich, was sie als Nächstes tun sollte.

»Also«, sagte er, »was haben Sie als Nächstes vor?«

Konnte er Gedanken lesen? »Ich weiß es nicht«, gestand sie. Sie konnte sich nicht vorstellen, ewig weiter für Bea Westerman zu arbeiten. Mehr als alles andere wünschte sie sich, ihr eigenes Restaurant zu eröffnen. Sie hatte gesehen, was hier in England als Restaurant durchging, und sie wusste, dass sie es besser konnte, wenn sie nur Zutaten fand, deren Qualität ihren Ansprüchen genügte. Es gab auch italienische Restaurants in London, obwohl einige davon einen ziemlich schäbigen Eindruck machten. In der Gerrard Street war sie allerdings an einer italienischen Trattoria vorbeigekommen, die um einiges vielversprechender aussah. Inzwischen wusste sie, dass andere wie sie nach England gekommen waren, um sich dort ihren Lebensunterhalt zu verdienen, und das nicht nur aus Jamaica, Indien und Pakistan, sondern auch aus Sizilien. Diese Einwanderer waren bereit, hart zu arbeiten. Sie arbeiteten oft in Kindergärten und Restaurants. Denn wer kannte sich mit

Essen besser aus als die Sizilianer? Außerdem wurde es immer einfacher, Zutaten wie Balsamessig, gutes Olivenöl oder parmigiano *zu beschaffen. Aber sie war sich noch nicht sicher, ob England bereit war für das, was sie zu bieten hatte.*

Sie erzählte ihm davon.

»Dann machen Sie es doch«, sagte er. »Sorgen Sie dafür, dass die Leute bereit dafür werden, und geben Sie ihnen, wovon sie nicht einmal wissen, dass sie es wollen.«

»Aber wie soll ich das anstellen?« Sie breitete die Hände aus. »Um ein Restaurant zu eröffnen, braucht man Geld. Das weiß ich. Und ich habe so wenig gespart.«

»Nichts ist unmöglich.« Es schien ihm sehr ernst zu sein. »Ich hätte auch gern mein eigenes Café, und eines Tages bekomme ich es auch.« Er zögerte kurz. »Vielleicht sollten wir uns zusammentun«, sagte er dann.

Flavia hatte gelacht. Aber irgendwie wusste sie sogar damals schon, dass er immer meinte, was er sagte.

Nach diesem Treffen schrieb er ihr regelmäßig, und sie beantwortete seine Briefe. Zu Beginn fielen ihre Briefe sehr höflich aus. Flavia wusste, dass ihre außerdem gestelzt und ungeschickt klangen. Ihr Englisch wurde zwar besser, aber manchmal hatte sie das Gefühl, einen Schritt nach vorn und zwei zurück zu machen, wie die Engländer sagen würden.

Doch nach und nach entspannte sie sich, und er wurde mutiger. So entwickelte sich zwischen ihnen ein reger Briefwechsel. In diese Briefe legten sie ihr ganzes Leben, ihre Traurigkeit, ihre Hoffnungen und Träume. Er war drei Jahre jünger als Flavia. Manchmal klang er wie ein Mann, dann wieder wie ein Junge. Vielleicht, dachte sie, war sie vor der Zeit alt geworden.

»Wirst du jemals nach Sizilien zurückkehren?«, fragte er sie.

»Nein.« Flavia brauchte nicht zu überlegen. England war vielleicht kalt und feucht, aber hier hatte sie ein neues Leben gefunden. England erholte sich noch von den schweren Kriegsjahren, aber der Wiederaufbau war in vollem Gange. Doch es war mehr als nur das. Ein Gefühl von Hoffnung lag in der Luft, und das brauchte Flavia. Sie schrieb sich immer noch mit Santina, aber sie hatte keinen der Briefe ihrer Eltern beantwortet. Es gab kein Zurück.

Von Zeit zu Zeit kam er mit dem Zug nach London, um sich mit ihr zu treffen, und bald freute sie sich auf seine Besuche. Er drängte sich niemals auf, was sie auch nicht ausgehalten hätte, aber er war nett, und sie fühlte sich in seiner Gesellschaft wohl. Die beiden wurden Freunde.

Im September desselben Jahres lud Bea Westerman Flavia in den Dome of Discovery *ein, einem Teil der Nationalausstellung* Festival of Britain. *Während des Sommers hatte Flavia viel Zeit am Themseufer verbracht. Der Tower Beach war so etwas wie ihre Sommerfrische. An warmen Tagen war der Sandstrand dicht von Menschen bevölkert, die in gestreiften Liegestühlen saßen, und Kindern, die im Fluss planschten. Mit Cetaria war das natürlich nicht zu vergleichen, aber Flavia saß gern dort und beobachtete diese englischen Familien, obwohl ein Teil von ihr dabei auch immer an diese andere Familie in Exeter dachte.*

Wie Bea ihr erzählt hatte, hatten auf dem Areal am Südufer früher lauter schäbige Lagerhäuser und halb verfallene Gebäude gestanden, aber das alles hatte man abgerissen, um Platz für die Nationalausstellung Festival of Britain *im Jahr 1951 und die Royal Festival Hall zu machen. Schon das Äußere der Kuppel faszinierte Flavia, nicht zuletzt wegen des*

Gegensatzes, den sie zu dem nadelspitzen Skylon-Turm daneben bildete. Sie hätte diese futuristische Vision stundenlang betrachten können. Bea sah das Ganze dagegen eher politisch. »Sechs Millionen Pfund«, murmelte sie. »Eine Million Ziegelsteine.«

»Wirklich?« Flavia folgte ihr nach drinnen.

Bea war philosophisch gestimmt. »Diese Ausstellung soll der Nation neuen Mut schenken, meine Liebe«, sagte sie. »Nach dem Krieg, den wir überstanden haben, ist das auch dringend nötig, wissen Sie.«

Zusammen mit der Menschenmenge wurden sie von einer Rolltreppe in das Innere des Gebäudes hineingetragen, das sie allerdings erst erblickten, als sie die Rolltreppe verließen. Aber dann – ta, ta! *– wurde alles enthüllt: die prächtigen Galerienränge und das gewaltige, geschwungene Dach mit seinem Gitterwerk aus Stützbalken. Sie hörte um sich herum Ausrufe des Erstaunens: »Oh« und »Ah« und »Na, so etwas«.*

Auch Flavia war fasziniert. Sie hatte gehört, dies sei der größte Kuppelbau der ganzen Welt. Und sie schritt hindurch. Die Ausstellung begann mit der Topografie Großbritanniens und der Entstehung seiner Bodenschätze. Dann arbeitete sie sich über die Themen Landschaft, Flora und Fauna vor bis zu Landwirtschaft und Rohstoffe, Schiffsbau und Transport, bevor die Auflistung von Großbritanniens Leistungen sich schließlich bis ins Unendliche fortsetzte, als sie zu Meer, Himmel und Weltraum kamen. Dass Großbritannien eine solche Weltmacht war, hätte sich Flavia nie träumen lassen. Im Vergleich zu Großbritannien war Sizilien so etwas wie ein armer Verwandter. Sie richtete sich gerader auf, denn sie war stolz darauf, dass sie, Flavia Farro, sich hier in London befand und Zeugin dieses großartigen Ereignisses wurde.

Von der Fernsehausstellung zeigte sich Bea nicht beeindruckt. Sie habe nie begriffen, wozu das gut sein sollte, murrte sie. Was Flavia anging, so überstieg sie beinahe ihre Vorstellungskraft. Dann folgte das Thema »Die Briten«, symbolisiert durch den Löwen und das Einhorn, die für Kraft und Fantasie standen. Verstohlen sah sie sich unter den Umstehenden um. Sehr verbreitet waren diese Eigenschaften hier nicht. Und doch hatte es Männer gegeben, Entdecker wie Kapitän Cook und große Wissenschaftler wie Charles Darwin, die diese Eigenschaften im Übermaß besessen hatten.

Schließlich zogen sie sich in eine nahe gelegene Teestube zurück. »Hat es Ihnen gefallen, meine Liebe?«, erkundigte sich Bea. »Die Ausstellung soll ja sehr lehrreich sein.«

»Oh ja!«, versicherte Flavia ihr. »Es war sehr nett von Ihnen, mich mitzunehmen.«

Beas Miene wurde weicher. »Ich habe Sie sehr lieb gewonnen«, sagte sie. »Und daher …«

Eine seltsame Vorahnung überkam Flavia.

Und da nahm Bea auch schon ihre Hand und erklärte: »Ich verlasse London, meine Liebe. Ich ziehe zu einer Freundin nach Dorset.«

»Dorset?« Flavia runzelte die Stirn.

»Das Haus ist klein«, fuhr Bea fort, »und es tut mir schrecklich leid, meine Liebe, aber …«

»Ich kann nicht mitkommen«, sagte Flavia. »Sie brauchen mich nicht.«

Bea nickte. »Meine Freundin legt Wert auf ihre Eigenständigkeit«, erklärte sie. »Sie zieht es vor, selbst zu kochen und sauber zu machen.« Sie drückte Flavias Hand herunter und schenkte den Tee selbst ein.

»Ich verstehe«, gab Flavia zurück. Sie sah zu, wie die goldene Flüssigkeit in die Porzellantasse floss. Aber was sollte sie jetzt tun? Was sollte sie ohne diese Frau anfangen, die so freundlich zu ihr gewesen war?

»Genau wie ich hat Jane nie geheiratet«, fuhr Bea fort. »Sie wünscht sich weibliche Gesellschaft.« Sie rührte Milch und eine kleine Menge Zucker in den Tee.

»Ja, natürlich.« In Wahrheit wollte Flavia nichts weiter von Jane hören.

»Mir ist dieses Arrangement sehr recht«, erklärte Bea. »London ist schließlich eine Stadt für junge Leute.«

Sicher, im Vergleich zu Cetaria war London voll mit Menschen, laut und furchteinflößend, aber Flavia hatte sich daran gewöhnt, und jetzt würde sie sich eben eine richtige Arbeit suchen müssen. Es war eigentlich immer nur eine Frage der Zeit gewesen.

»Aber«, sagte Bea und nippte graziös an ihrem Tee, »ich habe Ihnen einen Vorschlag zu machen, meine Liebe.«

Wie sich herausstellte, wollte Bea eine gewisse Summe Geldes in ein Geschäft investieren. »Dadurch, dass ich aus London wegziehe, habe ich eine ordentliche Summe zur Verfügung«, erklärte sie. »Und mir gefällt die Vorstellung, in Sie zu investieren, meine Liebe.« Ihr Vorschlag war, ein Café oder ein kleines Restaurant in einer Stadt nach Flavias Wahl zu kaufen. Flavia sollte Teilhaberin werden und als solche das Lokal betreiben. Sie würde einen Teil des Gewinns erhalten und konnte dort auch wohnen. Bea selbst wollte stille Teilhaberin sein.

»Wir brauchen natürlich noch Personal.« Bea schenkte sich noch einen Tee ein, und Flavia starrte sie an. Sie konnte es kaum glauben. Zuerst der Dome of Discovery *und jetzt das. Heute war wirklich ein außergewöhnlicher Tag.*

»Vielleicht sollten wir uns sogar noch einen weiteren Partner suchen«, sagte Bea. »Vielleicht einen Mann?«

Das Glitzern in ihren Augen verriet Flavia, dass sie mit einem gewissen Jemand gesprochen hatte.

»Können Sie sich vorstellen, dass er interessiert wäre?«, fragte Bea, als ob sie es nicht schon wüsste.

»Ich glaube schon«, antwortete Flavia.

Und das war er. Nach den ersten Gesprächen beschlossen sie, sich in Dorset umzusehen, damit Bea ihre Investition im Auge behalten konnte und er nicht so weit von seiner Mutter entfernt war. »Nur nicht in Devon.« Darauf hatte Flavia bestanden.

»Nicht in Devon«, stimmten die anderen ihr zu.

Der Umzug und die Einrichtung des Lokals zogen sich über ein Jahr hin, aber im März 1953 eröffneten sie endlich das Café in Pridehaven. Flavia kochte, er arbeitete im Gastraum, und eine junge Kellnerin half beim Servieren aus.

Zu Beginn boten sie englisches Essen mit italienischen Akzenten an. Dann führten sie nach und nach immer mehr sizilianische Spezialitäten ein. Die Gäste probierten Flavias Pasta und Pizza und kamen wieder. Flavia wurde mutiger, und sie fand gute Lieferanten für Gemüse, Fleisch und Fisch. Nach und nach entwickelte das Café seine eigene Identität. Das Azurro *war geboren.*

Die Zusammenarbeit mit Lenny fiel Flavia von Anfang an leicht. Er nahm sich ein Zimmer in Pridehaven, aber er war ständig im Azurro *anzutreffen und bereit, genauso hart zu arbeiten wie sie. Und das war sehr hart.*

Sonntags blieb das Café geschlossen, und sie hatten frei. Dann gingen sie aus, ins Kino, manchmal zum Tanzen oder sogar zum Essen. Für den Tag, an dem die Königin gekrönt wurde, hatten sie ein Straßenfest geplant. Doch der Tag wurde kalt und nass. »Was kann man von einem englischen Junitag schon erwarten?«, hatte sich Flavia bei Lenny beklagt. Da-

raufhin hatten sie die ganze Straße in ihr Lokal eingeladen, auf sizilianische Art gefeiert und zu Ehren der Königin ein prächtiges Mahl aufgetischt.

Zuerst waren sie nur Freunde gewesen, doch mit der Zeit wurden sie ein Paar. Der Übergang war so nahtlos gewesen, dass sich Flavia, wenn sie heute darüber nachdachte, nicht mehr genau erinnern konnte, wann oder wie das geschehen war. Sicher, er war jünger als sie, aber er besaß eine innere Kraft und Gelassenheit, die ihr Ruhe gaben.

Am ersten Jahrestag der Eröffnung des Azurro *stießen sie abends nach Geschäftsschluss mit Champagner an. Damals machten sie noch um acht zu, erst später hatten sie bis Mitternacht geöffnet. An diesem Abend war Lenny tatsächlich vor ihr niedergekniet.*

»Ich weiß, dass ich nicht der Mann bin, den du dir ausgesucht hättest«, erklärte er und sah zu ihr auf. »Aber ich kann dir versichern, meine liebste Flavia, dass du für mich die große Liebe bist.«

Das war das einzige Mal, dass er, wenn auch nur indirekt, von Peter gesprochen hatte. Sie wusste, dass er sie beide vor der Teestube in Exeter beobachtet hatte. Wahrscheinlich hatte er Peter und seine Frau sogar gekannt, da sie so nahe bei seiner alten Arbeitsstelle gewohnt hatten. Gott wusste, was Lenny an jenem Abend gedacht hatte. Die ganze Geschichte hatte sie ihm nie erzählt, denn sie wollte sie nicht noch einmal durchleben. Nur Santina wusste, was sie für Peter empfand, was sie immer für ihn empfinden würde. Er hatte recht; er war nicht derjenige, den sie sich erwählt hätte. Aber Lenny war der Mann, der sie liebte, der mit ihr zusammenarbeitete und der sein Leben für sie gegeben hätte.

»Ist das etwa ein Heiratsantrag?«, fragte sie ihn und stemmte die Hände in die Hüften.

»Ja, Flavia«, erklärte er feierlich. »Willst du meine Frau werden?«

»Natürlich will ich, Lenny«, sagte sie.

Sie hatte Santina nie wieder geschrieben. Ihre alte Freundin war, wie Sizilien, Teil der Vergangenheit. Flavia wollte jetzt nur noch in die Zukunft blicken.

Das Jahr geht vorbei, und die Jahreszeiten lügen nicht. Die sizilianische Küche nutzt, was verfügbar ist. Im Frühling sind das Mandeln, Spargel und die ersten Pfirsiche. Im Sommer kommen Feigen, melanzane *und* zucchine *hinzu.*

Die Saison der Artischocke reichte von November bis April. An Festtagen konnte man in ein Restaurant gehen und zu jedem Gang ein Artischockengericht essen. Die alten Römer betrachteten die kugelförmige Artischocke als Aphrodisiakum. Sie braucht den Schutz durch ihre äußeren Blätter, sonst verkümmert ihr Herz und stirbt …

Die besten Artischocken stammten aus der Gegend ihres Dorfes. Jeder wusste, dass Palermo die Krone der Artischocke trug. Rosa und violett überhaucht, mit langen Stämmen, rauen Blättern und kleinen, zarten Herzen … Flavia erinnerte sich, wie sie von Karren, auf denen sie hochaufgetürmt lagen, verkauft wurden.

Die Gerichte, die man damit zubereiten kann, reichen von antipasto *bis* risotto, *von* caponata *bis* frittedda. *Man kann sie dünsten, schmoren, backen, rösten, braten oder grillen. Junge Artischocken isst man roh im Salat. Oder man bringt eine leichte Füllung zwischen ihre Blätter ein. Das Einfachste ist am besten.*

Das Kochen der Artischocke ist eine Kunst, schrieb Flavia. *Wie alles Gute erfordert es* pazienza *… Zuerst werden sie* *geputzt. Man schneidet den Stamm ab, entfernt die zähen äußeren Blätter und schneidet etwaige Stacheln, den Stängel und die oberen Blattspitzen ab. Man nehme eine Zitronenspalte und drücke sie darüber aus …*

Das Jahr geht vorüber, und die Jahreszeiten lügen nicht.

Flavia, die in ihrem Schreibzimmer saß, hörte aus dem Garten einen Schrei.

Sie lief nach draußen. Lenny hatte anscheinend Grabeforke und Eimer auf dem Rasen liegen gelassen und war über die Trennmauer in Cathys und Jims Garten gesprungen. Wie sonst wäre es möglich gewesen, dass er jetzt durch den Nachbargarten rannte? Flavias Magen überschlug sich. Lenny …

Cathy hatte den Krach gehört und trat in dem Moment aus der Hintertür, als Lenny über die Mauer in Ednas Garten kletterte. Was in aller Welt machte er da? Als wäre er in den Dreißigern und nicht über siebzig. Er hatte sich immer mit Gartenarbeit und Spazierengehen fit gehalten, aber das hier war noch einmal etwas ganz anderes. Hatte der Mann den Verstand verloren?

56. Kapitel

Tess ging zurück zur Villa, um sich umzuziehen. Sie war mit Giovanni verabredet, um noch einmal über den Kredit zu sprechen, mit dem sie die Renovierung der Villa finanzieren wollte. Sie musste Bewegung in die Sache bringen, aber wollte sie sich wirklich Giovanni verpflichtet fühlen? Wenn man Tonino glauben wollte, waren die Sciarras keine netten Leute. Abgesehen von Santina natürlich, die wunderbar war. Und Giovanni? Tess konnte sich keine abschließende Meinung über ihn bilden. Plötzlich klingelte ihr Handy.

»Muma?«

»Deinem Vater ist etwas passiert.« Ihre Mutter nahm nie ein Blatt vor den Mund.

»Was ist mit ihm?« Mögliche Szenarien zogen im Zeitraffer an ihrem inneren Auge vorbei. Der Magen schien ihr bis auf die Füße durchzusacken. »Ist er krank? Was ist passiert?«

»Er ist gestürzt.«

O Gott. »Ist er verletzt? Geht es ihm gut?« Sie stützte sich an der Mauer des *baglio* ab. Gerade um ihren Vater hatte sie sich nie Sorgen gemacht. Er war immer da, eine zuverlässige Größe, die den Status quo aufrechterhielt.

»Er liegt im Krankenhaus. Er hat ein paar Schnittwunden und Prellungen, und er hat sich das Handgelenk gebrochen.« Ihr fiel auf, wie weinerlich die Stimme ihrer Mutter klang, und zum ersten Mal in ihrem Leben kam sie ihr verletzlich vor.

»Ach, Muma.« Tess stieß erleichtert den Atem aus. Schnittwunden, Prellungen und ein gebrochenes Handgelenk waren nichts Lebensbedrohliches. »Sonst ist ihm aber nichts passiert?«, fragte sie. Sie versuchte erfolglos, nicht an einen Schlaganfall oder Herzinfarkt zu denken.

»Nein, Schatz. Ich wollte nur, dass du Bescheid weißt.«

Aber Tess schmiedete bereits Pläne. »Ich kann den nächsten Flug nehmen. Du solltest jetzt nicht allein sein. Ich muss ihn sehen. Ich ...« Sie eilte die Treppe hinauf, die vom *baglio* zur Villa führte. Sie würde packen, zum Flughafen fahren und auf einen Stand-by-Flug warten; das war das Beste.

»Tess.« Die Stimme ihrer Mutter nahm einen strengen Ton an. »Es geht ihm mittlerweile schon wieder ganz gut. Wirklich. Er ist schon wieder zu Hause. Möchtest du mit ihm sprechen?«

Ob sie mit ihm sprechen wollte? »Ja natürlich, gib ihn mir«, sagte sie. Sie steckte den Schlüssel ins Schloss. »Dad?«

»Mir geht's gut, Schatz.« Gott sei Dank.

»Was hast du denn angestellt?« Sie versuchte, einen leichten Ton anzuschlagen.

»Ach, du weißt schon. Hab versucht, den Helden zu spielen.«

Tess lächelte. Er war immer ihr Held gewesen. Sie wusste noch, wie sie ihm in ihrer Wohnung über dem *Azurro* nachgelaufen war, wenn er irgendwelche anfallenden Reparaturen erledigte. *Mein kleiner Lehrling*, hatte er immer zu ihr gesagt. Sie erinnerte sich, wie sie im *Azurro* ausgeholfen, Besorgungen erledigt, Tische abgewischt und Gebäck aus der Küche geholt hatte. Er hatte immer Zeit für sie gehabt. Wenn sie ein Problem in der Schule hatte, konnte sie ihm immer davon erzählen. Genauso war es, wenn sie sich verloren fühlte oder etwas nicht verstand. »Das wird sich schon lösen, Schatz«, pflegte er zu sagen. »Du wirst sehen.«

»Ich finde, du solltest dein Superman-Cape einmotten, Dad«, sagte sie jetzt. »Findest du nicht, dass du etwas kürzertreten solltest?« Sie ging durch die Küche, hängte ihre Tasche über einen Stuhl, nahm eine Flasche Mineralwasser aus dem Kühlschrank und schenkte sich ein Glas ein.

»Da könntest du recht haben.« Er lachte leise. »Aber du brauchst nicht gleich zurückzukommen, mein Mädchen. Mir geht es gut. Deine Mutter gluckt um mich herum wie eine alte Henne. Ganz zu schweigen von deiner Tochter.«

»Dann kannst du dich ja beinahe glücklich schätzen.« Tess lächelte.

»Ich gebe dich wieder an Muma zurück. Sie will mit dir reden.«

»Okay. Pass auf dich auf. Ich drück dich!« Tess ging auf die Terrasse hinaus. Das Meer tief unter ihr sah kühl und einladend aus. Sie wünschte, sie könnte von hier oben aus hineintauchen ...

Ihre Mutter kam wieder ans Telefon.

»Um Gottes willen«, rief sie aus, als ihre Mutter ihr die Geschichte erzählt hatte. »Er ist fast achtzig. Er muss mit solchen Aktionen aufhören. Er ist doch mittlerweile ein alter Mann.« Es schmerzte sie, das sagen zu müssen.

»Es ist nicht nötig, auch noch Salz in die Wunde zu streuen«, gab ihre Mutter zurück. »Du kennst doch deinen Vater. Wenn es gilt, jemanden zu retten, wirft er sich in die Brosche.«

»Bresche«, verbesserte Tess sie zerstreut. »Dann geht es ihm wirklich gut?«

»Wie oft soll ich das noch sagen? Es geht ihm wirklich gut.«

»Und Ginny?«

»Ginny geht es gut.« Sie hörte, dass sie zögerte. »Sie hat dir natürlich von David erzählt?«

»Ja.« Tess trank noch einen Schluck Wasser. »Was will er? Was meinst du, soll ich zurückkommen und schauen, was da los ist?«

»Er hat dir geschrieben«, sagte ihre Mutter. »Vielleicht solltest du abwarten, was er zu sagen hat.«

»Einen Brief?« Das klang nicht nach David. Tess hielt das Handy ans andere Ohr. Sie stand auf und ging in den terrassenförmig angelegten Garten hinunter, vorbei an dem stillgelegten Springbrunnen und dem Hibiskus. Unterdessen lauschte sie der Stimme ihrer Mutter, die davon erzählte, wie David wieder in ihrer aller Leben aufgetaucht war.

Sie sah hinüber zu den Überresten des Häuschens, in dem die Familie ihrer Mutter gewohnt hatte. Nur ein Haufen Steine ... Sie dachte an das sizilianische Mädchen und ihren englischen Flieger. »Für ihn ist das alles ganz einfach, Muma«, meinte sie, als ihre Mutter eine Pause einlegte. »Aber für mich war es nicht leicht, wenn du dich erinnerst.«

Sie hatte von Anfang an akzeptiert, dass sie eine alleinerziehende Mutter war und allein zurechtkommen musste, jedenfalls ohne Mann. Und sie hatte nie etwas von David verlangt. Das wäre auch sinnlos gewesen, weil er nie etwas besessen hatte. Stets hatte sie dem Impuls widerstanden, vor ihrer Tochter schlecht über ihn zu reden. Abgesehen davon, dass er weggelaufen war, hatte sie ihm ja auch nichts vorzuwerfen. Aber ... Es ärgerte sie, dass er ausgerechnet jetzt aufkreuzte, zu einem Zeitpunkt, an dem sie nicht da war und Ginny eine schwierige Phase durchmachte. Das war so typisch für ihn.

»Ich weiß«, sagte ihre Mutter. »Nur war es für David vielleicht auch nicht so einfach, wie du dachtest.«

»Na schön.« Sie ging wieder zurück zu dem schmiedeeisernen Tisch und trank noch einen großen Schluck von ihrem

Mineralwasser. Sie fühlte sich immer noch versucht, in den nächsten Flieger zu steigen. Wegen ihres Vaters und wegen David – und weil die Sache mit Tonino schiefgelaufen war … Andererseits würde sie besser bleiben, um die Arbeiten an der Villa endlich auf den Weg zu bringen. Und sie musste mit Giovanni reden. Was konnte David schon anrichten? Er war kein schlechter Mensch, und Ginny war seine Tochter. Ginny war alt genug, um auf sich selbst aufzupassen, und sie hatte ihre Großeltern, die ein Auge auf sie hatten. Abgesehen davon schien der Rest ihrer Familie gar nichts davon zu halten, dass sie nach Hause kam …

Ihr kam eine Idee. »Was meinst du, Muma, ob Ginny Lust hätte hierherzukommen? Um Urlaub zu machen? Und du und Dad, wollt ihr nicht auch kommen?«

Sie hörte, wie ihre Mutter scharf die Luft einsog. »Lieber nicht, Tess«, antwortete sie.

»Aber würdest du nicht gerne einmal alles wiedersehen, Muma?« Sie sah sich auf der maroden Terrasse um. »Die Villa, den *baglio*, das Dorf?« Es war schwer zu begreifen. Was immer ihre Mutter von Cetaria hielt, es war trotzdem der Ort, an dem ihre Familie gelebt hatte, wo sie groß geworden war. Aber je länger Tess hier war, umso besser konnte sie nachvollziehen, wie das Leben ihrer Mutter hier ausgesehen hatte, und umso besser konnte sie sie verstehen. Tess hatte begriffen, dass ihre Erfahrungen sie hart gemacht hatten. Sie hatte um ihr Überleben gekämpft – und für ihre Liebe.

»Ich bin mir nicht sicher, ob ich das überhaupt kann«, antwortete ihre Mutter schließlich. »Die Reise könnte zu viel für mich sein.«

Tess dachte an den Schutthaufen auf der anderen Seite der Gartenmauer. Der Anblick könnte tatsächlich zu viel für sie sein. »Denkst du wenigstens darüber nach?«

Ein langes Schweigen trat ein.

»An manchen Tagen«, erklärte ihre Mutter endlich, »mache ich kaum etwas anderes.«

57. Kapitel

Flavia fand, dass ihre Aufzeichnungen hier zu Ende sein sollten. Es war nicht das Ende ihrer gemeinsamen Geschichte, aber hier begann sozusagen Teil zwei, und Tess war größtenteils selbst dabei gewesen. Wozu also sollte sie den Rest noch niederschreiben? Musste Tess den Rest wirklich erfahren?

Aber etwas an der Geschichte kam ihr unzulänglich vor. Das hatte sie schon vor Lennys Sturz erkannt. Ihre Niederschrift war unvollständig, ließ zu viel ungesagt, gab nicht die ganze Wahrheit wieder. Wenn sie morgen starb, würde Tess es nie erfahren, genauso wie sich herausgestellt hatte, dass Lenny es nicht wusste.

Der Überfall war ein Schock gewesen. In Pridehaven hatten sie nie Probleme mit Kriminalität gehabt. Die Verbrechensrate in der Gegend war niedrig, und die meisten jungen Menschen waren ganz nett, auch wenn manche ein wenig laut waren. Die meisten sahen viel wilder aus, als sie tatsächlich waren. Pridehaven war kein übler Ort zum Leben.

Als Lenny das Geschrei und Ednas erhobene Stimme hörte, hätte er Flavia oder die Polizei rufen sollen, statt die Sache selbst in die Hand zu nehmen.

Wie ihre Nachbarin Flavia später erzählte, waren zwei Jugendliche in Ednas Garten eingedrungen. Einer zertrampelte ihre Blumenbeete am hinteren Ende des Gartens, und der andere lief über den Rasen.

»Würden Sie freundlicherweise mein Grundstück verlassen, junger Mann?«, sagte Edna zu ihm. »Sonst rufe ich die Polizei.«

»Oh, ich hab solche Angst«, gab der Junge zurück, und an diesem Punkt sprang Lenny heldenhaft auf den Rasen.

»Komm nur her, kleiner Spitzbube. Dir werd' ich's zeigen«, brüllte Lenny. »Er war sehr beeindruckend«, erzählte Edna später.

Der andere junge Mann hatte mit seinen schmutzigen Schuhen Halt am hinteren Zaun gefunden und kletterte hinauf wie eine Ratte an einem Abflussrohr. Der zweite rannte unterdessen den Gartenweg entlang, weil er von einem rotgesichtigen älteren Herrn mit sonnenblumengelben Gartenhandschuhen bedroht wurde.

»Du willst weglaufen?«, knurrte Lenny und nahm die Verfolgung auf.

»Aber er hat Tabitha nicht gesehen«, erklärte Edna, als sie Flavia die Geschichte erzählte. »Sie hockte bei der Kapuzinerkresse und schoss Lenny plötzlich in den Weg, sodass er über sie gestolpert ist. Er ist regelrecht auf den Weg gekracht.«

Glücklicherweise war zu diesem Zeitpunkt der zweite Jugendliche bereits über den Zaun verschwunden, ohne bemerkt zu haben, dass sein Gegner gestürzt war.

»Es tut mir so leid«, sagte Edna zu Flavia. »Sie müssen wissen, Tabitha hatte schreckliche Angst.«

»Sie haben keine Schuld«, beruhigte Flavia sie. »Und Tabitha auch nicht.« Flavia konnte nicht einmal Lenny einen Vorwurf machen. Wie konnte man es jemandem übelnehmen, dass er war, wie er war?

So schnell sie konnte, lief Edna zu Lenny

Zuerst befürchtete sie einen Herzanfall, daher führte sie eine Mund-zu-Mund-Beatmung durch und brachte Lenny in die stabile Seitenlage, bevor sie einen Krankenwagen rief. Sie hatte genug Krankenhausserien gesehen, um zu wissen, was zu tun war, und die Versuchung war einfach zu groß gewesen. »Jeder hätte das Gleiche getan«, erklärte sie.

Als Flavia auf konventionellerem Weg eintraf, nämlich über die Straße, die Haustür und den Gartenweg, saß Lenny schon wieder aufrecht auf dem Rasen. Seine Lippe war aufgeplatzt, und er betastete vorsichtig sein Handgelenk.

Sein Anblick schockierte Flavia. Im Gesicht hatte er Schnittwunden, und an einer Schläfe prangte eine dicke Beule. Arme und Beine waren schlimm zerkratzt, und seine Hand hing schlaff und verdreht herab. Sie fuhr im Krankenwagen mit, hielt seine Hand und betete zur Muttergottes, etwas, was sie zuletzt als junges Mädchen auf Sizilien getan hatte.

»Ich bin doch nur gefallen, Liebste«, sagte er immer wieder.

Aber Flavia kam es vor wie eine Warnung.

»Wir waren doch glücklich, oder, liebste Flavia?«, fragte er, als sie in der Notaufnahme ankamen.

Flavia starrte ihn an. »Du hast gesagt, du wärest nur gestürzt. Warum redest du jetzt, als stündest du an der Tür des Todes, um Gottes willen?«

»Schwelle«, sagte er. »An der Schwelle des Todes.«

»Schwelle, Tür, wo auch immer ...« Flavia schnalzte mit der Zunge.

»Sag es mir«, bat er. »Sag mir, dass wir glücklich waren.«

»Ja, Lenny«, sagte sie. »Wir waren glücklich.« Ja, er war nur gestürzt. Aber manchmal konnte so ein Sturz alles verändern.

Und da wusste Flavia es.

58. Kapitel

Ginny hatte Becca eine Menge zu erzählen, als sie sich zu Pizza und einem lange überfälligen Mädchengespräch trafen.

Sie fingen mit Pops' Sturz an.

»Bevor das passiert ist«, erklärte Ginny, »lief alles wie geschmiert.« Die Kugel hatte sich bedeckt gehalten. Ginny vermutete, dass sie bloß schmollte und bald wieder Flagge zeigen würde; aber bis dahin genoss sie die Atempause.

»So ist das Leben«, sagte Becca auf eine philosophische, für sie ganz untypische Art. »Alles geht verdammt noch mal immer drunter und drüber.«

Ginny war bei der Arbeit im *Bull and Bear*, als am frühen Samstagabend der Anruf kam. Die »Magic Fingers« hatten gerade angefangen zu spielen. Jede Menge Rhythmus, viel Power, und Albie sah so dunkel, sexy und verträumt aus wie immer. Aber nicht mehr lange, beschloss sie.

Inzwischen konnte Ginny Getränke im Schlaf servieren. Sie war so schnell, dass sie fast schon wusste, was die Gäste bestellen würden, bevor sie es taten. Sie konnte Kurze einschenken, während ein Bier einlief, oder eine Bierflasche öffnen, während sie Eis in Gläser gab. Sie wusste, wer schon am längsten wartete, und sorgte dafür, dass sich die Gäste an der Theke ordentlich anstellten.

Sie hatte sich ein paarmal mit Albie getroffen. Er war nett. Wahrscheinlich wäre es einfach, sich in ihn zu verlieben, mit ihm durchzubrennen oder alles für ihn aufzugeben. Daher hielt sie sich zurück. Sie wollte nichts anfangen, was sie nicht beenden konnte. Noch nicht jedenfalls. Schließlich wollte sie erst noch reisen, sich selbst finden. Für Albie, der seine Musik, seine Songs und die Band hatte, schien das okay zu sein. Einstweilen.

»Ich nehme ein Glas von eurem besten Bier, Ginny, Liebling.« Das war ihr Vater, der gekommen war, um die Band zu hören, und wahrscheinlich auch, um Albie unter die Lupe zu nehmen, den sie kürzlich abends beim Essen erwähnt hatte.

Das Telefon im Pub klingelte und klingelte, bis Brian schließlich abnahm. Ginny sah, dass er kaum etwas verstehen konnte; er hielt sich das andere Ohr zu und brüllte in den Hörer. Dann warf er Ginny einen so durchdringenden Blick zu, dass sie zusammenzuckte.

»Was?«, formulierte sie lautlos, während sie weiter bediente.

Er kam zu ihr und legte ihr einen Arm um die Schultern. »Du solltest deinen Mantel holen, Kleine«, sagte er.

»Wie bitte? Was ist passiert?« In dem vollen, lauten Pub suchte Ginnys Blick den ihres Vaters. Er stand ein Stück von ihr entfernt, aber er bemerkte sie sofort.

»Dad«, sagte sie.

»Wow«, meinte Becca. »Dann hattet ihr so etwas wie einen Vater-Tochter-Moment?«

»Yeah.« Ginny nippte an ihrer Cola.

»Und deinem Opa geht es gut?«

Die Pizzas kamen, zusammen mit Knoblauchbrot und dicken Pommes frites für beide. Ginny hatte sich eine Margerita mit Extra-Salami bestellt und Becca ein Vier-Käse-Special.

»Ihm geht's gut.« Ginny biss in das Knoblauchbrot. Es war perfekt; knusprig, dick und äußerst lecker. Sein Handgelenk war geschient, und er trug den Arm in einer Schlinge. Aber abgesehen von den inzwischen gelblichen Prellungen rund um seinen Mund ging es ihm gut.

Becca lud Pommes frites auf ihre Pizza und schnitt ein Stück ab. »Was sagt eigentlich deine Mum dazu, dass dein Dad wieder aufgetaucht ist?«, fragte sie und steckte sich den Bissen dann in den Mund.

»Sie hat es ziemlich cool aufgenommen«, gestand Ginny. In letzter Zeit hatte sie Gelegenheit gehabt, vieles aus einem anderen Blickwinkel zu betrachten, und war zu dem Schluss gekommen, dass ihre Mutter ein besonderer Mensch war.

Sie wusste, dass ihr Dad an Mum geschrieben hatte, und ahnte, worum es dabei ging.

»Und jetzt«, sagte Becca, »erzähl mir von Ben.«

Ginny tat ihr den Gefallen.

»Was für ein Schwachkopf«, meinte Becca, als Ginny mit ihrer Geschichte fertig war. »Er war schlecht im Bett, nicht du, Gins. Komm mal her.«

Ginny beugte sich zu ihr hinüber, und Becca setzte sie über gewisse delikate Details in puncto sexueller Kunstfertigkeit in Kenntnis und erklärte ihr, was sie zu erwarten hatte. Die beiden unterbrachen ihre Lektion nur, um Cola zu trinken und Pizza zu essen. »Fürs nächste Mal«, erklärte Becca augenzwinkernd.

Ginny dachte an den dunklen, verträumten Albie. »Fürs nächste Mal«, pflichtete sie ihr bei.

»Und jetzt?« Beccas Teller war leer, und sie lehnte sich zurück.

»Ich fahre weg«, sagte Ginny. »Nach Australien.«

»Verdammich, Gins«, sagte Becca. »Ich dachte an Nachtisch.«

Bei Schokoladenbrownies mit Schlagsahne erzählte Ginny Becca, was ihr Vater gesagt hatte.

»Ich habe eine Wohnung in Sydney, die du als Basis benutzen könntest.« Er hatte sie wahrscheinlich nach dem plötzlichen Geldsegen gekauft, dachte Ginny. »Du brauchst nur etwas zu sagen, und ich gebe dir die Schlüssel.«

»Wirst du denn da sein, in Sydney?«, fragte sie ihn. Sie wusste nicht, ob sie ihn gerne da hätte oder nicht.

Er zuckte mit den Schultern. »Ich hatte überlegt, selbst auch ein wenig herumzureisen«, erklärte er. »Durch Europa vielleicht, mit dem VW-Bus. Irgendwie bin ich bisher nicht dazu gekommen.«

»Cool«, sagte Becca jetzt. »Ist es leicht, in Australien Arbeit zu finden? Ist es leicht, einfach so herumzureisen?«

Ginny kostete den Geschmack von geschmolzener Schokolade und Sahne aus. Es gab nichts Besseres. »Total simpel, sagt mein Dad. In den Jugendherbergen kriegst du alle Infos über Jobs und so und darüber, wo du als Nächstes am besten hinfährst. Manche Rucksacktouristen arbeiten in Kneipen oder in einem Callcenter, andere pflücken Obst.«

Becca machte keine Bemerkungen darüber, dass Ginny »mein Dad« gesagt hatte. Und das war auch gut so, weil Ginny es manchmal selbst nicht kapierte. Sie war vaterlos gewesen, und dann, von einem Moment auf den anderen, war er aufgetaucht und war anscheinend auch noch genau das, was sie brauchte. Irgendwie begriff Ginny jetzt, dass er nicht sie persönlich verlassen hatte. Er hatte eher die ganze Geschichte mit der Vaterschaft abgelehnt, was schlimm war, aber vielleicht nicht ganz so schlimm. Die verlorenen Jahre würde sie trotzdem nicht vergessen. Wie könnte sie auch?

»Erstaunlich«, sagte Becca und löffelte sich den letzten Rest des Desserts in den Mund.

»Die Brownies?«

»Dein Dad.«

»Ja, schon ...« Er hatte eine Menge Fehler gemacht, und er war nicht vollkommen, nicht einmal annähernd. Er war einfach anders, sonst nichts. Beccas Vater war Bankangestellter und trug Anzüge, und ihre Mutter arbeitete in einer Schulkantine. Sie konnten mit ihrem Vater einfach nicht konkurrieren.

»Brauchst du vielleicht Begleitung?«, fragte Becca und trank ihre Cola aus.

»Ist das dein Ernst?« Ginny starrte sie an. Sie hatte nicht zugeben wollen, dass ihr dieser Aspekt der Reise die größten Sorgen bereitete. Das mit der Suche nach sich selbst war ja gut und schön; aber sie konnte sich nicht vorstellen, das ganz allein zu tun.

»Ist mir todernst.« Becca wischte sich den Mund mit einer Serviette ab. »Das wäre toll. Im Ernst, Gins, wir würden so viel Spaß haben.«

Das würden sie bestimmt. »Aber was wird aus Harry?«, fragte sie.

Becca zog einen Schmollmund. »Wer ist Harry?«

»Du hast doch nicht mit ihm ...«

»Nein.« Becca schüttelte den Kopf. »Aber er ist nicht alles, Gins. Er ist sowieso bald weg, zur Uni. Und dann?«

»Dann müssen wir aber ganz schön sparen«, sagte Ginny. Ihr Vater würde ihr vielleicht unter die Arme greifen, aber sie wollte einen Teil der Kosten selbst aufbringen.

»Nächsten Monat, zu meinem Achtzehnten, kriege ich eine Menge Moos«, erklärte Becca. »Von meiner reichen Tante Margaret. Sie hat selbst keine Kinder.«

»Bingo!« Das war es, dachte Ginny. Sie hatte einen Plan, eine Operationsbasis und eine Reisegefährtin. Und einen reichen Vater. Das musste man sich mal vorstellen: Letzte Woche noch war das einzig Bemerkenswerte an ihrem Leben gewesen, dass sie vielleicht schwanger war.

59. Kapitel

Der Brief kam ein paar Tage später. Sogar nach all der Zeit erkannte Tess Davids Handschrift sofort. Sie war schmal und kam ein wenig vornübergebeugt daher, genau wie er.

Sie widerstand dem Impuls, den Umschlag sofort aufzureißen. Stattdessen kochte sie Kaffee, nahm ihn mit auf die Terrasse und bewunderte einmal mehr die Aussicht auf die Bucht. Das Meer war heute ruhig wie ein Mühlteich und der Himmel von diesem tiefen Mittelmeerblau, das sie liebte. Eine Zeit lang ließ sie den Umschlag ungeöffnet auf dem Tisch liegen. Sollte er doch warten.

Unten im *baglio* erwachte langsam das Leben. Unter der silbrigen Krone des Eukalyptusbaums sah sie eine Gruppe von Männern auf der Bank neben dem steinernen Brunnen sitzen, die wahrscheinlich Domino oder Karten spielten. Ein paar Menschen kamen aus dem Café und liefen über das Kopfsteinpflaster. Sie sah Toninos Atelier und ihn selbst. Er ging hin und her und räumte Gegenstände von einem Platz an den anderen. Er war ruhelos, dachte sie. Und dickköpfig. Warum musste sie ausgerechnet einen Mann kennenlernen, der so verdammt stur war?

Gestern war sie wieder tauchen gegangen. Sein düsteres, zorniges Gesicht hatte ihr beim Vorbeigehen das Gefühl gegeben, Spießruten zu laufen. War er wütend, weil sie immer noch allein tauchte oder weil sie die Vertreterin einer Familie war, die einmal ein Mitglied seiner Familie entehrt hatte? Gott …

Wie auch immer, das Ganze war eine geradezu verbrecherische Vergeudung von Zeit und aufregenden Gefühlen.

Vor Wut hätte sie beinahe mit dem Fuß aufgestampft, doch dann lachte sie einfach laut über sich selbst. Das war alles so albern. Sie warf einen letzten Blick auf das türkisfarbene Wasser der Bucht, *il faraglione*, die hohen Felsspitzen, die aus dem Meer ragten, und wandte sich dann endlich dem Brief zu.

Was war zu Hause los? Sie hatte in den letzten Tagen mit Ginny und Muma und Dad gesprochen, und es kam ihr alles ruhig vor. *Uns geht es gut*, hatten ihr alle versichert. *Alles bestens …* Kein Wunder, dass sie sich Sorgen machte.

Und nun zu David, dachte Tess und öffnete den Umschlag mit dem Daumennagel. Sie klappte nur den oberen Teil des Blatts auf, als könne es gefährlich sein, sich alles auf einmal anzusehen.

»Liebe Tess«, hatte er geschrieben. »Es ist eine Weile her.«

Eine typische Untertreibung. Sie schlug den Brief, der nur eine einzige Seite umfasste, ganz auseinander, und etwas fiel heraus. Ein Scheck. Sie hob ihn auf, starrte darauf und drehte ihn in den Händen. Ein Scheck über fünfzigtausend Pfund. Gott im Himmel!

Sie legte den Scheck beiseite und wandte sich erneut dem Brief zu. Jetzt hatte er ihre volle Aufmerksamkeit.

»Hoffentlich macht es dir nichts aus, dass ich so einfach aufgetaucht bin, weil ich hoffte, unsere Tochter zu sehen«, schrieb er. *Unsere Tochter …* Das schmerzte. Auf einer Rangliste abwesender Väter wäre er die Nummer eins.

»Aber es ist etwas passiert, das mein Leben verändert hat. Ich bin zu Geld gekommen, Tess.«

Unwillkürlich lächelte sie. Der Ton, der aus seinen geschriebenen Worten sprach, kam ihr vertraut vor; er hatte sich kein bisschen verändert. Er war immer noch der David, den sie kennengelernt hatte, als er in der Pride Bay barfuß am Strand entlangging. Der David, der auf seiner Gitarre spielte und ihr Lieder vorsang. Der von Reisen in ferne Länder redete und ihr versprach, sie mitzunehmen. Der David, in den sie sich Hals über Kopf verliebt hatte, obwohl sie wusste, dass er nur ein Träumer war. Sie hatte gewusst, dass er sie begehrte. Aber ihr war auch von Anfang an klar gewesen, dass er keine Verantwortung tragen wollte, dass er keine Verpflichtungen und ganz bestimmt kein Kind wollte.

Tess hatte die Schwangerschaft nicht geplant, obwohl sie genauso unvorsichtig gewesen war wie er. Aber nachdem es einmal geschehen war, war sie nicht in der Lage gewesen, es rückgängig zu machen, obwohl er das wollte. So einfach war das.

»Du weißt ja, wie ich über Geld denke, aber ...«

Wie gewonnen, so zerronnen, dachte Tess.

»Aber es handelt sich um die Art von Geld, die ein Leben verändern kann.«

Allerdings. Sie warf noch einmal einen Blick auf den Scheck. Woher kam das Geld? Hatte er eine Bank überfallen oder einfach im Lotto gewonnen?

»Ich will dein Leben nicht verändern«, schrieb er weiter, »aber ich möchte dir zurückgeben, was ich dir schuldig bin. Ich hoffe, du nimmst es an, und ich hoffe, dass du es gebrauchen kannst.«

Lieber Himmel ... Tess griff noch einmal nach dem Scheck. Es waren wirklich fünfzigtausend Pfund, und er war tatsächlich auf ihren Namen ausgestellt.

Aber konnte sie das annehmen? War das nicht ... unethisch oder so? Und was würde er dafür verlangen? Nichts, wurde ihr klar. David würde nichts erwarten, und das war eine seiner angenehmsten Eigenschaften.

»Ich hätte dich gern wiedergetroffen, Tess«, ging der Brief weiter. »Ich hätte das hier gern persönlich getan. Wahrscheinlich wollte ich herausfinden, ob du mir verzeihen kannst, dass ich nicht für dich da war, dass ich unserem Kind kein richtiger Vater war und alles ...«

Und alles, dachte sie. Aber auf eine Art hätte sie ihn auch gern wiedergesehen. Nicht um alte Gefühle wiederaufleben zu lassen, das war unmöglich, sondern um der alten Zeiten willen.

»Ich hatte damit gerechnet, dass Ginny wütend sein würde. Dass sie mich vielleicht hassen würde. Aber sie scheint nicht so zu empfinden. Anscheinend ist sie ganz gern mit mir zusammen. Und ich gebe mir wirklich die größte Mühe, nichts Falsches zu ihr zu sagen.«

Tess lächelte.

»Und dann geht es auch um dich«, fuhr er fort. »Ich kenne dich, jedenfalls kannte ich dich früher, und ich schätze, dass du großmütig genug bist, um nichts dagegen zu haben, dass ich sie treffe und ich euch unterstütze. Besser spät als nie, oder?«

Da war sich Tess nicht so sicher. Es hatte ihr etwas ausgemacht, dass er Ginny traf, aber aus rein egoistischen Gründen. Jetzt dachte sie noch einmal darüber nach. Warum sollte sie ihrer Tochter das Recht verweigern, ihren eigenen Vater kennenzulernen? David hatte recht: besser spät als nie. Und er stellte keine Bedrohung für sie da. Wie könnte er auch?

Also, sollte sie das Geld annehmen? Wahrscheinlich nicht. Bis jetzt war sie allein gut zurechtgekommen.

Es gab noch ein PS. »Ginny ist dir übrigens großartig geraten. Sie ist wunderschön, und sie hat dein Lächeln.«

Tess faltete den Brief zusammen und steckte ihn zusammen mit dem Scheck wieder zurück in den Umschlag. Ja, Ginny war großartig geraten, aber hatte sie wirklich alles richtig gemacht? Als sie dem Sog Siziliens erlegen war, hatte sie die Distanz zwischen ihnen unnötig vergrößert, statt für sie da zu sein. Hatte Tess wirklich ein Recht auf so viel Zeit für sich selbst? Zuerst und vor allem war sie Mutter. Aber …

Sie hatte getan, was ihr zu dem Zeitpunkt richtig erschienen war, und niemand versuchte, ihr deswegen ein schlechtes Gewissen einzureden. Also sollte sie das Geld vielleicht annehmen. Sie lächelte. Andererseits …

60. Kapitel

Die Düfte, dachte Flavia, waren das Herz der *cucina*. Sie erhielten sie am Leben, und sie waren es, die sie in den Küchen, in denen sie in England gekocht hatte, wieder zu erschaffen versucht hatte, zuerst bei Bea Westerman und dann im *Azurro,* aber auch in ihrer eigenen. Kardamom, Nelken, Besenginster und Honig, aromatisch und berauschend ... Sonnengetrocknete Tomaten, Knoblauchzöpfe, auf Fäden gezogene rote Chilischoten, scharf, pudrig duftend und würzig ... Karamell, Vanille, Aprikosen und Pfirsiche; süß, reichhaltig und fruchtig und an *dolce* erinnernd ... *Cannoli* waren die ältesten und mit Sizilien am engsten verbundenen *dolce*, und bei Hochzeiten waren sie unerlässlich.

Diese mit Ricotta, Honig und kandierten Früchten gefüllten Teigrollen galten traditionell als Phallussymbol, und man trug sie früher bei Hochzeiten als Fruchtbarkeitssymbol auf. Canna *bedeutet wörtlich »Röhre«, aber auch Gewehrlauf. Die* scorza *genannte knusprige Hülle muss eine Minute in sehr heißem Öl frittiert werden, um die Süße einzuschließen. Nachdem sie abgetropft und abgekühlt sind, werden die Hüllen gefüllt, mit Puderzucker überstreut und mit Orangeat und Zitronat dekoriert.*

Flavia lächelte in sich hinein. Die *cannoli* waren so süß und so geschmacksintensiv, dass sie fast zu viel für den Gaumen waren.

Aber sie musste sie in ihre Sammlung aufnehmen. Keine Lücken. Ihre Erzählung sollte lückenlos sein.

Also, erzählen wir den Rest der Geschichte, dachte Flavia.

Weniger als ein Jahr nach Lennys und Flavias Hochzeit tauchte Peter zum ersten Mal im Azurro *auf.*

Flavia arbeitete ausnahmsweise im Gastraum, da Lenny wegen einer Lieferung außer Haus war.

Sie traute ihren Augen kaum. Jetzt wusste sie genau, wie er sich an diesem Abend in Exeter gefühlt hatte. Sie starrte ihn an, und er erwiderte ihren Blick. Er sah noch genauso aus wie damals; sein blondes Haar war ein wenig länger und dünner, aber seine hohen Wangenknochen, diese Augen … Er war kaum gealtert, obwohl er inzwischen auf die dreißig zugehen musste. Wie war es möglich, dass seit ihrer letzten Begegnung so viel passiert war und er sich trotzdem so wenig verändert hatte?

»Wie hast du mich gefunden?«, fragte sie schließlich.

»Das war nicht einfach.« Immer noch sahen sie einander in die Augen. Eine andere Zeit, dachte sie. Eine andere Zeit, ein anderer Ort. Er streckte die Hand aus, und sie legte ihre hinein. Seine Finger schlossen sich wie Flammenzungen um ihre.

Gäste kamen und unterbrachen diesen intimen Augenblick. Flavia bediente sie, aber sie war sich die ganze Zeit über des festen Blicks aus seinen blauen Augen bewusst, des fragenden Ausdrucks, der um seinen Mund spielte.

Er setzte sich in die Ecke, ans Fenster, und sie brachte ihm italienischen Kaffee und ein Gebäckstück. Kurz nahm sie ihm gegenüber Platz, um seinen Anblick ganz in sich aufzunehmen. Es war Februar, und draußen regnete es. Der Februar war in England immer der deprimierendste Monat. Aber Peter war wie der Sonnenschein, immer schon.

»Ich habe einen furchtbaren Fehler gemacht«, erklärte er. »Es war nur so ein Schock, dich zu sehen.«

»Nein, du hast das Richtige getan.« Sie dachte an seine Frau und sein Kind.

Er schüttelte den Kopf. »Wir waren niemals glücklich«, sagte er. »Wie kann man glücklich sein, wenn man immer noch jemand anderen liebt?«

Flavia dachte an Lenny. Er war ein guter Mensch. Bald würde er zurückkommen, und sie wollte ihn nicht verletzen. »Man kann ein anständiges Leben führen«, gab sie zurück. »Zufrieden sein.« Doch tief in ihrem Inneren sehnte sie sich danach, die Hand nach Peter auszustrecken, sein Gesicht zu streicheln, sein Haar zu berühren und seine Lippen zu küssen. Sie sehnte sich danach, seinen hochgewachsenen, schlanken Körper nah an ihrem zu fühlen. All das hatte sie nie wirklich gekannt, und sie war sich ihrer Trauer und Bitterkeit bewusst.

Als hätte er ihre Körpersprache gelesen, streckte er eine Hand nach ihr aus und schlang eine ihrer dunklen Locken um seinen Zeigefinger. Er legte die rechte Hand an ihre Wange, und sie schmiegte sich hinein. Nur einen winzigen Augenblick lang, sagte sie sich.

»Ich habe Molly verlassen«, erklärte er.

Sie richtete sich kerzengerade auf. »Und dein Sohn?« Ihre Stimme klang in ihren eigenen Ohren lächerlich förmlich.

Er seufzte. »Ich sehe ihn, so oft ich kann. Aber ich wohne nicht mehr dort. Ich kann so nicht leben.«

Sanft berührte sie seine Hand. »Ich habe inzwischen geheiratet«, sagte sie.

»Ja.« Er nickte. Das schien ihn nicht zu überraschen. »Na-

türlich, meine wunderschöne Flavia. Jeder Mann, der etwas taugt, würde dich für sich haben wollen.«

Sie spürte, wie sich in ihr etwas regte. Glühend heiß stieg die Erinnerung an den Mann, den sie auf Sizilien gepflegt hatte, in ihr auf. »Es tut mir leid«, sagte sie.

»Liebst du ihn?« Seine blauen Augen blitzten. »Sag mir das.«

Nicht so, wie ich dich liebe, dachte sie. »Ja, ich liebe ihn«, antwortete sie.

Kurz darauf ging er, nachdem er ihren Arm berührt und ihr leicht, ganz leicht einen Kuss aufs Haar gehaucht hatte. »Lebe wohl, Flavia«, sagte er.

Sekunden später trat Lenny ein, der aus Dorchester zurück war. Er warf ihr einen merkwürdigen Blick zu, sagte aber nichts. Vielleicht hatte er Peter nicht gesehen; vielleicht wollte er sich nicht daran erinnern, wer er war. Er sagte auch nichts, als Flavia in dieser Nacht in ihr Kissen weinte. Aber er atmete schwer. Vielleicht schlief er ja schon.

Aber als er ihr im Krankenwagen diese Frage gestellt hatte, als er wissen wollte, ob sie glücklich gewesen seien, da wurde ihr klar, dass er immer von Peters Besuch gewusst und sich diese Frage immer gestellt hatte. Und daher …

61. Kapitel

Wie vereinbart ging Tess zu dem Treffen mit Giovanni in der Bar im *baglio*. Die Luft war stickig, und es war so drückend, als stünde ein Unwetter unmittelbar bevor. Tess schob sich das Haar aus dem Gesicht; ihr war warm, und sie war schon ganz verschwitzt. Weil Giovanni noch auf sich warten ließ – kamen Sizilianer nicht immer zu spät? –, holte sie sich schon einmal einen Caffè Latte und ein *cannolo* und suchte sich einen Platz an einem Fenster, von dem aus sie Toninos Atelier nicht sehen konnte. Wieder grübelte sie über Davids Brief nach. Und über das Geld. So viel Geld.

Tess fragte sich, wie man Unterhaltszahlungen für über achtzehn Jahre berechnete. Sie kostete den Kaffee. Er war cremig, mit einem kleinen Espressowirbel im Milchschaum. So viele Faktoren waren zu berücksichtigen: Inflation und Zinsen, Klassenfahrten und Urlaube, Weihnachtsgeschenke und ihre Hypothek. Ganz zu schweigen vom Essen. Und dann noch die Kinderbetreuung rund um die Uhr, die eine Mutter leistete, ohne groß darüber nachzudenken. Trotzdem … Fünfzigtausend Pfund waren viel Geld. Sie biss in die knusprige Gebäckhülle; die süße Füllung fühlte sich auf ihrer Zunge dick und glatt an.

»*Ciao*, Tess.« Giovanni war hereingerauscht, ohne dass sie es bemerkt hatte. Er sah abgehetzt aus, und sein Gesicht war leicht gerötet, was ungewöhnlich war. Sie überlegte, woher er wohl kam.

Er küsste sie auf die Wangen, bestellte Espresso mit einem

Schuss heißer Milch und nahm ihr gegenüber Platz. Aus einer schmalen schwarzen Aktentasche, die er bei sich trug, zog er eine braune Mappe aus Pappe hervor.

Das sieht ja sehr geschäftsmäßig aus, dachte Tess und wischte sich Gebäckkrümel von den Fingern. »Was ist das?«, erkundigte sie sich.

»Ein einfacher Vertrag über das Darlehen«, erklärte er. »Sie werden sich freuen zu hören, dass alles geregelt ist.«

Tess trank ihren Kaffee. Nach der klebrigen Süße des *cannolo* schmeckte er bitter. Nein, sie freute sich nicht. Tatsächlich spürte sie einen Anflug von Nervosität. Wie sollte sie es ausdrücken, ohne ihn zu beleidigen? »Das ist toll, Giovanni«, sagte sie. »Und ich weiß wirklich zu schätzen, was Sie alles für mich getan haben, aber ...«

»Das war doch nichts.« Er wedelte mit den Armen, um anzudeuten, wie viel »nichts« es gewesen war. »Ich helfe gern.« Er schlug sich an die Brust, um seine Worte zu unterstreichen. »Es ist niemals einfach, die Finanzierung für solche Projekte aufzutreiben. Daher bin ich überglücklich, dass ich dies für Sie tun kann.«

Ach du meine Güte, dachte Tess. Das war alles so übertrieben, so theatralisch. Trotzdem sah er nicht überglücklich aus. Und was war das da an seinem Kragen, ein Lippenstiftfleck? *Sollte sie, oder sollte sie nicht?* Dass Davids Brief ausgerechnet jetzt gekommen war, kam ihr wie Schicksal vor.

»Je eher wir beginnen, umso schneller sind wir fertig.« Giovanni bemächtigte sich ihres Tellers und seines Espressos und schob beides zur Seite, genau wie er alles sofort in die Hand nahm. Er breitete den Inhalt der Mappe aus. »Ich habe mit dem Handwerker gesprochen«, erklärte er. »*Allora.* Er kann nächste Woche anfangen.«

Tess blinzelte verblüfft. Sie hatte sich nicht einmal mit dem

Handwerker einverstanden erklärt; tatsächlich hatte sie seinen Preis für ziemlich hoch gehalten und Pierro gebeten, ihr eine andere Firma zu empfehlen, damit sie die Kostenvoranschläge vergleichen konnte. Der andere Handwerker würde sich morgen in der Villa vorstellen. Außerdem hatte ihr etwas an Giovannis Handwerker nicht gefallen, etwas an der Art, wie er ihr nicht richtig in die Augen sah. Er wirkte verschlagen.

»Wegen des Handwerkers bin ich mir nicht sicher«, erklärte sie ihm.

»Was stimmt denn nicht mit ihm?« Giovanni griff nach seinem Kaffee und trank einen großen Schluck.

»Nun ja, er leistet bestimmt gute Arbeit«, begann Tess.

»Er ist der Beste«, pflichtete Giovanni ihr bei.

»Aber er ist ziemlich teuer.« Zum Beweis kramte Tess den Kostenvoranschlag aus ihrer Handtasche.

Er riss ihn ihr aus der Hand und studierte ihn, wobei er leise Kommentare in sich hineinbrummte. »Das erscheint mir mehr als fair ... Das ist in Ordnung ... Hmmm, gut, ja ... Das ist eindeutig richtig.«

Er kam zu einem Schluss. »Das ist ein äußerst vernünftiger Kostenvoranschlag«, erklärte er.

Warum erstaunte sie das jetzt nicht?

»Andere Handwerker veranschlagen vielleicht weniger«, erklärte Giovanni langsam, als spräche er mit einem begriffsstutzigen Kind. »Aber am Ende berechnen sie *mehr*, Tess.« Er rieb Daumen und Zeigefinger aneinander, eine Geste, die überall auf der Welt »Geld« bedeutete. »Vergessen Sie nicht, dass wir auf Sizilien sind.« Er lachte laut heraus. »Hier gibt es viele verschiedene Wahrheiten. Nichts ist einfach.«

Tess seufzte. »Ich weiß Ihre Hilfe zu schätzen, Giovanni«, wiederholte sie. »Aber ich möchte zum Vergleich noch ein paar andere Kostenvoranschläge einholen.«

Seine Miene verdüsterte sich.

»Und vergessen Sie nicht, was ich gesagt habe.« Sie versuchte, bestimmt zu klingen. »Das ist mein Projekt. Ich treffe die Entscheidungen, wissen Sie noch?«

Er zog ein langes Gesicht. »Tess, Tess ...« Er nahm ihre Hand und begann, zerstreut mit ihren Fingern zu spielen.

Sie versuchte, ihm die Hand wieder zu entziehen, aber er hielt sie nur noch fester. Aus irgendeinem Grund spürte sie einen Anflug von Furcht, obwohl das absurd war.

»Wissen Sie denn nicht«, sagte er, »dass ich nur das Beste für Sie will?« Er hob ihre Hand an seine Lippen und küsste sie.

Tess fühlte sich unbehaglicher denn je. Sie nickte. »Natürlich. Sie waren sehr ...«

»Und wissen Sie nicht, dass unsere beiden Familien *so* sind?« Er überkreuzte zwei Finger seiner anderen Hand, wie er das schon einmal getan hatte. »Schon immer.«

»Ja, ich weiß«, sagte sie und fand, dass er zu stark protestiert hatte. Sie wünschte, er würde sie loslassen. Sie wünschte sich, sie hätte sich erst gar nicht von ihm zu etwas überreden lassen. Sie wünschte sich, sie wäre irgendwo anders.

»Also ...« Seine Stimme klang schmeichelnd. »Warum wollen Sie sich Ihr hübsches Köpfchen über so etwas zerbrechen? Lassen Sie mich das tun, was ich am besten kann. Ich kenne diese Stadt, ich kenne diese Handwerker. Ich kann Ihr Vertreter sein. Es ist kein Problem.«

Ja, aber warum, dachte Tess. Warum brannte er so darauf, ihr zu helfen?

»Wissen Sie eigentlich, um was es sich bei diesem Schatz handelt?«, fragte sie unvermittelt. »*Il tesoro?* Dieser ... Gegenstand, der vor langer Zeit gestohlen wurde? Sie haben mir doch von diesem Diebstahl erzählt, den Toninos Großvater angeblich begangen hat. Wissen Sie, woher dieser Schatz stammte?«

Einen Moment lang flackerte sein Blick, und dann ließ er ihre Hand los, als hätte er sich daran verbrannt. »Warum?«, verlangte er zu wissen. »Warum wollen Sie das wissen? Warum will jeder …«

»Jeder will es wissen?« Tess stürzte sich auf seinen Versprecher. »Wer? Wer will das wissen?«

»Niemand.« Seine Lippen waren schmal geworden. »Niemand, Tess. Und nein, ich weiß nicht, um was es sich handelt, nur, dass er wertvoll war. *Il tesoro*. Und ich weiß auch nicht, wo er sich jetzt befindet. Haben *Sie* eine Vorstellung?« Sein Blick durchbohrte sie förmlich. »Hat Ihre Mutter es Ihnen gesagt? Sie muss es gewusst haben.«

»Nein«, gab sie zurück. »Sie weiß es nicht.« Warum sollte sie auch? Sie war damals fast noch ein Kind gewesen.

Er verschränkte die Arme. »Wir arbeiten mit diesem Handwerker«, erklärte er. »Sonst …«

»Sonst was?« Tess ließ sich nicht gern drohen oder erpressen, falls er das vorhatte.

»Sonst gibt es kein Geld«, sagte er. »Kein Geld, kein Geschäft.« Er schob die Papiere auf einen Haufen und rückte sie zurecht. Nun, da er nicht mehr lächelte, sah er ganz anders aus. Hart und, ja, skrupellos.

Tess dachte an den Scheck in ihrer Handtasche. Danke, David.

»Schön«, fauchte sie. »Kein Handwerker, kein Geld, kein Geschäft.«

Sie stand so schnell auf, dass ihr Stuhl über den Boden kratzte.

Jetzt sah Giovanni richtig wütend aus. Aber auch verwirrt, als hätte ihn jemand beim Pokern über den Tisch gezogen.

»Ohne das Geld können Sie nichts ausrichten, Tess«, sagte er.

Sie beugte sich zu ihm hinüber. »Warten Sie's ab«, gab sie zurück.

Er lachte. »Niemand wird es Ihnen leihen, das verspreche ich Ihnen.«

Tess öffnete ihre Handtasche und legte ein paar Münzen für ihren Kaffee und das *cannolo* auf den Tisch. »Ich brauche das Geld nicht«, entgegnete sie.

Er packte sie am Handgelenk. »Was meinen Sie, Tess? Warum brauchen Sie das Geld nicht?«

Sie zuckte zusammen. »Sie tun mir weh, Giovanni.«

Aber er ließ sie nicht los.

Sie sah, dass die Kellnerin unschlüssig von einem Fuß auf den anderen trat. Ein Blick von Giovanni, und sie verschwand hinter der Theke und durch die Hintertür. Die einzigen anderen Gäste standen auf und gingen. Ihnen war anscheinend gar nichts aufgefallen. Großartig. Tess hätte ebenso gut unsichtbar sein können.

»Sie glauben, die Geschichte zu kennen, Tess.« Giovannis Stimme klang wie ein leises Schnurren. »Aber fragen Sie Ihren guten Freund doch einmal, woher das viele Geld seiner Familie stammt. Woher der Sohn eines armen Fischers das Geld hatte, um sich Geschäftsräume im *baglio* von Cetaria zu kaufen.« Er stand auf, ohne ihr Handgelenk loszulassen, und packte mit der anderen Hand ihre Schulter.

»Was reden Sie da?« Tess versuchte, nicht eingeschüchtert zu klingen. Sie warf einen Blick aus dem Fenster, aber plötzlich war kein Mensch mehr zu sehen.

»Ist es nicht auffällig, dass seine Familie zur selben Zeit, als der *tesoro* verschwand, zu einer so großen Geldsumme gekommen ist?«, fragte Giovanni.

Tess fand, dass es jetzt reichte. »Nichts von alldem hat etwas mit mir zu tun«, entgegnete sie. »Und mit ihm habe ich auch nichts zu tun.« Noch während sie es aussprach, hatte sie das Gefühl, ihn zu verraten. Tonino.

»Ich will Ihnen noch etwas anderes sagen, Tess.« Giovannis Gesicht schwebte dicht vor ihrem. Zu nahe. »Es geht nicht nur um das Geld. Mein Großvater Ettore Sciarra ist auch kurz nach dem Krieg verschwunden. Einfach verschwunden. Zur selben Zeit wie der *tesoro*. Was sagen Sie dazu, eh? Eh?« Seine Stimme war lauter geworden.

Herrgott. Jetzt wurde es interessant. Behauptete Giovanni etwa, jemand hätte seinen Großvater ermordet? Jedenfalls sah er jetzt beinahe fanatisch aus, und er war ihr so nahe gerückt, dass sie seinen Schweiß roch und die roten Äderchen in seinen Augäpfeln sah. »Ich habe keine Ahnung«, gab sie mit fester Stimme zurück. Wenn es ihr gelang, ruhig zu bleiben, würde er sich vielleicht wieder beruhigen, und er würde ihr Handgelenk und ihre Schulter loslassen. Sie gab ihm noch eine Minute, und wenn er sie dann immer noch nicht losließ, würde sie ihn in die Kronjuwelen treten, und zwar fest.

»Aber ich will Ihnen sagen, wer es weiß«, knurrte er. »Ich werde Ihnen sagen, wer weiß, was mit ihm passiert ist.«

Irgendwie war Tess an diesem Punkt nicht erstaunt darüber, Tonino in den *baglio* schlendern zu sehen. Er sah aus, als hätte er keine Sorge auf der Welt, und sie sah, dass er einen Blick in Richtung Bar warf, wegschaute und wieder hinsah.

Mit drei Schritten stand er in der Tür. Noch drei, und er war an ihrer Seite. »Was in Gottes Namen treibst du da?« Er riss Giovannis Hände los.

»Ist dir auch nichts passiert?«, fragte er Tess.

Nein. Trotzdem wünschte sie sich, sie könnte sich in seine

Arme stürzen und losheulen. Das wäre ein bisschen erbärmlich gewesen, daher nickte sie nur.

Er packte Giovanni an seinem kaum wahrnehmbar mit Lippenstift befleckten Kragen. »Halt dich von ihr fern«, knurrte er.

Einen Moment lang starrten die beiden sich an, und Tess spürte zum ersten Mal die ganze Macht hinter dieser Familienrivalität, sah und spürte den Hass, der so schwarz war wie das Land, aus dem sie stammten, so dunkel wie die Schatten von Sizilien. Giovanni ballte die Fäuste, und Tonino spannte sich an. Beide Männer waren bereit, sich zu schlagen. Doch stattdessen ließ Tonino den anderen los, und Giovanni taumelte leicht und ging dann zur Tür. Dort angekommen, drehte er sich um.

»Kommen Sie bloß nicht auf die Idee, dass die Sache damit erledigt ist«, sagte er an Tess gerichtet. Dann sagte er zu Tonino noch ein paar Worte auf Sizilianisch.

Zur Antwort fluchte Tonino leise.

»Si, si, si. Scopilo ...« Mit einem letzten Fluch und einer Handbewegung, die besorgniserregend nach einer durchgeschnittenen Kehle aussah, knallte Giovanni die Tür und marschierte davon.

Tess wandte sich Tonino zu. »Danke«, krächzte sie.

Er nickte steif. »Halt dich von ihm fern«, sagte er.

»Tonino ...«

Aber er war bereits zur Tür gegangen und schon durch sie verschwunden.

Sie folgte ihm hinaus und eilte über den *baglio*. Während sie in dem Café gewesen war, hatte der Himmel eine bleigraue Farbe angenommen, die Dünung des Meeres wirkte wie wogender

Stahl, und der Horizont war tiefviolett. Die Luft war so dick, dass sie sie als Druck auf Schultern und Kopf empfand. Es war anstrengend, sich zu bewegen, überhaupt einen Fuß vor den anderen zu setzen.

»Tonino«, rief sie ihm nach, doch er drehte sich nicht um und ging weiter.

In diesem Moment begann es zu regnen. Träge, dicke Tropfen fielen vom Himmel. Und genau in diesem Augenblick raste ein gezackter Blitz über den Himmel, und der Druck ließ spürbar nach. Beinahe sofort folgte der Donner wie ein Trommelschlag

Ein Gewitter. Der graue Himmel wurde von einem weiteren blendend hellen, gegabelten Blitz erhellt, der sich grell und golden in der Meeresoberfläche spiegelte. Es sah aus, als würde etwas, das unter Wasser geschwelt hatte, nun anfangen zu kochen.

Die Bar- und Cafébesitzer eilten hinaus, schnappten sich Stühle, Tische und Sonnenschirme und zerrten sie ins Trockene. Menschentrauben drängten sich in Hauseingängen, zogen Kapuzen hoch, wickelten sich in Schals oder hielten sich wirkungslos die Hände über den Kopf. Rennend brachten sie sich in Sicherheit, nach Hause.

Endlich drehte er sich zu ihr um. »Geh zurück, Tess.« Er sah müde aus. »Fahr zurück nach Hause, nach England.«

Sie gab nicht auf, obwohl es mittlerweile in Strömen regnete und sie innerlich ebenfalls weinte, wenngleich sie nicht vorhatte, sich das anmerken zu lassen. »Warum?«, konterte sie. »Habe ich kein Recht, hier zu sein? Habe ich nicht das gleiche Recht wie jeder andere, hier zu sein?«

Sie hatte diese Worte geschrien, aber trotzdem gingen sie beinahe unter in einem Windstoß und dem Donnern der Wogen, die in der Bucht auf die Felsen krachten. Sie hörte auch die Unterströmung, die die Wellen zurückzog, als sie abebbten.

Tonino schüttelte den Kopf. »Hier passieren schlimme Dinge«, schrie er. »Und es ist noch nicht vorbei. Wenn du bleibst ...« Er ließ den Satz unvollendet. »Ich kann dich nicht immer beschützen.«

Tess war pikiert. Hatte sie etwa um seinen Schutz gebeten? Wenn es hätte sein müssen, wäre sie schon allein mit Giovanni fertiggeworden. Er hätte es doch nicht gewagt, ihr etwas zu tun, oder? Und außerdem lagen all diese Ereignisse so lange zurück. Sie hatten nichts mit ihr, mit der Gegenwart zu tun. Was hatten diese Leute alle bloß?

Der Wolkenbruch war so heftig, dass er alles zu ertränken schien. Das Kopfsteinpflaster des *baglio* war schon überflutet, und die Häuser ringsumher sahen bei diesem Wetter traurig und heruntergekommen aus.

Tess war bis auf die Haut durchnässt. Aber sie stand immer noch da, während Tonino seufzte, mit den Schultern zuckte und begann, seine Sachen in Sicherheit zu bringen. Er arbeitete jetzt an einem viel größeren Stück, das aus türkisfarbenem und meergrünem Seeglas bestand. Nass vom Regen, glänzten die Glas- und Steinstückchen wie Edelsteine.

»Ich behalte das Haus«, schrie sie. »Und niemand kann mich daran hindern.« Wem erzählte sie das? Sich selbst? Tonino? Ganz Cetaria? »Ich habe keine Angst vor Giovanni Sciarra.«

»Das solltest du aber«, murmelte Tonino, als er an ihr vorbeiging und die Tür zu seinem Atelier öffnete.

Schön. Sie war wütend auf ihn. Er hatte aufgegeben, oder? »Und woher hattest du das Geld?«, schrie sie. »Sag mir das.« Eigentlich wollte sie nur seine Aufmerksamkeit, aber im selben Moment wusste sie, dass sie zu weit gegangen war.

Er erstarrte. »Was?«

Sie hätte den Mund halten sollen. Aber er brachte sie auf die Palme mit seinem Rückzug, seiner Weigerung, sich der Vergangenheit zu stellen, sich mit ihr und dem, was zwischen ihnen war, auseinanderzusetzen. »Das Geld deines Großvaters. Dein Geld. Das Geld, mit dem du deine Werkstatt eröffnet hast.« Sie konnte ihn nicht ansehen.

Er fluchte leise und kam auf sie zu. Ein weiterer Blitz fuhr hinter ihm in den Boden. Er hob ihr Kinn an und schüttelte betrübt den Kopf. »Nicht auch noch du, Tess«, sagte er. »Glaubst du das etwa auch?«

Sie hielt seinem Blick stand. »Woher soll ich denn wissen, was die Wahrheit ist, was ich glauben soll«, gab sie zurück. »Du und Giovanni ... Ihr tut die ganze Zeit so verdammt finster und geheimnisvoll.«

Wieder seufzte er. Sein Haar war patschnass und klebte ihm auf der Stirn, und er blinzelte sich den Regen aus den dunklen Augen. »Ich habe es geerbt«, erklärte er. »Von einem Onkel, der kinderlos gestorben ist. Nichts weiter. Aber weil das zur selben Zeit geschah wie ...« Er zögerte. »Wie alles andere, haben alle angenommen, dass es da eine Verbindung gäbe.« Er sah sie an. »Es gab aber keine.«

Tess nickte. Sie glaubte ihm. Wahrscheinlich würde sie ihm immer glauben, immer vertrauen, obwohl er sie so wütend machen konnte. »Es ist auch ein Mann verschwunden«, flüsterte sie dennoch.

»Ja. Ein Mann ist ebenfalls verschwunden. Ettore Sciarra. Ein Mann, der die Finger in vielen zweifelhaften Geschäften hatte. Wer weiß, wie viele Leute einen Grund hatten, ihn umzubringen?« Er stand jetzt sehr nahe bei ihr. Als er sich noch näher zu ihr beugte, wusste sie mit absoluter Gewissheit, dass seine Lippen die ihren berühren würden, und sie spürte den süßen Schauer der Vorfreude ... Doch dann fühlte sie, wie auch die Erde unter ihr erschauerte und Vibrationen das Pflaster des *baglio* durchliefen.

Sie wichen beide gleichzeitig einen Schritt zurück. In Toninos Atelier hörte sie Glas klimpern, als schüttle eine Riesenhand die Regale. Ungläubig sah sie zu, wie sich in der Steinmauer neben ihnen ein Riss bildete.

Tonino stand reglos da. Er schien auf etwas zu lauschen, auf etwas zu warten. In der Ferne wogte das Meer noch heftig, aber der Wind ließ langsam nach. Der Sturm hatte seine Richtung geändert und bewegte sich jetzt die Küste entlang. Noch einmal bebte die Erde, als recke sie sich nach einem langen Schlaf, und dann war alles ruhig und still. Irgendwo im Dorf läutete eine Kirchenglocke.

Tonino entspannte sich sichtlich. Er nahm ihren Arm. »Mach die keine Sorgen«, sagte er. »Geh jetzt zurück in die Villa Sirena.«

Tess konnte ihre bittere Enttäuschung kaum verbergen. »Was war das?«, fragte sie. »War das der Sturm?«

Er schüttelte den Kopf. »Ein Erdstoß«, erklärte er. »Das passiert hier öfter. Aber jetzt ist es vorbei, glaube ich. Geh.«

Die Treppe, die hinauf zur Villa führte, war ihr noch nie so steil vorgekommen.

Oben drehte Tess sich um und sah auf die Felsen, *il faraglione,* und die einsamen Fischerboote im Hafen hinunter, auf die halb verfallene, unbenutzte Tunfischfabrik. Konnte man einen Ort lieben und zugleich fürchten? War es möglich, dass man sich fast gegen seinen Willen zu einem Ort hingezogen fühlte? Wenn man das konnte, wenn das möglich war, dann empfand sie so.

62. Kapitel

Ungefähr ein halbes Jahr nach diesem Besuch schrieb Peter ihr einen Brief. Flavia betrachtete die ordentliche Handschrift auf dem blauen Umschlag und wusste aus irgendeinem Grund sofort, dass es seine war. Sie erinnerte sie an die vielen Briefe, die sie nicht bekommen hatte. Was hatte ihr Vater wohl mit ihnen gemacht? Wahrscheinlich hatte er sie in die Kohlenpfanne geworfen. Aber zuerst hatte er sie gelesen. Woher hätte er sonst gewusst, dass Peter nach Sizilien kommen wollte, um sie zu holen? Und da Papa kein Englisch sprach, musste er sie jemandem gezeigt haben, jemandem, der ihm Peters Worte übersetzte, Peters Liebesbriefe an Flavia.

Sogar jetzt noch wurde ihr vor Zorn und Scham ganz heiß. Wer hatte sie sonst noch gelesen? Enzo? Sie dachte an Enzos dunkles, hartes Gesicht und erschauerte. Hätte sie Tess vor den Sciarras warnen sollen?

Dies hier war allerdings kein Liebesbrief, und darüber war Flavia froh. Er begann mit »meine liebe Flavia« und endete mit »Dein Peter«. Obwohl er das natürlich nicht war. Dazwischen erkundigte er sich nach ihrer Gesundheit und dem Café, erzählte ihr, wo er wohnte, und zwar allein, dass er eine Stelle als Versicherungsvertreter gefunden hatte und seinen Sohn einmal in der Woche sah.

Einmal in der Woche, am Sonntag … Das war nicht viel für einen Mann, der so stolz auf seinen Jungen gewesen war. Sie erinnerte sich: Ich habe einen Sohn, Flavia. Sein Name ist Daniel.

Er hoffe, schieb Peter, dass sie Zeit finden werde, ihm eines Tages zu schreiben, als Freundin. Und wenn sie je etwas bräuchte ... Diesen Satz hatte er nicht beendet.

Als Freundin ... Als Flavia nach England kam, hätte sie nie gedacht, dass sie einmal Freunde sein würden. Ein Liebespaar, ja. Aber Freunde?

Trotzdem rührte es sie, dass ihm offensichtlich so viel an ihr lag, dass er ihr seine Freundschaft anbot. Daher steckte sie den Brief wieder in den blauen Umschlag und legte ihn im Schlafzimmer in die Schublade mit ihren Strümpfen.

Ein paar Wochen später, als am Sonntag der gewohnte Besuch bei Lennys Mutter fällig war, entschuldigte sie sich und blieb zu Hause. Am Nachmittag beantwortete sie Peters Brief. Sie berichtete ihm, wie sich das Azurro *entwickelte und dass sich ihr Englisch verbesserte. Sie erzählte ihm von Pridehaven und erklärte ihm, dass Lenny ein netter Mann sei, einer der besten. »Auch ich«, schrieb sie ihm, »möchte, dass wir Freunde bleiben.«*

Ihr Briefwechsel war unregelmäßig, aber Flavia bekam etwa vier oder fünf Briefe pro Jahr. Wenn er ein Problem hatte, zum Beispiel als seine Exfrau jemand anderen kennenlernte und Peter sich darum sorgte, welche Auswirkungen das auf Daniel haben könnte, oder wenn bei der Arbeit etwas schieflief und er nicht so viele Versicherungen verkaufte, wie er sollte, schrieb er ihr und erzählte ihr davon. Manchmal erwähnte er andere Frauen. Einmal war da eine Katherine, mit der er ein paar Monate lang ausging, dann eine Audrey, mit der er sich ziemlich lange traf. Aber er heiratete nicht wieder und lebte weiterhin allein.

Wartete er etwa auf Flavia? All diese Jahre? Er sprach nie davon, und sie versuchte, nicht darüber nachzudenken. Trotzdem gewöhnte sie es sich an, Ausschau nach dem Briefträger zu halten, nur für den Fall der Fälle.

Sie führte ein gutes Leben, obwohl Lenny und sie schwer arbeiten mussten. Flavia machte den Teig für frische Pasta und Pizza selbst, und sie hatten ein Stück Land gekauft, sodass sie auch Tomaten anbauen konnten. Unter Glas wuchsen dort große Fleischtomaten und kleine, aromatische Kirschtomaten.

Sie waren ein Team. Aber wo blieb dabei die Liebe? Lenny war kein Romantiker. Das war er nie gewesen, und jetzt, da sie das Azurro *betrieben, war in ihrem Leben auch kaum mehr Platz für Romantik. Aber er war ein guter, ein freundlicher Mann, und dafür war Flavia dankbar. Die Romantik allerdings … Nun, das war etwas für das Mädchen, das sie einst gewesen war, und dieses Mädchen hatte sie hinter sich gelassen.*

Sie wusste, dass Lenny sich Kinder wünschte, doch sie bekamen keine, und in gewisser Weise war Flavia froh darüber. Sie hatte so viel Arbeit, und sie war nie der mütterliche Typ gewesen. Dazu war sie zu ehrgeizig; das sizilianische Verständnis von Frausein – ein Leben für Haushalt und Kinder – hatte ihr immer widerstrebt.

Als es dann doch passierte, war sie Anfang vierzig und konnte es zuerst nicht glauben. Das war nicht möglich. Nicht nach all diesen Jahren. Aber es war doch wahr, und Tess' Geburt kam ihr wie ein kleines Wunder vor. Sie nannten sie Teresa Jane.

Jetzt drehte sich ihr Zusammenleben mit Lenny nicht mehr nur um das Azurro*. Endlich waren sie eine richtige Familie.*

Gelb wie Durum-Weizen, der in der Sonne leuchtet, gelb wie Safran, gelb wie Zitronen und gelb wie goldener, warmer, flüssiger Honig.

Honig, der schon den ältesten Kulturen bekannt war, wird in Sizilien seit Tausenden von Jahren hergestellt, aber sein Geschmack hat sich im Lauf der Jahrhunderte verändert. Die Pflanzenwelt hat sich verändert, und der Honig, der unter dem Namen millefiori *oder »tausend Blumen« bekannt ist, steht für dieses Erbe. Heutzutage stammt der Großteil des sizilianischen Honigs aus dem Nektar von Orangen- oder Eukalyptusblüten.*

Flavias Favorit war sizilianischer Orangenblütenhonig. Sie verarbeitete ihn in allen ihren *dolce,* denn er war leicht und frisch und schmeckte nach Frühling. Nach Hoffnung und Neubeginn …

63. Kapitel

Tess freute sich, als sie eine überraschende Einladung zum Mittagessen bei Millie und Pierro erhielt. Sie hatte auch eine SMS von Ginny bekommen. Nichts Weltbewegendes, aber Ginny kommunizierte mit ihr. Denn Tess versuchte, ihr Freiraum zu lassen, für sie da zu sein, ohne sich aufzudrängen. Und es schien zu klappen.

Der Tisch war auf Millies und Pierros Privatterrasse gedeckt; ein schlichtes Mahl nach sizilianischen Maßstäben, aber es sah köstlich aus. Es gab einen einfachen Salat aus grünen Bohnen mit Brot und verschiedene Meeresfrüchteantipasti, die kunstvoll auf weißen Tellern angerichtet waren.

Pierro sauste hin und her und kümmerte sich um Dinge, die mit dem Hotel zu tun hatten. Einmal ging es um einen schwierigen Gast, ein anderes Mal besorgte er einem Handwerker eine Zange, dann wieder ging er ans Telefon …

Millie dagegen war so entspannt wie immer. Ihr »Mädchen« Louisa saß an der Rezeption, und Millie nahm sich nur zu gern ein paar Stunden frei. »Das habe ich mir verdient«, erklärte sie Tess. »Komm her, und lass dich ansehen.«

Tess tat ihr den Gefallen, und Millie küsste sie auf sizilianische Art auf beide Wangen. Heute trug Millie ein pinkfarbenes Top zu einem Hosenrock aus schwarzer Baumwolle und schwarze Pumps mit einer winzigen pinken Schleife. Ihr Lippenstift allerdings war knallrot wie immer. Eine solche Farbkollision kann nur Millie erfolgreich überstehen, dachte Tess.

»Wie geht's euch beiden?«, fragte sie. »Was macht das Geschäft?«

»Alles bestens.« Millie bot ihr einen Platz an. »Und wie geht es deinem Vater? Wie ich höre, erholt er sich gut.«

Tess war ein wenig erstaunt. »Ja, das stimmt, obwohl meine Mutter meint, seine Tage als Superman seien endgültig vorbei.«

Pierro kam herein und fing gerade noch Tess' fragenden Blick auf. »Was ist?« Auch er begrüßte sie mit einem Kuss.

»In Cetaria scheint wirklich jeder alles über alle zu wissen.« Tess zuckte mit den Schultern und versuchte, ihr ungutes Gefühl mit einem Lachen zu bekämpfen. Die beiden waren schließlich ihre Freunde, und es war nun wirklich egal, dass ...

»So ist es.« Pierro setzte sich ihr gegenüber auf einen Stuhl. »Und meine Frau ist die größte Klatschbase von allen.«

Millie zog eine Grimasse. »Hör gar nicht auf ihn«, sagte sie. »Gute Nachrichten verbreiten sich eben schnell.«

»Und schlechte Nachrichten noch schneller«, fügte Pierro hinzu.

Tess lächelte. Da hatte er wohl recht. Ihr fiel etwas ein. »Als ich heute Morgen die Villa verlassen habe, hätte ich schwören können, dass mich jemand beobachtet«, erklärte sie. Ein ganz merkwürdiges Gefühl war das gewesen; sie hatte den forschenden Blick beinahe spüren können wie den Strahl einer Taschenlampe in ihrem Rücken.

»Wahrscheinlich war da tatsächlich jemand.« Aus dem Krug, der auf dem Tisch stand, füllte Pierro drei Gläser mit geeister Limonade. »Auf Sizilien steht man immer unter Beobachtung.«

»Wirklich?« Das war nicht besonders beruhigend.

Millie schnalzte mit der Zunge und brachte ihn zum Schweigen. »Er zieht dich nur auf«, sagte sie zu Tess.

Tess war nicht überzeugt. Wer waren diese Beobachter? Und warum sollten sie ausgerechnet *sie* im Auge behalten? Sie dachte an Giovanni Sciarra und erschauerte.

Pierro reichte ihr ein Glas. »Wie ist es gestern mit den Handwerkern gelaufen?«, erkundigte er sich. »Haben sie dir ein gutes Angebot gemacht?«

Tess trank einen Schluck von der Limonade. Sie war selbst gemacht, zweifellos aus sizilianischen Zitronen, und köstlich. »Nicht schlecht«, sagte sie. Dieser Handwerker hatte sich viel genauer in der Villa umgesehen, hatte in verständlichem, wenn auch simplem Englisch Bemerkungen zu ihren Plänen gemacht und ihr nützliche Ratschläge gegeben. Ach ja, und da war noch der unbedeutende Umstand, dass sein Kostenvoranschlag um Zehntausend Euro unter dem von Giovannis Truppe lag.

»Und? Wirst du weitermachen?« Millie schaute besorgt drein. »Kannst du dir das denn leisten?«

»Ja. Das gilt für beide Fragen.« Tess nahm sich ein Stück Brot aus dem Korb, den Millie ihr hinhielt, und bediente sich mit *calameretti*, kleinen Tintenfischen mit Pinienkernen, Petersilie, Knoblauch und Semmelbröseln. Dieses Gericht hatte sie zum ersten Mal bei einem ihrer Mittagessen mit Giovanni gekostet. Wenn sie die Villa behalten und zu einer Pension umbauen wollte, mussten die Arbeiten durchgeführt werden, und sie wollte verdammt sein, wenn sie sich von Giovanni bedrängen oder von Tonino ängstigen ließ. Sie war erwachsen und konnte ihre eigenen Entscheidungen treffen.

»Sie haben beim Umbau dieses Hauses zum Hotel ausgezeichnete Arbeit geleistet«, erklärte Pierro und warf einen Blick in die Runde, auf das Haus, das sein Stolz und seine Freude war. »Und wenn etwas schiefgehen sollte, sind sie immer erreichbar.«

»Wahrscheinlich, weil wir immer pünktlich zahlen«, warf Millie ein. Sie schlug die Beine übereinander und ließ einen der schwarzen Pumps zu Boden fallen.

Doch Tess konnte sich des Gefühls nicht erwehren, dass Pierros Empfehlung hundertmal mehr wert war als die von Giovanni.

Millie steckte sich eine gefüllte Muschel in ihren roten Mund und kaute nachdenklich. Stirnrunzelnd sah sie Tess an. »Aber wovon willst du das bezahlen?«, fragte sie betont beiläufig.

Pierro warf ihr einen scharfen Blick zu. »Das geht uns nichts an, Liebling ...« Aber ehe er weitersprechen konnte, klingelte sein Handy, und er stand mit einer entschuldigenden Geste auf, um den Anruf anzunehmen. Er entfernte sich vom Tisch und redete in so schnellem Sizilianisch, dass Tess kein Wort verstand.

Millie beugte sich vertraulich vor. »Bist du etwa zu Geld gekommen, Liebes?«, erkundigte sie sich. »Wie wunderbar.« Ihre grünen, strahlenden Augen forderten sie geradezu zu Geständnissen auf.

Doch Tess war misstrauisch. Dieses Gefühl, beobachtet zu werden, das sie heute Morgen beim Verlassen der Villa gehabt hatte, verunsicherte sie. Und es war nicht das erste Mal gewesen. Auf der Treppe war sie stehen geblieben und hatte sich umgesehen. Im *baglio* bot sich ihr das gewohnte Bild, obwohl Tonino nirgendwo zu sehen war. Unten in der Bucht waren nur ein paar Menschen unterwegs. Auf den Hügeln hinter dem Dorf, wo sie mit Tonino in dem Olivenhain spazieren gegangen war, meinte sie, etwas aufblitzen zu sehen, vielleicht die Sonne auf dem Objektiv einer Kamera. Aber ...

Wahrscheinlich bildete sie sich das nur ein. Trotzdem hatte sie, nachdem Giovanni sie in dem Café bedroht und Tonino sie aufgefordert hatte, nach Hause zu fahren, beschlossen, niemandem von Davids Geld zu erzählen. Weder Giovanni noch Tonino, nicht einmal Millie. Nicht, dass sie ihr und Pierro nicht vertraute; es irritierte sie nur, dass hier in Cetaria anscheinend jeder über die Angelegenheiten aller anderen Bescheid wusste.

»So ähnlich«, erklärte sie Millie daher, warf ihr ein geheimnisvolles Lächeln zu und nahm sich Bohnensalat und *gamberoni*.

Ihre Freundin wirkte ein wenig pikiert, aber glücklicherweise kehrte in diesem Moment Pierro an den Tisch zurück, und sie ließ das Thema fallen.

Während des Essens unterhielten sie sich über andere Dinge: über das Wetter in England, über die neuesten Nachrichten, über Tess' Pläne für eine Pension und schließlich über Pierros Mutter, die vorhatte, zu ihnen zu ziehen, für immer.

»Ein Schicksal, schlimmer als der Tod«, erklärte Millie und verdrehte die Augen.

Tess erwähnte Giovanni nicht, denn sie hatte bereits beschlossen, auch darüber nichts verlauten zu lassen. Sie wollte den Zwischenfall nicht unnötig hochspielen, und sie wollte nicht noch mehr Probleme mit ihm bekommen. Inzwischen wusste sie, wie viel Schaden ein unbedachtes Wort anrichten konnte.

Um zwei Uhr mittags entschuldigte sich Pierro. Tess schickte sich ebenfalls zum Gehen an, aber Millie hielt sie noch eine Dreiviertelstunde fest, plauderte ziellos und lockte sie mit frischem Kaffee und *dolce;* dieses Mal waren es hausgemachte Mandelplätzchen. Man käme nie auf die Idee, dass sie ein Hotel zu leiten hat, dachte Tess.

»Ich muss wirklich los«, erklärte Tess schließlich. »Ich muss die Handwerker anrufen und die Sache in Gang bringen.«

Außerdem wollte sie noch einmal tauchen. Nach dem Sturm und dem Erdstoß hatte das Meer frischer, leuchtender und einladender denn je ausgesehen. Wenn die Handwerker erst mit der Arbeit begonnen hatten, würde sie weniger Zeit zum Tauchen haben. Und außerdem brauchte sie keinen Vorwand. Tess wollte einfach ins Wasser.

Sie riss sich von Millie los, die ihr vorschlug, die Handwerker gleich anzurufen und dann *pronto* zu der Firma zu gehen. Ihre Freundin gab ihr sogar die Visitenkarte des Chefs und beschrieb ihr den Weg zum Büro, das nur ein paar Straßen weiter lag. »Sizilianer machen Geschäfte lieber von Angesicht zu Angesicht als übers Telefon«, erklärte sie ihr. »Wie sagt man noch? Man soll das Eisen schmieden, solange es heiß ist.«

Aber nachdem Tess das Hotel verlassen hatte, änderte sie ihre Meinung und beschloss, zur Villa zurückzukehren und dann tauchen zu gehen. Sogar Handwerker hielten hier in Cetaria Siesta.

Der *baglio* jedenfalls lag verschlafen in der Hitze des frühen Nachmittags da. Die Geschäfte waren geschlossen, auch Toninos Atelier. Wieder spürte sie es, dieses Gefühl, beobachtet zu werden.

Das ist albern, sagte sie sich und ging die Treppe hoch. Sie schloss das Seitentor auf und ging an dem weißen Jasmin vorbei ums Haus und zur Vorderfront der Villa. In Gedanken war sie bereits mit dem geplanten Tauchgang beschäftigt.

Sie öffnete die Haustür, trat in die Eingangshalle und blieb abrupt stehen. Sie spitzte die Ohren. Hier stimmte etwas nicht. Sie runzelte die Stirn und ging dann in Richtung Küche. Plötzlich hörte sie ein Geräusch, es klang wie ein Bohrer, dann ein Hämmern, dann leises Stimmengemurmel. Jemand war hier in der Villa.

An der Küchentür blieb sie unschlüssig stehen. Sie sollte

sofort gehen und Hilfe holen. Im *baglio* war allerdings niemand. Falls Tonino tatsächlich nicht da war, sollte sie vielleicht zum Hotel zurücklaufen und Pierro Bescheid sagen. Toninos Worte fielen ihr wieder ein. *Ich kann nicht immer da sein, um dich zu beschütz*en. Nein, sie konnte Tonino nicht fragen.

Außerdem befahl ihr ihr Instinkt, nicht zu gehen, sondern herauszufinden, wer hier war, was hier vor sich ging. Es war schließlich ihr Haus, verdammt. Sie betrat die Küche.

»Wer ist da?«, rief sie. Keine Antwort. »Wer ist da?«

64. Kapitel

Essen bedeutete Sicherheit und Kontinuität. *Flavia beschloss, das Rezept für* Granite di caffé *aufzunehmen. Wasser und Zucker in einen Topf geben und erhitzen, bis der Zucker sich auflöst. Eine Minute kräftig kochen, dann simmern lassen, den Kaffee zugeben, rühren und vom Herd nehmen. Eine Vanilleschote und Zimt zugeben. Gut vermischen und abkühlen lassen. Zwei Stunden gefrieren und dabei jede Viertelstunde herausnehmen und durchrühren. Das Ergebnis sollte,* schrieb sie, *feinkörnig sein, am Ende beinahe breiig. Sahne mit Puderzucker steifschlagen. Die Masse auf so viele Gläser wie gewünscht verteilen, mit Sahne verzieren und mit warmem Hefegebäck servieren.*

Eines Tages, als Tess drei war, bekam Flavia wieder einen Brief von Peter. »Ich weiß gar nicht, wie ich es dir sagen soll, Flavia«, schrieb er. »Ich habe sogar überlegt, es dir gar nicht zu sagen.«

Sogar nach all der Zeit hatte Flavia das Gefühl, als drückte ihr eine eisige Faust das Herz zusammen.

Und sie hatte recht.

»Ich habe Krebs«, schrieb er, »Lungenkrebs. Ich hätte das Rauchen schon vor Jahren aufgeben sollen, aber …«

Ich habe nie gewusst, dass er raucht. *Blinzelnd sah Flavia auf die Worte auf der Seite hinunter. Wie war es möglich, dass sie etwas so Banales und doch so Grundlegendes nicht gewusst hatte?*

In Sizilien hatte er nicht geraucht, oder? Jedenfalls hatte er nie etwas davon gesagt. Er hatte auch nicht geraucht, als er damals ins Lokal gekommen war.

Ich habe ihn überhaupt nicht gekannt, dachte Flavia. Und ich kenne ihn immer noch nicht.

»Ich möchte dich sehen«, schrieb er. Es war das erste Mal in dieser ganzen Zeit, dass er ein Treffen vorschlug. »Könntest du kommen? Würdest du kommen?«

Konnte sie? Ja, sie konnte. Lenny war nie ein besitzergreifender Mensch gewesen. Er fragte nie, wohin sie ging und woher sie kam, obwohl man der Gerechtigkeit halber sagen musste, dass sie sich normalerweise nur im Umkreis der Küche des Azurro *bewegte. Und er achtete ihre Privatsphäre. Würde sie es tun? Das war eine andere Frage.*

Sie traf ihn in Lyme Regis, in einer Teestube am Strand. Es war Flut, und die grauen Wellen schlugen hoch. Sie hätte sich keinen größeren Gegensatz zum Meer in Sizilien vorstellen können.

Lenny hatte sie erzählt, dass sie sich mit einer Freundin treffen würde. Sie hatte nicht viele Freundinnen, aber ein paar Freundschaften hatte sie doch geschlossen, mit Frauen, die öfter ins Café kamen, und Müttern, deren Kinder zusammen mit Tess in den Kindergarten gingen.

Eine von ihnen war ihr Alibi, Alice. Lenny kannte sie kaum. Sie sagte ihm, dass sie zusammen einkaufen gehen wollten, und nahm sich den Nachmittag frei. Lenny würde Tess vom Kindergarten abholen und sich um alles kümmern. Flavia hatte das Essen vorgekocht und eine Vertretung für das Café besorgt. Das Schlimmste war, Lenny anzulügen. Aber …

Wahrscheinlich hätte sie Lenny auch sagen können, dass sie sich mit Peter traf. Sie hätte ihm auch von den Briefen erzählen können und davon, dass Peter krank war und sie sehen wollte. So, wie Lenny war, hätte er wahrscheinlich Verständnis gehabt. Aber er hätte vielleicht zu gut verstanden. Er hätte begriffen, warum sie diesem Treffen zugestimmt hatte, und sie wollte ihn nicht verletzen. Das hatte er nicht verdient.

Peter war schmaler geworden. Auch sein Haar war dünner geworden. Fein und weich wie Babyhaar, dachte sie. Neue Linien durchzogen sein Gesicht, seine Haut wirkte an einigen Stellen, besonders um die Augen, schlaff, und sein Mund war härter geworden. Aber seine Augen waren noch himmelblau, so blau, wie sie es immer gewesen waren.

»Danke, dass du gekommen bist«, sagte er. Und er hielt über dem Tisch ihre Hand, als ob sie ein Liebespaar wären.

Sie tranken Tee, aßen getoastete Hefebrötchen und redeten, stundenlang, wie es ihnen vorkam. Nicht nur über sein Leben und ihr Leben in den vergangenen Jahren, sondern auch über seine Krebserkrankung. Wenn er sprach, meinte sie, eine Kurzatmigkeit wahrzunehmen. Ihr Herz zog es noch immer zu diesem Mann, den sie einmal geliebt hatte. Sie waren inzwischen beide in den Vierzigern, mittleren Alters, konnte man wohl sagen, obwohl sie sich nicht so fühlte, vor allem, weil sie sich um eine kleine Tochter und ihr Geschäft zu kümmern hatte. Aber Peters Leben hatte sich nicht so entwickelt, wie er gehofft hatte. Und jetzt würde es zu Ende sein, bevor er fünfzig war.

»Ich muss zurück«, sagte sie schließlich. »Lenny wird sich Sorgen machen.«

Er schüttelte den Kopf. »Wer hätte das gedacht? Meine Flavia ist so englisch geworden …«

Meine Flavia …

»Ich bin seit fünfundzwanzig Jahren hier«, rief sie ihm ins Gedächtnis. »Heutzutage denke ich sogar auf Englisch.«

»Meinst du, meine wunderschöne Flavia, du könntest mir einen letzten Gefallen tun, um der alten Zeiten willen?«, fragte er und nahm erneut ihre Hand.

Sie wusste, dass sie ihm die Bitte nicht abschlagen konnte.

Er war in einem großen Hotel auf dem Hügel abgestiegen.

»Ich verlange nicht von dir, mit mir zu schlafen«, erklärte er. »Aber ich kann nicht sterben, ohne dich einmal in den Armen gehalten zu haben. Nur ein einziges Mal, Flavia.«

Sie wusste genau, was er empfand. Hatte sie nicht vor Jahren das Gleiche gedacht? Also ging sie mit ihm den Hügel hinauf zum Hotel. Sie wartete an der Rezeption, während er seinen Schlüssel holte, und fuhr dann im Aufzug mit ihm zu seinem Zimmer hinauf.

Drinnen angekommen, schlug er die Bettdecke zurück und ließ sie allein.

Zitternd zog Flavia sich aus, ihren warmen schwarzen Mantel, ihre Wildlederstiefel, den dicken Rock und die Strümpfe. Sie streifte ihre Wolljacke, ihre Bluse und das Silberkreuz, das Lenny ihr zur Hochzeit geschenkt hatte, ab. Schließlich legte sie die Unterwäsche ab, schlüpfte unter die Decke und wartete auf ihn, genau wie sie früher auf ihn gewartet hatte.

65. Kapitel

Sie kamen durch die Tür auf der anderen Seite der Küche, die ins Wohnzimmer führte: Giovanni Sciarra und ein anderer, älterer Mann, der ein schmuddeliges Hemd und Arbeitskleidung trug. Giovanni selbst wirkte in Jeans und einem weißen Leinenhemd kühl und gelassen, als wäre er zum Sonntagstee eingeladen.

»Giovanni«, zischte sie. »Was zum Teufel geht hier vor? Was haben Sie hier zu suchen?«

Der Ausdruck auf seinem Gesicht wechselte mehrfach, als er sich nicht entscheiden konnte, wie er auftreten sollte.

»Sie sind früh zurück, Tess.« Er schüttelte betrübt den Kopf.

Früh zurück? Wovon redete er?

»Früher, als gut für Sie ist.«

Sie versuchte die Angst, die in ihr aufstieg und ihre Knie weich werden ließ, niederzukämpfen. Er würde es nicht wagen, ihr etwas anzutun. Nicht vor einem Zeugen. »Was wollen Sie?«, fragte sie energisch. »Wonach suchen Sie?«

Aber natürlich wusste sie es. Und sie wusste, warum Giovanni so wütend geworden war, als sie seine Handwerker abgelehnt hatte. Er glaubte, dass er hier war, in der Villa. *Il tesoro*. Er war davon überzeugt. Deswegen war das Haus in einem solchen Zustand gewesen, als sie damals hergekommen war. Nicht Edward Westerman hatte es so hinterlassen, sondern Giovanni.

»Dove il tesoro è nascosto?«, murmelte er. »Wo ist er versteckt?«

Dann hatte er die Geschichte, die er ihr aufgetischt hatte, – dass Toninos Großvater den Schatz an jemanden verkauft hatte –, also nie selbst geglaubt. Er hatte nur versucht, einen Keil zwischen sie und Tonino zu treiben. »Giovanni«, sagte sie. »Sie scheinen etwas vergessen zu haben. Dies ist mein Haus, und Sie haben es unbefugt betreten.«

Er brummte etwas, was sie nicht verstand.

»Bitte gehen Sie. Sofort!« Doch Giovanni und der andere Mann kamen weiter auf sie zu. Der Kerl im Arbeitsanzug hielt einen Pressluftbohrer in der Hand. Um Gottes willen! Aha. An den Stellen, die sich dazu anboten, hatte Giovanni bereits gesucht, und bei der Renovierung hatte er gehofft, sozusagen tiefere Einblicke zu erhalten. Aber jetzt, nachdem sie seine Handwerker abgelehnt hatte ...

»Ach, Tess«, sagte er.

Wieder spürte sie einen Anflug von Angst. »Er muss wohl etwas ganz Besonderes sein«, gab sie zurück, »der *tesoro*. Aber wie kommen Sie auf die Idee, er könnte sich hier befinden?«

Giovanni zuckte mit den Schultern und sprach mit dem Mann neben sich. Dieser drückte sich daraufhin an Tess vorbei und ging durch die Eingangshalle und die Haustür hinaus.

Tess ließ ihn gehen. Jetzt waren sie allein. Sie hatte Angst, und sie war wütend. Aber sie wollte dieser Sache auf den Grund gehen. Sie wollte die Wahrheit wissen.

»Wo sollte er sonst sein?« Giovanni beobachtete sie genau. »Das Haus ist das wahrscheinlichste Versteck, oder?«

»Ich habe keine Ahnung, wie Sie darauf kommen«, fauchte sie. »Er könnte überall sein.«

»Und wo zum Beispiel?« Giovannis Stimme wurde lauter. »*Scopi questo!* Wo immer er auch gelegen hätte, er wäre inzwischen gefunden worden.«

Tess hatte mittlerweile genug Stunden damit verbracht, sich

die Geschichte durch den Kopf gehen zu lassen. Ihr Großvater hatte Alberto Amato im Krieg gebeten, den Schatz zu verstecken. Aber warum? Warum hatte ihr Großvater ihn nicht einfach selbst versteckt? So hätte er sichergehen können, nicht verraten zu werden, und nur er selbst hätte gewusst, wo der Schatz war. Es ergab einfach keinen Sinn.

»Und selbst wenn er sich hier befände«, sagte Tess sehr vorsichtig. »Wieso meinen sie, irgendein Recht darauf zu haben, Giovanni?«

Er fluchte unterdrückt. »Damit sollte eine Schuld bei der Sciarra-Familie beglichen werden«, erklärte er. »Wir haben ein Anrecht darauf.«

Ein weiteres Puzzleteil rutschte an seinen Platz. Davon hatte er ihr schon erzählt, oder? Von den Schulden, die die Amatos bei den Sciarras hatten, vor allem wohl Luigi Amato. Schutzgeld für sein Geschäft. Aber wieso sollte der *tesoro* bei Edward Westerman gelandet sein, wenn er ursprünglich Luigi Amato gehört hatte? Und dann begriff sie. Millie hatte es ihr unabsichtlich verraten. Luigi Amato war homosexuell gewesen, Edward Westerman ebenfalls. Damit bestand zwischen den beiden mindestens eine Gemeinsamkeit, vielleicht sogar eine Beziehung. War Edward Westerman der einzige Mensch gewesen, dem Luigi vertrauen konnte? Hatte er Edward den Schatz in Verwahrung gegeben, weil die Sciarra-Familie ihn sich holen wollte?

»Woher hatte Luigi den Schatz, Giovanni?«, fragte Tess. Sie hatte sich schon zu weit vorgewagt, um jetzt noch zurückzurudern.

»Sie sind ein kluges Mädchen.« Er lächelte. »Er hat ihn gefunden, als er die Fundamente für sein dummes kleines Restaurant ausgehoben hat«, erklärte er. »Aber wir haben unsere Augen überall, verstehen Sie? Und selbst wenn wir das nicht hätten – seine klatschsüchtige Schwester konnte ihren Mund einfach nicht halten. Wie die meisten Frauen.« Seine Miene verdunkelte sich. »Also, er gehört Sizilien, Cetaria.« Er richtete sich auf und sah beinahe stolz aus. »Der Bruderschaft«, fügte er so leise hinzu, dass es ihr fast entgangen wäre. *Bruderschaft?*

»Und Sie würden ihn Sizilien schenken, oder, Giovanni?«, fragte sie. Sie selbst hätte den Schatz liebend gern Sizilien geschenkt. Um die Wahrheit zu sagen, hatte sie nicht das geringste Interesse an dem verdammten Ding. Soweit sie sehen konnte, hatte es nur eine Menge Ärger verursacht.

»Was wissen Sie schon von Sizilien?«, stieß er hervor. »Eine englische Touristin, die hier auftaucht, als gehöre ihr alles?«

Er schien vergessen zu haben, dass sie zur Hälfte Sizilianerin war. Dass ihre Mutter hier genauso aufgewachsen war wie seine eigene, mit seiner Tante in denselben Straßen gespielt hatte. Und dass ihr dieser Ort tatsächlich gehörte. Dieses Haus.

»Jetzt reicht es.« Sie streckte die offene Hand aus.

Fragend sah er sie an. »Was?«

»Den Schlüssel, Giovanni. Geben Sie mir den Schlüssel zu meiner Villa, und wir reden nicht mehr davon.« Jetzt hatte sie keine Angst mehr, sie war nur noch wütend.

Grinsend trat er einen Schritt an sie heran. »Holen Sie ihn sich doch, Tess.«

»Ach, um Himmels willen.« Sie wandte sich ab.

»Nein, das ist mein Ernst.« Er kam noch näher. »Holen Sie ihn sich.« Er hob die Hände. »Kommen Sie schon. Ich mache es Ihnen leicht.«

Zornig starrte sie ihn an. »Für wen arbeiten Sie, Giovanni?« Sie konnte sich nicht vorstellen, dass er auf eigene Faust handelte. Dazu war er viel zu selbstsicher. Und er wusste zu viel.

Woher hatte er zum Beispiel gewusst, dass sie heute unterwegs sein würde?

Giovanni machte sich nicht die Mühe, ihre Frage zu beantworten. Aber vielleicht hatte er das schon getan. *Die Bruderschaft*... Er grinste immer noch. Er lachte sie aus. Diese arme Engländerin, nur eine Touristin und völlig überfordert...

»Ich nehme an, Sie haben mich beschatten lassen?« Ein Schuss ins Blaue.

Er zog eine Augenbraue hoch. »Warum sollte ich das tun?«

»Um zu wissen, wann ich ausgehe und Sie in mein Haus einbrechen können?«

Er lachte. »Das war nicht nötig, meine liebe Tess.«

Ach ja, er hatte ja einen Schlüssel.

»Ich habe andere Ohren«, fuhr er im Flüsterton fort. »Und andere Augen. Und der *tesoro* ist wichtig für uns. Wir wollen ihn haben. Er kann nicht einfach verschwunden sein.«

»Also, ich habe ihn jedenfalls nicht«, sagte Tess schnippisch.

»Hmmm.« Er betrachtete sie nachdenklich. »Das Problem ist, dass wir Ihnen nicht ganz glauben. Daher können wir Sie auch nicht in Ruhe lassen, *no?*«

Tess dachte an Tonino. War er ebenfalls hinter dem *tesoro* her? Schließlich hatte er einmal seiner Familie gehört. Hatte er deswegen...?

Aber das war nicht möglich. Wenn es so wäre, hätte er nie Schluss mit ihr gemacht, oder?

»Der Schlüssel ist in meiner Hemdtasche«, flüsterte Giovanni. »Hier.« Er wies darauf.

Unter dem weißen Leinenstoff erkannte Tess den Umriss des schweren Metallschlüssels. Giovannis Hemdkragen war aufgeknöpft, sodass sein dunkles Brusthaar zu sehen war. Auf seiner olivfarbenen Haut stand ein leichter Schweißfilm.

»Holen Sie ihn sich doch«, sagte er.

Tess sah ihn durchdringend an. Sie wusste, dass er nur mit ihr spielte. Trotzdem streckte sie die Hand danach aus.

Er packte sie, zerrte sie grob zu sich heran und griff in ihr Haar.

»Lassen Sie mich los.« Ihre Stimme zitterte. Ihre Gesichter berührten sich fast. Seine Augen waren hart und kalt.

»Glauben Sie etwa, ich will etwas von Ihnen?«, murmelte er. »Nachdem dieser Bastard Sie gehabt hat?«

Er stieß sie so heftig weg, dass sie stolperte und beinahe gestürzt wäre. Sie hielt sich an einer Stuhllehne fest. »Geben Sie mir den Schlüssel, Giovanni«, befahl sie.

Er war schon an der Tür. Dort drehte er sich kurz um, zog den Schlüssel aus der Hemdtasche und warf ihn auf den Boden. Mit einem dumpfen, metallischen Klirren landete er auf den Platten vor ihr. »Nehmen Sie ihn«, sagte er. »Es macht keinen Unterschied.«

Er öffnete die Tür.

»Und kommen Sie bloß nie wieder«, schrie Tess ihm nach. »Sonst ... sonst ...«

Aber sie vergeudete ihren Atem. Er war schon fort.

66. Kapitel

Ja, dachte Flavia, die sizilianische Küche vereinte Gegensätze, Geschmäcker und Strukturen, die auf den ersten Blick nicht zusammenpassten. So war das immer schon gewesen. Süß und sauer, hart und weich, süß und salzig, heiß und kalt …

In der *cassata* zum Beispiel waren es die harten, festen kandierten Früchte und die Süße des Gusses über dem üppigen Ricottakäse. Kuchen und Eiscreme zugleich. Um das Jahr dreizehnhundert existierte das arabische Sizilien nicht mehr, und die *cassata* wurde zu einem Dessert der Aristokratie, dessen Rezepte Nonnen oder die Köche des Adels eifersüchtig hüteten. Selbst heute hatten noch nicht allzu viele Menschen, die keine Profiköche waren, den Ehrgeiz, sie zu Hause zuzubereiten.

Cassata war jedoch eine Spezialität aus Flavias Heimatdorf. Und es ging nicht an, Traditionen und Rezepte aussterben zu lassen. Es war ein Teil ihrer Geschichte.

Die kandierten Früchte sollten in einem verschlossenen Gefäß kühl aufbewahrt werden. Unter dem Zuckerüberzug bleibt das wahre Aroma des Obstes erhalten.

Sie begann, das Rezept im hinteren Teil des Buchs zu notieren.

Denn dort gehörte sie hin …

Peter zog sich langsam aus, als bereite ihm jede Bewegung Mühe. Er legte seinen Pullover ab, zupfte an seinem Hemd und ließ sie dabei nicht aus den Augen. Ein trauriger Blick voller Liebe war das. Liebe und Trauer, unterschieden diese beiden sich wirklich so stark voneinander?

Sie lag unter den gestärkten weißen Laken und versuchte, das Zittern ihres Körpers unter Kontrolle zu bringen. Es war nicht Angst oder Nervosität, die sie am ganzen Körper beben ließen, nicht einmal Begehren, sondern pures Gefühl, wurde ihr klar. Die Emotionen, die sie diesem Mann einmal entgegengebracht hatte, stiegen erneut wie Lava in ihr auf.

Und dann war er nackt und stand neben ihr am Bett. »Wir haben so viel Zeit verschwendet, Flavia«, sagte er.

Sein Körperhaar war blond und flaumig und dichter, als sie es in Erinnerung hatte. Es war golden und auf seinen Schultern und auf seinem Rücken kaum wahrzunehmen, wie sie erkannte, als er sich halb umwandte. Er war so dünn. Das ist die Krankheit, dachte sie. Er wirkte bereits ausgezehrt, und seine Haut war blass und gelblich und schimmerte leicht vor Schweiß.

Sie schlug die Bettdecke zurück. »Komm her«, sagte sie.

Er beugte sich über sie, stieg ins Bett und breitete die Arme aus. Sie schmiegte sich hinein, legte den Kopf in die Höhlung zwischen seiner Brust und seiner Schulter und schlang einen Arm um seinen Rücken. Er wandte sich ihr zu.

Sie schwiegen. Zwei Herzen schlugen, jedes für sich. Sie spürte seinen Puls, der an ihrer Haut pochte. Kurz huschten ihre Gedanken zu Lenny. Seine Körperform war anders; er war stämmiger und kleiner und hatte dunkles Haar auf der Brust und an den Beinen. Aber auch seine Haut war blass, nicht honigblass wie bei Peter, sondern weißlich rosa wie das Rote an einem Apfel. Sie hatte sich an Lennys Gestalt, an seinen Körper gewöhnt, und es fühlte sich merkwürdig an, in den Armen eines anderen zu liegen, obwohl es Peter war. Trotzdem ... »Das tut so gut«, murmelte sie.

Weil sie zusammenpassten. Sie atmeten im gleichen Takt. Die Höhlung zwischen seiner Brust und seiner Schulter hatte genau die richtige Form für ihren Kopf, und ihre Hüfte passte genau in die Kurve, die seine Hüfte und seine Leiste bildeten.

Er hielt sie in den Armen und streichelte ihr Haar. »Flavia, Flavia, ich habe nie aufgehört, dich zu lieben«, flüsterte er.

»Auch ich habe dich immer geliebt, mein Liebster«, sagte sie.

Und sie entspannte sich, bis sie nicht mehr zitterte, und glitt in einen friedvollen, fast hypnotischen Zustand, der ein bisschen wie schlafen war …

Sie hatte keine Ahnung, wie lange sie dort lagen und einander umfangen hielten. Später, als sie sich von ihm verabschiedet hatte und auf den Bus nach Hause wartete, dachte sie darüber nach. Sie spürte immer noch seine Haut auf ihrer, roch immer noch seinen Duft, den holzigen Tabakgeruch, in den sich der Hauch von etwas Chemischem mischte. Hatte er mit der Chemotherapie begonnen? Sie hatte sich nicht einmal danach erkundigt.

Sie hatte kein schlechtes Gewissen Lenny gegenüber. Dies hier hatte nichts mit Lenny zu tun, es würde keine Auswirkungen auf ihn haben.

Ihr wurde außerdem klar, dass sie Peter doch kannte. Es war ein tieferes Verständnis, das in ihnen beiden lag und in der Art, wie sie zusammenpassten. In ihrer Liebe zueinander, die sie nie verloren hatten. In der Art, wie er sie festhielt und wie sie sich in seinen Armen fühlte.

67. Kapitel

Tess war immer noch zornig, als sie ihre Tauchausrüstung zusammensuchte. Sie wusste ganz genau, dass sie nicht in der richtigen Gemütsverfassung für einen Tauchgang war. Es war wichtig, dass man ruhig war und so wenig Energie wie möglich verbrauchte, um Sauerstoff zu sparen und unter Wasser richtig zu reagieren.

Aber sie würde sich von Giovanni Sciarra nicht den Tag verderben lassen. Sie hatte diesen Tauchgang geplant, die Zeiten von Ebbe und Flut überprüft und sich darauf gefreut. Sie würde weitermachen. Und wenn er oder sonst jemand aus seiner verdammten *Bruderschaft* sie beobachtete, würde er schon sehen, dass sie sich nichts daraus machte.

Tess zog Bikini und Neoprenanzug an, schloss aber die obere Hälfte des Reißverschlusses nicht, weil es immer noch ziemlich warm war und sie ihre gesamte Ausrüstung ans Ufer schleppen musste. Sie war nach Sizilien gereist, um die Geschichte ihrer Mutter zu erforschen, aber sie hatte noch so viel mehr entdeckt... Sie legte ihren Bleigürtel an und legte die Atemmaske, ihre Flossen, die Taschenlampe und ihr kleines Tauchermesser bereit.

Doch während dieser Vorbereitungen dachte ein kleiner Teil von ihr ständig über die Frage nach, ob *Il tesoro* tatsächlich hier in der Villa Sirena versteckt war. War er die ganze Zeit über hier gewesen? Vielleicht eingemauert hinter dem alten steinernen Kamin, versteckt in dem alten Brunnen oder in dem terrassenförmig angelegten Garten vergraben: fünf Schritte von der Zwergpalme entfernt und drei von dem violetten Hibiskus, ein Kreuz markiert die Stelle …?

Unten in der Bucht war es, als wäre alles durch das Gewitter rein gewaschen worden – vielleicht auch durch das Erdbeben. Die Luft war klar, und das aquamarinblaue Wasser lockte: *Komm, Tess. Fühl mich, berühr mich, koste mich …*

Sie lief die Treppe hinunter und blickte sich um, aber niemand nahm Notiz von einer Frau in einem Neoprenanzug, die eine Sauerstoffflasche auf den Rücken geschnallt hatte. Sie ging hinüber zu dem steinernen Anlegesteg. Toninos Tür stand weit offen, aber von ihm war nichts zu sehen. Was hätte er auch tun können? Was würde er tun? Gar nichts, so war das.

Tess schüttelte den Kopf. Nein. Sie musste allein damit zurechtkommen. Mit Giovanni, aber auch mit der Villa, ihrer herrlichen rosafarbenen Villa, die jetzt nur noch das Erbe eines Verrats zu beherbergen schien. Und vielleicht den *tesoro* …

Die Sonne brannte ihr auf Kopf und Schultern, und in ihrem Neoprenanzug, mit dem Gewicht auf ihrem Rücken und dem Bleigürtel um die Taille, wurde ihr heiß. Sie konnte es kaum abwarten, ins Wasser zu kommen. Nach den üblichen Überprüfungen watete sie hinein und spürte die köstliche Erleichterung, die das kühle Nass bedeutete. Es war, als würde der Durst ihres Körpers gestillt. Entspannt ließ sie sich in die Wellen gleiten und spürte, wie ihr Körper immer schwereloser wurde. Sie wusste, dass sie nicht weit zu schwimmen brauchte, um die erstaunlichen Felsformationen, die Korallen, Schwämme und die andere Flora und Fauna zu finden. Daher fühlte sie sich sicher. Man konnte durchaus ohne Boot tauchen und auch ohne Partner, solange man nur gut aufpasste.

Sie wusste genau, wohin sie wollte. Nicht weit entfernt befanden sich die Felsen, *il faraglione*, rostrot und cremefarben, an deren zerklüfteter Oberfläche Moos, Erde und Algen klebten.

Sie tauchte. Nach dem Sturm war das Wasser immer noch leicht trübe. Der Meeresboden war aufgewühlt worden und hatte sich nach der Erschütterung noch nicht wieder ganz beruhigt. Angesichts dessen fühlte sie sich an ihre eigene Gemütsverfassung erinnert. Sie versuchte immer noch, sich abzuregen, diesen Punkt zu erreichen, an dem sie ganz ruhig war, und den richtigen Rhythmus zu finden, ihren Rhythmus, der auch der Puls der Gezeiten war.

Als sie die Felsen erreichte, kamen sie ihr zunächst unverändert vor, aber sie sah mehr Fische als sonst, vielleicht wegen des Sturms. Sie sah Salpen, Brassen und Papageienfische und noch ein paar, die sie nicht erkannte und später nachschlagen wollte. Mit ihrer behandschuhten Hand zog sie einen Riss nach, der frisch aussah, als sei er eben erst entstanden, als sei der Fels erst kürzlich erschüttert worden.

Etwas war anders, als hätten sich ein paar der Felsen bewegt oder seien verschoben worden. Und da war ein Loch, eine Lücke, wo vorher ...

Tess sah sich die Felsen genauer an. Wo sich zuvor nur Felsen und Steinbrocken aufgetürmt hatten, klaffte jetzt eine Öffnung. Sie schaute genauer hin. Es war mehr als eine Öffnung, es war ein Loch, ein Eingang, der breit genug war, dass ein Mensch hindurchpasste. Breit genug für sie.

Sie schaltete die Taschenlampe ein und ließ den Strahl durch die Öffnung wandern. Auf der anderen Seite schien ein größerer Raum zu liegen, und das Wasser dort hatte eine andere Farbe: einen hellen Türkiston. Es sah aus, als würde es von mehr als nur vom Strahl ihrer Taschenlampe erhellt.

Wo sie nun schon einmal Entdeckerin war, brauchte sie nicht mehr lange darüber nachzudenken. Vorsichtig schob sie sich durch die Lücke und fand sich in einem natürlichen Felstunnel wieder.

O mein Gott, dachte sie. Dieser Tunnel war vorher nicht da gewesen. Nein, diese Öffnung wäre ihr nicht entgangen; daran wäre sie nicht vorbeigeschwommen. Sie bemerkte, dass ein schmaler Lichtstrahl einfiel und das Wasser deswegen türkis wirkte. Als sie sich vorsichtig voranschob, wurde der Felstunnel breiter. Ein paar Garnelen und kleine Seegraspartikel trieben an ihr vorbei. Und kurz darauf brach sie durch die Wasseroberfläche.

Sie befand sich in einer Höhle, einer unterseeischen Höhle. Herrgott! Es war ziemlich dunkel, aber der schmale Lichtkegel beleuchtete das Wasser. Wahrscheinlich Es musste einen engen Kamin geben, der Sonnenlicht von oben einließ. Er war vermutlich zu eng, als dass man von der Oberfläche aus in die Höhle gelangen konnte. Der einzige Weg hinein war der, auf dem sie gekommen war.

Tess nahm das Ventil aus dem Mund, denn hier gab es ja Luft. Sie war zwar ein wenig abgestanden, aber trotzdem. Sie nahm auch die Maske ab, damit sie besser sehen konnte.

Die Höhle war tief, und der Fels bildete auf verschiedenen Ebenen Simse, die bis zur Höhlendecke hinaufführten. An der dunklen Farbe des Felsens konnte sie den Wasserstand erkennen und sah, dass der obere Teil der Höhle auch bei Flut trocken bleiben würde.

Langsam schwamm sie durch den See. Sie hörte ein beständiges Tropfen, und jedes Plätschern, das ihre Schwimmzüge erzeugten, schien von den Steinwänden zurückgeworfen zu werden. Es war unheimlich, furchteinflößend.

Auf der anderen Seite des Sees machte sie eine Pause. Wieso hatte sie das hier nicht früher entdeckt? Ganz einfach: der Erdstoß am Tag des Sturms, der das Kopfsteinpflaster des *bag-*

lio erschüttert hatte, als sie dort mit Tonino stand. Sie hatte den Eingang zur Höhle bei ihrem letzten Tauchgang deshalb nicht gesehen, weil er noch nicht da gewesen war. Die Höhle hatte es schon gegeben, aber es war noch keine Öffnung da gewesen, durch die sie hätte schwimmen können. Die Höhle hatte keinen Zugang gehabt. Die Öffnung war erst durch das Erdbeben vor zwei Tagen entstanden. Ein Riss im Fels war auseinandergetrieben worden, ein, zwei Felsen hatten sich bewegt. Was hatte Tonino noch gesagt? Die Felsen bewegen sich immer auf Sizilien; sie mögen fest sein, aber sie bleiben nicht immer am selben Platz.

Sie atmete tief ein und hustete. Das Geräusch hallte durch die Höhle. Man konnte hier zwar atmen, aber die Luft war unangenehm feucht und modrig und die Atmosphäre kalt. Tess ließ den Strahl der Taschenlampe umherwandern. Die Steine in der Nähe der Wasseroberfläche waren schleimig und mit grünem Moos überwachsen, und im Licht der Lampe sah sie Mineralablagerungen auf den Felsplattformen und Kalkablagerungen, die von der Decke herabwuchsen – Stalaktiten – und ... Herrje! Sie zuckte zusammen, als über ihr etwas flatterte und Flügel schlugen. Sie sah etwas Dunkles mit breiten Hautflügeln. Eine Fledermaus.

Jetzt reichte es. Sie würde von hier verschwinden. Sie tastete nach dem Weg zwischen den Felsen in der Nähe der Wasseroberfläche und sah ein paar schwarze Krabben in Deckung huschen. Schwarz wie der Tod, dachte sie unwillkürlich. *Hör auf damit, Tess ...*

Sie konnte es kaum abwarten, Tonino von dieser Höhle zu erzählen. Was immer zwischen ihnen passiert war, sie musste Tonino davon berichten.

Sie wollte gerade die Taschenlampe wegstecken und die Maske wieder aufsetzen, als sie hoch über sich auf einem Felssims etwas erspähte. Es sah aus wie eine Art irdener Topf. Merkwürdig. Und dann zog etwas anderes ihre Aufmerksamkeit auf sich; etwas Weißes, Schimmerndes, das das Licht zu reflektieren schien. Wie ein Haufen ... Das konnte nicht sein, oder? Tess wollte nicht noch einmal hinsehen, aber sie musste.

Knochen. Ein menschlicher Schädel und weiße, menschliche Knochen. Ein Skelett.

Verdammt. Tess mochte keine Sekunde länger mehr bleiben. Sie hatte keine Ahnung, was hier passiert war, aber sie wusste, dass sie genug hatte.

Rasch schob sie das Ventil wieder in den Mund und zog die Maske über. Höhlentauchen konnte gefährlich sein, und sie hatte nicht die nötige Ausbildung. Sie sollte wirklich nicht hier sein, vor allem nicht allein. Aber dazu war es jetzt zu spät. Sie bewegte sich wieder auf den Tunnel zu. *Langsam, mach langsam, Tess.* Sie tauchte auf den Felstunnel und die Öffnung zu, zurück zum offenen Meer. Kein Grund zur Panik. Sie musste sich zusammenreißen.

Da drinnen war jemand gestorben. Vor langer, langer Zeit. So etwas kam vor. Die unterseeische Höhle war immer da gewesen. Aber der Eingang war verschlossen worden, vielleicht durch ein früheres Beben. Ein paar Felsen konnten von oben herabgestürzt sein und den Eingang verschlossen haben. Und nun hatte er sich dank des Erdstoßes wieder geöffnet. Die Felsen waren erneut in Bewegung geraten.

Sie war jetzt ganz nah an der Öffnung. Im Licht ihrer Taschenlampe sah sie die Stelle vor sich, wo die Felsen von oben herunterhingen und der Tunnel am schmalsten war.

Ihre Theorie war möglich, hier auf Sizilien sogar wahrscheinlich. Schließlich ... Sie streckte die behandschuhte Hand aus. Das hier sah wie eine Art Verwerfungslinie aus, und ...

Es geschah furchtbar schnell. Sie bewegte sich gerade vorsichtig auf die Öffnung zu und musterte dabei immer noch die Felsen im Tunnel. Ihr Hirn arbeitete schnell, während sie sich ganz langsam bewegte.

Plötzlich hörte und spürte sie etwas direkt hinter sich, eine Art Schauer, der durch den Fels lief, und ein dumpfes, schweres Klatschen.

Und dann konnte sie sich überhaupt nicht mehr bewegen.

Sie spürte keinen Schmerz, was verwirrend war. Aber als sie sich so weit umdrehte, wie sie konnte, sah sie, dass ein Felsbrocken, der vielleicht nach dem Beben noch keinen festen Halt gefunden hatte, in Bewegung geraten und abgestürzt war. Und irgendwie – sie war sich nicht sicher, wie – hatte er ihr Bein eingeklemmt.

Aber sie spürte ihr Bein, sie war nicht verletzt. Also durfte sie nicht in Panik geraten. Sie brauchte nur ihr Bein darunter hervorzuziehen. Das sollte nicht allzu schwierig werden.

Sie versuchte es. Es gelang ihr, das Bein zwei, drei Zentimeter nach rechts und links zu bewegen, aber sie konnte es nicht unter dem Felsbrocken hervorziehen. Mist. *Keine Panik, Tess.*

Unwillkürlich warf sie einen Blick auf ihren Druckanzeiger. Noch fünfzehn Bar Luft. Okay. Eine Viertelstunde. Kein Problem.

Erneut drehte sie den Oberkörper und drückte erfolglos gegen den Felsbrocken. Er war verdammt schwer. Sie schob und schob, aber es war schwierig, sich weit genug umzudrehen, um den richtigen Winkel zu erwischen, überhaupt einen Ansatzpunkt zu bekommen. Sie konnte ihn nicht bewegen.

Verdammt. Mist. *Keine Panik, Tess.*

Noch einmal versuchte sie, ihr Bein zu bewegen. Nichts. Sie spürte, wie der Felsbrocken daraufdrückte, und ihr wurde klar, dass ihr Bein gegen die Wand des Felstunnels gepresst wurde. Sie war sich ziemlich sicher, dass nichts gebrochen war. Aber was nützte das, wenn sie sich nicht bewegen konnte?

Sie dachte an Tonino und an die Geschichte seines Tauchpartners, der sich in einem zerrissenen Fischernetz verfangen hatte. Niemand war da gewesen, um ihm zu helfen. Tonino war nicht da gewesen, um ihm zu helfen. *Tauch nicht allein, Tess. Das ist gegen die Regeln ...*

Sie war so verdammt dumm gewesen, dachte sie. Niemand war hier. Niemand konnte ihr helfen. Sie war auf sich gestellt. Es war sinnlos, den Luftvorrat zu sparen. Sie musste alles versuchen, um den Fels von ihrem Bein zu schieben.

Sie dachte an Ginny. Und sie dachte an die Reise ihrer Mutter nach England, an ihre eigene Reise nach Sizilien.

Okay. Sie hatte noch zwölf Minuten, und sie musste hier rauskommen.

68. Kapitel

Sie war kurzsichtig gewesen, dachte Flavia. Es war kurzsichtig von ihr gewesen, sich einzubilden, Lenny würde nichts erfahren, nichts ahnen, nichts spüren. Und kurzsichtig war sie auch, weil ihr nicht klar gewesen war, wie er empfand, wie er immer empfunden hatte. Sie hatte geglaubt, ihre Gefühle gegenüber Peter hätten nichts mit ihm zu tun. Aber das hatten sie. Er war schließlich ihr Mann.

»Du weißt, dass ich dich liebe«, hatte sie ihm erklärt, als er aus dem Krankenhaus entlassen wurde. »Weißt du, wie viel du mir bedeutest?« Nach allem, was sie zusammen durchgemacht hatten, fühlte es sich seltsam an, so etwas zu sagen. Flavia hatte nie zuvor das Bedürfnis danach gehabt, nie geahnt, dass es nötig war. Aber jetzt wusste sie, dass sie es tun musste. Manchmal musste man Gefühle in Worte fassen. Missverständnisse konnten ein Leben lang fortbestehen, denn der andere schleppte sie meist mit sich herum, ohne dass man selbst etwas davon ahnte.

»Du hast zu mir gehalten, meine liebste Flavia«, sagte er. »Mehr konnte ich nicht verlangen.«

Sie hielt seine gesunde Hand. Sie fühlte sich schlaff und hilflos an. Flavia hasste es, ihn so zu sehen. Er war doch ihre Kraft, ihr Fels in der Brandung, ihr Lenny …

»Du hast die Briefe gelesen«, sagte sie und sah ihm ins Gesicht. »Du weißt, dass wir uns geschrieben haben.«

Er zögerte kurz, dann nickte er.

»Er ist hergekommen, weißt du.« Sie berichtete ihm von

dem ersten Besuch. »Und ich habe mich einmal mit ihm getroffen, nachdem ich erfahren hatte, dass er sehr krank war.«

»Danke«, sagte Lenny.

»Wofür?« Flavia war verwirrt.

»Dafür, dass du mich nicht verlassen hast natürlich. Dass du nicht mit ihm fortgegangen bist.«

Sie wollte schon protestieren, fragen, wie sie ihn denn hätte verlassen können, wo sie ihn doch liebte. Aber ihr wurde klar, dass er recht hatte. Als Peter zum ersten Mal zu ihr gekommen war, da hatte sie beide geliebt. Also hätte sie mit Peter gehen können, und es wäre nicht einmal schwer gewesen. Der richtige Blick und die richtige Berührung zur richtigen Zeit, und sie hätte Lenny verlassen.

»Ich weiß, was du für ihn empfunden hast«, erklärte Lenny. »Vergiss nicht, ich habe euch beide gesehen. In Exeter. Ich habe gesehen, wie viel er dir bedeutet hat.«

»Das stimmt«, gestand Flavia. »Aber ich habe auch viel für dich empfunden.« Sie legte die Hand an seine Wange. Er hatte sich ein paar Tage nicht rasiert, und sie war mit dicken grauen Stoppeln überzogen. Später würde sie ihn rasieren. Sie wollte etwas für ihn tun, ihm klarmachen ... »Wir haben uns zusammen ein Leben aufgebaut«, sagte sie. »Du und ich. Ich habe dich geliebt. Ich liebe dich immer noch.«

»Und Peter?« Er verzog das Gesicht.

Es war merkwürdig. Mit siebzehn glaubte man, Liebe sei nur etwas für junge Leute. Aber sie war immer noch genauso wichtig, wenn man alt wurde. Sie war wichtig, obwohl Peter schon so viele Jahre tot war.

»Ach, Lenny«, sagte sie. »Es kommt doch darauf an, was wir haben, du und ich.«

»Ja?« Er schien an ihren Lippen zu hängen.

»Einen anderen Menschen wirklich gernzuhaben, in guten

und schlechten Zeiten mit ihm zu leben, mit ihm zu arbeiten, mit ihm alt werden zu wollen, das ist Liebe. Das ist wahre Liebe. Nicht Herzchen und Blumen und romantische Träume. Liebe ist das, was wir haben, du und ich. Sie ist keine zweite Wahl. Das ist die wahre Liebe.« Vielleicht, dachte sie, konnte man auf verschiedene Weise zu unterschiedlichen Menschen passen. Vielleicht gab es nicht den einen, Einzigen, sondern nur verschiedene Möglichkeiten. Vielleicht ...

Ja, ein Teil von ihr würde Peter immer lieben. Aber sie hatte sich geirrt, als sie glaubte, er werde sie bis zu ihrem Todestag nicht loslassen, geirrt, als sie dachte, sie würde niemals frei sein.

Er nickte und schloss die Augen. »Du bist eine wunderbare Frau, Flavia, meine Liebste«, sagte er. »Mehr hätte ich mir nicht wünschen können.«

»Ich auch nicht«, hatte Flavia bestimmt erklärt und ihn auf den Scheitel geküsst, ihren Lenny, und sie wusste, dass jedes ihrer Worte wahr war. »Ich auch nicht.«

Für jedes Rezept gibt es einen Grund, schrieb Flavia. *Handel, gesellschaftliche Veränderungen, Jahreszeiten, das Wetter. Essen bedeutet Wärme. Nahrung ist Identität.*

Das letzte *dolce* war Flavias liebste Süßspeise, und daher hatte sie es sich bis zum Schluss aufgehoben.

Die Feige war wie der Granatapfel eine uralte Frucht, und mancher behauptete, dass man sie am besten direkt vom Baum aß: reif, von der Sonne gewärmt und mit samtiger Haut. Wenn man eine reife Feige kostete, war es, als beiße man in Moschus, und man wurde mit dem süßesten, intensivsten Geschmack belohnt, den man sich nur vorstellen konnte. Das Fruchtfleisch mit seinen vielen kleinen Kernen schmeckte auf der

Zunge wie Honig. Die Feige war der Inbegriff der Sinnlichkeit. Sexualität, symbolisiert in einer irdischen Frucht ...

Man backe die Feigen in Orangensaft mit Rotwein. Nach Geschmack mit Nelken, Muskat, Zimt, Vanille und Honig abschmecken und mit gerösteten Mandeln bestreuen. Auftragen und schwelgen ...

Sie hatte in dieser Nacht einen Traum, der sich aus einer Erinnerung speiste. Sie befanden sich in einem Ballsaal. An der Mitte der Decke hing eine sich drehende, mit Spiegeln besetzte Kugel, deren Oberfläche glitzerte und Lichtreflexe auf die bronzenen Lampen und die Plakate an den Wänden warf. Sie erinnerte sich an mit Brillantine zurückgekämmte Haartollen und die Wespentaillen der Frauen, an Stilettos, Seidenstrümpfe und weit ausgestellte Röcke.

Lenny brachte ihr das Tanzen bei. Walzer, *eins, zwei, drei; eins, zwei, drei.*

»Das lerne ich nie«, sagte sie und stampfte mit dem Fuß auf. »Niemals. Es ist zu schwer.« *Eins, zwei, drei; eins, zwei, drei.*

»Mach einfach weiter, dann ist es leicht«, erklärte er ihr. »Und plötzlich ...«

Ja, plötzlich machte es Spaß.

Flavia legte ihren Stift weg und schlug ihr Notizbuch zu. Denn das war das Ende der Geschichte, mehr oder weniger jedenfalls.

69. Kapitel

Tess wurde klar, dass es sinnlos war. Weder der Felsbrocken noch ihr Bein ließen sich bewegen. Sie konnte sich nicht vom Fleck rühren.

Ihr würde die Luft ausgehen, und sie würde sterben. Hier in diesem verdammten unterseeischen Tunnel, allein und verängstigt. Und es war ihre eigene Schuld, weil sie verantwortungslos gehandelt hatte, weil sie töricht gewesen war und Risiken eingegangen war. Weil sie nicht nachgedacht hatte …

Es tut mir leid, Ginny, Muma und Dad.

Noch zehn Minuten. Tess kämpfte weiter, sie konnte nicht kampflos aufgeben. Sie drückte mit aller Kraft, und es kam ihr vor, als würde der Fels ein winziges bisschen nachgeben.

Und dann sah sie den anderen Taucher. Und er sah sie.

Innerhalb von Sekunden hatte er den Eingang hinter sich gelassen, sich davon überzeugt, dass es ihr gut ging, und einen Blick auf ihren Druckmesser geworfen. Er hatte die Situation erfasst, das Gewicht, das ihr Bein festhielt, die Lage des Felsbrockens.

Tonino. Kein Neoprenanzug, nur schwarze Shorts und eine komplette Tauchausrüstung.

Er drückte mit aller Kraft, einmal, zweimal … Der Felsbrocken bewegte sich, gerade so weit, dass sie ihr Bein herausziehen, sich zentimeterweise heraustasten und durch den Felsspalt ins offene Meer hinausschwimmen konnte.

Er war an ihrer Seite. Alle Taucher trugen standardmäßig

einen zweiten Atemschlauch bei sich, und er zog sie an sich und steckte ihr das Ventil in den Mund. »Okay?«, fragte er in Zeichensprache. »Bist du okay?«

Sie nickte, obwohl sie nicht okay war. Sie fühlte sich schwach, und ihr war schwindlig. Aber sie war am Leben. Sie klammerte sich an ihn. Sie lebte.

Ungefähr eine Stunde später saß sie zitternd in seiner Werkstatt. Sie war in zwei Handtücher und eine Wolldecke gewickelt, und auf dem Tisch neben ihr standen heißer Kaffee und Brandy. »Ich kann nicht glauben, dass du noch einmal zurückwillst«, sagte Tonino.

Er hatte sie zurück ans Ufer begleitet und in seine Werkstatt gebracht. Instinktiv hatte er begriffen, dass sie kein großes Theater um die Sache machen wollte, sondern Ruhe, Wärme und Privatsphäre brauchte.

Und er hatte sie mit Bemerkungen wie: »Ich habe es dir doch gleich gesagt« verschont. Gott sei Dank. Er hatte überhaupt nicht viel gesagt, aber er hatte sie aus seinen dunklen Augen eindringlich angesehen und sie umarmt und umsorgt.

»Woher wusstest du, dass ich in Schwierigkeiten war?«, hatte sie ihn gefragt, als sie wieder an Land waren und sie sich von ihrem Schrecken zu erholen begann.

»Ich habe gesehen, wie du hineingegangen bist.« Der Ausdruck auf seinem Gesicht war nicht zu deuten. »Du hast aufgeregt ausgesehen.«

Tess nickte. »Das war ich.« Sie erzählte ihm, dass sie Giovanni in der Villa angetroffen hatte.

Er schüttelte den Kopf und sagte etwas, was sie nicht verstand.

»Was ist, Tonino?«

»Diese Angelegenheit muss in Ordnung gebracht werden«, erklärte er. »Ein für alle Mal.«

Damit rannte er bei ihr offene Türen ein.

»Also, du fandest, dass ich aufgeregt aussah …«, hakte sie nach. Er hatte ihr schon zwei Brandys eingeflößt. Noch mehr, und sie würde ins Koma fallen.

Er zuckte mit den Schultern. »Ich habe vierzig Minuten gewartet«, sagte er. »Ich habe mir Sorgen gemacht.«

Er hatte auf sie gewartet? Er hatte abgestoppt, wie lange sie im Wasser war, und er hatte sich Sorgen gemacht? War das nicht ein Indiz dafür, dass er Gefühle für sie hegte?

»Wahrscheinlich habe ich Glück gehabt«, sagte Tess vorsichtig, »dass du nach all dieser Zeit deine Tauchausrüstung zur Hand hattest.« Er lebte ja praktisch am Ufer, aber er musste innerhalb von Minuten eine Ausrüstung aufgetrieben haben, um sie so schnell zu erreichen …

Er wich ihrem Blick aus. »Ich habe in letzter Zeit schon öfter darüber nachgedacht, wieder zu tauchen«, sagte er. »Vielleicht ist es ja an der Zeit, die Vergangenheit endlich ruhen zu lassen.«

Halleluja, dachte Tess. Er war vielleicht nicht für seinen Freund da gewesen, obwohl die Sache nach dem, was er ihr erzählt hatte, nicht seine Schuld gewesen war. Aber sie hatte er jedenfalls gerettet. Ohne ihn … Aber er hatte davon gesprochen, die Vergangenheit ruhen zu lassen. Hatte er da vom Tauchen geredet, oder hatte er an etwas Persönlicheres gedacht?

»Wusstest du von dieser Höhle?«, fragte sie ihn.

Tonino runzelte die Stirn. »Mein Großvater hat mir von dieser Höhle erzählt«, sagte er. »Er nannte sie die *Grotta Azzurra.*«

Wegen des Lichts, das auf das türkisblaue Wasser fiel, vermutete sie. Natürlich kannte seine Familie die Höhle. Sie war immer mit dem Meer verbunden gewesen. Speerfischen, Tunfischjagd ... Auch Tonino hatte früher seinen Lebensunterhalt mit Tauchen bestritten.

»Aber ich wusste nicht, dass es noch einen Zugang gibt«, erklärte er.

»Den gab es auch nicht«, entgegnete sie. »Aber jetzt ist einer da.«

Natürlich begriff er sofort, was sie meinte. Er wusste, wie so etwas ging. Er nickte. »Das Erdbeben«, sagte er. »Ein Steinschlag.«

»Hmmm. Und das ist noch nicht alles.« Sie schilderte ihm, was sie in der Höhle gesehen hatte, erzählte von dem irdenen Topf und den Knochen.

Er war erstaunt, aber noch erstaunter war er, als sie erklärte, dass sie noch einmal zurück wollte.

»Warum willst du dich einmischen?«, fragte er. »Warum lässt du nicht alles, wie es ist?«

Er ist bemerkenswert begriffsstutzig, dachte Tess. Andererseits hatte sie mehr Zeit als er gehabt, über die Sache nachzudenken. Sie hatte es getan, während sie unter Wasser um ihr Leben gekämpft hatte. In solchen Situationen hat man oft eine Erleuchtung.

»Dein Großvater war doch Speerfischer, oder?« Sie nippte an ihrem Kaffee. Er schmeckte nach Karamell, Nüssen und Vanille.

Tonino zog eine Augenbraue hoch. »Und?«

»Er kannte also dieses Unterwasserrevier besser als jeder andere?«

Er verschränkte die Arme. »Ja?«

Musste sie es ihm vorbuchstabieren? »Mein Großvater hat ihn gebeten, den *tesoro* zu verstecken«, sagte sie. »Kannst du dir nicht vorstellen, warum?«

»Weil er sein bester Freund war?« Wieder zuckte er mit den Schultern. Dass er sich Mühe gab, konnte man wirklich nicht behaupten.

»Weil er wusste, wo man ihn verstecken könnte und wo er sicher sein würde. Und noch mehr, Tonino, er konnte ihn dorthin bringen.«

Sie beobachtete, wie es ihm dämmerte.

»Du glaubst, er hat den Schatz in einer unterseeischen Höhle versteckt?«

Ja, es klang verrückt. »Warum nicht? Der obere Teil der Höhle ist immer trocken. Es wäre ein sicheres Versteck gewesen. Niemand würde den Schatz finden oder auch nur ahnen, dass er sich dort befindet. Du hast auch nicht daran gedacht.« Nicht einmal Tess war darauf gekommen, bis sie das Gefäß gesehen hatte.

»Du glaubst, dass der *tesoro*, um was es sich dabei auch immer handeln mag, in diesem Topf versteckt ist, den du gesehen hast?«

»Ich halte es für möglich.« Allerdings gab es da noch etwas, was sie nicht verstand. »Aber wenn der *tesoro* in der Höhle versteckt war und dein Großvater wusste, dass der Höhleneingang durch einen Steinschlag verschlossen war«, sagte sie, »warum hat er dann allen erzählt, dass der Schatz verschwunden sei?«

Tonino runzelte die Stirn. »Vielleicht hat er es nicht so ausgedrückt«, meinte er. »Vielleicht hat er gesagt, er könne ihn nicht finden. Vielleicht hat er den Leuten sogar von der Höhle erzählt, und sie haben ihm nicht geglaubt.«

Das klang logisch. Aber selbst wenn Enzo Sciarra ihm geglaubt hätte, hätte er ganz bestimmt dafür gesorgt, dass Tess' Großvater es nicht tat.

»Die Fundamente Siziliens«, murmelte Tonino. »Er hat

gesagt, dort sei er versteckt. Wo ihn niemand finden kann.« Er sah sie an. »Du könntest recht haben.«

»Ja, verdammt!« Sie trank ihren Kaffee aus. »Hast du noch eine Tasse für mich?« In der Ecke sah sie das große Werkstück, an dem Tonino gearbeitet hatte. Langsam nahm es Formen an. Obwohl es nicht angestrahlt wurde, schienen die Türkistöne und das durchscheinende Grün auf der Basis aus transparentem Glas zu leuchten.

Er folgte ihrem Blick. »Ich kann es nicht beenden.«

»Warum nicht?« Sie war sich noch nicht sicher, was das Mosaik darstellen sollte.

Er wich ihrem Blick aus. »Mir fehlt noch ein wichtiges Stück«, erklärte er.

Das konnte er laut sagen. Seine Mosaiken waren hier nicht das einzige Puzzle. »Und vergiss das Skelett nicht«, erinnerte Tess ihn.

»Ach ja.« Er sah sie an, als hätte sie sich das Skelett nur eingebildet.

Aber das hatte sie nicht. Wer war da unten einen feuchten Tod gestorben? Es musste ziemlich lange her sein. Wenn ihre Theorie stimmte, war es vor 1945 passiert, jedenfalls einige Zeit, bevor Alberto Amato den *tesoro* hatte holen wollen. Also hatte noch jemand anderes gewusst, wo er versteckt war. Und wenn es zu einer Zeit passiert war, in der Tauchausrüstungen noch nicht so leicht zugänglich waren ... Hatte sich jemand, der nicht die Taucherfahrung von Toninos Großvater besaß, den Schatz holen wollen und war gescheitert?

»Vielleicht«, meinte Tonino, »sollten wir die Behörden benachrichtigen?« Er ging zum Herd, um ihr Kaffee zu holen.

Tess starrte ihn an. War er verrückt geworden? »Wären das nicht dieselben Behörden, die dazu neigen, enge Verbindungen zur Mafia zu haben?«, fragte sie. Und vielleicht auch zu Giovanni Sciarra.

Er schenkte ihr Kaffee ein und sah sie an. »Ich verstehe, was du meinst.«

»Deswegen müssen wir auch zurück und uns die Sache als Erste ansehen«, erklärte Tess.

»Wir?«

»Wir, wie in du und ich.« Welchen Teil davon verstand er nicht? Und wie würde er sich entscheiden?

Sie wartete. Ohne ihn konnte und wollte sie es nicht tun. Aber sie musste es tun, keine Frage. Sie hatte nie verstanden, warum Edward Westerman bestimmt hatte, dass sie sich die Villa erst ansehen musste, bevor sie ihr Erbe antreten durfte. Vielleicht hatte er geglaubt, das sei der einzige Weg, um ihre Familie dahin zurückzubringen, wo sie seiner Meinung nach hingehörte. Vielleicht hatte er ja selbst bedauert, nicht nach England zurückkehren zu können, zu seinen eigenen Wurzeln. Möglicherweise wollte er ihnen einfach diese Chance geben. Oder er hatte gehofft, dass sie das Rätsel um den vermissten Schatz lösen und die Wahrheit aufdecken konnte. Also ... »Willst du mein Tauchpartner sein?«, fragte sie.

Er grinste. »Du kannst ja versuchen, mich davon abzuhalten.«

70. Kapitel

Ginny führte die entspannende Atemübung durch, die Jayne ihr gezeigt hatte, dann rief sie ihre Mutter an.

»Wir müssen reden«, erklärte sie. Jayne hatte sie von den Vorteilen des Gesprächs überzeugt. Wenn du kommunizierst, sagte Jayne, hast du auch eine Chance, verstanden zu werden. Ginny hatte es in letzter Zeit versucht und festgestellt, dass sie recht hatte.

»Natürlich, Schatz«, sagte ihre Mutter. »Jederzeit, das weißt du doch.« Sie klang, als würde sie sich freuen, von ihr zu hören, und wirkte gleichzeitig irgendwie zerstreut.

Ginny fragte sich, was da auf Sizilien los war. Ihre Mutter klang auf jeden Fall anders als sonst.

»Was ist los?«, fragte sie.

Also holte Ginny noch einmal tief Luft und erzählte es ihr. Sie gestand ihr, dass sie absichtlich durch die Prüfungen gerasselt war, damit sie nicht zur Uni gehen musste. Sie erzählte ihr von ihrer Angst, schwanger zu sein, von ihrem Plan, nach Australien zu gehen, und von Jayne.

Kurz blieb es still. Ginny wusste, dass sie ihrer Mutter eine ganze Menge auf einmal zugemutet hatte. Aber sie hatte ihrer Mutter immer nahegestanden. Bis ... Sie wusste nicht genau, wann das aufgehört hatte. Und deswegen hatte ihre Mutter auch das Recht zu erfahren, was los war.

»Warum brauchst du eine Psychotherapeutin?«, fragte Tess schließlich mit verzagter Stimme.

Also erzählte Ginny ihr von der Kugel.

Ihr Vater hatte vorgeschlagen, dass sie mit jemandem redete. Er hatte es vorgeschlagen, nachdem sie einen ganzen Tag zusammen in der Pride Bay verbracht und nicht viel mehr getan hatten, als aufs Meer zu schauen und Eis zu essen. Doch auf der Rückfahrt war sie ausgeflippt.

Es kam aus dem Nichts heraus. Die Kugel stieg höher.

»Das war ein klasse Tag«, sagte er.

»Yeah«, gab sie zurück. »Aber wo warst du?«

»Was?«

»Wo warst du bei meinem Sportfest?«

»Ähem ...«

»Als die Väter Sackhüpfen gemacht haben und ich beim Eierlaufen hingefallen bin?«

Seine Hände umklammerten das Steuer. Er fuhr links heran. »Ginny ...«

»Wo warst du in der Nacht, als der Hurrikan kam?« Ihre Stimme wurde lauter und schriller, und sie hörte die Emotionen darunter wie die türkisfarbene Unterseite einer Surfwelle. »Als er einen Baum umgeknickt hat und der in das Schlafzimmerfenster gekracht ist und Mum geschrien hat und wir dachten, die Welt geht unter?«

Er schüttelte den Kopf.

»Wo war der Weihnachtsmann?« Ihre Stimme war jetzt nur noch Flüstern.

Er gab keine Antwort, sondern senkte den Blick.

Sie boxte gegen seine Schulter. »Wo warst du, als ich Windpocken hatte? Und Albträume und Prüfungen und Lebensmittelvergiftung, und als eine Spinne in meinem Zimmer war ...« Ihr versagte die Stimme, und endlich sah er auf.

»Und Mum musste den Nachbarn holen, um sie wegzumachen.« Sie seufzte. »Wo warst du?« Sie lehnte sich zurück und sackte erschöpft auf dem Beifahrersitz zusammen.

»Es tut mir leid, Ginny«, sagte er. »Wirklich.« Er legte ihr eine Hand auf den Arm und wischte sich etwas, das vielleicht eine Träne war, aus dem Auge. Dann startete er den VW-Bus wieder.

Als er sie bei Nonna absetzte, stieg er aus und umarmte sie. »Wenn ich die Uhr zurückdrehen könnte ...«, sagte er.

»Ich weiß.«

Am nächsten Tag gab er ihr eine Visitenkarte. *Jayne Cartwright. Psychoanalytikerin*, las sie.

»Was soll das?«, fragte sie ihn und hielt die Karte auf Armeslänge von sich weg, als könnte sie beißen.

»Ich dachte, du möchtest vielleicht mit jemandem reden«, erklärte er. »Das könnte dir helfen.«

Ginny wollte ihn zuerst anschnauzen, doch dann überlegte sie, dass er recht haben könnte.

»Ich kann dir einen Termin machen«, sagte er. »Und die Rechnung übernehme ich natürlich auch.«

»Eine Kugel?«, fragte ihre Mutter.

»Jayne denkt, die Kugel nährt sich von meinem Ärger«, erklärte Ginny ihr. »Von Druck, Verdrängung, Verwirrung, Nervosität, echt von allem.«

»Ach, Ginny.« Ihre Mutter klang erschüttert. »Ich hatte ja keine Ahnung, dass es dir so schlecht ging.«

Ginny hatte es auch nicht gewusst. Es wurde ihr erst jetzt klar, weil es ihr so viel besser ging. In den drei Sitzungen bei Jayne hatte sie geredet und geatmet und geschrieben, Letzteres oft aus der Perspektive ihres Vaters oder ihrer Mutter, was komisch war. Sie hatte gezeichnet und visualisiert und imaginiert. Außerdem hatte sie mit dem Rauchen aufgehört. Und die Kugel …

»Zuerst ist sie in eine Ecke gerollt«, erklärte Ginny. »Als ob sie sich schämte, und ihre Stimme wurde ein bisschen dumpf und leise.«

»Und jetzt?«, fragte ihre Mutter.

»Sie hält sich immer noch versteckt. Ich glaube …« Sie zögerte und hatte fast Angst, es auszusprechen, »… sie ist weg.«

»Schön. Großartig«, antwortete ihre Mutter, aber sie klang wie vor den Kopf geschlagen.

Ginny war sehr froh darüber, dass die Kugel weg war. Und falls sie zurückkommen sollte, hatte Jayne ihr gezeigt, was sie tun konnte, um sie wieder zu vertreiben.

»Ich hätte nicht nach Sizilien fliegen sollen«, sagte ihre Mutter.

»Ach, die Kugel war schon ewig da«, erklärte Ginny ihr. »Das hätte nichts geändert.«

»Trotzdem …«

Sie spürte, dass ihre Mutter mit den alten Schuldgefühlen rang. »Es ist nicht deine Schuld, Mum«, sagte sie. »Du hast doch auch ein Leben, nicht nur mich. Bitte lebe im Jetzt.«

»Ich komme sofort zurück. Ich buche einen Flug für morgen«, sagte ihre Mutter mit entschlossener Stimme. Wenn sie diesen Ton anschlug, tat sie immer, was sie sagte. »Du kommst an erster Stelle. Das war schon immer so.«

»Mum …«

»Sag nicht, dass ich nicht kommen soll, Ginny«, sagte sie. »Ich muss dich sehen.«

Ginny lächelte. »Ich muss dich auch sehen. Deswegen habe ich überlegt … Kann ich nicht kommen? Nach Sizilien, meine ich. Ich würde gern sehen, wo Nonna groß geworden ist.«

»Natürlich kannst du kommen, Schatz!« Sie klang erfreut. »Bleib, solange du möchtest, und dann fliegen wir zusammen zurück. Wir müssen in Ruhe reden und einen Plan aufstellen.«

»Okay«, gab Ginny zurück. »Klingt gut.« Und das tat es wirklich.

71. Kapitel

Am folgenden Nachmittag machte sich Tess mit gemischten Gefühlen für den Tauchgang fertig. Es war wie nach einem Sturz vom Pferd, sagte sie sich. Man musste gleich wieder aufsteigen. »Morgen?«, hatte sie daher geantwortet, als Tonino sie fragte, wann sie zur Höhle zurückkehren sollten.

Sie hätte darauf verzichtet, um zu Ginny zu fliegen, aber das war jetzt nicht mehr nötig. Aus morgen war heute geworden, und als sie den Neoprenanzug anlegte, konnte sie an nichts anderes denken als an die Minuten in dem Tunnel, in denen sie versucht hatte, sich zu befreien. Dieses Gefühl, in der Falle zu sitzen, die Ohnmacht ... Sie versuchte, die Empfindung abzuschütteln. Das musste sie jetzt hinter sich lassen.

Unten in der Bucht wartete Tonino bereits fertig ausgerüstet auf sie. Die beiden hatten beschlossen, während der Siesta zu tauchen. »Im *baglio* ist es dann am ruhigsten«, hatte er gesagt, als würde er sich ebenfalls beobachtet fühlen und befürchten, dass jemand jede seiner Bewegungen registrierte.

Auch er will seine Gespenster vertreiben, dachte Tess, während sie ihm kurz zuwinkte und zu ihm ging. Natürlich könnten sie sich irren, was die Höhle und den *tesoro* anging. Das Gefäß, das sie gesehen hatte, enthielt vielleicht nur ein paar Steine, Muschelschalen und Sand, und das Skelett hätte jeder sein können. Bei der Erinnerung überlief sie ein Schauder.

Aber sie mussten es herausfinden. Und wenn sich herausstellen sollte, dass sie sich die Mühe umsonst gemacht hatten, war das auch nicht schlimm. Sie würden sich auf jeden Fall um einiges besser fühlen, weil sie es immerhin versucht hatten.

Nachdem sie gestern in seiner Werkstatt endlich zu zittern aufgehört hatte, nachdem sie seinen Kaffee und seinen Brandy getrunken hatte und nachdem sie beschlossen hatten, heute gemeinsam diesen Tauchgang zu unternehmen, war sie schließlich zögernd aufgestanden, um zu gehen.

Er umarmte sie weder, noch küsste er sie. Aber er legte eine Hand auf ihre Schulter und sah sie mit diesem eindringlichen Blick an. »Versprich es mir, Tess«, sagte er. »Versprich mir, dass du das nie wieder tust. Du tauchst nie wieder allein.«

»Ich verspreche es«, hatte sie gesagt. Und sie hatte vor, dieses Versprechen zu halten und den Rat weiterzugeben, falls ihre Pläne jemals Früchte tragen würden.

Erst dann hatte er sie nach Hause gehen lassen.

»Bist du dir sicher, dass du das tun willst?«, fragte er sie jetzt.

Sie drückte seine Hand und dachte dabei nicht an den Tauchgang, sondern an ihre Tochter, die sich auf einer eigenen Reise befand, von der Tess nichts gewusst hatte. Sie konnte nicht behaupten, dass sie sich über die verpatzten Prüfungen und Ginnys Entschluss, nicht zur Universität zu gehen, gefreut hätte. Das hätte wohl keine Mutter getan. Es war ein Schock gewesen zu hören, was Ginny getan und was sie durchgemacht hatte, aber sie freute sich darauf, sie bald wiederzusehen. Und sie war froh darüber, dass Ginny ihr endlich erzählt hatte, wie sie empfand.

»Ja«, sagte sie zu Tonino. »Und du?«

Er nickte. Sie überprüften ihre Ausrüstung und wateten Seite an Seite ins Wasser.

Es war so viel besser, dachte sie, mit einem Partner zu tauchen und die Eindrücke zu teilen. Denn sie befanden sich zwar auf einer Mission, aber auf dem Weg zur Höhle war trotzdem viel zu sehen. Grau gestreifte Salpen, Fahnenbarsche und Brassen, ein Oktopus mit wirbelnden Tentakeln und eine witzige, kleine pulsierende Sepie, die aussah wie ein braun-weißer Hausschuh, der einen Rock trug. Der kleine Fisch brachte sie trotz allem zum Schmunzeln. Außerdem war das Wasser heute klarer; nach dem Sturm hatten sich Schlick und Sand wieder auf dem Meeresboden abgesetzt, sodass die Sicht gut war.

Die Felswand war mit weißen, gelben und orangefarbenen Schwämmen bunt gesprenkelt, und die Stellen, die von Felsüberhängen beschattet wurden, hatten Gruppen von silbrig und schwarz gezackten Kardinalbarschen und Seeanemonen angezogen. Als sie die Felsspalte erreichten und das Loch, das den neuen Eingang zur Höhle bildete, zögerte Tess. Konnte sie dort wirklich noch einmal hinein?

Tonino zögerte ebenfalls, als wüsste er um ihre Empfindungen.

Los doch, Mädchen … Sie nickte, schwamm hinein und schob sich anschließend vorsichtig durch den Tunnel. Dabei erkannte sie sogar den grauen Felsbrocken, der sie gestern festgehalten hatte. *Denk nicht darüber nach.* Tonino war direkt hinter ihr, eine geschmeidige, schlanke Gestalt, die in ihrem Neoprenanzug mühelos durch das Wasser glitt.

Gemeinsam kamen sie an die Wasseroberfläche und nahmen die Masken ab. Er leuchtete mit der Lampe umher und fluchte leise. Offensichtlich beeindruckte ihn die Größe der Höhle. Tess fand sie erneut wunderschön: der Kontrast zwischen den dunklen Felsen und dem türkisfarbenen Wasser und der schmale Sonnenstrahl, der hineinfiel. *Grotta Azzurra.*

»Wo?«, fragte er.

Sie leuchtete mit ihrer Lampe in die Richtung des Simses, auf dem sie es gesehen hatte. Einen Moment lang glaubte sie schon, das Gefäß und das Skelett seien verschwunden. Aber nein, da waren sie.

Er nickte, hievte sich aus dem Wasser auf die glitschigen Felsbrocken und zog seine Flossen aus. Barfuß stieg er die Felswand bis zu dem Sims hinauf. Tess erhellte ihm mit ihrer Taschenlampe den Weg.

Sie sah zu, wie er vorsichtig über die Knochen hinwegtrat. Herrgott! Sie war froh darüber, dass er offensichtlich nicht vorhatte, sie mit zurückzunehmen.

Dann blieb er stehen und hob einen kleinen Gegenstand vom Boden auf. Er untersuchte ihn kurz und steckte ihn dann in die Tasche seines Taucheranzugs. Mit beiden Händen griff er nach dem irdenen Topf, der den Umfang eines großen Kürbisses hatte. »Er ist schwer«, rief er zu ihr hinunter.

Die Worte hallten in der Höhle wider. *Er ist schwer … schwer … schwer.*

Tonino hatte einen wasserdichten Beutel an seinem Bleigürtel befestigt. Er hakte die Tasche los, stellte den Topf hinein, hob die schwere Tasche hoch und kam schwungvollen Schrittes wieder hinunter.

Tess zuckte zusammen. »Vorsichtig.« Aber er war behände und schien einen perfekten Gleichgewichtssinn zu besitzen.

Er zog die Flossen wieder an, hängte die Tasche an seinen Gürtel und glitt zurück ins Wasser. »*Andiamo*. Lass uns verschwinden«, sagte er.

Tess war sehr erleichtert darüber, dass sie nicht länger hierbleiben musste.

Sie ließen sich von der Strömung von den Klippen weg in Richtung Strand tragen und paddelten dabei nur leicht mit Armen und Füßen. Schließlich zogen sie die Flossen aus und wateten ans Ufer.

Triefend, aber triumphierend verließen sie an dem gemauerten Steg das Wasser. Tess zog ihre Atemmaske aus, Tonino tat das Gleiche und strahlte sie an.

»Und jetzt«, erklärte er und klopfte auf den Beutel, der an seinem Gürtel hing, »wollen wir mal sehen.«

Sie nickte. Sie konnte es kaum erwarten. Er sah sich am Strand um, und sie folgte seinem Blick. Aber alles war ruhig.

»Komm.«

Auch Tess hatte keine Lust, noch länger hier draußen zu bleiben. Sie nahm nicht einmal ihren Gürtel ab, sondern folgte ihm so, wie sie war. Die beiden stapften an dem alten Bootshaus mit seinen rostigen Ankern vorbei und gingen die Treppe zum *baglio* und zu der sicheren Werkstatt hoch. Obwohl sie sich dabei unauffällig verhielten, verließ sie das Gefühl, beobachtet zu werden, nicht ganz.

Tonino schloss die Tür zum Atelier auf. Stille. Er öffnete seinen Gürtel, legte ihn zusammen mit der Tasche behutsam neben der Tür ab und nahm seine Sauerstoffflasche ab. Tess tat es ihm nach.

Sie hatte keine Ahnung, was sie aufblicken ließ. War es ein kaum wahrnehmbares Geräusch oder das Gefühl, dass sie nicht allein waren? Sie blickte zu Tonino, der sich gebückt hatte, um seine Ausrüstung auf den Boden zu legen, und sah, wie plötzlich ein Schatten über ihn fiel.

»Tonino!«, schrie sie.

Der Mann war von der Seite gekommen und stand jetzt in der offenen Tür der Werkstatt. Er hatte einen Arm erhoben und hielt etwas in der Hand.

»Que … ?« Tonino blinzelte.

Dann ging alles furchtbar schnell. Tess stürzte zu Tonino und zog ihn beiseite. Die Waffe, die Toninos Kopf treffen sollte, ein Stück Treibholz, wie sie erkannte, landete stattdessen auf seiner Schulter.

Tonino fuhr herum und war innerhalb von Sekunden auf den Beinen. »Du?«

Es war Giovanni.

Einen Moment lang stand Tess wie erstarrt da. Sie hatte ein Gefühl, als wären sie alle drei in einer Szene gefangen, die ein Widerhall der Vergangenheit war. Sie kämpfte sich auf die Beine.

Die beiden Männer standen einander gegenüber. Tonino trug noch seinen Taucheranzug. Seine dunklen Augen glühten vor Zorn, und die Narbe in seinem Gesicht war so angeschwollen und hochrot, wie Tess sie noch nie gesehen hatte. Giovannis Gesicht war vor Hass verzerrt und sein Mund zu einem höhnischen Grinsen verzogen.

»Was zum Teufel?«, schrie Tonino, rieb sich die Schulter und stieß einen wütenden italienischen Wortschwall hervor.

Giovanni lachte nur. Er schloss die Tür hinter sich mit einem Fußtritt und streckte die Hand aus. »Gib mir die Tasche.«

Sie hatte recht gehabt. Er hatte ihnen nachspioniert und gesehen, wie sie heute Nachmittag tauchen gegangen waren. Um Himmels willen, er hatte sie auf Schritt und Tritt beobachtet. Wahrscheinlich wusste er, was in der Tasche war. Er wusste alles. Und Gott allein wusste, mit wem er unter einer Decke steckte.

Tess stand der Tasche am nächsten und bezog davor Stellung. Auf keinen Fall würde sie sie Giovanni überlassen.

Aber die beiden Männer beäugten einander immer noch wie wilde sizilianische Hunde, die ihr Revier verteidigten. Und so war es auch, wurde ihr klar. Wusste Tonino, dass Tess' Theorie richtig war und der Schatz ursprünglich seiner Familie gehört hatte? Giovanni glaubte jedenfalls, dass er den Sciarras gehörte, uraltes Schutzgeld, wie es die Mafia verlangte.

Giovanni landete den ersten Schlag und überrumpelte seinen Gegner. Tonino wich zurück, rieb sich den Kiefer und ging dann in Kampfstellung.

O mein Gott, dachte Tess. Was konnte sie tun? Was sollte sie tun? Sie wollte nicht als hilfloses Frauchen danebenstehen, wenn die beiden sich prügelten. Aber …

Sie gingen mit Beleidigungen und Fäusten aufeinander los, wie sie es wahrscheinlich schon auf dem Spielplatz getan hatten. Zwischen ihnen herrschte eine alte, unerbittliche Rivalität, und irgendwie war Tess in ihr Zentrum geraten. Es war nicht ihr Kampf, aber als Giovanni einen gemeinen Schlag in Toninos Gesicht landete und dieser sich krümmte, erkannte Tess ihren Irrtum. Das war keine Spielplatzprügelei, sondern der Höhepunkt von etwas, was schon seit Jahren schwelte. Es hatte mit ihren Vorfahren begonnen und dann in Siziliens tiefem, dunklem Kessel gebrodelt. Und heute, zwischen diesen beiden Männern, würde es sich entscheiden.

Tonino … Wie konnte sie ihm helfen?

Während sie noch panische Blicke in die Runde warf, erlangte Tonino sein Gleichgewicht wieder. Er holte mit der Faust aus und traf Giovannis Nase – mehr aus Glück als aus Zielsicherheit, wie sie vermutete.

»Ufff.« Noch ein wütender italienischer Wortschwall.

Wieder schlug Giovanni zu, und plötzlich prügelten beide wild aufeinander ein. Die Fäuste flogen, und die Schläge trafen Gesicht, Augen und Hals.

»Aufhören!«, schrie sie. »Es reicht!« Aber sie hätte ebenso gut unsichtbar sein können.

Tonino war schmächtiger als Giovanni und wurde von seinem Taucheranzug behindert, doch er war auch schneller und beweglicher und besser in der Lage, sich zu ducken und den Schlägen auszuweichen. Gott sei Dank! Merkwürdigerweise schien Toninos Taucheranzug ihm im weiteren Verlauf des Kampfes behilflich zu sein, denn er war schlüpfrig, und Tonino war so nur schwer festzuhalten.

Beide Männer atmeten mittlerweile schwer und wurden ein wenig langsamer, obwohl sie trotzdem noch in der Lage waren, einander mit Beleidigungen zu überschütten. Sie standen einander in nichts nach. Der Kampf war fair, und etwas sagte Tess, dass sie nicht einschreiten sollte. Sie musste sich heraushalten. Dies war etwas, was die beiden unter sich ausmachen mussten.

Doch dann nahm der Kampf eine Wende.

Die beiden rangen miteinander, und Giovanni gelang es, Tonino in den Schwitzkasten zu nehmen. Er schmetterte ihm die Faust ins Gesicht.

Tess schrie. Wieder stürzte sie auf die beiden zu, doch Giovanni stieß sie weg.

»Aufhören! Nein!« Man musste sie draußen doch hören. Aber es kam niemand. Es war genau wie an diesem Tag im Café. Niemand kam ihnen zur Hilfe.

Tonino stieß Giovanni kräftig den Ellbogen in die Rippen; der stöhnte vor Schmerz und lockerte seinen Griff. Tonino entwand sich Giovannis Griff wie ein Seehund, aber sein Gesicht war blutig und zerschlagen.

»Tonino …« Tess merkte, dass ihr die Tränen übers Gesicht liefen.

Toninos Blick huschte kurz zu ihr, und in dieser Sekunde sah sie, wie Giovanni in seine Tasche griff. Wieder schrie sie auf.

Giovanni hielt etwas Glitzerndes in der Hand. Der Bastard hatte ein Messer. Er klappte es auf und fuchtelte damit durch die Luft.

Nun wurde der Kampf unfair, und Tess musste etwas unternehmen. Sie griff nach ihrer Sauerstoffflasche, die noch auf dem Boden lag, hievte sie hoch und schlug damit schwungvoll nach Giovanni.

Die Flasche streifte seinen Arm. Laut fluchend stieß er Tess zurück, dieses Mal kräftiger. Tess wurde zurückgeschleudert und schlug mit dem Kopf hart auf Toninos Werkbank auf. Die Flasche klirrte zu Boden.

Einen Moment lang verschwamm alles vor ihren Augen. Tonino brüllte Giovanni an. Aber die Ablenkung hatte ihm Zeit verschafft, um sich besser zu wappnen. Er stand nun in einer besseren Position und hielt sein Tauchmesser in der Hand, dessen Scheide normalerweise an seinem Unterschenkel befestigt war. Es war keine so tödliche Waffe wie Giovannis Klappmesser, aber wenigstens war er nicht mehr unbewaffnet.

Die unerträgliche Spannung, die in der Luft lag, spiegelte sich auf den wutverzerrten Gesichtern der beiden Männer. Tess konnte kaum mehr atmen. Im Sitzen schob sie sich weiter zurück und stand dann taumelnd auf.

Giovanni stach zu, traf Toninos Handrücken und schlitzte ihm dann den Neoprenanzug an der Schulter auf. Tess sah ein scharlachrotes Aufblitzen. Giovanni kam näher, um den entscheidenden Stoß zu führen, und stach nach Toninos Brust. »Jetzt bist du erledigt!«, brüllte er.

Tess schrie, Tonino duckte sich, und im nächsten Augenblick stand er hinter Giovanni. Er schien zustechen zu wollen, doch Giovanni fuhr gerade rechtzeitig herum, um den Stoß abzuwehren.

Tess atmete auf. Aber es war noch nicht vorbei. Wieder umkreisten sich die beiden.

»Genug!«, flehte sie. »Hört auf, alle beide! Habt ihr nicht schon genug angerichtet?«

Aber wieder ignorierten die Männer sie.

In ihren Augen stand ein animalischer Ausdruck, der Tess erschaudern ließ. Es war, als wären sie sich einig darüber, dass ein Kampf bis auf den Tod die einzige Möglichkeit sei, die Sache zu beenden.

Plötzlich führte Tonino seinen ersten Stich aus und verwundete Giovanni am Unterarm. Tess sah den schockierten Ausdruck auf Giovannis Gesicht, als er das Blut bemerkte, aber sie sah auch neue Entschlossenheit. Giovanni stürzte sich auf Tonino, doch der drehte sich geschickt weg. Und dann packte er die Hand mit dem Klappmesser und setzte Giovanni sein eigenes Messer an die Kehle.

Tess blinzelte. Nein, Tonino, dachte sie.

»Fallen lassen«, befahl er.

Giovanni blieb nichts anderes übrig. Das Messer fiel zu Boden, und Tonino trat es weg. Wieder hielt sie die Luft an.

Tonino sprach jetzt leise in Giovannis Ohr und hielt ihm dabei weiter das Messer an den Hals.

»No, no ...«, bettelte Giovanni. Sein Gesichtsausdruck und seine Stimme hatten sich verändert. Tess wurde klar, dass er Tonino das hier nie verzeihen würde. Falls er es überlebte.

Tonino drückte das Messer fester an Giovannis Kehle.

Dann stieß er ihn weg. »Geh«, sagte er. »Und komm nicht wieder. Es ist vorbei.«

Giovanni torkelte aus dem Atelier.

»Tonino ...«

Er sah sie an. »Bist du verletzt?« Mit ein paar Schritten war er bei ihr.

Ihr versagte die Stimme. Um ein Haar hätte sie ihn verloren. Und dann zog er sie in seine Arme.

Tess zog das Oberteil ihres Taucheranzugs aus, warf sich ein Handtuch über und bedeutete Tonino, sich zu setzen, während sie ihm das Gesicht abwusch. Glücklicherweise hatte der Neoprenanzug seinen Körper geschützt, sodass seine Stichwunden nicht so tief waren, wie sie gedacht hatte. Dann holte sie die wasserdichte Tasche, und Tonino zog den irdenen Topf heraus.

Sie nahm ihm das Gefäß ab. »Es ist ganz schön schwer«, sagte sie. »Sollen wir hineinsehen?«

Vorsichtig begann er, sich das Haar zu frottieren, das in groben Strähnen über seine Stirn hing. »Deswegen haben wir es ja hergebracht«, sagte er, und seine Augen leuchteten auf. »Dafür haben wir uns die ganze Mühe ja gemacht, du und ich.«

Der Topf hatte die Farbe von verblasstem Terrakotta, und der Deckel ließ sich nicht öffnen. Vielleicht war der Topf zugeklebt worden, oder der Deckel war vom Salz oder schlicht weil er so alt war verkrustet. Tonino musste den Rand schließlich mit seinem Tauchermesser bearbeiten, um ihn zu öffnen.

»Bitte.« Mit einer Handbewegung bedeutete er Tess, den Deckel abzunehmen.

Sie hielt die Luft an. Dann atmete sie aus und nahm den Deckel mit einer schwungvollen Bewegung ab. Sie spähten hinein. Eigenartig, im Inneren des Topfes befand sich ein zweites Gefäß. »Wie diese russischen Puppen«, bemerkte sie. Behutsam hob sie den zweiten Topf heraus. Er war alt und fragil, und sein Oberteil war wie eine flache Schale geformt.

»Eine Art griechischer Amphore«, meinte Tonino.

»Ist das der *tesoro?*« Tess war enttäuscht. Sie hatte etwas anderes erwartet. Mehr …

»Vielleicht.« Er zuckte mit den Schultern, aber sie sah, dass es ihm genauso ging.

Plötzlich erinnerte sie sich daran, dass er auf dem Felssims in der Höhle stehen geblieben war und etwas vom Boden aufgehoben hatte. »Was hast du da eigentlich noch mitgenommen?«, erkundigte sie sich.

»Ach ja.« Er zog es aus seiner Tasche.

Es war ein Ring. Sie betrachteten ihn beide. Vielleicht ein Ehering, dachte Tess.

Aus einem Schrank nahm Tonino Reinigungsflüssigkeit und einen Lappen. Dann polierte er den Ring behutsam. Nach und nach wurden die verschnörkelten Initialen ELS sichtbar. »Also so etwas …«, murmelte er.

Dieses Mal begriffen sie es beide sofort. »Giovannis Großvater?«, fragten sie wie aus einem Mund. »Ettore Sciarra?«

Es war einleuchtend. Enzo war mit Tess' Großvater befreundet gewesen. Es war gut möglich, dass dieser ihm das Versteck des Schatzes verraten hatte. Also … Was, wenn Enzo versucht hatte, an den *tesoro* zu kommen, bevor Toninos Großvater ihn wieder in seinen Besitz bringen konnte? Wenn er seinen Bruder Ettore hinuntergeschickt hatte, Ettore aber nicht mehr aus der Höhle hinausgekommen war? Vielleicht war ihm der Sauerstoff ausgegangen. Er konnte aber auch gestürzt sein, oder er war nach dem Steinschlag damals in der Höhle eingeschlossen worden und verhungert. Der Grund spielte keine Rolle. Doch als Ettore nicht von seiner Mission zurückkehrte, musste Enzo gewusst oder zumindest geahnt haben, was passiert war. Er hatte seinen Bruder verloren, aber das hätte einen Mann wie Enzo Sciarra nicht davon abgehalten, das Gerücht in die Welt zu setzen, dass jemand anderer schuld an seinem Tod war.

Tonino nahm die alte griechische Vase und untersuchte sie genauer. Sie besaß einen Henkel in der Form eines von Schlangen flankierten Löwen und war schön anzusehen. Trotzdem ... »Er muss sehr hinter dem Schatz her gewesen sein«, sagte er. »Alle waren hinter ihm her.«

Und du? Wolltest du ihn auch besitzen?, fragte sich Tess. »Aber es war doch jemand aus deiner Familie, der ihn gefunden hat«, murmelte sie.

Er zog eine Augenbraue hoch. »Was willst du damit sagen, Tess?«

»Luigi.« Er sah immer noch verwirrt aus, daher erklärte sie ihm ihre Theorie.

»Aha.« Er hielt die Amphore auf Armeslänge von sich weg. »Das könnte vieles erklären.« Er runzelte die Stirn. »Ich frage mich, ob mein Großvater wusste, dass der Schatz Luigi gehörte. Vielleicht wusste er es ...«

»Möglicherweise wollte er Edward Westerman danach fragen, sobald er nach dem Krieg aus England zurückgekehrt wäre«, fiel Tess ein. »Das heißt, wenn es ihm gelungen wäre, ihn wieder aus seinem Versteck zu holen.«

»Vielleicht.« Tonino wog den Krug in den Händen. »Er ist so schwer. Ich frage mich ...«

Behutsam legte er ihn längsseits auf den Tisch, und Tess sah, dass sich auf der Unterseite eine Kante befand, die ein wenig hervorstand. Er ruckelte daran, und sie bewegte sich ein winziges Stück. Sie warfen einander einen kurzen, verschwörerischen Blick zu. Diese Amphore hatte mehr zu bieten, als sie zunächst vermutet hatten. Tonino rüttelte weiter, bis sich der untere Teil des Gefäßes plötzlich öffnete. Unterhalb des schmalen Halses war die Amphore hohl. Und darin befand sich ...

Er schüttete den Inhalt auf den Tisch.

Tess schnappte nach Luft. Gold. Bronze. Alte Bronzemünzen, geschmückt mit Bildern von Pferden und Weinstöcken, griechischen Kriegern, Tauben, Schlangen ... Ehrfürchtig ließ sie die Münzen durch ihre Finger gleiten. Manche waren dick und schwer, andere fragil wie trockenes Laub. Die Prägungen waren vom Alter stumpf, aber noch deutlich zu erkennen, die Ränder uneben, aber nicht beschädigt. Da waren auch Blätter, Medaillons und Fingerringe aus Gold. Tess nahm einen ovalen Ring, in den das Bild eines alten Mannes getrieben war. Er ging gebückt und stützte sich auf einen Stock, und ein Hund schien ihm den Weg zu weisen. Das Bild war so komplex und die Arbeit so filigran ... Ein schmaler Armreif, ganz dünne, mit Edelsteinen besetzte Haarnadeln, Ohrringe in Gestalt goldener Spiralen und Kettenanhänger, von denen einer einen Jungen auf einem Delfin und der andere eine nackte Frau darstellte. »Märchenhaft«, sagte Tess. »Einfach märchenhaft.«

Tonino ließ die alten Münzen und den Goldschmuck durch seine Hände gleiten. »Jetzt wissen wir, was darin versteckt war«, murmelte er. Er zog eine Augenbraue hoch und sah Tess an. »Ich nehme mal an, das ist der *tesoro*«, sagte er.

72. Kapitel

Auf diesen Moment hatte sich Tess seit Tagen gefreut, und manchmal hatte sie nicht mehr geglaubt, dass er wirklich kommen würde. Aber jetzt waren sie hier in Cetaria, Muma, Dad und Ginny. Sie wollten hier Urlaub machen, und danach, so lautete der Plan, würde Tess mit ihnen zurück nach England fliegen, bevor Ginny dann nach Australien abreiste. Und danach …

»Was hat dich denn am Ende dazu bewogen zurückzukommen?«, fragte Tess ihre Mutter.

Die vier saßen an einem Tisch in dem Restaurant am *baglio*, gegenüber dem alten Steinbrunnen.

»Es war Zeit.« Ihre Mutter sah zwar müde aus, aber ihre Wangen leuchteten vor Aufregung. Behutsam zog sie ein dickes, in rotes Leder gebundenes Notizbuch aus ihrer Handtasche und legte es neben ihren Salatteller auf den Tisch.

»Aha«, sagte Ginny, die ihr gegenübersaß, ohne jedoch weiter zu präzisieren, was sie damit meinte. Ihre Flüge nach Australien waren gebucht, die Visa besorgt. Sie und Becca hatten schon alles geplant: Jugendherbergen und Obsternte und den Aufenthalt in Davids Wohnung. Sie hatte Tess heute Nachmittag auf dem Weg vom Flughafen nach Cetaria davon erzählt.

David … Sie hatte noch keine Gelegenheit gehabt, Ginny genauer nach David zu fragen. Doch sie spürte, dass David zu einem guten Zeitpunkt in das Leben ihrer Tochter getreten war. Nicht zum richtigen, denn der wäre bei Ginnys Geburt gewesen. Aber zu einem guten Zeitpunkt für Ginny, die gerade die Orientierung verloren hatte. Tess lächelte in sich hinein. Vielleicht hatte es ihrer Tochter geholfen, jemandem zu begegnen, der seinen Weg auch nicht klar vor sich gesehen hatte. Vielleicht war es ja zu viel verlangt, dass ein achtzehnjähriges Mädchen schon wissen sollte, was es mit seinem Leben anfangen wollte, besonders in dieser Welt, in der die Möglichkeiten so vielfältig waren. Tess war sich ziemlich sicher, dass sie sich mit ihren neununddreißig gerade eben erst entschieden hatte.

»Erzähl uns doch mehr von deinen Plänen, Schatz«, sagte ihr Vater wie auf ein Stichwort hin.

Tess konnte ihren Blick kaum von dem roten, in Leder gebundenen Notizbuch losreißen. Sie hatten bereits über ihre Pläne für die Villa Sirena gesprochen, und Muma war mit diesem besonderen Blick von einem Zimmer ins andere gegangen, als könne sie nicht ganz glauben, dass sie hier war und das alles wiedersah, die Villa ihrer Kindheit. Nachdem sie alle Ende der Woche abgereist sein würden, würde die Renovierung richtig beginnen, und wenn Tess nach Cetaria zurückkam, würde hoffentlich alles fertig und bereit für den Start sein. Danke, David, dachte Tess. Denn es war sein Geld, mit dem sie das alles finanzierte, abzüglich des Teils, den sie Ginny geben würde.

»Ist es so wie in deiner Erinnerung?«, hatte Tess gefragt und den Arm ihrer Mutter genommen. Es war schlimm für sie gewesen, als sie die Ruinen des ehemaligen Häuschens ihrer Familie gesehen hatte, aber Tess hatte sie darauf vorbereitet. Und eigentlich war es die Meerjungfrauen-Villa gewesen, die große Villa aus der Kindheit ihrer Mutter, die sie stärker berührt hatte.

»Nein«, antwortete ihre Mutter. »Und ja.«

Tess hatte gelacht. Sie wusste genau, was sie meinte. Das Gedächtnis war etwas Merkwürdiges. Es arbeitete selektiv und konnte einem seltsame, unerwartete Streiche spielen. Manchmal war es unmöglich, zwischen dem, was wirklich geschehene war, und dem, was man sich gewünscht hatte, wovon man geträumt hatte oder was einem erzählt worden war, zu unterscheiden. Und doch glaubte man, es zu können …

»Na ja, da ist natürlich die Sache mit der Pension«, sagte Tess jetzt zu den anderen.

Mit Ginny hatte sie lange und eingehend darüber gesprochen und sie gefragt, was sie davon halten würde, wenn ihre Mutter auf Sizilien leben würde, jedenfalls eine Zeit lang. Würde sie in Australien finden, was sie suchte? Würde sie irgendwann mehr Zeit bei ihrem Vater verbringen? Oder würde sie früher als erwartet nach England zurückkehren – oder vielleicht sogar ebenfalls nach Sizilien ziehen? Keiner von ihnen hatte eine Antwort darauf, aber über diese Brücke würden sie gehen, wenn sie sie erreicht hatten, hatte Tess in einem Versuch, das Ganze philosophisch zu sehen, gesagt. Sie war durchaus bereit, nach England zurückzukehren, wenn es sein musste. Sie hatte vor, das Haus in Pridehaven zu vermieten, damit sie, wenn nötig, wieder dort einziehen konnte. Es war hart für Tess, nicht zu wissen, wann sie ihre Tochter wiedersehen würde, aber sie würde ihr nicht im Weg stehen. Sie hatte gelernt, Ginny ihren Freiraum zu lassen, für sie da zu sein und sie doch loszulassen. »Ich hab dich lieb, Mum«, hatte Ginny erklärt. »Und du wirst mir fehlen. Aber …«

»Das ist etwas, was du tun musst.« Tess nickte. Sie war stolz auf ihre Tochter. Ginny hatte ihre eigene Reise angetreten. Sie waren jetzt wieder ein starkes Team.

»Sobald ich es mir leisten kann, werde ich Personal einstellen«, fuhr Tess fort. Aber für den Anfang würde sie allein zurechtkommen müssen. »Ich werde die Sprache lernen, und ich habe vor, ein Tauchcenter zu eröffnen.« Cetaria schrie geradezu danach, denn hier gab es eine so vielfältige Unterwasserwelt. Und doch schien sich niemand dieses Potenzials bewusst zu sein, noch nicht jedenfalls. Das nächste Tauchcenter lag ungefähr dreißig Kilometer entfernt auf dem Weg nach Palermo und zum Flughafen. Abgesehen von Tess' Pension gab es in der Gegend noch weitere Hotels und Pensionen, in denen Touristen absteigen konnten. Tess hatte vor, Ausrüstungen zu verleihen, Kurse oder Tauchausflüge zum Fotografieren anzubieten, vielleicht sogar ganze Tauchurlaube. Ihr Plan war ehrgeizig, aber auch aufregend. Warum sollte sie es also nicht versuchen? Sie hatte schon mit Tonino darüber gesprochen, welche Ziele eine solche Tauchbasis verfolgen sollte, nämlich das unterseeische ökologische und archäologische Erbe dieser Gegend zu schützen.

»Das ist nun wirklich etwas anderes als das Wasserwerk, Schatz«, meinte ihr Vater, als Tess ihren Bericht beendet hatte. »Obwohl ja beides mit Wasser zu tun hat.« Sie lachten. »Fühlst du dich der Sache wirklich gewachsen?«

»Natürlich ist sie das.« Mumas nachdrücklicher Tonfall überraschte Tess. »Sie ist schließlich meine Tochter, oder?«

Alle lachten. Sie würde später noch einmal mit ihrem Dad reden müssen, um ihn zu beruhigen, dachte Tess. Er war jemand, der sich immer Sorgen machte, und am Flughafen war sie schockiert darüber gewesen, wie alt er aussah. Sein Haar sah dünner aus, sein Rücken gebeugter, und seine Augen schienen trüber geworden zu sein. Als sie ihn umarmte und seinen vertrauten Geruch wahrnahm, hatte sie ihn gar nicht wieder loslassen wollen.

»Der Sturz hat ihn erschüttert«, hatte ihre Mutter ihr zugeflüstert. »Es wird dauern, bis er darüber hinwegkommt.«

»Ist er so schlimm verletzt?« Sie hatten ihr doch erzählt, er hätte nichts weiter als ein gebrochenes Handgelenk und ein paar Schnittwunden und Prellungen davongetragen.

»Seine Würde hat Schaden genommen.« Muma hatte genickt. »Plötzlich ist ihm klar geworden, dass er ein alter Mann ist.«

Tess musste sich abwenden, um ihre Gefühle zu verbergen. Sie wollte nicht, dass ihre Eltern alt wurden, sie wollte sie nie verlieren.

»Wer hätte das gedacht, meine Liebste?«, sagte Lenny jetzt, an Flavia gerichtet. »Dass unsere Tochter nicht nur nach Sizilien fahren, sondern sich sogar verlieben würde.«

Verlieben? Tess errötete.

»Ich hatte Angst davor«, gestand ihre Mutter. Sie schnalzte mit der Zunge. »Sizilien ist eine Verführerin.«

Sizilien? Ja, es stimmte, sie hatte sich in diese Insel verliebt. Aber es war mehr als das. Sie fühlte sich hier zu Hause.

»Willst du das alles allein bewältigen, Tessie?«, fragte ihr Vater sie. Er blickte so weise drein wie immer.

»Wir werden sehen«, sagte Tess. Seit sie den Schatz geborgen hatten, hatten sie und Tonino sich oft getroffen, aber sie war sich über seine Absichten nicht im Klaren. War sie für ihn nur eine Freundin? Oder konnte mehr daraus werden?

»Und jetzt«, ließ sich Ginny hören, »erzähl uns von dem Schatz.« Ihre Augen leuchteten.

Also erzählte Tess die Geschichte, genau wie sie sie Millie erzählt hatte, ein paar Tage nachdem sie den Fund gemacht hatten. Ja, er könnte sehr viel Geld wert sein, ja, er war wunderschön anzusehen: Goldschmuck und Münzen, wahrscheinlich griechisch, und ja, zuerst entdeckt hatte ihn Luigi Amato.

»Und wo ist er jetzt?«, hatte sich Millie erkundigt, und ihre

Augen hatten sich begierig geweitet. Tess wusste, dass sie im Geiste schon das Handy gezückt hatte, weil sie es kaum abwarten konnte, die Nachricht an jemanden weiterzugeben. Und sie wusste auch, wer dieser Jemand war.

»Du kannst Giovanni sagen, dass wir ihn nicht mehr haben«, hatte Tess ihr mitgeteilt. »Es ist sinnlos, dass er noch einmal in die Villa einbricht. Er ist nicht da.«

Zum ersten Mal, seit sie Millie kannte, fühlte die sich sichtlich unbehaglich. »Wovon redest du, Tess? Du glaubst doch wohl nicht, dass ich ...«

Tess lachte. »Ich habe euch gesehen, Millie. Spar dir deine Worte.« An dem Tag nach dem Tauchgang mit Tonino war sie eilig zum Hotel gelaufen, weil sie es nicht abwarten konnte, Millie und Pierro von ihrem Fund zu erzählen. Pierro war geschäftlich unterwegs, und Millie saß nicht an der Rezeption, daher war sie zu ihren Privaträumen gegangen. Gerade als sie dort ankam, flog die Wohnungstür auf, und Giovanni kam heraus. Tess hatte sich hinter einer Kübelpalme geduckt und war sich vorgekommen wie eine Gestalt aus einem billigen Krimi. Giovanni sah ein wenig zerrupft und mitgenommen aus. Und als wäre das noch nicht Beweis genug gewesen, war Millie ihm gefolgt und hatte kichernd an seinem Ärmel gezupft, bis er sich umdrehte und ihr die Art von Kuss gab, die keinen Zweifel an der Art ihrer Beziehung mehr zuließ.

Das war Millies Angelegenheit, hatte sie sich gesagt und das Hotel verlassen. Um Giovanni nicht zu begegnen, hatte sie einen anderen Weg zurück zum *baglio* genommen. Unterwegs erinnerte sie sich an den Lippenstift an Giovannis Kragen, und sie erinnerte sich an das Mittagessen mit Millie im Hotel an dem Tag, an dem er in die Villa eingebrochen war. Millie hatte sie gar nicht gehen lassen wollen. Und da wurde es ihr klar. Alles, was sie Millie je anvertraut hatte, hätte sie ebenso gut gleich Giovanni erzählen können. Millie war nicht ihre Freundin, sie war es nie gewesen. In allererster Linie war sie Giovannis Geliebte. Sie hatte Tess mit Giovanni auf dem Markt gesehen, war eifersüchtig geworden und hatte beschlossen, sich mit ihr anzufreunden, um herauszufinden, was da los war. Dann hatte sie als Giovannis Spionin agiert. Auch das klang wieder nach einem schlechten Film, aber es war die Wahrheit.

Millie hatte sich auf ihrem Stuhl zurückgelehnt und Tess kühl angesehen. »Warum bist du dann hier?«, fragte sie. »Um deinen Triumph zu genießen?«

Tess schüttelte den Kopf. »Wir wollten Giovanni wissen lassen, dass er sich endgültig von dem Gedanken, den Schatz zurückzuholen, verabschieden kann.«

An Toninos Entschluss war nicht zu rütteln gewesen. »Der *tesoro* hat den Amatos nie gehört«, sagte er. »Und er hat unserer Familie immer nur Blutvergießen eingebracht. Er gehört Sizilien, und Sizilien soll ihn zurückbekommen.«

Nicht alle Behörden auf Sizilien waren korrupt. Tess und Tonino hatten die richtigen Leute über ihren Fund informiert und waren sich ziemlich sicher, dass der Schatz nicht in die falschen Hände geraten würde. Er würde an ein Museum gehen, das dieses Erbe zu schätzen wusste, und nicht in die Hände einer raffgierigen, schmutzigen, korrupten Organisation fallen.

Millie war sehr still geworden.

Tess griff in ihre Handtasche und zog den Ring hervor. Sie hatte ihn in Seidenpapier eingewickelt. »Das kannst du Giovanni geben«, erklärte sie.

Nach kurzem Zögern wickelte Millie das Päckchen aus. Sie drehte den Ring in ihren Fingern. Tonino hatte ihn gut gesäubert, und die eingravierten Initialen ELS waren deutlich zu erkennen. »Wem… ?«, begann sie.

»Wir glauben, dass er Giovannis Großvater gehört hat«, sagte Tess. »Ettore Sciarra. Du weißt schon, der Mann, den Toninos Großvater angeblich ermordet hat.« Sie hielt kurz inne. »Ich weiß, dass Giovanni einen ähnlichen Ring besitzt, in den seine Initialen eingraviert sind. Eine Familientradition, vermute ich.«

Millie nickte.

»Er lag in der Höhle«, erklärte Tess. »Neben dem *tesoro* – und einem Skelett.«

»Einem Skelett?« Millie zuckte zusammen.

Tess stand auf. »Giovanni sollte vielleicht einmal darüber nachdenken, was sein Großvater da zu suchen hatte«, sagte sie.

Zurück im *baglio*, erzählte Tess Tonino von Millie und Giovanni. Warum sollte sie jetzt noch Rücksicht auf Millies Ruf nehmen?

»So etwas hatte ich mir schon gedacht«, meinte er.

Tess starrte ihn an. »Wieso?«

»Millie Zambito ist hinter jedem Mann her.«

Tess dachte darüber nach. »Auch hinter dir?«

»Ein paar Monate schon«, gestand er. »Diese Frau gibt nicht so leicht auf.«

Tess erinnerte sich daran, was Millie über Tonino gesagt hatte, und an ihren Blick dabei. »Warst du in Versuchung?«, fragte sie. Ihr wurde klar, dass es auch Millie gewesen sein musste, die Tonino verraten hatte, dass sie Flavia Farros Tochter war, damals, an dem Abend, an dem er zu später Stunde betrunken aufgetaucht war, an dem Abend, an dem sie mit ihm schlafen wollte und schließlich mit ihm gebrochen hatte.

Er zuckte mit den Schultern. »Ich bin ein Mann«, sagte er.

Das war ihr auch schon aufgefallen.

»Trotzdem, nein. Millie ist mir zu aufdringlich. Sie ist eine Männerfresserin.«

»Und Pierro?« Pierro tat Tess leid. Er war ein lieber Kerl und hatte nicht verdient, was Millie ihm antat.

»Vielleicht weiß er es, vielleicht auch nicht. Oder er hat auch jemanden. Vielleicht auch nicht«, sagte Tonino. »Millie Zambito ist auf jeden Fall eine sehr unglückliche Frau, Tess.«

Tess wusste, dass er recht hatte. Sie dachte an Millies strahlendes Äußeres, das doch nur eine Fassade war. Und sie war traurig, weil sie gehofft hatte, dass Millie und sie Freundinnen werden könnten. Konnte sie in Cetaria bleiben, solange auch Millie und Giovanni hier lebten? Ja, sie konnte. Sie hatte das Gefühl, dass die beiden sie von jetzt an in Ruhe lassen würden.

Im Restaurant hoben sie die Gläser, um einen Toast auszubringen. »Auf *Il tesoro*«, sagte Ginny, »den berühmten Schatz, der Sizilien durch meine Mutter zurückgegeben wurde!« Alle lachten.

»Man erzählt sich, die *Grotta Azzurra* sei sehr schön«, murmelte Flavia.

»Oh, das ist sie.« Abrupt unterbrach sich Tess. Hatte Muma eben den Namen der Höhle genannt? Nein, sie war sich ganz sicher. »Muma?« Sie fing den Blick ihrer Mutter auf. »Du hast doch nicht von dem Schatz und seinem Versteck gewusst, oder doch?«

Flavia schnalzte mit der Zunge. »Glaubst du, diese Männer hätten mir davon erzählt?«, fragte sie.

Nein … Aber Santina hatte ihr erzählt, wie gern Flavia lauschte. Und als Tess in ihre weisen alten Augen sah, war unverkennbar ein Blitzen darin zu sehen. »Muma«, hauchte sie.

Lächelnd zuckte Flavia mit den Schultern. »Das war dein Weg, mein Schatz«, erklärte sie. »Zu Edward Westerman.« Tess blickte in die Runde, das war ihre Familie, und sie war hier bei ihr in Cetaria, wo alles begonnen hatte, für Muma jedenfalls. Sie glaubte, endlich zu verstehen, warum Edward Westerman ihr die Villa Sirena vermacht hatte. Wenn man seine Wurzeln aufgab, konnte man viel verlieren. Sie war nach Sizilien gekommen, um ihre Mutter zu verstehen, aber dadurch hatte sie auch gelernt, sich besser in ihre Tochter hineinzuversetzen. Mütter und Töchter ... Das war eine ziemlich ereignisreiche Reise gewesen.

»Auf Edward«, wiederholte Flavia. Sie warf Lenny einen Blick zu und lächelte. »Und auf seine Schwester Bea.«

»Wann willst du uns eigentlich verraten, was das ist, Nonna?« Ginny zeigte auf das rote Buch. »Ich habe dich nämlich gesehen, als du darin etwas aufgeschrieben hast.«

»Es ist meine Geschichte.« Mit angemessen bescheidener Miene reichte Flavia es Tess. »Es füllt vielleicht einige der Lücken, mein Schatz.«

Tess nahm das Buch entgegen und schlug es auf. Die Seiten waren in der ordentlichen, schräg geneigten Handschrift ihrer Mutter beschrieben. Sie spürte einen Kloß im Hals. »Muma ...« Wie mutig von ihr. Tess legte ihre Hand auf die Hand ihrer Mutter.

»Schau auch mal hinten hinein.«

Tess sah nach: Seiten voller Rezepte in der Handschrift ihrer Mutter. Sie begann, eines zu lesen. *Eine Prise dies, eine Hand voll das und ein paar* ... Sie blätterte hindurch. *Antipasti* und Fleisch und Fisch und *dolce* ... All die sizilianischen Rezepte, mit denen sie aufgewachsen war.

»Zu Anfang habe ich es für dich geschrieben, Schatz«, erklärte Flavia. »Aber am Ende habe ich es auch für mich getan.«

»Danke, Muma«, sagte Tess. *Nahrung bedeutet Identität … Essen ist Heimat, der Ort, an dem man zu Hause ist.* Ihr wurde klar, dass es darauf ankam. Der wahre Schatz war das, was Mütter an ihre Töchter weitergaben.

73. Kapitel

Als sie an diesem Abend im Bett lagen, drehte Lenny sich zu Flavia um. »Was hältst du von unserem Mädchen?«, fragte er.

»Sie hat sich gut geschlagen.« Flavia lächelte ihm zu.

»Glaubst du, dass sie hier glücklich wird?«

»Wie ein junger Hund im Schuhschrank.« Flavia hatte Tess mit dem Mann reden sehen, dem die Mosaikwerkstatt im *baglio* gehörte. Er war Alberto Amatos Enkel und ein guter Mann. Ihm konnte Tess vertrauen.

»Und du, meine Liebste?« Er breitete die Arme aus. Sie schmiegte sich hinein und legte den Kopf an seine Schulter. »Bist du froh darüber, zurück zu sein, auch wenn es nur für einen Urlaub ist?«

»Darüber wollte ich mit dir reden«, sagte Flavia.

»Über welchen Teil davon genau?«

»Über die Sache mit dem Urlaub.«

»Aha.«

Sie schwiegen. Flavia spürte seine vertraute Wärme und war zufrieden. Heute Nachmittag hatte sie Santina besucht, und die Tränen waren dabei in Strömen geflossen.

»Ich dachte, du würdest nie zurückkommen«, hatte Santina ein ums andere Mal gesagt, Flavia umarmt und dann wieder weggeschoben. »Damit ich dich anschauen kann, meine Freundin.«

Meine Freundin …

Manchmal bedeutete Heimkommen auch Vergebung. Und

manchmal musste man seine Heimat suchen. Im Lauf der Jahre war England Flavias Zuhause geworden. Und doch … Wie sie diesem jungen Mann unten im *baglio* erzählt hatte, war Flavia zurückgekehrt, weil es Zeit war, die Vergangenheit ruhen zu lassen. Zeit, die Reise zu beenden, Zeit, ihrer Familie zu verzeihen. Und auch Sizilien. Sie hatte es endlich losgelassen.

74. Kapitel

Als alle im Bett lagen, ging Tess zum *baglio* hinunter. Es war Mitternacht, und Tonino wartete in der Bucht auf sie. Er hatte ein Holzfeuer angezündet und grillte Fisch und Garnelen. Die Luft war vom Duft des brennenden Holzes erfüllt, der sich mit dem süßlichen Aroma des Fischs und dem Geruch nach Salz und feuchtem Stein mischte.

Sie setzte sich auf die Mauer am Steg. Er hatte ein paar Öllampen mitgebracht und sie an die Steine gelehnt. Ihre Flammen strahlten ein gelblich blaues Licht aus und erhellten zusammen mit dem Feuerschein und dem Vollmond die Szenerie. Tonino hatte eine Decke auf dem Kieselstrand ausgebreitet und Weißwein, Eis, Gläser und einen gefüllten Brotkorb daraufgestellt.

»Bist du inzwischen fertig?«, fragte sie. Sie wusste, dass er ein ganz besonderes Mosaik zusammensetzte, aber er hatte weder verraten, was es war, noch, warum er das Motiv ausgewählt hatte. Er hatte nur mehrfach erklärt, dass er noch auf das letzte fehlende Teil wartete.

»Ja, jetzt ist es fertig«, sagte er und drückte Zitrone über dem Fisch aus.

»Tatsächlich?« Sie sah, dass er einen großen, flachen, mit einer Plane abgedeckten Gegenstand an den Steg gelehnt hatte. »Ist es das? Hast du vor, es feierlich zu enthüllen?«, neckte sie ihn.

»Natürlich.«

Er ließ sie warten, bis sie den Fisch und die Garnelen

zusammen mit dicken Stücken sizilianischen Brots gegessen und den letzten Schluck Wein getrunken hatten, bis das Feuer heruntergebrannt war. Dann lehnten sie sich an die Felsen und sahen hinaus aufs Meer, hinüber zu *il faraglione*, zu den umschatteten Klippen und hinauf zum Mond, dessen Licht auf den Wellen in der Bucht schimmerte.

Er stand auf, stellte das Mosaik so, dass es direkt im Mondlicht stand, und schob die Öllampen näher heran. Dann schlug er die Plane zurück.

Tess setzte sich auf und sah das Mosaik an. Es war wunderschön. *Sie* war wunderschön, denn es stellte eine Meerjungfrau dar. Sie war im Profil abgebildet und hielt in der einen Hand einen Spiegel und in der anderen einen Kamm. Ihr langes, seegrasfarbenes Haar hing über ihren nackten Rücken, und ihr prächtiger, spitz zulaufender Schwanz bog sich hinter ihrem Körper. Sie erinnerte Tess an das Motiv an der Villa, die Meerjungfrau, die sie als »ihre« betrachtete. Diese hier allerdings schaute eher friedlich als traurig drein. Sie wirkte, als hätte sie ein Geheimnis entdeckt und wüsste viel mehr, als sie sagte.

»Sie ist ganz aus Seeglas gemacht«, erklärte Tonino.

»Weil sie aus dem Meer gekommen ist.« Tess konnte die Farbtöne der rund geschliffenen Glasstückchen erkennen. Der Körper war in Nuancen von Türkis und Meergrün gestaltet, Hände, Arme und Gesicht schimmerten violett, und das Haar prangte in Gelb- und Brauntönen.

»Und das fehlende Teil?«, fragte sie ihn.

Er wies auf das blauviolette Auge, das eine vollkommene Mandelform aufwies.

»Du hast es gefunden!«

»Es war nicht leicht.« Er grinste. »Aber es ist das Warten wert gewesen, findest du nicht auch? Es ist ein ganz besonderes Stück. Ich habe es gleich da hinten bei den Felsen gefunden.«

»Ja, es ist wirklich hübsch.« Tess hatte das Gefühl, dass er sie aufzog. »Was hat die Meerjungfrau denn nun zu bedeuten? Willst du mir nicht ihre Geschichte erzählen?«

Er setzte sich hin und dachte einen Moment nach. »Ein Fischer aus Cetaria entdeckte die Meerjungfrau draußen auf *il faraglione*«, begann er. »Sie schaute in den Spiegel und kämmte ihr langes, goldbraunes Haar.« Lächelnd zeigte er darauf. »Sie soll nur bei Vollmond erschienen sein.«

»So wie heute«, flüsterte Tess und schaute auf die Felseninseln im Meer hinaus.

»So wie heute«, pflichtete er ihr bei. »Ihr Spiegel reflektierte den Glanz des Meeres. Der Fischer fühlte sich unwiderstehlich zu ihr hingezogen. Er saß auf den Felsen und lauschte ihrem Lied. Es war das schönste, das er je gehört hatte.«

Er hielt inne, und Tess spitzte die Ohren. Aber sie hörte nur, wie das Wasser gegen die Felsen schlug, und das leise Plätschern und Rauschen, mit dem sich die Wellen am Strand brachen und sich wieder zurückzogen.

»Doch es reichte ihm nicht, sie nur einmal im Monat zu hören«, fuhr Tonino fort. »Er wollte ihr jede Nacht lauschen. Er wollte mehr.«

Tess nickte. Wollte das nicht jeder? »Was hat er getan?«

»Er hat versucht, sie festzuhalten. ›Du darfst nicht ins Wasser zurückkehren‹, sagte er zu der Meerjungfrau.« Toninos Stimme nahm einen anderen Ton an; er schien zu dem Fischer zu werden, dessen Worte er wiedergab. »›Du musst mit mir kommen, bei mir leben und dich von mir lieben lassen.‹«

Tess wartete.

»›Wenn ich nicht ins Wasser zurückkehre‹, antwortete sie, ›wird mein Lied verklingen.‹«

Tonino stand auf und trat näher an das Mosaik heran. »Der Fischer glaubte ihr nicht«, sagte er. »›Ich kann nur Fische fangen, wenn ich dein Lied höre‹, sagte er. ›Sonst ist das Wasser leer. Komm zu mir, und wir werden Fisch im Überfluss haben, schmausen, uns lieben und fröhlich sein.‹«

»Und was hat sie dazu gesagt?«, wollte Tess wissen.

Er warf ihr einen Blick zu. »Sie zögerte immer noch«, sagte er leise. »›Wenn ich das Meer verlasse‹, sagte sie, ›werden auch die Fische verschwinden, und du wirst Hunger leiden.‹« Tonino legte eine Pause ein. »Schon den dritten Monat warf der Fischer sich ihr auf den Felsen zu Füßen. ›Wenn du bei mir bist‹, sagte er, ›bin ich im Wasser sicher. Mein Boot wird nicht sinken, meine Harpune wird treffen. Ohne dich ist das Meer mein Feind.‹«

Tess sah zur Villa Sirena hinauf. Von hier aus konnte sie die Meerjungfrau nicht erkennen. Aber sie konnte nachvollziehen, dass sie vor einer schwierigen Entscheidung gestanden hatte.

»Die Meerjungfrau konnte den Gedanken, dass der Fischer ertrinken könnte, nicht ertragen«, erklärte Tonino. »Daher legte sie Kamm und Spiegel beiseite und lebte hier oben an Land mit ihm.« Auch Tonino schaute zur Villa hoch. »Er hat sein Häuschen nach ihr benannt: *Sirena*. Aber sie fühlte sich gefangen. Sie war nicht frei. Ebbe und Flut kamen und gingen, es wurde Winter, und im Meer gab es keine Fische mehr. Die Meerjungfrau hatte kaum mehr die Kraft, draußen auf dem Felsen zu sitzen. Ihr Lied wurde immer leiser, bis sie ganz verstummte.«

Seine Stimme hatte eine hypnotische Wirkung auf sie. Wenn er diese Legenden erzählte, glitt er scheinbar mühelos hinüber in eine andere Welt. »Kein Wunder, dass sie so traurig aussieht«, murmelte Tess.

»Am Ende begriff der Fischer, was er getan hatte. Eines Nachts, bei Vollmond, nahm er sein Floß, er legte sie darauf und fuhr sie aufs Meer hinaus. ›Du bist frei‹, rief er, und sie glitt von dem Floß und in die Wellen. Ihr Fischschwanz blitzte wie flüssiges Silber.«

Tess sah sie beinahe vor sich. Sie betrachtete das Mosaik, dass er mit so viel Sorgfalt zusammengesetzt hatte. Ja, sie konnte sie erkennen.

Tonino senkte den Kopf. »Der Fischer war untröstlich«, erklärte er. »Da half es ihm auch nicht, dass die Fische zurückkehrten oder er bei Vollmond ihr Lied hören konnte. ›Ich hätte nicht von ihr erwarten dürfen, in meiner Welt zu leben‹, sagte er sich. Und als das nächste Mal Vollmond war, ging er hinunter ans Wasser und watete ins Meer.«

Tess sah ihn unverwandt an. »Und dann?«

»Er sah sie im Mondschein bei den Felsen«, erzählte er weiter. »Er sah in ihre blauvioletten Augen. Er lauschte ihr, wie sie dasselbe wunderbare Lied wie früher sang. Und als sie im Morgengrauen wieder ins Meer glitt, folgte er ihr.«

Tonino verschränkte die Arme. *»Finito«*, erklärte er.

Finito? Tess fragte sich, ob Edward Westerman diese Geschichte je gehört hatte. »Und was sagt uns die Geschichte nun?«, überlegte sie laut. »Dass wir für die Liebe alles aufgeben sollen? Oder dass wir alle unsere Freiheit brauchen?«

Tonino fuhr mit der Hand zärtlich über sein Mosaik. »Vielleicht erzählt sie uns ja auch etwas über Beziehungen«, meinte er.

Und was ist dann mit uns, hätte sie am liebsten gefragt. Hatte er dieses Mitternachtspicknick nur ausgerichtet, um ihr seine neueste Arbeit zu zeigen und über Meerjungfrauen zu reden?

»Die Meerjungfrau, *la Sirena*, ist für dich, Tess«, sagte er.

»Für mich?« Sie war so wunderschön. Tess wusste nicht, was sie sagen sollte.

»Ich habe mit deiner Mutter gesprochen.«

»Meiner Mutter?«

»Genau wie ich findet sie, dass es Zeit wird«, erklärte er.

»Zeit?« O Gott, sie entwickelte sich doch nicht zu einem dieser Menschen, die ständig wiederholten, was andere sagten?

Tonino kam zu ihr herüber und stand nun vor ihr, so nah, dass sie seinen Geruch wahrnahm: Klebstoff, Staub, Stein und sizilianische Zitronen, eine berauschende Mischung. Er streckte die Hand aus und half ihr beim Aufstehen. Seine Augen waren tiefdunkel, doch anders als zuvor schienen sie ihr etwas sagen zu wollen. Die alte Narbe in seinem Gesicht, die geschwungene Linie seiner Wange, sein Kiefer ... Ja, das erinnerte sie an jemanden oder etwas. Aus einem seltsamen Grund schien es sie an zu Hause zu erinnern. Wo immer oder wer immer das sein sollte.

Er legte ihr die Hände auf die Schultern. »Es ist Zeit, die Vergangenheit ruhen zu lassen«, sagte er. Er machte noch einen Schritt auf sie zu, berührte sie fast. »Ich glaube nicht, dass wir in so unterschiedlichen Welten leben, du und ich.«

Tess begriff, was er ihr zu sagen versuchte. »Du meinst ...«

Er kam noch näher. »Genau das meine ich«, sagte er.

ENDE

Dank

Ich danke meiner wunderbaren Agentin Teresa Chris, die mich tyrannisiert und unterstützt und immer an mich als Autorin geglaubt hat. Auch Suzanne de Roche danke ich für ihre harte Arbeit. Mein Dank gilt außerdem Stefanie Heinen, meiner Redakteurin bei Lübbe, und meiner ehemaligen Redakteurin Regina Hartig, die bei Lübbe meine vorherigen Romane betreut hat, sowie allen anderen, die mit meinen Romanen zu tun haben und hatten. Ihnen allen gilt meine große Wertschätzung.

Danken möchte ich auch meinem lieben Freund Alan Fish, der mir stets wohlgesonnen und immer bereit ist, meine Arbeiten zu lesen und mir mitzuteilen, was er wirklich davon hält. Auch bei diesem Buch hat er mich bei Recherchen unterstützt, als mir Zeit und Kraft knapp zu werden drohten …

Einen großen Teil dieses Buchs habe ich unterwegs geschrieben, auf Reisen in Europa, daher geht ein besonderer Dank an meine Freundin Caroline Neilson, die sich um alles gekümmert hat, während wir fort waren, und an meine Töchter Alexa und Anna und meinen Sohn Luke, die weiterhin meine Inspiration sind.

Und schließlich hätte ich dieses Buch nicht ohne meinen Partner – und bald Ehemann! – Grey schreiben können, der sich klug und einfühlsam alles anhört, was ich schreibe, und der beste Reisegefährte und Brainstormer ist, den man sich nur wünschen kann!

»Ein Buch zum Entspannen und Träumen«
FÜR SIE

Marcia Willett
JULIAS VERSPRECHEN
Roman
Aus dem Englischen
von Rita Seuß, Christa
Prummer-Lehmair
320 Seiten
ISBN 978-3-404-16654-1

In ihrem gemütlichen Haus in Cornwall hat Julia den Sohn ihrer verstorbenen Freundin Tiggy liebevoll großgezogen. Nun hat Zak eine eigene Familie und stellt Nachforschungen über seine Herkunft an. Damit bringt er Julia in große Gewissensnöte, denn sie hatte Tiggy einst aus gutem Grund versprochen, das Geheimnis um Zaks Vater niemals zu verraten ...

»Marcia Willetts Romane sind kleine Kostbarkeiten, die das Leben einfühlsam und liebenswert darstellen« FREUNDIN

Bastei Lübbe Taschenbuch

Von der Passion für Bücher und der Liebe zu den Sternen

Rachel Hore
DIE KARTE DES
HIMMELS
Roman
Aus dem Englischen
von Jutta Nickel
592 Seiten
ISBN 978-3-404-16665-7

Sich mit kostbaren Büchern zu beschäftigen ist für Jude mehr als ein Beruf. Es ist Leidenschaft. Daher ist sie begeistert, als sie in Norfolk eine Sammlung astronomischer Gerätschaften und Bücher bewerten soll. Sie gehörten einst dem Astronomen Anthony Wickham. Durch sein Beobachtungsjournal öffnet sich für Jude eine neue Welt. Doch wer war die junge Esther, die Wickhams Aufzeichnungen fortführte, über die aber niemand etwas zu wissen scheint? Jude forscht nach – und stößt auf eine Geschichte, die auch ihre eigene Familie betrifft.

Bastei Lübbe Taschenbuch